광속 연애

§ **과속 연애 2** §

2019년 4월 24일 초판 1쇄 인쇄
2019년 5월 01일 초판 1쇄 발행

지은이 § 이경미
발행인 § 곽동현
기획&편집디자인 § 신연제, 이윤아
발행처 § (주)조은세상

등록 § 제2002-23호.(1998년 01월 20일)
주소 § 경기도 연천군 미산면 청정로1355
TEL § 02)587-2966
E-mail romance@comics21c.co.kr
Blog http://goodword24.bolg.me

값 12,000원

ISBN 979-11-6432-199-5 | ISBN 979-11-6432-197-1(set)

VOL
02

GOOD
WORLD
ROMANCE
NOVEL

괄속 연애

Speeding Love

이경미
장편소설

(주)조은세상

CONTENTS

26.

“너, 이놈.”

갑작스런 노인의 행동에 혼비백산한 진서는 어찌할 줄 몰라 입술을 떨었다. 노인은 주름진 눈을 질끈 감았다 뜨며 더더욱 거세게 진서의 팔목을 옭아맸다.

“왜, 왜, 왜 그러세요? 할아버지.”

“너는 여기 있을 아이가 아니구나.”

노인의 매서운 말투에 진서는 눈을 동그랗게 뜨고서 가쁜 숨을 몰아쉬었다.

“그, 그걸 어떻게…… 저, 저는…….”

거뭇거뭇한 입술을 꾹 다문 채 노려보듯 진서를 응시하던 노인이 이내 후우, 한숨을 흘렸다. 노인은 끌어올렸던 진서의 옷소매를 내려주고서 꽉 쥐었던 팔목을 놓았다.

“겁먹지 마라. 너 겁먹으라고 그런 거 아니니까. 네 잘못도 아니고.”

“네, 네에.”

노인은 작게 혀끝을 차고서 지그시 허공을 응시했다.

"이제 겨우 걸음마 뗸 수준인 놈이 분수도 모르고 헛짓거리를 했구만."

"예?"

"아니다. 아니야."

고개를 저은 노인이 진서의 얼굴을 물끄러미 들여다보았다.

"안 무서우냐?"

"저 겁주시려는 거 아니라고 하셨잖아요."

"아니. 나 말고."

순간, 진서의 어깨가 흠칫, 굳어졌다. 더 말하지 않아도 안다는 듯 노인은 진서의 작은 어깨를 토닥이고서 저쪽을 가리켰다.

"저기 네 여자친구 온다."

진서가 시선을 돌리자 노인은 이내 걸음을 옮겼다.

"반드시 대가를 치르게 되는 줄도 모르고."

혼잣말처럼 중얼거린 노인은 휘적휘적 놀이터를 떠났다.

"안녕."

유리가 훌쩍 곁으로 다가와 인사를 건넸다.

"어, 그, 그래. 안녕."

조금 얼빠진 얼굴로 대꾸한 진서는 벌써 저만치 멀어진 노인의 뒷모습을 응시했다. 술만 마시는 사람인 줄로만 알았던 저 할아버지가 갑자기 태산처럼 커 보였다.

"진서야, 왜 그래."

유리가 물어 와서야 진서는 정신을 차렸다.

"아니야. 아무것도."

"저 할아버지가 술 마시고 너한테 뭐라고 하신 거지?"

유리의 얼굴이 잔뜩 두려움과 걱정을 담고 흐려지자 진서는 퍼뜩 손을 내저었다.

"아냐, 진짜. 그냥, 너보고 내 여자친구라고 그러서서."

"뭐? 여자친구?"

유리의 동그란 눈이 더더욱 커다랗게 떠지자 진서 역시 민망한 표정을 짓고 말았다.

"우, 웃기지?"

"어, 웅. 정말 웃긴다."

유리와 진서는 전혀 웃기지 않은 얼굴로 열심히 고개만 끄덕였다. 어색하니 땅만 바라보던 유리가 이내 고개를 들었다.

"아, 고양이들 밥은 줬어?"

"웅. 조금 전에. 저기 봐봐."

몸을 돌려 진서가 가리킨 곳을 바라본 유리가 만면 가득 웃음을 머금었다.

"아, 고양이들 밥 먹는 거 너무 예쁘다. 한 번 만져봤으면 좋겠다. 다가가면 다들 도망가겠지?"

"그렇지 않을까?"

"동물들은 다 예쁜 것 같아."

"웅. 맞아."

고개를 크게 끄덕이긴 했지만, 환한 유리와 달리 진서의 얼굴은 더없이 착잡함으로 물들었다. 저도 모르게 노인이 휘적휘적 가버린 쪽으로 시선이 돌아갔다.

♥

"해담아, 여기."

두꺼운 유리문을 밀며 커피숍 안으로 들어선 해담은 자신을 향해 반갑게 손을 흔들고 있는 해주를 발견했다. 해담은 만면에 미소를 짓고서 구석 자리에 앉아 있는 해주에게로 다가갔다.

"오랜만이야, 해주야."

"응. 진짜. 오랜만이다."

학교가 다른 데다 집까지 멀어, 해주는 유정보다 훨씬 더 보기가 어려운 친구였다. 마주 보고 있는 두 사람의 얼굴에 한껏 반가운 감정이 떠올라 있었다. 종업원에게 차를 주문하고서 두 사람은 그간의 밀린 이야기를 나누었다.

"내 얘기 유정이한테 들었지?"

"응. 들었어. 축하해."

"고마워."

해담은 조금 걱정스레 물었다.

"입덧 심해? 얼굴이 너무 많이 상했어."

해주가 자신의 뺨을 어루만지며 멋쩍은 표정을 지었다.

"응. 조금 심해. 평소에 먹던 음식들이 하나도 입에 안 맞아. 근데, 맵고 짜고 자극적인 건 아주 가끔 땡겨."

"그럼, 그거라도 부지런히 먹어야지."

"안 돼. 다음 달에 웨딩드레스 입으려면 지금부터 관리해야지."

해담은 입술을 턱 벌렸다.

"임산부가 무슨 관리야? 입덧도 심하다면서."

해주의 얼굴이 순식간에 흐려졌다.

"오빠 어머니가 신신당부를 하시더라. 티 나지 않게 관리하라고."

"뭐? 말도 안 돼."

"혼전 임신으로 결혼하는 거 절대 소문나면 안 된다고 엄명을 내리셨어. 창피하다서. 사실은 친구들한테 이미 다 말했는데."

과속 연애 2
Seeking Love

"지금이 무슨 쌍팔년도도 아니고. 아직도 그런 분이 계셔?"

"응."

그 사이 주문한 게 나와 잠시 대화가 끊겼다.

종업원이 찻잔을 놓고 자리를 떠나자 해담은 친구를 물끄러미 응시했다.

"해주야, 임신하니까 기분이 어때?"

해담의 물음에 해주는 의외라는 듯 눈을 깜빡였다.

"다른 애들은 어쩌다 일을 이렇게 만드냐, 미쳤다, 조심 좀 하지, 졸업도 못 하고 앞으로 어쩌려고 그래, 다들 그 말부터 하던데, 넌 그게 궁금해?"

"나도 뭐, 언젠가는 결혼을 할 거고 또 임신과 출산을 해야 하니까. 당연히 궁금하지."

해주는 조금 묘한 표정을 짓다가 작게 한숨을 흘렸다.

"솔직히 지금 심정으로는 입덧 때문에 두 번은 못 할 것 같아."

"그 정도야?"

"어떨 때는 물도 역해서 마시기 싫으니까. 근데, 입덧보다 더 못 견디겠는 건, 내 암울한 미래야."

"왜 그런 말을 해. 네 미래가 뭐가 암울해."

"그렇잖아. 학교 졸업은커녕, 취업도 못 해보고 애나 보게 생겼으니. 오빠 어머니는 벌써부터 나를 자기 집 식모 취급이야. 뻑하면 불러내서 이거 해라, 저거 해라 그래."

"……."

"알아. 내가 뿌린 씨앗이니 내가 책임져야 한다는 거. 누구 탓도 못 하겠으니 더 갑갑해서 그래."

해담은 이럴 때 뭐라고 해 줘야 할지 도통 알 수가 없었다. 어설픈 위로라도 해야 하나, 아님, 아이를 위해서라도 정신 똑바로 차리라고 충고해 줘야 하나.

잠시 동안 고민하던 해담은 그냥 아무 말 않기로 했다. 어쭙잖은 충고나 위로가 오히려 해주에게는 상처가 될 수도 있으니까.

"해주야."

"응."

"오늘 난 네 오빠의 어머니야."

"뭐?"

"나를 네 오빠의 어머니라고 생각하고, 속에 쌓아둔 말 마음껏 쏟아내."

영문을 몰라 눈썹을 깜빡이던 해주가 슬그머니 눈을 가늘게 떴다.

"지금 임산부한테 욕하라고 시키는 거야?"

"임산부는 사람 아냐? 한 번만 시원하게 하는 거지."

갑자기 해주의 표정이 살벌하게 바뀌었다.

"아줌마! 임신은 나 혼자 하는 게 아니에요. 아줌마 아들이랑 같이 한 거라구요. 왜 나만 칠칠맞지 못해서 이렇게 된 것처럼 그러세요? 그리고 제발 좀 별것도 아닌 일에 불러내지 마세요. 힘들어 죽겠다고요."

이렇게 훅 들어올 줄 몰랐기에 해담은 입을 쩌억 벌렸다. 해놓고 나서야 해주가 민망한 표정을 지었다.

"나, 되게 웃기지? 실상은 오빠 어머니한테 한 마디도 못해. 한 마디 하면 열 마디가 날아오거든. 그게 싫어서 그냥 입 꾹 다물어버려."

해담이 착잡하게 바라봤지만 해주는 웃었다.

"그래도 이러고 나니 좀 시원해졌어. 고마워."

"고맙긴."

계속 우울하고 심란한 얘기만 한 게 미안했던지 해주가 화제를 바꾸었다.

"아, 맞다. 넌 최주신이랑 사귄다며?"

"유정이 그게 고새 얘기했구나?"

"응. 입이 근질거려서 나한테만이라도 얘기해야 속이 풀릴 것 같대."

"하여튼 가스나."

그럴 것 같은 유정의 얼굴이 눈앞에 훤하자 해담은 킥킥 웃고 말았다.

"너희 둘, 사이 그렇게 안 좋더니, 미운 정 들었나 보다."

해주에게도 구구절절 다 말할 수가 없어 해담은 그저, 웃으며 반쯤 식은 차를 한 모금 마셨다.

"최주신은 잘해주니? 그 성격에 막 틱틱거리고 그러지 않아?"

해담은 저도 모르게 배시시 웃었다.

"그럴 것 같지? 근데, 아냐. 되게 되게 다정다감해."

"뭐, 어떻게?"

"나 아침에 학원 갈 때마다 앞까지 데려다준다?"

"허. 정말? 뻣뻣함의 대명사 그 최주신이?"

"응. 거기다 나를 막 예쁘니라고 불러. 그러지 말라는데도 막 그래."

해주가 땡감 씹은 얼굴로 입술을 벌렸다.

"같이 있으면, 뭐든 내 눈높이에 맞춰주고, 양보하고, 배려해 주는 게 그냥 느껴져."

"그러기 쉽지 않은데, 최주신 다시 봤어."

해주의 입가에 옅은 미소가 감돌았다.

"많이 좋아하는구나."

"나?"

"최주신이랑 너, 둘 다. 네 말만 들어도 최주신이 너를 얼마나 아끼는지 알 것 같아. 너도 최주신 얘기하는 내내 입이 귀에 걸려 있고."

조금 쑥스러워 찻잔을 만지작거리던 해담은 문득 든 생각에, 슬쩍 미간을 구겼다.

"참, 해주야. 나 뭐 하나 궁금한 게 있는데."

"뭔데?"

"이게 섣불리 묻기가 좀 그래서 그래."

"뭔데, 그래? 괜찮아."

해담은 속이 조금 타 차를 한 모금 마시고서 말문을 열었다.

"아니, 얼마 전에 부모님께 주신이랑 사귄다는 말씀을 드렸거든?"

"벌써?"

"응. 그렇게 됐어. 근데, 엄마는 되게 좋아하시는데, 우리 아빠 반응이 조금 이상해서."

거기까지 들은 해주가 알 만하다는 듯 고개를 끄덕였다.

"아빠 반응이 영 별로시구나?"

"응. 넌 어땠어?"

"음. 너랑 상황이 꽤 많이 다르긴 한데, 딸 가진 아버지들 마음이 비슷하긴 할 것 같아."

"너네 아빠는 어떠셨어?"

"우셨어. 그냥 막 우셨어. 나, 아빠 우시는 거 그날 처음 봤잖아. 솔직히 혼내실 줄 알았는데, 울기만 하시더라고. 그래서 더 죄송했어."

해담은 어쩐지 뭉클해져 아무런 말도 하지 못했다.

"난 그래도 언니도 있고, 남동생도 있잖아. 근데, 넌 외동이잖아. 그것도 알바 한 번 못하게 하면서 키운 귀한 딸."

"그래도 주신이 면전에다 싫은 티 내시더라고."

"아, 정말? 너네 아빠 되게 자상하시고 서글서글하시잖아."

"응. 근데, 그러셔서 당황했어. 주신이한테 얼마나 미안했다고."

"아마, 딸 뺏기는 기분이 들어서 그런 거 아닐까. 그럴 때는 네가 아빠랑 주신이 사이에서 잘해야 된다?"

해담이 푹 한숨을 흘리자 해주가 말을 이었다.

"나도 오빠가 그나마 중간에서 중심을 잡아주니까 버티는 거거든."

"아아. 어렵다."

"그래도 부모는 자식 편이잖아. 주신이 안 서운하게 잘해 줘. 서운한 거 쌓이면 마음 돌아서는 거 시간문제거든."

해담은 해주의 말을 새기며 작게 고개를 끄덕였다.

해주와 헤어지고 돌아오는 길이었다. 생각이 많아서인지 머릿속도 조금 복잡했다. 흔들리는 버스에 앉아 창밖을 보고 있는데 메시지가 도착했다.

[우리 예쁜이. 친구는 잘 만났어?]

해담의 입술에 절로 미소가 걸렸다.

[응. 지금 버스 안. 몇 정류장 안 남았어.]

-그래? 자기야, 불러주면 총알같이 정류장으로 갈게.

육성으로 키들거리던 해담은 버스 안 사람들이 흘끔거리자 합, 입을 닫았다. 주신이 보는 것도 아니건만, 해담은 새침한 표정으로 메시지를 날렸다.

[자기야, 보고 싶어.]

채 몇 초가 지나기도 전에 곧장 답이 도착했다.

[빨리 와. 기다릴게.]

핸드폰을 가만히 가방에 밀어 넣고서 해담은 작게 숨을 몰아쉬었다. 정말로 주신이 너무 보고 싶었다.

한참을 달린 버스가 목적지에 도착했다. 버스 창문을 통해 정류장에 서 있는 주신이 보였다.

어둠이 짙게 깔린 탓에 주변 사람들은 모두 배경처럼 흐릿했지만, 오직 주신만은 선명하게 눈에 들어왔다.

버스가 완전히 정차하자 해담은 곧장 내려 주신에게로 향했다. 내리는 순간부터 해담을 발견한 주신은 하염없이 진한 눈빛을 보내고 있었다. 뛰다시피 다가간 해담은 주신의 허리를 덥석 껴안았다.

"갈수록 애정 표현이 대담해지는데."

주신이 놀리듯 말하며 해담의 몸을 양팔에 가두었다.

"……."

해담이 말없이 품에 얼굴만 묻고 있자 주신은 조금 이상한 기분이 들었다. 하지만 주신은 질문 대신 가만히 해담의 등만 어루만졌다.

지나가던 사람들이 흘끔, 흘끔 쳐다보는 시선도 못 느낀 채 한동안 서로의 체온을 느꼈다. 한참만에야 해담은 팔을 풀고서 조금 민망한 얼굴로 입을 열었다.

"그만 가자."

주신은 해담의 손을 꼭 잡고서 집 쪽으로 발걸음을 옮겼다.

"내 친구 중에 해주가 다음 달에 결혼을 한대서 잠깐 만나고 왔거든."

"빠르네."

"응. 청첩장까지 받고 보니까, 이상하게 내 기분이 되게 묘하더라고."

"왜. 너도 하고 싶어서?"

뼈가 가득 차 있는 농담에 해담은 어이없는 웃음을 흘리며 가볍게 눈을 흘겼다.

"참. 진서는?"

"방에서 책 읽는 거 보고 나왔어. 자기 전까지 꼭 책을 보더라고."

"책을 참 좋아하는구나. 그건 너 닮았네."

작게 웃으며 말한 해담은 불현듯 스치는 생각에 주신을 바라보았다.

"혹시, 진서 평소에도 잠꼬대 심해?"

"잠꼬대?"

"응. 저번에 우리 집에서 재울 때, 갑자기 자다가 일어나서 막 울더라고. 얼마나 놀라고 짠했는지 몰라."

주신이 잠깐 생각에 잠겼다가 한쪽 눈썹을 세웠다.

"며칠 전에 나도 한 번 그러는 걸 보긴 했어."

"너도 봤어?"

"자다가 일어날 정도로 심하지는 않았는데, 좀 무서워한다고 해야 하나."

"맞아. 그때도 무서워하는 것 같았어."

"악몽을 자주 꾸는 건가. 본 건 한 번이지만, 나도 잠들면 못 볼 때도 있으니까."

해담의 눈동자가 걱정으로 인해 조금 어둡게 꺼졌다.

"어디서 본 건데, 잠꼬대가 심한 건 스트레스를 많이 받아서 그런 거래."

"응. 나도 그렇게 본 거 같아."

"어린애가 무슨 스트레스가 그렇게 심해서 잠꼬대를 하는 걸까."

"시간을 거스르고 여기에 있는 자체가 스트레스인지도 모르지."

낮게 가라앉은 주신의 말에 해담의 얼굴이 살짝 굳어졌다. 그저, 신비한 아이라고만 여겼지, 그로 인해 힘들 거라고는 단 한 번도 생각해 본 적이 없었다.

"애가 항상 맑아서 그런 건 짐작도 못 했어."

"그냥, 갑자기 든 생각일 뿐이야. 정작 본인은 자각 못 할 수도 있고."

"그러고 보면, 아직 어린애일 뿐인데. 아무도 자기를 알아보지 못하는 곳에 와서 혼자 고군분투했던 거잖아. 거기다 난 차갑게 굴기도 했고. 그 모든 게 다 어린아이 홀로 짊어지기에 너무 큰 스트레스였을 것 같아."

해담의 음성이 안쓰러움, 미안함, 자책감 등 복잡한 감정을 담고 흔들렸다.

주신이 가만히 해담의 어깨를 토닥였다.

"너도 네 입장이 있었으니까. 지금은 네가 그때와 많이 다르다는 걸 진서도 느끼고 있을 테니까 너무 자책하지 마."

주신이 이렇게 말해주니 그나마 마음이 누그러졌다.

"진서는 아직 자기가 언제 돌아간다고 확실히 말한 적 없어?"

"거기에 대해서는 말을 아껴. 형도 한 번 물어봤는데, 전혀 대답을 안 하더래."

"너랑 나랑 가까워지면 돌아간다고 해서 친한 척 쇼도 좀 하고 그런 거잖아."

"그게 사실이면 조만간 돌아가겠지."

"만약, 그게 아니면 어떡해?"

주신은 맞잡고 있는 해담의 손을 살짝 힘주어 움켜쥐었다.

"그건 그때 가서 생각해. 미리부터 걱정하지 마."

하긴. 지레 겁먹고 부정적인 쪽으로 생각할 필요는 없었다.

해담이 표정을 펴고서 고개를 끄덕이자, 주신은 화제를 바꾸었다.

"이번 주면 아르바이트 끝나지?"

"아. 그렇네? 이번 달까지만 하기로 한 거였지."

그다지 긴 시간이 아니긴 했어도 유독 날짜가 빨리 지나간 느낌이다. 그 사이 참 많은 일을 겪었기에 그런지도 몰랐다. 해담에게 있어 이번 겨울은 다른 때보다 감회가 남달랐다.

"아르바이트 끝나면 하고 싶은 거나, 가보고 싶은 곳 없어?"

눈동자를 굴리던 해담의 얼굴이 조금 전보다 한층 밝아졌다.

"우리, 진서 데리고 놀이공원 다녀올까? 그런 데 가서 신나게 놀고 오면 진서 기분전환도 되고 좋을 것 같은데."

"네가 가고 싶었구나."

"뭘 또 그렇게 팩트 폭행을."

주신이 입술 끝을 올려 웃자, 해담도 작게 키들거리며 가슴팍을 가볍게 툭 쳤다. 웃으며 걷다 보니 어느새 집 앞이 코앞이었다.

헤어지기가 너무 아쉬워 해담은 주신의 손가락을 만지작거리며 발걸음을 늦추었다.

"동네 한 바퀴 돌고 들어갈래?"

"아니. 그냥 들어가."

예상 밖의 단호박이 튀어나오자 해담은 잡고 있던 주신의 손을 순간적으로 놓았다. 주신이 퍼뜩 덧붙였다.

"시간도 많이 됐고."

"이제 9시 조금 넘었는데."

"내일 아침에 볼 거잖아. 들어가."

저 아래 동네 공원이나, 하다못해 놀이터라도 한 바퀴 돌고 싶었건만 주신은 너무 강경했다.

"얼른."

일부러 들여보내려는 티가 역력해 해담은 묘한 얼굴이 되었다. 주신이 그런 해담의 머리를 부드럽게 쓸어주고서 이내 돌려세우려 어깨를 붙잡았다.

"가, 이제."

"잠깐만."

금방이라도 몸의 방향이 바뀔 것 같아 해담은 퍼뜩 발뒤꿈치를 바짝 세웠다.

쪽.

재빨리 입술을 부딪치고서 뒤로 물러나자, 주신이 한껏 당황스러운 얼굴로 헛기침을 했다. 주신은 다급히 해담의 어깨를 돌려세웠다.

"이제 들어가."

키스도 아닌, 뽀뽀 한 번을 끝으로 해담은 주신의 손에 떠밀리듯 대문 안으로 들어오고 말았다. 대문의 창살 틈으로 주신이 손을 흔들어 보이고서 이내 시야에서 사라졌다.

"뭐지, 이 버림받은 것 같은 요상한 상황은."

그녀를 향한 진한 눈빛도 그대로고, 다정함도 똑같은 것 같은데, 아주 미묘하게 뭔가 달라진 느낌. 어쩐지 벽을 치는 것 같은 그런 기분.

가만히 이마를 긁적거리며 돌아선 해담은 순간, 뚝 멈추었다.

테라스로 연결된 거실 통유리의 커튼이 다급히 쳐지는 게 간발의 차이로 시야에 포착되었기 때문이다. 커튼이 닫히기 직전 언뜻 보였던 모습은 분명 형진이었다.

"아하. 어쩐지."

스킨십을 좋아하고, 늘 더 같이 있고 싶어 하던 주신이 왜 그랬는지 짐작이 가고도 남았다. 형진이 집 안에서 커튼 틈으로 지켜보고 있는 걸 주신은 알고 있었던 거다. 형진이 불편한 티를 내는 걸로도 모자라, 이렇게 지켜보고 있으니 상당히 부담스러웠을 것이다.

"진짜, 아빠 왜 그러시지?"

요즘 계속 데면데면 그녀를 대하는 형진을 떠올리자 해담은 가슴이 묵직해졌다. 중간에서 역할을 잘해야 한다는 해주의 조언이 떠올랐다.

하아. 커다랗게 한숨을 흘린 해담은 곧 얼굴을 펴고서 집 안으로 향했다.

"다녀왔습니다."

해담은 애써 밝게 인사를 하며 현관문을 열고 들어섰다.

"왔냐."

소파에 앉아 뉴스를 보고 있던 지선이 짤막하니 응수했다. 하지만 바로 옆에 앉은 형진은 뉴스에 심취한 척 TV 화면에만 눈을 박고 있었다.

해담은 일부러 입가를 올려 미소 짓고서 형진의 옆에 앉아 애교스럽게 팔짱을 꼈다.

"무슨 사건 사고가 터졌기에, 딸내미가 왔는데도 못 보실까나."

"아빠, 덥다. 저리 가."

"에이. 여름도 아닌데."

"거참, 뉴스 좀 보겠다는데 왜 그래."

갑자기 정색을 한 형진이 해담의 팔을 밀어냈다. 당황한 해담이 입술을 꾹 다문 채 굳어버리고, 지선 역시 놀라 한쪽 눈썹을 세웠다.

싸해진 분위기에 형진은 어색한 표정을 짓고서 몸을 일으켰다.

"나, 난 먼저 들어가서 자요."

형진이 성큼성큼 거실을 가로지르자 해담은 참지 못하고 입을 열었다. 이미 서운함이 더 컸기에 중간 역할 같은 건 머릿속에서 하얗게 날아가 버렸다.

"아빠, 저한테 왜 그러세요?"

형진이 우뚝 멈추고서 돌아섰다.

"왜 요즘 계속 저한테 냉하게 구세요? 저랑 눈도 안 마주치려 하시고."

한 번은 터져야 할 문제라 여긴 지선은 그저, 팔짱을 낀 채 관망에 들어갔다. 해담은 계속해서 볼멘 음성으로 질문을 던졌다.

"아빠는 저랑 주신이랑 사귀는 게 싫으세요? 어릴 적부터 주신이 예뻐하셨잖아요."

"내가 뭘 어쨌다고 그래."

"주신이랑 사귄다고 말씀드렸을 때도 얼굴 굳히고 들어가셨잖아요. 그때 주신이는 아무렇지 않다고 했지만 속으로 얼마나 서운했겠어요? 아빠가 주신이한테 그러셨던 것처럼, 제가 아저씨나 아주머니한테 똑같은 대접을 받으면 기분 좋으시겠어요?"

"그거야, 아빠가 운전하고 와서 피곤하다고 양해 구했잖아."

형진이 팔짱을 낀 채 응수하자 해담은 조금 기막힌 표정을 지었다.

"그 모습이 양해 구하신 거였군요? 그럼, 오늘은 왜 몰래 저희 엿보고 계셨어요?"

움찔, 형진의 짙은 눈썹이 꿈틀거렸다. 지켜보기만 하던 지선이 경악스런 얼굴로 퍼뜩 형진에게로 시선을 주었다.

"당신, 진짜 그랬어요?"

"모, 몰래 지켜보는 누가. 그냥 바깥 보고 있는데 우연히 니들이 보였을 뿐이라고."

그나마 딱 잡아떼지는 않아 다행이라고 해야 할지 해담은 알 수가 없었다.

"혹시, 아빠는 제가 이성 교제하는 것 자체가 싫으신 거예요?"

"누가 그렇대."

"그런데, 요즘 이러시는 이유가 뭔데요?"

"……."

"이유를 알아야 제가……."

"됐다. 나중에 얘기하자."

형진이 해담의 말을 자르고서 대화를 단절시켜버렸다. 해담이 채 뭐라고 대꾸하기도 전에 형진은 등을 보이며 돌아섰다.

거실을 가로질러 방으로 간 형진이, 쾅, 조금 세게 소리를 내며 문을 닫았다. 그 소리가 마치 형진의 마음을 대변하는 듯해 해담은 답답해졌다.

지선이 가만히 해담에게 말을 붙였다.

"아빠, 서운하셔서 저래."

"알아요. 이해하려고 노력한다고요. 그치만, 너무 심하시잖아요. 요즘, 정말 내가 알고 있는 우리 아빠가 맞는지 의심스러울 정도예요."

지선 역시 형진에게 저런 면이 있나 싶어 기분이 이상하긴 매한가지였다.

"그리고 저는 뭐 안 서운할까 봐서요? 생전 처음으로 하게 된 이성 교제예요. 아빠한테 축하 받고 싶었다구요. 제가 막돼먹은 애를 만나는 것도 아니고 주신이잖아요. 그런데도 저러시니까 진짜 속상해요."

"네가 여유를 갖고 조금만 기다려 드려. 마음 정리되면 원래대로 돌아오실 거야."

아빠 마음 정리되길 기다리는 동안 주신이 마음 다치면요?

그렇게 묻고 싶은 것을 꾹 누르고서 해담은 몸을 일으켰다.

"저 씻으러 가요."

성큼성큼, 온몸으로 화가 난 티를 내며 해담이 욕실로 들어가 버렸다. 형진이 있는 안방 문과, 해담이 들어간 욕실 문을 번갈아 응시한 지선은 절레절레 고개를 저었다.

"이건 뭐, 새우 싸움에 고래 등 터지겠네."

♥

집으로 돌아온 주신은 책 삼매경에 빠져 있는 진서를 물끄러미 응시했다. 책상 앞에 앉아서 편하게 봐도 될 텐데, 진서는 침대 위에서 보는 걸 선호했다. 꼭 자신이 어릴 때 그랬던 것처럼.

"진서."

부름에 진서가 퍼뜩 고개를 들어 주신에게로 시선을 돌렸다.

"네?"

재미있는 부분을 읽고 있었는지 진서의 입술이 살짝 올라가 있었다.

"책 재미있어?"

"네. 저는 동물 나오는 건 다 재미있어요."

눈을 반달 모양으로 만들며 해맑게 웃었다. 이렇게 보면 스트레스 같은 건 전혀 받지 않는 듯 밝기만 한 얼굴이었다.

"아무리 재미있어도 그만 보고 이제 자야지. 시간이 많이 늦었어."

"아, 넵."

진서가 두말 않고 읽던 부분에 책갈피를 꽂아 넣고서 책을 덮었다. 한 번쯤은 떼를 쓸 법도 한데 진서는 그런 게 일절 없었다.

너무 또래 아이답지 않아 어쩐지 안쓰러운 마음이 인다. 해담과 그가 나중에 아이한테 너무 엄격한 부모가 되는 건 아닌가 싶어서. 한편으로는 다른 사람에게는 없는 이 능력 때문에 그런 건가 싶기도 하고.

"진서, 놀이공원 좋아해?"

협탁 위에 책을 내려놓던 진서의 얼굴이 확 밝아졌다.

"놀이공원요? 저 진짜 좋아해요!"

"잘됐네. 엄마가 일요일에 같이 가자고 했거든."

"우와! 놀이공원 가면 동물도 엄청 많잖아요."

처음으로 보는 또래 아이다운 날것 그대로인 반응에 주신은 흐뭇한 미소를 지었다.

"호랑이, 사자, 토끼, 사슴, 코끼리. 진짜진짜 보고 싶어요!"

잔뜩 신이 난 진서의 주관심사는 역시나 놀이기구가 아니라 동물이었다. 아무래도 동물체험을 할 수 있는 곳으로 가는 게 좋을 것 같았다.

"그러려면 얼른 자야지. 그래야 내일 오고, 일요일이 빨리 다가오지."

"넵."

진서가 내의만 입고 이불 속으로 들어가자 주신은 방 안을 밝히던 조명을 껐다.

다음 날, 고양이 밥을 주러 놀이터로 온 진서의 얼굴은 평소보다 훨씬 밝았다. 유리는 콧노래까지 흥얼거리며 밥과 물을 담고 있는 진서를 물끄러미 보았다.

"진서야, 좋은 일이라도 있어?"

"좋은 일? 그래 보여?"

"응. 저번에 할아버지가 내가 네 여자친구라고 한 뒤부터 계속 시무룩했잖아. 근데, 오늘은 되게 기분이 좋아 보여서."

조금 뾰로통한 유리의 말에 놀란 진서가 퍼뜩 손을 내저어 보였다.

"아냐, 유리야. 할아버지께서 네가 내 여자친구라고 하신 것 때문에 시무룩했던 거."

"아니야?"

"응. 절대 아니야."

진서가 거듭 부정을 해서야 유리의 입술이 슬며시 풀어졌다. 그런 유리를 향해 진서가 싱긋이 웃어 보였다.

"시간이 빨리 가는 생각을 했더니 기분이 좋아져서. 빨리 일요일이 왔으면 좋겠거든."

"왜?"

"사실은 일요일에 놀이공원 가기로 했거든. 동물들 실컷 볼 수 있잖아."

"정말? 일요일에 놀이공원 가?"

"응."

"와. 부럽다. 난 여섯 살 때 어린이날 한 번 가보고 못 가 봤는데."

진서는 조금 놀란 표정을 지었다.

"여섯 살 때 가보고 한 번도 못 가본 거야?"

"응. 일곱 살 때부터 아빠가 따로 사셔서. 엄마는 나랑 단둘이 잘 안 나가려고 하시거든."

유리의 표정이 흐려지다가 곧 펴졌다.

"괜찮아. 나중에 커서 가 보면 되지 뭐. 다녀와서 꼭 얘기해 줘야 돼."

"어, 응. 알았어."

진서는 다시 고양이들에게로 시선을 돌리는 유리의 옆모습을 물끄러미 응시했다.

27.

'어라.'

해담은 눈을 슬그머니 눈을 비볐다. 점심 타임이 끝나고 조금 한가로워진 오후, 젊은 여자 손님이 딸로 보이는 진서 또래의 아이와 함께 가게를 방문 했다.

이리저리 메뉴를 살펴보는 내내 미간을 찌푸리고 있는 덕에 여자는 상당 히 신경적인 성격으로 보였다.

한데, 여자의 머리에 묶인 머리끈이 어디서 많이 본 것 같았다. 아니다. 백 화점에서 진서에게 사준 것과 똑같은 머리끈이었다.

'에이. 똑같은 머리끈이 한두 개도 아니고.'

머리를 흔들어 생각을 털어내려는데, 여자가 해담을 향해 돌아섰다.

"저기, 아가씨. 여기서 제일 잘 나가는 게 뭐예요?"

해담은 자동으로 친절한 미소를 걸었다.

"저희 가게 제품들은 대부분 다 그날그날 소진이 돼서, 딱히 어떤 게 제일 괜찮다고는……."

"뭐, 다 끝내주게 맛있다는 뜻인가? 자화자찬이 끝내주네."

여자가 해담의 말을 탁 자르며 비꼬듯 중얼거렸다. 기가 막혔지만 손님의 멱살을 잡을 수도 없는 노릇이라 해담은 여전히 미소를 고수했다.

"자화자찬이라기보다, 저희 제품을 사러 일부러 멀리서 오시는 분들도 계세요. 아마 진열된 것도 저녁이면 다 판매가 될 거예요."

여자가 해담의 말을 듣는 둥 마는 둥 딸에게로 시선을 내렸다.

"유리 네가 아무거나 두 개 골라. 내가 보니 다 거기서 거기구만."

하필, 여자아이의 이름이 유리일 건 뭐란 말인가. 저만치 날렸던 머리끈에 대한 신경이 다시금 곤두서려 하고 있었다.

'에이, 유리라는 이름이 특별한 건 아니잖아. 널리고 널릴 정도로 흔한 이름인데, 뭐.'

아니, 그런데 왜 얄궂게도 이름과 머리끈이 같느냐 말이다.

"요 앞에 붙여 놓은 거 보니까, 조미료를 일체 안 쓴다더니 사실이에요?"

여자가 다시 질문을 해오는 바람에 해담은 퍼뜩 정신을 차렸다.

"네. 저희 가게는 조미료를 전혀 쓰지 않습니다. 그래서 조미료에 민감하신 분들이 많이 찾으세요."

"그럼, 맛 한 번 봐도 돼요?"

여자의 물음에 해담은 당혹스러워졌다.

"죄송한데, 시식용으로 따로 준비해 둔 건 없는데요."

"믿을 수가 있어야지. 다들 조미료 안 들어간다고 광고해 놓고 막상 먹어 보면 조미료투성이야. 내가 한두 번 속은 게 아니라서."

"저희 제품은 절대 조미료를 쓰지 않으니 믿고 드셔도 됩니다."

"근데, 조미료 안 쓰면 맛이 없지 않나?"

참자. 참는 자에게 복이 있나니.

"손님들께서 대부분 다 맛있다고 또 찾으세요."

"맛없으면 아가씨가 환불해 줄 거예요?"

"네. 드셔보시고 맛없다고 하시면 환불해 드리겠습니다."

해담이 치솟는 열기를 무던히도 식히며 계속 차분히 응대했다.

"뭐, 그렇게 말한다면 먹어는 봐야지. 근데, 환불만으로는 안 되겠는데?"

"네?"

"아니, 내 금쪽같은 시간 할애한 건 어떻게 책임질 거죠? 버린 내 입맛은 누가 책임지고?"

와, 나. 뭐 이런 사람이 다 있어?

공짜로 줘서 보내도 맛없는 거 줬다며 손해배상 청구할 사람이었다. 아마, 조금 전 은행 볼일을 보러 간 지선이 이 광경을 봤다면 물을 한 바가지 퍼부어 쫓아냈을 것이다.

"저기, 손님. 제가 억지강매를 한 것도 아닌데 그렇게 말씀하시면 곤란하죠. 마음에 안 들면 안 사시면 됩니다."

"뭐야?"

신경질적이던 여자의 눈이 사납게 올라갔지만 해담은 말을 이었다.

"손님 입맛에는 저희 가게 음식이 맞지 않을 것 같습니다."

피식, 여자가 비웃음을 입에 걸었다.

"진작 그럴 것이지. 처음부터 자화자찬하지를 말든가. 자신도 없으면서 맛있는 척은."

여자가 팔짱을 끼고서 해담을 위아래로 훑었다.

"근데, 아가씨 말투가 너무 싸가지 없다?"

"엄마……."

해담이 뭐라고 하기도 전에 유리라는 아이가 엄마의 팔을 붙잡았다. 이미 아이는 울기 직전처럼 시뻘겋게 달아올라 있었다.

해담은 속으로 한숨을 삼켰다. 정말, 이런 여자에게는 눈곱만치도 굽히기 싫었지만, 이 여자아이 때문에 꾹 참았다.

"죄송합니다."

"무슨 사과를 하면서 고개도 안 숙여?"

"엄마아……."

다시 유리가 끼어들자 여자는 아이의 팔을 매섭게 탁 쳐냈다.

"야, 넌 어른들 얘기 중인데 왜 자꾸 끼어들어? 엄마가 그렇게 가르쳤어? 아니, 요즘 진서인지 뭔지 하는 애랑 어울리더니 안 하던 짓을 자꾸 하네?"

순간, 해담은 이 유리가 그 석유리라는 걸 확실히 깨달았다. 더불어, 이 여자가 자기 것처럼 하고 있는 머리끈도 그녀가 거금을 주고 산 것이라는 것도.

너무 기가 막히고 기분 나빠 해담의 표정이 확 굳어졌다. 여자의 눈이 그것을 놓치지 않았다.

"이 아가씨 진짜 웃기네. 그 기분 나쁜 표정은 뭐야?"

"아닙니다."

"아니긴 뭐가 아니야? 사장 어디 있어? 무슨 직원 교육을 이따위로 하는 거야? 사장 어디 있냐고?"

"사장 여기 있는데."

언제 왔는지 입구에 선 지선이 떡하니 팔짱을 낀 채 삐딱하게 여자를 노려보고 있었다.

"그쪽이 사장이에요?"

"그렇다잖아."

지선의 거침없는 반말과 매서운 기세에 눌린 듯 여자가 멈칫했다가 어이없는 웃음을 흘렸다.

"아니, 여기는 사장이나 직원이나 왜 이렇게 뻣뻣해? 손님한테 반말을……."

"당연하지. 당신은 내 손님이 아니거든. 내 귀한 딸한테 반말 찍찍대는 진상일 뿐이니까."

"뭐, 뭐라고요?"

"당신한테는 내 음식, 하나도 안 팔 거니까 나가."

지선이 턱짓을 하자 여자는 한껏 붉으락푸르락해진 채로 유리의 팔목을 확 낚아챘다.

"아줌마, 내가 그냥 있을 줄 알아? 나 쫓아냈다고 소문 다 낼 거야."

"소문내. 안 무서워."

"조미료 진짜 안 쓰는 거 맞아? 조금이라도 썼으면 허위 판매로 신고할 거야."

"말 더럽게 많네. Questa stronza!"

알아들을 수 없는 말에 여자는 물론이고 해담마저 눈을 동그랗게 떴다.

"당신, 그거 욕이지?"

"궁금하면 알아보든가. 개념 없는 그 머리로 알아낼 수나 있을지 모르겠지만."

"뭐, 뭐라고?"

지선은 유리문을 활짝 열어젖히고서 서늘하게 여자를 응시했다.

"나가라고."

"기막혀 진짜!"

여자는 해담과 지선을 있는 대로 노려본 다음 유리의 팔을 거칠게 끌고서 가게를 나갔다.

밖으로 나간 여자는 잠시 동안 가게 앞에서 발을 동동 구르고, 침을 뱉어 화풀이를 한 다음에야 사라졌다.

"살다살다 별 미친 여자를 다 보겠네."

지선이 대수롭지 않게 말했으나 해담은 걱정스러운 표정을 지었다.

"엄마, 괜찮으시겠어요? 해코지하면 어쩌려고요."

"그럼, 뭐. 내 딸한테 갑질하는 꼴을 보고 그냥 넘어가라고?"

"그래도 가게에 대해서 이상한 소문이라도 내면……."

"내고 싶으면 내라고 그래. 명예훼손으로 가만 안 둘 테니까."

역시나. 임지선 씨 불뚝 성질 하나는 알아줘야 한다니까. 희미하게 고개를 젓던 해담은 이내 손뼉을 짝 쳤다.

"참, 아까 엄마 뭐라고 하신 거예요?"

"뭐."

"영어는 아닌데 뭐라고 하셨잖아요."

"아. 그냥 욕."

"에?"

해담은 푸핫, 웃음을 흘렸다. 이제 우리나라 욕으로도 모자라 외국어로 하다니.

"쯧쯧. 저런 엄마 밑에서 애가 뭘 보고 배울까. 애가 안 됐다, 애가."

혀끝을 차고서 주방으로 들어가는 지선을 보며 해담도 마음이 불편해졌다. 하필, 진서가 친하다는 유리의 엄마가 저런 사람이라니.

남의 가정사나, 교육에 대해 이러쿵저러쿵하고 싶지 않지만, 진서와 친하다니 신경이 쓰일 수밖에 없었다. 유리가 어쩐지 안 됐기도 하고.

문득, 장장 10만 2천 원이나 하던 거금의 머리끈이 떠올라 열이 확 치솟았다.

"아니, 진서가 유리한테 준 걸 왜 자기가 뺏어서 끼고 있는 거야?"

그렇다고 따라가서 따질 수도 없어 답답할 노릇이었다.

"사장님, 저 이만 퇴근할게요."

주방 직원 은혜가 퇴근 준비를 하고서 홀로 나왔다.

"그래요. 수고했어요. 내일 봐요."

"해담아, 내일 보자."

"네, 언니. 낼 봬요."

은혜가 인사를 나누고 나가자, 해담도 부지런히 세탁물을 모았다.

"너 먼저 들어가. 엄마는 이따 들어갈 거야."

오늘 주신에게 과외를 받는 날인 모양이었다.

"알았어요."

순순히 대답하는 해담을 지선이 묘한 표정으로 보았다.

"너, 주신이랑 언제부터 사귄 거야?"

"얼마 안 됐어요. 왜요?"

해담이 가방을 둘러메고서 대답했다.

"주신이가 너한테 무슨 말했지?"

"뭘요?"

"둘이 사귀니까 분명히 얘기했을 거야."

"그러니까 뭘요."

해담이 답답한 표정을 짓자 지선이 눈을 가늘게 떴다.

"가게 마치면, 일주일에 한두 번씩 엄마가 주신이한테 공부 배워."

윽. 지선이 이런 식으로 밝힐 줄 몰랐기에 해담은 상당히 애매해졌다. 전혀 몰랐던 것처럼 반응하기에는 발연기가 걸린다. 그렇다고 또 안다고 하면, 괜히 주신을 입 가벼운 사람으로 만들어버리게 되고.

주신은 지금껏 단 한 번도 지선에게 뭔가를 가르친다는 사실을 발설한 적이 없는데.

"예전에는 공부 좀 해 보려고, 먼저 들어가라 그러면 극구 같이 가겠다던 애가 요즘은 토 하나 안 달고 얌전히 가준단 말이지. 주신이한테 이미 들어서 알고 있었던 거지?"

"주신이한테 뭘 배우고 있다는 건 알고 있었어요."

"거 봐. 그렇지."

"그렇긴 뭐가요. 주신이한테 들은 것도 아닌데요."

"그럼?"

해담은 아주 살짝 민망한 표정으로 입술을 움직였다.

"같이 저녁 먹자고 했더니, 불금에 주말까지 다 약속이 잡혀 있대요. 막 사귀기 시작할 땐데 화가 안 나요? 그래서 슬쩍 미행을 해 봤죠. 대체 누구를 만나기에 여친을 까는 건가 싶어서요. 따라갔더니 가게서 엄마 만나고 있더라고요. 그때 알았어요."

가만히 속눈썹을 깜빡이며 듣던 지선이 눈을 번쩍 떴다.

"어머. 황금 같은 시간을 뺏어서 주신이한테 되게 미안한 적이 있었는데, 그때, 그 주신이 여자친구가 너였어?"

"그럼, 누구겠어요. 주신이가 그때 사귀던 애와 헤어지고 지금 저 만나고 있을까 봐서요?"

놀라서 입술을 턱 벌렸던 지선이 이내 기가 막힌 웃음을 흘려보냈다.

"와. 난 내 딸이 이렇게 내숭 백 단일 줄은 몰랐다. 그때까지 주신이 이름만 나와도 펄쩍 뛰더니. 어이구, 사귀고 계셨어요?"

"그래서 내가 말끝마다 그런 거잖아요. 효녀 어쩌고저쩌고."

"아. 내가 예뻐하는 주신이랑 사귀니까 넌 효녀다, 이거지?"

"그렇죠."

지선이 다시 한 번 어이없는 웃음을 뱉어냈다.

"그럼, 아직도 주신이는 네가 알고 있는 거 몰라?"

"엄마가 먼저 말씀하셨으니까, 이제 얘기하려고요."

"이야, 내 딸. 주신이랑 사귀더니 입 되게 무거워졌다."

"원래 무거웠어요."

고개를 절레절레 흔든 지선이 이내 일당이 담긴 흰 봉투를 내밀었다.

"자. 일당."

"우후후후. 감사함당."

"이러는 것도 며칠 안 남았네."

"그럼, 진희 언니 다음 주부터 가게 나오는 거예요?"

"그러기로 했어."

조금 아쉬운 표정을 짓고서 해담은 걸음을 옮겼다.

"먼저 갈게요."

"그래."

유리문을 밀고서 가게를 나온 해담은 주신에게로 전화를 걸었다. 늘 그렇듯 음악 대신 신호음이 나오다 주신이 전화를 받았다.

-응. 해담아.

"어디야?"

-음. 가게 근처.

"뭐, 우리 가게?"

모르는 척 해담은 일부러 음성을 키웠다.

-응. 근처에 볼일이 좀 있어서.

주신은 절대 지선과의 약속임을 말해주지 않았다. 해담은 조금 더 놀려먹을까 하다가 관두었다.

가뜩이나 형진 때문에 싱숭생숭할 텐데, 놀려먹을 시간에 조금이라도 더 예뻐해 주고 싶어서.

"그 볼일이 우리 엄마 만나는 거지?"

-…….

허를 찔린 주신이 입을 꾹 다물어버리자 해담은 말을 이었다.

"엄마가 그러시더라. 그동안 너한테 과외 받으셨다고."

-들었구나.

"응. 방금 막."

-해담아, 고개 들어봐.

해담이 고개를 들자 저만치 걸어오고 있는 주신이 포착되었다. 눈이 마주친 두 사람은 환한 미소를 지으며 귀에 대고 있던 핸드폰을 내렸다.

해담이 걸음을 조금 빨리 하자, 주신 역시 성큼성큼 큰 걸음으로 다가왔다. 누가 먼저랄 것도 없이 덥석 서로의 몸을 껴안았다.

조금 더 힘을 주어 해담의 등을 바짝 끌어당긴 주신이 부드러운 머리칼에 얼굴을 묻었다.

"흐음."

해담의 향취를 마음껏 들이마신 주신이 이내 가두었던 몸을 풀어주었다.

"아주머니께서 말씀하셨댔지?"

"응."

"잠깐만 기다려 봐."

주신은 뛰다시피 가게로 들어갔다가 채 1분도 지나지 않아 다시 해담에게 돌아왔다.

"뭐 하고 온 거야?"

해담이 눈을 깜빡거리며 묻자 주신이 그녀의 손을 덥석 잡고서 깍지를 끼었다.

"너 데려다주고 온다고 말씀드렸어."

"엎어지면 코 닿을 덴데 뭘 데려다줘? 라고 하시지 않으셨어?"

"토시 하나 안 틀리고 정확해."

주신이 잔뜩 신기한 표정으로 쿡쿡 웃고서 걸음을 뗐다. 해담 역시 따라 웃으며 주신과 나란히 걸었다.

"오늘 많이 안 바빴어?"

"점심시간이랑 저녁시간 다 돼서 조금 바빴던 거 말고는 괜찮았어."

그렇게 대답한 해담은 문득 있었던 일을 떠올렸다.

"참. 나 유리라는 애 봤다?"

주신의 눈동자가 학부모 모드가 되어 반짝 빛났다.

"그랬어?"

"응. 걔 엄마랑 같이 가게에 왔었어. 대화를 나누는데 유리라고 부르더라고."

"흔한 이름인데?"

"내가 진서한테 삥 뜯긴 머리끈을 끼고 있더라고. 이름과 머리끈이 똑같은 우연은 거의 없잖아."

"아."

물론, 그 머리끈을 성질 고약한 엄마가 뺏어 끼고 있는 걸로도 모자라, 진서를 탐탁지 않게 여긴다는 건 입 안으로 밀어 넣었다.

"어땠어?"

"귀엽더라. 착해 보이기도 했고."

그 엄마는 전혀 아니었지만. 몇 마디 주고받지도 않았고, 얼마 걷지도 않았는데 어느새 홀쩍 동네 주택가가 나왔다.

해담이 발걸음을 조금 늦추었지만, 주신은 꿋꿋이 그녀를 이끌었다.

"아주머니 혼자 기다리시니까 빨리 가자."

"아. 그렇지."

주신과 있으니 철없는 딸이 되는 것 같아 해담은 멋쩍게 웃으며 콧잔등을 살짝 찡그렸다. 그 모습이 너무 귀엽게 느껴져 주신은 순간적으로 심장이 쿵, 내려앉는 듯했다.

눌러 두었던 야성이 스멀스멀 피어오를 것 같아 괜히 발걸음만 더 빨리 옮겼다.

"벌써 다 왔네."

집 근처에 다다르자 해담의 음성에 아쉬움이 잔뜩 묻어났다. 주신 역시 아쉽고 허전했지만 어쩔 수 없이 잡고 있던 손을 슬그머니 놓았다.

"들어가. 전화할게."

해담은 슬쩍 고개를 돌려 집 쪽을 한 번 봤다가, 주변을 휘휘 둘러본 다음 말가니 주신을 올려다보았다.

"그냥 가려고?"

주신의 심장이 2차 공격을 받고 사정없이 추락했다.

꿀꺽. 마른침이 삼켜지며 목울대가 움직였다.

"응? 그냥 갈 거야?"

겨우겨우 참고 있는데 해담이 이렇게 예쁘게 쳐다보니 더 버틸 재간이 없었다.

"이해담, 진짜."

주신은 해담의 손을 붙잡고서 어두운 골목 안쪽으로 향했다.

빛이 닿지 않는 담벼락에 해담을 밀어붙인 주신은 그대로 그녀의 입술을 집어삼켰다. 흡, 다급히 해담이 숨을 들이켰지만, 주신에게는 사정을 봐줄 만한 여유가 눈곱만치도 없었다.

해담의 호흡과 혀를 성마르게 빨아들이며 주신은 작은 등을 바짝 끌어당겼다.

"하아."

해담이 목을 끌어안으며 열렬히 반응을 해오자 키스는 더욱 진해져만 갔다. 누구의 것인지 모를 호흡을 마음껏 들이마신 다음에야 주신은 입술을 떼어냈다.

거친 숨을 몰아쉬며 주신은 해담의 몸을 품에 가두었다.

"우리 예쁜이. 내가 너 때문에 미친다."

"너무 좋아서?"

"그래. 너무 좋아서."

희미하게 웃은 주신은 해담의 부드러운 볼을 가볍게 꼬집었다.

"아주머니 너무 기다리시게 한다."

"응."

꼭 껴안고 있던 팔을 푼 주신은 그래도 아쉬움이 남았다. 반듯한 이마와 부드러운 얼굴, 그리고 입술에 자잘한 입맞춤을 남긴 다음에야 주신은 해담을 놓아주었다.

"이제 진짜 들어가."

"응. 너도 가."

해담이 대문 안으로 들어서는 것을 보자마자 주신은 곧장 내달리기 시작했다.

그 모습을 대문 창살 틈으로 지켜보고 있던 해담은 주신이 완전히 보이지 않아서야 몸을 돌렸다.

아직 여운이 진하게 남아 있는 주신과의 키스를 떠올리며 해담은 한숨을 흘렸다. 조금 더 같이 있고 싶고, 조금 더 주신의 손길을 느끼고 싶었다.

"다들 헤어지는 게 싫어서 결혼한다고 하는구나."

해담은 불이 꺼진 집 안으로 발걸음을 옮겼다.

♥

잠자리에 들 준비를 마친 진서가 이불 속으로 쏙 들어가자 주신도 보던 책을 덮었다. 진서 덕분에 달라진 게 있다면, 밤에 일찍 잠자리에 들게 된다는 것이다. 부득이한 경우를 빼고는 어지간하면 진서와 함께 잠자리에 들었다.

"아빠, 일요일에 놀이공원 가는 거 있잖아요."

"왜?"

"저, 혹시……."

진서가 주뼛주뼛 쉽게 말을 꺼내지 못하자 주신은 옆으로 다가가 침대에 걸터앉았다.

"괜찮으니까 말해 봐."

진서는 머리를 긁적이며 말문을 열었다.

"유리도 함께 가면 안 돼요?"

"유리? 네 친구?"

"네. 여섯 살 때 이후로 한 번도 놀이공원을 가본 적이 없다고 했거든요."

전혀 예상치 못한 전개에 주신은 조금 난감해졌다. 어린아이를 데려가려면 일단 부모의 허락이 있어야 했으니까. 거기다 해담이 어떻게 생각할지 몰라 쉽게 대답할 문제가 아니었다. 그렇다고 곧장 거절하면 진서가 크게 실망할 것 같았다.

찰나 동안 고민에 빠졌던 주신은 살짝 여지를 남겨 놓았다.

"일단, 엄마와 의논해 볼게. 유리 부모님께 말씀도 드려야 하니까."

"정말요?"

마치, 허락이라도 받은 듯 진서의 얼굴이 밝아졌다.

"그러려면 이제 뭘 해야 하지?"

"자야 돼요."

배시시 웃으며 진서가 눈을 꼭 감자 주신은 이불을 덮어주었다. 조도를 낮춰 취침등만 켜둔 채 주신은 진서가 잠들기를 기다렸다.

"……으으……안……돼요."

밤이 깊었지만, 오늘따라 이런저런 생각들로 뒤척이던 주신은 희미하게 들려오는 신음 소리에 옆으로 몸을 돌렸다.

"오……오면……안……되는데……아직."

금방이라도 울음을 터트릴 것처럼 한껏 인상을 쓴 진서가 잠꼬대를 흘리고 있었다.

"도대체 무슨 악몽을 꾸는데 이럴까."

주신은 식은땀이 맺힌 진서의 이마를 쓸어준 다음, 가만히 가슴팍을 토닥였다. 조금 더 중얼중얼, 잠꼬대를 한 진서가 얼마 지나지 않아 다시 잠에 빠져들었다.

진서가 깰까 봐 손을 거두어들인 주신은 작게 한숨을 흘렸다. 놀이공원에 유리와 함께 가는 걸 정말 진지하게 생각해 봐야 할 듯했다.

"그러면 이 녀석 기분이 조금이라도 나아지려나."

[주신아, 오늘은 학원 같이 안 가줘도 돼. 아빠 출근하시는 길에 차 태워 달라고 말씀드렸어.]

이른 아침, 해담에게서 도착한 문자에 주신은 작게 신음을 흘렸다. 여전히 형진이 곁을 주지 않으니 해담이 중간에서 애를 쓰는 듯해, 마음이 무거웠다.

[알았어. 수업 열심히 듣고. 끝나면 전화해.]

짤막하게 답을 보낸 주신은 아직까지 곯아떨어져 있는 진서를 깨웠다.

"진서. 이만 일어나야지."

몇 번 흔들자 아직 떠지지 않는 눈을 하고서 진서가 부스스 상체를 일으켰다.

"참 말은 잘 듣는단 말이야."

여전히 잠에서 깨지 않아 앉은 채로 꾸벅꾸벅 졸고 있기는 했지만.

작게 웃음을 흘린 주신은 진서의 겨드랑이 양쪽에 손을 넣고서 번쩍 위로 들어 올렸다. 스스럼없이 어깨에 매달리는 진서를 받쳐 든 채 주신은 그대로 아래층으로 향했다.

주방으로 가자 아침을 차리던 영주가 그 모습을 보고 착잡한 표정을 지었다.

"진서, 이제 눈 뜨고 가서 손 씻고 와야지."

주신이 엉덩이를 몇 번 두들기고서 내려놓자, 그제야 진서가 꾸물꾸물 눈을 떴다. 겨우 잠에서 깬 진서를 욕실로 보내놓고 주신은 영주를 돕기 위해 다가갔다.

영주가 묘한 눈으로 보는 것도 모른 채.

잠시 뒤, 다섯 명이 둘러앉은 식탁은 묘하게 긴장감이 넘쳤다.

태석은 로펌 일 문제로 골똘히 생각에 잠긴 터라 기계적으로 밥을 입 안으로 밀어 넣었다.

영주는 영주대로 진서에 대한 궁금증이 극에 달해 있어 밥을 뜨는 둥 마는 둥한 상태였다.

유신은 요 며칠 느껴지는 어머니의 날 선 분위기로 인해, 일단 눈치를 보는 중이었다.

주신은 자신을 탐탁지 않아 하는 듯한 형진에, 자꾸만 악몽을 꾸는 진서까지, 여러모로 신경 쓰이는 게 많았다.

어른들의 심리를 알 리 없는 진서만큼은 평소처럼 열심히 밥을 먹었다.

영주는 남편과 아들들 그리고 진서를 한 번에 쓱 훑었다.

'이리 봐도, 저리 봐도 넷이 영락없는 판박이네.'

가뜩이나 없는 입맛이 뚝 떨어진다. 그러지 않으려 애쓰는데도 자꾸만 마음이 좋지 않은 쪽으로 기울었다.

단 한 번도 그런 적 없는 주신이 갑자기 친구 동생이랍시고 데려온 것부터가 이상했다.

진서가 온 지 한 달이 훌쩍 넘었는데도 여태껏 그쪽 부모들에게서 연락한 통 오지 않는 것도 말이 안 되는 거였다. 먼젓번, 태석이 진서를 데리고 사우나에 갔던 것도 그렇고.

지금 생각하니 온통 의심스러운 것투성이다.

결국, 영주는 밥공기를 반도 비우지 못한 채 젓가락을 탁, 내려놓았다.

"먹고 알아서들 좀 치워. 머리가 아파서 조금 더 누워 있어야 할 것 같아."

아들들에게 말하고서 영주가 식탁 의자를 빼고서 몸을 일으켰다. 몸을 돌리려던 영주는 멈칫하고서 태석을 응시했다.

"참, 당신 오늘 늦게 들어와요?"

"저녁 약속 있어서 조금 늦을 거예요. 왜요?"

영주는 수 초 동안 말없이 태석을 응시하다가 이내 입술을 움직였다.

"나도 저녁 약속 있어서 그래요. 진서 데리고 큰언니랑 저녁 먹으려고요."

그렇게 대꾸한 영주가 태석의 얼굴을 살폈지만, 남편은 별다른 반응 없이 고개만 끄덕일 뿐이었다. 오히려 이름이 들먹여진 진서와, 유신이 동작을 멈추고서 영주를 바라보았다.

"진서, 아줌마랑 저녁 먹으러 나가도 괜찮지?"

"네. 전 좋아요."

진서가 초승달 모양으로 눈을 만들고서 해맑게 웃었다. 반면, 유신은 먹던 게 딱 걸린 기분이었다.

왜 하필 갑자기, 뜬금없이 진서를 데리고 큰이모와 저녁을 하겠다는 건지, 불길함이 스멀스멀 피어오른다.

큰이모가 기영의 막장 상상을 사실로 받아들이고서, 지난 일요일, 어머니에게 전달했을 것 같은 예감이 스쳤다.

식사가 끝난 뒤의 정리 및 설거지 담당은 주신이었다. 유신에게 톡톡히 신세진 게 있었으니 주신 스스로가 자처했다.

"저도 도울게요."

진서가 식탁 위의 접시를 싱크대로 옮겼다. 희미하게 웃은 주신은 진서의 머리를 부드럽게 쓰다듬어 주었다.

"혼자 하는 게 훨씬 더 빠르니까, 넌 올라가서 양치하고 씻어."

"네."

금세 수긍한 진서가 주방을 나가자 주신은 팔을 걷었다. 본격적으로 설거지에 돌입하려는데 유신이 등 뒤로 다가왔다.

"설거지 끝나면 얘기 좀 하게 내 방으로 와."

"왜. 여기서 해."

"진서 문제."

나직한 유신의 말에 주신은 더 토 달지 않고 고개를 끄덕였다.

"알았어."

"지 아들 문제라니까 두말 않는 거 봐라."

유신이 고개를 절레절레 흔들며 주방을 나갔다.

확실히 아들 문제라니 대수롭지 않은 건 사실이었다. 괜히 더 궁금증이 치솟아 주신은 열심히 설거지를 했다.

잠시 뒤 설거지를 끝내고 물기까지 완전히 닦은 뒤 주신은 유신의 방으로 향했다.

"기영 누나가 진서를 아버지 혼외자식으로 잠깐 오해를 했었어."

너무도 뜬금없는 유신의 말에 주신은 한쪽 눈썹을 세웠다.

"갑자기 웬 혼외자식? 기영 누나가 진서를 어떻게 알고. 가만히 계신 아버지는 왜 또."

"저번에 기영 누나가 마트를 갔는데, 거기서 어머니와 진서를 만났나 봐. 그때는 진서가 내 아들인 줄 알았대."

"아니, 왜?"

가관도 아닌 소리에 주신이 황당한 표정을 짓자, 유신은 기영이 했던 오해와 자신이 둘러댔던 것을 설명해 주었다.

그것을 듣고 난 주신이 기가 막히다 못해 실소까지 흘렸다.

"누나 그렇게 안 봤는데 허당기 있네. 형 아들로 의심했다가 아버지까지 끌어들이고."

"야. 그래도 너 안 끌어들인 게 어디냐. 너 들먹였으면 거짓말로 둘러댔어
야 하는데, 완전 티 났을 거라고."

"그래서 오해는 완전히 풀어진 거야?"

"하아."

유신이 한숨을 내쉬고서 말을 이었다.

"그게, 누나 오해는 풀렸는데, 그 오해가 다른 사람에게로 옮겨가 버렸어."

"누구한테로."

"큰이모와 엄마한테로."

"뭐?"

유신은 다시 기영과 큰이모 사이에 있었던 일을 늘어놓았다. 바로 그 다
음 날, 큰이모와 어머니가 함께 식사를 했다는 사실도 더불어서.

"아무래도 식사하시면서 이모가 어머니한테 진서 얘기를 한 것 같아. 요
며칠 어머니 분위기 계속 가라앉아 계시더라고. 식사도 통 못하시는 것 같
고."

주신의 얼굴에 경악스러운 기색이 떠올랐다.

"말도 안 돼. 어떻게 확인도 안 해보고 그런 엄청난 오해를 할 수가 있지?"

유신은 어깨를 으쓱했다.

"그러니까 오해지. 사실을 확인했으면 그게 오해겠냐."

"말장난할 때야?"

"나도 답답해서 그런다, 답답해서."

어이없는 얼굴로 이마를 쓸어 올린 주신은 작게 고개를 주억거렸다.

"어쩐지. 이모와 식사하시는데 진서를 왜 데려가시나 했어."

"아버지 반응 보려고 그러신 거지."

아무것도 모르는 탓에, 멀뚱멀뚱 아무런 반응 없던 태석이 떠올라 주신과

유신은 이 와중에도 픽, 웃고 말았다.

"이제 어떡하냐. 어머니랑 아버지 생각해서 빨리 오해를 풀어야 할 텐데. 사실대로 털어놓을 수도 없잖아. 그렇다고 가짜 진서 부모를 만들어서 애를 집에서 내보낼 수 있는 일은 더더욱 아니고."

갑갑한 표정으로 말한 유신이 질문을 던졌다.

"만약, 어머니가 너한테 사실 여부를 물으면 어쩔 거야? 제일 처음 진서를 데려온 게 너잖아. 그래서 아마, 어머니 입장에서는 너도 아버지랑 같은 공범으로 보여 괘씸하실 텐데."

"당연히 그러시겠지."

주신은 잠시 생각에 잠겼다가 유신을 바라보았다.

"일단 형은 아무것도 모르는 척해. 내가 알아서 할게."

"어쩌려고."

"고민해 보고."

주신이 방을 나가자 가만히 눈만 끔뻑거리던 유신도 이내 출근 준비에 나섰다.

저만치 학원이 가까워지고 있었다. 그럴수록 해담의 마음은 무겁기만 했다. 20분가량을 형진과 한 공간에 있었지만, 나눈 대화라고는 몇 마디가 다였다.

'오늘 날씨가 조금 흐리네요.'

'요 며칠 바람이 덜 차갑게 느껴져요.'

'허리는 좀 어떠세요?'

물론, 돌아오는 대답은 없었다. 그저, 형진은 정면만 응시한 채 해담을 투명인간 취급하고 있었다. 먼저 형진의 마음을 풀어보려 애쓰던 해담 역시 입을 꾹 다물고 말았다.

주신과 함께 있고 싶은 것도 참아가며 일부러 형진과의 시간을 만들었건만 허사였다. 딸이 이렇게 나오면 못 이기는 척 받아들일 줄 알았건만. 해도 너무 한 것 같아, 해담도 점점 오기가 생겼다.

"이럴 거면 도대체 저 왜 태워준다고 하셨어요?"

참지 못한 해담 역시 정면을 응시하며 싸늘하게 쏘아붙였다.

"······."

"저랑 대화하려고 태워주신 거 아니었어요? 저 이렇게 고문하려고 태워주신 거예요?"

불편한 표정으로 형진이 여전히 대꾸를 하지 않자 해담은 작게 입술을 깨물었다.

"다 왔어요. 저 앞에 세워주세요."

형진이 학원 부근에서 차를 세우자 해담은 더 말하지 않고 내렸다. 찬바람이 횡횡 부는 태도로 차에서 내린 해담이 문을 탁, 닫고서 학원 건물로 향했다. 그런 해담의 뒷모습을 보며 형진은 폭풍 같은 한숨을 내쉬었다.

미간에 깊은 주름을 만들며 형진은 이내 차를 출발시켰다.

오늘 학원 강의는 정말 듣는 둥 마는 둥이었다. 마음이 불편하니 정신을 한곳에 모을 수가 없었다.

집중, 집중만 되뇌다 보니 어느새 시간은 훌쩍 지나가고, 수업은 끝나 있었다. 가방을 메고서 강의실을 나와 멍하니 로비로 온 해담은 순간적으로 눈을 의심했다.

주신이 로비 입구에 앉아 핸드폰을 들여다보고 있었기 때문이다. 갑자기 뭔가 울컥, 하는 기분이 들어 해담은 퍼뜩 주신을 부르지 못했다.

침을 꾹 삼키고, 감정도 꾹 삼킨 다음에야 해담은 주신에게로 다가갔다. 해담은 툭툭. 손가락 끝으로 가볍게 어깨를 두드렸다.

손의 느낌만으로도 주신이 입가에 미소를 걸고서 고개를 들었다.

"수업 잘 들었어?"

"응."

겨우 대답하자 주신의 여전히 어깨에 머물러 있는 해담의 손을 움켜쥐고서 몸을 일으켰다.

"여기까지 어쩐 일이야?"

"우리 예쁜이 보고 싶어서 왔지."

해담이 못 말리겠다는 얼굴로 팔을 찰싹 때렸다.

"차 한 잔 할까."

주신의 물음에 해담은 가만히 속눈썹을 깜빡이고서 고개를 끄덕였다. 두 사람은 로비에 위치한 커피숍으로 들어갔다.

해담과 주신은 창가 자리에 마주 보고 앉아 커피를 두 잔 시켰다.

"너, 나한테 할 말 있구나?"

"응."

주신이 순순히 대답한 다음 다시 입을 열었다.

"너 모르게 혼자 해결할까도 생각했어."

해담은 마른침을 삼켰다. 해결이라니. 무슨 일이 생긴 건가 싶어 괜히 심장이 졸아들었다.

"근데, 그러면 안 될 것 같아서. 너도 상황을 알고는 있어야 할 것 같아."

"뭔데? 심각한 일이야?"

입을 열려던 주신은 종업원이 차를 가져오는 바람에 잠시 멈추었다. 커피 두 잔이 각자의 앞에 놓이고서야 주신은 말문을 열었다.

"어머니가 진서에 대해 의심하고 계셔."

"의심? 무슨 의심?"

그때까지도 해담은 별 다른 생각을 하지 못했다.

"진서가 아버지 혼외자식인 줄 아서."

"어?"

뇌가 채 인식을 못한 탓에 어리둥절한 표정을 짓던 해담은 이내 눈을 확 떴다.

"뭐, 뭐, 뭐라고? 혼외, 뭐?"

전혀 짐작조차 할 수 없었던 상황에 해담의 입은 다물어질 줄 몰랐다.

"아주머니께서 그런 생각을 하신다고?"

"응. 진서가 워낙 형과 나를 많이 닮았잖아. 형이나 내가 사촌 누나한테 친자확인 검사를 부탁했던 게 결정적인 의심을 부른 것 같아."

주신은 유신에게 들은 것들을 해담에게 알려주었다. 모조리 다 듣고 난 해담은 뭐라 할 말이 없어 숨만 몰아쉬었다.

기분이 너무 복잡했다. 심히 당황스러운데다 마음도 무거웠다. 진서를 그저 주신에게만 맡겨 놓고, 그간 자신은 너무 편하게만 지냈던 게 아닌가 싶어 미안함도 밀려들었다.

"어머니 상태로 봐서는 조만간 일이 터질 것 같아."

"그럼, 어떡해."

주신은 커피 잔을 만지작거리며, 한 번 더 심사숙고했다. 해담이 그의 결정에 반대를 할지도 몰랐으니까.

그는 어느 쪽이든 해담이 내켜하지 않는 건 최대한 피하고 싶었다.

"어떻게 했으면 좋겠어, 주신아."

잠시 동안 침묵을 지키던 주신이 작게 숨을 들이켜고서 생각을 표출했다.

"어머니께 만이라도 사실대로 말씀드리려고. 진서를 두고 거짓말로 둘러대는 것도 내키지 않아."

해담은 곧장 대답하지 않고 주신의 얼굴만 응시했다. 유신과 비밀을 공유하는 것과 어른 중 한 사람이라도 알게 되는 것과는 차원이 다른 문제였다.

그 무게가 결코 가볍지 않다는 것을 의미했다.

그렇다고 지금 상황에서 사실대로 말하는 것 외에 다른 방도가 있는 것도 아니었다. 배우자를 부정한 사람으로 의심하고 있는 영주의 기분이 지금 얼마나 끔찍할지 생각만으로도 마음이 아팠으니까.

또한 의심 받는 줄도 모른 채 부정한 사람으로 찍힌 태석 역시 안쓰럽긴 매한가지였다.

"나도 진서를 두고 거짓말하는 건 싫어. 근데, 주신아."

한참만에야 해담이 입을 열었다.

그녀도 마음의 결정을 내렸다. 생각이 복잡하기는 했지만, 주신의 결정부터 듣고 나니 의외로 쉽게 판단을 할 수 있었다.

'그런데'가 덧붙여지자 주신은 바짝 긴장한 채로 퍼뜩 덧붙였다.

"물론, 네가 부담스러우면 네 얘기는 안 할 거야. 걱정 안 해도 돼."

자신을 생각해 주는 주신의 마음이 충분히 느껴졌지만, 해담은 피식 웃고 말았다.

"넌 지나치게 나를 배려하더라."

"그래야 하니까."

해담은 가만히 커피 잔을 들어 한 모금 마셨다. 순식간에 결론에 도달해서인지 오히려 마음이 조금 편해졌다.

아니, 아니다. 어떤 면으로는 조급증이 일었다. 의심으로 인해 고통 받고 있는 영주를 편안하게 해주고 싶어서.

해담은 잔을 내려놓고서 입을 열었다.

"근데, 기왕 말씀드릴 거면 우리 부모님께도 같이 말씀드리자. 그래야 공평하지."

조금도 예상하지 못했던 해담의 결정에 주신의 눈동자에 이채가 확 감돌았다. 해담이 마음의 문을 완벽히 열었다는 의미였으니까.

"정말, 그래도 괜찮겠어?"

"그게 맞는 것 같아. 진서에게도 그편이 좋을 것 같고."

감격에 겨워 훅, 숨을 들이켠 주신이 테이블 위에 놓인 해담의 손을 덥석 움켜쥐었다.

"고맙다."

해담은 주신의 손 위에 나머지 한 손을 덮었다.

"네가 진서 아빠라서 나도 고마워."

주신은 세상을 다 얻은 것 같은 얼굴을 하고서 진한 눈빛을 발산했다. 마치, 사랑을 나눌 때와 같은 그 뜨거운 눈동자에 해담은 발갛게 얼굴을 붉혔다.

"그럼, 언제 말씀드리면 좋을까?"

해담의 물음에 잠시 생각에 잠겼던 주신이 대답했다.

"토요일 어때?"

"토요일?"

"저녁에 양쪽 어른들 함께 모셔 놓고 말씀드리면 어떨까 싶은데."

"그것도 괜찮을 것 같아. 엄마한테 가게 조금 일찍 마치자고 미리 말씀드릴게. 아빠도 토요일은 출근 안 하시니까."

마치, 결혼 발표라도 하듯 해담과 주신은 서로를 마주 보며 아주 비장한 표정을 지었다.

28.

영주는 화장대 거울 앞에 앉아 물끄러미 자신의 얼굴을 들여다보았다.

"공영주, 언제 이렇게 늙었니."

꿈 많은 여고시절, 다사다난했던 대학시절. 마음은 그때처럼 여전히 파릇파릇한데, 어느새 외양은 세월의 흐름을 받아들이고 있었다.

물론, 워낙 관리를 잘한 덕에, 사람들이 원래 나이보다 10년은 젊게 봐 주곤 했다.

그래 봤자, 지금 그녀는 티셔츠에 청바지만 입어도 반짝반짝 빛나는 20대가 아니었다.

'어떤 여자일까. 분명, 어리고 예쁘겠지.'

저도 모르게 생각이 거기까지 미치고 말았다. 너무 브레이크가 걸리지 않은 소름 끼치는 상념에 영주는 고개를 흔들었다.

"내가 지금 무슨 망상을 하는 거야. 아직 사실 여부를 확실히 확인한 것도 아니면서."

그렇게 중얼거리고 있었지만, 그 끔찍한 예감이 진실일 것만 같았다. 지금까지의 모든 정황이 그랬고, 큰언니의 농담도 단순히 해본 말이 아니었다.

"분명, 기영이 뭔가를 알고 있는 거야."

잠시 잠깐, 처음 진서를 데려온 주신에게 진실을 물어볼까도 싶었다. 하지만, 초록은 동색이라고 같은 성별이니 분명 제 아빠 편을 들어 숨길 게 뻔했다.

그게 아니었으면 처음부터 속이고 들어오지 않았을 테니까.

"자식 겉 낳지 속 낳는 거 아니라더니."

티를 안 내고 있지만, 주신에게도 짙은 배신감을 느끼는 중이었다. 유신이라면 몰라도 늘 올곧은 줄로만 알았던 주신이 한통속이 되어 그럴 줄은 몰랐다.

이럴 때 속내를 털어놓을 딸이라도 하나 있었으면 얼마나 좋을까.

갑자기 진서도 참 안됐다. 지금이야 어려서 아무것도 모른다지만, 나중에 필시 상심이 클 것이다.

평생 사생아 딱지를 달고 살아야 하니까. 따지고 보면 죄다 어른들 잘못인데, 그 어린 게 무슨 죄가 있다고.

오만가지 어지러운 잡념들로 뇌가 피폐해질 것 같아 영주는 핸드폰을 집어 들었다.

"일단 기영이 만나서 확실히 확인부터 하고. 직접 들으면 알게 되겠지."

막 전화를 걸려는데, 똑똑, 노크 소리가 들려왔다.

"어머니, 저 잠깐 들어갈게요."

주신의 음성이었다. 영주는 전화 걸기를 멈추고서 핸드폰을 내려놓았다.

"그래. 들어와."

문이 열리고 주신이 방 안으로 들어왔다. 영주는 화장대 수틀 의자에 앉은 그대로 방향만 바꾸었다.

"왜?"

영주는 최대한 덤덤하게 주신을 응시했다.

"저녁에 진서 데리고 큰이모 만나러 가세요?"

찰나 동안 눈을 깜빡인 영주는 아침 식사 때 태석의 반응을 보기 위해 충동적으로 내뱉었던 말을 생각해 냈다.

영주는 작게 고개를 흔들어 보였다.

"아니. 그러려고 했는데, 피곤해서 안 나가려고. 그거 물어보려고 온 거야?"

"아뇨. 토요일 저녁에 가족 다 같이 저녁 식사했으면 싶어서요."

"토요일 저녁에 다 같이?"

"네."

눈동자를 굴리던 영주는 문득 떠오르는 생각에 아차, 싶었다.

"어머나, 그러고 보니, 너 여자친구 생겼다고 했지?"

"네."

영주는 꼬리를 무는 의심증으로 인해 그간 아들의 여자친구에 대해 너무 관심을 주지 않은 것 같아 미안해졌다. 그래도 주신이 처음으로 여자친구에 대해 언급을 한 건데, 무심했다.

"혹시, 여자친구를 초대하고 싶어서 그러는 거야?"

"그것 때문은 아니에요."

"아니라고?"

"그날 드릴 말씀이 있어서요."

여자친구를 초대하겠다는 것도 아닌데, 가족 다 모인 자리에서 할 말이라면…… 설마.

"진서에 대해서 말씀드리려고요."

자신의 직감과 주신의 입에서 나온 말이 딱 맞아떨어지자 영주는 눈앞이 어지러웠다. 가만히 눈을 감았다 뜬 영주는 애써 아무렇지 않게 고개를 끄덕였다.

"그래. 그러자."

주신이 방을 나가고 난 뒤 영주는 침대로 가 몸을 뉘었다.

"기영이에게 전화해 보고 말고 할 필요도 없겠네."

어차피 주말이면 진실이 밝혀질 테니까.

침대에 누운 영주가 복잡한 머리를 식히려 애쓸 때, 방을 나온 주신은 곧장 2층으로 올라갔다.

방으로 들어온 주신은 작게 한숨을 흘렸다. 이미 어머니는 의심을 넘어, 진서가 아버지의 아들이라고 거의 확신하고 있는 듯했다. 아무것도 궁금해하지 않고 그저, 알았다고만 하는 걸 보면.

영주를 생각하면 토요일보다 좀 더 날짜를 앞당기고 싶은 마음이 굴뚝같았다.

"그전에 먼저 해야 될 일이 있으니 그럴 수도 없고."

주신은 핸드폰을 들고서 유신에게로 전화를 걸었다. 귀가 닳도록 들었던 컬러링이 흘러나오고 얼마 지나지 않아 유신이 전화를 받았다.

-어. 주신이냐.

"형, 잠깐 통화 괜찮아?"

-응. 괜찮아, 해.

"진서에 대해서 사실대로 말씀을 드리려고 해."

-뭐, 진짜?

유신의 음성이 펄쩍 뛸 듯이 높아졌다.

-야, 잠깐만.

사무실에서 자리를 옮기듯 잠시 동안 아무 말 없던 유신이 잠시 뒤 말을 건네 왔다.

-정면 돌파하기로 결정한 거야?

"어. 그게 맞는 것 같아서."

-오호, 박력 있어. 근데, 믿으실지 모르겠네.

"그래서 전화한 거야. 형이 해 줘야 할 일이 있어서."

-이 자식. 부탁도 아니고 해 줘야 할 일?

"유치하게. 알았어, 부탁 좀 할게."

-당연히 부탁이지, 자식아. 뭔데?

유신이 금세 부드러운 음성을 내자, 희미하게 고개를 저은 주신은 대답을 하기 시작했다.

딸랑딸랑. 풍경 소리에 해담은 자동으로 미소를 지었다.

"어서 오세⋯⋯."

'요'자 대신 해담의 입술이 확 귀에 걸렸다.

다름 아닌 주신이 가게 문을 열고서 안으로 들어왔기 때문이다. 어찌나 훤칠하고 잘생겼는지 볼 때마다 심장이 두근거렸다.

조금 전 손님이 끊겨 잠시 쉬려던 참이었기에, 해담은 일하는 곳이라는 것도 잊고 쪼르르 달려갔다. 해담은 습관처럼 덥석 주신의 허리를 껴안은 채 고개를 들었다.

"어떻게 왔어?"

"음. 걸어서."

별거 아닌 농담에도 해담이 킥킥킥, 웃으며 주신의 팔을 툭 쳤다.

"니네 남의 영업장소에서 뭐 하냐? 영화 찍냐?"

주방에서 지선의 음성이 날아들어서야, 해담과 주신은 멋쩍은 얼굴로 슬그머니 떨어졌다. 주신이 늘 그렇듯 예의 바르게 허리를 숙였다.

"안녕하세요."

"그래. 어서 와."

지선이 조금 전의 면박과는 달리 아주 반갑게 주신을 맞았다. 그냥, 옆집에 사는 딸 친구를 대할 때보다, 지선의 표정이 훨씬 더 환했다.

"저, 해담이와 잠깐 얘기 좀 해도 괜찮겠습니까?"

"그래, 그렇게 해. 바쁜 시간도 아니고 괜찮아."

지선의 허락에 다시 인사를 한 주신이 해담의 손을 잡고서 밖으로 나왔다.

"토요일, 부모님께 말씀드렸어?"

주신의 물음에 해담은 작게 고개를 저었다.

"아직 못 했어. 오늘 조금 바빴거든. 넌?"

"난 말씀드렸지. 토요일에 시간 괜찮다고 하셨어. 필요한 것도 형한테 부탁했고."

"알았어. 나도 말씀드릴게. 근데, 이거 은근히 떨린다. 죄를 지은 것도 아닌데, 왜 이런지 모르겠어."

"좀 놀라기는 하시겠지만 별일 없을 거야. 걱정 마."

주신이 다정한 손길로 해담의 어깨를 어루만졌다. 괜히 후우, 한숨을 흘린 해담은 질문을 던졌다.

"근데, 이거 물어보려고 일부러 온 거야? 전화해도 되는데."

"아."

그제야 주신은 온 목적을 떠올렸다.

"진서 때문에."

"진서? 왜. 무슨 일 있어?"

해담의 음성에 금세 걱정스러운 기색이 실렸다.

"아니. 놀이공원에 가는 것 때문에. 진서한테 말했더니, 유리와 같이 가고 싶다고 해서."

"뭐?"

해담의 눈꼬리가 사정없이 위로 올라갔다.

"진서가 그 유리라는 애랑 같이 가고 싶다고 대놓고 그래?"

"유리가 여섯 살에 한 번 놀이공원에 가보고 그 뒤로는 못 가봤대. 그래서 꼭 같이 가고 싶어 하는 눈치더라고."

"난 싫어. 무조건 싫어."

해담은 더 묻지도 따지지도 않고 단박에 거절했다. 그럴 줄 전혀 예상하지 못했던 듯 주신의 얼굴에 당혹감이 떠올랐다.

유리는 둘째 치더라도, 그 엄마가 떠올라 무조건 싫었다. 지금도 며칠 전 일을 떠올리면 화가 확 치솟을 것 같았다.

"잘 모르는 애를 데리고 가는 것도 신경 쓰이고, 괜히 무슨 일 생기면 어떡해? 우리가 다 책임져야 하는 거잖아. 그리고 걔 데리고 가려면 걔 엄마한테 허락도 받아야 하고. 절대 그러고 싶지 않아."

해담의 말을 자르지 않고 듣고만 있던 주신이 고개를 끄덕였다.

"알았어. 네가 싫으면 나도 그러고 싶지 않아."

"진서랑 친한 애라는 이유 하나로 불편함을 감수하고 싶은 마음은 없어."

"응. 알았어."

금세 표정이 굳어진 해담을 풀어주기 위해 주신이 얼굴을 부드럽게 쓰다듬었다.

"내가 진서한테는 알아듣게 잘 설명할 테니, 그만 기분 가라앉히면 안 될까."

"나 지금 화난 사람처럼 굴었어?"

해담이 조금 놀라 물었다. 주신은 대답 대신 가볍게 미소를 지어 보였다.

해담은 졸지에 자신이 너무 매정하고 옹졸한 사람처럼 군 것 같아 입 안이 썼다. 주신은 가게에서 벌어졌던 유리 엄마와의 일을 전혀 모르고 있으니, 그렇게 생각해도 무리는 아니었다. 어쩌면, 진서의 부탁을 생각해 볼게, 정도로 예상하고 왔는지도 몰랐다.

'정말, 속 좁은 사람으로 비치고 싶지는 않은데.'

그렇다고 좋은 일도 아닌 걸, 미주알고주알 떠벌리고 싶지도 않았다. 조금 속이 상해 기분이 가라앉으려 할 때였다.

"유리 어머니라는 사람과의 대면이 별로 안 좋았구나."

"어? 어어?"

그녀의 속내를 읽고 있는 듯한 주신의 말에 해담의 눈이 동그래졌다. 주신이 가볍게 어깨를 으쓱해 보였다.

"네가 이유 없이 무조건 싫다고 할 성격은 아니잖아."

부드럽게 이어진 음성에 해담은 심장이 말랑말랑 녹아드는 기분이었다.

세상에. 말하지 않았는데도 속을 헤아려주다니. 누군가 마음을 알아준다는 건 생각보다 훨씬 더 감동스러운 일이었다. 뭔가 무조건적인 내 편이 생긴 것만 같아 가슴 한쪽이 뜨끈해진다.

"도둑놈."

이번에는 주신의 눈이 동그랗게 떠졌다.

"응?"

내 심장을 홀라당 다 훔쳐갔잖아!

절대 입 밖으로 낼 수 없는 말을 삼키며 해담은 와락 주신을 껴안았다. 주신이 흡, 숨을 들이켤 정도로 거세게.

"음. 난 이러고 있는 거 좋긴 한데, 넌 괜찮겠어?"

주신이 해담의 등을 토닥토닥, 두드리며 나직이 말했다.

〈소반〉 로고가 새겨진 앞치마에 두건까지 한 채 가게 앞에서 애정 행각을 벌이는 건 그다지 좋은 모양새가 아니었다.

해담은 배시시 웃으며 팔을 풀고서 두어 걸음 뒤로 물러났다.

"진서, 실망하지 않겠지? 그건 조금 걱정이야."

"내가 알아듣게 잘 설명할게."

"하아. 애가 누굴 닮아서 그렇게 착해 빠진 거야? 그 나이에 친구를 그렇게 끔찍하게 생각하는 애가 어디 있겠어."

"단순히 친구만은 아니어서 그럴 수도 있지."

"아."

해담은 빠르게 주신의 말에 동의를 했다.

"어린 게 벌써부터 지 여친만 챙기다니."

"원래 아들놈들은 그래. 나부터도 그러니까."

"그것도 그렇네."

"예쁜이, 넌 내가 격하게 챙겨줄 테니까 걱정 안 해도 돼."

주신의 너스레에 절레절레 고개를 흔든 해담이 이내 은근한 표정을 지었다.

"오늘 저녁에 뭐 해? 스케줄 없으면 같이 저녁 먹고 영화 보러 갈까?"

그렇게 묻고서 새치름하니 덧붙였다.

"19금 진한 영화로."

주신의 목울대가 찰나 동안 꿀꺽 움직였다가 제자리로 돌아왔다.

"안 돼. 할 일 있어."

단호한 거절에 해담은 게슴츠레 뜨던 눈을 퍼뜩 원래대로 돌렸다.

"어, 그, 그래?"

"대신, 다음 주부터는 내 시간, 다 네 거 해. 과외 시간 빼고."

혹여, 해담이 서운해할까 봐 주신이 곧장 덧붙였다.

"진짜? 각오 단단히 하는 게 좋을걸?"

"마음대로 써."

비장하기 그지없는 주신의 말투에 해담은 웃음을 흘렸다. 참 큰일이었다. 주신과 있으면 팔푼이처럼 자꾸만 웃음이 튀어나오니.

"엄마, 토요일에 혹시 저녁 약속 같은 거 있으세요?"

주신이 다녀간 이후, 손님이 꾸역꾸역 밀려드는 바람에 해담은 계속 일만 했다. 그러다 보니 가게 마감할 시간이 되어서야 겨우 지선에게 운을 뗐다.

카운터 앞에 앉아 모니터를 들여다보던 지선이 시선을 들지 않은 채 대꾸했다.

"토요일? 특별한 약속은 없는데, 왜."

"그럼, 토요일에 가게를 조금 일찍 마감하면 안 돼요?"

"뭐 때문에."

"그날, 엄마 아빠께 드릴 말씀이 있어서요."

조금 긴장된 투로 말하는 해담과 달리 지선은 여전히 무심히 말했다.

"지금 해. 여기서 하기가 그러면 이따 집에 가서 하든가."

"그게, 많이 중요한 문제라서요."

그제야 지선이 고개를 들어 해담을 응시했다. 살짝 상기된 해담의 얼굴을 확인한 지선이 한쪽 눈썹을 세웠다.

"많이 중요한 문제?"

"네."

"근데, 왜 꼭 토요일이어야 하고, 굳이 가게까지 일찍 마쳐야 하는데?"

"날짜를 그렇게 잡아서 그래요."

지선의 눈이 순식간에 가늘어졌다.

"너, 무슨 사고 쳤냐?"

"무슨 사고를 쳐요. 애도 아니고."

즉각적인 해담의 반응에 지선은 고개를 삐딱하니 기울였다.

"아니면, 사고 칠 예정이라, 미리 통보하려고 그러는 거야?"

사고를 치려는 건 아니었지만, 어쩐지 양가 부모님께는 폭탄일 수도 있기에 해담은 조금 애매한 얼굴이 되었다.

그 미세한 변화를 놓치지 않은 지선이 눈을 부라리려 하자 해담은 퍼뜩 내뱉었다.

"아니에요. 그런 거. 일단, 그렇게만 아셨으면 해요. 더 이상은 때려죽이셔도 말 못 하니까, 토요일에 들으세요."

"만약에, 내가 네 요구를 묵살하고, 토요일에 일찍 안 마치면 어떻게 되는데?"

"그럼, 기회를 잃게 되시는 거예요."

"기회?"

"아주 중요한 소식을 들으실 기회요. 저, 그때 아니면 절대로 말씀 안 드릴 거거든요."

아, 저게 무슨 꿍꿍이야, 하는 표정으로 지선이 미간을 팍 구겼다. 잠시 동안 생각에 잠겼던 지선이 영 떨떠름하니 허락했다.

"알았어. 대신."

지선이 눈에 힘을 팍 주고서 곧장 덧붙였다.

"내 기준으로 봤을 때 정말 중요한 게 아니거나, 사고 비슷한 거라도 쳤거나, 그럴 예정이거나 하는 거면, 맨몸으로 쫓아낼 줄 알아."

꿀꺽 마른침을 삼킨 해담은 그저, 애매하게 웃었다.

♥

퇴근 시간이 가까워진 저녁 무렵, 책상 앞에 앉아 미간을 모은 채 결재 서류를 살펴보고 있던 형진은 전혀 생각지 못한 메시지를 받고 깜짝 놀랐다.

[안녕하세요, 저 주신입니다. 통화 언제 괜찮으세요?]

"허, 이것 참."

입 밖으로 어이없는 감정이 고스란히 나가자, 부하 직원들이 흘끔흘끔 형진의 눈치를 살폈다.

"새파랗게 어린 녀석이 예의 없게 문자질이네."

물론, 주신이 그럴 녀석이 아니라는 건 형진도 잘 알고 있었다. 아무래도 업무 중에 방해를 하게 될까 봐 메시지로 양해를 구하는 게 빤히 보였다.

그럼에도, 괜히 심술궂게 툴툴거리고서 형진은 메시지를 작성했다.

[무슨 일인데.]

[오늘 시간 괜찮으시면 저랑 저녁 어떠세요?]

"어쭈. 겁도 없이 여자친구 아빠한테 결투 신청을 하네."

바쁘다고 할까 하던 형진은 이내 마음을 바꾸었다.

[그래, 그럼.]

[고맙습니다. 대신, 해담이에게는 비밀로 부탁드립니다.]

형진은 한쪽 눈썹을 쭉 세웠다.

[그 녀석한테 나 만난다고 전화번호 물어서 문자한 거 아니었어?]

[아닙니다. 해담이는 전혀 모릅니다.]

꽤 의외라 손가락으로 툭툭, 책상을 두드리던 형진은 다시 핸드폰을 터치했다.

[알았다. 퇴근하고 동네서 보자, 그럼.]

[네. 편하신 장소 말씀 부탁드립니다.]

형진은 시간과 적당한 장소를 곧장 문자로 보내고서 눈을 가늘게 떴다.

"박살을 내주겠어."

살굿빛 은은한 조명등이 군데군데 걸린 조용한 술집. 주신은 테이블 한쪽에 앉아 초조하게 형진을 기다리고 있었다.

토요일을 대비하려면, 그전에 형진의 마음을 푸는 게 여러모로 좋을 것 같았다. 주신은 쓰윽 술집을 훑었다. 두어 테이블을 차지하고 있는 사람들은 거의 다 장년층이었다. 젊음의 왁자지껄함보다는 차분하고 느긋한 분위기가 있는 그런 술집이었다.

부동자세로 앉아 있기를 잠시, 문이 열리며 형진이 술집 안으로 들어서는 게 보였다.

벌떡, 몸을 일으킨 주신은 퍼뜩 허리를 굽혔다. 주신을 한눈에 발견한 형진이 별다른 표정 없이 다가와 맞은편에 앉았다.

"너도 앉아."

"네."

주신은 조금 긴장한 채로 앉았다. 옆집 사는 친구 아빠일 때의 형진과 여자친구의 아버지가 된 형진은 그 느낌이 하늘과 땅 차이였다.

"술, 할 줄 알아?"

형진은 머리, 꼬리 다 자르고 본론부터 들어갔다.

"네. 조금 합니다."

가볍게 까딱, 해 보인 형진은 손을 들어 웨이터를 불렀다. 웨이터가 오자 형진은 주신이 이름조차 들어본 적 없는 독한 술과 안주를 시켰다.

"······."

"······."

웨이터가 다시 오기까지 두 사람은 한 마디도 하지 않았다. 원래 형진도 그다지 말이 많은 편은 아닌데다, 주신 역시 마찬가지인 탓에 테이블은 썰렁하기만 했다.

얼마 지나지 않아 웨이터가 술을 가지고 오자, 두 사람은 그게 그렇게 반가울 수가 없었다. 양주병을 딴 형진은 호박색 알코올을 스트레이트잔 두 개에 각각 따랐다.

"양주 마실 줄 모르면 안 마셔도 돼."

형진이 한 잔을 주신 앞으로 내밀며 선전포고를 하듯 말했다. 주신에게는 해담이도 만나지 말고, 라는 것처럼 들려왔다.

"아닙니다. 괜찮습니다."

마치, 갓 자대 배치를 받아 군기가 바짝 든 군인처럼 주신이 곧장 대답했
다.

형진이 말없이 홀짝 한 잔을 마시자, 주신은 퍼뜩 잔을 들고서 고개를 돌
려 한 입에 털어 넣었다. 한 번도 접한 적 없는 40도에 육박하는 독한 술이
들어가니 절로 인상이 써진다.

간신히 꿀꺽, 삼키고서 주신은 잔을 테이블에 내려놓았다. 뒤이어 과일
안주가 나왔지만 형진은 여전히 묵묵히 술병을 들어 올렸다.

"제가 한 잔 드리겠습니다."

"됐어."

주신의 청을 가뿐히 거절한 형진은 잔 두 개를 채우자마자 다시 홀딱 한
잔을 마셨다. 주신 역시 고개를 돌려 잔을 비울 수밖에 없었다.

그런 과정이 두 잔 더 반복되자 주신은 형진의 의도를 확실히 파악했다.
주사가 있는지 확인하려는 심오한 뜻이었다. 넉 잔을 연거푸 마신 탓에 벌써
부터 열이 확, 올랐지만 주신은 마음을 다잡았다.

절대 형진 앞에서 취할 수가 없었다. 죽으면 죽었지, 자신의 주사를 보일
수가 없었으니까.

그런, 주신의 다짐을 읽은 듯 형진이 가소롭다는 표정을 지으며 다시 잔
에 술을 채웠다.

밤이 점점 깊어가고 어느새 양주는 두 병째 바닥을 보이고 있었다. 반면,
테이블 중앙을 차지하고 있는 과일 접시는 처음 나왔을 때 그대로였다.

형진이 마치, 자존심을 세우듯 입도 대고 있지 않으니 주신 역시 그럴 수
가 없었다. 니가 감히 나도 안 먹는 안주를 먹어? 라고 하는 것만 같아서.

깡술만 먹어서인지 취기가 돌 것 같아 주신은 경악스러운 심정이 되었다.

'어쩌면 저렇게 멀쩡하실 수가 있지?'

묵묵히 술잔만 기울이는 형진은 전혀 흐트러짐이 없었다. 지금처럼 형진의 페이스대로 몇 잔만 더 마시면 딱 거꾸러지거나, 주사를 보일 수도 있을 것 같았다. 그나마, 해담을 떠올리며, 정신력 하나로 버티고 있었다.

다시 형진이 술을 마시자 주신은 온정신을 긁어모아 같이 마셨다. 눈이 가물가물해질 것 같은 어지럼증이 밀려들었다.

정말, 이 상태로 혼절해 버릴 수도 있을 것 같은 불길함이 밀려들 때였다.

"후우. 너, 이 자식. 술이…… 센데?"

멀쩡한 겉과 다르게 형진의 발음은 한껏 꼬인 상태였다. 자세히 보니, 미세하게 자세도 흐트러져 있었다. 조금 놀라 형진을 응시하던 주신이 물었다.

"괜찮으세요?"

"안 괜찮아. 너 같으면 괜찮겠냐? 내 하나밖에 없는 딸이…… 집 앞에 서서 쪽쪽쪽, 대고 있는 걸 봤는데."

주신은 목덜미가 확 달아올랐다.

"그때, 커튼 틈으로 보셨죠? 죄, 죄송합니다."

"아냐, 아냐, 인마. 그 훨씬 전에 봤지."

"예?"

주신이 눈을 깜빡이자 형진이 테이블에 팔꿈치를 댄 채 손을 가볍게 휘저었다.

"니들이 사귄다고 말하기 훠어얼씬 전에, 이 아저씨가 이미 봤다구. 퇴근하는데, 집 앞에서 그러고 있는 거."

전혀 몰랐던 사실이었다. 문득, 주신의 머릿속에 생각 하나가 스쳐 지나갔다.

"아, 혹시 그래서 온천에서 돌아오시던 날 문자를 그렇게 보내신 거군요."

"그래, 내가 그랬다. 치사한 거 알아도 확실히 확인해 보고 싶었으니까."

형진이 큭큭, 웃음을 터트렸다.

"어이그, 순진한 것들. 그저, 늦게 출발한다는 문자 하나에 속아서는."

벌겋게 달아올라 있는 주신의 얼굴에 민망한 기색이 담겼다.

"내 딸, 해담이, 많이 좋아하냐?"

"예."

"처음에는 다들 그렇지, 뭐."

"아닙니다. 저한테 여자는 평생 해담이 하나뿐입니다."

알코올에 절여져서인지 해담과 둘만 있을 때 하던 말이 술술 흘러나갔다. 형진이 처음보다 훨씬 표정을 누그러뜨렸다.

"그날, 섭섭했냐?"

곧장 알아들은 주신이 어떻게 대답해야 할지 몰라 조금 애매하게 웃었다.

"괜찮아. 솔직하게 말해 봐."

"섭섭했지만, 괜찮았습니다."

"섭섭한데 뭐가 괜찮아?"

"아저씨 심정, 충분히 이해할 수 있었거든요. 저는 해담이처럼 예쁜 딸 있으면 더 했을 겁니다."

그 대답이 퍽이나 마음에 든 형진이 푸하하, 육성으로 웃음을 터트렸다. 그러다 갑자기 조금 시무룩해졌다.

"솔직히, 난 해담이한테 더 섭섭했어."

주신이 묵묵히 듣고만 있자 형진은 말을 이었다.

"이 녀석이 그랬거든. 예전부터 남자친구 사귀면 제일 먼저 얘기해 주겠다고. 근데, 나한테 일언반구도 없는 거야. 그것뿐이게? 어릴 때는 커서 나랑 결혼하겠다고 한 녀석이었다고."

형진의 푸념이 계속 이어졌다.

"초등학교 저학년 때까지는 나한테 뽀뽀도 곧잘 했거든. 근데, 어느 순간

머리 좀 컸다고 옆에 오지도 않는 거야. 징그럽다나, 어쨌다나. 뽀뽀 한 번
하자고 했더니, 더럽다고 펄쩍 뛰더라."

"해담이가 그랬어요?"

주신은 너무 놀라 저도 모르게 물었다. 만약, 나중에 자신의 딸이 더럽다
고 한다면 정말 충격을 받을 것 같았으니까.

"그래. 그랬어. 그런데, 너랑 집 앞에서는 잘도 쪽쪽쪽 하고 있더라. 물론,
너랑 나를 비교할 수는 없지만, 그래도 배신감이 드는 걸 어떡하냐."

"죄송합니다."

지은 죄도 없건만 주신은 고개를 푹 숙였다.

후우, 뜨거운 숨을 내뱉은 형진이 예고도 없이 벌떡 일어났다.

"이제 그만 가자."

듣던 중 반가운 소리에 주신의 얼굴에 화색이 돌았다. 대화만 나누고 있
는 지금도 딱 죽을 것만 같았으니까.

먼저 일어난 형진이 발을 디디다 몸을 커다랗게 휘청거렸다. 다급히 몸을
날린 주신이 형진의 몸을 붙들어 넘어지는 것을 방지했다.

"괜찮으세요?"

"안 괜찮다니까 그러네."

형진이 잔뜩 혀 꼬인 소리로 대꾸하자 주신은 작게 웃음을 흘렸다. 형진
이 내민 카드로 계산을 마치고서 주신은 함께 밖으로 나왔다.

혹여 형진이 넘어질까 옆에서 딱 부축한 채 집으로 향했다.

"어머나, 세상에! 웬일이야, 이게?"

거실에서 들려오는 지선의 외침에 해담은 퍼뜩 방을 나섰다. 거실로 나가
현관 입구를 본 해담의 눈도 지선 못지않게 커다랗게 떠졌다.

"아빠, 주신아."

인사불성 상태가 된 형진이 주신에게 부축을 받으며 안으로 들어서고 있었기 때문이다. 해담과 눈이 마주친 주신이 가볍게 미소를 지어 보였다.

어우, 이 와중에 왜 섹시하고 난리?

"아이고, 술 냄새야! 둘 다 술독에 빠져 있다 온 거야?"

지선이 면박을 주자 주신이 연방 고개를 숙였다.

"죄송합니다."

"네가 죄송할 게 뭐 있니. 아니, 이 양반은 무슨 술을 이렇게 마신 거야. 내일 출근은 어떻게 하려고."

고개를 절레절레 저은 지선이 곧바로 안방 문을 열어주었다.

"일단, 이 양반 침대에 좀 눕히자."

"네."

주신이 형진을 들다시피 부축하고서 안방의 침대에 안착시켰다.

"아니, 어떻게 된 거야? 설마, 둘이 같이 있었던 거야?"

지선이 형진의 양말을 벗기며 질문을 던졌다.

"예. 제가 뵙자고 연락을 드렸거든요."

"아. 뭔지 알겠어. 네가 애썼겠다."

빠르게 상황 파악을 한 지선이 주신의 등을 두드려 주려다, 형진의 양말 벗긴 손인 걸 깨닫고 중간에서 흠칫, 거두어들였다.

"고생 많았어. 길바닥에 안 버리고 와서 고맙다, 얘."

지선의 농담에 주신이 멋쩍게 웃었다.

"근데, 넌 어떻게 하나도 안 취했니?"

"아니에요. 저도 많이 취했습니다."

"전혀 그렇게 안 보여, 진짜. 꿀물 한 잔 타 줄까?"

"아닙니다. 시간 늦었으니, 저도 얼른 집으로 가야죠."

"어. 그래, 그래. 얼른 가봐."

"안녕히 주무세요."

주신이 꾸벅 90도로 허리를 숙이고 몸을 돌렸다. 곁에서 지켜보고 있던 해담이 곧장 따라나섰다.

현관을 나서고, 멀쩡히 마당을 지나 대문 밖까지 나와서야 주신이 담벼락에 기대어 섰다.

"너, 괜찮아?"

해담이 바짝 옆으로 붙으려 하자 주신이 긴 팔을 쭉 내밀어 막았다.

"나 술 냄새 많이 나. 가까이 오지 마."

"뭐 어때. 괜찮아."

"내가 안 괜찮아서 그래."

입장을 바꾸면 자신도 그럴 것 같아 해담은 두어 걸음 떨어져서 주신을 마주 보았다.

"아까 할 일 있다던 게 우리 아빠 만나는 거였어?"

"응."

"우리 아빠 번호는 어떻게 알았어?"

"아버지 핸드폰 살짝 봤지."

"아아."

해담은 피식 웃었다.

"근데, 왜 나한테 말 안 했어?"

"너 걱정할까 봐."

나직이 말하는 주신의 입술 끝이 슬쩍 올라갔다.

"아저씨와 사이좋아지면 그때 말하려고 했는데, 술을 많이 드시는 바람에 들켰네."

"너도 많이 마신 거지?"

"응, 뭐. 안 죽을 만큼."

그러고서 다시 주신이 입술을 비스듬히 올렸다. 해담은 가만히 눈을 깜빡이며 주신을 살폈다.

'어라, 애 취한 거야?'

지선은 주신이 멀쩡했다고 했지만, 해담이 보기에는 아니었다.

묘하게 올라간 입술, 나른하게 떠진 눈꺼풀 그리고 미세하게 흐트러진 자세.

분명, 평소의 주신과는 달랐다. 아주, 그냥, 색기가 줄줄줄 넘쳐흐른다고 할까.

이런, 미친. 술에 취한 사람을 상대로 무슨 색기 타령이야?

"피곤할 텐데, 얼른 들어가. 내일 다시 얘기해."

주신을 들여보내려 할 때였다.

"사랑해."

해담의 눈이 동그랗게 떠졌다. 심장도 철렁 내려앉았다.

"어, 어?"

"진짜, 진짜 많이 사랑해."

좋아한다는 말은 수시로 들었지만 사랑한다는 말은 처음이었다.

"너도 나 사랑하지?"

"어, 어."

"그래도 내가 훨씬 더 사랑해."

"어, 그래."

"사랑해. 해담아."

"어, 응."

"정말, 정말, 정말, 많이 사랑해. 죽을 때까지 사랑해."

"그, 그래."

"너무 사랑해서 미치겠어."

얘, 확실히 술 취했다! 거기다 주사까지 부린다!

근데, 그 주사가 너무 귀엽다. 저렇게 섹시한 얼굴로 사랑해를 연발하다니.

조금 더 이 귀여운 모습을 보고 싶었지만, 얼른 들여보내야만 할 것 같았다. 해담은 주신의 팔을 끌었다.

"우리 예쁜이. 내가 죽도록 사랑하는 거 알지?"

"그래, 그래. 알아. 알았으니까, 이제 들어가자."

말 잘 듣는 학생처럼 주신이 고개를 끄덕이고서 해담이 이끄는 대로 대문 앞에 섰다.

"너무 사랑하는데, 이 사랑을 표현할 방법이 없어서 슬프다."

그러고서 정말로 슬픈 표정을 지어 보였다. 웃음이 터질 것 같아 해담은 주신의 등을 떠밀었다.

"내일 그 사랑 실컷 표현하고, 들어가."

"응. 사랑해. 잘 자."

끝까지 사랑해를 연발한 주신이 대문 안으로 사라졌다. 해담은 그제야 큭큭큭큭, 웃음을 터트렸다.

"아, 씨. 핸드폰 들고 나올걸. 그럼, 녹음해 둘 수도 있는데."

한껏 아쉬운 표정을 지으며 해담은 걸음을 옮겼다.

29.

다음 날 아침. 세 식구가 모여 앉은 아침 식사 자리는 지선의 잔소리로 시작되었다.

"아무리 그래도 애를 데리고 술을 그렇게 마시면 어떻게 해요? 영주 언니나, 변호사님이 알면, 얼마나 당신을 원망하겠어요?"

"……."

형진은 한껏 핼쑥한 얼굴로 북엇국만 수저로 떠먹었다.

"귀한 아들내미 술 퍼먹였다고 당신만 원망하게요? 그 불똥이 다 우리 해담이한테 튈 거라고요. 생판 모르는 사이도 아니고 어른답게 너그럽게 받아들이면 되는데 그게 안 돼요? 정말, 해담이 말마따나, 영주 언니가 우리 해담이한테 그러면 좋겠어요?"

"엄마, 그만 하세요. 아빠 체하시겠어요."

해담이 끼어들어서야 지선도 식사를 시작했다.

젓가락과 숟가락이 그릇에 부딪치는 소리만 간간이 나는 가운데, 해담은 흘끔 형진의 눈치를 살폈다.

주신 딴에는 잘해 보려고 한 행동인데, 괜히 형진의 심기만 더 긁은 건 아닌지 심히 걱정이 되었다.

속이 부대끼는지 형진이 국물만 몇 번 더 마시다 숟가락을 놓았다. 이내 자리에서 일어나 주방을 나가자 해담은 속으로 한숨을 삼켰다.

'그렇게 마음 열기가 힘드신 건가.'

씁쓸한 마음에 먹던 밥이 딱 걸릴 것만 같았다. 밥그릇에 시선을 박은 채 해담이 뜨는 둥 마는 둥 하고 있을 때였다.

"해담아."

언제 주방으로 왔는지, 형진의 부름이 바로 지척에서 들려왔다. 밥알을 세고 있던 젓가락이 자동으로 뚝 멈추었다.

"네에."

해담은 괜히 부루퉁하니 시선을 들었다.

"이따, 주신이 해장 좀 시켜줘라."

그러고서 노란 지폐 몇 장을 떡하니 해담에게로 내밀었다.

"아빠."

"나 때문에 억지로 마시느라 고생했을 거야. 네가 불러서 속 좀 풀어줘."

한껏 놀라 눈만 끔뻑거리던 해담의 얼굴이 이내 확 밝아졌다.

"저 돈 있어요."

"내가 주신한테 사 주는 거니까 받아."

해담은 배시시 웃으며 형진이 내미는 돈을 받아 챙겼다. 쑥스러운지 곧장 몸을 돌리는 형진의 등에 해담이 작게 외쳤다.

"아빠, 알라븅."

형진이 멋지게 척 손을 들어 보이고서 다시 주방을 나가자, 지선이 피식 웃으며 고개를 저었다.

식사 후, 설거지까지 마친 해담은 방으로 들어와 주신에게로 전화를 걸까 하다가 참았다.

숙취 때문에 아직 자고 있을지도 모르는데 깨우기 싫어서였다.

[일어나면 전화해.]

보내기 버튼을 누르고 채 몇 초도 지나지 않아 곧장 주신에게서 전화가 걸려 왔다.

"얘는 잠도 없어?"

해담은 깜짝 놀라 전화를 받았다.

"응. 주신아. 벌써 일어났어?"

-그럼, 아까 일어났지.

"와, 대단하다. 난 술 취하면 다음 날 일어나지를 못하겠던데."

고개를 절레절레 흔들며 말한 해담은 바로 덧붙였다.

"속은 좀 괜찮아?"

-응. 괜찮아. 저기, 그런데.

"왜?"

-나 어제 실수한 거 없어?

응? 설마, 기억을 못 하는 건가? 그 정도로 취한 것 같지는 않았는데?

"어? 기억 안 나?"

-분명, 아저씨를 침대에 눕혀 드리고 나온 것까지는 기억나는데, 그 뒤가 생각 안 나서.

헐. 천하의 최주신도 필름이 끊기다니. 아니, 필름이 끊길 정도인데도 그렇게 귀여운 주사라니.

솔직히 학교 동기건 선후배들이건 술 마시고 나서 멍멍이가 되는 걸 너무 많이 봐왔기에, 주신의 주사는 주사 축에도 들지 않았다. 거기다, 얌전히 말도 더 잘 듣고.

"아빠 눕혀 드리고 나와서 얌전히 집에 잘 들어갔어."

-정말? 그게 다지?

"응. 실수한 거 없어."

나지막한 한숨이 들려왔다.

-그럼, 다행이고.

해담의 입술이 사악하게 벌어졌다.

"주신아."

-응.

"사랑해."

흡, 숨을 들이마시는 소리가 여과 없이 울려 퍼졌다.

-서, 설마.

"그 설마가 맞을걸. 거짓말 조금 보태 백 번은 했을 거야."

음, 신음을 흘리는 소리도 들렸다. 해담은 키들키들 웃음을 뱉어냈다.

-해담아, 이따가 다시 통화…….

"아빠가 너 속 풀어주라고 용돈 주셨어."

민망해하는 주신이 전화를 끊을 것 같아 해담은 퍼뜩 말했다.

-뭐?

"너 술 많이 먹여서 미안하신가 봐. 너한테 꼭 해장국 사주라고 하시더라."

-정말 그렇게 말씀하셨어?

"응."

주신의 음성이 조금 높아지자 해담도 기분이 좋았다.

"주신아."

-응.

"앞으로 다른 여자들 있을 때 어제처럼 취할 정도로 마시면…… 죽는다이."

-응. 절대 안 마실게.

그 모습은 나만 봐야 한단 말이지. 뒷말은 밀어 넣고서 해담은 사악하게 웃었다.

조만간 한 번 더 먹여야 할까 보다. 그 귀여운 모습이 자꾸만 아른거린다.

♥

주신은 해맑은 얼굴로 눈을 깜빡이고 있는 진서를 응시했다. 토요일과 일요일에 관한 이야기를 진서에게 해주기 위해 마주 보고 앉은 참이었다.

"진서야."

"네."

"내가 하는 말 잘 들어."

"네."

주신의 비장함을 읽은 진서 역시 설핏 눈에 힘을 주고서 비슷한 표정을 지었다.

"너한테 할 얘기가 두 가지 있어."

"넵."

"첫 번째는 어른들께 너에 대해 솔직히 말씀을 드리려고 해."

진서의 동그란 눈이 더 커졌다.

"정말요? 그래도 돼요?"

"응. 계속 너에 대해 숨길 수가 없거든."

"아. 전 좋아요."

"그리고 두 번째는."

주신은 슬쩍 말꼬리를 흐렸다가 이내 입술을 움직였다.

"일요일에 놀이공원 가는 거."

진서의 작은 얼굴에 긴장감이 서렸다.

"호, 혹시 못 가요?"

"아니, 그건 아니야. 예정대로 갈 거야."

입술을 옆으로 벌리며 진서가 확 표정을 밝혔다.

"근데, 네 친구 유리는 같이 못 갈 것 같아."

저 밝은 얼굴에 실망감을 안겨주는 게 안타까웠지만 주신은 단호히 말했다. 아니나 다를까 진서의 얼굴이 어두워졌다.

"왜, 왜 안 돼요?"

"유리를 데려가려면, 먼저, 유리 부모님께 허락을 받아야 돼."

"아."

진서의 작은 입술이 살짝 벌어졌다.

"근데, 나나, 해담이는 유리 부모님을 몰라. 전화번호도 모르고."

"그, 그렇네요."

"거기다 만약 유리를 데려갔다가 무슨 일이라도 생기면, 유리 부모님께서 굉장히 화가 나실 거야."

거기까지는 생각 못 했던 듯 잔뜩 흔들리는 눈을 하고 있던 진서가 가만히 머리를 끄덕였다.

"네. 무슨 말씀이신지 알겠어요."

"정말? 알아듣겠어?"

"네."

예상외로 크게 실망하지 않는 모습에 주신은 큰 산을 넘은 것 같은 기분이었다.

"가기 전에 유리에게 재미있는 추억을 만들어 주고 싶었는데, 어쩔 수 없죠."

쓸쓸하게 흘러나온 진서의 말에 주신은 한쪽 눈썹을 세웠다. 주신은 다급히 진서의 작은 어깨를 붙잡았다.

"너, 가?"

"계, 계속 여기 있을 수는 없잖아요."

당연히 그럴 거라는 예상은 했지만, 직접 듣고 나니, 괜히 심장이 철렁 내려앉는 듯했다.

"언제."

가만히 눈동자를 굴린 진서가 반달 모양으로 눈웃음을 지었다.

"몰라요. 저도. 갈 때 되면 가지 않을까요?"

평소와 다를 바 없는 대답이었지만, 주신은 어쩐지 묘한 기분을 떨칠 수가 없었다.

유신은 회사 옥상에서 확 트인 전경을 바라보며, 남은 점심시간을 보내는 중이었다.

미세먼지다 뭐다 해서 공기는 나빴지만, 잠깐씩은 탁 트인 하늘을 보고 있으면 복잡한 생각들이 정리가 된다.

지이이잉. 지이이잉. 핸드폰 진동이 울렸다. 액정을 본 유신이 입술을 씰룩 움직였다.

"아, 이 자식 또 왜 전화하는 거야."

요즘 주신에게서 전화가 걸려올 때마다 또 무슨 일인가 싶어 심장이 덜컥덜컥 내려앉는다.

"여보세요."

-형, 나야.

"안다. 알아, 인마. 액정에 뜨잖냐. 오늘은 또 무슨 일이실까?"

-내가 부탁한 거 어떻게 됐어?

"어떻게 되긴. 내일 받으러 가기로 했다."

유신은 조금 귀찮은 투로 대꾸하고서 물었다.

"근데, 너, 해담이한테는 어머니께 밝힌다고 얘기했어?"

-아. 내가 형한테 자세히 말 안 했어?

"뭘?"

-양가 부모님들께 다 말씀드릴 거야.

"엉? 양쪽 어른들께도 다 알린다고?"

-해담이가 그게 좋겠다고 해서.

"일을 너무 크게 벌이는 거 아냐?"

-진서한테도 그게 좋을 것 같고. 그래서 토요일에 양가 부모님 모셔놓고 제대로 말씀드리기로 했어.

남의 얘기를 하듯 덤덤히 늘어놓은 주신이 인심 쓰듯 툭 던졌다.

-형도 토요일에 끼고 싶으면 오든가.

"뭐? 야, 당연히 내가 진서 큰아빠인……."

-형. 나 해담이한테 전화 들어와. 끊어.

말을 채 하기도 전에 주신이 전화를 끊어 버렸다. 허. 기가 막힌 웃음을 흘린 유신은 한껏 어리벙벙해졌다.

"이 자식들 일을 너무 크게 벌리는 거 아냐?"

정면 돌파를 하겠다기에, 어머니에게만 사실을 알릴 거라고 예상했다. 근데, 어머니는 물론이고 아버지에, 거기다 해담의 부모님들에게까지 모조리 비밀을 발설한다니.

"이건 뭐, 공식 결혼 발표 같잖아? 우리에게는 이미 애가 있으니, 양쪽 어른들은 사돈 될 준비를 하고 있어라, 이거야?"

조금 기가 막혀 그렇게 내뱉고 보니, 맞는 말 같기도 했다. 기왕 이렇게 된 거 양가에 확실히 인식을 시켜주려는 냄새가 물씬 난다. 떡 본 김에 제사 지낸다고 했으니까.

어리다고만 생각한 녀석들이 추진력 하나는 끝내준다. 아닌가. 혈기가 왕성하다 못해 이글이글 끓어 넘칠 때라, 뭐든 마음먹은 대로 밀어붙일 수 있는 건지도 모른다.

"뭐, 어른들이 어떻게 받아들이실지 궁금하긴 하네."

앞으로 벌어질 일에 대한 급격한 호기심을 누르며 유신은 비상구 계단으로 향했다.

계단을 중간쯤 내려왔을 때였다. 한층 아래의 비상구 계단에 기댄 채 열심히 통화 중인 애리가 보였다.

"뭘 또 그런 걸 심각하게 생각하세요? 부케를 꼭 던져야 하는 법도 없잖아요. ……친구들이 아직 어리니까, 해주 입장에서는 다짜고짜 부케 받아달라고 얘기를 꺼내기가 미안했나 보죠, 뭐. ……계속 해주가 고집 피우면, 그냥 부담 없이 나한테 던지라고 할게요. 내가 받아도 상관없잖아요? ……아니, 내가 무슨 6개월 내에 결혼을 해요? 아직 남자도 없구만. ……어우, 요즘 그런 미신 누가 믿어요? 아무튼, 일하는 중이니까 나중에 다시 얘기해요. 끊어요."

핸드폰 든 손을 아래로 떨구고서 애리가 미간을 구겼다.

"아, 진짜. 무슨 결혼 한 번 하는데 이렇게 복잡해? 준비할 것도 많고 생각할 건 더 많고. 기집애가 조심 좀 할 것이지 덜컥 임신부터 해서 온 가족들 피를 말리……."

혼잣말처럼 투덜거리던 애리는 마치, 엿듣는 것 같은 모양새가 돼 버린 유신과 딱 시선이 마주치고 말았다.

"아. 옥상에서 통화 중이었어. 방금 막 내려오는 길."

너무 상황이 애매해 유신은 묻지도 않았건만 변명을 했다.

"아, 난 엄마랑 통화하느라고요."

애리 역시 어색한 표정으로 대꾸했다.

"집에 무슨 일 있어?"

"아, 아뇨. 바로 밑에 동생이 곧 결혼해서요."

유신은 뚜벅뚜벅 계단을 내려왔다.

"동생, 아직 학생 아냐?"

"그게…… 그냥, 사정이 그렇게 됐어요."

예전 같으면 재잘재잘거렸을 애리가 대충 얼버무리고서 몸을 돌렸다. 저번부터 시작해서 지금까지 계속 이어지는 애리와의 거리감에 유신은 한숨을 흘렸다. 유신은 막 계단 아래로 발을 디디려는 애리의 팔을 낚아챘다.

놀란 애리가 눈을 커다랗게 뜨고서 유신을 돌아보았다. 유신은 표정을 굳힌 채 애리를 날카롭게 응시했다.

"너, 언제까지 나랑 이럴 건데."

"내가……."

"내가 뭘요, 이런 말 하지 말고. 네가 예전 같지 않다는 건 스스로 더 잘 알고 있을 테니까."

"……."

애리가 대답 대신 잡힌 팔을 빼내려 하자 유신은 조금 더 힘을 주었다. 당황스러운 얼굴로 잡힌 팔을 바라보던 애리가 고개를 들어 유신과 시선을 마주했다.

"선배."

"말해."

"내가 정말 궁금해서 그래요. 진짜로 내가 왜 이러는지 몰라서 그러는 거예요? 아는데, 모르는 척하는 거예요?"

유신은 답답함에 눈썹을 찌푸렸다.

"알면 내가 이렇게 너 붙잡고 물어보겠어? 그리고 평소에 내가 알면서도 모르는 척하는 성격이었어?"

"나도 그게 헷갈려서요. 도대체 선배가 무슨 생각을 하고 있는지 모르겠거든요."

유신은 조금 기막힌 웃음을 흘렸다.

"지금 궁금한 쪽은 난데, 왜 네가 더 헷갈리는 얼굴이냐."

"당연하잖아요. 난 훨씬 더 오래전부터 선배의 마음을 헷갈려 하며 대답을 기다리고 있었으니까요."

"그게 무슨 소리야? 대답을 기다린다고?"

곱게 올라간 속눈썹을 몇 번 깜빡인 애리가 꽤나 황당한 표정을 지었다.

"설마, 선배 기억 못 하는 건 아니죠??"

"뭘?"

"장난하지 말고요."

"뭘 알아야 장난을 치든 말든 하지."

전혀 알아먹지 못하고 있는 유신을 보며 애리는 흡, 숨을 들이켰다.

"우리 대학교 다닐 때, 내가 선배 좋아한다고 한 거, 사귀자고 한 거, 정말 까맣게 잊고 있었던 건 아니죠?"

유신의 눈이 한껏 크게 확장되었다.

"네, 네가 나한테 그런 고백을 했었다고?"

더듬거리는 유신의 되물음에 애리의 입술이 힘을 잃고 턱 열렸다. 둘 다 누가 더 당황했는지 내기라도 하듯 할 말을 잃은 채 서로의 얼굴만 바라보았다.

"세상에…… 설마, 설마 했는데. 정말로 까맣게 잊고 있었어."

한참만에야 애리가 멍하니, 기운이라고 하나도 없는 사람처럼 입을 열었다.

"몇 날 며칠을 고민한 다음에 큰마음 먹고 한 고백이었는데, 그걸 잊어버렸어."

실소를 흘린 애리는 여전히 놀란 얼굴을 하고 있는 유신을 똑바로 응시했다.

"이제야 선배 마음, 확실히 알았네요. 내 고백 따위, 기억해 둘 가치도 없었던 거야. 그것도 모르고 몇 년째 오매불망 대답만 기다리고 있었으니."

아직 자신을 붙잡고 있는 유신의 손을 밀어내기 위해 애리는 팔을 비틀었다. 유신이 놓지 않고 더욱 세게 옥죄자 애리의 눈이 세모꼴로 바뀌었다.

"이거 놔요."

"못 놔."

"지금 뭐 하자는 거예요?"

유신이 애리 만큼이나 굳은 표정을 지었다.

"난 너한테 그런 고백 받은 적 없어."

"뭐라구요?"

"맹세해도 좋아. 난 단 한 번도 너한테 그런 고백 받은 적 없다고."

힘이 꾹꾹 들어간 유신의 말에 애리의 입이 떡 벌어져 한참 동안이나 닫힐 줄 몰랐다.

"그럼, 지금 내가 하지도 않은 고백을 했다고 우기고 있는 중이란 말이에요?"

한숨을 흘린 애리가 잔뜩 원망스럽게 덧붙였다.

"2학기 종강총회 뒤풀이 때였어요."

"종강총회 뒤풀이?"

"선배는 3학년이었고, 난 1학년이었어요. 이래도 기억 안 나요?"

유신은 애리의 얼굴을 빤히 들여다보며 비스듬히 고개를 기울였다. 이내 유신의 입매가 미묘하게 비틀어졌다.

"누구한테 고백하고, 대답을 나한테 내놓으래?"

애리가 채 뭐라고 말을 내놓기도 전에 유신이 덧붙였다.

"그날, 난 뒤풀이 장소에 10분도 안 있었어."

"뭐, 뭐라구요?"

"집에 일 생겼다는 연락 받고 조용히 나갔거든."

전혀, 조금도 생각지 못했던 폭탄 발언에 애리의 동공이 사정없이 확장되었다.

"마, 말도 안 돼. 아, 아닌데. 분명, 끝까지 있었는데."

"나도 아닌데. 그날, 어머니가 가벼운 접촉사고를 당해서 병원에 계신다는 연락 받고 급하게 나간 거라, 정확히 기억해."

유신의 눈매가 가늘어졌다.

"도대체 어떤 놈한테 고백한 거야?"

헉. 애리는 신음을 삼키며, 절대적으로 믿어 의심치 않던 기억을 더듬었지만 허사였다. 그녀의 기억에는 분명, 계속 유신이 뒤풀이 장소에 있었는데. 중간에 바람을 쐬러 나간 그를 뒤따라가 술기운을 빌려 고백했었고.

한데, 만약 그게 유신이 아니었다면. 술을 너무 마셔서 사람을 착각한 거라면!

맙소사! 나, 정말 누구한테 고백해 놓고, 지금껏 혼자 전전긍긍하면서 보낸 거니?

온몸의 세포가 솟아오른다는 게 이런 기분이다, 싶을 만큼 오싹 소름이 돋았다.

솔직히 그날 고백을 할 요량으로 평소보다 훨씬 더 많이 알코올을 들이붓기는 했었다. 그래도 그렇지 그런 말도 안 되는 실수라니!

그 순간, 유신이 쓰윽 고개를 숙여 애리의 얼굴을 들여다보았다.

"그렇게 어릴 때부터 지금까지 나 좋아했던 거야?"

미친 상황에, 이상한 고백에, 애리는 딱 죽고 싶었다.

"그 오랜 시간을 내 대답 기다리며 보낸 거고."

"……."

"내 원망도 많이 했겠네. 그건 좀 억울한데."

애리의 얼굴이 시뻘겋게 달아올랐다.

"주애리, 진짜 바보잖아."

속삭이듯, 한숨 섞인 말투로 낮게 말한 유신이 그제야 붙잡고 있던 애리의 팔을 놓았다.

"난 처음 안 사실이니까, 이제 나한테 앙금 없는 거다."

지나간 시간을 되돌릴 수 없는 안타까움과 잘못된 기억. 어긋난 상황. 스스로에 대한 한심함.

모든 게 엉망진창이었지만 애리는 그저, 푹 숙이고 있는 고개만 끄덕여 보였다.

"오늘 저녁, 같이 먹을래?"

이번에도 고개만 끄덕이던 애리가 슬그머니 시선을 들었다. 유신이 입술 끝을 올려 가볍게 웃어 보였다.

"햇수로 7년이면 너무 많이 기다리게 한 거잖아."

"그게, 무슨."

"들어가자. 일해야지."

유신이 애리의 어깨를 가볍게 두드리고서 몸을 돌렸다. 그 뒷모습을 보며 애리는 얼떨떨하니 눈만 깜빡였다.

♥

드디어 디데이가 밝았다.

아르바이트가 끝나는 날이기도 했기에, 해담은 평소보다 훨씬 더 부지런히 움직였다. 평소에는 손님이 없을 때 잠시라도 앉아 쉬었지만, 오늘만큼은 뭐라도 찾아서 했다. 쉬고 있으면 괜히 오만가지 생각이 들어 초조해졌으니까.

그렇게 보내다 보니 어느새 훌쩍 오후가 되었다.

"어디, 얼마나 중요한 할 말을 하려고 하는지 딱 두고 볼 거야."

평소보다 훨씬 가게를 일찍 마감을 하게 된 탓에 지선은 영 기분이 찜찜했다.

아니, 그것보다 가게를 일찍 스톱하게 만들면서까지 할 말이란 게 뭔가 궁금해서 속이 뒤집힐 것 같았다.

해담 역시 조금 상기된 상태로 청소를 하는데, 핸드폰 메시지 도착 소리가 울렸다.

[가게 마쳤어?]

주신이었다.

[응. 지금 마감하는 중이야.]

[6시 반. 바다 정원인 거 알고 있지?]

[응. 알아. 시간 맞춰서 엄마, 아빠 모시고 갈게.]

[그래. 알았어. 이따 보자.]

[응.]

심각한 얼굴로 메시지를 주고받는 해담을 지선이 날카롭게 응시했다.

'하루 종일 똥 마려운 강아지처럼 안절부절못하고. 도대체 뭐지? 뭘까?'

메시지 전송을 끝낸 해담이 휙 시선을 드는 바람에 지선은 바로 모니터로 눈을 돌렸다.

"엄마."

"어, 왜."

"아빠 가게로 오시라고 전화할게요."

"왜?"

"식당 예약해 뒀어요. 아빠 오시라고 해서 같이 가요."

지선이 한쪽 눈썹을 세웠다.

"식당을 예약해 뒀다고?"

"네. 6시 반이에요."

"그냥 집에서 다 같이 저녁 먹으려고……."

말끝을 흐리던 지선이 탁 이마를 쳤다.

왜 꼭 할 말을 토요일에 하고, 가게도 일찍 마쳐야 하느냐는 지선의 물음에 날짜를 그렇게 잡아뒀다는 해담의 말이 떠올랐다.

"아, 날짜를 잡아뒀다는 게 그 뜻이었어?"

"네."

"아니, 뭐, 얼마나 대단한 말을 하려고 식당까지."

중얼거리듯 말한 지선은 이내 고개를 끄덕였다.

"그래, 뭐. 가서 보면 알겠지."

하지만, 이상하게도 기분이 묘했다. 본인은 아니라지만, 사고를 친 게 분명했다.

순간, 뭔가가 번뜩 뇌리에 꽂혔다.

혹시?

고요한 거실, 주신은 어젯밤 일 때문이라는 핑계를 대고 안 들어온 유신과 통화 중이었다.

"형, 대체 언제 들어와?"

-동생이라고 형님 기다리고 있는 거야?

피곤이 잔뜩 묻은 음성으로 유신이 조금 실없이 대꾸했다.

"형 기다리는 걸로 보여?"

-멋대가리 없는 자식. 농담이라도 그렇다고 해 주면 덧나냐.

"농담할 때가 아니잖아."

-아, 그 자식. 해담이 앞에서는 흐물흐물 연체동물처럼 굴더니.

"지금 해담이랑 형을 비교해?"

주신이 목소리에 힘을 꽉꽉 주자 유신이 귀찮은 듯 퍼뜩 덧붙였다.

-알았다, 알았어. 6시 30분, 바다 정원에 늦지 않고 갈게. 됐지?

"꼭 시간 맞춰. 서류 챙기는 거 잊지 말고."

-알았다고, 인마.

유신과의 통화를 끊고서 주신은 희미하게 고개를 내저었다.

"그러게 어제 회사로 가지러 간다니까 극구 괜찮다더니. 퀵으로 보내든 했으면 좋았잖아."

너무 늦지 않게 유신이 왔으면 하는 바람이었다.

하루 종일 서재에 박혀 책을 읽던 영주는 목이 뻣뻣이 아파와, 고개를 들었다.

"벌써 시간이 이렇게 됐네."

벽에 걸린 시계를 보고서 영주는 책을 덮었다. 사실, 서재에 있는 내내 책을 읽는 것보다 멍하니 있는 시간이 더 많았다.

영주는 요 며칠 동안 일부러 깊은 생각 같은 건 하지 않으려 애썼다. 오늘 저녁이면 싫든 좋든 진실과 직면하게 될 테니까.

몸을 일으킨 영주는 거실로 나섰다. 소파에 앉아, 막 통화를 끝낸 듯 귀에서 핸드폰을 떼고 있는 주신과 눈이 마주쳤다. 영주는 별다른 표정 없는 얼굴로 다가가 주신과 마주 보고 앉았다.

"이따, 저녁에는 배달 음식 시켜서 먹자. 다 같이 저녁 먹는 건 오랜만인데, 엄마가 조금 귀찮아서 그래."

"아니에요. 제가 식당 예약해 뒀으니 거기로 가시면 돼요."

"식당을 예약해 뒀다고?"

영주의 음성이 조금 높아졌다.

"네. 6시 반으로 예약해 뒀어요."

"언제?"

"다 같이 저녁 식사하자고 말씀드린 뒤에 바로 했어요."

"아. 그랬구나. 난 네가 전혀 말을 안 해줘서, 그냥 집에서 밥 먹는 거라고 생각했었는데."

고개를 작게 주억거린 영주는 묘한 눈으로 주신을 바라보았다. 가족 외식이야 시간대가 맞으면 종종 해왔으니 그 자체가 이상한 건 아니었다.

근데, 하필 오늘 같은 날? 뭐 좋은 일 났다고 예약씩이나 해가며 굳이 외출을 한단 말인가.

집 밖으로 새어 나가지 않게 조용히 죄를 고백한 뒤 죽도록 빌어도 모자랄 판에.

갑자기, 머리를 스치는 생각에 영주의 얼굴이 설핏 굳어졌다.

"네 아버지가 그렇게 하라고 시켰지?"

저도 모르게 그렇게 내뱉고 말았다. 지금껏 누르고 눌러 왔던 최악의 상황이 자꾸만 그려지는 탓이다.

여태껏 의연해지려 애썼던 감정들이 너무 커져 툭툭 불거져 나오기도 했고.

"네?"

"하긴. 네 아버지가 시켰으니 네가 안 하던 행동을 하고 있는 거겠지."

"그게 아니라."

주신이 난감한 표정을 지었으나 영주는 말을 끊고서 질문을 던졌다.

"진서에 대해 얘기해 준다면서 왜 꼭 장소가 밖이야?"

"음. 그럴 만한 사정이 있어서 그래요."

"그럴 만한 사정이란 건 우리 가족 외에 따로 동석할 사람이 있다는 뜻 맞지?"

"네."

마치, 주신이 어떻게 알았냐는 듯 속눈썹을 깜빡거린다. 설마, 했던 영주의 속이 확 뒤집어졌다.

"그 여자, 오기로 했니?"

"그게 무슨 말씀이세요?"

"진서 생모, 오늘 오기로 했냐고. 아니. 오기로 미리 다 짜두고서 나한테 통보를 한 거겠지."

"예?"

주신의 동공이 확장되고 입술마저 벌어졌다.

아들이 이토록 당황한 적은 처음이기에 영주의 심장은 더욱 굳어졌다.

"제대로 밝히기도 전인데, 엄마가 너무 눈치를 빨리 채서 많이 놀란 모양이네."

"잠깐만요, 어머니. 그게."

"변명하지 마!"

신경질적인 영주의 외침에 주신은 잔뜩 곤란해져 미간을 모았다.

"어쩜 네가 엄마를 이렇게 기만할 수가 있어? 진서를 친구 동생이라고 데려왔을 때부터 알아챘었어야 했는데."

"아뇨, 어머니. 어머니께서 생각하시는 그런 거 아니에요."

"아니긴 뭐가 아니야? 너도 똑같아. 유신이도 아닌 니가 그 엄청난 사실을 엄마한테 숨긴 채 진서를 데리고 들어와? 어떻게 그럴 수가 있어? 내가 진서를 얼마나 예뻐했는데? 니 아버지 외도 결과물인지도 모르고 얼마나 좋아했는데!"

채 말을 끊을 겨를도 없이 영주의 처절한 외침이 울려 퍼질 때였다.

"이게 지금 무슨 소리야? 진서가 내 외도의 결과물이라니?"

태석의 음성이 주신과 영주가 앉아 있는 소파로 날아들었다.

주신과 영주의 시선이 동시에 현관 쪽으로 향했다. 거실 입구에서 막 실내화를 신은 태석이 잔뜩 어리둥절해서 두 사람을 번갈아 보고 있었다.

꼬인 상황에 주신은 속으로 탄식을 흘리며 한 손을 이마에 올렸다.

영주는 더욱 날 선 눈으로 태석을 노려보았다.

"어쩌면 부자지간이 이렇게 똑같이 뻔뻔스러울 수가 있을까. 저 표정 좀 봐. 아직도 아닌 척 모르쇠로 일관하고 싶어요?"

"아니, 지금 상황이 뭔지를 알아야, 두 사람 대화 내용이 이해가 가야, 모르쇠를 하든 아니든 하지."

"진서, 주신이 친구 동생으로 둔갑시켜 들여온, 당신 아들이잖아요."

영주의 딱딱한 대꾸에 태석의 눈매가 확 커졌다. 태석이 검지로 자신의 가슴팍을 가리키며 다물어지지 않는 입술을 움직였다.

"진서가 내 아들이라고? 나 바람피웠어요? 언제? 누구와?"

황당하다 못해 어안이 벙벙한 태석의 반응에 영주가 코웃음을 쳤다.

"나 바람피웠어요? 어머, 세상에. 어쩌면 저렇게 연기를 잘할 수가 있지? 하긴, 그랬으니 지금까지 태연하게 나랑 같은 침대 쓰고, 같은 이불 덮고 잘 수 있었던 거겠지."

"허, 나 이것 참."

자신을 향한 무자비한 오해에 태석의 시선이 휙 주신에게로 날아갔다.

"도대체 이게 무슨 일이야? 내가 왜 이런 말도 안 되는 불쾌한 상황에 놓이게 된 건지, 최주신, 네가 알아듣게 설명 한 번 해볼래?"

여전히 이마에 손을 얹은 채 한숨만 푹푹 쉬고 있던 주신이 팔을 툭 떨어뜨렸다.

"어머니께서 진서가 아버지 아들인 줄로 오해하고 계세요."

"그러니까. 뜬금없이 왜? 나는 그 왜가 몹시 궁금하다. 진서, 네 친구 동생이라며."

"사실은 그 이유를 말씀드리기 위해 오늘 자리를 마련한 거예요."

그때까지도 거실 입구에 서 있던 태석이 저벅저벅 걸어왔다. 소파 맨 안쪽 자리에 앉은 태석이 날카롭게 눈을 치떴다.

"그러니까, 네 어머니가 나와 진서를 진작부터 오해하고 있었고, 그걸 너도 알고 있었다는 거네? 그래서 오늘을 계획한 거고."

"네."

영주의 시선이 휙 주신에게로 꽂혔다.

"더 속이기 힘들어서도 아니고, 때가 돼서도 아니고, 엄마가 혼자 전전긍긍하는 걸 알고서 진서에 대해 말해 주겠다고 한 거였어?"

"네. 계속 잘못된 오해를 하고 계신 걸 모른 척할 수가 없었어요. 진서에 대해 거짓말하는 걸 그만두고 싶기도 하고요."

태석도 그렇고, 주신도 그렇고 계속 그녀가 오해를 한다고 하니, 영주로서는 기분이 심란하기 그지없었다.

무슨 꿍꿍이지? 둘이 짜고 이러는 건가?

그런 생각이 드는 동시에, 또 한편으로는 정말 그녀가 너무 성급히 오해를 한 건 아닌가 싶기도 했고. 하지만 완전히 의심이 걷히지는 않았기에 영주는 표정을 풀지 않았다.

"그래. 그럼, 어디 한 번 풀어봐. 도대체 진서는 누구야?"

영주의 물음에 태석까지 한껏 궁금한 얼굴로 주신을 뚫어져라 응시했다.

"진서는 제 친구 동생이 아니에요. 거짓말해서 죄송합니다."

이 상황까지 온 마당에 그것쯤이야 당연한 거였으니 부부는 말없이 눈빛으로 재촉했다. 그럼, 누군데?

"그리고 어머니 오해처럼 아버지 아들은 더더욱 아니고요."

영주와 태석은 뒤이어 아들의 입에서 나올 말을 기다리며 촉각을 곤두세웠다. 그런 두 사람을 잠시 동안 번갈아 보던 주신이 입술을 움직였다.

"나머지는 나가서 말씀드릴게요."

잔뜩 집중하고 있던 영주와 태석이 푸시시 김샌 얼굴로 슬쩍 짜증을 내비쳤다. 부모님이 뭐라고 말을 날리기 전에 주신이 급히 덧붙였다.

"두 분 말고도 진서에 대해서 들으셔야 할 분들이 계셔서 어쩔 수가 없어요."

"우리 말고 전서에 대해 알아야 할 사람들이 또 있다고?"

그렇게 물은 영주가 이내 가볍게 무릎을 두드렸다.

"아. 우리 가족 외에 올 사람이 있다는 게 그럼."

"네. 진서에 대해 꼭 아셔야 할 분들이세요. 그래서 장소를 예약해 둔 거였어요."

이제는 뭐가 뭔지 모르겠는 얼굴의 영주와 입술을 꾹 다문 채 듣기만 하는 태석을 향해 주신은 말을 이었다.

"그러니, 궁금하시겠지만, 나머지 진실에 대해서는 조금 뒤에요."

단호한 주신의 말을 끝으로 거실에는 침묵이 흘렀다.

영주는 잔뜩 혼란스러워 말문이 콱 막혔고, 태석은 머릿속으로 그간의 정황을 따져보느라 상념에 빠졌다.

그때였다. 삑 삑 삑 삑 삑, 도어록 버튼 누르는 소리가 울린 것은.

이내 잠금이 해제되는 음과 함께 현관이 슬쩍 열리며 진서가 안으로 쑥 들어왔다.

"다녀왔습니다."

어른들의 심각한 분위기를 감지하지 못한 진서가 해맑게 인사를 했다. 주신이 몸을 일으켜 진서에게로 다가갔다.

"시계도 없으면서 안 늦고 시간 맞춰 왔네?"

"놀이터 근처에 있는 편의점 누나한테 물어봤어요."

"그랬어? 올라가자. 나가기 전에 대충 씻어야겠다. 이 녀석, 온몸에 흙투성이잖아."

"네."

주신이 아직 소파에 앉아 있는 영주와 태석에게 고개를 돌렸다.

"진서 대충 씻겨서 내려올게요. 그럼, 시간 거의 맞을 거예요."

조금 묘한 얼굴로 영주와 태석이 고개를 끄덕이자 주신은 진서를 데리고 계단을 올랐다. 그런 두 사람에게서 눈을 못 떼던 영주와 태석이 자연스레 서로를 응시했다.

"나보다는 쟤 쪽이 훨씬 더 의심스러운데, 왜 나를?"

삐딱한 태석의 말에 멍하니 눈만 깜빡이던 영주가 이내 표정을 굳혔다.

"말이 되는 소리를 해요. 이제 스물셋인 애한테."

"그럼, 난 말이 되고?"

어마어마한 의심을 받은 태석이 눈에 힘을 팍 주었다.

"정말 당신 아닌 거죠?"

영주가 아까보다는 훨씬 누그러진 투로 되물었다.

"이 사람이 아직도 진짜. 내 평생 오늘처럼 황당하고 억울하기도 처음인데. 내가 당신을 그렇게 의심하면 좋겠어요?"

"아, 아니. 정말 정황이 그럴 수밖에 없었다고요."

조금 쩔쩔매며 말한 영주가 한숨을 푹 내쉬었다.

"그럼, 도대체 진서는."

"생각 그만합시다. 가보면 알겠지."

태석의 말에 영주도 입술을 다물고서 고개를 끄덕였다.

유신을 제외한 가족들이 예약된 장소에 도착한 건 시간이 얼추 다 돼 갈 무렵이었다. 직원의 안내를 받아 룸으로 향하려 할 때였다.

"어머, 영주 언니?"

뜻밖의 아는 목소리에 영주는 물론이고 태석, 주신, 진서의 발걸음도 멎었다. 막 도착한 지선과 형진 그리고 해담이 식당 입구의 자동문 안으로 들어서고 있었다.

해담과 주신은 누구랄 것 없이, 자동으로 양쪽 부모를 향해 허리를 숙였다. 주신과 해담의 인사를 웃음으로 받은 지선과 영주가 반갑게 마주 보고 섰다.

"해담 엄마. 여기서 다 만나네?"

"그러게요. 여기서 언니를 다 만나고."

"가족끼리 저녁 식사하러 온 거야?"

"네. 해담이가 오늘따라 밖에서 먹자 그래서요. 언니는요."

"우린 여기서 볼일이 좀 있어서. 아쉬워서 어째. 볼일만 아니었으면 만난 김에, 오랜만에 같이 식사하면 좋은데."

"오늘만 날인가요, 뭐."

어머니들이 대화를 하고, 아버지들 역시 가볍게 악수를 나누며 안부 인사를 주고받았다.

그 사이, 해담과 주신, 진서는 서로의 얼굴을 번갈아 살폈다. 주신이 먼저 고개를 끄덕거리자, 해담도 끄덕했고, 진서도 작은 머리를 위아래로 움직였다. 주신이 총대를 메고서 입을 열었다.

"저녁 식사, 다 같이 하시면 돼요."

양쪽 부모들이 말을 멈추고서 주신에게로 시선을 돌렸다. 어리둥절한 어른들과 눈을 마주치고서 주신은 말을 이었다.

"저희가 어른들께 꼭 드릴 말씀이 있어서 한자리에 모신 거거든요."

좌식 테이블이 여러 개 붙어 있는 커다란 룸은 아주 고요했다.

기다란 테이블을 사이에 두고, 한쪽에는 해담의 가족이 앉았고, 반대쪽에는 주신의 가족이 마주 보고 있었다.

진서에 대한 진실을 들으러 온 영주와 태석은 도무지 영문을 알 수 없어, 그저 침묵을 지켰다.

형진도 비슷한 분위기였지만 지선만큼은 표정이 싹 굳어 있었다.

'이것들, 진짜 사고라도 친 거 아냐?'

가게를 마감하면서부터 계속 머릿속에 맴돌던 생각이었다. 솔직히, 방금 전 식당 입구에서 주신을 포함한 가족들을 보는 순간에도 설마, 했다. 영주도 여기서 볼일이 있다고 하니, 그저, 우연이겠거니 싶었다.

한데, 이렇게 다 같이 마주 보고 앉아 있게 될 줄이야.

느낌이 너무 싸해서 계속 해담을 보았지만, 요망하게도 일부러 시선을 피하고 있었다.

"언니, 여기서 볼일이 우리랑 저녁 식사하는 건 줄 알고 있었어요?"

지선이 억지로 표정을 펴며 물었다.

"아니. 전혀 몰랐어. 우리는 그냥, 주신이한테 들을 말이 좀 있어서."

"우리도 그래요. 해담이가 꼭 할 말 있다고 여기로 오자고 한 거거든요."

조금 냉랭하게 말한 지선이 휙 해담과 주신에게로 고개를 돌렸다.

"너희 둘이 사귀는 기념으로, 저녁 한턱 쏘기 위해 양쪽 식구들을 다 한자리에 모이게 한 건 아닌 것 같고. 그런 단순한 이유면 미리 말을 했겠지? 뭐야. 너들 도대체 무슨 말을 하려고 이런 자리를……."

"해담 엄마, 방금 뭐라고 했어? 주신이랑 해담이 사귄다고?"

영주가 눈을 동그랗게 뜨고서 지선의 말을 잘랐다. 태석 역시 놀란 표정을 지었다.

"언니, 아직 몰랐어요? 니들 말 안 했니?"

해담과 주신의 얼굴이 동시에 애매하게 굳어졌다.

"진작 말씀드리고 싶었는데, 어머니께서 계속 저기압이셔서요."

주신이 어머니를 바라보며 대꾸하자, 영주가 민망함에 헛기침을 흘렸다.

"그, 그랬니? 미안해. 내가 생각이 좀 많기는 했지. 그치만 네가 생각이 많게 만들었잖아."

조금 억울한 음성으로 항변한 영주는 곧장 해담을 바라보았다.

"너희 둘, 정말 사귀어?"

"네, 네."

해담이 쑥스럽게 대답했다.

"어머, 세상에! 주신이가 여자친구 생겼다기에 어떤 친구인가 궁금했었는데, 그게 해담이 너였단 말이야?"

"네, 네."

"너무 잘됐다, 얘."

언제, 어떻게 등 묻고 따지지 않고 영주가 연방 소녀처럼 좋아해 주자 해담도 다소 긴장이 풀려 배시시 웃었다.

그런 화기애애한 분위도 잠시, 여기 모인 목적이 있었기에, 양쪽 부모들의 시선이 일제히 주신에게로 꽂혔다.

"자, 이제 어른들 궁금증 좀 해소해 주지 그래?"

침묵을 지키고 있던 태석이 재촉에 들어갔다. 주신이 옆에 앉은 진서의 얼굴을 응시한 다음 어른들에게로 시선을 돌렸다.

"어머니, 아버지께서는 진서에 대해 많이 궁금하셔서 이 자리에 오셨고, 아주머니, 아저씨께서는 해담이가 드릴 말씀이 있다고 해서 여기까지 오셨을 겁니다."

양쪽 부모 모두 한마음이 되어 고개를 끄덕였다.

"부모님들을 이 자리에 모신 건, 진서 때문입니다."

당연히 진서 문제로 온 영주, 태석과 달리 지선과 형진은 어리둥절하니 눈을 깜빡였다. 특히 지선은 둘이 무슨 일이라도 저지른 건 아닌가 조마조마하던 터였다.

그런데, 진서 때문이라고? 애가 싹싹하니 예쁘긴 하지만, 아무런 상관도 없는 우리는 왜?

이제 네 사람 모두의 궁금증이 된 진서의 머리를 주신이 부드럽게 쓰다듬었다.

"진서, 정식으로 인사드려야지."

"넵."

씩씩하게 대답한 진서가 벌떡 몸을 일으켰다. 어른들을 향해 꾸벅, 허리를 숙였다가 든 진서가 자못 비장한 표정을 지어 보였다. 그러고서 이내 국어책을 읽듯 또랑또랑 말하기 시작했다.

"안녕하세요. 제 이름은 최진서이고, 나이는 아홉 살입니다."

해가 바뀌었는데 계속 아홉 살인 게 이상하긴 했지만, 거기까지는 다 아는 내용이라 네 사람은 그저 듣고만 있었다.

그다음 순간 이어진 진서의 말에, 양쪽 부부는 누구랄 것 없이 모든 움직임을 멈추었다.

"아빠 성함은 최 주자, 신자이시고, 엄마 성함은 이 해자, 담자이십니다."

30.

　방 안에는 아주 잠깐 정적이 흘렀다. 당황하거나, 황당해서가 아니라, 다들 진서의 말을 곱씹느라 그랬다.

　"진서, 방금 뭐라고 했어?"

　태석이 침묵의 공기를 물리치며 제일 먼저 질문을 던졌다.

　"저는 최진서이고, 아홉 살입니다. 아빠는 최 주자, 신자이시고, 엄마는 이 해자, 담자이십니다!"

　진서가 차렷 자세를 하고서 처음부터 끝까지 다시 외쳤다.

　"최 주자, 신자면 최주신이고, 이 해자 담자면, 이해담인데."

　중얼거리던 형진이 잔뜩 신기한 듯 허허허, 웃었다.

　"진서 부모님 성함이 주신이랑 해담이랑 똑같네? 이렇게 신기할 데가 있나."

　형진이 전혀 눈앞의 주신이나 해담임을 자각하지 못한 것처럼 다른 사람들도 마찬가지였다. 그저, 지금 뭐 하자는 거야, 하듯 주신과 해담을 번갈아 응시했다.

　여전히 어리둥절한 두 부부를 보며 주신은 차분히 입을 열었다.

"이름이 똑같을 수밖에요. 진서의 부모가 저랑, 해담이니까요."

약 2초 동안의 고요함이 있은 직후였다

"응? 뭐라고?"

"뭐?"

"뭐?"

"방금 뭐라고 한 거야?"

영주, 태석, 지선, 형진의 입에서 동시다발로 물음표가 튀어나왔다.

"진서, 저랑 해담이 아들이라고 말씀드렸어요."

이번에는 약 5초 동안의 침묵이 일었다. 모두 눈 한 번 깜빡이지 않은 채 주신과 해담 그리고 진서에게로 눈동자만 굴렸다.

셋을 번갈아 보던 영주의 입술이 제일 먼저 벌어졌다. 처음부터 진서가 주신과는 빼다 박았다는 걸 알고 있었다.

근데, 지금 보니 눈매도 그렇고 얼굴 형태도 그렇고, 어디 한 군데만 콕 집을 수는 없지만, 묘하게 해담과도 닮아 있었다.

반면, 지선은 어이없는 표정을 지었다.

"니네 지금 뭐 하자는 거야. 가게까지 일찍 마감하게 만들면서 할 말 있다는 게 겨우 만우절 흉내야?"

"엄마, 주신이 말 다 사실이에요."

해담까지 가세하니, 지선은 기가 찰 노릇이었다. 지선은 헛웃음을 흘리고서 팔짱을 꼈다.

"진서가 니 아들이라고? 뭐, 어디 우주 밖으로 가서 낳고 왔니?"

"그건 아니고요."

"그럼, 10년 전에, 고작 중학생인 니가 나 몰래 진서를 낳았다고?"

"그럴 리가요."

지선이 입술 끝을 올리며 어깨를 으쓱해 보였다.

"아니, 그럼 뭐? 너랑 주신이 아들이라며. 어디서든 낳았을 거 아냐?"

"미래에서 낳는대요. 진서, 미래에서 왔거든요."

푸흐! 지선이 대놓고 비웃음을 터트리자, 형진, 영주, 태석까지 가세해 큭큭, 웃었다.

이런 반응쯤이야 충분히 예상했기에 주신과 해담은 차분함을 유지했다. 주신은 아직도 정자세로 서서 이리저리 눈치만 보고 있는 진서를 자리에 앉혔다.

"너희들이 갑자기 왜 이런 이벤트를 마련했는지 모르겠지만, 장난이 너무 심하다. 아무리 그래도 어린애를 앞세워서 이런 장난치는 건 난 별로야."

웃음기를 거둔 형진이 말했다. 겨우 형진의 마음을 돌린 주신으로서는 목덜미가 뜨끈해지는 기분이었다. 하지만 이미 화살이 쏘아졌으니 후퇴는 없었다.

"믿기 힘드시다는 거 압니다. 처음에 진서가 해담이와 저를 찾아왔을 때도 똑같은 반응을 보였으니까요."

"진서가 너희를 찾아왔다고?"

영주의 물음에 주신은 고개를 끄덕였다.

"네. 제가 친구 동생이라고 어머니께 거짓말로 둘러대고 데려온 그날, 진서가 가게로 왔었어요."

"가게면, 우리 가게?"

이번에는 지선이 물음을 던지자 해담이 말을 받았다.

"네. 맞아요. 그날 엄마 피곤하시다고 먼저 들어가시고 난 뒤 주신이가 가게에 엄마를 만나러 왔었어요. 한참 이따 주신이 왔냐고 저한테 전화 주신 건 기억나시죠?"

"어어. 그래. 그건 기억나."

"그날, 엄마 들어가시고 난 직후에 가게로 찾아온 게 진서였어요."

"그래서?"

"주신이 어릴 때랑 똑같은 얼굴을 하고 들어와서는 저한테, 이 해자, 담자 맞으시죠? 이렇게 묻는 거예요. 맞다고 했더니, 엄마라고 부르더라고요."

구체적인 상황 설명이 이어지자 어른들의 표정이 조금씩 변했다. 영주의 눈이 휙 진서에게로 날아갔다.

"진서, 사실이니?"

"네."

곧장 대답한 진서가 아이답지 않은 한숨을 흘렸다.

"휴우. 처음에 저를 안 믿어주셔서 얼마나 답답했는지 몰라요. 저를 경찰서에 신고하려고 하셨거든요. 못 하시게 말리느라 얼마나 힘들었다고요."

양가 어른들의 입술이 떡 벌어졌다. 주신은 그 반응을 놓치지 않고 뒷이야기를 이어나갔다.

네 사람이 딱 그랬다. 마치, 처음에는 믿지 못하다가 갈수록 흥미를 느끼던 유신처럼 점점 주신의 이야기에 집중하고서 빠져들기 시작했다.

음식이 들어올 때마다 이야기가 멈추었다가 다시 이어지기가 반복되었다.

자꾸만 이야기가 끊기자 태석이 종업원에게 아예, 부를 때까지 오지 말라는 부탁을 했다.

주신은 지금껏 진서와 관련된 이야기를 허심탄회하게 양쪽 부모님들께 털어놓았다. DNA 검사를 한 것과 그 검사 결과까지 모두 빼놓지 않고.

모든 이야기가 끝나고 방 안은 다시 정적에 휩싸였다.

네 사람 모두 이 기도 안 찰 사실을 믿어야 할지 말아야 할지 쉽게 판단을 못 하는 얼굴이었다. 믿기에는 너무 허무맹랑하고, 장난으로 치부하기에는 또 너무 앞뒤가 맞아떨어지고.

아무리 봐도 진서를 앞세워 거짓말을 하는 것 같지는 않았다. 게다가 진서에게 거짓말을 종용하며 이런 일을 일부러 꾸밀 정도로 해담과 주신이 막 돼먹은 애들은 아니었다.

꼬르르륵.

진서의 주린 배가 알리는 신호로 인해 침묵이 깨졌다. 어른들이 음식에는 전혀 손을 대고 있지 않으니, 진서 역시 눈치를 보느라 아무것도 먹지 못한 탓이었다.

영주가 한껏 안타까운 얼굴로 말문을 열었다.

"아이고. 진서 배고프구나. 우리끼리 신경 쓰느라 진서 배고픈 걸 못 챙겼 네요. 일단, 먹으면서 얘기 나눠요. 진서야, 얼른 먹어."

"넵. 잘 먹겠습니다."

어른들이 젓가락을 들자 그제야 진서가 앞에 놓인 음식들을 먹기 시작했 다. 믿고 안 믿고를 떠나, 잘 먹는 진서를 보니, 모두 한결같이 흐뭇한 마음 이었다.

"근데, 그 검사는 기영이한테 부탁한 거니?"

몇 술 뜨다 말고 영주가 물었다.

"네. 진서는 출생기록이나 법적 보호자를 증명할 수 있는 상태가 아니라, 그 당시에는 기영 누나밖에 부탁할 사람이 없었어요. 친한 사람의 부탁이라 고 하니까 허락해 주더라고요."

가만히 고개를 주억거린 영주는 큰언니의 뼈 있는 농담이 이래서 나온 게 아닌가 싶은 생각도 들었다.

"그럼, 그 검사 결과, 우리한테도 보여줄래? 난 솔직히 아직 뭐가 뭔지 모 르겠어. 진서가 미래에서 왔다니, 아무리 내 상상력을 발휘해도 선뜻 받아들 여지지가 않아."

지선은 영 긴가민가해서 그거라도 보면 이 묘한 기분이 가실 것 같았다.

"어, 그래. 그거 좋겠다."

태석이 동조하자, 영주와 형진까지 눈을 반짝 빛냈다. 해담이 보여 주라는 듯 주신을 향해 고개를 끄덕여 보였다. 주신은 순식간에 한숨이 나오려는 것을 간신히 억눌렀다.

'최유신, 진짜.'

어머니와 작은 해프닝이 벌어지기 직전, 유신과의 통화에서 그만큼 시간 맞춰 오라고 했던 건 다 지금을 대비해서였다.

진실을 밝히기로 해담과 결정을 내린 뒤, 제일 먼저 유신에게 부탁한 게 바로 이거였다.

검사 결과가 담긴 보고서를 받아보는 것. 그것만큼 확실한 증거는 없었으니까.

이번에는 세 사람의 이름이 완벽히 기재된 것이어야 했기에, 기영이 아닌 다른 쪽을 이용했다. 아무래도 어둠의 경로를 이용해야 하니, 발 넓은 유신에게 부탁했다. 세 사람의 시료까지 확실히 채취해서.

그런데, 어제 검사 결과가 나온 서류를 가져다주기로 해놓고, 유신이 일 때문에 외박을 해버린 것이다.

'도대체 뭐 하느라 안 오는 거야.'

주신은 자신에게 집중하고 있는 눈들을 보며 마른침을 삼켰다. 다 같이 모이기가 힘든 만큼 이 자리에서 확실히 해두고 싶었는데. 예전에 녹음해둔 기영의 목소리만 가지고는 증거로 내밀기가 부족했다.

'그냥 직접 가지러 갈걸.'

유신이 너무 펄쩍 뛰며 일하는데 방해가 된다기에 참은 게 잘못이었다. 김이 확 빠지기는 할 테지만 나중에 다시 보여드린다고 할 수밖에 없었다.

"그게 오늘은…….”

드르르륵! 노크도 없이 나무로 된 미닫이문이 확 열렸다.

"죄송합니다! 많이 늦었습니다. 제가 일을 하다 너무 피곤해서 깜빡 잠이 드는 바람에요."

한 손에 서류봉투를 든 유신이 핼쑥한 얼굴을 하고서 안으로 들어왔다. 어른들에게 꾸벅꾸벅 직각으로 인사를 해 보인 유신이 해담의 옆으로 가서 앉았다.

'왔으니 됐잖냐.'

가볍게 윙크를 해 보인 유신이 봉투를 내밀었다.

그래. 늦게라도 와줘서 무지 고마워. 희미하게 고개를 젓고서 주신은 받아든 서류를 들어 보였다.

"이 봉투 안에 든 걸 보시면 됩니다."

"그걸 왜 유신이가 가져와? 최유신, 너도 한통속이냐?"

태석이 영 미심쩍게 바라보자 유신이 어른들을 슥 보며 입을 열었다.

"한통속은 아니고요, 저는 부모님들보다 조금 더 일찍 알게 된 케이스라고 생각하시면 됩니다. 이 검사 결과는 기영 누나가 아닌 또 다른 곳에 의뢰해 받아오느라 제가 가지고 온 거고요. 기영 누나에게는 애들 이름을 밝힐수가 없어서요."

입술 끝을 슬쩍 올린 유신이 쐐기를 박았다.

"저는 아무리 봐도 주신이랑 진서가 너무 붕어빵 같아서 제가 직접 친자확인 검사를 해 봤거든요. 물론, 결과는 의심할 여지없이 부자지간이 맞았고요."

든든한 지원군이 있는 것과 없는 건 하늘과 땅 차이였다. 유신의 증언을 들은 양가 부모들은 확실히 동요를 하고 있었다.

"어디, 그거부터 보자."

태석이 손을 뻗자 봉투째로 건네려던 주신은 순간, 움찔했다. 봉투 밑면에 깨알같이 뭔가가 적혀 있는 게 포착되었기 때문이다. 설핏 미간을 찌그려 유신을 본 다음, 주신은 내용물만 빼서 태석에게 내밀었다.

태석과 옆에 앉은 영주가 함께 검사 결과를 확인하는 동안, 주신은 그 봉투를 곱게 접어 의자 옆에 내려놓았다.

"이것 참. 아니, 세상에 어떻게 이런 일이 있을 수가 있지?"

"어머, 세상에. 웬일이야, 진짜."

태석과 영주가 탄식을 내뱉고서 형진에게 서류를 넘겼다. 받은 서류를 뚫어져라 응시한 형진과 지선의 반응 역시 별반 다르지 않았다.

"네가 진짜, 우리 해담이 아들이라고? 허어."

"……미쳤다, 미쳤어. 어머머머머머."

네 사람의 눈동자가 일제히 열심히 밥을 먹고 있는 진서에게로 가 닿았다. 어른들의 시선을 받은 진서가 눈을 깜빡이고서 이내 씨익 예쁘게 웃어 보였다.

이제 양가 부모들은 조금 멍한 상태가 되어 황당무계하기 그지없는 이 상황에 대해 깊이 생각하기 시작했다.

"아니, 그러니까. 지금 이게 꿈이 아니고, 조작된 것도 아닌 사실이라면, 나중에 우리 해담이랑 주신이가 결혼해서 진서를 낳는다는 거잖아요."

한참만에야 지선이 입을 열자 해담은 괜히 심장이 쿵 떨어졌다. 워낙 주신을 예뻐하는 지선이지만, 가끔 어디로 튈지 모르는 탁구공 같은 면이 있었기에 긴장이 되는 참이었다.

"그러니까, 우리가 사돈이 된다는 거잖아요?"

지선의 직설적인 말에 다들 현실을 직시하고서 동작 그만 상태가 되었다. 물론, 언제가 될지 모르는 나중 일이었다. 사람 일이라는 게 앞으로 어떻게 변할지 알 수도 없고.

하지만, 떡 하니 눈앞에 진서라는 존재가 있으니 당장 직면한 현실처럼 어색하기 그지없었다. 친한 이웃에, 친한 학부모 정도로만 여긴 채 편하게 지낸 게 20여 년이었다.

이렇게 갑자기, 뜬금없이, 순식간에 사돈 확정이라니.

"어머, 난 너무 좋은데……요. 해담이 내 며느리가 된다니. 내가 얼마나 해담이를 좋아하는데……요."

급격히 변한 영주의 존대에 하마터면, 주신은 마시던 물을 뿜을 뻔했다. 해담 역시 급 사돈 형성에 켁켁, 기침을 내뱉었다.

"아니, 얘는 어른들 앞에서 조신하지 못하게 기침이니. 얼른 물 한 잔 마시렴."

마시렴? 지선까지 가세해 평소에 안 쓰던 말투를 하는 바람에 해담과 주신은 귀까지 시뻘겋게 달아올랐다.

두 아버지들도 괜히 편한 자세를 바르게 고쳐 앉으며 태도를 바꾸었다.

지금껏 단 한 번도 본 적 없는 어색하고 요상한 분위기에 유신은 이마를 긁적였다. 그 와중에도 유신은 놓치지 않았다. 마주앉아 있는 주신의 입꼬리가 미묘하게 올라가 있는 것을.

'이 자식. 해담이 자기 거라고 어른들한테 공표해 두려는 속셈이었구만?'

해담이 양가에 알리자는 의견을 냈다지만, 분명, 그런 말이 나오게끔 저 자식이 유도를 했을 것이다.

이제 해담은 빼도 박도 못 하고 주신에게 코가 꿰인 것이다. 눈을 가늘게 뜨고서 주신을 보던 유신은 시선이 부딪치는 바람에 흠칫, 했다.

'뭔데, 저렇게 요상하게 쳐다봐?'

주신의 눈빛이 영 찜찜했지만 유신은 배가 너무 고팠기에 음식을 먹었다.

친한 이웃, 옆집 학부모 그리고 미래의 사돈이라는 묘한 분위기의 식사 자리가 파했다. 양쪽 집안은 각자 타고 온 차로 이동할 때 잠시 헤어졌다가, 다시 집 앞에서 조우했다.

평소와 달리 연방 악수에, 서로 직각 인사를 하느라 집 앞이 소란스러울 정도였다. 서로 먼저 들어가라, 권하는 건 보너스였다. 그 모습이 민망한 건 오롯이 자식들의 몫이었다.

"안녕히 주무세요."

겨우겨우 인사가 끝날 무렵, 진서가 형진과 지선을 향해 공손히 고개를 숙였다. 뭔가 뭉클하고도 기묘한 기분에 지선과 형진은 물끄러미 진서를 내려다보았다.

"어. 그래. 진서도 잘 자라."

형진이 먼저 감정을 누르고서 대답을 했다. 지선 역시 곧 입술을 움직였다.

"진서도 잘 자. 좋은 꿈꾸고."

"넵."

"진서, 내일 점심 먹으러 집으로 올래?"

지선이 못내 아쉬워 그렇게 제안했다.

"아, 엄마. 저희 내일 놀이공원 가기로 했어요."

해담이 옆에서 퍼뜩 대답했다.

"아, 그래?"

지선이 가만히 고개를 주억거리고서 다시 한 번 태석과 영주에게 묵례를 해 보였다. 그러자 태석과 영주도 훌쩍 고개를 숙인다.

어른들의 '니가 먼저 들어가라와 눈만 마주치면 인사'가 다시 무한 반복되었다. 해담과 주신 그리고 유신은 고개를 절레절레 흔들었다.

해담은 그런 어른들을 보며 멀뚱히 서 있는 진서와 시선을 맞추었다.

"진서."

"네."

"들어가서 세수하고, 손발 잘 씻고 자는 거 알지?"

"네."

"양치도 꼭 깨끗이 하고."

"넵."

"내일 놀이공원 가게 일찍 일어나는 거 알지?"

"넵, 넵!"

생각만으로도 신나는 듯 진서가 크게 고개를 끄덕거렸다. 양쪽 부모님들께 진실을 밝히고 나니, 굳이 숨기고 감추며 몰래 진서를 챙기지 않아도 되었다. 해담은 그거 하나만큼은 참으로 좋았다.

영주와 네버엔딩 작별을 하면서도 지선의 눈이 해담과 진서에게로 가 닿았다. 기분이 참으로 묘했다.

"엄마, 아빠. 차 한 잔 하실래요?"

부모님과 함께 집으로 들어온 해담이 먼저 운을 뗐다. 폭탄을 던진 데에 대한 반응이 너무 궁금했기 때문이다. 식당에서는 주신의 가족이라는 이목이 있었기에 필시, 감정을 눌렀을 것이다.

"그래. 그러자. 엄마는 매실차 한 잔."

"아빠는 녹차로."

짤막한 부모님의 요구대로 해담은 자신의 것까지 해서 매실차 두 잔과 녹차 한 잔을 탔다. 소파로 가고 말 것도 없이 세 사람은 식탁에 둘러앉았다.

"……기분이 어떠세요?"

해담이 찻잔을 만지작거리며 질문을 던졌다.

"엄마는 솔직히 모르겠다. 황당해. 이상하고. 어떻게 반응해야 될지를 모르겠어. 분명, 장난이 아니라는 거 알겠는데, 꼭 장난 같고."

"아빠도 그래. 얼떨떨해."

"그래도 기분이 안 좋거나, 불쾌하신 건 아니시죠?"

해담의 조심스러운 물음에 지선이 노려보듯이 해담을 바라보았다.

"솔직히 불쾌했어. 불쾌해."

"아, 정말요?"

"마흔 중반밖에 안 됐는데 졸지에 팍삭 늙은 것 같은 느낌이야. 진서한테 일러둬. 절대 할머니라고 부르지 말라고."

해담이 어색하게 웃자, 지선이 말을 이었다.

"그리고 어쩜 그런 일이 있었는데, 넌 엄마 아빠한테 한 마디도 안 할 수가 있어? 진서가 와서 잔 적도 있으면서. 뭔가 속은 느낌이 강해서 너한테 불쾌해."

"그때, 진서가 미래에서 온 내 아들입니다, 했으면 믿어는 주시고요?"

"정신병원에 처넣겠지."

태연한 지선의 응수에 해담은 쓴웃음을 지었다.

"그러니까요. 그래서 말씀 못 드렸어요. 아니, 갑자기 나타난 애가 나중에 내 아들이라는 자체가 용납 안 돼서, 인정하기조차 싫었어요. 거기다, 걔 아빠가 주신이라는데 얼마나 기분이 끔찍했다고요. 그때는 그냥 막 도망치고 싶은 마음뿐이었어요."

지선과 형진이 꽤나 놀란 눈으로 해담을 응시했다.

"그랬다고?"

지선이 돌연 눈을 동그랗게 떴다.

"너, 혹시 그때 자꾸만 학교 근처로 원룸 구해달라고 했던 게, 그래서였어?"

"네. 주신이와 진서가 바로 지척에 있는 여기서 멀리 가고 싶었어요. 뭔가가 정해져 있다는 게 너무 무서웠거든요."

지선과 형진이 조금 무거운 얼굴로 고개를 주억거렸다.

"네가 그 정도까지 혼자 심각했을 줄은 정말 몰랐어."

"아빠도. 넌 아직 세상의 때를 덜 탄 나이고, 이런 신기한 일도 있을 수 있구나, 쉽게 받아들였을 거라고만 생각했는데. 우리한테 밝히기까지 많이 힘들었겠다."

지선과 형진이 이렇게 마음을 어루만져줄 거라고는 전혀 예상치 못했다. 그래서 조금 감동스러웠다. 그리고 기분이 오묘했다.

어쩐지 큰 산을 넘은 것 같고, 밀린 숙제를 끝낸 것만 같은 그런 편안함.

"참, 근데 진서는 여기 어떻게 온 거래? 아까는 너무 얼떨해서 아무 생각이 안 났는데. 왔으니, 막 다시 가고 그럴 수도 있는 거겠지?"

"그러게. 타임머신 뭐 그런 거 타고 왔으면, 되돌아가는 것도 가능하지 않겠어요?"

"아이고. 타임머신이 어디 있어요? 진서가 한 몇백 년 뒤에서 왔으면 몰라도."

지선과 형진의 대화에, 해담은 왠지 제일 처음 타임머신 운운했던 자신과 주신이 생각나 웃음을 흘렸다.

모두 다, 생각은 같은 모양이었다. 진서가 어떻게 왔는지, 또 어떻게 돌아가는지. 그 점이 무척 궁금할 수밖에 없었다.

해담은 부모님을 바라보며 어깨를 으쓱해 보였다.

"몰라요. 저도."

"몰라?"

"몰라?"

해담은 매실차를 한 모금 마시고서 가만히 눈을 깜빡였다.

"어떻게 여기에 오게 됐는지, 어떻게 가는지, 그게 언제인지. 절대, 얘기 안 해 주더라고요."

"아. 그게 또 극비인가 보다. 그쵸, 여보?"

"그러게요. 그런 신비한 능력이 밝혀지면 안 되는 그런 건가 봐."

해담보다 훨씬 더 적응이 빠른 지선과 형진이었다.

까만 어둠이 세상을 지배한 깊은 밤이었다. 빛 한 줄기 들어오지 않는 어둡고 고요한 방.

진서는 한창 잠의 세계를 유영하는 중이었다. 날이 새면 놀이공원에 간다는 기대를 한껏 품어서인지 밤이 깊어서야 겨우 잠에 빠진 참이었다.

옆으로 누워 자던 진서는 이상한 기분에 차츰 잠에서 깨어났다.

꿈인지 생시인지 스스로도 인지할 수 없는 상태. 어렴풋한 시야에 차가운 눈동자가 포착되었다.

"……으."

진서는 꿈틀꿈틀 더 빨리 잠에서 깨어나려 안간힘을 썼다.

방문 앞에 서서 침대를 바라보고 있던 그 시선이 조금씩 다가오기 시작했다.

"아, 안 돼요…… 아직…….."

평소라면 어느 정도에서 멈추던 시선이 이번에는 계속 다가왔다.

"……오면 안 되는데…… 제발…….."

두려움과 걱정으로 인해 진서의 작은 몸이 연방 흠칫, 흠칫 경련을 일으켰다.

차갑고 어두운 시선이 바짝 침대까지 덮쳐오자, 무서움은 배가 되었다.

오싹오싹, 소름이 돋고 식은땀이 줄줄 흘러내린다.

입이 틀어 막힌 것처럼 숨쉬기조차 힘겨웠다.

어두운 시선이 진서의 한쪽 팔을 쓱 훑더니, 곧장 얼굴로 쏟아졌다.

잠에서 깨려던 진서는 그 시선이 너무 무서워 오히려 눈을 질끈 감았다.

"흑, 흑흑…….."

울음을 터트리는 순간, 옆에서 자던 주신이 잠을 깨었다.

"진서?"

손을 뻗어 조명등을 제일 밝게 켠 주신이 옆을 돌아보았다.

"흐으……."

"진서야."

눈물을 줄줄 흘리며 흐느끼고 있는 진서를 확인한 주신이 다급히 작은 어깨를 흔들었다.

"……."

잠에서 깬 진서가 여전히 훌쩍이며 젖은 눈을 깜빡였다.

"왜 그래. 무서운 꿈이라도 꾼 거야?"

주신이 젖은 볼을 닦아주며 물었지만, 진서는 작게 도리질을 칠 뿐이었다.

도대체 왜 자꾸 이럴까.

후. 한숨을 내쉰 주신은 가만히 진서의 가슴팍을 다독였다. 진서는 위로 걷어진 내의 소맷자락을 팔목까지 끌어내리고서 다시 눈을 감았다.

의지와는 상관없이 졸음이 쏟아지는 탓이다.

주신은 쌔근쌔근 잘 자는 진서의 얼굴을 들여다보다 이내 방을 나섰다. 간밤, 진서 때문에 깬 뒤로는 그만 홀딱 잠을 설쳐 버렸다.

아직 어두운 새벽이었지만, 간만에 약수터나 다녀오자 싶어 아래층으로 향했다.

통통통통. 주방에서 나는 소리에 주신의 발걸음이 잠깐 멈칫했다.

아직 어머니가 아침 준비할 시간이 아닌데, 누구지? 주신은 발꿈치를 살짝 들고 조용조용 주방으로 향했다.

조리대 앞에 서서 열심히 칼질을 하고 있는 뒷모습을 본 주신의 입매가 슬쩍 위로 향했다.

"확실히 연애하면 사람이 바뀐다더니."

자신이 생각해도 음산한 음성이 나가자 칼질 소리가 딱 멈추었다.

"헉."

숨을 들이켠 유신이 앞치마를 맨 모습으로 휙 뒤를 돌아보았다.

"야 인마. 기척 좀 하고 다녀라. 놀라서 자빠지는 줄 알았잖아."

"왜 그렇게 놀라."

유신이 '쉿!' 검지를 입술에 갖다 대었다.

"어머니 아버지 안 깨시게 조용해. 들키면 곤란하다고."

도무지 유신의 행동이 이해되지 않았지만 주신은 목소리를 낮추었다.

"연애하는 게 죄짓는 것도 아닌데 왜 이러는지 모르겠네."

"누, 누가 연애야."

유신의 일단 발 빼기에, 주신은 가소로운 표정을 지어 보였다.

"일하느라 외박한다더니, 연애하느라 안 들어온 거지? 어제도 시간 맞춰 온대 놓고, 연애하느라 시간 가는 줄 모르고 늦게 온 거 맞지?"

유신의 동공이 힘을 잃고 이리저리 흔들렸다.

"어, 어떻게 알았냐?"

"뻔하잖아. 혼자 먹으려고, 꼭두새벽부터 일어나 이렇게 요란을 떨 리는 없잖아."

그리고서 식탁 위 3단 찬합을 턱짓으로 가리켰다.

"혼자 먹으려고 3단 찬합씩이나 꺼낼 리도 없고. 도시락 싸가서 여자친구에게 먹이려는 거 아냐."

"와. 내 동생, 눈치 정말 빠른데?"

"뭐래. 바보 아닌 이상 다 알겠는데."

주신이 반쯤 어이없는 웃음을 흘리고서 이내 한쪽 눈썹을 세웠다.

"근데, 아직 날씨가 차가워서 도시락 들고 피크닉 가는 건 오버 아닌가."

솔직히, 주신 역시 오늘 놀이공원에 갈 때 도시락 생각을 안 해본 건 아니었다. 하지만, 아직 바람이 너무 차가웠다.

해담과 진서에게 다 식어 빠진 음식을 오들오들 떨며 먹일 수는 없어서 마음을 접은 거였다.

"어허. 추위 따위는 문제가 안 되지."

"집으로 가서 먹을 모양이지?"

유신의 입이 떡 벌어졌다.

"넌 눈치가 빠른 게 맞다니까."

픽 웃은 주신이 조금 의아한 표정을 지었다.

"근데, 도둑 연애해? 부모님 아시면 안 되는 거야?"

"이제 막 시작한 거라서, 아직 부모님은 모르셨으면 해. 너무 일찍 아셨다가 괜히 기대하고 그러시면 서로 불편하니까."

"아."

유신의 입장이 이해가 돼 주신은 작게 고개를 주억거렸다. 주신의 눈에 묘한 부러움이 떠올랐다.

"뭐냐. 그 이글거리는 눈빛은?"

"아니. 그냥. 형이 조금 부러워서."

"뭐가."

"형은 언제든 마음만 먹으면 결혼도 할 수 있잖아. 경제적으로 독립이 가능하니까."

가만히 눈을 깜빡인 유신이 슬쩍 입술을 올렸다.

"왜. 해담이랑 결혼하고 싶어 죽겠냐?"

"아니라고는 말 못해. 하지만, 내가 아직 학생이니까 꿈을 안 꾸려는 것뿐이야."

"이 형님 도움 필요하면 말해. 언제든 도와줄게."

별다른 반응을 보이지 않고 주신은 약수터에 가져갈 물통을 챙겼다. 주방을 나서려던 주신은 우뚝 멈추고서 슬쩍 내뱉었다.

"참. 아무리 연애가 좋아도 아무 데나 낙서는 하지 마."

"응?"

"어제 가져온 검사 결과 봉투에 형 글씨체로 써 있더라. 호텔 이름, 예약 날짜, 호실까지. 날짜가 일 때문에 못 들어온다던 그제였지?"

"어어?"

"봉투째로 넘기려다가 그거 발견하고 내용물만 아버지께 드린 거야."

심장이 떨어진 것 같은 얼굴을 하고 있는 유신을 두고서 주신은 몸을 돌렸다.

주신의 입술에 씨익, 사악한 미소가 감돌았다.

다음날, 오전이었다. 채비를 마친 해담이 막 방을 나설 때였다. 소파에 앉아 있던 지선이 훌쩍 다가왔다.

"자, 이거."

지선이 무표정한 얼굴로 하얀 봉투를 내밀었다.

"그게 뭐예요?"

"……보너스."

"예?"

"너 그동안 일 열심히 했으니까 보너스라고."

"저한테 보너스를 주신다고요?"

"……."

영문을 몰라 어리둥절한 표정을 짓고 있는 해담에게 지선이 인상을 팍 써 보였다.

"놀이공원 간다며? 진서, 실컷 놀게 하고 맛있는 거 많이 사 먹이라고."

"아."

그제야 심오한 뜻을 알아들은 해담이 봉투를 받아 챙겼다.

"참, 그리고."

"말씀하세요."

"사진도 많이 찍어 와."

"애도 아니고 무슨 사진을 많이 찍어요? 그냥, 셀카 몇 장 찍어 올게요."

"뭐래. 너 말고 진서."

"아."

이번에도 심오한 뜻을 뒤늦게 알아채고서 해담은 고개를 끄덕였다.

"그럴게요. 아빠는요?"

"주무셔. 어제 생각이 많은지 늦게까지 뒤척이더라."

"알았어요. 다녀오겠습니다."

해담이 건성으로 인사를 하고서 곧장 현관으로 가서 신발을 신었다. 뒤도 안 돌아보고 밖으로 나가버리자 지선은 혀끝을 쯧쯧, 찼다.

"아무리 봐도 철딱서니라고는 없는데, 어쩜 진서는 그렇게 예의 바르게 잘 키웠는지 몰라."

밖으로 나온 해담의 얼굴이 확 밝아졌다.

주신과 진서 역시 막 밖으로 나오는 게 포착되었기 때문이다. 주변을 휙휙 살펴본 진서가 사람이 없는 것을 확인하고서 작게 말했다.

"엄마."

해담이 양팔을 벌리자 진서가 쪼르르 다가와 덥석 안겼다.

"아침은 맛있게 먹었어?"

"넵."

"뭐가 제일 맛있었어?"

"계란말이요."

"나랑 똑같네."

해담이 부드럽게 머리를 쓰다듬어주고 놓아주자 주신이 삐딱하니 말했다.

"나, 2순위로 밀린 거야?"

"아들한테도 질투하심?"

"같은 성별은 다 경쟁자임."

해담의 말투를 흉내 내며 말한 주신이 이내 웃으며 팔을 벌렸다. 진서가 그랬던 것처럼 해담은 쪼르르 다가가 주신의 허리를 껴안았다. 해담의 등을 끌어안고서 주신은 한동안 마음껏 향긋함을 들이마셨다.

"이제 그만 놓고 출발하는 게 좋지 않을까?"

한참 만에 해담이 장난스럽게 말해서야 주신은 팔을 풀었다. 가운데 진서를 두고서 손을 꼭 잡은 세 사람은 놀이공원으로 출발했다.

휴일이라 그런지 날씨가 쌀쌀함에도 불구하고 놀이공원은 사람들로 인산인해를 이루었다. 역시나 진서의 관심사는 온통 동물 친구들뿐이었다.

귀여운 초식동물은 물론이고 맹수에 조류까지, 한결같이 입을 귀에 건 채 구경하느라 정신이 없었다. 그러다 보니, 자연스레 해담과 주신도 놀이기구는 꿈도 못 꿀 일이었다.

"쟤는 나중에 동물 박사가 되려고 그러나? 정말 동물을 너무 사랑하는 것 같아."

진서와 몇 걸음 떨어진 곳에서, 삐죽 솟은 토끼 귀 모양의 헤어밴드를 착용한 해담이 연방 핸드폰 사진을 찍어대며 말했다.

"수의사가 될 수도 있겠지."

기린 뿔 모양의 머리띠를 낀 주신이 마찬가지로 핸드폰으로 쉴 새 없이 사진을 찍으며 대꾸했다.

"아. 그것보다는 동물원에 취직하지 않을까? 그럼, 좋아하는 동물들을 원 없이 실컷 볼 수 있잖아."

"그럴 수도 있겠네."

계속 핸드폰 셔터를 누르며 대화를 하던 해담과 주신은 눈이 마주치는 바람에 웃음을 터트리고 말았다. 대화의 내용부터 행동까지, 서로가 영락없는 학부모처럼 보였기 때문이다.

여전히 웃음기를 걸고서 해담은 주신의 머리로 손을 뻗었다.

"머리띠가 삐딱해."

주신이 슬쩍 고개를 숙여주자 해담은 기린 뿔 모양의 헤어밴드를 똑바로 씌워 주었다.

"나는 안 비틀어졌어? 괜찮아?"

"응. 예뻐."

주신이 잔뜩 사랑스러운 눈빛을 하고서 대답했다.

"주신아, 우리도 머리띠까지 꼈으니 사진 한 장 찍자."

"이러고 있는 걸 찍자고?"

"뭐 어때. 기념인데. 이럴 줄 알고 셀카봉도 가져왔단 말이야."

영 찝찝했지만 해담이 너무 눈을 빛내는 통에 주신은 허락하고 말았다.

그래. 난 네가 기뻐하는 일이라면 뭐든 한다.

해담은 잔뜩 신이 나서 핸드폰을 셀카봉에 장착했다.

"웃어. 스마일."

해담이 씩 웃자, 주신도 마지못해 입술을 옆으로 찢었다. 찰칵. 사진을 찍은 해담이 셀카봉을 조금 더 길게 뺐다.

"이번에는 저 뒤에 진서도 같이 나오게 찍을게. 웃어, 주신아."

주신이 역시나 경직된 얼굴을 풀고서 한 손에 브이 자를 그렸다.

찰칵.

"한 장 더, 한 장 더."

한껏 신난 해담 때문에 찢은 입술을 다물지 못한 채 어정쩡한 표정을 짓고 있을 때였다.

"어? 저, 저게 뭐지."

해담의 시선을 따라 무심결에 핸드폰 액정 속 세상을 본 주신이 그대로 입매를 굳혔다.

핸드폰 액정 속 진서는 동글동글 귀여운 판다를 잔뜩 신난 얼굴로 정신없이 구경하는 중이었다.

믿을 수 없게도, 진서의 머리부터 발끝까지 그림자처럼 어두운 무언가가 일렁이고 있는 게 포착되었다.

마치, 검은 연기가 피어오르는 것 같은.

"주신아. 보여, 저거?"

"어, 그래. 보여."

동공을 확장시킨 해담과 주신은 누가 먼저랄 것도 없이 뒤를 돌아보았다. 그냥 눈으로 확인한 진서는 주변 여느 사람들과 다를 바 없는 모습이었다.

눈을 의심하며 다시 핸드폰 액정을 들여다본 두 사람의 표정이 애매해졌다. 진서의 몸에서 마구 피어오르던 연기가 흔적도 없이 사라지고 없었다.

해담은 잔뜩 상기된 채로 주신을 바라보았다.

"뭐, 뭐지? 분명히 있었는데. 너도 본 거 맞지, 그치?"

"응. 나도 봤어. 확실히."

혼자라면 모를까, 두 사람의 눈에 동시에 보인 걸 헛것으로 치부할 수도 없었다. 해담과 주신은 귀신에 홀린 것처럼 진서를 응시했다.

여느 또래들처럼 와, 와, 감탄을 연발하던 진서가 고개를 돌려 두 사람과 시선을 부딪쳤다. 진서가 발랄하게 손을 들어 흔들어 보였다.

"두 분도 가까이 오셔서 구경하세요. 너무 좋아요!"

해담이 곧장 표정을 풀고서 손을 흔들어 보였다.

"응. 여기서도 잘 보여. 실컷 구경해."

진서가 환하게 웃으며 다시 고개를 돌렸다. 해담은 그때까지도 어정쩡하니 들고 있던 셀카봉에서 핸드폰을 분리시켰다.

셀카봉을 가방에 집어넣고 해담은 지금껏 찍은 사진들을 쭉 살피기 시작했다. 주신 역시 학부모 모드로 핸드폰에 담았던 진서의 모습을 훑었다.

잠시 동안 각자의 핸드폰을 들여다보던 해담과 주신이 눈을 마주치며 작게 고개를 저었다.

"나한테는 찍힌 게 없어."

"나도."

"아. 진짜 뭐에 홀린 것 같아. 만약 나 혼자 봤으면 진짜 잘못 본 걸로 치부하고 말았을 거야."

여전히 얼떨떨한 게 가시지 않은 투로 말한 해담은 이내 걱정스레 덧붙였다.

"진서가 여기에 계속 있으면 안 된다는 암시 같아서 너무 기분이 이상해."

주신은 입 밖으로 한숨이 나오려는 걸 삼켰다. 요즘 들어 부쩍 진서의 악몽을 꾸는 빈도가 높아졌다. 바로 간밤까지도 헛소리를 하며 흐느꼈다. 마치, 뭔가에 쫓겨 무서워하는 듯한 느낌이었다.

솔직히, 놀이공원을 기대하며 한껏 부풀어 있었기에 어제만큼은 안 그럴 줄 알았는데.

반복되는 악몽과 방금 전의 희한한 증상까지, 어쩌면 해담의 말이 맞는 건지도 몰랐다.

이곳에 있으면 안 되는 존재.

꽤나 신경이 쓰이고 기분이 안 좋았지만 주신은 해담에게는 말을 아꼈다. 해담에게까지 걱정을 떠안겨 주고 싶지는 않았다.

"너무 걱정 안 해도 돼. 저 녀석, 자기도 가야 한다는 건 인지하고 있어."

"어떻게?"

"여기에 유리를 못 데리고 온다는 설명을 하는데 그러더라고. 돌아가기 전에 유리에게 좋은 추억 남겨 주고 싶었다고."

"아."

해담은 자신이 너무 매정하게 진서의 청을 거절한 것 같아 짠해졌다. 하지만, 안 된 마음과는 달리, 다시 그때로 돌아간다 하더라도 그녀의 선택은 똑같았다.

정말, 그만큼 유리 엄마와의 첫 대면이 좋지 않았다.

"언제 돌아간다는 말은 없었지?"

"응. 그건 또 바로 모르는 척 얼버무려. 근데, 그렇게 나중은 아닌 느낌이었어."

"그렇겠지? 쟤도 평생 우리 곁에 있을 마음으로 온 건 아닐 테니까."

그렇게 생각하니 걱정이 다소 누그러졌다. 진서가 가고 난 뒤 눈앞에 보이지 않으면 정말 허전하고 아쉬울 것 같았다. 그럼에도 해담은 빠른 시간 내로 돌아갔으면 싶었다.

괜히 뭔가가 잘못돼서 진서에게 해가 되는 건 아닌가 염려스러웠으니까.

주신이 가만히 손을 올려 해담의 어깨를 토닥였다.

"그러니까, 예쁜이. 심각한 생각하지 말고 표정 풀어. 네가 어둡게 있으면 저 녀석 금방 눈치채."

"맞아. 쟤는 또래에 비해 눈치가 너무 빨라. 생각도 많긴 하지만."

"오늘은 아무 생각 말고 즐겁게 놀기."

주신이 눈을 바라보며 빙긋이 웃자, 해담도 이내 입술 끝을 올렸다. 잠시 마주 보며 따끈따끈한 눈빛을 주고받고 있는데, 지나가던 중년 여인이 해담과 툭 부딪쳤다.

"아이고, 미안해요."

"아니에요, 괜찮습니다."

부딪친 중년 여인과 해담이 동시에 인사를 하고서 고개를 드는 순간, 눈을 번쩍 떴다.

"어라, 해담이 아니니?"

참으로 간만에 마주하는 민혁의 어머니였다.

"아. 안녕하세요, 아주머니. 여기서 다 뵙네요?"

해담과 마찬가지로 주신 역시 민혁의 어머니에게 인사를 했다. 민혁의 어머니가 반가운 얼굴로 두 사람을 번갈아 보았다.

"그러게. 동네에서도 마주치기 힘들던 너희들을 여기서 다 보네? 같이 놀러 온 거야?"

"네."

해담 역시 반가움에 눈웃음을 지으며 대답했다.

"하하하. 니들 머리띠 너무 귀엽다."

동물 머리띠를 번갈아 보며 재미있어하던 민혁의 어머니가 갑자기 한숨을 푹 내쉬었다.

"아이고. 우리 민혁이도 너희들처럼 이런 데 와서 좀 놀고 그러면 얼마나 좋아? 이놈의 자식을 진짜."

"왜 그러세요?"

그러고 보니, 요 며칠 민혁과 전화 통화 한 번도 한 적이 없다.

"말도 마, 글쎄. 술 못 처먹어서 죽은 귀신이 들러붙었는지, 요새 맨날 술만 퍼마시고 다녀. 어제도 고주망태가 돼서 새벽에 들어왔더라. 지 아버지 알면 용돈이고 뭐고 다 끊길 텐데 왜 그러나 모르겠어. 분명, 무슨 일이 있는 것 같은데 물어봐도 대답 안 하고."

너무 속이 상한 민혁의 어머니가 아들 친구들 앞에서 술술 흉을 봤다.

"니들은 뭐 아는 거 없니? 해담이랑은 같이 밥도 먹고 다니는 것 같은데."

"저, 저도 아는 거 없어요. 민혁이가 고민 털어놓을 성격도 아니고요."

해담은 주신의 눈치를 슬쩍 보고서 어색하게 웃었다. 민혁의 어머니는 더더욱 크게 땅이 꺼져라 숨을 몰아쉬었다.

"만약에 민혁이가 니들한테 고민 털어놓거나 그러면 좀 잘 다독여줘."

"네. 그럴게요."

"네."

해담과 주신이 대답하자 작게 고개를 주억거린 민혁의 어머니가 덧붙였다.

"그리고 이런 곳에 올 때는 니들 둘만 다니지 말고 민혁이도 데리고 다니고. 요새 어울리고 다니는 애들이 영 시원치 않은 것 같아 내가 걱정이야."

두 사람이 사귀고 있는 줄 전혀 모른 채 민혁의 어머니가 당부를 했다. 해담과 주신은 그저 미소만 지어 보였다.

"아줌마는 이만 가볼게. 저기에서 일행들 기다리거든. 재미나게들 놀아."

"네. 즐거운 시간 보내세요."

싹싹한 해담과 예의 바르게 고개를 숙이는 주신에게 손을 흔들어 보인 민혁의 어머니가 이내 인파 속으로 걸어갔다.

해담은 점점 사라지는 민혁의 어머니의 뒷모습을 보며 작게 중얼거렸다.

"한동안 코빼기도 안 보인다 했더니, 술 마시고 다니느라 그런 거였구나. 진짜, 무슨 일 생겼나?"

"……."

"하여튼 설민혁. 걔는 언제 철이 들려나 몰라. 부모님과 한집에 살면서 제 멋대로 하고 살기도 쉽지 않을 텐데. 나중에 내 아들이 그러면 목을 비틀어 버릴 것 같은데. 아주머니 국보급 보살이시라니까."

"……."

주신이 계속 아무 대꾸도 하지 않자 해담은 고개를 들었다. 입술을 꾹 다문 채 묘한 표정을 짓고 있는 주신을 보며 해담은 속눈썹을 깜빡였다.

"왜?"

"만약에."

"만약에, 뭐?"

"설민혁이 너한테 고민 털어놓으면 어떻게 할 건데."

"걔가 나한테 그런 걸 털어놓을 리가 있겠어? 지 잘난 맛에 사는 애가 어지간히 그러겠다."

"그러니까, 만약에라고 했잖아."

"그럴 리는 없겠지만. 그럼, 뭐. 당연히 들어줘야지. 고민 상담까지 거절할 만큼 야박하게 굴 수는 없잖아."

주신의 기다란 눈매가 슬그머니 가늘어졌다.

"그 눈은 뭘 의미하는 걸까나."

"만약 그런 상황이 오면 절대 단둘이서 술은 안 돼. 밤늦게 그냥 만나는 것도 안 돼."

해담은 반쯤 어이없는 웃음을 흘렸다.

"그게 걱정되셨어요? 혹시, 내가 설민혁이랑 단둘이서 밤늦게 술이라도 마실까 봐?"

"밤늦게 불쑥 불러낼 수도 있……."

"밤늦게 불쑥 안 나갈게."

주신의 말이 채 끝나기도 전에 해담이 단호히 대꾸했다.

"밤늦게 불쑥 나가지도 않을 거고, 단둘이 술도 안 마실게. 됐지?"

그럼에도 주신의 눈매가 여전히 가는 상태에 머물러 있자 해담은 의아한 표정을 지었다.

"아직 설민혁이 나한테 고민 상담을 부탁한 것도 아니고, 안 할지도 모르는데, 왜 이렇게 예민하게 반응하는 거야?"

주신도 알고 있었다. 지금 자신이 너무 날카롭게 굴고 있다는 걸. 먼젓번,

둘이 함께 밥 먹는 장면이 핸드폰에 찍혔을 때 민혁의 얼굴이 떠올라 어쩔 수가 없었다.

늘 심드렁하니 삐딱한 표정만 짓기 일쑤였던 민혁이 그날, 그 사진 속에서는 완전히 다른 사람 같았다.

밝은 미소에, 순해 보이는 눈매까지, 좀처럼 볼 수 없는 모습이었다.

꼭 그런 의외의 얼굴을 하도록 만든 게 해담인 것 같아, 주신으로서는 신경이 쓰였다. 그렇다고 이런 속내를 밝힐 수도 없다.

스스로가 생각해도 쪼잔한 머저리 같았으니까.

"약속해. 절대 안 그러겠다고."

주신은 새끼손가락을 내밀어 보였다.

"못 말려, 진짜. 알았어, 알았다고요."

해담은 고개를 절레절레 저으며 자신의 새끼손가락을 걸었다. 그제야 조금 안심이 된 주신이 슬그머니 표정을 풀었다.

그 뒤로도 놀이공원에서의 일과는 처음부터 끝까지 철저히 진서 위주로 돌아갔다.

진서에게는 오로지 동물 친구들뿐이었다. 점심을 먹은 후에도 앞으로 다시는 접하지 못할 것처럼 진서는 동물들에게만 집중했다. 덕분에 해담과 주신은 놀이기구 근처는 가보지도 못했다.

"아. 자유이용권 아깝다. 그렇다고 저렇게 좋아하는데 놀이기구 타자고 할 수도 없고."

여전히 흥이 가득한 진서의 모습을 사진으로 남기며 해담은 아쉬움이 잔뜩 담긴 목소리로 말했다.

"나중에. 진서 가고 난 다음에 둘이 다시 오자."

해담은 시선을 들었다. 눈이 마주치자 해담과 주신은 어쩐지 아련해져 입가에 미소만 걸었다.

'진서 가고 난 다음'이란 말이 괜히 가슴에 콱 박혀 와서.

오후 무렵이 돼서야 아쉬워하는 진서를 달래며 세 사람은 귀갓길에 올랐다. 버스 안에서 해담은 수백 장은 찍었을 법한 사진들을 대충 정리했다. 혹시나 진서를 뒤덮고 있던 검은 연기가 찍힌 게 없나 확인했지만 보이지 않았다.

핸드폰을 핸드백에 넣고서 해담은 창가에 앉은 진서를 바라보았다. 진서는 창가 자리에 앉아 밖을 보는 걸 유독 좋아했다.

"진서는 오늘 재미있었어?"

진서가 고개를 돌려 환하게 웃어 보였다.

"네. 아주아주, 많이많이요."

이렇게 신나하는 진서는 처음이었다. 오늘 그 흔한 회전목마도 못 타 봤지만 해담은 뿌듯했다.

해담이 머리를 어루만져주자 진서가 다시 창밖을 응시했다. 곧 손을 거두어들인 해담은 통로 쪽에 앉은 주신을 돌아보았다. 주신도 핸드폰을 들여다보며 사진을 보고 있었다.

"뭐 특별한 거 있어?"

해담은 암호처럼 그렇게 물었다. 주신 역시 고개를 젓고서 이내 핸드폰을 주머니에 집어넣었다. 주신이 나직이 말했다.

"생각하지 말자. 더 궁금해하지도 말고. 그게 다시 보인대도 뭔지 어차피 모르잖아."

주신의 말이 정답인지도 모른다. 그 기이한 현상이 찍혀 있어 봤자, 알지 못하니 전전긍긍만 할 뿐일 테니까.

주신은 가만히 손을 뻗어 해담의 머리를 자신의 어깨에 기대게 만들었다.

"피곤할 텐데 도착할 때까지 조금 쉬어."

"응."

해담은 주신의 어깨에, 주신은 해담의 머리에 얼굴을 기댄 채, 잠시 생각을 접었다.

한참을 달린 버스가 목적지에 도착했다. 피곤함이라고는 전혀 찾아볼 수 없는 활달한 얼굴의 진서와 함께 해담과 주신은 버스에서 내렸다.

집 쪽으로 걸음을 옮기는데, 지선에게서 전화가 걸려 왔다.

"네, 엄마."

-어디야? 아직 놀이공원이야?

"아니에요. 조금 전에 버스에서 내렸어요."

-그래? 그럼, 주신이랑 진서 데리고 집으로 와.

"왜요?"

-왜긴. 저녁 같이 먹게. 음식 준비 다 했으니 안 된다는 말 하지 말고.

"벌써요?"

-조금 빨리 먹으면 어때.

해담은 잠깐 눈동자를 굴리다 입술을 열었다.

"알았어요. 그럴게요."

통화를 끝낸 해담은 주신을 올려다보았다.

"주신아. 엄마가 집으로 오라시는데? 저녁 같이 먹자고."

"응, 그래. 나는 좋아."

주신이 선뜻 응하자 듣고 있던 진서가 눈을 반짝반짝 빛냈다.

"와. 그럼, 다 같이 외할머니 댁에서 밥 먹는 거예요?"

해담은 풋, 웃음을 터트리며 고개를 저어 보였다.

"너, 집에 가서 외할머니한테 할머니라고 부르면 절대 안 돼."

"왜요? 이제 저에 대해서 다 아시는데도요?"

전혀 모르겠다는 듯 진서가 의아한 표정을 했다.

이걸 애한테 어떻게 설명해야 하나.

"그게, 지금의 할머니는 아직 할머니로 불리기에는 너무 젊어서 그래."

잠시 생각에 잠겼던 진서가 이내 작은 머리를 끄덕였다.

"아아. 넵, 그럴게요. 별 차이 없으시지만요."

해담은 눈을 깜빡였다.

"별 차이가 없다고? 뭐가?"

"제가 보기에는 여기서나, 거기서나 비슷하시거든요."

해맑은 진서의 대답에 해담과 주신은 발걸음을 멈추고서 서로의 얼굴을 응시했다. 뭔가 아주 어마어마한 사실을 들은 것 같았다.

지금이나 미래나 지선이 크게 다르지 않다는 건 진서가 온 시간이 그렇게 까마득히 먼 훗날이 아니라는 뜻이었다.

'에이, 말도 안 돼. 지금 당장 임신을 해서 진서를 낳아도, 9년 뒤면 우리 엄마가 쉰셋인…….'

해담의 동공이 순간적으로 확장되었다. 마흔넷의 지선이나, 쉰셋의 지선 이나.

딱 그 나이가 아니라, 그 언저리라도 진서의 눈에는 크게 차이가 없어 보 일 수도 있을 것 같아서였다.

주신 역시 비슷한 생각을 했는지 설핏 굳은 얼굴이었다. 해담은 다급히 물었다.

"저기, 진서야."

"네?"

"너, 너. 혹시 생일이 언제야?"

갑자기 분위기가 심각해진 탓에 진서가 조금 놀란 눈으로 주신과 해담을 번갈아 보았다.

"생일이 언제야?"

해담이 다시 한 번 물었다.

"2월 25일인데, 왜, 왜 그러세요?"

자신이 무슨 실수를 한 게 아닌가 싶어 진서가 더듬거리자 해담과 주신은 작게 한숨을 흘렸다. 주신이 무릎을 접고 앉아 진서와 눈높이를 맞추었다.

"그럼, 태어난 연도는?"

주신의 낮은 질문에 해담은 마른침을 꿀꺽 삼켰다. 영문을 몰라 눈동자를 굴리던 진서가 조심스레 입술을 움직였다.

31.

"뭐, 뭐, 뭐라고?"

진서의 대답을 들은 해담의 입술이 턱 힘없이 열렸다. 주신 역시 그대로 딱 굳어버렸다.

맙소사. 세상에. 어떡해. 미쳤어. 돌았어. 말도 안 돼.

해담과 주신의 머리에 허리케인처럼 맴도는 단어들이었다. 진서가 말한 연도가 다름 아닌 내년이었기 때문이다.

진서가 태어나는 건 내년 2월 25일.

해담은 믿을 수가 없어 속눈썹만 깜빡였다.

임신 기간이 10, 10개월이지? 그게 마지막 생리일부터 날짜가 계산되는 거였었나? 제대로 돌아가지 않는 머리를 겨우겨우 돌린 해담은 휘청, 어지럼 증을 느꼈다.

"해담아."

"엄마."

주신이 다급히 해담을 부축하고, 진서 역시 잔뜩 흐려진 얼굴로 그녀의 손을 잡았다.

언뜻 계산해도 그녀가 올여름이 되기 전에 임신을 해야, 내년에 진서가 태어나는 시나리오가 가능해진다.

그러니, 충격을 받고 어지러울 수밖에.

멍하니 숨만 몰아쉬던 해담은 겁을 먹은 듯한 진서의 얼굴을 보고서야 정신을 차렸다.

주신에게 기대고 있던 자세를 바로 하고서 억지로 얼굴 근육을 이완시켰다.

"나, 괜찮아. 오늘 버스를 오래 타서 멀미가 조금 났어."

"정말요?"

해담은 반신반의하는 진서의 머리를 쓰다듬으며 발걸음을 옮겼다.

"응. 진짜 괜찮아. 얼른 가자. 어른들 기다리시겠다."

거우 안도한 듯 진서가 쫄랑쫄랑 앞장섰다.

그런 진서의 뒷모습을 응시하던 해담이 주신에게로 고개를 돌렸다. 그녀만큼이나 당황한 듯 주신의 얼굴도 한껏 딱딱해져 있었다.

"주신아."

"응."

"나, 너무 혼란스럽기는 한데. 일단, 지금은 아무 생각하지 말자."

"그래. 부모님들 앞에서 너무 심각하게 있으면 이상하게 생각하시겠지."

주신이 해담의 손을 꽉 움켜쥐었다. 해담은 머리를 비우려 무던히도 애쓰며 기계처럼 발을 움직였다.

세 사람이 집에 도착했을 때는 이미 지선과 형진이 식탁에 한가득 음식들을 차리고 있는 중이었다.

그 덕분에 조금 이른 저녁 식사가 시작되었다. 지선과 형진은 저녁 식사 내내 신기한 걸 보듯 진서에게서 시선을 뗄 줄 몰랐다.

"아유, 어쩜 이렇게 계란말이를 좋아해?"

"우리 해담이가 계란말이라면 자다가도 벌떡 일어났잖아요."

양쪽 볼 한가득 음식을 넣은 채 우물우물 씹던 진서가 배시시 웃어 보였다. 지선과 형진은 '심쿵'한 얼굴로 흡, 숨을 들이마셨다.

깨작이지 않으려 무던히도 애쓰던 해담은 부모님의 행동에 고개를 절레절레 저었다.

"엄마, 아빠. 식사 안 하세요?"

"어, 그래. 먹어, 먹고 있어."

형진이 어색하게 웃으며 그제야 들고 있던 젓가락을 움직였다. 지선은 수저를 들고서 국물을 몇 번 떠먹다가 이번에는 주신에게로 눈을 돌렸다.

"주신이는 뭐 좋아해? 특별히 좋아하는 거 없어? 육해공, 다 읊어 봐."

"전 다 잘 먹습니다."

"그치, 맞아. 주신이는 예전부터 가리는 거 없이 다 잘 먹는다고 영주 언니가 그랬어. 진서가 아무거나 잘 먹는 걸 보니, 그건 주신이 닮았나 보다."

하루 동안 완전히 진서의 존재에 대해 받아들인 듯한 지선의 발언에, 주신이 멋쩍게 웃었다.

"왜요. 우리 해담이도 가리는 거 없이 다 잘 먹잖아요."

형진이 해담의 편을 들고 나서자 지선이 코웃음을 쳤다.

"이렇게 뭘 몰라요."

"뭐, 내가 뭘 몰라요?"

"해담이 못 먹는 거 천지예요. 가리는 거 천지고요. 쟤 은근히 입 짧아요."

형진이 눈썹을 세우고 해담을 바라보았다. 해담이 슬그머니 이마를 긁적이며 입을 열었다.

"아빠, 저, 오이 별로 안 좋아해요."

"엉? 왜? 그 맛있는 걸?"

"그냥, 쓰고 맛이 없어서요. 비릿한 냄새도 나는 거 같고. 시금치도 미끄덩

거리는 느낌이 싫어서 안 좋아해요. 오징어는 볶은 건 좋아하지만 삶아서 무친 건 잘 안 먹어요. 김은 좋지만 파래는 냄새가 별로라 안 먹히고요. 게는 먹지만 새우는 또 입에 안 맞더라고요."

형진의 입술이 스리슬쩍 벌어졌다.

"그리고 복숭아랑 자몽은 알레르기 때문에 못 먹어요. 심하지는 않은데, 먹으면 입술이 부어서요. 감, 수박은 맛없어서 안 먹, 포도는 시큼해서 싫고요. 더 있는데, 계속 말씀드려요?"

"아이고. 됐다, 됐어."

형진이 학을 떼며 손을 내저어 보였다.

"아니, 그럼 넌 뭘 먹고 사냐?"

"말씀드린 거랑 몇 가지 빼고는 다 잘 먹어요."

"내가 보기에는 도저히 먹을 게 없는데."

형진이 졌다는 표정으로 고개를 혼들자 지선이 픽, 웃었다.

"말만 딸바보지, 이렇게 아는 게 없다니까. 그저, 우쭈쭈만 할 줄 안다고 딸바보가 아니에요, 아저씨. 아닌가? 딸에 대해서 아는 게 없어서 딸바본가?"

지선의 농담에 다들 웃음을 터트렸다. 그 와중에도 주신은 해담이 읊은 걸 열심히 머릿속에 외우고 있었다.

특히 알레르기 반응을 일으킨다는 복숭아와 자몽은 '별표에, 밑줄쫙'을 해 두었다.

친하게 지냈던 어릴 때도 몰랐던 것들이었다. 해담에 대해 더 많이 알아 가고 있어, 주신은 감회가 새로웠다.

물론, 생각지도 못한 상상초월의 사실에 머릿속이 터질 정도로 복잡하긴 했지만.

"다녀왔습니다."

현관문을 열고 들어서자마자 맛있는 음식 냄새가 풍겨왔다.

"왔니?"

주방에서 한창 요리 중이던 영주가 만면에 웃음을 달고서 후다닥 거실로 나왔다. 혼자 거실로 들어서는 주신을 확인한 영주의 얼굴에서 웃음기가 걷혔다.

"진서는?"

"해담이 집에요."

"응?"

"방금 해담이 집에서 저녁 먹고 오는 길이에요. 진서는 거기서 자고 온대요."

영주의 입매가 설핏 굳어졌다.

"해담이 집에서 저녁을 먹고 왔다고?"

"네."

"어머, 어떡해. 난 그것도 모르고 니들 먹이려고 저녁 준비하고 있었는데. 미리 전화를 좀 해주지. 그럼, 준비 안 했잖아."

"어쩌다 보니 그렇게 됐어요. 아버지는요?"

어차피 연애 중인 사람이 집에 있을 리 없기에 유신에 대해서는 묻지도 않았다.

"저녁 약속 있다고 조금 전에 나가셨어. 저 음식을 다 어떡해. 진서 좋아하는 것도 잔뜩 했는데."

진서를 기다린 듯 영주의 얼굴에는 실망감이 가득했다.

"내일 먹으면 되죠."

"그래. 그래야지, 뭐."

주신은 힘없이 대꾸하는 영주를 물끄러미 응시하다 이내 주방으로 걸음을 옮겼다.

"뭘 하셨기에 이렇게 냄새가 좋아요?"

"뭐. 그냥, 이것저것."

주방을 확인한 주신이 피식 웃음을 흘렸다. 역시나 이번에도 계란말이는 빠지지 않았다.

"이 계란말이는 제가 먹을게요. 잡채도 같이요."

"밥 먹었다면서?"

"더 들어갈 자리 있어요."

"얘. 억지로 그러지 마. 탈난다."

주신이 입술 끝을 슬쩍 올렸다.

"아니에요. 저한테는 어머니 음식이 제일 맛있어요."

단 한 번도 살가운 말을 한 적이 없는 주신이기에 영주의 눈이 동그래졌다.

"손 씻고 올게요. 저랑 같이 드세요, 어머니."

"어, 그래."

주신이 손을 씻으러 욕실로 향하자 영주는 작게 중얼거렸다.

"쟤가 안 하던 말을 다 하고. 웬일이야. 아들 생기더니 부모 마음을 헤아리는 건가?"

얼떨떨하면서도 기분이 나쁘지는 않았다.

그사이, 욕실로 온 주신은 세면대 앞에 서서 거울을 보며 한숨을 흘렸다. 아들이 생겨서 부모 마음을 헤아릴 거라는 영주의 짐작과 실상은 달랐다.

사실은 해담의 집을 나서기 직전 해담이 일러준 거였다.

'주신아, 음식 더 들어갈 자리 있어?'

'왜?'

'혹시나, 아주머니께서 저녁을 준비하셨을 수도 있으니까 꼭 네가 같이 먹어야 되거든. 아주머니 혼자 드시게 하면 나, 어쩌면 밉상으로 찍힐지도 몰

라. 꼭 같이 먹어야 돼. 알았지?'

　그냥 하는 소리인 줄 알았는데, 정말로 해담의 예상과 상황이 딱 맞아떨어졌다. 솔직히 해담의 말을 들을 때만 해도, 어머니는 쿨한 분이라 전혀 개의치 않을 거라 생각했었다.

　한데, 어머니의 표정이 굳는 걸 보고 무조건 해담의 충고대로 이행하기로 마음먹었다. 더 나아가, 평소라면 절대 안 했을 말도 했다.

　'저한테는 어머니 음식이 제일 맛있어요.'

　솔직히 음식은 전문가인 지선 쪽이 월등히 맛있었지만, 사람이 딱 시키는 것만 해서는 안 되는 거다.

　발전할 줄 알아야 진정한 사랑과 평화를 쟁취할 수도 있는 것이다.

　깊은 밤. 거실 바닥에 누워 있던 해담은 슬그머니 상체를 일으켰다. 무릎을 끌어안고 앉은 채, 해담은 잠이 든 가족들을 물끄러미 바라보았다. 형진, 지선 그리고 진서가 나란히 누워 쌔근쌔근 꿈나라를 유영하고 있었다.

　해담은 세 사람을 보며 작게 한숨을 흘렸다.

　내년. 내년이라니.

　형언할 수 없는 감정이 드글드글 끓어대는데, 지이잉. 소리가 울렸다. 베개 옆에 둔 핸드폰이 번쩍 빛나며 짧게 진동을 울렸다.

　퍼뜩 액정을 확인한 해담은 그대로 일어나 슬금슬금 자신의 방으로 향했다.

　[뭐 해. 자?]

　주신이었다.

　책상 의자를 꺼내 앉아 해담은 문자를 날렸다.

　[아니. 아직 안 잤어.]

　[진서는?]

[거실에서 자고 있어.]

[거실에서?]

[응. 엄마, 아빠가 진서랑 같이 자고 싶으셨나 봐. 근데 대놓고 그렇게 말씀하시기가 그러셨는지, 괜히 오랜만에 가족 다 같이 거실에서 자자고 그러시는 거 있지.]

해담이 픽, 한숨 섞인 웃음을 흘리며 문자를 보내자 곧장 답장이 날아왔다.

[아. 지금 거실이야?]

[아니. 난 방에 들어왔어.]

해담은 뒤이어 다시 문자를 조합했다.

[넌 안 자고 뭐 해?]

[그냥.]

주신도 그녀만큼이나 생각이 많아 쉽게 잠 못 이루는 모양이었다.

[해담아.]

[응.]

[잠깐 나올 수 있어?]

[지금?]

눈을 동그랗게 뜬 해담은 곧바로 다시 메시지를 보냈다.

[밤중에 불쑥 나가는 거 하지 말랬잖아.]

[난 빼야지.]

생각이 많아 머리가 복잡해 죽겠는 와중에도 농담을 하고 있는 게 조금 어이없었다.

그래도 어떡해. 이렇게 문자 주고받는 것만으로도 좋은걸.

[보고 싶어.]

이 한마디에 가슴이 찌르르르 울려대고 심장은 쿵쾅거린다. 잠시 화면을 들여다보던 해담은 이내 답을 보냈다.

[알았어. 지금 나갈게.]

해담은 핸드폰을 내려놓고서 퍼뜩 거울을 살폈다. 몇 시간 전에 샤워를 하고 머리를 제대로 안 말리고 누운 탓에, 흐트러지긴 했지만 나쁘지는 않았다.

대충 머리를 몇 번 빗은 다음, 외투를 하나 걸친 해담은 살금살금 방을 나섰다. 조심스레 현관으로 직행한 해담은 형진의 코 고는 소리에 맞춰 도어록을 해체시켰다.

그러고서 조용히 집을 빠져나갔다.

대문 밖으로 나와 주신의 집 앞으로 가려는데, 덥석, 큼지막한 손이 팔목을 낚아챘다.

헉. 금세 주신이라는 걸 확인하고 안도하기도 전에 해담은 담벼락에 밀어붙여졌다.

"주신아, 잠깐……흡."

예고도 없이 고개를 숙여 입술을 집어삼키는 주신으로 인해 해담은 다급히 숨을 들이마셨다. 열린 입술 사이로 곧장 속살이 침범해 들어와 그녀를 맛보기 시작했다.

저릿저릿. 오싹오싹. 온몸의 세포가 곤두선다. 해담은 눈을 질끈 감은 채 주신의 옷깃을 꽉 움켜쥐었다.

두 사람은 마치, 당장 사랑을 나누기라도 할 것처럼 입술의 경계를 넘나들며 맹렬히 서로를 탐하고 갈구했다.

"하아."

한참만에야 주신이 입술을 떼자 해담은 거친 숨을 내뱉었다. 주신은 조금 더 욕심을 채우고 싶었지만, 이곳에서 그럴 수는 없었기에 본능을 꾹 눌렀다.

잠시 동안 해담은 주신의 가슴팍에 얼굴을 묻은 채 진한 키스의 여운을
음미했다.

해담의 머리에 턱을 괴고서 하염없이 등을 어루만지던 주신이 나지막이
물었다.

"좀 걸을래."

"응."

해담과 주신은 손을 맞잡고서 천천히 걸음을 옮겼다. 드문드문 켜진 가로
등과 아직은 서늘한 바람을 벗 삼아, 목적지 없이 그저 전진했다.

"주신아."

"응."

"……넌 어떻게 생각해?"

그 '어떻게'가 뭘 뜻하는지, 질문을 하는 쪽도 받는 쪽도 충분히 알고 있었
다.

"조금 답답해."

수 초 만에 나온 주신의 솔직한 대답이었다. 결코 쉬운 문제가 아니기에
섣불리 판단할 수가 없었으니까.

"나도 그래. 답답하고, 또 모르겠어."

한숨을 흘린 해담이 말을 이었다.

"난 있지. 솔직히 지금 내 꿈이 뭔지도 모르겠는 상태야."

주신이 그녀를 보았으나 해담은 계속 말했다.

"얼마 전까지는 엄마 가게를 크게 키워서 체인점까지 내보는 게 내 장래
희망이었거든."

"지금은 아니야?"

"엄마 가게에서 몇 주 동안 알바를 해 보니까, 그건 헛된 망상이고, 불가능
하다는 걸 알았어."

"왜."

"현실이 제대로 보인 거지."

해담은 픽 웃으며 고개를 절레절레 저었다.

"사실, 그동안 엄마가 워낙 싫어하셔서, 가게에서 이렇게 긴 시간 동안 알바한 게 처음이거든. 근데, 하루하루 시간이 지날수록 깨닫게 되더라. 지금 엄마의 진한 손맛은 절대 대량 생산으로는 나올 수가 없다는 걸. 그래서 난 꿈이 없어졌어."

해담은 걸음을 멈추었다. 주신이 덩달아 서자 해담은 고개를 들어 시선을 마주했다.

"이런 내가, 아직 내 꿈이 뭔지도 모르겠는 내가, 당장 임신을 해서 내년에 아이를 낳는다고? 이해담이라는 이름으로는 아직 세상에 첫발도 못 내디뎠는데, 엄마라는 이름부터 내밀어야 한다니…… 난 정말, 모르겠어."

"……."

주신은 착잡하기 그지없는 표정으로 해담의 팔을 끌어당겨 품에 가두었다. 해담은 주신의 품에 얼굴을 묻은 채 한숨을 토해냈다.

"난 진서가 좋아. 이제, 정말 내 아들이라는 느낌도 들어. 근데 이건 너무 가혹한 거 같아."

"……."

안타까운 심경에 해담을 으스러져라 껴안았던 주신이 어깨를 슬쩍 밀어냈다. 갈피를 못 잡고 이리저리 흔들리는 해담의 눈동자를 응시하며 주신이 입을 열었다.

"나도 진서가 좋아. 나 역시 내 아들 같고. 근데, 나한테는 네가 먼저야. 네가 우선이라고."

"하지만 진서가 있으려면……."

"해담아."

부드럽게 말을 끊은 주신이 가만히 손을 올려 해담의 머리칼을 어루만졌다.

　"난 방금 결론 내렸어."

　해담은 마른침을 삼키고서 숨을 죽였다.

　"나도, 내년은 아닌 것 같다. 그건 아니야."

　무겁고도 공허한 주신의 음성이 낮게 내리깔렸다. 그 단호한 목소리만큼이나 주신의 얼굴에도 어둠이 드리워졌다.

　해담의 입매가 굳어졌다.

　"그, 그게 무슨 뜻이야?"

　주신은 어금니를 꽉 깨무느라 턱에 힘을 주었다가 이내 힘을 뺐다.

　"진서, 포기하자."

　쿵. 해담의 심장이 사정없이 아래로 추락했다.

　"방금…… 방금 뭐라고 했어?"

　되묻는 해담의 얼굴이 그 짧은 순간 백지장처럼 하얗게 질렸다.

　주신은 주먹을 꽉 말아쥐었다가 폈다.

　시큰시큰. 마치, 심장에 대침이 깊숙이 박혀 들어온 것처럼 통증이 일어, 주신은 작게 심호흡을 했다.

　"난 네가 우선이야."

　"……"

　"네가 불행하기를 원하지 않아."

　"진서 포기하자는 말…… 진심이야?"

　대답 대신 주신은 고개만 끄덕였다.

　해담은 도무지 믿기지가 않아 멍하니 주신을 응시하다 이내 휙 몸을 돌렸다.

　"나중에 다시 얘기해. 나 지금 기분이 너무 이상해서 너를 볼 수가 없어."

해담이 빠르게 걸음을 옮겼지만, 바로 뒤따라온 주신의 손에 팔목을 붙잡혔다.

"해담아, 잠깐만."

"놔 줘."

"잠깐만. 응?"

그렇게 무시무시한 말을 내뱉어 놓고 왜 이렇게 간절하게 부르는 건데. 해담은 입술을 깨물며 째려보다시피 주신을 올려다보았다.

"어쩜 그런 말을 그렇게 쉽게 할 수가 있어?"

"쉬워 보여?"

해담의 입술 끝이 파르르 떨렸다. 그렇게 되묻는 주신의 표정이 너무도 처참해서.

그럼에도 해담은 볼멘 목소리를 냈다.

"안 쉬운데 이렇게 갑자기 일방적으로 결론을 내린다고? 그것도 끔찍한 쪽으로?"

주신은 감정이 격앙된 해담의 얼굴을 하염없이 들여다보며 한숨을 삼켰다.

그가 가만히 양손을 뻗어 해담의 얼굴을 감싸 쥐었다.

"해담아."

"……."

해담은 굳이 주신의 손을 밀어내지 않았지만, 시선을 옆으로 피해 버렸다.

"해담아, 나 봐."

"……."

"나 봐줘."

입 안의 속살을 깨물고서 해담은 억지로 눈을 들었다. 마치, 텅 빈 것 같은 주신의 눈동자가 오롯이 그녀에게 박혀 있었다.

주신이 엄지로 그녀의 얼굴을 부드럽게 어루만지며 입을 열었다.

"제일 처음 진서가 내년에 태어난다는 말을 들었을 때, 정말 당황했어. 난 아직 부모님께 의존하고 있는 학생이니까."

"……."

"미래도 불확실한 내가 너와 진서를 책임질 수 있을까. 경제적으로 아무런 준비도 안 된 상태인 내가 남편과 아빠가 될 자격이 있을까."

해담은 주신과 눈을 맞춘 채 계속해서 듣기만 했다.

"그런데도 불구하고 마음 한쪽으로는 떨리고 설레었어. 내년에 진서가 태어나는구나. 그럼, 올해 너와 결혼할 수 있겠구나. 예상보다 너무 이르지만 마음 단단히 먹고 헤쳐 나가야겠다는 결심을 했어."

"……."

"부모님 도움 좀 받으면 어때. 나중에 다 보답하면 되지. 이기적이고 철없지만 그렇게도 생각했어. 근데."

주신이 쓰디쓴 웃음을 지었다.

"방금 전 네 말을 듣는 순간, 정신이 번쩍 들었어. 나에게는 고작 책임감의 무게, 준비되지 않은 시기, 능력 따위가 걸림돌이었을 뿐이지만, 너에게는 네 인생이 통째로 흔들리는 문제라는 걸 깨달았어."

"나는 진서를 포기하고 싶어서 했던 말이 아니야. 그저, 내 마음이 이렇다는 걸 털어놓고 싶었어. 의논할 사람이 너밖에는 없으니까."

"알아. 그래서 그래."

주신은 가만히 눈을 감았다 뜨고서 말을 이었다.

"이 문제는 내가 결단을 내리는 게 맞아. 이건 의논하고 말고 할 문제가 아닌 거야. 내가 대신 임신과 출산을 할 수 있다면 의논하는 게 맞겠지만, 임신, 출산의 주체는 오로지 너야."

"맞아. 그래서 고민이 되는 거고. 그치만 이렇게 극단적일 필요는 없잖아."

"아니. 애매한 여지를 남기는 건, 결국 네게 선택을 강요하고 떠미는 것밖에는 안 돼."

주신은 그때까지도 해담의 얼굴을 감싸고 있던 손을 내렸다.

"넌 마음껏 꿈꿀 자유가 있고 충분히 이룰 수도 있어. 넌 네 인생의 주인공이야. 진서나 나는 아무것도 아니야. 네가 제일 소중하다고."

텅 비었던 주신의 눈동자가 어느새 새까맣고 서늘하게 물들었다.

"난 진서 포기해."

"……흑."

빛 한 줄기 들어오지 않는 어두운 거실에 작게 흐느끼는 소리가 울렸다.

지선은 그 소리에 어렴풋이 잠을 깨었다.

"음…… 이게 무슨 소리야……."

"흑흑……."

더욱 또렷하게 들리는 흐느낌에 지선은 번쩍 눈을 떴다. 한 줄기 달빛까지 모두 차단한 상태라 암흑천지였지만, 지선은 그 흐느낌이 어린 아이의 것이라는 걸 알았다.

지선은 더듬더듬, 머리맡에 있을 법한 리모컨을 찾아 전등 버튼을 눌렀다. 거실의 불이 환하게 밝혀지자 지선은 옆을 돌아보았다.

"어머."

눈물범벅이 된 채로 진서가 흐느끼고 있는 게 고스란히 시야에 포착되었다. 분명, 자는 것 같은데, 깨어 있는 것처럼 운다.

"무슨 꿈을 꾸고 있는데 이렇게 슬프게 우냐."

작게 혀끝을 찬 지선은 손으로 눈물을 훔쳐 주었다. 그럼에도 훌쩍훌쩍,

흐느낌이 멈추지 않으니 측은한 마음이 들었다. 지선은 진서의 가슴팍을 가만히 다독였다.

진서가 슬그머니 눈을 떠 지선을 바라보았다.

"……할머니……."

"어, 응?"

아직 마흔 중반밖에 안 됐건만, 할머니라니. 어색하기 그지없다.

"할머니이……."

"아이고. 그래. 할머니 여기 있다."

그런데도 싫지 않은 기분. 큭큭. 웃은 지선은 다시 옆으로 누워 진서를 품에 안았다.

진서가 기다렸다는 듯 푹 안기자 지선은 작은 등을 다독거렸다. 어쩐지 해담이 어릴 때가 생각나 기분이 참 묘했다.

지선은 리모컨을 눌러 환한 거실에 어둠을 내렸다.

"근데, 해담이 이 기집애는 어디 간 거야?"

분명, 반대쪽 진서 옆에 누웠는데 텅 비어 있다. 평소라면 방을 들여다보고, 없으면 전화를 했을 테지만 관두었다.

"진서 때문에 참는다."

♥

"너, 어젯밤에 어디 갔다 왔어?"

지선을 도와 아침 식탁을 차리던 해담의 손이 움찔 멈추었다. 해담이 슬그머니 어머니를 돌아보았다.

"어떻게 아셨어요? 1시간도 안 걸렸는데."

"진서가 잠꼬대를 심하게 해서 달래주느라 깼는데, 너 없더라."

예전에 직접 본 것도 있고, 먼젓번 주신이 언질해 준 것도 있었기에 해담은 착잡해졌다.

"혹시, 울었어요?"

"응. 어제가 처음이 아닌 거야?"

"네. 가끔 그러나 봐요."

"어릴 때는 그러기도 해."

"네."

국을 푸며 지선이 그다지 대수롭지 않게 말하자 해담도 그러고 말았다.

"근데, 어디 갔었냐니까, 진서만 하냐."

"아. 주신이 잠깐 만나고 왔어요."

지선의 한쪽 눈썹이 획 위로 향했다.

"그 밤에? 둘이 어디 갔는데?"

너무 즉각적인 물음에 해담은 잠시 말문이 콱 막혀 눈을 깜빡였다.

"주신이랑 어디 갔는지, 뭘 했는지까지 일일이 다 말씀드려야 해요?"

그제야 지선이 살벌하게 올렸던 눈썹을 내리고서 살짝 당황한 표정을 지었다.

"아냐. 엄마도 모르게 무심결에 나온 말이야."

"그냥, 동네 한 바퀴 돌았어요. 잠도 안 오고 그래서요. 한밤중에 혼자 걷는 것보다는 주신이가 옆에 있는 게 낫잖아."

별말 없이 지선이 가만히 고개를 주억거리자 해담은 국이 담긴 그릇을 식탁으로 옮겼다.

"근데, 진서가 어떻게 왔는지, 언제쯤 가는지 너도 정말 몰라?"

"네. 몰라요."

"슬쩍 물어보면 안 돼?"

"물어보세요. 물어봐도 안 가르쳐 줘요. 절대."

"볼수록 이 상황이 신기하고 기막혀서 그래."

잔뜩 아쉬워하는 지선에게 해담은 짐짓 심각한 얼굴을 해 보였다.

"엄마가 그러셨잖아요. 극비인가 보다. 그러니까, 그걸 발설하면 안 되는 이유가 있을 거라고요. 혹시 모르죠. 그걸 밝히면 큰일 나는지도요."

"어머, 그럴 수도 있겠다."

다행히도 금세 지선이 동조하자 해담은 희미한 웃음을 머금었다.

"근데, 진서는 언제 태어난대?"

흠칫. 해담은 하마터면 뜨거운 국그릇에 손을 담글 뻔했다.

"그것도 발설하면 안 되는 비밀이려나?"

"……그럴 수도 있죠."

"궁금한 거 천지인데 물어보기가 겁나네."

해담은 마른침을 꾹 삼키고서 태연하려 애썼다.

"그러니까요. 괜히 진서 잘못될까 봐 저도 못 물어보겠더라고요."

"그치? 애들은 아차, 하는 순간에 실수할 수도 있으니까, 어른들이 조심해야지."

지선의 말에 속으로 해담은 안도의 숨을 삼켰다. 하지만, 다음 순간 지선이 하는 말에 해담은 심장이 오그라드는 듯했다.

"엄마는 너 졸업하고, 직장 다니다가, 서른 즈음 돼서 결혼하면 딱 좋겠다. 신혼 좀 즐기다가 서른 한둘쯤에 진서 보면 얼마나 좋을까."

"……."

"그러면 엄마가 무조건 진서 봐 줄 거야."

해담은 붙어버릴 것 같은 입술을 겨우 움직였다.

"가게는 어쩌시고요."

"그때 되면 가게 접을 거야. 엄마가 육아 다 해 줄 테니까, 넌 그냥 열심히 직장 다니면 돼. 커리어 착착 쌓으면서."

"힘, 힘드실 텐데."

"내가 딸이 둘이야, 셋이야? 딱 너 하난데. 난 너 절대로 육아 문제로 경력 단절 안 되게 할 거야. 그러니까, 열심히 공부하고 스펙 쌓아서 좋은 회사 들어가. 알았지?"

해담은 지은 죄도 없건만, 그저 애매하게 웃었다.

쓰라려 오는 속을 어루만지지도 못한 채.

♥

"……물 좀 ……엄마, 물."

마치 사막 한가운데서 며칠을 돌아다닌 것처럼 갈증이 났다. 물을 마시지 않으면 죽을 것 같은 기분에 민혁은 굳게 감았던 눈을 떴다. 방 안 천장이 빙글빙글 돌아대자 민혁은 다시 눈을 감았다.

"……하아."

방금 전까지는 목말라 죽을 것 같았는데, 눈을 뜨니 숙취로 사망할 것 같았다.

"기분 뭐 같네."

그는 며칠 내내 술에 절어 지냈다. 맨 정신으로 있는 게 너무 괴로워서 술을 마셨다. 알코올이 들어가면 그나마 기분이 나았으니까.

한 잔이 두 잔 되고, 두 잔이 어느새 몇 병으로 늘어갔다. 늘 술을 마시면 폭음으로 이어진다. 그래서 다음날 술이 깨면 더 괴롭다. 숙취와 폭주로 인한 죄책감 때문에.

"이게 다 이해담과 최주신 그 새끼 때문이야."

이마에 손을 얹은 채 어지럼증을 가라앉히며 민혁은 이를 갈았다. 민혁이 이렇게 술을 마시기 시작한 건, 주신이 콘돔을 사가던 그날부터였다. 그 뒤를 쫓아가다 오물 범벅이 되었던 그날이 그를 괴롭혔다.

사람들에게 둘러싸인 채 구경거리가 된 끔찍함.

그 때문에 둘이 뭘 할 건지 뻔히 알면서도 주신을 쫓아가지 못했다는 자책감.

해담과 주신이 이미 돌이킬 수 없는 관계가 되었을 거라는 패씸함.

왜 하필 그 빌어먹을 최주신인가 하는 분노.

그 망할 최주신과 붙어먹은 게 분명한데도 자꾸만 해담이 아른거리는 참담함.

이 모든 게 점철되어 몇 날 며칠 민혁을 괴롭혀댔다.

"젠장. 머리 더럽게 아프네."

목이라도 축여야 조금이라도 살 수 있을 것 같아 민혁은 억지로 몸을 일으켰다. 그는 침대 밑으로 내려서서 비틀비틀 방을 나섰다.

거실 소파에 앉아 핸드폰을 들여다보고 있던 어머니가 민혁을 보고서 인상을 팍 구겨 보였다.

"안 죽고 살아났네?"

"엄마, 나 물."

"새끼야, 니가 떠다 마셔. 손이 없냐, 발이 없냐? 뭐 이쁜 짓 했다고 물까지 떠 달래? 염치도 없지."

"씨. 나 머리 아파 죽겠단 말이야."

"누가 그렇게 퍼마시고 다니래? 용돈 안 끊는 걸로도 감사히 여겨, 이 자식아."

본전도 못 찾은 민혁은 어쩔 수 없이 직접 주방으로 갔다. 생수를 찾아 한 컵, 두 컵을 원샷으로 마시고 나니, 그나마 살 것 같았다. 너무 차가운 물에 머리가 띵했지만, 숙취에 비하면 아무것도 아니었다.

물 한 컵을 더 따르고서 민혁은 소파로 가 털썩 앉았다.

"뭘 그렇게 열심히 봐?"

"어제 엄마 친구들이랑 놀이공원 가서 사진 찍은 거."

"애도 아니고 다 늙어서 무슨 놀이공원. 유치하게."

민혁의 비웃음에 어머니가 옆에 있던 쿠션을 던져 정통으로 얼굴에 맞췄다.

"내 아들이지만 참 패서 죽이고 싶네. 그럼, 너처럼 해만 지면 기어나가서 술이나 퍼마시리? 뱀파이어 흉내도 유분수지."

한심하다는 투로 말한 어머니가 핸드폰으로 시선을 내리고서 작게 중얼거렸다.

"같은 나이라도 해담이랑 주신이는 딱 그 나이답게 건전하게 놀던데. 저 자식은 어째 저렇게 유흥 쪽으로 빠져서 저러는지 몰라."

따라온 물을 마시려던 민혁의 손이 뚝 멎었다.

"그게 무슨 말이야?"

"무슨 말이긴. 어제 놀이공원 갔다가 해담이랑 주신이 봤다. 동물 머리띠 끼고 노는 모습이 둘 다 어찌나 예쁘던지. 너도 알코올 중독자처럼 다니지 말고 또래처럼 좀 산뜻하게 놀아."

민혁의 표정이 절로 딱딱하게 굳어졌다.

"그것들을 거기서 만났다고? 그것들이 거기서 놀고 있었어?"

"친구들한테 그것들이 뭐야? 말본새하고는."

고개를 절레절레 흔들던 어머니가, 순간, 머리를 스치는 직감에 퍼뜩 눈을 들었다.

"너, 설마. 요새 술 마시고 다니는 이유가 걔들 때문이야?"

놀랍도록 매서운 어머니의 직감에 민혁은 심장이 뚝 떨어지는 듯했다. 어머니의 시선이 날카롭게 자신의 얼굴을 살피자 민혁은 괜히 웃음을 터트렸다.

"풉. 내가 걔들 때문에 술을 왜 마시고 다녀?"

"그런데, 왜 친구들한테 그것들이라고 못되게 말할까? 분명, 너 걔들과 뭔가 있어."

"아니, 이, 있긴 뭐가…….."

"싸웠지? 그치? 너, 주신이랑 다퉜는데, 해담이가 주신이 편만 들어준 거지? 그치? 그래서 너 지금 약이 올라서 그러는 거지?"

"……."

민혁은 입을 꾹 다문 채 눈만 깜빡였다. 떠보려고 저러는 건지, 정말로 남녀 사이 문제 쪽으로는 전혀 생각을 못 하는 건지 알 수가 없다.

"맞네. 맞구만."

"……아니라니까 그러네."

"아니긴 뭐가. 하여튼 지 아빠 닮아서 밴댕이 소갈딱지라니까."

혀끝을 쯧쯧 차고서 어머니가 다시 핸드폰에 열중했다. 민혁은 벌컥벌컥 물을 마시며 미간을 구겼다.

'난 이렇게 매일매일 괴로움에 허우적거리는데 그것들은 한가하게 놀이공원이나 다닌다고? 최주신 그게 머리띠까지 하고? 진짜 놀고들 자빠졌네.'

하. 깔끔하게 해담을 끊어낼 수 있다면 얼마나 좋을까. 그럼, 이렇게 힘들지도 않을 것 같은데.

이미 최주신이랑 볼 장 다 본 애가 뭐 예쁘다고 이러는지 스스로도 알 수가 없다. 예전에는 내가 못 가지면 너도 못 가져, 이런 마인드를 가진 사람들을 대놓고 비웃었다.

얼마나 무능하고 무매력이면 그럴까 싶어서. 그냥 뺏으면 그만인 것을. 그런데, 이제는 그런 마음도 충분히 이해할 수도 있을 것 같았다. 그렇게라도 해야 속이 후련할 것 같아서.

"어머, 이게 뭐야? 이게 뭐지?"

갑자기 어머니가 핸드폰을 들여다보며 목소리를 높였다. 상념에 빠져 있던 민혁이 어머니를 바라보았다.

"왜?"

"야, 이거 좀 봐봐."

어머니가 핸드폰을 민혁에게 내밀었다.

"거기, 그 사진 좀 봐봐. 동물원에서 찍은 것 중에 하나거든."

뭘 또 이렇게 호들갑이야. 머리가 아파 심드렁하니 핸드폰을 받아들고서 민혁은 눈길을 내렸다.

음?

화면을 확인한 민혁의 눈이 동그랗게 떠졌다.

"그거 보여, 너도? 동물 사진 찍다가 얼떨결에 찍힌 모양인데."

민혁의 눈에 제일 먼저 들어온 건 해담의 친척 꼬맹이였다. 더 뒤에 찍힌 판다를 보며 꽤나 들뜬 모습이었다. 그런데, 그 꼬맹이의 온몸에 시꺼먼 연기가 피어오르고 있었다.

주변에 찍힌 다른 사람에게는 없고, 오직 진서에게만 보였다.

뭐지? 이건?

32.

이른 아침. 책상 앞에 앉은 주신은 계속 핸드폰을 만지작거렸다. 해담과 연락하지 않은 지 이틀째.

'난 진서 포기해.'

이틀 전 밤, 그의 선언에 해담은 한없이 흔들리는 눈동자로 입술만 깨물고 있다 겨우 한 마디를 뱉었다.

'생각할 시간을 줘. 당분간 학원도 혼자 갈게.'

오롯이 혼자만의 시간이 필요하다는 뜻이었다.

그 뒤부터 주신은 해담의 목소리를 듣고 싶은 것도, 보고 싶어 돌아버릴 것 같은 것도 꾹꾹 눌렀다.

단순한 안부 메시지조차 해담에게는 부담일 수도 있기에 무조건 자제했다.

"학원 갈 시간이네."

핸드폰의 시간을 흘끔 본 주신은 벌떡 일어나 창문가로 다가갔다. 블라인드를 슬쩍 벌려 그 틈으로 밖을 내다보았다.

물끄러미 밖을 바라보던 주신의 눈동자가 더없이 짙어졌다. 해담이 집 앞을 지나가는 게 포착되었기 때문이다. 어깨를 늘어뜨린 채 힘없이 걷고 있는 모습이 너무도 애처롭다.

당장이라도 달려가 어루만지고 안고 싶은 걸 억누른 주신은 이내 블라인드에서 손을 내렸다.

한숨을 뱉으며 주신은 몸을 돌렸다. 이불을 종아리까지 걷어찬 채 곤히 잠들어 있는 진서가 시야에 들어왔다.

시큰. 형언할 수 없는 감정이 울컥 치밀어 올랐다. 누군가 심장을 꽉 움켜쥐고 놓아주지 않는 것 같은 통증이 일었다.

주신은 침대로 가 진서의 곁에 걸터앉았다. 모래가 들어간 것처럼 버석거리는 눈으로 진서를 바라보며, 주신은 작은 머리를 쓰다듬었다.

"……으응."

평소 이 시간대에는 흔들어 깨워도 잘 안 일어나던 녀석이 금세 속눈썹을 희미하게 파닥거린다. 그럼에도 주신이 손을 거두어들이지 않자 진서가 부스스 눈을 떴다.

"아빠……."

"……."

'아빠'라는 단어에 목이 메어와 주신은 곧바로 대답할 수가 없었다. 한숨을 삼키고 감정을 꾹 누른 다음에야 주신은 입을 열었다.

"잘 잤어?"

"네에."

"……이제 일어나야지. 아침 먹자."

"네에."

여전히 졸음 가득한 목소리로 대답한 진서가 코로 흐읍, 크게 숨을 들이쉬었다. 그리고 쭈욱 기지개를 켜는데, 소매 아래로 손목이 드러났다. 주신은 막 상체를 일으키는 진서의 팔목을 낚아채다시피 움켜쥐었다.

"아빠?"

진서가 조금 놀라 눈을 동그랗게 떴지만 주신은 소매를 팔꿈치까지 걷어 올렸다. 일부러 관심을 두지는 않았어도, 늘 미세하게 신경을 긁고 있는 것 이었다.

"아. 상처가 처음보다는 많이 없어졌죠?"

"……."

진서의 말에도 주신은 말없이 가느다란 팔만 응시했다. 팔꿈치 안쪽까지 있었던 처음과 비교하면 절반 정도 상처가 나았다.

아니, 지운 것처럼 흔적도 없이 사라져 있다. 마치, 상처가 아니라, 어떤 표식인 것처럼.

상처라면 절대 이렇게 아물 수가 없다. 아니다. 계속 보다 보니, 일직선으 로 쭉 그어져 있는 게 표식이 맞는 듯했다.

시간이 지날수록 지워진다? 주신의 표정이 묘해졌다.

'혹시, 이게 타이머 역할을 하고 있는 거라면.'

순간적으로 떠오른 생각에 주신은 진서가 처음 왔던 날짜를 떠올렸다. 12 월 20일이었나, 21일이던가. 확실히 그 무렵이었다.

남은 선은 절반 정도.

주신은 대략적인 날짜를 머릿속으로 계산했다. 진서의 팔에 있는 게 정말 그런 의미가 맞다면, 남은 날짜는 대충 45일 전후.

진서가 제자리로 돌아가는 게 다음 달 중후반 무렵이라는 결론이 나온다. 생각보다 얼마 남지 않은 날짜에 주신은 착잡한 심경이 되었다.

'네 팔에 있는 게, 남은 시간인 거 맞지? 너도 알고 있었지? 그게 다음 달이 라는 것도 알아?'

주신은 혀끝에서 맴도는 말을 꾹 삼켰다. 이미 결정을 내린 이상, 다 부질 없는 질문이었다. 그리고 가설이 맞다면, 오히려 잘된 건지도 몰랐다. 결정을 못 내리고 있는 해담을 위해서라도 진서가 빨리 가는 게 나으니까.

하지만 커다란 돌덩이가 걸린 것처럼 가슴 속이 갑갑해졌다.

학원을 마친 뒤 귀가 버스에 오른 해담은 멍하니 창밖을 응시했다. 소반에서의 아르바이트는 끝났지만, 수업도 며칠 남지 않았기에 굳이 시간을 바꾸지는 않았다.

어차피 요 며칠은 늦게까지 뜬눈으로 지새우다, 아주 살짝 잠들고 깨기 일쑤니, 수업 시간은 아무래도 상관없었다.

잠을 푹 잘 수 있을 턱이 없다. 진서를 생각하면. 아니, 굳이 떠올리지 않아도 해담의 머릿속에는 온통 진서뿐이었다.

'너를 어떻게 하면 좋을까. 나는 또 어쩌면 좋고.'

이미 매정할 만큼 단호히 결정을 내린 주신과 달리 해담은 마음이 너무 어지러웠다.

'넌 마음껏 꿈꿀 자유가 있고 충분히 이룰 수도 있어. 넌 네 인생의 주인공이야. 진서나 나는 아무것도 아니야. 네가 제일 소중하다고.'

주신의 말이 뇌를 떠돈다.

맞다. 다 맞는 말이었다. 인생의 주인공은 그녀다. 현실을 직시하고 지선의 가게에 대한 꿈은 접었지만, 그녀는 이제 스물셋이다. 뭐든 시작할 수 있고, 꿈꿀 수 있다.

진정 그녀가 원하는 게 뭐였는지, 어떤 게 하고 싶었는지, 뭘 잘하는지, 다시 차분히 생각해도 늦지 않았다. 하지만, 단 한 번도 지금 나이에서의 임신은 상상해 본 적이 없었다.

'그래도……그래도 진서를 어떻게 포기해.'

포기하지 않으면? 당장, 임신해서 출산을 할 수는 있고?

진서만 놓고 보면, 덮어두고 그렇게 해버리고 싶었다. 하지만, 그녀를 둘러싼 주변 상황들이 녹록치 않았다.

힘든 재수 생활 끝에 간신히 들어간 학교.

그녀가 번듯한 회사에 취직해 커리어 우먼이 되기를 바라는 지선.

표현은 안 하지만, 내심 지선과 같은 마음인 형진.

그녀를 알고 있는 주위 사람들의 인식.

그리고 무엇보다 그녀는 '엄마'가 될 준비가 전혀 안 되어 있었다. 임신과 출산 그리고 육아까지. 모두 다 먼 나라의 일 같기만 했다.

이 모든 것들이 목을 조여 오는 것 같아 숨이 콱 막히고 어지러웠다.

삐익. 하차 벨소리가 울려 퍼졌다. 그제야 해담은 퍼뜩 정신을 차렸다.

"아……."

퍼뜩 창밖을 본 해담은 탄식을 흘렸다. 이미 버스는 목적지를 몇 정거장이나 지나친 상태였다. 어쩔 수 없이 해담은 누군가 벨을 누른 그 정류장에서 겨우 하차를 했다.

"두 정류장이나 더 나왔네."

생각이 많을 때는 걷는 게 좋았다. 두 정류장이니 크게 힘들 것도 없고. 가방을 고쳐 멘 해담은 터덜터덜 힘없이 걸음을 옮겼다.

요새 통 못 자고, 제대로 못 먹어서인지 밝은 햇빛에 눈앞이 어지러웠다. 잠시 멈추고서 숨을 뱉어낸 해담은 다시 전진하기 시작했다.

"별 미친놈을 다 보겠네."

욕설을 내뱉으며 건물 밖으로 나온 민혁은 헬멧을 머리에 썼다.

"유명한 심령 연구가 같은 소리 하고 자빠졌네. 딱 사이비 사기꾼이구만."

민혁은 요 며칠 어머니의 핸드폰에 찍힌 그 요상한 사진에 잔뜩 흥미를 느낀 참이었다. 그래서 며칠 동안 인터넷을 뒤지고 뒤진 끝에 왔는데 완전 허탕만 쳤다.

꼴에 무조건 예약제로만 상담이 가능하다고 해서, 피곤함을 무릅쓰고 이 시간에 왔건만 헛소리만 늘어놓는다.

"참 우리나라 남의 돈 먹기 쉽네. 몇 마디 개소리 지껄여주고 돈을 받아 처 먹다니."

바이크에 올라탄 민혁은 짜증스럽게 시동을 걸었다. 들으란 듯이 굉음을 내며 민혁은 바이크를 출발시켰다.

한참을 달려 동네에서 한 정거장 정도 떨어진 곳에 도착할 무렵이었다. 적색 신호를 받고 대기하던 민혁의 눈이 순식간에 확 커졌다. 바로 옆 도보 에 터벅터벅, 해담이 지나가는 게 시야에 잡혔기 때문이다.

"어."

금세 뒷모습을 보이며 저만치 나아가고 있었지만, 확실히 해담임을 인식 한 민혁의 심장은 마구 날뛰어대기 시작했다.

물끄러미 해담의 뒷모습을 응시하고 있는 민혁의 미간이 팍 모아졌다. 간 만에 보게 된 반가움과 설렘이 물씬 피어올랐다가 뒤이어 화가 확 솟구치는 탓이었다.

입을 꾹 다문 채 삐딱하니 노려보던 민혁은 순간, 흠칫하고 말았다. 걸어 가던 해담이 살짝 휘청거리더니 풀썩, 무릎을 접고 앉았기 때문이다.

"뭐야, 왜 저래."

후욱, 숨을 들이켠 민혁은 바이크를 도보 쪽으로 몰았다. 인도 한쪽에 바 이크를 세우고서 민혁은 다급히 해담에게로 다가갔다.

"야. 왜 그래. 괜찮아?"

민혁은 질문과 동시에 해담을 부축하기 위해 자세를 낮추었다. 움찔. 고 개를 들어 민혁을 본 해담이 몸을 움츠렸다.

민혁은 눈썹을 찌푸리며 헬멧의 쉴드를 들어보였다.

"나야, 나. 내 목소리도 몰라?"

"아. 설민혁."

헬멧 속 민혁의 얼굴을 확인한 해담이 안도의 숨을 흘렸다. 반면, 민혁의 짙은 눈썹은 더더욱 구겨졌다.

가까이서 본 해담의 얼굴이 너무 핼쑥하고 까칠했다. 눈 밑에 늘어진 다크서클하며, 창백한 안색하며, 며칠 못 본 사이 영 얼굴이 말이 아니었다.

며칠 내내 괴로웠던 건 바로 그 자신인데, 얘는 뭐 때문에 이런단 말인가. 민혁은 야윈 해담의 뺨을 어루만져주고 싶은 충동을 간신히 억눌렀다.

"너, 어디 아파? 왜 길거리에 주저앉아 있는데."

"아니. 그냥 잠을 설쳤더니 조금 어지러워서 그래."

해담이 비척비척 몸을 일으키려 하자, 민혁은 말없이 그녀를 부축했다.

"됐어. 괜찮아."

"뭐가 괜찮아? 아직도 비틀거리고 있는 주제에."

신경질적으로 내쏜 민혁은 주위를 휘휘 둘러보았다. 바이크를 세워 둔 근처 길가에 앉을 수 있는 벤치가 보였다. 민혁은 해담의 허리를 부축한 채 그녀를 벤치로 이끌었다.

"뭐 해. 괜찮다니까."

힘이 없어 버틸 생각도 못한 채 해담은 벤치에 앉혀졌다.

"괜찮은 건 니 입밖에 없는 거 같은데?"

해담이 기막힌 웃음을 흘리자 민혁은 헬멧을 벗어들고서 옆에 앉았다. 해담이 슥 민혁에게로 고개를 돌렸다.

"넌 이른 시간에 어쩐 일로 밖에 있어?"

"10시가 넘었는데, 웬 이른 시간?"

"맨날 술 마시고 새벽에나 집에 들어간다며. 그럼, 지금 잘 시간 아니야?"

"뭐?"

깜짝 놀란 표정을 짓던 민혁은 이내 눈을 세모꼴로 떴다.

"놀이공원에서 엄마가 그래? 너랑 최주신이랑 놀러 갔다가 엄마 만났다면서."

"아. 나 실수한 건가? 모르는 척했어야 했나?"

"하여튼 우리 엄마 진짜 입이 싸다니까."

"엄마한테 그렇게 말하는 게 어디 있어. 내 아들이 너처럼 그랬으면 정말 너무 실망할 거 같아."

"결혼도 안 한 게 아들 타령은."

"……그러게."

민혁은 병든 병아리처럼 힘이 없는 해담을 응시했다. 방금 전 한 소리 한 것도 예전과는 달리 전혀 앙칼진 구석이 없다.

최주신과 놀아나느라 즐겁게 지낼 줄만 알았는데, 왜 세상 고민 다 짊어진 얼굴이란 말인가.

순간, 민혁의 뇌리에 뭔가가 번뜩 스치고 지나갔다.

'이것들. 혹시 싸운 거 아냐?'

생각만으로도 입이 벌어질 것 같아 민혁은 억지로 표정을 관리했다.

"너, 무슨 일 있냐? 얼굴이 팍삭 갔다. 너랑 나랑 다니면 다들 네가 누님인 줄 알겠다."

해담은 민망한 듯 뺨을 어루만지다 한쪽 눈썹을 올렸다.

"고민 있는 건 너 아냐? 매일 술에 절어 사는 건 너잖아."

"그거야."

너랑 최주신이 붙어먹는 바람에 열 받아서 그런 거고. 목까지 치밀어 오른 걸 삼키고서 민혁은 손을 휘휘 내저어 보였다.

"됐고. 이제 술 안 마시고 다녀."

"다행이네. 아주머니, 걱정 엄청 하시던데."

"아, 우리 엄마 진짜 주책……."

어머니에게 짜증을 내려던 민혁은 해담이 눈에 힘을 주자 슬그머니 말을 밀어 넣었다.

"아주머니한테 잘해드려. 효도까지는 아니더라도 속은 썩이지 말아야지."

민혁이 팔짱을 낀 채 삐딱하니 고개를 기울였다.

"남의 엄마 걱정하지 말고. 너 무슨 일 있냐니까? 걱정 있으면 말해 봐. 들어줄게."

최주신이랑 싸웠다고 말해.

대답을 기다리는 민혁의 기대치가 한껏 높아졌다.

"없는데."

흡. 민혁은 숨을 들이켜고서 눈썹을 치켜세웠다.

"없다고?"

"응. 없어."

분명, 있어 보이는데 없다고 딱 잘라 말한 해담이 급기야 슥 몸을 일으키려 했다.

"그만 가자. 넌 더 있을 거면 있든가."

해담과 조금 더 이렇게 있고 싶었던 민혁에게는 청천벽력과도 같은 소리였다. 뭐라도 대화가 끊기지 않아야 할 것 같아 민혁은 다급히 화제를 바꾸었다.

"참, 꼬맹이는 잘 지내냐?"

순간적으로 해담의 얼굴이 아주 미미하게 굳었다가 펴졌다.

"어, 응."

"일요일 놀이공원에, 걔 데리고 갔었지?"

엉거주춤 몸을 일으켰던 해담이 다시 벤치에 엉덩이를 풀썩 떨어뜨렸다. 해담은 눈을 깜빡이며 민혁을 응시했다.

"진서 데리고 간 걸 네가 어떻게 알아? 아주머니는 진서 못 보셨는데."

"그게."

말을 끊고서 민혁은 작게 이맛살을 구겼다. 사실, 오늘 만난 사이비 말고 제대로 된 전문가를 만난 뒤, 뭔가 확실히 알게 되면 그때나 돼서 보여줄까 하던 참이었다.

하지만 해담과 대화를 이어나가려면 어쩔 수가 없었다. 이거 말고는 딱히 떠오르는 이야깃거리가 없었으니까.

민혁은 주머니에서 핸드폰을 꺼냈다. 어머니 핸드폰에서 전송해둔 사진을 화면에 띄우고서 해담에게 내밀었다.

"이거 봐봐."

별생각 없이 민혁의 핸드폰을 받아들고서 해담은 시선을 내렸다. 액정을 확인한 해담의 동공이 사정없이 확장되었다.

"이, 이건……."

"엄마가 동물원에서 찍은 사진 정리하다가 이상한 게 찍혔다고 나한테 보여주더라. 딱 보니까 니 친척 꼬맹인데, 이런 요상한 게 함께 찍혔더라고."

해담이 멍하니 입을 벌린 채 숨만 몰아쉬자 민혁은 말을 이었다.

"하도 신기해서 내 폰에 전송해 뒀지. 네가 봐도 완전 기가 막히지?"

"……."

해담은 마른침을 삼키며 핸드폰 액정을 뚫어져라 바라보았다. 이게 다른 사람의 핸드폰에 찍혔을 거라고는 상상조차 하지 못했다. 더군다나 민혁의 어머니 핸드폰에 포착이 되다니.

이 기이한 현상을 다시 눈으로 확인하자, 겨우 잊고 있었던 불길함이 스멀스멀 피어오르기 시작했다.

"그래서 내가 그 사진 가지고 조금 전에 어디에 갔다 온 줄 알아?"

해담은 핸드폰에서 퍼뜩 시선을 떼고서 민혁을 바라보았다.

"그게 무슨 말이야. 이 사진을 들고 어디를 가다니?"

"하도 이상하고 신기해서 말이야. 인터넷에서 유명하다는 심령 연구가에게 갔다 오는 길이었어."

"시, 심령 연구가?"

"어. 심령사진에 대해서는 전문가라고 해서 가 봤지."

쿵쿵쿵. 해담의 심장이 미친 듯이 뛰어대기 시작했다.

"그냥, 우연히 잘못 찍힌 사진 하나 가지고 뭐 하러 그래."

심하게 동요하면 민혁이 이상하게 여길 것 같아 해담은 애써 태연한 척했다.

"뭐, 사진이 잘못 찍혔을 수도 있는데, 계속 보고 있으니까 기분이 너무 이상하더라고. 그래서 가 봤지."

"너도 참 할 일 없다."

"혹시 또 모르지. 진서한테 무시무시한 악령이 들러붙어서 이런 게 찍힌 건지도."

민혁 딴에는 스산한 분위기를 만들며 농담처럼 말했다. 하지만 해담은 전혀, 조금도 웃기지 않았다.

"이 사진을 보여줬더니 뭐라고 하는 줄 알아?"

혹시나 진서의 비밀을 알게 된 건 아닌가.

뭔가 충격적인 진실이 있는 건 아닌가.

잠시 잠깐 별별 생각이 다 해담의 머리를 헤집었다. 해담은 들고 있는 민혁의 핸드폰을 저도 모르게 힘주어 쥐고서 다음 말을 기다렸다.

민혁은 심드렁하니 할 짓 없는 놈 취급하던 것과 달리, 집중하고 있는 해담이 너무 귀여웠다. 밸도 없이 실실 웃음이 나오려 하자 괜히 인상을 쓰고서 민혁은 입을 열었다.

"네 친척 꼬맹이랑 같이 찍힌 이게, 죽음의 그림자더라."

"뭐?"

민혁은 조금 어이가 없어 고개를 절레절레 흔들며 덧붙였다.

"죽은 존재에게서만 볼 수 있는 죽음의 그림자래."

"뭐……라고?"

심장이 쿵, 내려앉는 느낌에 해담은 그렇게만 되물을 뿐, 아무런 말도 하지 못했다. 민혁은 해담이 자신만큼 기가 막혀서 보이는 반응이라 여기고 퍼뜩 말을 이었다.

"완전 어이없지? 이렇게 멀쩡히 살아 있는 애한테 죽은 존재라니. 그 사이비한테 처음 그 소리 듣고 얼마나 황당했다고. 애 살아 있는데? 이랬더니, 그 사이비가 흠칫, 당황하더라. 다시 사진을 뚫어지게 보고 뭐라는 줄 알아? 자세히 보니까, 죽은 영혼이 근처에 있어서 순간, 착각한 거래. 그래서 그럼, 죽은 영혼이 찍혀야지, 왜 애한테 이런 연기 같은 게 찍혔냐니까 또 우물쭈물하는 거야. 그러더니, 영혼은 우리 눈에 안 보여서 안 찍혔단다. 그럼, 이 검은 연기도 우리 눈에는 안 보이는데 왜 찍혔냐고 물었지. 그게 또 가끔 찍힐 때가 있기도 한대. 파장이 어쩌고저쩌고하는데, 나 원, 기가 막혀서. 앞뒤 말이 하나도 안 맞아서 너, 사이비지? 하고 나와 버렸어. 완전 웃기지?"

그러고서 민혁이 코웃음을 쳤지만 해담은 하나도, 전혀, 조금도 웃기지 않았다.

멍하니 땅바닥만 보고 걷다 보니 어느새 집 앞에 다다라 있었다. 바이크로 태워준다던 민혁을 극구 사양하고서 기계처럼 걸어왔다.

해담은 집으로 들어가지 않고 몇 걸음 뒤로 물러났다. 주신의 집을 바라보며 해담은 조금 전 민혁의 이야기를 떠올렸다.

죽은 존재에게서만 볼 수 있는 죽음의 그림자.

민혁은 가볍게 헛소리로 치부했지만 해담은 그럴 수가 없었다. 진서가 평범한 아이가 아니기에 미친 소리라 할지라도 그냥 넘기기가 힘들었으니까.

"주신이랑 진서 잘 지내고 있겠지?"

바로 옆집이건만 저 멀리 가 있는 것처럼 두 사람이 그립다. 한참 동안 하염없이 주신의 집을 바라보고 있던 해담은 이내 발걸음을 옮겼다.

막 대문을 열고 들어가려 할 때였다. 철컹. 주신의 집 대문이 열리는 소리가 났다.

"엄마!"

쩌렁쩌렁하면서도 해맑은 음성이 사정없이 그녀의 귀를 잡아챘다. 찰나 동안 오만가지 생각들이 뇌를 휩쓸어댄다.

해담은 눈을 질끈 감았다 뜨고는 그대로 대문 안으로 들어갔다. 등 뒤로 문을 쾅 닫고서 뒤도 돌아보지 않고 현관 쪽으로 향했다.

"못 들으셨나?"

자그맣게 중얼거린 진서의 가벼운 발소리가 저만치 멀어졌다. 집 안으로 들어선 해담은 무너지듯 현관 앞에 주저앉았다.

마치, 선인장을 맨몸으로 껴안고 있는 것처럼 아파왔다.

어둠이 내려앉은 밤, 해담은 책상 앞에 석상처럼 우두커니 앉아 있었다. 오전에 진서를 모른 척했던 행동이 하루 종일 가슴을 아프게 때려댔다.

거기다 민혁의 말까지 계속 귓가를 맴도는 통에 해담의 머릿속은 만신창이가 되었다.

죽은 존재. 죽음의 그림자.

가만히 곱씹던 해담은 해맑은 진서의 얼굴을 떠올리고서 머리를 흔들었다.

"말도 안 돼. 멀쩡히 살아 있는 애한테. 사이비 맞네."

힘없이 그렇게 중얼거리긴 했지만, 금세 해담의 얼굴은 잿빛이 되었다. 진서를 포기한다던 주신의 말이 떠올랐기 때문이다.

그녀마저 진서를 포기하는 쪽으로 결정을 내리면. 그렇게 진행하면……

진서는 정말 세상에 없는 아이가 되는 거니까.

그것은 죽은 거나 다름없다.

그 검은 연기는 미래에 진서가 없을 거라는 암시였단 말인가.

'어떡해.'

거기까지 생각이 미치자 감정이 격해지고 눈물이 왈칵 솟구쳤다. 해담은 책상에 엎드려 소리 죽여 흐느꼈다.

진서가 없는 상상만으로도 가슴이 미어졌다. 그럼에도 선뜻 결정을 못 내리는 스스로가 밉고 한심했다.

아마, 이래서 주신이 더 단호히 결정을 내린 건지도 몰랐다. 주신까지 갈피를 못 잡으면 그녀가 더더욱 힘들어할 거라는 걸 잘 알고 있었기에.

잠시 뒤 겨우 울음을 삭이고 있는데, 핸드폰이 메시지 도착을 연속으로 알렸다. 티슈를 몇 장 뽑아 눈물을 닦고서 해담은 핸드폰을 확인했다.

유정에게서 여러 장의 사진이 도착해 있었다.

[해담, 이 중에 어떤 게 제일 결혼식 하객 룩으로 어울릴 것 같냐?]

그러고 보니 이번 주 일요일이 해주의 결혼식이었다. 배가 불러오기 전에 식을 올려야 하는데다, 다음 주에 설이 있어서 부랴부랴 잡은 날짜라고 했다.

해담은 코를 훌쩍이며 사진들을 살폈다. 원피스와 투피스가 여러 개. 지금 해담이 보기에는 다 그만그만했다. 솔직히 옷 디자인이 눈에 들어올 리도 만무했고.

[넌 어떤 게 마음에 드는데?]

[첫 번째 원피스가 무난한 것 같긴 한데, 조금 얇거든. 날씨가 아직은 쌀쌀해서 춥지 않을까 싶기도 하고.]

[그럼, 원피스 위에 두껍지 않은 걸로 뭐 하나 더 입으면 되지. 실내가 더우면 벗으면 되고.]

[아, 그럼 되겠다. 땡큐, 땡큐.]

"정유정, 진짜. 이딴 걸 고민이라고."

혀끝을 찬 해담은 핸드폰을 책상에 내려놓고 서랍을 열었다. 해담은 먼젓번 해주와 만났을 때 받아두었던 크림색 청첩장을 가만히 꺼냈다.

해주에게 이걸 받았을 때는 정말 저 먼, 남의 일 같기만 했는데.

이 청첩장을 바라보고 있으니 마음이 더더욱 복잡해졌다. 나쁜 마음을 먹지 않고 결단을 내린 해주가 참으로 대견했다. 양가 부모님께 정면 돌파를 해서 이렇게 뜻을 이루게 된 것도 너무 부러웠다.

솔직히 그녀는 지선을 설득할 자신이 조금도 없었다.

똑똑똑. 노크 소리에 해담은 상념을 깼다.

"엄마 좀 들어가도 돼?"

해담은 책상 위에 널려 있는 티슈들을 퍼뜩 휴지통에 집어넣고서 대답했다.

"네. 들어오세요."

문이 열리고 지선이 안으로 들어왔다. 지선이 침대 위에 앉자 해담도 의자를 빙글 돌려 마주 보았다.

"하실 말씀 있으세요?"

"니 아빠랑 얘기해 봤는데, 진서 말이야."

진서의 이름이 나오자 해담은 심장이 쿵 떨어지는 듯했다.

"진서가 처음 여기 왔을 때부터 지금까지 계속 영주 언니 집에서만 지냈잖아. 지금부터라도 우리 집에서 같이 지내면 어떨까 싶어서."

생각지도 못한 지선의 제안에 해담은 가슴 한구석이 쿡쿡 쑤셔왔다.

"가, 갑자기 왜요."

"갑자기 알았으니까 그렇지. 니 아빠도 자꾸 눈에 밟힌다 그러시고. 나도 그렇고."

해담은 너무 난감해 이리저리 눈동자만 굴렸다. 아직 아무런 결론도 내리지 못하고 있는 상태인데, 진서가 집으로 와서 생활을 한다면.

생각만으로도 심장이 터질 것만 같았다. 포기해야 할지도 모르는 진서를 매일매일 눈앞에서 보는 것만큼 힘겨운 일이 또 있을까.

문득, 매일 진서를 눈앞에 마주하며, 괴로워하고 있을 주신이 떠올랐다. 매정하게 포기를 선언했지만, 주신은 누구보다 더 진서를 아꼈으니까.

겉으로 티조차 내지 못한 채 하루하루를 버티고 있을 주신이 너무도 가여웠다.

자신의 운명도 모른 채 해맑게 지내고 있을 진서도 불쌍했다.

울컥, 눈물이 차오를 것 같아 해담은 입 안의 속살을 꼭 깨물었다.

"왜, 넌 별로 안 내켜?"

해담이 계속 대답을 하지 않자 지선이 다시 물었다.

"주신이와 의논해 볼게요."

겨우 그렇게 말하고서 해담은 속으로 감정을 삼켰다. 그런 해담의 마음을 알 리 없는 지선이 미소를 머금은 채 몸을 일으켰다.

걸음을 떼던 지선이 흘끔 책상으로 시선을 주었다.

"그건 청첩장이야?"

"아. 네."

"요즘 청첩장 참 예쁘게 나오네."

"그러게요."

건성으로 대꾸한 해담은 괜히 청첩장만 만지작거렸다.

"너 아는 사람 결혼해?"

"고등학교 때 친구가 이번 주 일요일에 결혼한대요."

마치, 그녀의 결혼을 고백하는 것처럼 가슴이 떨려온다.

"네 친구? 네 친구 중에 벌써 결혼하는 애가 있어?"

역시나 지선의 음성이 확 높아졌다.

"네."

"어머, 나 때도 스물 초반이면 빠른 거였는데, 걔는 진짜 빠르네. 직장 다니는 친구야?"

"아직 학생이에요."

"학생인데 결혼부터 한다고? 졸업도 안 하고?"

"……그렇게 됐나 봐요."

"뭔지 알겠다. 뭔지 알겠어. 어이구. 조심 좀 하지, 부모 가슴에 대못을 박네."

지선이 고개를 절레절레 흔들며 혀끝을 찼다. 말이 나온 김에, 해담은 지선의 눈치를 보며 슬쩍 말문을 열었다. 어쩐지 지금이 아니라면 절대 물어볼 수 없을 것 같았다.

"엄마, 있잖아요. 만약에……."

"야. 스톱. 거기까지."

지선이 미간을 구기고서 딱 말허리를 잘랐다.

"무슨 말을 할 줄 알고 끊으세요?"

"들어볼 거 뭐 있어? 뻔할 뻔자지. 너도 니 친구 같은 상황이면, 어떻게 할 거냐 묻는 거 아냐?"

"……어떻게 하실 건데요?"

갑자기 지선의 한쪽 눈썹이 사정없이 위로 치켜 올라갔다.

"너, 설마……."

"아니에요. 절대."

해담이 단호하게 자르자 지선이 슥 누그러들었다.

"그러니까, 만약이라고 하잖아요."

"만약이고 나발이고 그런 씨도 안 먹힐 말은 하지도 마. 듣기도 싫어."

너무 강경하다 못해 부러질 것 같은 지선의 태도에 해담은 괜히 반발심이 생겼다.

"왜 그렇게 펄쩍 뛰세요. 엄마도 학교 다니시다 저 임신하는 바람에, 아빠랑 결혼하신 거잖아요."

지선의 입이 기가 막혀 떡 벌어졌다. 해담 역시 지선의 아킬레스건을 건드려 놓고 아차, 싶었지만 이미 쏘아진 화살이었다.

그녀 스스로도 왜 이러는지 알 수가 없다. 임신과 출산 그리고 육아의 세계로 마음의 결정을 내린 것도 아니면서.

레이저빔이 쏘아져 나올 만큼 지선의 눈에 힘이 들어갔다.

"죄송해요. 잘못했……."

"아니까 그러는 거야. 내가 겪어 봤으니, 그게 얼마나 힘든 건지 아니까 내 딸한테 겪게 하고 싶지 않은 거라고."

"……."

"친구들이 꾸미면서 학교 다니고 직장 다닐 때, 밤낮없이 육아만 하는 거, 그게 쉬운 건 줄 알아? 꿈을 접은 채 오로지 아이만 바라보고 있다 보면, 스스로가 얼마나 초라하고 한심하게 느껴지는지 넌 모를 거야. 아니, 절대 모르게 하고 싶어. 알아들어?"

지선이 사정없이 내쏘는 말에 해담은 말문이 콱 막혔다. 항변하고 싶은 의욕이 들지 않을 만큼 지선의 음성이 차갑게 가라앉아 있었다.

"그러니까 그런 되도 않는 소리로 엄마 혈압 오르게 하지 말고 처신 잘해. 알았어?"

"……알았어요."

해담이 마지못해 대꾸해서야 지선은 휙 몸을 돌려 방을 나갔다. 쾅. 문 닫는 소리가 그 어느 때보다 크게 울렸다.

해담은 참담한 기분에 얼굴을 양손으로 감쌌다. 지선과의 짧은 대화에서 새삼 깨닫고 또 확인했다.

그녀는 아직 '엄마'가 될 준비가 안 되어 있다는 걸. 그리고 절대 그녀는 지선을 설득할 수 없을 거라는 걸.

한참이나 얼굴을 감싸고 있던 해담은 한숨과 함께 손을 내렸다. 아직도 책상에 있는 청첩장을 넣기 위해 서랍을 열었을 때였다.

서랍 속 조금 더 깊숙한 곳에 얌전히 놓인 빨간색 카드가 시야에 들어왔다. 작년 크리스마스 전날, 진서가 꽁꽁 언 손으로 전해주었던 그 카드였다.

해담은 착잡하기 그지없는 심경으로 카드를 펼쳤다.

[♡엄마! 메리크리스마스입니다!]

첫 문장을 읽자마자 눈물이 차올랐다. 엄마라는 단어에 심장이 터져 버릴 것만 같았다.

[갑자기 나타난 저 때문에 많이 혼란스러우시다는 거 알아요.

그래도 저 미워하지 마시고 예쁘게 봐주셨으면 좋겠어요.

엄마가 저 미워하시면 정말, 너무너무 슬플 것 같아요. 흑흑.

이렇게 대학생일 때의 엄마를 뵙게 돼서 저는 무지무지 감동스럽거든요.

저는 엄마의 아들로 태어나서 정말 행복해요.

엄마가 제 엄마셔서 너무 좋아요.

돌아가면 더 자랑스러운 아들이 될게요.

행복한 크리스마스 보내시고, 새해 복 많이 받으세요.♡]

툭툭. 흐릿한 시야로 카드를 다 읽었을 때는 이미 주체할 수 없이 눈물이 떨어져 내리고 있었다. 그때는 오글거리기만 하던 이 글씨들이 지금은 너무도 가슴에 사무쳤다.

'어떻게 하면 좋아. 어떻게 하면 되는 건데, 응?'

잠시 동안 흐느끼던 해담은 크게 숨을 들이쉬었다. 이렇게 갈팡질팡하며 시간을 끌고 있을 때가 아니었다.

당장 다음 달부터 개강이니 어느 쪽으로든 결정을 내리고 마음의 정리를 해야 했다.

33.

과외 교재를 들여다보고 있던 주신은 좀처럼 집중이 되지 않아 책을 덮었다. 아무래도 조만간 과외를 그만둬야 할 모양이었다.

이렇게 혼자서조차 집중하지 못하고 헤매는 주제에, 페이까지 받으며 과외를 감행할 수는 없었다.

진서가 곁에 있는 한, 아니, 제자리로 돌아가고 나서도 한참 동안은 이 산만함에서 빠져나오지 못할 것 같았다.

주신은 지금 매시간, 매분, 매초를 견뎌내고 있었다. 아무 일 없는 것처럼, 평온한 것처럼 그렇게.

주신은 의자를 빙글 침대 쪽으로 돌렸다. 그는 한창 독서 삼매경에 빠져 있는 진서를 하염없이 응시했다.

눈에 넣어도 아프지 않을 것 같다는 말이 아주 조금은 이해가 갔다. 그만큼 진서를 보고 있는 매 순간마다 가슴이 미어질 것 같다. 이미 결정은 났고, 그는 더욱 단단히 결심을 굳혔으니까.

해담의 희생으로 형성되는 미래는 결코 그가 원하는 게 아니었다.

"아빠, 공부 다 하셨어요?"

같은 자세로 꼼짝 않던 진서가 어느덧 책을 덮으며 물었다.

"응. 넌 책 볼 만큼 봤어?"

"네. 너무 오래 보면 눈 나빠진다고 엄마가 그러셨어요."

해맑은 진서로 인해 심장이 따끔따끔거리다 못해 찢어질 것처럼 통증이 인다. 눈이 시려오는 걸 꾹 누르고서 주신은 억지로 웃었다.

"자, 그럼, 이제 뭘 해야 하지?"

"쑝. 잠자리에 들면 돼요."

책을 협탁에 둔 진서가 미끄러지듯 이불 속으로 들어갔다. 전혀 졸리지 않았지만 진서를 재우기 위해 주신 역시 의자에서 몸을 일으킬 때였다.

핸드폰 메시지 알림음이 울렸다. 주신은 침대로 가 이불을 진서의 목까지 덮어주고서 핸드폰을 확인했다.

[지금 볼 수 있어?]

해담이 보내온 메시지를 본 주신은 한 손을 가슴에 얹고서 가만히 심호흡을 했다.

해담이 마음의 정리를 끝내고 연락을 해 온 것이다. 며칠 동안 얼마나 고민에 또 고민을 거듭했을지 안 봐도 눈에 선했다.

[응. 나갈게.]

주신은 짤막하게 답장을 보내고서 아직 잠들지 않은 진서를 보았다.

"진서, 아빠 지금 나갔다 와야 돼."

자격도 없는 주제에 '아빠'라고 칭하는 스스로가 참으로 위선적으로 느껴졌다. 그럼에도 어쩔 수 없었다. 있는 동안만큼은 최선을 다해 아빠 노릇을 할 거니까.

"아, 넵."

"늦을지도 모르니까, 큰아빠한테 가자."

"전 괜찮……."

괜찮다고 하려던 진서가 찰나 동안 눈을 깜빡이고서 슥 몸을 일으켰다.

"네. 그럴게요."

외투를 챙겨 입은 주신은 진서와 함께 방을 나섰다.

"혹시, 엄마 만나러 가세요?"

"응."

"그럼, 안녕히 주무시라고 전해주세요."

"응. 그럴게."

최대한 덤덤히 말한 주신은 진서를 유신의 방으로 데려갔다. 유신은 침대
에 누워, 킥킥거리며, 열심히 핸드폰 액정을 터치하고 있는 중이었다.

"형, 오늘 진서랑 같이 좀 자."

"너, 어디 나가?"

"응. 해담이 잠깐 만나러."

"알았어."

유신이 알만하다는 듯 야릇하게 웃으며 덮고 있던 이불을 들쳐 보였다.

"진서, 이리 들어와."

"넵."

진서가 펄쩍 뛰어들듯 이불 속으로 들어가서 주신에게 손을 흔들어 보였
다. 유신이 따라 손을 흔들었다.

사이좋은 조카와 삼촌의 모습에 더욱 마음이 무거워져, 주신은 서둘러 방
문을 닫고 몸을 돌렸다.

정원을 가로질러 대문 밖으로 나갔을 때는 이미 해담이 나와서 기다리고
있었다.

덜컹. 주신의 심장이 저 아래로 뚝 떨어졌다. 며칠 만에 마주 본 해담은 한
껏 야위고 푸석푸석해진 상태였다.

그가 천천히 다가갔다. 인기척을 느낀 해담이 돌아보았다. 눈이 마주친

두 사람은 누구랄 것 없이 서로에게로 뛰어들었다.

해담과 주신은 한 치의 틈도 없이 서로의 몸을 바짝 껴안았다. 체취를 맡고 체온을 느끼며 한동안이나 꼭 붙은 채 떨어질 줄 몰랐다.

"왜 이렇게 핼쑥한 거야."

"너도 야윈 건 마찬가지면서."

서로의 볼을 어루만지며 해담과 주신은 자잘한 입맞춤을 나누었다. 활활 타오르는 장작불 같은 진함이 아닌, 애틋하기 그지없는 잔잔한 키스였다.

한참만에야 해담이 먼저 팔을 풀고서 두어 걸음 물러났다.

"나, 그동안 생각 많이 해 봤어."

"……."

주신은 묵묵히 듣기만 했다.

"마음의 결정을 내렸어."

작게 숨을 들이켠 해담이 조근조근 입술을 움직였다.

"나는 진서 포기 못 해. 아니, 안 해."

해담의 입에서 덤덤히 흘러나온 말에 주신의 눈썹이 휙 올라갔다.

"너, 지금 네가 무슨 말을 한 건지 알고 있어?"

"응. 다시 한 번 말할게. 난 정해진 그대로 가."

예전 두 사람의 사이가 안 좋을 때, 주신이 했던 말을 해담이 흉내 내듯 말했다. 주신은 표정을 딱딱하게 굳혔다.

"말도 안 돼."

잔뜩 가라앉은 음성으로 내뱉고서 주신은 해담의 양쪽 어깨를 꽉 쥐었다.

"해담아, 너 그러면 안 돼. 잘못 생각한 거야."

"주신아."

"너 이제 스물셋이야. 이제 3학년이고, 졸업까지 아직 갈 길이 멀어. 취직도 해야 하고."

마치, 지선의 말을 듣는 것 같은 착각이 들어 해담은 저도 모르게 피식, 웃음을 흘렸다.

"웃어? 웃음이 나와?"

"우리 엄마 같아서."

해담이 쿡쿡, 작게 웃어버리자 주신은 더더욱 심각하게 얼굴을 굳혔다.

"지금 농담할 때가 아니야."

"농담 아닌데."

주신이 어금니를 꽉 깨물고서 해담의 얼굴을 들여다보았다.

"너, 내가 무슨 마음으로 진서를 포기한 건 줄 알아?"

"알아."

"아니, 몰라. 모르니까 이런 말도 안 되는 결정을 내린 거겠지."

딱딱하다 못해, 뚝뚝 부러뜨릴 것처럼 주신은 말을 씹어뱉었다.

"다시 생각해. 아직 시간 있어. 이건 아니야."

"다시 생각해도, 아무리 시간이 많아도 내 결정은 변함없어. 나에게는 진서를 포기하는 거, 그게 아니더라고."

하지만 주신은 싸늘한 얼굴로 고개를 내저었다.

"해담아, 이건 잠시 잠깐의 감정으로 휘둘릴 문제가 아니야. 네 인생이 걸린 거라고."

"그래서 그래."

작게 한숨을 흘린 해담은 말가니 주신을 올려다보았다.

"당장 진서를 포기하면 내 주변 상황은 평온할 거야. 학교를 계속 다니고 졸업을 하고, 직장 생활을 하고. 근데, 그러면 나, 평생 빈껍데기로 살아갈 것 같아. 평생 동안 너랑, 나 스스로를 원망하며 살 것 같아."

"해담아."

"진서 포기한 너를 원망하고, 나를 미워하고. 어쩌면 우리 엄마에게도 그

원망이 향할 것 같아. 당신의 그 확고한 가치관 때문에 지레 겁먹고 말도 못 꺼낸 채 진서를 포기한 거라고. 평생 주변 사람들을 탓하고, 스스로를 자책하면서 사는 게 내 인생을 위한 거야?"

"잊게 될 거야. 지금은 마음속 응어리가 크겠지만, 시간 지나면 잊게 될 거야."

너무도 강경한 주신을 보며 해담은 한숨을 흘렸다.

안다. 주신이 왜 이렇게까지 그녀의 결정에 반대를 하는지. 주신은 그녀가 희생을 하는 거라 여기고 있는 것이다.

"주신아. 나, 희생하는 거 아니야. 진서잖아. 너와 내가 사랑해서 맺게 될 결실이야."

"아름답게 포장한다고 될 일이 아니야. 너 희생하는 거 맞아. 학업 포기하고, 꿈 포기한 채 열 달 동안 임신하고 힘들게 출산해야 하는데 그게 희생 아니라고?"

도무지 씨알도 먹힐 것 같지 않아 해담은 이마에 손을 얹고 정면돌파를 택했다.

"그래. 나 희생하는 거 맞다고 쳐. 근데, 나만 희생할 거 아니니까 그렇게 죽을상 할 거 없어."

여전히 주신이 어둡게 가라앉아 있자 해담은 입술을 움직였다.

"일단, 네가 바로 알아야 될 게 있어. 누가 학업을 포기한대? 나, 학업 포기 안 할 건데? 무려 재수씩이나 해서 들어간 학교인데 내가 왜 포기해?"

"뭐?"

"포기가 아니라, 잠시 쉬는 거지. 진서 낳고 다시 다닐 거야. 이번 학기 다니고 휴학했다가, 내년 2학기 때 다시 복학하면 돼. 요즘 휴학하고 복학하는 게 큰일도 아니고."

순간, 주신의 눈매가 커졌다.

"그리고 꿈은, 내가 얘기했잖아. 턱도 없는 거 꾸고 있다가 접고 지금은 없다고. 지금부터 천천히 생각해 볼 거야. 내 학업과 꿈은 해결됐지? 그리고 가장 힘들고 중요한 문제인 육아는."

해담은 잠시 말을 끊고 주신의 얼굴을 살폈다. 굳어 있는 건 여전했으나, 펄쩍 뛰던 처음과 달리 그녀의 말에 귀를 기울이고 있다는 게 확연히 느껴졌다.

"육아는 네가 해."

퍼뜩 알아듣지 못한 주신이 속눈썹을 깜빡이자 해담은 눈을 가늘게 떴다.

"뭐야. 육아는 나한테 전적으로 맡기려고 한 거야?"

"아니. 그게 아니라."

당황한 주신이 다급히 손을 내젓고서 퍼뜩 덧붙였다.

"진서를 포기하는 쪽으로만 결심해서, 전혀 생각 못한 거라 그래."

"내가 내년에 복학하면 그때는 네가 휴학을 해서 1년 동안 진서 육아에 전념하는 거야."

"아."

그제야 머릿속에 주입이 된 주신이 낮게 탄식을 했다.

2월 25일이 진서 생일이니, 해담이 복학할 무렵이면 생후 6개월 정도. 그리고 그때부터 주신이 휴학해서 1년 동안 진서를 돌보면 생후 18개월쯤이 된다.

"그럼, 그 뒤에는?"

주신이 홀딱 홀린 듯 물었다. 해담의 입술이 아주 조금 사악하게 올라갔다.

"부모님 찬스."

너무도 당당한 해담의 말에 주신이 눈을 동그랗게 떴다.

"부모님 찬스?"

"알아. 염치없고 뻔뻔스럽고 부모님 생고생시키는 일이라는 거. 그치만 어쩌겠어. 그거 말고는 방법이 없는데. 아무리 생각해도 진서 포기하는 것보다는 그쪽이 훨씬 낫고."

해담은 조금 전보다 훨씬 분위기가 누그러진 주신의 양손을 가만히 감싸 쥐었다.

"주신아, 나 있지. 진서를 포기하고 나면 평생 불행할 것 같아. 죽을 때까지 진서가 그리워서 후회할 거야. 죽도록 후회하느니, 낳고 조금, 아니 조금 많이 힘든 게 낫지 않을까?"

주신은 확실히 흔들린 듯 뭐라 말을 못한 채 해담만 뚫어져라 응시했다.

"진서를 위해, 우리를 위해, 너랑 나랑 한 걸음씩만 늦게 전진하자. 죄송하긴 하지만, 양쪽 부모님들께도 도움을 받고. 나중에 배로 효도하면 되니까, 응?"

차분하게 말하고서 해담이 빙긋 웃자 주신은 그제서야 깊은숨을 몰아쉬었다. 주신이 갑자기 힘없이 무릎을 접고 앉았다. 그동안 팽팽했던 감정의 선이 탁 끊어진 듯 맥이 풀린 탓이었다.

해담도 사락, 무릎을 접고 앉아 주신과 시선을 마주했다.

"괜찮아?"

"안 괜찮아."

툭 내뱉는 주신의 얼굴이 붉게 달아올라 있었다.

"왜? 어디 아파?"

해담이 놀라 얼굴로 손을 뻗어 온도를 체크했다.

"열은 없는 것 같은데. 아니 조금 있나?"

주신은 얼굴과 이마를 만지고 있는 해담의 손을 낚아채서 입술로 가져갔다. 손바닥에 잔잔히 입술 도장을 찍으며 신음처럼 말했다.

"정말 안 괜찮아. 심장이 터질 것 같아서 돌아버릴 것 같거든."

해담이 싱긋이 웃어 보이자 주신은 그 상태로 고개를 숙여 반듯한 이마에 입술을 눌렀다. 해담의 얼굴을 어루만지는 주신의 표정이 한결 가벼워졌다.

"앞으로 더 잘하고, 더 노력할게. 너와 진서에게 부끄럽지 않은 남편과 아빠가 될게."

해담이 새끼손가락을 내밀었다. 주신이 입술을 올리며 자신의 손가락을 꼭 걸었다.

♥

애리는 엎드린 자세로 옆에 곤히 잠들어 있는 유신을 바라보았다.

"와. 무슨 남자가 코도 한번 안 골고 잘 수가 있지?"

천장을 보고 곧은 자세로 누워 있는 유신은 숨소리마저 아주 조용했다. 애리의 입가에 머문 미소가 떠날 줄 몰랐다.

불타는 금요일인 만큼, 애리와 유신은 근사한 호텔에서 저녁 식사를 한 다음 곧장 객실로 올라와 진한 사랑을 나누었다.

솔직히 아직도 믿기지 않았다. 유신과 이렇게 깊은 관계가 되었다는 게. 지금 생각하면 스스로가 천하에 없는 바보 같기만 했다.

대학 때 엉뚱한 곳에 잘못 고백한 그거 하나만 믿고 주야장천 기다리기만 했으니. 오해를 풀고 난 뒤 정말, 거짓말처럼 유신과 급격히 가까워졌다.

"이 남자, 은근히 속으로 나 좋아하고 있었던 거 아냐?"

오해를 푼 뒤, 그녀보다 오히려 유신이 더 적극적으로 다가왔으니까. 애리는 요즘 너무너무 행복했다. 행복이라는 단어가 부족하게 느껴질 만큼.

그래서 가끔 유치하지만 꿈이 아닌가 세게 꼬집어 볼 때도 있었다. 물론, 그러고 나서 너무 아픈 나머지 자신에게 바보라고 욕하기도 했지만.

애리는 오뚝하게 솟아 있는 유신의 콧날을 가만히 손가락으로 쓸었다. 그런 다음 굳게 다물린 입술도 슬그머니 어루만졌다.

"어쩜 이렇게 잘생겼는지 몰라. 봐도 봐도 질리지가 않는 거야?"

"그럼, 누구 남자친군데."

갑작스런 대꾸에 애리는 민망함에 헉 숨을 들이쉬며 손을 거두어들였다.

"아, 안 잤어요?"

"살짝 잠들었는데 네가 깨웠잖아."

"아, 미안해요."

유신은 대답 대신 한쪽 팔을 옆으로 뻗고서 툭툭 두들겨 보였다. 애리는 얼굴을 불그스름하게 붉히고서 유신의 팔을 베고 누웠다.

유신이 애리의 허리에 팔을 감고서 바짝 품으로 당겼다.

"몇 시쯤 됐어?"

"10시 반쯤 됐어요."

"음. 한밤중이네."

애리는 유신을 바라보았다.

"집에 가야 돼요?"

"아니. 너 옆에 두고 잠든 시간이 아까워서."

"어우, 뭐예요."

애리가 입을 귀에 걸고서 유신의 가슴팍을 두드렸다. 갑자기 유신이 휙 몸을 굴려 덮치듯 애리 위로 올라왔다.

두근두근. 애리의 심장이 터질 듯 울렸다. 유신의 입술이 내려오자 애리는 눈을 감았다. 막 입술이 닿을락 말락 할 때였다.

지이이잉. 지이이잉.

침대맡에 둔 애리의 핸드폰이 요란하게 진동하기 시작했다. 딱 동작을 멈춘 유신이 피식 웃으며 애리에게서 떨어졌다.

"미, 미안해요, 선배."

"괜찮아. 전화 받아."

애리는 열 오른 얼굴에 손부채질을 하며 핸드폰을 들었다.

"네, 저예요. ……아, 회, 회사예요. 일이 좀 있어서. ……아니예요. 내일은 집에 가서 자야죠. 네. 알았어요. 주무세요."

전화를 끊고서 애리는 고개를 절레절레 흔들었다.

"하여튼 엄마 극성이라니까."

"어머니셨어?"

"네. 내일모레가 동생 결혼식이잖아요. 내일은 꼭 집에 와서 같이 자자고 전화하신 거래요. 요즘 결혼하면 출가외인 되는 세상도 아닌데, 굳이 그러시 네요."

"동생 결혼해서 서운하겠다."

애리는 픽 웃음을 흘렸다.

"서운하고 말고 할 틈도 없었어요. 속도위반하는 바람에 얼마나 급박하게 결혼 준비했다고요. 어차피 난 따로 나와 살잖아요. 매일 얼굴 마주하던 것 도 아니라서 아직 실감 안 나요. 엄마가 많이 서운하실 거예요."

그렇게 말한 애리는 슬그머니 유신을 바라보았다.

"선배."

"응."

"혹시, 일요일에 뭐해요? 바빠요?"

"왜?"

애리는 잠시 우물쭈물, 머뭇거리다 입술을 움직였다.

"그게, 일요일이 내 동생 결혼식이잖아요. 절대 부담 주려고 하는 건 아니 고요. 음, 이건 그냥 혹시나 해서 물어보는 건데요. 시간이 되면…….."

"알았어, 갈게. 네 동생 결혼식 갈 수 있는지 묻는 거면 그렇게."

애리의 눈이 한껏 커다랗게 떠졌다. 믿을 수가 없어 애리는 되레 멍한 얼굴로 유신을 응시했다. 유신이 그런 애리의 코를 슬쩍 쥐었다가 놓았다.

"내가 너를 안 게 몇 년이고, 너랑 같은 사무실에서 일한 게 몇 년인데. 한 번쯤 얼굴 비추는 게 뭐 어렵다고, 그렇게 힘들게 얘기하냐."

"아…… 그, 그렇죠."

애인 혹은 남자친구로서가 아니라 직장 동료로서의 참석이라니. 애리는 실망한 기색을 감추지 않기 위해 애써 입술을 올렸다. 유신이 선뜻 와주는 것만으로도 고마워하며.

♥

"어?"

"어?"

날이 제법 풀려 웨딩마치 올리기에 딱 좋은 그런 날이었다.

유정과 같이 웨딩홀 입구에 막 도착한 해담은, 한발 앞서 도착해 있던 유신과 딱 맞닥뜨리고서 눈을 동그랗게 떴다.

"유신 오빠. 오빠가 여긴 어쩐 일이에요?"

"어, 여기서 지인 동생 결혼식이 있어서. 너는?"

"나도 내 친구 결혼식이 있어서요."

낯선 곳에서 우연히 마주쳐서인지 두 사람의 얼굴에 한껏 반가움이 담겼다.

"해담아, 난 해주한테 먼저 가 있을게."

"어, 그래. 나도 금방 갈게."

유정이 눈치껏 자리를 피해 주자 유신과 해담은 대화를 나누었다.

"여기서 오빠를 만나게 될 줄은 생각지도 못했는데."

"나도. 2월인데 꽤 결혼식이 많네."

"그러게요."

제법 많은 사람들이 오고 가는 걸 보며 두 사람은 살짝 놀랐다. 유신이 조금 장난기 있는 표정으로 해담을 내려다보았다.

"친구는 벌써 결혼하는데 니들은 언제 할 거야? 벌써 떡하니 애까지 보고서."

"우린 5월에 하려고요."

정말 유신으로서는 장난으로 물은 말이었다. 하지만, 해담은 아주 진지하게, 기다렸다는 듯 곧장 대답했다.

"어, 그래? 5년 후쯤?"

"아닌데. 올 5월에요."

가만히 고개를 옆으로 기울인 유신이 이내, 풉, 웃음을 터트렸다.

"둘이 어지간히 결혼을 하고 싶은 모양이네. 저번에 주신이 녀석도 너랑 결혼 생각은 간절하지만 아직 학생이라, 어쩌고저쩌고하더니."

여전히 농담으로 받아들인 유신이 못 말리겠다는 듯 고개를 절레절레 저었다. 해담은 아주 담백한 표정으로 입술을 움직였다.

"유신 오빠."

"응?"

"우리 편, 돼줘야 해요."

"어?"

해담의 진지함에, 유신이 어리둥절하니 눈만 깜빡이고 있을 때였다.

"선배."

해담과 유신 사이로 애리의 목소리가 날아들었다. 애리는 조금 전부터 멀찍이서 화기애애하기 그지없는 두 사람을 지켜보던 참이었다.

여자는 뒤통수밖에 보이지 않아 누군지 알 수는 없었지만, 유신의 얼굴이 너무 밝으니 괜히 질투가 났다.

거기다 잠시 대화를 나누다 말겠거니 했는데, 계속 마주 보고 서서 얘기하는 게 아닌가. 어쩔 수 없이 애리는 두 사람에게로 다가오고 말았다.

"애리야."

유신의 얼굴이 반갑게 풀어졌다. 유신에게 미소를 보이고서 애리는 해담에게로 고개를 돌렸다.

해담의 얼굴을 확인한 애리의 얼굴이 딱 굳어졌다.

아니, 얘는!

해담 역시 다가온 애리의 얼굴을 보고는 연방 고개를 갸웃거렸다.

어라. 어디서 봤는데. 분명, 낯이 익은데. 누구지? 이 기가 센 언니야의 얼굴을 분명, 어디선가 봤는데, 어디서 봤더라…… 아!

순간, 뭔가가 번뜩 뇌리에 떠올랐다. 해담과 애리는 동공을 확장시킨 채 서로에게 시선을 고정시킨 채 외쳤다.

"극장의 그 무개념 아줌마!"

"선배 옆집 사는 그 여우!"

생각지도 못한 곳에서 맞닥뜨린 우연에 해담과 애리는 머릿속에 떠오르는 대로 외쳤다.

뜬금없는 여우 소리에 해담이 기가 막혀 눈썹을 세우고서 쏘아붙였다.

"여우? 웬 여우? 저기, 나 아세요? 내가 왜 여우야?"

"그러는 그쪽은 나 알아요? 내가 왜 무개념 아줌마야?"

애리가 턱을 치켜든 채 지지 않고 응수했다. 해담이 팔짱을 낀 채 코웃음을 쳤다.

"기억 안 나요? 극장에서 어떻게 했는지. 아줌마 아들이 내 의자 등받이를 계속 걷어찼는데도, 아줌마는 미안해하기는커녕 오히려 나 째려봤잖아요. 내가 세상에서 제일 듣기 불편하고 없어졌으면 하는 게 어머니들을 벌레에 빗대서 하는 말이거든요? 근데, 딱 아줌마를 보니까 처음으로 그 단어가 떠오르더라고요."

애리뿐 아니라 유신의 입까지 떡 벌어졌다. 하지만, 곧장 애리가 반격을 하는 바람에 유신은 조금도 끼어들 수가 없었다.

"아. 그건 내가 동생한테 그러라고 시킨 거니까 그렇죠. 걔 내 아들이 아니라, 내 막냇동생이에요. 난 아직 미혼이고."

"아. 그래요? 아줌마라고 한 건 사과할게요. 그치만 동생한테 그런 행동을 시킨 걸 보니 무개념은 맞네요. 못하게 타이르지는 못할망정."

해담이 비꼬는 투로 대꾸를 하자 애리의 눈살이 확 찌푸려졌다.

"이 양다리 여우가 누구더러 자꾸 무개념이래?"

이번에는 해담이 입술을 턱 열었다.

"양다리 여우? 지금 나보고 양다리라고 한 거예요? 내가 왜 양다리 여우야? 진짜, 나 알아요?"

"아. 양다리 여우가 아니면, 그냥 어장관리 여우라고 해줄 걸 그랬나?"

"기막혀, 진짜. 미친 거 아냐? 멀쩡한 사람한테 누명을 씌워도 유분수지. 그쪽이 나를 언제 봤다고 개소린지 모르겠지만, 지금 실수하는 거예요."

"뭐, 개소리? 실수? 그쪽 행동 내가 여기서 한 번 읊어 봐요?"

누구 하나 지지 않고 팽팽히 맞설 때였다.

"해, 해담아. 애리 언니. 두 사람 왜 그래요?"

조금 전, 신부 대기실에 해주를 만나러 갔던 유정이 당황한 얼굴로 두 사람을 번갈아 응시하고 있었다.

해담과 애리는 그제야 주변 사람들이 웅성거리며, 자신들을 보고 있는 걸 깨달았다. 잔뜩 민망해진 해담과 애리의 얼굴이 동시에 붉어졌다.

"해주랑 사진 찍으려는데 네가 아직 안 와서 데리러 왔어. 근데, 너 왜 해주 언니랑 싸우고 있어?"

유정이 여전히 어리둥절한 얼굴로 말하자, 해담과 애리의 눈이 동시에 확장되었다.

"주, 주해주 언니?"

"해, 해주 친구?"

유정이 물끄러미 두 사람을 응시하며 고개를 끄덕끄덕 해 보였다.

"해담이 친구 결혼식이 있어서 왔더니, 그게 애리 동생이었던 거야?"

잠시 소강상태가 된 틈을 비집고 유신이 겨우 끼어들었다. 상황 파악을 한 해담과 애리는 황당하기도 하고 어이없기도 해 말문이 콱 막혔다.

확 뻗친 열이 가라앉지 않은 얼굴로 해담이 먼저 살벌하게 내뱉었다.

"이따, 결혼식 끝나고 다시 얘기하죠? 양다리에, 어장관리 여우라는 누명은 벗어야겠네요."

"그래, 그러자고. 누가 더 무개념인지 확실히 알려줄 테니까."

동생 친구임을 인지한 애리가 곧장 반말로 태도를 바꾸었다. 상대가 친구 언니니 더 따지지도 못한 채 해담은 한발 물러났다.

해담은 여전히 좌불안석인 유신에게로 시선을 돌렸다.

"오빠, 신부 대기실에 가 봐야 해서요."

"어, 그래."

그러고서 해담의 어깨를 다독이며 작게 속삭이듯 말했다.

"무슨 상황인지 몰라서 내가 지금 정신이 좀 없는데. 일단 마음 가라앉히고. 알았지?"

조만간 아주버님이 될 사람 앞에서 너무 쌈닭 같은 모습을 보인 것 같아 조금 자제할 걸 후회가 밀려들었다.

해담은 경련이 날 것 같은 입술을 억지로 올렸다.

"네. 괜찮아요."

"그래. 이따 보자."

해담이 발걸음을 옮기자 유정이 바짝 따라붙었다.

"야, 너 왜 해주 결혼식에, 해주 언니랑 싸우고 있어?"

해담은 기가 막혀 헛웃음을 흘렸다.

"나보고 여우래."

"엥? 웬 여우? 너, 저 언니 알아? 난 고등학교 다닐 때 해주 집 갔다가 두 번인가 봐서 얼굴 알고 있었거든."

"난 몰라. 오늘 다짜고짜 나보고 양다리 여우에, 어장관리 여우랜다."

"뭐, 정말? 저 언니 왜 그러지? 너, 설마. 주신이 두고 바람피웠⋯⋯을 리 는 없는데."

"모르겠어. 누구를 잘못 보고 나한테 그러는 건지. 이따 다시 얘기하기로 했으니 들어보면 알겠지."

"해주 언니가 뭘 제대로 오해했나 보다."

"그런가 봐."

해담과 유정이 대화를 하며 신부 대기실로 향하는 사이, 유신과 애리도 얼굴을 마주 보고 있었다.

"애리야, 대체 무슨 일이야? 둘이 어떻게 알아?"

애리는 유신 앞에서 너무 사나운 모습을 보인 것 같아 귓불까지 달아올랐 다.

"음, 그게. 좀 그런 일이 있었는데. 이따가 다시 얘기해요."

유신이 고개를 끄덕이자 애리는 한숨을 푹 흘렸다.

'아니, 쟤는 왜 하필 또 해주 친구야? 기막혀 진짜.'

신부 대기실에서 친구들과 사진을 찍고 수다를 떨 때만 해도 해주는 덤덤 했었다. 한데, 막상 결혼식이 시작되자 아버지의 손을 잡고 입장하는 순간부 터 해주는 울음을 터트렸다.

꽃길의 끝에 서 있는 신랑의 손을 바꾸어 잡고부터는 거의 대성통곡 수

준이었다. 하객들이 저러다 실신하는 거 아닌가 싶을 정도로 서럽게 울었다.

흑.

그런 해주를 보며 해담은 저도 모르게 눈물을 글썽였다.

"야, 넌 왜 그래."

바로 옆에 앉은 유정이 당황해서 작게 소곤거렸다.

양쪽 부모님께, 특히 우리 엄마한테 결혼 허락받을 일이 너무 막막해서 그래.

혀끝까지 치민 말을 삼키며 해담은 작게 고개를 저어 보였다. 차오른 눈물을 손가락으로 닦아내고서 해담은 희미하게 입술 끝을 올렸다.

"해주가 너무 예뻐서."

"그러게. 예쁘네. 근데, 너무 운다."

짠한 눈으로 해주를 바라보던 유정이 해담 쪽으로 은근히 몸을 기울였다.

"근데, 아까 예식장에 도착했을 때 마주쳤던 그 남자, 혹시, 주신이 형이야?"

"어떻게 알았어?"

"닮았잖아. 붕어빵이던데. 네가 유신 오빠, 라고 하기도 했고."

하긴. 해담이 피식, 웃자 유정이 말을 이었다.

"그 오빠는 여기 왜 왔대?"

"해주 언니랑 아는 사이인가 봐. 아까 유신 오빠한테 선배라고 부르더라."

"아. 그래서 두 사람 싸울 때 중간에 껴서 안절부절못하고 있었구나."

유정이 은근한 표정을 지었다.

"그 오빠, 애인 있대?"

"나도 몰라."

어깨를 으쓱한 해담은 눈매를 가늘게 만들고서 유정을 응시했다.

"야. 꿈도 꾸지 마. 너랑 가족으로 엮이고 싶은 생각 눈곱만치도 없으니까."

"뭐래. 누가 보면 너 벌써 최주신이랑 결혼한 줄 알겠네."

"할 거야. 주신이랑 결혼."

"어이구. 콩깍지 씌었을 때는 다들 그렇게 얘기하더라."

"진짜 주신이랑 결혼할 거라니까 그러네?"

"아. 예에. 그러시던가요."

심드렁하니 대꾸한 유정이 갑자기 눈썹을 찌푸렸다.

"근데, 설마. 그 오빠야, 해주네 언니랑 사귀거나 뭐, 그런 건 아니겠지?"

뭐?

해담은 순간적으로 높은 음성이 튀어나오려는 걸 가까스로 눌렀다. 만에 하나라도 둘이 긴밀한 사이라면, 그래서 미래를 약속하기라도 한 사이라면. 윽.

"야, 아니야. 선배라고 불렀다니까."

생각만으로도 싫었기에 해담은 딱 잘랐다.

"뭐, 선배라고 부르면 애인 아니라는 법 있어?"

"……."

그건 또 그렇기에 해담은 말문이 콱 막혔다.

"만약 정말 그런 거면, 미래의 형님한테 찍힌 거 아냐?"

유정이 아주 작게 소곤대며 약을 올린 다음 덧붙였다.

"나랑 가족으로 엮이는 게 훨씬 낫지? 그치?"

그러고서 유정이 쿡쿡쿡, 소리 죽여 웃었다.

"아니. 아무리 그래도 넌 아니야. 너한테 형님 소리 하느니 해주 언니랑 으르렁대는 게 훨씬 나을 것 같아."

해담이 못을 쾅쾅 박아두자 유정은 잔뜩 아쉬운 듯 입맛을 다셨다. 이야기가 중단되고 해담과 유정은 다시 예식에 집중했다.

어느덧 예식이 막바지에 이르고 사진 촬영까지 일사천리로 진행되었다. 해담과 유정을 비롯한 친구들도 하객 틈에 섞여 사진을 찍었다.

그리고 신부가 부케를 던질 차례가 다가왔다.

애리는 괜히 유신을 흘끔 보고서 앞으로 나갔다. 해주는 친구들에게 부담을 주기 싫어 부케를 생략하자는 쪽이었다. 어머니는 무조건 던져야 한다는 쪽이었고. 의견 차가 좁혀지지 않아 어쩔 수 없이 애리가 나선 거였다.

애리는 입술을 야무지게 추스르고서 완벽히 받을 자세를 취했다. 해주 역시 눈에 힘을 꾹 주고서 부케를 어깨 너머로 휙 날렸다.

뒤이어 애리를 비롯한 하객들이 '어어?' 눈을 크게 뜨며 부케의 행방을 쫓았다.

'어?'

해담의 눈도 커졌다.

해주가 너무 세게 던진 바람에, 애리에게로 갔어야 할 부케가 하객 틈에 섞여 있던 해담 쪽으로 날아온 것이다.

정말, 해담의 눈에는 그 부케가 아주아주 커다란 수박처럼 보였다. 야구 선수들이 홈런을 칠 때, 공이 수박만 하게 보인다더니, 지금 딱 해담이 그랬다.

곧장 품으로 날아온 부케를 받아든 해담은 얼떨떨하니 속눈썹을 깜빡였다.

"이야, 너 주신이랑 빨리 결혼해야겠다. 부케 받고 3개월인가 6개월인가 그 안에 결혼 못 하면 3년 동안 못한다며."

옆에서 유정이 킥킥거리며 하는 말에 해담의 눈동자가 움직였다. 잘못 던져놓고 잔뜩 민망해하는 해주에게로 갔다가 애리에게로 옮겨갔다.

엉거주춤한 자세를 바로잡지도 못한 채 애리가 입술을 씰룩이며 해담을 보고 있었다.

'또 너니?'라고 하듯이.

해담과 유신 그리고 애리가 다시 마주한 건 결혼식장에서의 모든 절차가 끝난 뒤였다.

피로연을 생략했기에, 친구들끼리 따로 차 한 잔 하는 자리를 가졌지만 해담은 대충 인사만 하고 헤어졌다. 해주의 언니, 애리와 풀어야 할 게 남아 있었으니까.

"나도 따라가면 안 돼?"

"이따가 전화할게."

"씨잉. 궁금해 죽을 것 같은데."

"나중에 토시 하나 안 빠트리고 다 얘기해 줄게."

유정이 따라오고 싶어 늘어지는 걸 억지로 떼어 놓고서 해담은 걸음을 옮겼다.

조금 전, 친구들과 인사를 하는 동안 유신이 문자로 알려온 근처 커피숍 안으로 들어섰을 때였다.

'흐음.'

커피숍 내부를 본 해담의 입매가 살짝 굳어졌다. 유신과 애리는 절대, 단순히 알고 지내는 선후배 사이가 아니었다. 그냥 지인이었다면 저렇게 나란히 앉아서 그녀를 기다리고 있지는 않을 테니까.

두 사람은 딱히 대화를 나누는 것 같지는 않았으나, 풍기는 분위기가 확실히 묘했다. 해담은 또각또각, 구두굽 소리를 내며 테이블로 다가갔다. 유신이 퍼뜩 시야를 들어 해담을 맞았다.

"해담이 왔어?"

"……."

해담은 대답 대신 조금 뚱한 표정으로 두 사람과 마주 보고 앉았다. 해담은 빈 의자에 핸드백과 부케를 놓았다.

부러운 듯 애리의 시선이 찰나 동안 그리로 갔다가 이내 해담에게로 향했다.

"이제 말해 보시죠? 아는 사이도 아닌 나한테, 왜 그런 누명을 씌웠는지."

친구 언니라는 것을 알고 있음에도 딱딱한 해담의 말투에 애리가 미간을 찌푸렸다.

"누명인지 아닌지는 본인이 더 잘 알면서 그러네."

삐딱하니 중얼거린 애리가 핸드폰을 꺼냈다. 액정을 몇 번 터치한 애리가 해담에게 사진을 보였다.

"이 날, 기억하지? 선배 말고 다른 남자와 있었던 거."

해담과 유신이 동시에 핸드폰 화면으로 시선을 내렸다. 핸드폰 액정에는 애리의 얼굴과 뒤쪽에 깨알같이 찍힌 민혁, 해담이 있었다.

"음? 이건 애리 네가 나한테 셀카 잘 나온 거 골라달라고 한 그 사진이잖아?"

유신이 먼저 알아보고 반응했다. 해담도 사진을 보며 일련의 사건을 떠올렸다. 이 사진 때문에, 민혁과 그녀가 단둘이서 밥 먹은 걸 안 주신이 질투를 했었다.

물론, 답답한 건 질색인 그녀가 먼저 찾아가서 풀긴 했다. 하지만 그런 식으로 오해를 받은 것 자체는 좋은 기분이 아니었다.

해담은 눈썹을 깜빡이며 애리를 바라보았다.

"그럼, 그때 유신 오빠한테 그 사진을 보낸 게 그쪽, 음, 해주 언니였단 말이에요?"

"응. 내가 그랬어."

까칠한 애리의 표정에 해담은 미간을 찌푸렸다.

"설마, 셀카 찍다가 우연히 찍힌 게 아니라, 일부러 내가 나오게 찍어서 유신 오빠한테 보낸 거였어요?"

"맞아. 선배 보라고 일부러 너랑, 그 남자애 나오게 찍어서 보낸 거야."

유신이 한쪽 눈썹을 세웠다.

"아니, 왜?"

"왜라뇨. 선배 옆집 산다는 저 애가 선배와 이 남자애 사이에서 어장관리하고 있는데 그걸 어떻게 그냥 두고 봐요. 선배가 알았으면 싶어서 어쩔 수가 없었어요."

해담과 유신의 눈이 동시다발로 확장되었다.

"뭐?"

"뭐라고요?"

너무 말도 안 되는 데다 이해할 수 없는 소리에, 해담과 유신은 황당한 표정으로 마주 보았다.

"내, 내가 유신 오빠랑, 설민혁 사이에서 어장관리를 했다고? 내가?"

해담은 기가 막혀 말까지 더듬거렸다.

"애리야. 너, 지금 대단히 잘못 알고 있어."

유신이 깊은 한숨을 뱉어내며 고개를 절레절레 흔들었다.

"잘못 알고 있긴요. 선배야말로 옆집 사는 사이라고 너무 허물없이 대해 주는 거 아니에요?"

그렇게 톡 쏜 애리가 유신을 향해 눈을 흘겼다.

"설마, 아직도 쟤가 선배 앞에서 끼 부리는데도 다 받아 주고 그러는 건 아니죠?"

맙소사. 이건 무슨 귀신이 씨의 나락을 까먹는 소리란 말인가.

"저기, 잠깐만요. 나, 지금 쌍욕 나올 것 같은데, 일단 친구 언니시니까 참을게요."

가뜩이나 기가 세게 생긴 애리의 얼굴이 한껏 매서워졌지만 해담은 말을
이었다.

"지금 해주 언니가 한 말은, 내가 유신 오빠 앞에서 끼를 부리고, 이쪽저쪽
에 다리 걸쳐 놓고 어장관리를 한다는 거죠?"

"하고 있잖아. 내가 본 게 있는데."

"도대체 뭘 봤는데요? 내가 유신 오빠한테 끼 부렸다는 거, 그거부터 말해
봐요. 대체 언제 어디서 내가 그랬는지."

애리는 팔짱을 낀 채 턱을 슬쩍 치켜들었다.

"너 아까 나보고 그랬지? 극장에서 본 무개념 아줌마라고. 내가 왜 막냇동
생을 시켜서 네 등받이를 그렇게 발로 찼을까, 하는 생각은 안 해 봤어?"

"네. 안 해 봤는데요? 극장에서 누가 등받이를 차면 왜 그랬을까, 해주 언
니는 심오하게 생각하고 그러나 봐요?"

해담의 빈정거림에 애리가 욱, 치받혀서 쏘아붙였다.

"그날, 니가 앞자리에서 선배한테 끼 부리는 걸 내 두 눈으로 똑똑히 봤으
니까 그런 거 아냐?"

어어?

순간, 해담의 머리에 미세한 전류가 스치고 지나가는 듯했다. 도대체 해
주의 언니가 왜 이러는지 이제야 어렴풋이 알 것 같았기 때문이다.

"하…… 진짜……."

탄식처럼 어이없는 웃음이 튀어나왔다.

"애리야, 너 뭔가 확실히 잘못 알고 있는 것 같다. 나는 단 한 번도 해담이
와 영화관에 간 적이 없어."

유신이 먼저 눈썹을 찌푸린 채 말하자, 애리는 믿을 수 없다는 듯 눈을 동
그랗게 떴다.

"그럴 리가. 내가 분명 봤는……."

"잘못 봤어요. 해주 언니가 본 건 최유신이 아니라 동생, 최주신이니까요."

"……뭐?"

애리의 입매가 벌어지자 해담은 그녀를 빤히 응시하며 덧붙였다.

"그날, 극장에서 내가 끼 부린 상대는 지금 내 남자친구 최주신이었어요."

해담은 핸드폰을 꺼내 놀이공원에서 주신과 함께 찍은 사진을 애리에게 보였다.

34.

해담, 유신, 애리가 앉은 테이블에는 잠시 동안 침묵이 일었다. 방금 막 모든 진실을 들은 애리가 혀가 굳은 것처럼 아무런 말도 잇지 못했기 때문이다.

애리는 정말, 너무너무 창피하고, 민망해서 얼굴을 들 수가 없었다. 정말 몰랐다. 유신과 그 동생이 그렇게 닮았을 줄은.

극장에서의 만행이 둥둥 뇌를 떠다닌다.

'나 무개념 맞네. 무개념 맞아.'

거기다 유신에게 보냈던 그 사진 때문에, 사귀고 있던 두 사람 사이에 오해가 있었다니. 그런 주제에 되레 양다리에 어장관리 여우라고 몰아붙이기까지.

애리는 해담이라는 동생 친구에게 미안해서 죽을 것만 같았다. 아마, 그녀가 이런 꼴을 당했으면 친구 언니고 나발이고 머리털을 죄다 뜯어버렸을 것이다.

"미, 미안해. 진짜."

애리는 귀까지 시뻘게진 채 겨우 기어들어가는 목소리로 입술을 달싹였다. 그럼에도 해담은 표정을 풀지 않고 애리를 바라보았다.

"어두운 극장에서는 유신 오빠로 착각해서 그랬다고 이해할게요. 근데, 스시집에서의 행동은 도저히 이해가 안 돼요. 요즘이 조선시대도 아닌데, 성별 다른 친구끼리 밥 한 번 먹는 걸로 이상한 오해를 받아야 하나요?"

"미안해. 입이 열 개라도 할 말이 없어."

"어장관리 여우라고 낙인찍기 전에 확인 정도는 해 보셨어야 하는 거 아닌가요?"

"……해, 해 봤어. 그때."

여전히 풀 죽은 애리의 대꾸에 해담은 한쪽 눈썹을 올렸다.

"무슨 확인요?"

"사실, 그날 너랑 같이 있던 그 애가 예전에 나랑 소개팅을 했었거든."

해담은 물론이고 유신마저 뜨악한 표정을 지었다.

"애리 네가 설민혁이랑 소개팅을 했다고?"

애리가 어색한 얼굴로 고개를 끄덕였다.

"왜, 저번에 소개팅을 했는데, 너무 어린애가 나오는 바람에 밥도 안 먹고 그냥 찢어졌다고 했잖아요."

"아. 그때."

"그런데 그 애가 극장에서 봤던 여우랑, 아. 미, 미안."

해담의 눈이 세모꼴로 올라가자 애리가 바로 사과를 했다.

"아무튼 친구랑 밥 먹는데, 신기하게도 둘이 같이 있는 거야. 근데, 정말 내 눈에는 두 사람의 분위기가 너무 화기애애했어. 그때 나랑 같이 있던 친구도 그렇게 봤고."

"그건 초밥이 너무 맛있어서 그런 건데요. 그날 밥 먹으면서 거의 초밥 얘기밖에 안 했다고요. 도대체 무슨 확인을 한 건데요?"

해담이 싸늘하게 항변하자 애리는 조금 억울한 표정이 되었다.

"그게, 너 화장실에 가는 거 보고 둘 사이 확인하려고 설민혁한테 인사하는 척 갔었는데."

"그런데요?"

"내가 설민혁한테 여자친구랑 왔나 봐, 했더니 부정을 안 하더라고. 오히려 네가 오해할 수도 있으니까 나보고 빨리 좀 가라던데?"

"걔가 그랬다고요?"

"그러기에 둘이 최소 썸이구나, 싶었지. 그러니 내 눈에는 네가 어장관리하는 걸로밖에 안 보였고. 그래서 셀카 골라달라는 핑계로 두 사람 얼굴 나오게 찍어서 선배한테 보낸 거야. 선배도 어장관리 당하고 있는 걸 수도 있으니 정신 차리라는 의미에서."

해담은 가만히 눈을 깜빡였다. 민혁이 왜 그렇게 행동했는지 알 수가 없다. 소개팅했던 상대가 두 사람 사이를 오해하든 말든 무슨 상관이라고.

"걔가 좀 엉뚱해서 그래요. 친구지만 가끔 머리에 뭐가 들었나 싶을 정도로 세계가 독특해서요."

해담이 그렇게 결론을 내리자 애리 역시 그건 인정하는 바였기에 고개를 끄덕였다.

"아무리 상황이 그랬어도 멋대로 오해한 건 다 내 불찰이야. 미안해."

거듭 사과를 한 애리가 유신 쪽으로 휙 고개를 돌렸다.

"그리고 선배도 1퍼센트는 책임 있어요."

"나?"

갑작스레 날아온 화살에 유신이 펄쩍 뛸 듯 놀랐다.

"그날, 선배한테 사진 골라달라고 보낸 뒤, 한참 있다가 나한테 답장 줬잖아요."

"그게 왜?"

애리는 핸드폰 액정을 터치해서 그때 유신이 골라준 걸 보였다.

"이거 안 보여요? 내 사진 봐달라고 보냈더니, 정작 난 흐릿하고 해주 친구 얼굴만 선명하게 잘 나온 걸 골랐잖아요."

해담도 슬그머니 몸을 기울여보자, 정말 배경에 깨알같이 찍힌 그녀만 참 예쁘게 나온 사진이었다.

"떡하니 그걸 골라놓고 나한테 그랬죠? 참 신기하다. 뒤에 우연히 찍힌 애가 우리 옆집 사는 앤데, 참 예쁘고 귀엽지 않느냐구요."

"내가 그렇게 말했어?"

"그렇게 말했어요. 솔직히, 그래서 얼굴만 기억하고 있는 이 친구가 더 미웠다고요. 선배가 이미 홀라당 넘어가서 내 얼굴은 아예 제대로 보지도 않는구나, 싶어서요."

"저, 그게 말이야……."

유신이 미안한 듯 이마를 긁적이며 괜히 말끝을 흐렸다. 해담은 팔짱을 낀 채 슬쩍 내뱉었다.

"그 사진, 오빠가 고른 거 아니니까 나 미워하실 필요 없어요. 주신이가 고른 거거든요."

"뭐?"

"그날, 오빠가 주신이한테 사진을 골라달라고 하는 바람에, 그걸 보고 오해가 있었던 거니까요."

애리의 시선이 곧장 유신에게로 날아갔다.

"내가 난생처음으로 선배에게 골라달라고 한 건데, 동생한테 넘겼다고요?"

"어, 그게, 미안해. 정말, 내 눈에는 다 비슷해서 고르기가 너무 힘들어서 그랬어."

"도대체 어디가요? 어디가 비슷한데? 어떤 건 흔들리고, 어떤 건 표정도 이상하던데. 선배 눈에는 다 똑같았다고요?"

"그냥, 내 눈에는 다 주애리라서, 비슷했어."

유신이 진땀을 뻘뻘 흘리며 변명 비슷하게 내놓았다.

"그게 아니라, 나한테 관심이 하나도 없어서 그랬겠죠."

"애리야, 그때는 우리가 안 사귀었을 때잖아. 근데, 이제는 아니야. 지금은 네가 눈만 조금 가늘게 뜨고 있어도 다 구분할 줄 아니까, 화 풀어. 응?"

"거짓말하지 마요."

"아냐. 네가 입술 끝만 살짝 올려도 내가 다 구분한다니까? 지금 실험 한번 해볼까?"

"……진짜죠?"

"그럼, 당연히 진짜지. 내가 거짓말하는 거 봤어?"

겨우 애리가 배시시 표정을 풀자 유신은 가만히 그녀의 볼을 꼬집었다.

하아. 놀고들 있다. 사람 앞에 앉혀 놓고 뭣들 하는 거야? 어이가 없어 고개를 절레절레 젓고서 해담은 몸을 일으켰다.

그제야 눈으로 하트를 발산해 대던 유신과 애리가 흠칫, 시선을 들었다.

"벌써 가려고?"

유신의 물음에 해담은 핸드백을 메고, 부케를 든 다음 입술을 움직였다.

"오해 풀렸고, 사과 받았고. 여기 더 있을 이유 있나요?"

여전히 서늘한 기가 다분한 해담의 말투에 애리가 어색하게 웃어 보였다.

"정말, 미안해. 처음은 안 좋았지만, 이것도 인연인데 잘 지냈으면 좋겠어."

나중을 염두에 둔 것 같은 발언에 해담은 아무런 대꾸도 할 수 없었다. 아니, 하고 싶지 않았다. 결혼식장에서 유정이 농담처럼 했던 말이 떠올랐기 때문이다.

'미래의 형님한테 찍힌 거 아냐?'

해담은 무지무지 복잡한 심정이 되고 말았다. 솔직히 애리처럼 묻지도 따지지도 않고 멋대로 오해부터 하는 스타일과는 정말 안 맞았다.

그렇다고 두 사람이 잘되지 않았으면, 바랄 수도 없다. 하지만, 저 둘이 잘되면 애리는 무려, 가족에, 손윗사람이 되고 만다.

갑자기 현기증이 날 것만 같다.

'내가 지금 무슨 생각을 하는 거야. 당장 닥칠 일만으로도 머리가 터질 것 같은데.'

겨우 생각을 털고서 해담은 유신을 바라보았다.

"먼저 갈게요, 오빠."

"어, 그래. 먼저 들어가. 못 태워줘서 미안해."

"버스 타면 금방인데요, 뭐."

그렇게 대꾸하고 몸을 돌리려는데 애리가 몸을 일으키고서 손을 흔들어 보였다.

"만나서 반가웠어. 조심히 들어가."

"……."

끝까지 애리에게는 한 마디 인사도 건네지 않고서 해담은 고개만 까딱해 보였다. 무안해진 애리가 억지로 미소를 지었으나 해담은 휙 몸을 돌렸다.

찬바람이 쌩쌩 부는 분위기만 남긴 채 해담이 커피숍을 나간 뒤에야 애리가 털썩, 앉았다.

"선배, 나 쟤한테 미움 받은 거 맞죠?"

멍하니 출입구를 응시하며 애리가 물었다.

"……음, 아니라고는 못 하겠다. 해담이가 한 번 틀어지면 좀 까칠해지는 스타일이라서."

"하아. 하긴, 나도 내가 미운데, 쟤는 오죽하겠어요?"

그래도, 그래도 내가 그렇게 사과를 했는데 쟤, 너무 쌀쌀맞잖아. 물론, 그녀가 심했다는 건 알고 있다.

웨딩홀 입구에서 유신과 다정하게 대화를 나누고 있는 상대가 해담인 걸 안 순간, 질투로 인해 꼭지가 확 돌았으니까.

애리가 유신에게로 고개를 돌렸다.

"선배, 쟤, 옆집에 산다고 했잖아요."

"응."

"혹시, 집안 어른들끼리도 친해요?"

"당연히 친하시지. 주신이랑 해담이 어릴 때부터 각별하게 지냈으니까. 어머니들끼리는 거의 자매처럼 지내시고, 아버지들도 잘 지내서."

"그럼, 선배 어머니께서도 쟤를 많이 예뻐하시겠네요?"

"그렇지. 늘 입버릇처럼 해담이 딸이었으면 좋겠다고 하시니까. 주신이랑 해담이 사귄 뒤부터는 완전 며느리처럼 생각하시고."

유신의 은근한 속뜻을 알지 못한 애리는 속으로 한숨을 삼켰다. 아직 유신과는 미래에 대해 어떠한 약속도 하지 않았다.

그럼에도 유신이 어린 나이가 아니기에, 애리는 내심 기대하고 있는 터였다. 이대로 지내다 보면 언젠가는 결실을 이룰 수 있지 않을까 하는 바람.

근데, 하필 첫인상부터 찍혔던 상대가, 부모님까지 친하게 지내는 옆집 아이인 걸로도 모자라, 유신의 동생, 주신의 여자친구이기까지 하다니.

'아…… . 망했다. 정말, 망했다.'

제대로 시작해 보기도 전부터 꼬인 기분이었다.

"다녀왔습니다."

터덜터덜 거실로 들어선 해담은 기계적으로 인사를 했다.

"어, 그래."

소파에 앉아 밀린 드라마를 보느라 지선 역시 건성으로 대꾸를 했다. TV에 빠져 있는 지선을 잠시 동안 응시하던 해담은 방으로 걸음을 옮겼다.

방으로 들어온 해담은 외투를 벗을 생각도 않은 채 침대에 털썩 걸터앉았다. 해담은 품 안에 안착한 아름다운 부케를 가만히 들여다보았다.

"넌 왜 나한테 왔냐."

마치, 빠른 시일 내로 결혼을 하라는 암시 같았다. 얼떨결에 품 안으로 들어왔지만, 부케를 받을 운명이었던 것처럼.

똑똑똑, 노크 소리와 함께 지선의 음성이 들려왔다.

"엄마야, 들어가도 돼?"

"네. 들어오세요."

방으로 들어온 지선의 시선이 곧장 해담이 들고 있는 웨딩 부케로 향했다.

"친구 결혼식 간다더니, 부케를 니가 받았어? 왜?"

아무래도 곧 결혼을 앞둔 사람이 부케를 받는 게 대부분이다 보니, 지선의 표정은 그다지 좋지 않았다. 지선의 이런 사소한 반응 하나에도 해담은 괜히 가슴이 따끔거렸다.

"그게, 좀 웃긴 일이 있었어요. 친언니가 부케를 받기로 했거든. 근데, 친구가 잘못 던져서 나한테 날아오더라고요. 일부러 받으려고 한 것도 아닌데, 내 품으로 뚝 떨어져서 얼떨결에 받았어요."

최대한 덤덤히 말하고서 해담은 흘끔 지선의 눈치를 보았다. 다행히도 지선은 더 불쾌해하지 않고 신기해하기만 했다.

"웬일이야. 그런 경우도 다 있네? 별별 결혼식 다 봤지만, 부케가 다른 사람한테 날아간 건 또 처음 본다."

"그러니까요. 안 그래도 하객들이 많이 웃었어요."

지선이 침대로 다가와 곁에 앉았다. 고개를 숙여 꽃향기를 맡은 지선이 입을 열었다.

"이거, 잘 말렸다가 100일 뒤에 다시 친구한테 선물해 줘."

"그래야 하는 거예요? 태운다는 걸 책에서 본 것 같기는 한데, 다시 줘야 되는 거였어요?"

"그거 받으면 잘산다나, 어쨌다나. 그런 미신이 있더라."

"그렇구나."

새로 알게 된 사실을 머릿속에 새기던 해담은 지선을 응시했다.

"근데, 뭐 하실 말씀 있으세요?"

"아, 내 정신."

지선이 가볍게 손뼉을 부딪치고서 말문을 열었다.

"주신이랑 의논해 본다더니 어떻게 됐어?"

"뭘요?"

"아니, 진서 우리 집으로 오는 거 말이야. 너, 설마 까먹고 있었냐?"

솔직히 까먹고 있던 것 맞다. 진서의 거취보다는 주신과의 이른 결혼이 훨씬 더 크나큰 문제였기에 정말, 감쪽같이 잊고 있었다.

"아니에요. 안 그래도 이따가 만나서 의논해 보려고 했어요."

지선이 슬쩍 눈썹을 찌푸렸다.

"얘기한 지가 언젠데 아직 얘기조차 못 꺼냈어? 가게 알바 하는 것도 아니면서."

온통 머릿속에 앞날에 대한 생각만 하느라 정신이 없었다.

"알바 하는 동안 못 했던 거 하느라 바빴어요."

대충 그렇게 둘러댄 해담은 물끄러미 지선을 바라보았다. 진서와 함께 생활하기를 바라는 지선을 보니 기분이 너무 미묘했다.

'이렇게 진서를 눈에 밟혀 하는데, 그냥 내년에 진서가 태어난다고 밝히면 좀 수월하게 진행되려나.'

해담은 넌지시 물었다.

"엄마는 내가 서른 초반쯤에 진서를 봤으면 좋겠다고 하셨잖아요."

"그렇지. 그때 되면 내가 가게 접고 봐준다니까."

"근데, 만약에요. 스물일곱이나, 여덟쯤에 보면 그때는 진서 안 봐주실 거예요?"

혹시나 또 지선이 버럭 할까 봐, 일부러 그쯤으로 정했다.

"야, 너무 빨라, 그건. 졸업하고 곧바로 취직하는 게 쉬워? 1, 2년 후딱 지나갈 텐데, 취직하자마자 애부터 가지면 회사에서 좋아하냐? 말도 안 되는 소리 한다."

"엄마, 진서 예뻐하시잖아요. 조금 일찍 본다고 큰일 나는 것도 아니고."

"아무리 진서가 예뻐도 그건 아니지. 때가 있고, 상황이란 게 있는데. 그리고 나도 그때는 일해야지. 가게 못 접어."

해담은 얼굴이 굳으려는 것을 간신히 자제했다. 스물일곱, 여덟도 이렇게 펄쩍 뛰는데, 진서가 태어나는 게 내년이라고 하면 길길이 날뛸 게 눈에 훤했다. 어쩌면 눈앞에 보이는 진서까지 미워할지도 몰랐다.

"그러니까, 번듯한 곳에 취직해서 안정될 때까지 꿈도 꾸지 마."

입술이 댓 발이나 나올 것 같은 걸 간신히 누른 해담은 대신, 빙긋 미소를 보였다.

"알았어요. 걱정 마세요."

산뜻한 대답에 그제야 안심한 지선이 방을 나섰다. 지선이 완전히 밖으로 나가자 해담은 올렸던 입술을 힘없이 떨어뜨렸다. 오늘 다시 한 번 깨달았다.

그녀는 절대 단시간 내 지선을 설득할 수 없다는 걸.

해담은 늘어뜨렸던 입술을 야무지게 오므리고서 눈에 힘을 주었다.

"설득은 포기한다."

그날 늦은 오후 무렵, 해담은 동네에서 멀지 않은 식당에 주신과 마주 보고 앉았다.

"친구 결혼식 갔다더니, 점심을 제대로 안 먹은 거야?"

이것저것 시킨 음식을 쉬지 않고 먹는 해담을 보며 주신이 조금 놀란 표정을 지었다.

"그게, 좀 그럴 일이 있었어."

애리와의 문제 때문에 뷔페에서 밥이 제대로 넘어갈 리가 없었다.

"주신아. 오늘 내가 부케 받았어. 다른 사람이 받기로 했는데, 신기하게도 나한테 날아오더라."

"그랬어?"

"당황스러우면서도 기분이 너무 이상한 거야. 다음은 네 차례야, 하는 거 같았거든. 얼떨결에 받았는데 이게 운명인 것 같아서 소름이 돋더라."

"진짜 신기하네."

주신 역시 묘하게 풀어진 얼굴이 되었다.

"그것보다, 주신아."

주신이 빈 그릇을 옆으로 치우고, 음식이 담긴 접시를 앞으로 밀어주며 해담을 보았다.

"응. 말해."

"진서, 당분간 우리 집에서 지내면 어떨까 싶어."

"진서를?"

"응. 엄마, 아빠가 계속 진서 눈에 밟히시나 봐."

"그 생각은 못 했는데."

꼭 지선의 요청 때문만은 아니었다. 해담은 눈을 반짝 빛냈다.

"그리고 우리를 위해서기도 하고."

지선을 설득하는 건 포기했으니, 이기는 방법밖에 없었다. 지선을 이기려면 '진서'라는 강력한 무기가 필요했다.

♥

"음, 이 정도면 3일치 정도밖에 안 되겠는데."

진서는 다용도실에서 남은 사료의 양을 가늠해 보는 중이었다.

"그동안 받아서 모아둔 용돈이 17만……."

"진서, 뭐해?"

다용도실 문이 열리고 주신이 성큼 안으로 들어왔다.

"고양이들한테 줄 사료 확인하느라고요."

누구를 닮아 이렇게 생각이 깊고 심성이 고운지 모를 일이다. 아마, 해담을 닮았을 것이다. 조금 까칠한 면이 있기는 해도 잔정이 많은 건 해담 쪽이니까.

주신은 무릎을 접고 앉아 진서와 눈높이를 맞추었다.

"사료 얼마나 남았어?"

"3일치 정도요."

그렇게 대답한 진서가 퍼뜩 덧붙였다.

"저, 용돈 주신 거 아직 그대로 있어요. 그걸로 사면 돼요."

"그건, 너 쓰라고 어른들이 주신 거니까, 너한테 써. 사료는 아빠가 사줄게."

눈을 몇 번 감았다가 뜬 진서가 이내 웃었다.

"넵."

주신은 가만히 진서의 머리를 쓰다듬고서 다용도실로 온 목적을 꺼냈다.

"진서야."

"네."

"당분간 엄마 집에서 지내는 건 어떻게 생각해?"

"엄마 집에서요?"

"응. 아빠랑은 계속 같이 있었으니까. 엄마와도 지내는 게 어떨까 싶어서."

"전 좋아요!"

조금 서운해질 정도로 진서가 곧장, 크게 외쳤다. 피식, 희미하게 웃은 주신은 이내 몸을 일으켰다.

다음 날 아침. 진서를 포함한 가족들이 다 같이 식탁 앞에 둘러앉아 식사를 하는 중이었다.

"저, 진서 당분간 해담이 집에서 지내면 어떨까 싶은데요."

주신이 영주와 태석을 보며 말문을 꺼냈다. 분주히 움직이던 젓가락들이 일순, 멈추었다.

태석, 영주, 유신, 세 쌍의 시선들이 곧장 주신에게로 쏟아졌다.

"아니, 갑자기 왜?"

영주가 대표로 질문을 던졌다.

"여기 온 뒤로 쭉 우리 집에서 지냈잖아요."

"왜. 해담이 집에서 진서 데려가고 싶어 하니?"

영주의 표정은 별반 달라지지 않았지만, 주신은 괜히 뜨끔해졌다. 혹여, 영주가 그걸 문제 삼아 해담에게 언짢게 굴까 봐.

"아뇨, 그게 아니라……."

"제가 아빠한테 말씀드렸어요."

정말, 난감한 찰나 진서가 지원군으로 나섰다. 가족들의 눈이 곧바로 진서에게로 날아갔다.

진서가 눈을 초승달 모양으로 만들며 웃어 보였다.

"엄마랑 지내고 싶어서 제가 아빠한테 말씀드렸어요. 아빠랑은 많이 지냈는데, 엄마와는 같이 못 있어서요."

진서가 너무도 해맑게 이유를 덧붙였다. 누가 시켜서 그런 게 아니라, 순수하게 자신의 생각이라는 듯이.

"진서가 그동안 말을 안 해서 그렇지, 엄마와 지내고 싶었던 모양이구나. 큰아빠가 너무 무심했네."

흠끔, 영주의 눈치를 본 유신이 뭔지 알겠다는 듯 한껏 측은한 표정을 지었다.

"하긴. 저 나이 때는 엄마가 최고지. 얼마나 엄마와 지내고 싶었을까. 어른들이 먼저 챙겼어야 하는 건데, 원."

태석까지 슬그머니 동조를 하고 나서자 영주는 속으로 혀끝을 찼다. 딱 봐도 그녀가 해담의 식구들에게 서운해할까 봐, 다 같이 한통속이 되어 저러고 있는 것이다.

'같은 성별에 같은 최 씨 아니랄까 봐 이럴 때는 참 단합도 잘 되지.'

솔직히 진서에 대해 다 알게 된 이상, 계속 여기서만 끼고 돌 수 없다는 걸 영주도 알고 있었다.

조만간 설을 쇠고 나서, 지선과 의논해 보고 좋다고 하면 보낼 생각이었다. 진서가 언제까지 여기에 머무를지 알 수는 없지만, 그게 맞는 거였으니까.

"근데, 해담 엄마랑, 해담이 가게에 나가면 하루 종일 집이 비는 거 아냐?"

"아니에요. 해담이는 저번 달까지만 하고 알바 그만뒀어요."

"아. 그래. 그렇게 해."

영주는 아무렇지 않은 얼굴로, 쿨하게 허락했다.

최 씨 성을 가진 남자들의 표정이 하나같이 안도감으로 풀어졌다.

"대신, 바로 옆집이니까, 자주 와야 돼?"

"넵! 그럴게요."

진서의 씩씩한 대답에 영주는 그저, 입술 끝을 올렸다.

'지선이도 참. 나한테 얘기라도 좀 하고 데려갈 것이지.'

진서 딴에는 자발적으로 가는 것처럼 주신을 도왔지만, 영주의 눈에는 그
냥 훤히 다 보였다.

이해는 하지만 조금, 아주 조금 서운함이 드는 건 어쩔 수가 없었다.

"오늘도 여전히 짐승들 돌보느라 참 공사가 다망하구나."

"헉."

고양이 사료와 물을 놓아두고서 몸을 일으키던 진서는 작게 신음을 삼켰
다.

"죄지었냐? 뭘 그렇게 놀라? 한두 번 나 보는 것도 아니면서."

진서가 놀란 가슴을 쓸어내리며 뒤로 돌아보았다.

"안녕하세요, 할아버지."

진서가 예의 바르게 허리를 숙이자, 노인이 흐뭇한 웃음을 보였다.

"네 팔 좀 다오."

"예?"

"네 그 팔 좀 보자고."

"아, 넵."

진서가 외투의 소매를 팔꿈치까지 걷고서 노인에게로 내밀었다. 노인이
하얀 팔에 눈을 내리고서 물었다.

"너, 여기 언제 왔냐?"

"작년 크리스마스 되기 며칠 전에요."

"음."

손가락을 꼽으며 날짜를 가늠한 노인이 이내 팔을 놓아주었다.

"다음 달 중순쯤 지나서겠구나."

"……."

진서는 말없이 소매를 걷어내렸다.

"안 놀라고, 안 궁금해하는 걸 보니 너도 짐작은 하고 있었던 모양이지?"

"처음에는 몰랐는데, 자꾸만 이 상처가 없어져서요. 며칠 지나서 보면 줄어들어 있더라고요."

"똘똘한 녀석이네."

작게 중얼거린 노인이 물끄러미 진서를 바라보았다.

"조만간 갈 녀석이 왜 이렇게 동물들을 챙기냐? 다른 거 하고 싶은 것도 많을 텐데."

가만히 속눈썹을 깜빡인 진서가 옅은 미소를 지었다.

"저는 동물들이 좋아요. 가기 전까지만이라도 얘들이 배 안 고팠으면 좋겠어요."

"착한 척은."

"저, 할아버지. 그래서 말인데요."

진서가 꽤나 애절한 얼굴로 한 발짝 다가오자 노인이 검지로 이마를 쭉 밀어냈다.

"이놈아. 난 동물들 딱 질색이니까 이상한 부탁하려거든 넣어 둬."

"그, 그냥 밥이랑 물만 주면 되는 건데."

"그 돈은 네가 주고 갈래?"

"저, 17만 원 넘게 있어요!"

씩씩하게 외치는 진서에게 노인이 살벌한 웃음을 보였다.

"그래? 조그만 놈이 돈도 많네? 그거 주고 가면, 당분간 술값 걱정은 없겠네."

진서의 입이 떡 벌어졌다.

"그 돈 나한테 맡기고 갈래? 그럼, 반 정도는 내가 사료 사서 나눠 줄 수는 있어."

"아, 아니요. 괜찮아요."

진서가 순식간에 핼쑥해져서는 마구 도리질을 쳤다.

"이 녀석이 늙은이 놀리나. 이랬다저랬다 하고 그래?"

"죄, 죄송합니다."

괜히 툴툴거린 노인이 짐짓 짓궂게 입술 끝을 올렸다.

"네 여자친구한테 주고 가면 되잖냐. 네 여자친구도 동물들이라면 껌뻑 죽는 것 같던데."

진서는 어색하게 웃었다. 유리의 엄마가 떠올라서였다. 언제부턴가 유리는 백화점에서 사다 준 머리끈을 단 한 번도 하고 다니지 않았다.

'유리야, 근데, 내가 사준 건 왜 안 하고 다녀?'

'어? 그, 그게.'

'혹시, 잃어버렸어?'

'아니야! 그게, 사실은 미안해 진서야. 엄마가 너무 예쁘다고 하셔서 그냥, 엄마한테 드렸어. 정말 미안해.'

아직 많이 어리고, 세상 물정을 모른다 하더라도 직감이란 게 있었다. 그냥, 드린 게 아니라, 엄마가 뺏어간 거라는 느낌이 너무 강하게 들었다.

유리에게 돈을 주고 가면 괜한 분란거리를 떠안기는 것 같아 진서는 절대 그럴 수가 없었다.

가뜩이나 유리만 생각하면 가슴이 미어질 것 같은데.

"그냥. 우리 아빠한테 부탁하려고요."

"너 가는데 고양이나 봐달라고 하면 퍽이나 좋아하겠다."

"거절 안 하실 거예요."

천진하기 그지없는 진서의 얼굴을 보며 노인은 속으로 깊은 한숨을 삼켰다. 그는 이 착하고 심성 올곧은 아이가 참 아까웠다. 그래서인지 자꾸만 오지랖을 부리고 싶어 머릿속이 근질근질거린다.

'야, 이놈아. 네놈이 왜 이 꼴이 됐는지 벌써 잊어먹었냐? 또 무슨 사달이 나려고 알량한 측은지심을 발동시키냐. 네 앞가림이나 잘하란 말이다.'

마음을 다잡았지만, 진서의 조그만 얼굴을 보고 있자니 착잡하기 그지없었다.

'당분간 이 녀석 보러 오지 말아야 하나.'

♥

"내일부터 진서, 우리 집에서 지내기로 했어요."

조금 늦은 저녁, 세 식구가 거실에 앉아 차를 마시던 중 해담이 말문을 열었다. 찻잔을 입으로 가져가던 지선이 동작을 멈추고서 해담을 바라보았다.

"어머, 정말? 이렇게 빨리?"

"언제는 빨리 의논 안 했다고 뭐라 하셔 놓고."

"아니, 그거야, 니가 까먹은 것 같아서 그랬지. 아유, 잘됐네. 언제 오는데?"

"음, 아마 오후쯤 주신이가 데려올 거예요."

형진이 기쁨을 감추지 못하고 슬그머니 웃자, 지선의 얼굴에도 미소가 떠올랐다. 그러다, 문득 든 생각에 지선이 찻잔을 내려놓고서 정색을 했다.

"근데, 그거 니들 멋대로 내린 결정 아니야? 어른들한테 여쭤본 거야?"

"네. 주신이가 오늘 아침에 말씀드렸대요."

"영주 언니 서운한 기색 없었대?"

"그냥 쿨하게 그러라고 하셨대요."

그렇게 말한 해담은 조금 의아한 표정을 지었다.

"진서 데려오는 게 서운해할 일이에요? 멀리도 아니고, 바로 코앞인데?"

"그럼, 당연하지. 눈앞에 왔다 갔다 하던 애가 나간다는데 안 서운해? 원래 든 자리는 몰라도 난 자리는 티가 난다잖아. 거기다 서로 의논한 것도 아니고 그냥 데려오는 거니까, 더 서운할 수도 있지."

"주신이랑 나랑 의논한 건데요?"

"뭐래, 얘가. 그럼, 처음에 주신이가 진서 데리고 집에 들어갈 때도 니들끼리 의논한 거냐? 부모님께 허락받고 들어간 거지."

"아. 니들 집 아니다 이거죠?"

해담의 직설적인 표현에 지선이 혀끝을 차며 눈을 부라렸다. 해담은 차를 한 모금 마시고서 작게 한숨을 삼켰다.

말을 그렇게 했지만, 확실히 지선의 말을 이해하고도 남았다. 영주의 입장에서는 일언반구도 없이 통보만 하고 진서를 데려가는 것처럼 보일 수도 있을 것 같았다. 결혼이라는 대사를 치러야 하는데, 그러기 전부터 밉상으로 찍힐 수는 없었다.

"내일 내가 가서 진서 데리고 올게요. 간 김에 아주머니께 인사드리고 오면 되죠?"

"아냐. 그냥, 내가 영주 언니랑 통화 한 번 하지, 뭐. 가게 끝나고 봐도 되고."

"아니에요. 어차피 진서 옷도 챙겨오고 해야 해서 내가 가야 돼요."

"주신이가 어련히 알아서 갖다 줄까 봐. 엄마가 전화할게."

모녀가 살짝 실랑이를 하자 형진이 태연하게 끼어들었다.

"그냥, 당신은 통화하고, 해담이는 진서 데리러 갔다 와. 그러면 되겠구만."

듣고 보니 맞는 말에 해담과 지선은 피식, 웃음을 터트렸다.

해담은 평소보다 조금 늦게 눈을 떴다. 학원 수강도 어제부로 끝났으니 조금 더 자는 사치 정도는 부려도 될 것 같았다.

솔직히, 요 며칠 내내 신경이 곤두서서 잠을 제대로 못 자기도 했고.

푹 자고 눈을 뜨니, 벽시계는 어느새 오전 10시를 가리키고 있었다.

"윽. 너무 잤다. 눈 땡땡 부었겠네."

하품을 크게 한 해담은 억지로 몸을 일으켰다. 조금 이따 진서를 데리러 주신의 집으로 가려면 일단은 준비를 해야 했다.

영주를 만날 생각에, 평소보다 훨씬 더 신경이 쓰였다. 얼마 전까지는 이 정도는 아니었는데.

5월 초에 결혼을 하려면 어쩔 수가 없었다. 어른들 한 분이라도 두 사람의 편으로 만들어야 했으니까. 그 어른이 영주라면, 천군만마를 얻은 것처럼 든든할 것이다.

"진서야, 엄마가 이렇게 애를 태운다, 너 때문에."

희미하게 중얼거린 해담은 비척비척 욕실로 향했다.

잠시 뒤 샤워를 마친 해담은 머리에 수건을 두른 채 편안한 원피스를 걸쳤다. 화장대 앞에 앉아 기초화장품을 바르고 있을 때였다.

땡동. 초인종 소리가 커다랗게 울려 퍼졌다.

"누구지? 택배 올 게 있나?"

거실로 나간 해담은 인터폰 화면을 들여다보았다.

"어, 주신이네?"

혼자 왔는지 화면에 진서는 보이지 않았다. 해담은 생각하고 말 것도 없이 만면에 웃음을 띠고서 버튼을 눌러 대문을 열었다. 현관의 도어록까지 해제시키고서 해담은 문을 밀었다.

주신이 한 손에 캐리어를 끌며 마당 안으로 성큼성큼 걸어오고 있었다.

"어서 와, 주신아."

해담이 현관문을 잡은 채 한 손을 흔들어 보였다. 주신이 살짝 미소를 짓고서 빠르게 현관 안으로 들어왔다.

"벌써, 진서 짐 챙겨 온 거야?"

"내가 정리해 주고 가려고."

"맞다. 과외 가야 하지?"

"조금 이따가. 아직 여유 있어."

"응. 얼른 들어와."

주신이 신발을 벗는 사이 해담은 캐리어를 건네받고서 몸을 돌렸다.

"우선 진서 짐은 내 방에다가 풀어야 할 것 같아. 아직 진서 방을 안 정해서. 어쩌면, 부모님이 데리고 주무실지도 몰라. 참, 진서는? 오늘도 고양이 밥 주러 간 거야?"

"……해담아."

발랄하게 말하던 해담은 주신의 음성이 심상치 않음을 느끼고 돌아보았다. 주신이 현관 입구에 떡하니 멈춰 선 상태로 온 얼굴을 시뻘겋게 붉히고 있었다.

"왜?"

"……."

주신은 거의 넋이 나간 얼굴로 손가락을 뻗었다.

"……네, 원피스."

"내 원피스?"

"뒤."

거의 반사적으로 뒤로 손을 뻗은 해담은 헉, 숨을 들이켰다. 분명, 제대로 입었다고 생각한 원피스 뒷자락이 팬티 속으로 들어가 있었기 때문이다.

해담은 주신보다 더 시뻘겋게 얼굴을 붉힌 채 퍼뜩 치맛자락을 팬티에서 끄집어냈다.

"드, 들어와."

"……."

해담은 태연하려 애쓰느라 얼굴에 경련이 일어날 것만 같았다.

'아, 쪽팔려. 쪽팔려 죽을 것 같아!'

뒤태를 보여준 게 문제가 아니었다. 왜 하필 오늘 입은 팬티가 피글렛이냐고! 차라리 미키마우스던지!

해담은 울고 싶은 심정으로 캐리어를 질질 끌며 방으로 향했다. 그런 해담과 달리 주신은 미친 듯이 뛰는 심장으로 인해 가슴에 통증이 일 지경이었다.

군살 하나 없이 매끈하게 뻗은 하얀 허벅지가 눈앞에 어른거려 돌아가실 지경이었다. 예전에 맛보았던 해담의 나긋나긋한 여체가 순식간에 뇌를 휘저었다.

꿀꺽. 목울대가 움직였다. 그간 애써 누르고 잠재워 왔던 욕망이 툭툭 불거져 나오기 시작했다.

35.

민망함을 누른 채 캐리어를 끌고 방으로 온 해담은 순간, 손잡이를 놓치고 말았다. 뒤따라온 주신이 그녀의 어깨를 붙잡고 돌려세웠기 때문이다.

"왜?"

영문을 몰라 묻던 해담의 눈이 동그랗게 떠졌다. 고개를 숙인 주신이 곧장 해담의 입술을 찾았다.

"흐읍."

갑작스레 시작된 키스에 해담은 다급히 숨을 들이마셨다. 뒤이어 뱉어낸 숨은 고스란히 주신의 입 안으로 삼켜졌다.

해담을 옴짝달싹 못 하게 양쪽 얼굴을 감싸고서 주신은 달큰한 입술을 성마르게 맛보았다.

조금 놀라 얼떨떨하던 해담도 금세 주신의 뜨거움에 녹아들었다. 해담은 입술을 열고서 오롯이 주신을 받아들이며 키스를 되돌렸다.

주신이 한 손을 내려 해담의 허리를 바짝 끌어당겼다. 옷에 감싸여 있음에도 서로의 열기가 고스란히 전해진다.

하아…….

누구의 것인지 모를 한숨과, 입술의 경계를 넘나들며 서로를 탐하는 소리가 방 안에 울려 퍼졌다. 원피스에 덮인 해담의 등을 어루만지던 주신의 손이 점점 아래로 향했다.

기다란 손이 허벅지 중간쯤에서 넘실거리는 치맛자락 부근을 부드럽게 쓸다가 금세 피글렛 쪽으로 이동했다.

움찔.

"잠, 잠깐만……."

해담은 다급히 입술을 떼고서 주신의 팔을 붙잡았다.

"……괜찮아. 더 안 해. 그냥 조금만."

낮게 가라앉은 음성으로 중얼거리듯 말한 주신이 곧바로 해담의 입술을 머금었다. 주신은 잔뜩 굶주린 듯 입 안의 점막들을 모조리 핥으며 혀를 빨아들였다. 오싹, 온몸에 전류가 흐르는 느낌으로 인해 해담은 옅게 신음을 흘렸다.

여전히 주신의 단단한 손이 피글렛 위를 꽉 움켜쥐고 있었으나 해담은 손에서 힘을 뺐다. 눈을 감은 채 해담은 주신이 선사해 주는 짜릿한 감각에 취해갔다.

혀와 혀가 얽히고 몇 번이나 고개의 각도가 바뀌는 농염한 키스가 이어졌다. 원피스 속 주신의 손은 매끄러운 등과 피글렛 그리고 늘씬하게 뻗은 허벅지를 쉼 없이 오갔다. 진한 스킨십은 엄두조차 낼 수 없었던 그간의 마음고생을 보상이라도 받듯이.

이대로 해담을 가져야 직성이 풀리기 직전까지 와서야 주신은 키스를 멈추었다. 동시에 원피스 속에 머물러 있던 손도 빼냈다. 쾌감과 아쉬움을 힘껏 누른 주신이 해담을 품으로 끌어당겨 으스러져라 껴안았다.

"이제…… 그만. 더는 안 돼."

한껏 거칠어진 목소리로 말한 주신은 해담을 옥죄고 있던 팔을 풀었다.

구름 위를 둥둥 걷는 것 같던 아찔함과 저릿한 감각이 순식간에 사라지자, 해담은 저도 모르게 주신의 옷깃을 붙잡았다.

잔뜩 붉어진 해담의 얼굴. 축축해진 커다란 눈동자. 부풀어 오른 빨간 입술.

주신은 이성이 나갈 것 같아 주먹을 꽉 말아 쥐고서 심호흡을 했다.

"그렇게 보지 마. 정말 안아버리고 싶다고."

"……그렇게 하면 되지."

해담이 더더욱 달아오른 얼굴로 슬쩍 시선을 깔고서 말했다. 주신은 머릿속이 까마득해질 것 같아 눈을 질끈 감았다가 떴다.

정말로 이대로 직진하고 싶은 욕구가 그를 지배할 것만 같았다. 하지만 안 된다. 진서의 생일이 내년 2월 말경이니 적어도 5월이 되기 전까지는 무조건 조심해야 했다.

"안 돼, 지금은. 아무 준비도 없이……."

"있어."

"어?"

"있다고…… 콘돔."

해담은 잠깐 사이 말라버린 입술을 혀로 축이며 슬그머니 덧붙였다.

"저번에 네가 사왔던 거…… 쓰고 남은 거 안, 안 버렸어……."

흡. 말끝도 맺지 못한 채 해담은 숨을 들이마셨다. 이성의 끈이 툭 끊어진 주신이 그대로 해담을 당겨 입술을 덮었다.

다시금 시작된 키스는 조금 전보다 훨씬 더 짙어지고 급박해졌다. 한계점이 없어졌기에 마음껏 서로의 맛을 탐했다.

키스를 나누는 동안, 그때까지도 입고 있던 주신의 외투가 해담에 의해 벗겨졌다. 서툴기 그지없는 그 손길이 오히려 주신을 더욱 불타게 만들었다.

주신은 잠시 키스를 멈추고서 상의를 벗어 던졌다. 그런 다음 주저 없이 해담의 원피스 자락을 들어 올렸다.

원피스를 머리 위로 완전히 벗겨 내 바닥에 떨어뜨리자 민망해진 해담이 곧장 주신의 품으로 파고들었다. 주신은 품에 안겨오는 나긋한 몸을 으스러져라 껴안고서 한숨을 흘렸다.

"큰일이네."

"왜."

주신은 대답 대신 고개를 숙여 동그란 어깨를 입술로 눌렀다.

"뭐가 큰일인데."

주신의 입술이 부드럽게 목선을 쓸고서 올라와 해담의 귀에 안착했다.

"내일부터라도 당장 같이 살고 싶어서. 진서가 여기서 지낼 거니까, 넌 우리 집으로 오면 딱 맞을 것 같은데."

"포로 맞교환하는 것 같잖아."

귀에 와 닿는 간질간질한 느낌에 해담이 몸을 움찔거리며 장난스레 대꾸했다. 주신 역시 낮게 웃으며 자그마한 귓불을 살짝 깨물었다.

귀를 적시는 주신의 웃음소리가 너무 좋아 해담은 단단한 등을 꼭 껴안았다. 원래부터 없던 여유가 더더욱 사라지는 통에 주신은 해담을 침대로 이끌었다.

해담을 침대에 누인 주신은 곧장 책상 쪽으로 향했다.

"어느 서랍에 있어?"

"맨 밑 서랍 안쪽에."

해담이 일러준 서랍을 열자, 저 안쪽 깊숙한 곳에 자리 잡고 있는 아주 소중한 그것이 보였다. 감격스러운 기분을 감출 길이 없어 절로 입이 옆으로 벌어진다.

통을 열어 낱개 하나를 꺼낸 주신은 나머지를 다시 안으로 쑥 밀어 넣었다. 이제 주신은 조금도 거리낄 게 없었다.

서랍 속에서 꺼낸 콘돔을 입에 물고서 그는 다급히 바지를 벗어 던졌다. 그 모습이 너무도 색스럽게 느껴져 해담의 얼굴이 화끈 달아올랐다.

두근두근.

곧 주신과 나누게 될 사랑의 행위로 인해 해담의 심장이 마구잡이로 뛰어댔다. 그 울림을 감당할 수가 없어 해담은 눈을 질끈 감아버렸다.

해담과 마찬가지로 속옷 상태만 된 주신이 곧장 침대 위로 올라왔다.

"해담아, 눈 떠."

그녀의 위로 몸을 겹쳐 오며 주신이 부드럽게 속삭였다. 해담은 파르르르 떨리는 속눈썹을 가만히 들어 올렸다. 주신의 까만 눈동자가 오롯이 그녀의 얼굴에 박혀 있었다.

아주 잠시 동안 해담의 얼굴을 태워버릴 것처럼 강렬히 응시하던 주신이 이내 고개를 내려 작은 입술을 머금었다.

해담 역시 입술을 열고서 주신의 키스에 반응했다. 서로를 삼킬 듯 농염한 키스를 나누는 동안 해담의 속옷이 차례대로 벗겨졌다. 피부에 닿는 서늘한 공기에 해담은 가볍게 몸을 떨었다.

주신의 입술이 자그만 귀로 옮겨갔다. 귓바퀴를 혀로 핥으며 귓불을 잘근거리자, 간지러운 기분에 해담은 몸을 움츠렸다. 한 손으로 젖가슴을 움켜쥔 채 귀를 핥던 주신이 점점 입술을 아래로 내려 남은 가슴을 한 입에 베어 물었다.

주신이 부드러운 가슴과 그 정점을 혀로 핥고 빨아들이기를 반복하는 통에 해담은 금세 저릿저릿하게 달아올랐다.

한쪽 가슴을 애무하던 손이 배를 거쳐 더 아래로 향했다. 아랫배를 부드럽게 쓸고 고슬고슬한 거웃도 어루만지고서 곧장 허벅지 안쪽에 안착했다. 가슴의 자극으로 인해 젖어들고 있는 여성을 훑은 손가락이 꽃잎을 비집고서 예민한 살점을 찾아냈다. 느릿느릿하게 여성의 핵심을 문지르며 자극하자 점점 뾰족하게 일어나 존재감을 알린다.

손가락이 마찰되는 그 느낌에 해담은 오싹오싹, 저릿저릿 달아올랐다.

"아……."

해담은 저도 모르게 낮게 신음을 뱉으며 엉덩이를 움질거렸다. 아랫배가 팽팽히 조여오고 벌어진 무릎에 자꾸만 힘이 들어간다. 피가 몰려 아릿하게 솟아오른 정점을 문질러대는 손가락의 움직임이 집요해질수록 끈적이는 마찰음도 적나라하게 커져갔다. 머리가 어떻게 돼 버릴 것 같은 쾌감에 해담은 연방 자신의 입술을 핥았다.

쾌락을 만끽하는 해담의 모습이 너무도 유혹적이었기에 주신은 당장이라도 여성 속으로 파고들고 싶은 욕구를 죽을힘을 다해 억눌러야만 했다. 그 덕에 핏대가 잔뜩 솟은 이마에는 땀이 맺혔다.

주신은 조금 더 속도를 내서 도톰한 살점을 자극했다. 해담의 숨이 더욱 가빠졌다. 손가락으로 꾹 누른 채 좌우로 살점을 흔들어 대는 순간, 해담은 눈앞이 새하얘졌다.

"아학! 아, 아, 아!"

해담은 짧게 끊어지는 신음을 뱉어내며 고개를 젖힌 채 절정에 도달했다. 한 번도 경험해 본 적 없는 아찔한 희열을 맞이한 해담은 그저 본능적으로 들어 올린 엉덩이를 흔들었다. 움찔움찔, 수축하는 여성의 샘에서 끊임없이 윤활유가 흘러내렸다.

"하아."

해담이 깊은숨을 뱉어내며 엉덩이를 내리자, 주신은 도저히 더 참을 수가 없었다. 인내심이라고는 한 방울도 남아 있지 않은 탓에 손가락을 거두어들인 주신은 다급히 콘돔을 뜯었다. 빨리 해담과 하나가 되고 싶어, 안전장치를 씌우는 손도 허둥지둥 성마르기 그지없었다.

이미 쾌감을 맛보았기에 멍하니 숨을 고르고 있던 해담은 주신의 남성이 여성 통로에 와 닿자 정신이 번뜩 들었다.

"해담아, 나 급해. 미안."

잔뜩 억눌린 투로 뱉어내고서 주신은 해담의 허벅지를 더욱 벌리고서 허리를 들이밀었다. 팽팽히 부푼 남성이 여성의 통로 속으로 진입하는 느낌은 여전히 생소하긴 했으나, 뒤이어질 기대감이 더 컸다. 해담의 허리를 잡은 주신이 흠뻑 젖은 여성 속으로 단번에 밀고 들어왔다.

"아."

작게 신음을 흘린 해담은 자신을 꽉 채운 아릿함으로 인해 하체에 힘을 주었다. 그 바람에 여성이 수축하자 주신 역시 거친 숨을 흘렸다. 주신은 그 상태로 움직이지 않고 여린 몸만 꽉 끌어안았다. 한 치의 틈도 없이 맞붙은 몸에서 뜨거운 열기가 발산되었다.

주신은 해담의 이마에 잔잔한 키스를 뿌리며 낮게 속삭였다.

"사랑해. 내 목숨보다 더."

알고 있지만, 해담은 그의 다정한 말에 눈물이 날 것만 같았다. 해담은 손을 올려 주신의 얼굴을 어루만졌다.

"응. 나도. 나도…… 사랑해."

주신의 동공이 감격으로 확장되는 것도 잠시였다.

"아."

주신의 까만 안광이 번뜩 빛나는 순간, 해담은 신음을 뱉어냈다. 급박한 사랑의 몸짓이 시작된 것이다. 주신이 허리를 앞뒤로 흔들며 뜨거운 통로를 자극해 대자 해담도 양쪽 무릎에 힘을 주고서 엉덩이를 들어올렸다. 저릿하고도 뜨거운 희열이 온몸으로 퍼져 나갔다.

해담은 주신의 목에 팔을 두른 채 아찔한 감각 속으로 빠져들었다. 거대한 남성이 여성 속으로 파고들 때마다 쾌감으로 인해 등이 점점 동그랗게 휘고 고개는 젖혀진다.

매끈한 다리는 주신의 허리를 꽉 감은 채 서로를 더욱 밀착시켰다. 점점 더 빨라지는 주신의 움직임에 해담은 필사적으로 매달렸다.

거친 숨소리와 홧홧한 열기 그리고 사랑을 나누는 소리가 한참 동안 방 안에 울려 퍼졌다.

과외 시간이 다 된 주신이 돌아간 뒤에도 한참 더 지난 늦은 오후였다. 화장대 앞에 앉아 단정히 머리를 묶고 있던 해담은 무릎이 욱신거려 미간을 찌푸렸다.

"하여튼 내가 최주신 때문에 못 살아, 진짜."

방에서 사랑을 나누는 것까지는 아무 문제없고 좋았다. 근데, 같이 샤워를 하자며 따라 들어와서는 기어코 그녀를 괴롭혀대는 게 아닌가. 또 한 번 안는 과정에서 해담은 욕조에 무릎을 찧고 말았다.

혹여, 주신이 그걸로 난리법석 호들갑을 떨까 봐 아픈 티도 못 낸 채 꾹 눌러 참느라 얼마나 애를 썼는지 모른다.

"한집에 살면서도 이렇게 들이대면 진짜 곤란한데."

정말 심각한 고민이 아닐 수가 없었다. 무릎에 파스라도 붙일까 하다가 혹여, 냄새가 날까 관두었다. 영주와 대면해야 할 지금은 모든 게 조심스러웠다.

머리 손질을 끝낸 해담은 핸드폰을 집어 들었다. 작게 심호흡을 하고서 해담은 전화를 걸었다.

뚜르르르르. 뚜르르르르.

-네. 여보세요.

영주의 목소리가 들려오자 괜히 심장이 덜컥 내려앉는다.

"안녕하세요. 저, 해담이에요."

-어, 그래. 해담아. 안 그래도 너한테 전화할까 하던 참이었는데.

"네, 네?"

-진서 오늘부터 거기서 지낸다면서. 곧 진서 올 때 됐는데. 아줌마랑 차 한 잔 마시면서 진서 기다릴까?

어라. 내가 먼저 찾아뵙는다고 말했어야 하는 건데. 어쩐지 선수를 빼앗겨 마지못해 가는 느낌을 줄까 봐 신경이 확 쓰인다.

"네. 저도 찾아뵈려고 전화 드린 거였어요."

해담은 퍼뜩 그렇게 대꾸하고서 덧붙였다.

"저 막 나서려던 참이었는데, 지금 가도 되죠?"

-아. 그랬니? 그래, 어서 와.

"네."

영주와의 통화를 끝내고서 해담은 한숨을 푹 내쉬었다.

"별것도 아닌데 괜히 신경 쓰이네."

외투를 챙겨 입고서 해담은 곧장 주방으로 향했다. 해담은 5단짜리 찬합이 담긴 보자기를 조심스레 챙겨 들었다.

'이거, 이따 진서 데리러 갈 때, 영주 언니한테 전해 드리고 와. 빈손으로 가기 그렇잖아.'

출근하기 전 지선이 해담에게 일러두고 간 것이었다.

"뭘 이렇게 많이 준비하신 거야. 디게 무겁다."

꼭두새벽부터 일어나 준비를 했을 지선의 고생이 느껴져 찬합만큼이나 해담의 마음도 무거웠다. 괜히 울컥, 할 것 같아 해담은 밖으로 향했다.

"세상에. 뭘 이렇게 잔뜩 가져온 거야?"

식탁 위에 해담이 가져온 보자기를 풀고 찬합 안을 본 영주가 입을 떡 벌렸다.

"아이고, 우리 사이에 그냥 오면 되지. 뭐 하러 힘들게 이런 걸 네 손에 들려 보냈대. 내가 정말 니 엄마 때문에 못 살겠다."

'그러니까요. 제 말이요.'

마음의 소리를 누른 해담은 생글 웃어 보였다.

"엄마가 아주머니께서 특별히 좋아하시는 걸로 만드셨답니다."

"얘, 안 그래도 나 점심 먹었는데 군침이 넘어갈 것 같아."

침을 꿀꺽 삼키며 말한 영주가 이내 찬합 뚜껑을 덮었다.

"고맙다. 정말 잘 먹을게. 지선이한테는 이따 내가 전화할게."

"넵. 알겠습니다."

"소파에 앉아 있을래? 아줌마가 차 가지고 갈게."

"아닙니다. 제가 타겠습니다."

해담이 발을 옮기려 하자 영주가 넌지시 불렀다.

"해담아."

"네?"

"너, 갑자기 내가 어렵니?"

"예에?"

"집에 발 들였을 때부터 딱딱하게 굳어서는, 말투도 어색하고."

"제, 제가 그랬습, 아니, 그랬어요?"

영주가 딱하다는 듯 푹, 웃음을 터뜨리며 고개를 끄덕였다.

"조금 전에 통화할 때까지만 해도 안 그러더니."

아닌 게 아니라, 통화 때보다 영주의 얼굴을 마주한 지금이 훨씬 더 긴장되는 건 사실이었다.

"얘, 그러지 마. 난 너랑 거리감 생기는 거 별로야. 그냥 평소대로 옆집 아줌마로 대해 줬으면 좋겠는데."

해담은 애매한 표정으로 눈만 깜빡거렸다.

괜히 평소처럼 허물없이 굴었다가 버릇없다고 하는 건 아닐까. 그냥 예의 상 해본 말도 구분 못 하는 멍청이로 찍히면 어쩌나.

잠시 잠깐 사이 별별 생각이 다 머리를 스치고 지나갔다. 갑자기 영주가 팔을 뻗어 해담의 손을 붙잡았다.

"해담아, 아줌마는 네가 가족이 돼도 원래대로, 평소대로 편하게 지냈으 면 좋겠어. 너도 그렇고 지선이도 그렇고. 불편한 틀 안에 억지로 관계를 끼 워 넣지 말았으면 해. 괜찮지?"

해담은 물끄러미 영주를 응시하다가 작게 미소를 지어 보였다.

"네. 그럴게요."

"자, 그럼, 소파에 가서 앉아 있어. 아줌마가 얼른 차 가지고 갈게. 참, 커 피랑 녹차, 율무차 있는데 뭐 마실래?"

"전 율무차요."

영주가 고개를 끄덕이자 해담은 소파로 향했다. 소파에 앉아 있기를 잠 시, 영주가 김이 모락모락 나는 찻잔 두 개를 쟁반에 받치고서 나왔다.

해담 앞에는 율무차가 영주 앞에는 까만 커피가 놓였다. 차를 한 모금 마 신 해담이 먼저 입을 열었다.

"많이 서운하세요?"

"진서 너희 집에서 지내는 거?"

"네."

"내가 서운해할까 봐 네가 직접 데리러 왔구나? 지선이는 찬합까지 들려 보내고."

"아니라고는 말씀 못 드리겠어요."

"나도 아니라고는 못 하겠어. 조금 서운한 마음도 있고 아쉬운 마음도 있 고 그랬어."

"죄송해요."

"아니야. 내 마음일 뿐이지, 네가 죄송할 거 없어, 얘."

"그래도."

"사실은 조금 전에 지선이가 보낸 찬합 보고 마음이 싹 풀렸어. 아줌마, 되게 속 좁고 속물 같지?"

해담이 어색하게 웃자 영주는 다시 커피를 마시고서 덧붙였다.

"지선이가 신경 많이 쓰였나 보다, 싶어서 오히려 내가 미안해. 가뜩이나 바쁜 사람이 저 큰 찬합을 다 채워 넣느라 얼마나 고생을 했겠어."

"네. 일어났더니 혼자서 다 해놓으셨더라고요."

"저런. 지선이 잠도 제대로 못 잤겠다. 이따가 내가 꼭 지선이한테 전화할게. 고마워."

"네."

괜스레 콧날이 시큰해질 것 같아 해담은 화제를 돌렸다.

"진서는 매일매일 고양이들 밥 주러 나간다면서요?"

"응. 하루도 빠짐없이 사료랑 물 챙겨서 나가. 오전에 한 번 살짝 갔다 오고, 오후에는 점심 먹고 나가서는 이맘때쯤 되면 들어와. 누구를 닮아서 그렇게 착한지 몰라."

"그러게요."

"니들이 사랑으로 잘 키워서 그렇겠지."

영주가 빙긋이 웃으며 하는 말에 해담은 마른침을 삼켰다.

"저기, 아주머니."

"왜?"

"제가 궁금해서 그러는데요. 저랑 주신이가 언제쯤 결혼했으면 싶으세요?"

커피잔을 든 채 눈을 깜빡거린 영주가 이내 대답했다.

"난 니들이 언제 결혼하든 무조건 좋은데?"

"정말요?"

"응. 정말이지."

실로 심장이 터질 정도로 반가운 소리였지만 해담은 픔, 웃는 시늉을 했다.

"에이. 저희가 당장 이번 달 안에 결혼시켜 달라고 하면 어쩌시려고 그러세요."

"뭐?"

이번에는 영주가 웃음을 터트렸다.

"니들이 그럴 애들도 아닌데 걱정할 거 뭐 있니? 만약 그러면 시켜주지 뭐. 대학생 부부도 예쁠 것 같은데?"

"예에?"

정말, 화들짝 놀란 것처럼 해담은 눈을 과도하다 싶을 정도로 크게 떠 보였다.

"놀라기는. 정말로 니들 의견이 그렇다면 아줌마는 존중해 주겠다는 뜻이야. 니들이 아무 생각 없이 덜컥 결혼시켜 달라고 하지는 않을 테니."

"하하, 네에."

어림도 없는 지선과는 달리, 역시나 영주는 글을 쓰는 사람이라 그런지 훨씬 더 수용 범위가 넓었다. 어쩌면, 임신을 하지 않는 아들의 어머니라 좀 더 너그러울 수 있는 건지도 몰랐다.

어느 쪽이든 막상 일을 터트렸을 때, 영주에게 도움을 받을 수 있을 것 같아 한결 마음이 편해졌다.

"다 큰 성인한테 이런 말 하기 그렇지만, 그래도 사고부터 치면 절대 안 되는 거 알지?"

영주 역시 걱정이 되는지 조심스레 말했다.

"당연하죠. 걱정 마세요."

우리는 무조건 결혼한 다음에 임신할 거거든요!

해담의 씩씩한 대꾸에 속도 모른 채 영주는 미소를 지었다. 해담은 눈에 힘을 빡 주고서 영주를 바라보았다.

"아주머니."

"어, 응."

"저, 꼭 아주머니와 가족이 되고 싶어요."

이글이글 타오를 것 같은 해담의 대단한 기세에 영주는 흠칫, 놀라면서도 흐뭇한 표정을 지었다.

앞으로 어떤 일이 벌어질지도 모른 채.

♥

오늘따라 지선과 형진의 귀가가 평소보다 훨씬 빨랐다. 마치 약속이나 한 듯 지선과 형진은 7시가 되기도 전에 집에 당도했다. 두 사람 다 손에 뭔가를 들고서.

지선은 일찌감치 가게를 마감한 뒤 음식을 잔뜩 만들어 왔고, 형진은 칼퇴근을 하자마자 대형마트에 들러 케이크를 사가지고 왔다.

그 이유가 이제부터 집에서 지내게 된 진서 때문이라는 건 의심할 여지가 없었다.

해담은 놀라 입을 떡 벌렸지만, 형진과 지선은 진서를 옆에다 두고서 룰루랄라 식탁을 차리느라 정신이 없었다.

금세, 식탁 다리가 휘어질 것 같은 저녁이 차려졌다.

"진서야, 이거 한 번 먹어봐. 너 먹이려고 할머, 음, 내가 특별히 안 맵게 만들어 온 거야."

지선이 진서의 밥 위에 꼬막껍데기를 손수 까서 쫄깃한 살만 올려주었다.

"엄마, 나도."

해담이 슬그머니 밥그릇을 내밀어 보이자 지선은 쳐다보지도 않은 채 서늘히 뱉었다.

"손 없어? 다 큰 게 애 앞에서 뭐 하는 짓이야."

해담은 다시 밥그릇을 앞으로 가져왔다. 그사이 꼬막과 밥을 작은 볼에 가득 물고서 꼭꼭 씹은 진서가 엄지를 척 들어 보였다.

"우와, 진짜 맛있어요!"

"그래?"

"네, 네! 할머니 음식이 세상에서 제일제일제일제일 맛있어요!"

"오호호호. 그래? 애들이 진짜 기가 막히게 맛을 볼 줄 안다니까. 애들 입이 정확하지, 그럼."

찬양에 가까운 진서의 평가에 지선의 눈이 하트로 변하는 광경을 해담은 놓치지 않았다.

'아들, 잘한다! 그렇게 하는 거야.'

형진이 지선에 질세라 슬쩍 끼어들었다.

"진서야. 밥 다 먹고, 디저트로 케이크 먹자. 할, 할아버지가 음, 흠, 제일 맛있는 걸로 달라고 했는데. 진서, 케이크 좋아해?"

어색한 호칭에 연방 헛기침을 하면서도 형진이 기대감에 찬 채 진서에게 물었다.

"네. 저 케이크도 엄청 좋아해요. 맛있게 먹고 양치 깨끗이 하면 된다고 엄마가 말씀하셨어요."

또랑또랑한 대답에 형진의 눈에도 하트가 마구 떠다녔다.

"어이구, 어쩜 이렇게 똘똘한지 몰라."

지선이 통통한 볼을 슬쩍 꼬집자 형진도 다른 볼을 집게손가락으로 눌렀다.

"애 밥 먹다가 체하겠어요."

해담이 고개를 절레절레 흔들어서야 형진과 지선은 민망하게 웃으며 볼을 놓았다.

"할아버지, 할머니. 얼른 드세요."

특유의 반달 모양으로 눈웃음을 지으며 말한 진서가 접시 두 개를 잡더니, 지선과 형진 앞에 각각 놓았다.

형진 앞에 놓인 건 도라지무침이었고, 지선 앞에 놓인 건 두부조림이었다.

"할아버지는 도라지무침을 좋아하시고, 할머니는 두부조림 좋아하시죠?"

형진과 지선이 동시에 고개를 끄덕이며 눈을 동그랗게 떴다.

"해담이 니가 알려줬니?"

지선의 물음에 해담은 윽, 눈동자를 굴리고서 어색하게 웃었다.

"어, 엄마 두부조림 좋아하셨어요? 아빠, 도라지무침 좋아하는 줄은 또 몰랐네요."

"너 몰랐어?"

"몰랐냐, 진짜?"

"아니, 몰랐다기보다…… 신경을 안 쓴 것일 뿐입니다요. 아빠도 저, 못 먹는 음식 있는 거 모르셨잖아요."

해담이 억울한 얼굴로 항변하자, 지선과 형진이 동시다발로 어이없는 웃음을 흘렸다.

"어머, 세상에. 웬일이야. 내가 두부조림 좋아하는 걸 진서가 다 알고 있네."

"그러게요. 내가 좋아하는 도라지무침도 정확히 알고 있네요. 딸은 전혀 모르는데."

한껏 대견해하는 두 사람과 달리 진서는 그저, 눈웃음을 지은 채 열심히 밥을 먹었다.

이마를 긁적거린 해담은 슬쩍 진서 쪽으로 곁눈질을 했다. 진서가 식탁 밑으로 손가락을 내려 OK 사인을 해 보였다.

해담은 진서만 볼 수 있도록 씨익, 입술 끝을 올렸다.

'오늘 미션 클리어.'

식사와 뒷정리가 다 끝나고 진서를 포함한 네 식구는 다시 식탁 앞에 둘러앉았다. 형진이 사 온 케이크 조각이 하나씩 담긴 접시를 앞에다 두고서.

"이제 진서가 잘 방을 정해야 하는데. 진서는 아빠 집에서 누구랑 지냈어?"

지선의 물음에 진서가 케이크를 한입 먹고서 대답했다.

"저는 아빠랑 같은 방에서 지냈어요."

"그럼, 여기서는 어떻게 했으면 좋겠어?"

진서는 해담, 형진, 지선을 차례대로 응시하고서 입을 열었다.

"저…… 하루는 엄마랑, 하루는 할아버지 할머니랑, 이렇게 같이 자면 안 돼요?"

예상치 못한 대답에 물끄러미 진서를 바라보던 형진의 입술이 슬쩍 벌어졌다.

"이 녀석, 너 혼자 자기 무서워서 그러지?"

"아, 아니에요…… 네에."

진서가 민망한 듯 살짝 얼굴을 붉히며 실토하자, 형진과 지선이 웃음을 터트렸다.

"그래, 그렇게 하자. 아직 혼자 자는 게 무서울 수도 있지."

지선이 작은 머리를 쓰다듬으며 흔쾌히 허락하자 진서가 편한 표정을 지었다.

"그럼, 오늘은 첫날이니까, 저번처럼 다 같이 거실에서 자면 되겠네."

형진의 제안에 식구들 모두 만장일치로 동의를 했다.

까만 어둠이 내려앉은 밤. 낮은 조도의 사각 모양 벽등만 켜진 거실에는 형진, 지선 그리고 진서가 잠자리에 들어 있었다.

드르렁. 드르렁.

형진의 코 고는 소리가 높아질 무렵, 자는 것처럼 옆에 누워 있던 해담이 슬그머니 몸을 일으켰다. 살금살금 방으로 온 해담은 핸드폰으로 메시지를 날렸다.

[다들 주무셔. 진서도 자고.]

[응. 빨리 나와.]

곧장 날아온 답변에 해담은 작게 웃고서 외투를 걸쳤다. 아까부터 주신이 잠깐 보자고 하는 바람에 어쩔 수 없이 부모님이 주무실 때까지 기다린 거였다.

거실로 나온 해담은 다시 식구들이 자는지 확인한 뒤 밖으로 향했다. 현관을 나와 곧장 대문을 열자 바로 앞에 주신이 서 있는 게 포착되었다.

주신을 보니 낮에 진하게 나누었던 사랑이 절로 떠올라 해담의 얼굴에 열이 확 올랐다.

"낮에 그만큼 봤으면 됐지, 한밤중까지 불러내고 그래. 우리 엄마 눈치 백 단이라, 조심하지 않으면 안 돼. 저번에도 밤에 몰래 나온 거 귀신같이 아시더라."

믿지 않게 툴툴거리며 다가가자 주신이 곧장 해담의 허리를 끌어당겼다. 이마와 양쪽 볼, 목덜미 그리고 해담의 입술에 진하게 입맞춤을 선사하고서야 주신이 그녀를 놓아주었다.

"이걸 안 챙겨줬더라고. 혹시, 또 귀신같이 아시면, 이거 받으러 나갔다 왔다고 말씀드려."

주신이 아주 당당한 얼굴로 한 손에 들고 있던 종이가방을 내밀어 보였다.

"이게 뭐야?"

"고양이 사료. 다용도실에 남은 게 있었는데 내가 미처 못 챙겼어."

"아."

"난 분명, 전해줄 게 있어서 너 보자고 한 거야."

내일 줘도 되고, 진서가 직접 가서 가져와도 되는데 이 밤에 굳이. 해담은 작게 킥킥, 웃고서 종이가방으로 손을 뻗쳤다.

"알았어. 진서한테 전해줄게."

주신은 종이가방을 뒤로 빼고서 내밀어진 해담의 손을 덥석 움켜쥐었다.

"조금 걷다가 들어가."

"왜? 나 피곤한데. 졸려."

태연한 해담의 말에 주신은 슬그머니 미간을 찡그려 보였다.

"나랑 있는데 졸음이 온다고?"

"12시가 다 돼 가는데 안 졸려? 너 아니라, 너 할애비랑 있…… 어머, 할아버님 죄송합니다."

평소처럼 말을 하던 해담은 잔뜩 민망한 얼굴로 웃음을 터트렸다. 주신 역시 웃음을 흘리며 고개를 절레절레 저었다.

"피곤하다는데 붙잡아 둘 수도 없고."

잔뜩 아쉬운 투로 말한 주신이 갑자기 눈을 번쩍 빛냈다.

"업자. 업고 놀자."

"어어?"

주신이 슬그머니 무릎을 굽히고서 등을 보였다.

"업혀라, 예쁜이."

"어? 진짜?"

"넌 피곤하고, 난 기운 남아돌아서 더 같이 있고 싶고. 좋네, 이 방법."

"1분 업고 내려주게?"

"동네 한 바퀴. 콜?"

잠시 눈을 깜빡이던 해담은 금세 콜을 외치고 주신에게로 뛰어들었다. 예상치 못하게 주신의 등에 업힌 해담의 입술이 귀에 걸렸다.

해담을 단단히 업은 주신이 천천히 전진하기 시작했다.

"나, 안 무거워? 많이 무겁지?"

"30킬로는 나가?"

주신의 너스레에 해담은 민망함에 등을 가볍게 때렸다. 그럼에도 더더욱 기분이 상승한 해담은 주신의 목을 꼭 끌어안고서 귀에다 속삭였다.

"자기야. 나, 30 아니야. 31이야."

풉! 누구랄 것 없이 두 사람의 입에서 동시에 웃음이 튀어나왔다.

동네는 꽤 넓어 한 바퀴 걷는 것만 해도 시간이 제법 걸렸다. 그럼에도 해담과 주신은 함께 있는 시간이 수 초밖에 안 되는 것 같아 아쉽기만 했다.

"내일 뭐 해?"

느릿느릿 걸으며 주신이 물었다.

"음, 내일 진서 데리고 서점에 갈까 해. 나간 김에 점심도 먹고 오고."

"나 왕따였어?"

주신의 즉각적인 표현에 해담은 커다랗게 웃었다. 요즘 너무 웃음이 많아지는 기분이었다.

"너도 끼워줄까?"

"그럼 너무 고마울 것 같은데."

"그래, 인심 쓰지 뭐. 끼워줄게."

"엄청 고맙네."

해담은 어느덧 저만치 보이는 집 대문을 보며 주신의 등에 얼굴을 묻었다.

'아, 정말 빨리 같이 살고 싶다아.'

"어젯밤에 또 나가고 없더라. 아무리 니들이 사귀고, 나중에 결혼할 사이라도 자꾸 밤에 불쑥불쑥 나가는 거 별로야, 엄마는."

식탁을 차리던 해담은 지선의 서늘한 말에 식은땀을 삐질 흘렸다. 역시 귀신이라니까.

하지만, 미약하나마 방패가 있었기에 해담은 당당히 대꾸했다.

"주신이한테 받아올 게 있어서 잠깐 받으러 나갔다 온 거예요."

"뭔데."

"고양이 사료요."

밥을 푸던 지선이 휙 고개를 돌렸다.

"고양이 사료?"

"네. 진서가 동네 고양이들한테 밥을 주고 다니거든요."

"세상에, 자기도 어리면서 벌써 불쌍한 동물들 챙기는 거야?"

"오전에 한 번, 오후에 한 번. 매일 그렇게 두 번씩 밥 주러 나갔다 들어오나 봐요. 동물들을 많이 좋아하더라고요."

"아이고, 착하기도 하지."

금세 화제가 진서 쪽으로 옮겨가자 해담은 속으로 안도의 숨을 삼켰다.

"밥 먹으면서 진서한테 사료는 어떤 걸로 사야 하는지 물어봐야겠네."

"왜요, 사료 사 주시게요?"

"그래야지. 언제 시간 봐서 같이 마트에 가보든가."

"그것도 좋겠네요."

"진서 깨워 와. 밥 먹게."

"네."

예전 같으면 '아빠 깨워 와'인데, 이제 진서로 바뀌었다. 더군다나 형진과 진서는 지금 거실에 함께 누워 자는 중이었다. 지선의 총애가 진서 쪽으로 확실히 기운 게 느껴졌다.

거실에 한밤중처럼 잠에 빠져 있는 형진과 진서를 보며 해담은 미묘한 미소를 지었다. 어쩐지, 뭉클해져서.

♥

"하아아암."

민혁은 늘어지게 하품을 했다. 그의 기준으로는 꼭두새벽부터 외출을 한 터라 자꾸만 하품이 터져 나왔다.

동그란 탁자만 하나 덜렁 놓인 썰렁한 공간에 민혁은 팔짱을 낀 채 누군가를 기다리고 있었다.

암막 커튼이 처져 있는데다, 조도가 낮은 조명등 때문에 음산한 분위기가 감돌았다. 이곳은 민혁이 수소문을 거듭한 끝에 겨우 찾아온 곳이었다.

지금 만날 심령술사는 정말 엿장수 마음대로라고 했다. 몸이 허약해 요즘은 사람을 잘 만나지 않는데다, 간혹 예약에 성공을 해서 찾아와도 그냥 돌아가라고 할 때가 부지기수라고.

그럼에도 사람들이 끊임없이 찾는 건 대단히 영험해서라고 했다.

"뭐 이렇게 코빼기도 안 비춰? 아침밖에 시간이 안 된다고 해서 겨우 왔는데 마음 바뀌었다고 그냥 가라고 하는 거 아니겠지?"

그러기만 해 봐. 여기를 뒤져서라도 찾아내 죽빵을 날려버릴 테니까.

핸드폰 사진 안 되고, 무조건 지면에 프린트되어 있어야 한대서 일부러 뽑아오기까지 했다.

미간을 꽉 구긴 채 투덜거리고 있는데 문이 슬그머니 열렸다.

"오래 기다리셨죠?"

서른쯤 되어 보이는 남자가 비슷해 보이는 또래의 여자에게 안내를 받으며 작은 공간으로 들어오고 있었다. 눈이 보이지 않아 느릿한 걸음걸이로.

수소문하면서 알게 된 사실이기에 딱히 놀랄 일은 아니었다. 여자가 의자를 무릎 뒤에 놓자 남자가 조심스레 앉았다.

여자는 별말 하지 않고 민혁에게 가벼운 묵례를 한 뒤 방을 나갔다. 남자가 초점 없는 눈으로 허공을 응시한 채 테이블 위에 손을 올렸다.

"가져온 거 주시겠습니까?"

"그럽시다."

민혁은 스냅사진 크기로 프린트해 온 것을 꺼내 남자의 손 앞에 내밀었다. 남자는 사진을 집어 편한 곳에 놓고 가만히 손을 올렸다.

어루만지듯이 사진 위를 오가던 손이 갑자기 뚝 멎었다.

"여기군요. 여기서 이상 기운이 감지됩니다."

비스듬히 팔짱을 끼고 앉아 있던 민혁은 남자의 손끝을 보고서 화들짝 놀랐다. 그의 손끝은 아주 정확히 검은 연기를 내뿜고 있는 진서에게 닿아 있었다.

이것 역시 찾아보는 동안 알게 된 정보였지만, 실제로 마주하니 너무 신기해서 눈이 튀어나올 지경이었다.

"아니, 어떻게 이렇게 정확히 맞힐 수가 있어? 앞이 안 보이는 거 맞아요? 아니면 몰래카메라 설치해 놓고 누가 가르쳐 주고 있는 거 아냐?"

민혁이 이리저리 눈을 돌려 살피자, 남자가 희미하게 웃음을 머금었다.

"다들 그렇게 놀라곤 하십니다. 보이는 게 다를 뿐이라 여기시면 될 듯합니다."

그럼에도 민혁은 눈을 가늘게 뜨고서 의심의 눈빛을 멈추지 않았다.

"그 이상 기운이 왜 사진에 찍힌 겁니까? 정체는 또 뭐고."

사진을 천천히 문지른 남자가 입술 끝을 늘어뜨렸다.

"두려워하고 있군요. 슬픔도 느껴지고."

"누가? 그 연기가?"

"저는 이 사진이 보이지 않아 연기인지 아닌지는 모릅니다."

"아, 그렇지."

"다만……."

남자가 말끝을 흐리자 민혁은 답답함에 바짝 의자를 당겨 앉았다.

"다만 뭐? 뭔데요?"

"제 손끝에 느껴지는 이 기운은 죽은 존재의 것입니다."

"뭐?"

민혁은 기가 막혀 언성을 높였다.

"아니, 뭐 가는 곳마다 멀쩡히 살아 있는 사람한테 죽었대?"

"살아 있다고요?"

"아주 멀쩡히 잘 살아 있어요. 아주 팔팔하게 뛰어다니고."

어이없는 투로 내뱉은 민혁은 짜증스레 미간을 구겼다.

"내 이럴 줄 알았지. 이놈 저놈 죄다 사기꾼밖에 없잖아. 여긴 좀 다르다고 해서 시간 쪼개서 왔더니 이게 뭐야?"

"그럴 리가 없을 텐데요."

"그럴 리가 없기는 뭐가 없어? 그럼, 내가 죽은 사람을 살았다고 구라라도 친단 말이야?"

남자는 초점 없는 눈을 민혁 쪽으로 고정하고서 차분히 입술을 움직였다.

"믿지 않으셔도 상관없습니다. 하지만, 틀림없이 죽은 이가 맞습니다."

"오늘도 시간 낭비만 했네. 쯧."

혀끝을 차며 몸을 일으키려던 민혁은 다음 순간 흘러나온 남자의 말에 동작을 멈추었다.

"덜 자란 아이의 기운이 분명히 느껴집니다. 두려움과 슬픔에 가득 차 있는 그런 기운이요."

민혁은 여기 와서 단 한 번도 사진 속 진서의 나이를 언급한 적이 없다. 심지어 아이, 애라는 표현도 한 적이 없다. 그런데, 정확히 덜 자란 아이라고 콕 집어 말하니 놀랄 수밖에 없었다.

순간, 섬뜩한 생각 하나가 머리를 스치고 지나갔다.

민혁은 마른침을 삼키며 남자를 응시했다.

"혹시, 곧 죽을 사람에게도 지금 그쪽이 느낀다는 그 기운이 감지되기도 합니까?"

"아니요. 곧 죽을 사람이라도 살아 있는 상태면 느껴지지 않습니다."

"하. 뭐야, 대체. 근데, 얘 살아 있다고요. 살아 있는 애한테 자꾸 죽었다고 하니까 미치고 환장할 것 같다고."

남자는 다시 한 번 사진을 손으로 어루만지고서 단호히 말했다.

"죽은 이가 맞습니다. 제가 감지할 수 있는 건 오로지 죽은 존재밖에 없으니까요."

36.

"진서야, 고양이들한테 밥 주고 바로 들어올 거지?"

해담이 대충 집 청소를 끝낼 무렵, 외투를 챙겨 입은 진서가 사료와 물을 들고서 거실로 나오고 있었다.

진서가 거실 중간쯤 멈춰 서서 해담을 바라보았다. 아주 조금 곤란한 얼굴로.

"아, 저 일찍 들어와야 돼요?"

"응. 같이 갈 데가 있어서."

"예? 저, 나중에 들어오려고 사료 오후에 줄 것까지 다 챙겼는데요?"

"오후 것까지 다 챙겼다고? 왜? 매일 하루에 두 번씩 나가는 거 아니었어?"

진서의 얼굴이 불그스름하게 달아올랐다.

"그게…… 오늘은 유리가 일찍 와서요. 오늘이 종업식이라 일찍 온다고 했거든요."

"종업식? 아, 봄방학!"

"네."

"그래서 오전, 오후 사료 다 챙겨가는 거야? 유리랑 실컷 놀려고?"

"네."

귓불까지 달아오른 진서의 모습이 너무 귀여워 싱긋이 웃던 해담은 이내 의아한 표정을 지었다.

"지금부터 오후까지 놀면, 너네 밥은? 점심은 어떻게 하려고?"

"그냥, 근처 편의점에서 삼각김밥으로……."

"뭐?"

아무렇지 않게 술술 내뱉던 진서는 해담이 깜짝 놀라자 말을 멈추었다. 해담은 성큼 진서에게로 다가갔다.

"진서야."

해담이 바닥에 앉자, 진서도 들고 있던 것을 놓고서 앉았다.

"네."

"집에서 놀이터가 그렇게 멀지도 않은데 왜 밖에서 삼각김밥을 사 먹어?"

진서는 자신이 무슨 잘못이라도 한 건가 싶어 잔뜩 굳은 채 동그란 눈을 깜빡였다. 해담은 퍼뜩 표정을 풀고서 진서의 머리를 어루만졌다.

"괜찮아. 화내는 거 아니야. 진짜 궁금해서 그러는 거야."

부드러운 음성으로 안심을 시킨 해담은 말을 이었다.

"유리 방학 동안에는 계속 오전, 오후 사료를 다 챙겨나갈 거야?"

"네. 그러려고요."

"그럼, 계속 밖에서 삼각김밥 먹으려고?"

"……삼각김밥도 먹고 햄버거도 먹고……."

"편의점에 파는 햄버거?"

"네."

해담은 튀어나올 것 같은 맙소사를 겨우 입 안으로 밀어 넣었다.

"그냥, 잠깐 집에 와서 먹고 다시 나가는 건 어때?"

"그럼, 유리가 혼자 먹어야 돼서요."

이건 또 무슨 말이야?

"유리도 집에 가서 먹고 나오면 되지 않을까?"

"그게, 유리는 엄마가 편의점에서 점심 사 먹으라고 돈을 주시거든요."

"아. 유리 엄마 직장 다니신대?"

"집에 계시는데 무지 바쁘시대요."

집에 있는데 무지 바빠서 딸 밥 챙겨 먹일 시간도 없다고?

언뜻 이해가 되지 않아 눈동자를 굴리던 해담은 이내 진서와 눈을 마주했다.

"그럼, 진서야. 유리랑 놀다가 점심때 돼서 배고프면, 할머니 가게로 가서 밥 먹어. 엄마가 할머니께 말씀드릴게."

"그럼, 유리는요?"

"당연히 유리도 같이 데리고 가야지."

"정말요?"

"그럼, 정말이지. 편의점 음식 많이 먹으면 배탈 날지도 모르니까, 꼭 유리 데리고 할머니한테 가. 알았지?"

"넵! 고맙습니다!"

진서의 얼굴이 더없이 활짝 펴지자 해담도 이상했던 기분을 접었다. 유리네 사정까지 구구절절 알고 싶지 않았다.

특히나 고약한 성미의 그 여자에 대해서는 더더욱 궁금하지 않았다. 그저, 그녀는 어린아이들에게 편의점 파라솔에 앉아 음식을 먹게 하고 싶지 않을 뿐이었다.

"근데, 어디 가시려고요?"

"아, 너 데리고 아빠랑 서점 가기로 했거든. 간 김에 같이 점심도 먹고 그러려던 참이었어."

"죄송해요."

"아냐, 뭐가. 너도 니 스케줄이 있는데 우리가 멋대로 정한 거잖아. 간만에 둘이 실컷 데이트하고 오면 돼. 넌 유리랑 실컷 놀고."

해담이 씨익 웃으며 몸을 일으키자, 진서도 활짝 미소 지으며 일어났다.

"다녀오겠습니다!"

"응. 유리랑 재밌게 놀아. 길냥이들 밥 잘 주고."

"넵!"

씩씩하게 대답한 진서가 짐을 챙겨 완전히 밖으로 나갈 때까지 지켜보던 해담은 방으로 향했다. 책상 위에 둔 핸드폰을 집어들고서 해담은 지선에게로 전화를 걸었다.

민혁은 물끄러미 놀이터를 보았다. 이 근처 학교는 아직 봄방학을 하지 않았는지 놀이터에는 달랑 한 녀석밖에는 없었다.

이곳저곳에 열심히 사료와 물을 놓아주고 있는 진서뿐이었다.

조금 떨어진 곳에서 민혁이 지켜보고 있다는 것조차 모른 채 제 할 일에 몰두하고 있었다.

"쟤는 왜 학교에 안 갔어? 아. 해담이 집에는 방학 동안 잠시 있는 거랬지? 원래 이 동네 안 사는 녀석이라 이 동네 학교는 안 가나? 원래 있던 곳은 아직 방학이 안 끝났나? 아닐 텐데. 친척 초딩들도 다 학교에 가던데."

궁금증도 잠시, 민혁은 어이없는 표정을 지었다.

"저 어디가 죽은 애라는 거야. 완전 생기가 팔팔 넘쳐흐르는데. 고양이들 밥 주느라 아주 신났네, 신났어."

팔짱을 낀 채 중얼거린 민혁은 이내 이맛살을 구겼다.

"그 사이비 말에 홀려서 확인하러 온 내가 미친놈이지. 분명, 몰래 설치해 둔 카메라가 있었을 거야. 그놈 귀에는 인이어가 있었을 거고."

고개를 절레절레 흔든 민혁은 그래도 온 김에 진서와 인사는 나누고 가자 싶어 한 걸음 뗄 때였다. 웬 노인 하나가 진서의 곁으로 다가가는 게 포착되었다.

바짝 마른 왜소한 체격에 행색도 꼬질꼬질한 게 딱 봐도 진서에게 해코지를 할 것 같은 느낌이었다.

막 큼지막하니 걸음을 옮기려던 민혁은 나무늘보처럼 한쪽 발을 허공에서 멈추었다.

"할아버지! 안녕하세요?"

"오냐."

진서와 노인이 아주 친한 사이인 듯 반갑게 인사를 주고받았기 때문이다. 민혁은 두어 걸음 후퇴해서 두 사람을 지켜보았다.

"아침진지는 드시고 오신 거예요?"

"요놈아, 시간이 몇 신데. 진작 먹었지."

"혹시, 술이랑 같이 드신 건 아니죠?"

"안 먹었어, 이놈아."

"잘하셨어요. 몸에도 안 좋은 거 끊으시는 게……."

"이 녀석이. 내 딸도 안 하는 잔소리는."

입술을 삐죽인 노인이 이내 반격에 나섰다.

"네 여친은 오늘도 학교 갔냐?"

"여, 여친 아니라니까 그, 그러세요. 그리고 곧 올 거예요. 종업식 끝나고 바로 온다고 했거든요."

"여친 만난다고 입이 귀에 걸렸구나?"

"아니에요오."

사악한 웃음을 흘린 노인이 진서의 얼굴을 물끄러미 들여다보았다.

"요즘 잠을 제대로 못 자냐? 눈 밑이 엄청 시꺼멓다."

"아. 자꾸 자다가 깨서요."

"하긴. 그럴 만도 하지. 밤에는 거의 매일 보이지?"

"⋯⋯네."

도대체 무슨 내용인 거야? 뭐가 밤에는 매일 보인다는 거지?

주변이 너무 고요했기에 노인과 진서의 대화 소리가 안 들리는 건 아니었다. 말소리는 들렸으나 도무지 뭔 말인지 알아듣지를 못하는 게 문제였다.

어쩐지 '밤'이라는 단어가 주는 음산함에 민혁은 저도 모르게 미끄럼틀로 갔다. 미끄럼틀 뒤에 몸을 숨긴 채 민혁은 귀를 쫑긋 세웠다.

"그래서 내가 그랬잖아. 꼭 어른들과 같이 자라고. 그럼 덜 무섭다고."

"그래도 무섭던데요?"

"아, 이놈아. 무섭다, 무섭다 생각하니까 더 무서운 거지. 어차피 지금 당장은 너한테 해코지 못하니까, 그냥 너 따라다니는 고양이다, 고양이다 생각하라니까 그러네."

"고양이가 얼마나 예쁜데, 그 무서운 귀신과 비교를 하세요."

"얼씨구. 말이야 막걸리야. 야, 이놈아. 무섭기로 따지면 고양이가 더 무섭지. 고양이는 깨물고 할퀴고 시끄럽게 울어대잖냐. 그에 비하면 그놈은 지금 네 손가락 하나도 못 차지하는 핫바지일 뿐이니 전혀 무서워할 게 없다."

"⋯⋯네에."

"자꾸 무섭다 그러면 그놈이 더 자주 찾아오고 더 오래 머문다. 시간이 다 가올 때까지 씩씩하게 지내는 거야. 알아들었냐?"

"⋯⋯넵."

음. 귀, 귀신이라고? 도대체 저게 무슨 소리지? 따라다니는 무서운 귀신. 손가락 하나도 못 차지하는 핫바지. 대체 무슨 말이야? 그러니까, 무서운 귀신이 저 꼬맹이를 따라다닌다고? 다가오는 시간은 또 뭔데.

궁금하고 이상한 것 천지였지만 노인과 진서의 대화가 이어지자 촉각을 곤두세웠다.

"너에 대해서는 부모님도 알고 계시냐?"

"네. 그건 처음부터 사실대로 말씀드렸거든요."

"설마, 너 여기 오게 된 것도?"

"아, 아니에요. 그건 말씀 안 드렸어요. 그냥, 다른 말로 대충 둘러댔어요. 엄마, 아빠가 한때 사이가 별로였다는 건 들은 적이 있는데, 생각보다 너무 안 좋으시더라고요. 그래서 사이좋게 만들려고 온 것처럼요."

"그건 잘했다. 그거 잘못 발설하면, 너 큰일 난다."

"네. 알아요. 저를 여기에 보내준 아저씨가 그러셨거든요. 절대 어떻게 온 건지에 대해서는 제가 말하면 안 된다고요."

"친근하게 아저씨는 무슨. 곧 너 데려갈 저승 것한테."

노인이 삐딱하니 말하자 진서는 쓴웃음을 지었다.

"그래도 저한테 조금 더 시간을 주신 거잖아요. 그래서 엄마 아빠도 만나구요."

노인은 딱한 표정으로 이맛살을 구겼다.

"그거야, 그놈이 할 수 있는 최선의 방법이 그것밖에는 없었으니까 그런 거지. 아니면 지 놈이 큰일 나게 생겼는데. 근데, 그 애송이 놈도 모르는 게 있지. 반드시 너를 여기 보낸 대가를 치를 거다. 바로 나처럼."

조금 흥분해서 떠든 노인이 진서가 눈을 동그랗게 뜨고 있자, 혀끝을 끌끌 찼다.

"됐다. 아니다. 내가 널 붙잡고 무슨 소리를 하고 있는 거야."

노인은 가만히 진서를 바라보았다.

"얘, 진서야."

"네. 할아버지."

"당분간 나는 여기 안 올란다."

"예? 왜, 왜요?"

"겨우 부지하고 있는 이 비루한 몸뚱이까지 날아갈 것 같아서 그런다."

"예?"

"있는 동안 실컷 먹고, 실컷 뛰어놀고, 실컷…… 사랑받으며 지내라."

노인이 조금 더 물끄러미 응시하다 몸을 돌리자 진서가 다급히 그의 소매를 붙잡았다.

"할아버지……."

노인은 진서의 어깨를 두드려주고서 잡힌 소매를 빼냈다. 뒷짐을 진 채 노인은 휘적휘적 놀이터 밖으로 나갔다.

노인의 뒷모습이 사라질 때까지 하염없이 지켜보고 있는 진서의 눈에 눈물이 글썽였다. 그런 진서를, 미끄럼틀 뒤에서 바라보는 민혁의 입이 떡 벌어져 있었다.

재, 쟤 뭐야? 뭔데? 뭐지?

평일임에도 대형 서점은 사람들도 붐볐다. 바닥에 앉아 독서에 빠진 사람들도 있었고, 구석에 앉아 아이에게 동화책을 조근조근 읽어주는 어머니들도 있었다.

해담과 주신은 손을 꼭 잡은 채 서점 내부를 걸어 다녔다.

"무슨 책 사려고?"

"응. 있어, 그런 게."

주신의 물음에 해담은 어쩐지 쑥스러워하는 얼굴로 그렇게만 대답할 뿐이었다. 얼버무리는 게 이상했지만 주신은 더 묻지 않았다. 어차피 해담이 책을 고를 때 보면 답이 나오는 거니까.

그 답은 정말, 얼마 지나지 않아서 나왔다. 베스트셀러 소설책 한 권을 고른 해담은 뒤이어 두 권을 더 집어 들었다.

바로 육아에 관련된 것과, 임신 준비와 임신에 관한 서적이었다. 전혀,

조금도 예상치 못한 전개에 주신은 조금 얼떨떨해졌다. 육아도 유아지만, 임신에도 준비가 필요할 거라고는 전혀 생각하지 못했으니까.

"아직 임신도 안 했는데 아기 관련 책을 고르니까 좀 이상해 보여?"

해담이 어색한 얼굴로 혀를 쑥 내밀어 보였다.

"아니. 내가 너무 무심한 놈 같아서."

"네가 왜 무심해. 네가 얼마나 세심한데."

주신은 쓰디쓴 표정으로 고개를 저었다.

"난 바보천치야."

"왜 이렇게 자학을 하실까?"

"육아나 임신에 대해서 아는 거 하나 없는 주제에, 뭘 믿고 이렇게 태평한 거였지?"

해담은 잔잔한 미소를 보였다.

"나도 아직은 태평하기는 마찬가진데 뭘. 개강하면 학교 공부해야 하니까, 미리 좀 봐두고 싶어서 그런 거야. 솔직히 아직은 육아나 임신 같은 건 감이 안 오거든."

덤덤히 말하고는 있지만, 아직 학생에, 미혼인 해담이 얼마나 복잡한 마음일지 짐작하기조차 힘들었다.

그 착잡한 심경을 누른 채 어머니가 될 준비를 하는 해담이 안쓰럽고, 예쁘고, 대단하기도 하고.

주신은 가슴 한쪽이 시큰거리는 듯했다. 이곳이 서점이라는 사실도 잠시 잊고 주신은 해담의 어깨를 끌어당겨 안았다.

"뭐, 뭐 하는 거야. 사람들 봐."

"알아. 근데 막 자랑하고 싶어서."

"뭐?"

"내 여자친구가 이렇게 예쁜 사람이라는 거."

"뭐, 뭐래."

사람들의 이목이 확 모인 통에 해담은 얼굴을 시뻘겋게 붉히면서도 배시시 웃었다. 잠시 동안 해담을 껴안고 있던 주신이 가만히 어깨를 밀어내고서 눈을 빛냈다.

"이런 중요한 책을 너만 읽게 할 수는 없지."

서점에서의 볼일을 마치고 근처의 커피숍으로 온 해담은 이마를 긁적였다.

"굳이 이걸 다 살 필요까지는 없지 않았을까."

해담을 보고 깨달음을 얻게 된 주신은 육아 관련 서적을 네 권, 임신 준비 관련 책을 세 권, 도합 7권을 구매했다. 해담이 구입한 두 권보다 3.5배나 많았다.

주문한 차가 나오기를 기다리는 동안 슬쩍 책을 훑은 주신이 고개를 내저어 보였다.

"무슨 소리야. 이것도 모자랄 것 같은데. 빨리 보고 더 사야지."

해담이 입을 떡 벌리자 주신은 아주 비장한 표정을 지었다.

"육아의 신이 되어주겠어."

밤이 깊었다. 조금 전까지 주신과 꽁냥, 꽁냥, 문자를 주고받던 해담은 핸드폰을 들고서 책상 앞으로 갔다. 오늘 사온 책이 갑자기 확 당겼다.

주신이 문자 틈틈이 임신과 관련된 지식을 발산하니, 그녀도 훅 궁금해졌기 때문이다. 책상 앞에 앉아 임신 준비 책을 꺼내 펼쳐들었다. 목차를 대충 훑고서 팔랑팔랑 책장을 넘긴 해담의 눈에 커다란 글귀가 들어왔다.

〈임신, 쉬워 보이지? 절대 안 만만해. 죽을 각오로 임해야 할 걸?〉

시작부터 무시무시한 글을 접한 해담의 동공이 확장되었다.

"임, 임신이 이렇게 무서운 거야? 죽을 각오를 해야 할 만큼?"

학교에서 배웠던 숭고한 아름다움, 더없는 고귀함 어쩌고저쩌고가 아니라? 해담은 마른침을 꿀꺽 삼킨 채 책을 읽어나가기 시작했다.

다음 날 아침, 해담은 퀭한 얼굴을 하고서 주방으로 향했다.

아직 육아관련 서적은 손을 안 댔지만, 임신관련 책은 밤을 꼴딱 지새우며 다 읽고야 말았다.

다 읽고 난 뒤 해담은 지금껏 임신에 대한 환상 속에서 허우적거리고 있었다는 것을 깨달았다.

특히나! 전혀, 조금도 몰랐던 〈출산 굴욕 삼총사〉로 인해 영혼까지 탈탈 털릴 지경이었다. 산부인과의 굴욕의자는 아주 귀여운 수준이었다.

"웬일로 안 깨워도 일어났냐?"

비척비척 주방으로 가자 아침 준비를 하던 지선이 놀란 표정을 지었다.

잠을 아예 안 잤거든요.

해담은 가만히 지선에게로 다가가 등을 껴안았다.

"엄마, 고마워요."

"뭐가."

"그 굴욕과 힘든 고통을 다 참아가면서 저 낳아주셔서요."

"응?"

제정신이 아닌 상태에서 중얼거리던 해담은 퍼뜩 도리질을 쳤다.

"아니에요. 그냥, 다 고마워서요."

"싱겁긴. 대충 씻고 나와."

"네."

해담이 비실비실 욕실로 향하자 지선은 고개를 갸웃거렸다.

"아들 생겨서 철들었나."

픽이나. 픽, 웃으며 도리질을 치던 지선은 머리를 스치는 생각에 욕실 문쪽으로 향했다.

"참, 해담아. 진서 짐 챙겨온 건 다 풀어서 정리했지?"

"네. 왜요?"

해담은 욕실 수납장에서 머리 묶는 고무줄을 꺼내며 바깥에 대고 말했다.

"진서 양말 니 서랍에 있어?"

"네. 맨 밑에 보면 있어요."

또 그렇게 문밖에다 외치고서 머리를 틀어 올려 돌돌 말던 해담은 순간, 눈앞에 벼락이 치는 듯했다. 밤새도록 보던 책을 그냥 책상 위에 올려놓고 나왔기 때문이다.

해담은 미친 듯이 욕실 문을 열고 나섰다. 하지만, 이미 지선은 해담의 방으로 들어가고 난 뒤였다.

"엄마!"

엎어질 듯 다급히 뒤따라 들어간 해담은 지선의 앞을 가로막고 섰다.

"왜?"

"양말, 진서 양말은 제가 찾아드릴게요. 제 거랑 섞어 넣어 놔서 구분하기 힘들어요."

"애 거랑 뭐 구분하기 힘들다고. 가서 얼른 씻기나 해."

"아니에요! 진짜, 헷갈린다니까요?"

하필 책상이 속옷 서랍장 바로 옆에 있어서, 가는 즉시 지선이 책을 발견하게 될 것이다.

"얘가 왜 이래. 방에 뭐라도 숨겨 났나?"

"숨기긴 뭘요. 그냥, 서랍장 정리해둔 거 흐트러질까 봐 그렇죠."

그럼에도 지선이 의심의 눈초리를 거두지 않고 해담의 어깨 너머로 시선을 확 주었다.

안 돼! 심장이 바짝 오그라들 때였다.

"……할머니이."

언제 잠에서 깼는지, 안방에서 나온 진서가 얼굴 가득 조롱조롱 졸음을 담은 채 다가오고 있었다.

순식간에 꿀이 뚝뚝 떨어지는 눈으로 바뀐 지선이 휙 돌아섰다.

"아이고. 진서, 일어났어? 더 자지, 왜 이렇게 빨리 일어났어?"

"오줌 마려워서요."

"그랬어? 안방 화장실 쓰면 되는데. 자, 이쪽으로 가자."

지선이 친히 진서를 욕실까지 안내하는 아주 짧은 순간, 해담은 후다닥 책을 서랍 속으로 밀어 넣었다. 그리고서 한숨을 돌릴 틈도 없이 주저앉아 서랍장을 열었다.

동그랗게 개켜진 진서의 작은 양말을 꺼내고 있으니 지선이 다시 방으로 왔다. 쓱 방을 눈으로 훑는 지선에게 해담은 양말을 내밀었다.

"숨기는 거 없다니까 괜히 그러신다. 여기 있어요. 진서 양말."

"니 행동이 수상했다니까."

"서랍 정리해 뒀는데 엄마가 뒤집어 놓으실까 봐 그랬다니까요."

전혀 지지 않는 해담에게 콧등을 찡그려 보인 지선이 이내 방을 나갔다.

후우. 속으로 한숨을 삼키고서 해담도 욕실로 향했다. 지금 당장은 지선에게 어떠한 빌미도 주고 싶지 않았다. 결정을 내렸다고 해서 마음의 준비까지 완벽히 된 건 아니었으니까.

일단은 부모님이 진서와 조금이라도 더 정을 쌓았으면 싶었다.

♥

"쌤."

"……."

"쌤!"

귀를 찌르는 날카로운 외침에 주신은 정신이 번뜩 들었다. 과외용 탁자의 모서리를 사이에 두고 앉아 있는 주영이 입술을 삐죽 내민 채 그를 빤히 응시하고 있었다.

"문제 다 풀었어?"

"아까부터 다 풀었다고 말씀드렸는데요."

육아의 신이 되기 위해 틈틈이 읽던 책의 내용들이 계속 머릿속을 떠도는 바람에 너무 깊이 생각에 빠져 있었다.

"미안. 생각 좀 하느라."

주신은 곧바로 사과를 하고서 주영이 푼 답안을 살폈다. 판별식과 부등식 영역을 이용해 최솟값을 푸는 문제였다. 답안지를 꼼꼼하게 살피는 주신의 입가가 부드럽게 풀어졌다.

그는 정답도 정답이지만, 수학은 풀이과정이 훨씬 더 중요하다고 처음부터 강조해 왔다. 쉬운 문제는 과정을 무시하고 답만 끄적거리던 주영도 이제는 주신의 방침에 착실히 따르고 있었다.

"문제도 정확히 이해했고, 풀기도 잘했네."

짤막한 주신의 칭찬에 주영의 얼굴이 확 펴졌다.

"잘했으니 상 주세요."

"뭐. 더 열심히 하라고 볼펜이라도 한 다스 사 줘?"

"어우, 쌤 농담도."

주신은 완벽한 진담이었지만 주영은 웃음을 터트렸다. 그러고서 오묘한 눈으로 주신을 바라보았다.

"쌤, 여친 분이랑은 잘 돼가요? 상으로 연애 얘기해 주세요."

"또, 또 까분다."

"그러지 말구요."

"시끄럽고. 다음 문제."

주신이 어림없는 얼굴로 책장을 넘기는 순간이었다.

"쌤, 여친이랑 잤어요?"

주신은 자신의 귀를 의심하며 주영을 바라보았다. 호기심 가득한 표정을 보는 순간, 주신은 길 가다 오물을 뒤집어쓴 것 같은 불쾌함을 느꼈다.

해담과의 연애가, 둘이 나눈 사랑이, 이 꼬맹이에게 성인들의 음란한 놀이 쯤으로 폄하된 기분이랄까.

"너, 방금 뭐라고 했어."

순식간에 주신의 분위기가 무섭게 가라앉자, 주영은 화들짝 놀라 어색하게 웃었다.

"쌤, 무, 무섭게 왜 정색을 하고 그러세요. 농, 농담 한번 해 봤어요."

"농담? 너 이거 성희롱이야. 불쾌하다고."

"서, 성희롱이요? 그, 그냥 해 본 건데……."

"나중에, 네 고용주가 너한테 남자친구와 잤냐고 물으면, 넌 그때도 농담이라고 웃어넘길 수 있어?"

"……."

주영은 말문이 막혀 입술만 벙긋거리다 이내 고개를 푹 숙였다.

"죄송해요. 제가 잘못했어요."

주영의 사과에도 주신은 받아주지 않고 교재를 덮었다.

"시간 다 됐다. 오늘은 여기까지."

주신은 가방에 교재와 노트 등을 넣고서 몸을 일으켰다. 주영이 눈을 동그랗게 뜨고서 주신을 올려다보았다.

"쌤, 제가 사과하는데도 안 받아주고 그냥 가시는 거예요?"

"안 받고 싶으니까."

매몰차게 딱 잘라 말한 주신이 휙 몸을 돌려 방을 나갔다. 무안함에 얼굴을 시뻘겋게 붉히던 주영은 문이 쾅 닫히자, 책상으로 향했다.

서랍 속 깊은 곳에서 책을 꺼낸 주영은 그것을 심각하게 바라보았다.

"먼젓번 책도 그렇더니, 이번 책도 나랑 안 맞나? 단둘이 있을 때 은밀한 농담하는 거 남자들이 좋아한다며. 근데, 왜 졸지에 성희롱범이 되는 거냐고."

주영은 책상 위에 아무렇게나 책을 툭 던졌다.

"점점 조회 수도 떨어지고 있는데. 연애 한 번도 안 해 봤냐는 댓글도 종종 달리고."

한숨을 내쉬며 방을 서성이던 주영의 시선이 공부하던 탁자 밑으로 향했다.

"어, 저거 쌤 건데."

주신이 늘 들고 다니는 까만색 케이스의 다이어리가 바닥에 놓여 있었다. 수업하기 직전에 들고 있던 걸 바닥에 내려놓고서 깜빡 잊은 모양이었다. 바로 따라가면 전해줄 수도 있을 것 같았다.

허겁지겁 다이어리를 챙겨 들고서 방을 나선 주영은 1층으로 향하는 계단 입구에서 걸음을 멈추었다.

나간 줄 알았던 주신이 거실 소파에 어머니와 마주 보고 앉아 대화를 나누고 있었기 때문이다.

"벌써 날짜가 이렇게 됐네요. 우리 애가 많이 서운해하겠어요."

무슨 말이지? 내가 뭘? ……설마.

주영은 엄습해 오는 불길함에 멈춰 선 그대로 귀를 쫑긋 세웠다.

"우리 주영이한테는 아직 얘기 안 하셨죠?"

"모레 마지막 수업 끝나면 말하려고요. 미리 말하면 집중 못 할 수도 있으니까요."

"네. 그래서 저도 아무 말 안 했답니다. 우리 주영이가 선생님을 워낙 잘 따라서요. 아마 미리 말했으면 서운해하느라 집중 못 할 거예요."

모레가 마지막 수업이라고? 그럼, 이번 주가 끝이란 말이야? 말도 안 돼.

그 뒤로 주신과 어머니가 몇 마디 더 대화를 나누었지만 주영의 귀에는 웅웅, 거리는 소리로 들려왔다.

얼마 지나지 않아 정신을 차렸을 때는 이미 주신이 나가고 난 뒤였다. 주영은 곧장 아래층으로 내려가 안방으로 들어가려는 어머니 앞을 가로막고 섰다.

"엄마, 쌤 그만둬요?"

어머니가 놀란 듯 눈을 동그랗게 떴다가 이내 원래대로 돌렸다.

"언제 알았니?"

"방금 전에 내려오려다 우연히 들었어요. 쌤, 왜 그만두는 거예요?"

"사정이 있어서 이번 주까지밖에 못 한다고 저번에 말하더라."

"근데, 왜 저한테는 미리 말씀 안 하셨어요?"

"너, 이렇게 동요할까 봐."

어머니의 싸늘한 음성에 주영은 너무 감정이 격해져 있는 걸 깨닫고 가라앉혔다.

"엄마, 저는 지금 선생님의 수업 방식이 저랑 딱 맞아요. 계속 수업받게 해 주시면 안 돼요?"

아직 더 봐야 한단 말이에요.

"안 그래도 계속 와 줬으면 싶었는데, 곧 복학이라 시간이 없대. 선생님도 학생이잖니."

"그치만."

"왜. 선생님이 그만두면 안 되는 이유라도 있어?"

"아, 아뇨. 그냥 너무 갑작스러워서요."

날카로운 어머니의 표정에 풀 죽은 주영이 겨우 대답했다. 그런 주영을 빤히 보던 어머니의 시선이 아래로 내려왔다.

"그건 뭐니?"

"아무것도 아니에요. 제 다이어리예요."

괜히 거짓말을 하고서 주영은 등 뒤로 슬그머니 다이어리를 감추었다.

"엄마가 다른 선생님으로 알아보고 있으니, 넌 신경 쓰지 말고 올라가."

"……네."

주영은 어깨를 늘어뜨린 채 2층으로 향했다.

버스의 하차 문 앞에 서서 창밖을 보고 있던 주신의 동공이 확장되었다. 정류장 나무 의자에 해담이 앉아 있었기 때문이다. 가지런히 모은 다리 위에 다이어리를 얹은 채 뭔가를 열심히 메모 중인 모습이었다.

해담과는 매일매일 보고, 통화하고, 메시지를 주고받는다. 심지어 조금 전 버스에 오른 직후에도 귀가 중이라고 짤막하게 통화를 했었다.

그런데도 해담을 보는 순간, 마치, 오랫동안 떨어져 있던 연인을 마주한 것처럼 애가 탔다. 버스가 완전히 멈추고 문이 열리자 주신은 큰 걸음으로 해담에게 다가갔다.

옆에 슬그머니 앉는데도 해담은 전혀 모른 채 집중하고 있었다. 예쁜 옆모습을 물끄러미 감상하던 주신은 검지를 쭉 뻗어 해담의 얼굴 가까이로 가져갔다.

"뭐해?"

"헉."

화들짝 놀란 해담이 고개를 휙 돌리다 검지에 얼굴을 쿡 찍혔다. 주신의 장난에 해담이 커다랗게 웃음을 터트리며 어깨를 가볍게 두드렸다.

"언제 왔어? 버스 오는 줄도 몰랐는데."

반가움이 한껏 뒤섞인 해담의 표정이 너무 좋았다. 주신은 자꾸만 키스하고 싶고 어루만지고 싶어 온몸이 근질거릴 지경인 걸 꾹 참았다.

"나 기다리고 있었던 거야?"

"응. 말 안 하고 기다렸다가 깜짝 놀래켜 주는 거 한 번쯤 해 보고 싶었거든."

"내가 중간에 내려서 다른 데로 샜으면 어쩌려고."

"언젠가는 오겠지, 뭐."

해담이 별거 아니라는 듯 어깨를 으쓱하며 대꾸했다. 주신은 조금 단호한 얼굴을 해 보였다.

"말 안 하고 혼자 나 기다리는 거, 오늘부로 금지."

"응? 왜?"

"싫어."

당황한 해담의 눈이 크게 열렸다.

"시, 싫다고?"

"응."

"진짜? 내가 너 기다리는 게 싫어?"

"응. 싫어."

"왜, 왜?"

주신은 가만히 손을 뻗어 해담의 얼굴을 어루만졌다.

"네가 혼자 나를 기다리고 있을 거라 생각하면 무지 마음 아파."

"뭐야. 정말 싫은 줄 알고 놀랐잖아."

주신의 마음을 안 해담이 그제야 굳은 얼굴을 풀며 곱게 눈을 흘겼다.

"그러니까, 다음부터는 무조건 말해 줘야 돼. 그래야 내가 총알처럼 튀어 오지. 알았지?"

"하여튼 최주신 못 말려."

"응. 난 짱구가 아니니까."

"뭐?"

해담은 반쯤 기가 막힌 얼굴로 웃음을 터트렸다.

기다리는 동안 바람에 흐트러진 해담의 머리칼을 쓸어 귀 뒤로 넘겨준 주신이 시선을 내렸다.

"근데, 뭘 그렇게 열심히 적고 있었어?"

"아아. 나 배란일…… 어, 그게, 음, 그냥 날짜 계산 좀 하느라고."

해담은 얼굴을 살짝 붉히고서 금세 다이어리를 덮었다. 이미 중요한 글자는 다 들었기에 주신도 화끈 달아올랐다.

민망함에 괜히 헛기침을 흘린 주신은 화제를 바꾸었다.

"참. 내가 결혼식 장소를 알아봤거든."

"결혼식 장소를 벌써?"

"벌써라니. 5월 초에 결혼식 하려면 지금도 절대 빠른 거 아니야."

"정말?"

"당연하지. 봄이 성수기라 4월, 5월 결혼식은 미리 원하는 날짜에 예약해야 한다더라고."

"그렇구나. 해주가 뚝딱 결혼식을 해서, 나도 그렇게 하면 되는 건 줄 알았는데. 나처럼 5월의 신부가 되고 싶은 사람들이 많은가 봐."

전혀 몰랐다는 듯한 얼굴을 하고 있는 해담에게 웃어 보인 주신은 등에 메고 있는 가방을 무릎 위로 옮겼다.

"괜찮은 곳 몇 군데 적어 뒀는데, 잠깐만."

가방을 열어 안을 살피던 주신이 동작을 멈추고서 눈을 깜빡였다.

"왜?"

"메모해 둔 다이어리가 가방에 없어서."

"뭐?"

주신은 몇 번이나 가방을 살피고서 미간을 구겼다.

"없어?"

"응. 과외받는 애 방에 놔두고 온 것 같아."

"아. 그런 거면 다행이네. 얼른 전화해 봐."

주신은 고개를 끄덕이고서 핸드폰으로 주영에게 전화를 걸었다. 경쾌한 통화 연결음이 30초 이상이 흐른 다음에야 주영의 목소리가 들려왔다.

-네, 쌤.

어쩐지 목소리에 힘이 없는 것처럼 느껴졌지만 주신은 다이어리의 행방이 더 궁금했다.

"너, 지금 집이야?"

-네, 집인데 왜요?

"혹시, 네 방에 내 다이어리 있는지 확인 좀 부탁할게."

-……쌤 다이어리요?

"어. 네 방에 놓고 온 것 같아서."

-잠깐만요.

뭔가 잔뜩 가라앉은 음성으로 대답한 주영이 얼마 지나지 않아 말했다.

-내 방에는 쌤 물건 아무것도 없는데요?

"없다고?"

예상치 못한 답변에 주신은 당혹스러워졌다. 분명, 주영의 방이 아니면 두고 올 곳이 없는데.

-……네. 아무리 봐도 없어요. 전혀.

"음. 거기 아니면 두고 올 데가 없는데."

-네?

"아니야. 그래 알았다."

주영과의 통화를 끝내자 해담이 곧장 걱정스럽게 물었다.

"걔 방에도 없대?"

"응. 안 보인대."

"혹시, 안 가져간 거 아냐? 집에 있을지도 모르잖아."

"가져간 건 확실해. 갈 때 버스에서 봤거든."

"설마, 그때 버스에 두고 내린 거 아냐?"

주신은 잠시 생각에 잠겼다가 이내 짙은 눈썹을 찌푸렸다.

"내 기억으론 그런 것 같지는 않은데, 라주영 방에 없다니까 그랬을 수도 있겠다 싶어. 다이어리에 발이 달려 혼자 숨었을 리는 없으니까."

"어떡해. 다이어리면 중요한 거 많이 있을 거 아냐."

웨딩 장소는 북마크해 뒀으니 그다지 상관은 없었다. 중요한 기념일이나 일정, 연락처 등은 대부분 핸드폰에 저장해 두었으니 그것도 괜찮았다. 문제는 특별한 이슈가 있었던 날마다 일기처럼 끄적거렸던 짧은 메모였다.

진서가 처음 온 그날의 황당함.

해담과 첫 키스를 했을 때의 짜릿함.

해담과 사귀게 된 설렘.

해담과 처음 사랑을 나눈 그날의 벅찬 감동.

그때 느꼈던 모든 감정들을 절대 잊지 않기 위해 기록해 둔 것들이었다. 그 중요한 걸 잃어버린 스스로에게 화가 치밀었지만 주신은 감정을 삼켰다.

주신은 짐짓 아무렇지 않은 얼굴로 어깨를 으쓱해 보였다.

"별로 중요한 거 없어. 예식 장소나, 어지간한 건 핸드폰에 다 저장돼 있기도 하고."

"아, 정말?"

"응. 그러니까 걱정 안 해도 돼."

"그래도 잃어버려서 너무 속상할 거 아니야. 주운 사람이 내용을 다 볼 수도 있고."

자신보다 더 울상인 해담을 보니, 다이어리를 잃어버려 속이 쓰린데도 주신은 웃음이 날 것 같았다.

"미치겠다, 진짜."

"그치? 정말 미치겠지? 우리, 버스 회사 찾아가서 CCTV라도 한번 보여 달라고 해볼까?"

주신이 낮게 웃음을 터트리자 해담은 영문을 몰라 눈을 깜빡였다.

"왜?"

주신은 여전히 입술에 미소를 달고서 해담의 볼을 가볍게 꼬집었다.

"네가 너무 귀여워서 미치겠다고."

"뭐, 뭐?"

"너랑 있으면 고민이 없어져서 미치겠어. 그래서 계속 같이 있고 싶어서 미치겠다고. 당장 결혼 허락받으러 가고 싶어서 미치겠고, 너와 한집에 살면서 같은 침대 쓰고 싶어서 미치겠고. 빨리 진서 낳아서……."

해담이 손바닥으로 입을 틀어막는 바람에 주신의 말이 쑥 들어가고 말았다.

"그, 그만해. 너 때문에 쪽팔려 죽을 것 같아."

얼굴을 시뻘겋게 붉힌 채 해담이 흘끔 눈짓을 해 보였다. 그제야 주신은 몇 발자국 떨어진 곳에서 웬 왜소한 노인이 두 사람을 물끄러미 응시하고 있다는 걸 깨달았다.

노인이 너무 빤히 바라보는 바람에 더더욱 민망해진 해담이 먼저 몸을 일으켰다.

"우리, 그만 가자."

"어, 그래."

주신도 어색하게 웃으며 일어났다. 쪼르르 먼저 뛰어가는 해담을 뒤따르던 주신은 잠시 걸음을 멈추고서 뒤를 돌아보았다.

그때까지도 노인은 두 사람을 바라보고 있었다. 왜 그렇게 보는지 묻고 싶었지만 어르신과 괜히 시비라도 붙으면 곤란했기에 주신은 이내 해담을 쫓아갔다.

　노인은 해담과 주신의 뒷모습을 보며 주름진 눈을 끔뻑끔뻑거렸다.

　"저 애들인 모양이네. 판박이야, 판박이. 꼭 빼다박았구만."

　노인의 주름진 미간이 구겨졌다.

　"가뜩이나 그 꼬맹이 녀석 신경 쓰여 죽겠는데, 하다 하다 미래 부모들까지 마주치냐. 내 팔자야."

　인연은 억지로 끊는다고 해서 끊어지는 게 아니라더니.

　똘망똘망한 눈으로 친근하게 다가오던 진서의 얼굴이 눈앞에 아른거렸다. 노인은 이제 작은 점이 된 해담과 주신의 뒷모습을 씁쓸히 바라보며 중얼거렸다.

　"아들이 채 열 살도 안 돼서 사고로 죽는다는 걸 알면 가슴이 찢어질 텐데."

37.

어둠이 세상을 집어삼킨 깊은 밤. 진서는 형진과 지선 사이에 누워 한창 잠의 세상을 떠돌고 있었다.

처음에 하루걸러 한 번씩 해담의 방과 안방을 오가며 자기로 정했던 것과는 달리 진서는 쭈욱 여기서 잠을 잤다.

일단 해담의 방 싱글베드보다 안방 침대가 훨씬 더 커서 편했다. 그리고 더 큰 이유는 형진과 지선 사이에 자면 훨씬 덜 무섭다는 것이다.

진서는 늘 그렇듯 서늘한 시선을 느끼며 부스스 잠에서 깼다. 침대 발치에 바짝 다가선 눈동자가 뚫어질 듯 진서를 응시하고 있었다.

본능적으로 두려움이 일어 울음이 터질 것 같았지만, 진서는 놀이터 할아버지의 말을 떠올렸다.

'아, 이놈아. 무섭다, 무섭다 생각하니까 더 무서운 거지. 어차피 지금 당장은 너한테 해코지 못하니까, 그냥 너 따라다니는 고양이다, 고양이다 생각하라니까 그러네.'

"……고, 고양이다. ……까맣고 예쁜 보, 봄베이 고양이다. 하나도 안 무서워……."

발치에 서 있던 존재가 훅 침대 위로 덮쳐오자 진서는 헉, 신음을 삼키며 눈을 질끈 감았다.

"……아, 안 무서워요. 보, 봄베이 고양이니까."

쉴 새 없이 스스로에게 최면을 걸며 진서는 형진과 지선의 손을 한쪽씩 꼭 붙잡았다. 잠결에 형진과 지선의 손에 움찔, 미약하게 힘이 들어갔다.

한결 마음이 편해진 진서는 마른침을 꿀꺽 삼키고서 눈을 번쩍 떴다.

"으으……."

얼려버릴 듯 시리고 형형한 눈이 집어삼킬 듯 바짝 얼굴에 다가와 있자 진서는 더더욱 형진과 지선의 손을 꽉 붙잡았다.

"보, 보, 봄베이 고양이다. 봄베이 고양이. 귀엽고 사랑스러운 봄베이 고양이야. 절대 안 무섭다. 안 무섭다구."

벌벌 떨면서도, 숨이 넘어갈 듯 빠르게 중얼거리면서도 진서는 눈을 감지 않았다. 처음으로 눈에 힘을 꽉 준 채 무서운 존재와 눈싸움을 벌였다.

눈이 시려 그렁그렁 눈물이 맺히기 시작할 무렵이었다.

진서에게 바짝 붙어 있던 존재가 거짓말처럼 스르르 뒤로 물러났다. 침대 발치에서 잠시 동안 물끄러미 진서를 응시한 눈동자가 이내 연기처럼 사라졌다.

"헉, 헉……."

그제야 진서는 아픈 눈을 깜박이며 가쁜 숨을 몰아쉬었다. 맺혔던 눈물이 흘러내려 귀를 적셨지만 진서의 입술은 희열로 번졌다.

"지, 진짜로 안 무서워하니까 금방 갔어."

진서는 그때까지도 부러질 듯 옭아매고 있던 지선과 형진의 손을 헐겁게 잡았다. 스르륵 눈을 감은 진서는 평소와 달리 편안하게 다시 잠에 빠져들었다.

오늘따라 진서는 유난히 기분이 좋아 보였다. 아침에는 원래도 한 그릇 뚝딱 하는 밥을 두 그릇이나 비웠다. 늘 밝게 웃고 있어도 어쩐지 피곤해 보이던 얼굴에는 생기가 감돌았다.

외출하기 위해 고양이 밥을 챙길 때는 콧노래까지 부르며 신이 났다.

"어젯밤에 뭐 좋은 꿈이라도 꿨나? 유리랑 사이가 더 좋아졌나?"

해담은 완벽히 외출 준비를 마치고 거실로 나오는 진서에게 다가갔다.

"진서는 지금 나가려고?"

"넵!"

대답도 평소보다 훨씬 더 씩씩했다.

"진서야, 오늘도 점심시간 되면, 유리 데리고 할머니 가게로 가는 거 알지?"

"네!"

"절대 사람들 앞에서 할머니라 부르면 안 되는 것도 알지?"

"네, 그럼요."

아이가 활기차니, 해담도 왠지 그 에너지를 나누어 받은 것처럼 기분이 밝아졌다. 왠지 조금 짓궂은 장난을 치고 싶어 해담은 사악한 미소를 지었다.

"근데, 진서야."

"예?"

"내가 되게 궁금한 게 있는데 물어봐도 돼?"

"네, 그러세요."

똘망똘망, 해맑게 진서가 고개를 끄덕였다.

"유리랑은 네가 원래 있던 시간에서도 친한 거야?"

"네."

한 치의 망설임도 없이 흘러나온 대답에 해담은 눈을 동그랗게 떴다.

"정말? 넌 내년 2월이 생일인데?"

진서는 해담이 왜 놀라는지 전혀 모르겠다는 듯 속눈썹을 깜빡였다. 원래 목적은 유리 얘기만 나오면 수줍어하는 진서를 그저, 조금 놀려줄 생각이었다.

하지만, 갑자기 치솟는 궁금증으로 인해 해담은 진지모드로 바뀌고 말았다.

"유리는 내년 되면 10살이지? 넌 내년에 한 살이고. 아홉 살 차이잖아."

"네, 그렇죠."

"그럼, 네가 원래 있던 시간으로 돌아가면 유리는 열여덟 살 아니야?"

"맞아요."

"그럼, 넌 초등학생이고, 유리는 고등학생인데 친하다고?"

의아한 표정으로 물은 해담이 곧장 덧붙였다.

"혹시, 너 여기 와서 유리랑 친하게 된 게, 그냥 우연히 마주쳐서가 아니라, 네가 찾아가서 친구 하자고 한 거야?"

"그건 아니에요. 우연히 길에서 마주쳤어요. 지나가던 바이크와 사고가 날 뻔했는데 내가 구해줬거든요."

"뭐, 네가 유리를 구해줬다고? 그런 일이 있었어?"

깜짝 놀라던 해담은 문득 떠오르는 생각에 슬쩍 이마를 모았다.

"너, 설마, 영주 아주머니 간장 심부름 갔다가 다쳤을 때, 혼자 넘어졌던 게 아니라, 유리 구하다가 다친 거였어?"

그냥 한 번 찔러본 거였는데 홀라당 넘어간 진서가, 윽, 곤란한 얼굴로 어색하게 웃었다.

해담은 기가 막혀 진서를 빤히 바라보다 작게 한숨을 흘렸다.

"진서야, 앞으로 그러면 안 돼."

"왜, 왜요? 누군가에게 도움을 주는 건 좋은 일이잖아요."

"아니. 내 말은."

해담은 애한테 뭐라고 설명해야 좋을지 몰라 잠시 생각에 잠겼다가 다시 입을 열었다.

"네가 누군가를 도울 수 있을 만큼 더 자라면 그때 도와주면 돼. 너도 아직 어른들에게 보호 받아야 되는 어린아이잖아."

"그래도 제가 할 수 있는 건 해야 하지 않을까요?"

"물론 네가 할 수 있는 건 하면 좋지. 지금처럼 길냥이들에게 밥을 챙겨주는 일같이. 근데, 조금 전 말했던 것처럼 사고 날 뻔한 유리를 구하는 건 네가 할 수 있는 게 아니야. 자칫하다가는 너도 다칠 수 있는 위험한 일이었어."

"그치만……그때 내가 안 구했으면 유리는 크게 다쳤을 거예요."

생기발랄하던 진서의 눈빛이 어둡게 꺼지자 해담은 심장이 덜컥 내려앉는 듯했다. 아이의 눈높이에 맞춰 설명하는 게 이렇게 힘들 줄이야.

"전 다시 그때로 돌아가도 무조건 유리를 구할 거예요."

진서의 단호한 표정에 해담은 잠시 말문을 잃었다. 마치, 앞으로도 유리의 일만큼은 절대 양보할 수 없어! 하는 것처럼 느껴져서.

"유리가 그렇게 좋아?"

진서의 표정이 미묘하게 일그러졌다.

뭔가 아주 슬픈 것 같기도 하고 답답해하는 것 같기도 하고.

어린아이가 아닌, 꼭 어른처럼 깊은 눈동자를 하고서 진서가 입을 열었다.

"유리를 생각하면 미안해요. 아주 많이."

"뭐, 미안하다고? 아니, 왜?"

"내가 할 수 있는 게 없어서요. 바꿀 수도 없고요. 아무 말도 해줄 수가 없어서 늘 유리에게는 미안해요."

도무지 알아들을 수 없는 말에 해담은 애매하게 웃었다.

"응? 그게 무슨 말이야?"

"……"

진서는 결정적인 궁금증 앞에서 입을 꾹 다물어버렸다. 더 얘기할 수 없는 듯 시무룩하게.

해담은 가만히 손을 뻗어 진서의 등을 토닥였다.

"알았어. 안 물어볼게. 얼른 가서 길냥이들 밥 주고, 유리랑 신나게 놀아."

"네. 다녀오겠습니다."

진서가 애써 밝은 얼굴로 인사를 하고 밖으로 향하자 해담은 후욱, 숨을 몰아쉬었다.

"뭔가 있는데. 분명 유리랑 진서 사이에 뭔가 있는데. 뭐지, 뭘까?"

어쩌면 둘 사이에 있는 그 뭔가 때문에, 진서가 이토록 유리를 챙기는 건지도 몰랐다.

미래에서 진서가 유리에게 미안할 만한 행동을 했다던가 하는 뭐 그런.

"궁금해서 미치겠네."

해담은 애써 생각을 털어내고서 외출 준비를 하기 시작했다.

가볍게 흔들리는 지하철에 나란히 앉은 해담과 주신은 어딘가로 향하고 있었다. 주신은 해담의 옆모습을 물끄러미 응시했다.

지하철에 앉아서 가는 내내 해담은 허공을 응시한 채 생각에 잠겨 있느라 여념이 없었다.

혹시 무슨 일이 있는 건 아닌지 걱정이 되었지만 해담의 생각을 방해하고 싶지 않아 꾹 참았다.

"주신아."

한참만에야 해담이 침묵을 깼다.

"응."

"혹시, 진서가 유리에 대해서 너한테 뭐라고 얘기한 적 없어?"

"아니. 한 적 없어. 나도 굳이 안 물어봤고. 왜?"

"아까 진서가 그러더라. 자기는 유리 생각만 하면 미안하다고."

"그 녀석이 그래?"

"응. 근데, 이유는 말 안 해. 못 하나 봐."

중얼거리듯 말한 해담이 주신과 시선을 마주했다.

"원래 있던 곳에서 진서가 유리에게 뭔가 미안한 일을 했나 봐. 그래서 진서가 지금 유리를 챙겨주고 그러는 것 같아."

"지금까지 그거 때문에 그렇게 골똘히 생각에 잠겼던 거야?"

"어어. 쬐끄만 게 너무 심오하게 말해서."

주신은 가볍게 웃고서 해담의 어깨를 토닥였다.

"원래 그 나이 때는 별거 아닌 것도 다 심각한 법이지."

"하긴. 지금 생각하면 아무것도 아닌데, 세상 고민 다 짊어진 것처럼 느껴지던 때가 있긴 했어. 진서도 그런 거겠지? 막상 우리 기준으로는 웃고 말 그런 거."

"그렇겠지. 그러니까 신경 쓰는 거 그만."

주신이 자신의 어깨를 툭툭 두들겨 보였다. 해담은 피식, 웃으며 주신의 어깨에 머리를 기댔다. 주신이 끌어안듯 양팔로 해담을 감쌌다.

그렇게 꼭 붙어서 몇 정류장 더 달리는 사이 어느새 지하철은 목적지에 다다르고 있었다.

[선배, 오늘 점심은 분식 어때요? 회사 건물 뒤로 쭉 가다 보면 숨은 분식 맛집 있거든요. 거기, 김밥이랑 만두가 예술인데, 어때요?]

핸드폰에 도착한 메시지를 본 유신은 고개를 들어 흘끗 애리 쪽으로 시선을 주었다. 애리가 모니터 너머로 유신을 응시하며 싱긋이 웃어 보였다. 입술 끝을 올려 가볍게 미소를 보인 유신은 시선을 내리고서 답장을 보냈다.

[어쩌지? 오늘 점심 약속 있는데.]

[아, 그래요? 누구랑 약속 있는지 물어봐도 돼요?]

[동생이랑 해담이. 회사 근처에 도착해 있대.]

[아. 정말요? 알았어요. 맛있게 먹어요.]

애리에게서 온 산뜻한 답변을 보고서 유신은 몸을 일으켰다. 여전히 모니터 너머로 미소를 짓고 있는 애리에게 유신은 슬쩍 윙크를 해 보였다.

애리의 동공이 확장되자 괜히 쑥스러워진 유신은 다급히 사무실 밖으로 향했다.

"왜 이렇게 덥냐. 히터가 너무 빵빵한가."

괜스레 히터 탓을 하며 유신은 주신과 해담이 기다리고 있는 곳으로 향했다. 주신과 해담이 있는 곳은 회사 근처에 있는 퓨전 레스토랑이었다.

동그란 탁자에 딱 붙어 앉아 있는 둘을 보자 유신은 절로 아빠 미소가 지어졌다.

"왜 둘만 왔냐?"

마치, 주변에 아무도 없는 것처럼 머리를 맞댄 채 대화 중이던 해담과 주신이 고개를 들었다.

"형, 왔어?"

"오빠, 안녕하세요."

유신은 털썩 마주 보고 앉았다.

"오냐. 안녕한데. 왜 진서는 안 데리고 왔어? 같이 좀 데리고 오지."

해담이 어깨를 가볍게 으쓱해 보였다.

"진서가 얼마나 바쁜데요. 여자친구가 봄방학 해서 걔랑 데이트하느라 우리랑은 놀아주지도 않아요."

"뭐? 여자친구가 봄방학 했다고? 하하하하."

커다랗게 육성으로 뿜은 유신은 주변에서 흘긋거리자 목청을 낮추었다.

"일단, 음식부터 주문하자."

종업원을 불러 이것저것 주문한 다음 유신은 팔짱을 끼고서 해담과 주신을 빤히 보았다.

"근데, 무슨 중요한 말을 하려고 둘이 함께 회사까지 왔을까? 저녁에 집에서 봐도 되는데."

"요즘 저녁에 형이 집에 붙어 있어야 말이지."

주신의 지적에 유신이 '아' 하고서 고개를 주억거렸다. 퇴근하면 매일 애리와 저녁 시간을 보낸 뒤 늦게 귀가하기 일쑤였으니 주신이 이렇게 말할 만도 했다.

"오빠 오늘 저녁에도 많이 바쁘실 것 같아서 일부러 점심시간에 찾아온 거예요."

"아아. 내 저녁 데이트 시간 뺏을까 봐 군이 점심시간에 왔다는 거구나?"

"네. 그렇죠."

그러고서 해담이 씨익 웃자, 유신은 뭔가 불길함을 느꼈다.

"이거 무서운데. 이번에는 둘이서 무슨 폭탄을 던지려고 이러지?"

해담과 주신은 잠깐 서로의 얼굴을 마주 본 다음 다시 유신에게로 시선을 돌렸다.

"형한테 긴히 부탁할 게 있어."

유신은 그럼, 그렇지. 하는 표정으로 고개를 끄덕거리며 물이 담긴 잔을 들어 올려 입으로 가져왔다.

"그럴 줄 알았어. 부탁할 게 있으니까 여기까지 왔겠지. 뭔데?"

"해담이와 나. 결혼하려고. 늦어도 5월 초에."

"언제 5월?"

"올해 5월이요."

해담이 말을 받았다.

"쿨럭!"

막 물을 한 모금 마시던 유신은 그대로 사레가 들려 기침을 뱉어냈다. 잠시 동안 붉어진 얼굴로 기침을 한 유신은 겨우 진정하고서 해담과 주신을 바라보았다.

"뭐? 언, 언제 결혼을 한다고?"

너무 황당해 말까지 더듬거리며 흘러나왔다.

"이번 5월이요."

"5월? 이번 5월? 해담이 그날, 애리 동생 결혼식에서 했던 말이 그냥 해본 말이 아니었던 거야?"

"네. 이미 주신이와 결정 내리고 한 말이었어요."

"허."

잠시 동안 입술을 벌린 채 어린 동생들을 번갈아 보고서야 유신은 표정을 수습했다. 아무런 준비도 안 된 시기에 결혼을 결정한 데에는 분명 이유가 있을 것이다.

해담도 그렇지만, 특히나 주신은 결코 아무 이유 없이 충동적으로 행동할 성격이 아니었다.

"왜 이유 안 물어봐?"

유신이 아무것도 묻지 않자 주신이 먼저 물었다.

"기다려 봐. 너들 생각 내가 한 번 맞춰 보자."

미간을 구긴 채 유신이 생각에 잠기자 해담과 주신은 그저 침묵을 지켰다. 그러는 사이 주문했던 음식들이 테이블 위에 차려졌다.

주신과 해담이 음식을 먹는 동안에도 생각을 하던 유신이 어느 순간 팔짱을 풀었다.

"니들 로또 됐냐?"

전혀 예상치 못한 말에 해담이 작게 웃음을 흘렸다. 주신 역시 어이없는 표정으로 유신을 바라보았다.

"웬 로또."

"결혼이 하고 싶지만 니들 상황이 여의치 않잖아. 근데, 로또가 딱! 된 거지. 그래서 부모님께 손 안 벌리고 결혼할 능력이 되니까 하겠다고 한 거 아니야?"

"그럼, 형한테는 굳이 뭐 하러 왔겠어."

"아. 부탁할 게 있다고 했지."

금세 수긍한 유신이 두 번째 이유를 댔다. 이번에는 테이블 쪽으로 바짝 몸을 기울이고서 심각하게 말했다.

"그게 아니면, 니들, 음…… 이런 말 하기가 좀 그렇다만. 혹시, 속도위반했냐? 그래서 무조건 빨리 결혼해야 하는 거야? 이게 맞지?"

"아니."

주신이 단호히 고개를 젓자 유신은 이해할 수가 없어 고개를 절레절레 내저었다.

"그럼, 도대체 왜? 굳이 왜 올해 5월인데?"

해담은 냅킨으로 입술을 톡톡 두드려 닦고서 유신과 시선을 마주했다.

"진서가 내년 2월에 태어난대요."

"뭐?"

"내년 2월에 진서가 태어나려면 5월이 마지막 생리여야 하고요."

낯빛 하나 바뀌지 않고 또박또박 말하는 해담과 달리 유신의 입술은 턱이 빠진 듯 열렸다.

잠시 동안 멍하니 해담과 주신을 번갈아 보던 유신은 겨우 입술을 움직였다.

"진서가 정말 내년에 태어난다고?"

"어."

"지 입으로 직접 그래?"

"혹시나 해서 물어봤다니 정확히 내년 2월 25일이래."

"아니, 어쩌다가!"

저도 모르게 탄식처럼 내뱉고서 유신은 헛웃음을 흘렸다.

"나도 참. 바보같이 뭘 묻고 앉았냐. 니들이 나보다 더 황당할 텐데."

음. 유신은 낮게 한숨을 내쉬었다. 진서에 대해 알게 됐을 때만큼의 강도는 아니더라도 기분이 복잡하기는 매한가지였다.

진서가 예상보다 훨씬 일찍 태어나는 건 기뻤지만 그렇다고 마냥 즐거워할 수만은 없는 상황이니까.

거기다 진서가 나타나면서부터 이 두 녀석의 인생이 너무 급격히 바뀌는 느낌이었다.

눈만 마주쳐도 잡아먹으려던 게 엊그제 같은데, 어느새 연인이 되고, 이제는 초고속으로 결혼까지.

물론, 둘 다 성인이니 충분히 고심을 거듭했을 것이다.

"니들은 확실히 결정을 내린 거야?"

"어."

"네."

유신의 질문에 주신과 해담이 동시에 대답했다.

"하긴. 그랬으니 나를 찾아온 거겠지."

고개를 주억거리며 중얼거린 유신이 곧장 질문을 던졌다.

"양쪽 부모님들 설득할 자신은 있어?"

"아뇨. 없어요."

"엉?"

덤덤하다 못해 당당하게까지 느껴지는 해담의 대답에 유신은 기막힌 표정을 지었다.

"자신 없다는 말을 뭐 그렇게 씩씩하게 하냐."

"진짜 자신이 없으니까요. 특히 우리 엄마는 절대 설득한다고 해서 넘어갈 성격이 아니거든요."

"음, 그렇지. 아주머니 성격이 좀 완강하긴 하시지."

맞는 말이기에 인정한 유신은 번뜩 머리를 스치는 생각에 휙 눈썹을 세웠다.

"니들 설마. 부모님 허락받을 생각이 없는 거야? 그래서 나한테 결혼자금 대라고 찾아온 거야?"

"설마. 그건 아니고."

주신이 말을 받았다.

"부모님 설득하는 게 쉽지 않다는 거지, 노력을 하지 않겠다는 뜻은 아니야. 형을 찾아온 건 설득에 실패했을 때를 대비하기 위해서고."

"어떤 대비?"

"설득에 실패하면 혼인신고부터 할 거야. 그때 증인 사인 필요하니까 형이 해줬으면 해."

유신은 지끈거려오는 관자놀이를 손가락으로 꾹 눌렀다.

"증인 두 사람 필요하잖아."

"나머지 한 명은 내 친구한테 부탁하려고요. 인터넷 찾아보니까 꼭 본인이 사인하지 않아도 된다더라고요. 양쪽 부모님 때문에 해주기 껄끄러우면 그냥, 우리가 오빠인 것처럼 적을게요."

"그렇게라도 하게 해줘, 형."

진짜, 뭐가 이렇게 시작부터 매끄럽지 못하냐.

"니들 마음대로 혼인신고 해놓고 뒷감당할 자신은 있냐?"

"그냥 부딪치는 거야. 그래야 하는 거니까."

"최주신. 네가 제일 싫어하는 게 대책 없이 부딪치는 거 아니었냐?"

답답함이 담긴 유신의 말에 주신은 가만히 눈을 깜빡이다 씁쓸한 웃음을 머금었다.

"어쩔 수 없잖아. 진서 존재 자체가 예측불허니까. 이성적인 판단만으로는 진서를 못 지키겠더라고. 그러니까, 만약 여의치 않아서 혼인신고를 해야 하는 상황이 오면 형이 도와줘. 가족 중 한 명만이라도 동의해 주는 사람이 있었으면 해."

"차라리 속도위반을 하는 게 낫지 않아? 진서부터 가지면 어른들도 허락할 수밖에 없을 텐데. 당신들 손자가 생긴 마당에 더 반대 못 할 거 아냐. 그러면 니들이 좀 더 수월……."

"아뇨. 임신은 주신이와 정식 부부가 된 다음에요."

해담이 유신의 말을 자르며 곧장 끼어들었다. 유신은 무슨 차이인지 알 수가 없어 조금 의아했다.

아니. 오히려 어른들 입장에서는 멋대로 혼인신고부터 하는 것보다는 속도위반이 덜 괘씸할 수도 있을 텐데. 하지만 해담의 얼굴이 너무도 단호했기에 유신은 뒷말을 밀어 넣었다.

사실, 해담으로서는 그 문제에 대해서 민감할 수밖에 없었다. 지선과 형진이 속도위반으로 결혼한 덕에 자리 잡고만 트라우마라고 할까.

해담이 초등학생 때 작고한 친할머니가 심심하면 그 문제로 지선을 괴롭혔던 게 기억에 남아서였다.

그래서 해담은 부모님 허락 없이 혼인신고는 할지언정, 절대 먼저 임신만큼은 안 하겠다는 주의였다.

"부모님들께는 언제 사정을 말씀드릴 거야?"

"설 쇠고 나면 곧바로요. 연휴 동안은 그래도 마음 편하게 보내셔야 할 것 같아서요."

"음. 바로 코앞이네."

고개를 끄덕거린 유신은 조금 심각해진 해담과 주신을 향해 덧붙였다.

"그래도 어른들께서 진서를 많이 좋아하시니 거기에 희망을 걸어 보자. 어차피 니들이 가족 될 거 다 알고 계시는데, 끝까지 반대야 하시겠어? 또 모르지. 오히려 좋아하실 수도 있고. 그만큼 진서의 존재가 강력하잖아."

"나도 그러길 바라고 있어."

조금이나마 희망을 가지고 있는 유신 주신 형제를 보며 해담은 목구멍까지 치민 한숨을 가슴 아래로 눌렀다.

정말, 진서의 존재가 너무 강력해서 엄마가 두말 않고 허락해 주면 좋을 텐데.

유신은 대화하는 동안 바짝 앞으로 숙이고 있던 자세를 편안히 뒤로 젖혔다.

"난 니들 편이야. 내가 도울 게 있으면 뭐든 얘기해. 최선을 다할 테니."

"고마워, 형."

"오빠, 고마워요."

"뭘. 나도 진서랑 피 섞였잖아."

해담과 주신은 테이블 아래로 손을 꼭 붙잡은 채 마주 보며 미소를 주고받았다.

"어, 선배?"

식사를 마치고 막 출입문을 나온 해담과 주신 그리고 유신은 뚝 발걸음을 멈추었다.

테이크아웃 커피가 담긴 캐리어를 양손에 든 애리가 몇 발자국 떨어진 곳에서 눈을 동그랗게 뜨고 있었다.

"커피 배달하는 중이었어?"

"네. 조금 전에 점심 먹고 사다리 타기 했는데, 내가 걸렸거든요. 선배는 거기서 점심 먹었나 봐요?"

"어, 그래."

애리가 다가오며 잔뜩 놀라운 표정으로 유신과 주신을 번갈아 보았다. 유신은 조금 쑥스러운 얼굴로 주신을 돌아보았다.

"주신아, 인사해. 회사 동료이자, 형 여자친구."

형의 여자친구를 소개받는 건 처음이었기에 주신은 조금 묘한 기분이 되어 고개를 숙였다.

"처음 뵙겠습니다, 최주신입니다."

"만나서 반가워요. 주애리예요."

마찬가지로 허리를 숙였다 든 애리가 동그랗게 말려 올라간 속눈썹을 깜빡였다.

"와. 두 사람, 누가 봐도 형제라고 하겠네요. 완전 닮았어요."

감탄을 날린 애리의 시선이 곧장 주신의 옆에 서 있는 해담에게로 향했다.

"아, 안녕?"

안면이 있는 듯한 애리의 인사에 주신이 조금 의아한 얼굴로 해담을 바라보았다.

"……."

해담이 대답 대신 새침하니 고개만 까딱, 해 보이자 주신은 눈동자를 휙 유신에게로 날렸다.

결혼식 날 두 사람이 싸운 걸 떠올리기만 해도 머리가 아픈 유신은 작게 도리질만 해보였다.

"저기, 음…… 커, 커피 마실래? 난 다시 사면 되는데……."

애리가 주뼛거리며 커피 두 잔이 담긴 캐리어 하나를 해담에게 슬그머니 내밀었다. 해담은 조금 불편한 시선으로 애리를 바라보았다.

"해주 언니."

"어, 웅."

"지금 나 멕이시는 거죠."

"어어? 으응? 내가?"

애리뿐만 아니라 주신, 유신의 눈도 커다래졌다.

"내, 내가 왜 동생 친구를 멕여."

"그 커피 안 받으면 나 되게 속 좁은 사람이 되는 거잖아요. 그거 받으면 싫든 좋든 사과 받아들이는 모양새가 되는 거고요. 전자든 후자든 둘 다 저에게는 별로인 상황이네요."

"아. 듣고 보니 진짜 그렇네? 아, 알았어. 커피 안 줄게."

애리가 무안한 표정으로 내밀었던 커피를 거두어들였다.

"근데, 나 그런 것까지 속으로 계산해서 행동하는 사람 아니야. 손에 들고 있는 게 커피라서. 이거라도 챙겨 주고서 싶어서 그런 거니까, 오해하지 마."

퍼뜩 변명한 애리가 조금 씁쓸한 투로 덧붙였다.

"내 첫인상이 많이 안 좋았다는 거 알아. 그래서 내가 하는 행동이 다 탐탁지 않긴 할 거야. 왜 아니겠어. 나라도 그럴 텐데. 그래도 언젠가는 마음 풀어줄 거라 믿어."

"풀릴 때 되면 풀리겠죠."

"웅. 그러길 바랄게. 혹시, 나 때문에 우리 해주랑 사이 나빠진 건 아니지?"

"그럴 리가요. 연좌제도 아니고. 해주랑은 예전과 똑같으니 걱정 안 해도 돼요."

"그래, 고마워."

해담은 주신에게로 고개를 돌렸다.

"주신아, 우리 그만 가자."

"응."

고개를 끄덕인 주신이 해담의 어깨를 껴안듯 감싸고서 유신을 바라보았다.

"형, 우리 갈게."

"오빠, 오늘 시간 내주셔서 고맙습니다."

"어, 그래. 들어들 가."

주신이 애리에게 묵례를 해 보이자 그녀도 퍼뜩 고개를 숙였다.

"오늘 만나서 반가웠어요."

애리는 입가에 어색한 미소를 띤 채 해담에게도 손을 흔들어 보였다.

"자, 잘 가."

"네."

해담이 짤막하니 대꾸하고 몸을 돌리는데도 애리는 그 뒷모습에 손을 흔들었다.

바짝 붙어서 가는 해담과 주신의 모습이 완전히 사라져서야 애리는 한숨과 함께 손을 내렸다.

"선배, 동생이랑 진짜 많이 닮았네요."

"그런 말 많이 듣긴 해."

"쟤 화 풀리려면 꽤 오래 걸릴 것 같죠?"

"사과한다고 해서 다 받아줘야 하는 거 아니니까. 그건 감수해야지."

"알아요."

유신은 애리의 어깨를 가볍게 다독이고서 캐리어 하나를 받아들었다.

"가자."

"네."

흔들리는 지하철에 나란히 앉아 가던 주신은 해담의 턱을 잡고서 슬쩍 자신의 쪽으로 돌려놓았다.

"왜?"

"말 안 해 줄 거야?"

"아. 오빠 여자친구와 나?"

"응. 심각해 보이던데."

"너 때문이야."

"응?"

"너랑 유신 오빠가 너무 닮아서 생긴 해프닝. 너랑 있는 걸 내가 유신 오빠와 있는 걸로 착각해서 조금 오해가 있었어."

가만히 눈을 깜빡이던 주신이 대충 알만하다는 듯 피식, 웃었다.

"계속 얘기해 줄까?"

"됐어. 안 해도 돼."

"고마워라. 그 얘기 다 하려면 무지 피곤할 것 같았는데."

해담은 말가니 주신을 올려다보았다.

"아까, 나 되게 까칠하고 못돼 보였지? 내가 생각해도 좀 그랬으니까."

"아니."

"진짜?"

"네가 그러는 데는 이유가 있을 테니까. 설령 이유가 없어도 네가 옳아."

"와."

해담은 주신의 볼에 진한 뽀뽀라도 날리고 싶은 걸 간신히 눌렀다.

"나, 감동 먹었어."

"뭐 이런 걸로."

"내가 무슨 짓을 해도 넌 내 편이라는 뜻이잖아."

"넌 안 그럴 거야?"

"음, 난 상황 봐서? 내가 좀 합리적이잖아."

그러고서 해담이 작게 웃음을 터트리자 주신은 못 말리겠다는 듯 희미하게 고개를 저었다.

해담은 가만히 주신의 품에 고개를 기댔다.

"주신아. 우리, 무슨 일이 있어도 진서, 지켜내자. 반드시."

"당연히 그래야지."

주신은 해담의 얼굴을 쓰다듬으며 맹세하듯 힘주어 대답했다.

♥

주신에게 받는 마지막 과외도 막바지에 이르렀다. 수업 내내 짬이 날 때마다 주영은 초조하게 주신을 흘끔거렸다. 다이어리의 행방을 묻는 주신과의 통화에서 거짓말을 한 게 미치도록 신경 쓰여서.

저도 모르게 거짓말을 하고서도 그 찝찝함에 얼마나 후회를 했는지 모른다. 지금 생각해도 도대체 왜 그랬는지 알 수가 없다.

어쩌면, 주신이 그녀에게 한 마디 언급도 없이 과외를 그만둔다는 생각에 서운해서 그랬는지도 모른다.

'하아. 그래. 그냥, 뒤늦게 방에서 발견했다고 하는 거야. 그럼, 뭐 어쩌겠어?'

뒤숭숭한 채로 수업도 건성건성 듣다 보니 어느새 시간은 훌쩍 지나가 있었다.

"그동안 함께 공부하느라 즐거웠다."

교재를 덮으며, 전혀 즐겁지 않은 무뚝뚝한 얼굴로 주신이 말했다.

"네, 저도 쌤이랑 함께 공부해서 좋았어요. 그동안 과외해 주셔서 고맙습니다."

주신이 한쪽 눈썹을 세웠다.

"오늘이 마지막 과외인 거 알고 있었어?"

"아. 엄, 엄마한테 들었어요."

"그래?"

"네, 네."

"앞으로도 지금처럼 열심히 하면 좋은 결과 있을 거야."

마지막으로 덕담을 남긴 주신이 교재를 가방에 넣고서 몸을 일으켰다.

"저, 쌤!"

다급한 마음에 저도 모르게 주영은 목소리를 높였다.

"왜?"

"저, 그게, 쌤, 다이어리요."

순간, 주신의 눈매가 날카롭게 주영에게 꽂혔다.

"다이어리 뭐. 너, 내 다이어리 봤어?"

꿰뚫을 것 같은 매서운 시선에 주영은 하마터면 딸꾹질을 할 뻔했다. 만약, 가지고 있다고 하면 세상에 없는 후안무치 취급을 받을 것 같은 느낌이랄까. 주영은 침을 꾹 삼키며 도리질을 쳤다.

"아, 아뇨. 못 봤다니까요. 그냥, 찾으셨나 해서요."

주신이 서늘하기 그지없는 눈동자로 쓰윽 주영을 훑고서 이맛살을 구겼다.

"아니. 못 찾았어."

"아, 그렇구나. 어떡해요."

"부주의한 내 탓인데 뭘 어떡해."

딱딱하게 말한 주신은 잘 있으라는 한 마디를 던지고서 이내 방을 나섰다. 주영은 오만상을 찌푸리며 자신의 머리를 쥐어박았다.

아아, 찝찝해! 마치 도둑년이 된 것만 같은 기분이었다.

38.

가게를 일찍 마친 지선은 진서와 둘이서 오붓하게 마트 데이트 중이었다.

한두 평 될까 말까 한 서점 코너에서 진서의 흥미가 가득한 책을 몇 권 고르고, 봄을 대비해 옷도 몇 벌 구입했다.

그런 다음 지하로 가서, 뭐든 잘 먹는 진서가 특히 좋아하는 식재료들을 카트에 담았다. 그리고 반려동물 용품이 즐비한 곳에서 두 사람의 발길이 머물렀다.

"고양이 사료는 아무거나 사면 되는 거니?"

"마트 사료는 등급이 제일 낮은 거라, 다 거기서 거기거든요."

"별로 안 좋은 거구나?"

"네. 고양이에게 좋지 않은 성분이 많이 들었다고 책에서 봤거든요."

"그럼, 그냥 저렴하고 양이 많으니까 사는 거야?"

"네에. 그나마 그거라도 주면 굶어 죽지는 않을 테니까요. 음식물 쓰레기를 기웃거리는 것보다는 낫기도 하구요. 양도 많아서 제법 오래 줄 수 있기도 해서요."

쓸쓸하지만 비교적 덤덤한 진서의 대꾸에 지선은 숙연해졌다.

차 밑에, 담벼락 밑에 웅크리고 있는 고양이들을 종종 볼 때마다 그저, 춥 겠네, 덥겠네, 정도만 생각했을 뿐이다. 측은한 마음이 들기도 했지만, 전혀 관심 줄 생각은 못했다.

"어린 네가 어른보다 낫다, 나아."

진심어린 칭찬을 한 지선이 사료 포대를 번쩍 들어 카트에 실었다.

"사료 떨어지고 없던데 오늘은 이거 사고, 다음번에는 할머니가, 음, 흠. 내가 알아보고 조금 더 나은 걸로 사줄게."

여전히 할머니 소리는 입에 붙지 않아 헛기침까지 섞어가며 지선이 다짐 하듯 말했다.

"아, 정말요?"

"그럼, 정말이지."

"와, 고맙습니다!"

팔짝팔짝 뛸 듯이 기뻐하는 진서를 보니, 괜히 지선도 뿌듯했다. 누굴 닮 아 이렇게 심성이 고운지 모를 일이었다. 짧은 기간 동안 정이 듬뿍 든 게 이 녀석의 순한 기질 덕인지도 몰랐다.

묵직한 카트를 밀며 지선이 나가자 진서가 싱글벙글 따랐다.

"진서는 크면 뭐가 되고 싶어?"

"……."

"왜. 생각해 본 적 없어?"

"아, 그건 아니구요. 생각은 해 봤는데…….."

지선은 말끝을 흐리는 진서를 바라보았다.

"생각은 해 봤는데, 불가능할 것 같아?"

"그게…… 네."

"불가능이 어디 있어? 열심히 노력하다 보면 되는 거지. 그 해 봤다는 생 각은 뭔데? 할머니한테 한 번 말해 봐."

"수의사요."

생각하고 말 것 없이 곧장 흘러나온 대답에 지선은 황당한 표정을 지었다.

"수의사? 난 또 뭐라고. 수의사가 왜 불가능해? 지금부터 열심히 공부하면 수의사 아니라, 수의사 할애비도 되겠구만."

"그, 그럴까요."

"그럼, 당연하지. 난 또 꿈이 엔터프라이즈호 함장쯤 되는 줄 알았네. 수의사? 세상 현실적인 꿈을 가지고."

어이없는 웃음을 흘린 지선은 가만히 진서의 머리를 쓰다듬었다.

"꿈은 크게 가지는 거야. 항상 내 손에 잡힐 거라는 생각을 가지고."

"넵."

씩씩한 대답에 지선의 입술에 절로 흐뭇한 미소가 걸렸다. 미래에서 온 손자와 함께 마트를 누비고 다니다니. 누가 믿겠는가.

진서와 대화를 나누고 있으니 궁금한 것도 부쩍 는다.

"진서는 언제까지 여기 있을 거야?"

"예?"

"아이고, 미안. 니 엄마가 그런 건 너 곤란할까 봐 묻지 말랬는데."

"하하."

하지만, 몇 발짝 걷던 지선은 또 입이 근질거려 질문을 던졌다.

"근데, 진서는 생일이 언제야?"

"제 생일이요?"

"혹시 그것도 대답하기 곤란한 거야?"

"저, 2월 25일이 생일이에요."

"응? 2월 25일?"

"네."

"어머, 그럼, 얼마 안 남았네? 설 쇠고 나면 곧바로 생일이네?"

놀란 표정을 지은 지선이 잠시 걸음을 멈추고서 진서를 응시했다.

"진서야."

"예?"

"그때까지는 있을 거지?"

진서는 뭐라고 대답해야 하나 눈을 깜빡이다가 고개를 끄덕였다.

"네. 아마도요."

지선의 입술이 즐거움을 담고 옆으로 벌어졌다.

"아이고, 잘됐다! 그럼, 우리 진서 생일파티 해 줘야겠네?"

한껏 들뜬 얼굴로 아이처럼 좋아하던 지선은 문득 또 다른 궁금증을 떠올렸다.

"그럼, 진서는 몇 년도에 태어나? 혹시 그것도 알고 있어?"

지선의 호기심 가득한 질문에 진서는 동공을 확장시킨 채 속눈썹만 깜빡였다.

'진서야, 만약에 할머니나 할아버지가 너 몇 년도에 태어났냐고 물으면 무조건 모른다고 해야 해.'

'예? 할아버지 할머니께 거짓말해야 돼요?'

'어, 그게. 선의의 거짓말.'

'왜 거짓말을 해야 해요?'

'음, 그게, 네가 내년에 태어난다고 하면 할머니 할아버지가 무척 당황해하실 거라서 그래. 봐봐. 할머니 할아버지는 아직, 할머니 할아버지라고 불리기에는 너무 젊으시잖아.'

'아! 무슨 말인지 알겠어요.'

'만약 …… 음, 그래. 거짓말이 싫으면 그냥 웃어.'

'웃어요?'

'어어. 그냥, 하하하하, 웃으면 돼. 그럼, 할머니, 할아버지가 더 안 물어보실 거야. 대신, 절대 내년에 태어난다고 하는 건 안 돼.'

예전, 해담이 단단히 일러주었던 말을 떠올린 진서는 퍼뜩 입술을 양쪽으로 벌렸다.

"……하, 하하."

갑작스런 어색한 웃음에 지선이 고개를 갸웃거렸다.

"진서, 왜 웃어?"

"그게…… 몇 년도에 태어났냐고 물으셔서요."

지선이 번뜩 든 생각에 무릎을 탁 쳤다.

"아이고, 이거 물으면 안 되는 거야? 대답하면 큰일 나고 그러는 거야?"

"하하하하……."

진서가 여전히 부자연스럽게 웃기만 하자 지선은 고개를 끄덕였다.

"어머, 물으면 안 되는 건데, 내가 물었나 보다. 대답하지 마, 못 들은 걸로 해."

"네. 하하."

위기를 넘긴 진서는 안도의 한숨을 내쉬었다. 엄마와의 약속을 지켰다는 뿌듯함에 절로 진서의 표정이 풀어졌다.

지선이 묘한 눈으로 보고 있는 것도 모른 채.

♥

비가 올 것처럼 꾸물꾸물 날이 흐려졌다. 이런 날은 기분도 별로라 침대에서 뒹굴거리는 게 최고지만 민혁은 놀이터로 향했다.

"애도 아니고 복학도 얼마 안 남았는데, 놀이터나 들락거리다니. 내 팔자야."

하지만 궁금한데 어떡하라고. 도무지 진서 그 애의 정체가 궁금해서 견딜 수가 없었다.

"사진 들고 가는 곳마다 죽은 애라 그러지. 그 영감님과는 이상한 대화까지 나누지. 무서운 귀신이 따라다닌다고 하지를 않나. 또 뭐랬더라? 아, 곧 데려갈 저승 것 어쩌고저쩌고했지? 저승 것이 꼬맹이를 데려간다는 뜻인가?"

이런데 안 궁금할 턱이 있나! 온통 의문스러운 것 천지였다. 이해담 친척이라니, 해담에게 진지하게 물어볼까 하다가 관두었다. 뭔가 있어도 절대 말해 줄 계집애가 아니었으니까.

바이크를 끌고 왔다가, 혹여 동네 꼬맹이들이 건드리면 안 되기에, 민혁은 걸어서 오는 수고도 감수했다. 그만큼 진서는 민혁의 호기심을 자극하는 아이였다.

막 놀이터에 다다랐을 때였다.

"아악! 이 새끼가 나 물었어!"

"죽여버려!"

"하지 마! 진서 괴롭히지 말라구!"

"석유리, 넌 저리 꺼져!"

"앗!"

"유리 때리지 마!"

아이들 특유의 높은 목소리들이 시끄럽게 대기 중에 울려 퍼졌다.

"뭐냐, 저건."

민혁은 고개를 옆으로 비스듬히 기울인 채 난장판이 되고 있는 장면을 응시했다.

2대 3. 초딩들의 패싸움이었다.

진서와 유리 VS 이름 모를 남초딩들 셋. 아니, 1대 3인가?

유리는 어차피 달려드는 족족 남초딩들에게 밀려 넘어지기 일쑤라 전혀 도움이 되지 못하고 있었으니까.

"악! 내 코! 이 새끼가! 뒤질라고!"

진서에게 코를 한 대 얻어맞고 타격을 입은 한 녀석이, 진서의 머리채를 붙잡고 흔들어 댄다. 진서 역시 질세라 녀석의 머리채를 붙잡고 늘어졌다.

"아아아! 야이씨! 이거 안 놔?"

"못 놔. 다시는 고양이 안 괴롭히겠다고 할 때까지."

"아오, 이 새끼가. 꼴랑 더러운 고양이 가지고! 야, 빨리 이 새끼 좀 떼 봐!"

주고받는 말로 봐서는 아무래도 저 초딩들이 고양이를 괴롭혀서 진서와 싸움이 난 모양이었다.

나머지 두 녀석들이 말리려는 건지, 덤비려는 건지, 어쨌든 계속 달려드는 유리를 밀쳐내고서 진서의 구타에 합세했다. 얼굴을 때리고 발로 걸어차고 무자비하다 싶을 만큼이었다.

"진서 때리지 말라고오! 어허어엉!"

급기야 유리가 커다랗게 울음을 터트렸다. 물끄러미 이 광경을 지켜보던 민혁은 미간을 슬쩍 구겼다.

"아무리 봐도 저승이니, 뭐니 할 만큼 특별한 점은 없는데."

이내 한숨을 푹 내쉰 민혁은 팔짱을 풀고서 초딩들이 싸우는 곳으로 다가갔다.

"야, 야. 거기 스톱. 니들 뭐 하냐?"

성인의 목소리가 들려오자, 잠시 움찔한 녀석들이 더욱 맹렬히 싸우기 시작했다.

"뭐야, 이 초딩들은? 어른이 말을 하는데 들어처먹을 생각을 안 하네?"

기가 막혀 헛웃음을 흘린 민혁은 소리를 빽 질렀다.

"이것들을 그냥 확! 그만 안 해!"

위협이 잔뜩 실린 고함소리에 그제야 엉겨 붙어 싸우던 아이들이 동작을 멈추고서 돌아보았다.

민혁을 알아본 진서의 동공이 커다랗게 열렸다.

"혀엉!"

"쯧쯧, 꼴좋다. 친척집에 와서 쌈박질이나 하고 있고."

진서가 얼굴을 시뻘겋게 붉히며 그때까지도 잡고 있던 상대방을 놓았다.

"얌마. 너도 봐."

"그치만, 이 새끼가 먼저 때렸단 말이에요."

"너네들이 먼저 가만히 있는 고양이들 꼬챙이로 찌르고 괴롭혔잖아!"

유리가 여전히 울음기 섞인 목소리로 외치자, 그래도 양심이 있는지 녀석들이 우물쭈물 대꾸를 못했다.

성질 같으면 다들 한 대씩 줘 패서 돌려보내면 속이 시원하겠지만, 그럴 수도 없고.

"이노무 새끼들이 개념을 상실했나. 왜 가만히 있는 동물들을 괴롭혀? 가뜩이나 오갈 데 없어서 불쌍한 것들을. 힘센 어른이 니들 꼬챙이로 찌르고 괴롭히면 좋냐? 내가 니들 붙잡아 놓고 똑같이 꼬챙이로 꿰뚫어줄까, 어?"

민혁이 무섭게 윽박지르자 두 녀석이 고개를 푹 숙이고, 한 녀석은 그제야 진서의 머리를 놓았다.

"야, 니들 부모님 전화번호 불러봐. 엄마든 아빠든."

보통 이 나이 때는 부모님 소환이 제일 무서운 법이었다.

"아, 알아서 뭐 하시게요."

"뭐 하기는 새끼야. 니들 부모 불러서 니들이 한 짓 그대로 다 얘기하고 교육 좀 똑바로 시키라고 말하려고 그런다. 빨리 불러!"

민혁의 고함에 초딩들이 흘끔흘끔 서로의 눈치를 보더니 뒤로 슬금슬금 뒤로 물러났다.

마치 잡아챌 것처럼 민혁이 무섭게 다가가자 아이들이 히익, 기겁을 하며 도망치기 시작했다.

"야! 앞으로 저 고양이들 잘못되면 무조건 다 니들 책임이야! 고양이들이 넘어져서 다쳐도 니들 잘못이고! 니들부터 족친다! 알았어?"

일부러 더 크게 외친 민혁은 악동들이 사라지자 고개를 돌렸다.

"야, 괜찮냐?"

"네, 네. 고맙습니다."

"고맙습니다."

진서와 유리가 예의 바르게 인사를 했다. 민혁은 쯧쯧, 혀끝을 찼다.

"괜찮긴 뭐가 괜찮냐?"

진서는 온 얼굴이 할퀴어지고 입술은 터져서 엉망이었다. 그나마 유리는 밀려 넘어져서인지 얼굴만큼은 멀쩡했다.

"유리야, 다친 데 없어?"

"응. 난 괜찮아. 넌 많이 아프지?"

"아냐. 이 정도쯤이야. 하나도 안 아파."

서로를 걱정하는 진서와 유리를 보며 민혁은 고개를 절레절레 저었다.

꼴에. 쬐끄만 것들이 연애질은.

민혁은 유리를 내려다보았다.

"오늘은 그만 놀고 들어가라. 보다시피 진서 얼굴이 이래서 더 못 놀겠다. 약도 발라야 할 것 같고."

아쉬운 표정을 지었지만 유리는 고개를 끄덕였다.

"네. 진서야, 내일 봐."

"응. 잘 가, 유리야. 내일 봐."

진서와 유리는 마치 연인처럼 애틋하게 서로를 바라보며 손을 흔들었다.

유리가 완전히 사라질 때까지 진서가 바라보고 있자, 민혁은 어이없는 웃음을 흘렸다.

절절하다, 절절해.

"집에 이해담 있냐?"

"계실걸요."

"볼 때마다 희한하다니까. 친척 누나한테 극존칭이냐."

"습, 습관이 돼서요."

진서가 어색하게 웃다가 터진 입술 때문에 인상을 찡그렸다.

"가자. 데려다줄게."

"예? 안 그러서도 되는데요."

"내 마음이야, 인마. 가면서 물어볼 것도 있고."

너 데려다주는 핑계로 이해담 얼굴도 한 번 보고. 너, 죽도록 얻어터지고 있는 거 내가 말렸다고 생색도 좀 내고.

사실은 어디로 데려가서 대화를 나누고 싶었지만, 꼴이 이러니 그럴 수가 없었다. 민혁이 앞장서자 진서는 바닥에 떨어져 있던 봉투를 챙기고서 걸음을 뗐다.

절뚝, 절뚝. 민혁이 발을 멈추고서 돌아보았다.

"다리는 왜 그래?"

"모르겠어요. 조금 전에 무릎을 차여서 그런가 봐요."

저 어디가 죽은 애냐고!

머리를 흔든 민혁은 무릎을 굽혔다.

"야, 업혀."

"예? 괘, 괜찮은데요."

"그렇게 걷다가 하루 종일 걸려도 집에 못 갈 것 같아서 그런다."

"그래도 어떻게……."

"처음도 아니면서 뭘 그렇게 어색해하냐?"

"저 업어주신 적 있으세요?"

"너, 타르트 사러 갔던 날 우리 집에서 밥 먹고 잠들었을 때, 내가 너 집까지 업어다 줬다, 인마."

"아."

"아고, 어고, 빨리 안 업혀? 모냥 빠지게 이 자세로 있게 할래?"

민혁이 짜증스레 말해서야 진서는 '아, 넵!' 외치고서 등에 업혔다. 몸을 일으킨 민혁은 저벅저벅 발걸음을 옮겼다.

"근데, 저한테 뭐 물어보시려고요?"

민혁은 한 박자 뜸을 들였다가 입술을 움직였다.

"귀신이 너 쫓아다녀서 무섭지?"

헉, 숨을 들이마시는 소리가 여과 없이 귀에 박혀 왔다. 동시에 어깨 위에 놓인 작은 손에 바짝 힘이 들어가는 게 생생히 느껴졌다.

"······그, 그게 무슨 말씀이세요."

"왜. 아니라고 거짓말이라도 하게?"

"······."

'거짓말'에 찔린 진서가 할 말을 잃자 민혁은 밀어붙였다.

"곧 저승 것이 너 데리러 오는 것도 맞지?"

"······."

잠시 동안 숨만 몰아쉬던 진서가 몸을 비틀었다.

"저, 저 그만 내려주세요. 이제 안 아파요. 혼자 갈 수 있어요."

지금 내려주면 이해담 얼굴도 못 보고, 생색 역시 못 낼 것이다. 하지만, 당장 더 궁금한 건 진서의 표정이었다.

멈추어 선 민혁이 자세를 낮추자 진서가 곧바로 바닥으로 내려섰다.

"오늘 고마웠습니다."

아무렇지 않은 듯 인사를 하는 진서의 얼굴은 잔뜩 창백해져 있었다. 진서가 몸을 돌려 여전히 절뚝이며 걷기 시작했다.

"야, 꼬맹이."

나직한 민혁의 부름에 진서가 멈칫하고서 고개를 돌렸다.

"너, 산 사람이 아닌 것도 알아."

진서의 작은 입술 끝이 파르르 떨린다. 마치, 귀신을 본 것처럼 뒷걸음을 치던 진서가 제 발에 걸려 쿠당탕 엉덩방아를 찧었다.

"야, 너 괜찮아?"

민혁이 채 다가가기도 전에 몸을 일으킨 진서는 절뚝이면서도 도망치듯 뛰기 시작했다.

민혁은 입을 떡 벌린 채 눈만 끔뻑였다.

아, 젠장. 정말, 반신반의하며 찔러 본 건데 반응이 너무 적나라하잖아.

"쟤, 정말 산 사람이 아니었단 말이야? 진짜로?"

오싹, 소름이 돋고 머릿속이 멍해져 멍하니 중얼거리던 민혁은 눈을 번쩍 떴다. 조금 전 넘어졌던 곳에 진서가 들고 다니는 봉투가 떨어져 있었기 때문이다.

다가간 민혁은 봉투 안을 슬쩍 들여다보았다. 봉투에는 고양이 것으로 추정되는 밥그릇들과 빈 물병이 담겨 있었다.

"이 중요한 것까지 놓고 갈 정도면 어지간히 놀랐다는 거잖아."

분명, 그 요상한 영감님과는 자연스레 대화를 나누었잖아. 근데, 내가 알은 척하니까 왜 이렇게 놀라는 건데?

봉투를 집어든 민혁은 해담의 집 쪽으로 향하기 시작했다.

"이쯤인 것 같은데. 여기가 맞나?"

이마를 푹 덮은 챙 넓은 모자와 얼굴을 반쯤 가리는 시꺼먼 선글라스로

위장을 한 주영은 연방 주변을 둘러보았다.

"아, 저 집인가?"

핸드폰의 지도 앱과 집들을 번갈아 보며 주영은 긴가민가 다가갔다.

"하아. 내가 못 살아 진짜. 이런 건 딱 질색인데."

주영은 어머니 몰래 안방 서랍을 뒤져 과외 계약서를 찾아내, 거기 적힌 주신의 집 주소 하나로 여기까지 왔다.

"그러게 거짓말은 왜 해가지고."

마지막 과외가 끝난 뒤에라도 사실대로 다이어리의 행방에 대해 말하고 돌려줬어야 했는데.

"그치만, 사실대로 말하기에는 쌤 표정이 너무 무서웠다고."

그래 봤자 변명일 뿐이었지만. 그래도 한 가지 자부할 수 있는 건, 단연코 다이어리를 열어보지 않았다는 것이다. 만약 누군가가 그녀의 사생활을 엿본다고 생각하면 피가 거꾸로 솟을 것 같았으니까.

주신의 다이어리가, 아니, 성인 남자의 다이어리가 정말정말 궁금했지만 주영은 마지막 양심만큼은 지켰다.

이제 이 마음의 평화를 되찾기 위해서는 이 다이어리를 깔끔하게, 주인에게 돌려주는 것뿐이었다.

"여기가 맞는 것 같은데."

연방 핸드폰과 집을 보며 대문 앞에 선 주영은 후욱, 숨을 들이마셨다.

"이걸 우편함에 넣고 깔끔하게 손 터는 거야."

대문에 달린 빨간색 우편함에, 보물단지처럼 가지고 온 다이어리를 넣으려던 주영은 멈칫했다.

"근데, 만약, 누가 훔쳐 가면 어떡하지? 요즘 우편함 좀도둑들 많다던데."

아마, 보지는 못했어도 다이어리 안에 꽤나 많은 정보가 있을 것이다. 그걸 만약 다이어리를 훔친 도둑놈이 나쁜 용도로 사용한다면? 그래서 그걸로 쌤이 큰 피해를 본다면?

"안 돼. 절대 그러면 안 되지."

주영의 얼굴이 순식간에 잿빛으로 변했다.

"그냥, 대문 안으로 던져 넣자."

대문과 담벼락이 높기는 해도 던지면 안으로 넣을 수 있을 것 같긴 했다.

"그냥, 등기나 택배를 이용할 걸 그랬나? 아냐, 아니지. 발신인을 안 적어도 발신지는 추적 가능할 수 있잖아. 괜히 발신지점 찾아가서 보낸 시간대 CCTV 돌려보면 어떡해. 그럼, 난 거 뻔해 알 텐데."

슥슥 주변을 보니 눈에 띄는 CCTV는 없는 것 같으니, 그나마 던져 놓는 게 제일 나을 듯했다. 설마, 던져 놓은 사람 추적하느라 경찰 대동해서 관제 센터까지 가지는 않을 테니까.

심호흡을 하고서 막 담벼락 안으로 다이어리를 투척하려는 찰나였다.

"거기, 당신 뭐야?"

흡. 주영은 다이어리를 뒤로 든 그 자세로 딱 굳어버렸다.

"왜 남의 집 앞에서 어슬렁거리는 거냐고 묻잖아."

주영은 커다란 모자와 안경을 쓰고 있는 걸 다행이라 여기며 슬그머니 옆을 돌아보았다.

바로 옆집 대문 앞에 웬 훤칠하게 잘생긴 남자가 잔뜩 의심스러운 표정으로 그녀를 보고 있었다. 아무래도 옆집에 사는 사람인 듯했다.

"수상한데. 경찰을 불러야 하나?"

헉, 안 돼!

"아, 아니 난…… 태, 택배예요."

"엉?"

황당한 남자의 표정보다 훨씬 더 당황스러운 얼굴로 주영은 들고 있던 다이어리를 퍼뜩 우편함에 넣었다.

다이어리를 우편함에 넣자마자, 주영은 얼굴은 물론이고 목이며 귀까지 시뻘게진 채로 줄행랑을 쳤다.

"이봐, 잠깐만!"

혹여 남자가 따라올까 무서워 미친 듯이 내뺐다.

이제 나도 몰라. 우편함에라도 넣었으니 최소한 양심은 지킨 거라고!

그렇게 자위하며 주영은 마구잡이로 내달렸다.

"허, 뭐지? 왜 도망가고 난리?"

민혁은 여자를 따라가 볼까 하다가 관두었다. 일단은 귀찮았고, 그는 진서가 두고 간 이 봉투를 해담에게 전해줘야 했으니까.

그럼에도 확실한 건 방금 주신의 집 대문 앞을 어슬렁거리던 여자는 절대 택배회사 직원이 아니라는 것.

"남의 집에 뭘 넣고 저렇게 튄 거야? 시꺼멓던데, 수상한 물건 아니야?"

알 게 뭐야, 싶다가도 혹여 정말 수상하거나 위험한 물건일지도 몰랐기에 민혁은 주신의 대문 앞으로 다가갔다. 우편함에 손을 넣어 민혁은 여자가 밀어 넣은 시꺼먼 것을 꺼냈다.

"다이어리잖아? 이걸 왜?"

정말 별다른 생각 없이 민혁은 다이어리를 열었다.

♥

"아니, 진서 얼굴이 왜 이래?"

퇴근을 하고 막 집 안으로 들어선 지선은 진서의 얼굴을 보고 심장이 철렁 내려앉는 듯했다.

"낮에 유리랑 밥 먹으러 왔을 때도 멀쩡했잖아? 그새 무슨 일 있었어?"

"놀이터에서 애들이랑 싸웠대요."

어색하니 우물쭈물 서 있는 진서 대신 해담이 대꾸했다.

"진서가 싸움을 했다고?"

믿을 수가 없어 지선은 들고 있던 가방을 놓고서 진서의 눈높이에 맞춰 자세를 낮추었다.

"진서야, 정말 싸웠어?"

"네에."

"아니, 어쩌다가."

"그게…… 애들이 고양이를 너무 괴롭혀서요. 싸우면 안 되는데 너무 화가 나서 그만…….'

조금 풀 죽은 투로 대답한 진서가 힘없이 고개를 떨구었다. 열통이 확 터진 지선의 눈이 사납게 치켜 올라갔다.

"힘없는 고양이를 괴롭힌 걸로 모자라서, 니 얼굴까지 이렇게 만들었다고? 뭘 잘했다고? 걔들 누구야, 우리 동네 애들이야? 어디 사는지 알아? 진서, 걔들 얼굴 기억나지? 이것들을 내가 가만히 두나 봐라."

해담은 당장이라도 밖으로 쫓아나갈 듯 벌떡 몸을 일으킨 지선의 팔을 양손으로 붙잡았다.

"엄, 엄마. 진정, 진정하세요. 애들 싸움이잖아요."

"애들 싸움이면 뭐? 살인해도 용서를 해 줘야 해?"

지선의 무지막지한 표현에 해담은 물론이고 진서의 입까지 벌어졌다.

"하하. 비약이 너무 심한 거 아니에요? 애들끼리 싸우면서 치고받다가 상처 조금 생긴 건데."

"상처 조금? 이 어디가 상처 조금이야? 어?"

지선이 눈을 부라리며 진서의 턱을 들어 보였다.

"저는 진짜 괜찮아요."

진서가 어색하게 웃으며 뒤로 주춤주춤 물러났다. 싸울 때 다친 다리를 살짝 절룩거리며. 날카로운 지선의 눈이 결코 그것을 놓칠 리 없었다.

"진서, 무릎은 왜 절룩거려? 혹시, 싸울 때 맞아서 그런 거 아냐?"

"아, 아니에요. 이건 그냥, 제가 혼자 넘어진 거예요."

"맞네, 맞아. 그 녀석들한테 맞아서 그런 거구나."

"아니에요! 진짜 혼자 넘어져서……."

"내 이것들을 진짜! 진서, 그 애들 몇 명이었어?"

"세 명이요."

"뭐, 세 명? 세 명이서 너 하나를 이렇게 집단 폭행했다는 거네?"

해담과 진서의 얼굴이 점점 더 핼쑥해졌다.

"엄마, 유리도 있었대요."

"그래도 2대 3 아니야? 거기다 유리는 여자애고. 젓가락처럼 삐쩍 마른 애가 무슨 힘을 썼겠어? 진서."

"네, 네."

"그 애들 이름 알아?"

진서가 눈을 동그랗게 뜨고서 곧장 도리질을 쳤다.

"아뇨, 저 몰라요."

"하긴. 넌 착하니까 알아도 모른다고 하겠지. 그래, 유리. 유리는 그 애들 알겠지. 진서, 유리 핸드폰 번호 불러봐."

"아이고, 엄마. 유리 핸드폰 없어요."

보다 못한 해담이 끼어들었지만 소용없었다.

"요즘 핸드폰 없는 애도 있어?"

"걔 부모님이 안 사줬나 보죠."

"그럼, 집 전화번호는 알지?"

"아, 아니요. 집 전화번호도 몰라요."

이번에도 진서가 어쩔 줄 몰라 하며 대답하자, 지선은 눈을 가늘게 떴다.

"진서, 할머니한테 거짓말하는 거 아니야."

"거짓말 아니에요. 저, 진짜 모르는데⋯⋯."

"엄마, 이제 그만 하세요. 진서가 거짓말할 아이예요? 그리고 애들 다 싸우면서 크는 건데 그렇게⋯⋯."

지선의 매서운 시선이 곧장 해담에게로 날아왔다.

"넌 엄마라는 애가 아들이 이렇게 쥐어터지고 들어왔는데 속도 안 상해?"

"속은 상하지만 어쩌겠어요. 걔들 하나하나 다 찾아가서 따지고 싸워요? 그리고 걔들도 다쳤을 수도 있고요."

"그러니까, 확인해 보면 알겠지."

"그러다 어른끼리 싸움 나요."

"잘잘못 따져서 잘못한 놈들한테 사과받는데 싸울 일이 뭐 있어? 그 녀석들, 말 못 하는 짐승들 괴롭히는 못된 짓도 제대로 혼쭐나야 하고."

전혀 지선이 굽힐 것 같지 않자 해담은 다급히 말했다.

"걔들 혼났대요. 민혁이한테요. 그치, 진서야?"

"아! 넵. 엄마 친구 형이 혼내줬어요."

진서가 퍼뜩 고개를 끄덕이며 맞장구를 치자 지선이 반쯤 기막힌 표정을 지었다.

"민혁이? 뜬금없이 민혁이가 걔들을 왜 혼내줘?"

"지나가는 길이었나 봐요. 한참 싸우고 있는데 민혁이가 말려주고, 걔들도 완전 무섭게 혼내서 쫓았대요."

"진서, 진짜야?"

"네! 정말이에요."

"애들 싸움에 그 정도 했으면 됐죠, 뭐. 진서가 또 일방적으로 맞기만 한 것도 아니래요. 같이 치고받고 싸웠대요. 찾아가 봤자 일만 더 크게 만들 거라고요."

적극적으로 만류하는 진서와 해담을 번갈아 응시하던 지선이 그제야 겨우 성질을 누그러뜨렸다.

하지만 상처 가득한 진서의 얼굴을 보고 있자니 지선은 속이 너무 쓰라렸다.

"약은 발랐어?"

"네. 내가 발라줬어요."

"쯧, 흉 지면 안 되는데."

"요즘 흉터 없애는 약이 잘 나온대요. 걱정 안 하셔도 돼요."

지선은 다시 자세를 낮추고서 진서의 바지를 걷어 올렸다. 다행히 큰 상처는 아닌 듯 조금 벌겋게 달아올라 있었다.

"무릎 많이 아파?"

"괜찮아요. 별로 안 아파요."

"별로 안 아픈데 절뚝거려?"

진서가 어색하게 웃자 지선은 속으로 한숨을 삼켰다.

"할머니가 냉찜질해줄 테니 소파에 앉아 있어."

"넵."

"얼음 얼려둔 게 있으려나 모르겠네."

몸을 일으킨 지선이 주방으로 향했다. 해담과 진서는 마주 보며 푸욱, 안도의 숨을 내쉬었다.

그러고서 피식, 작게 웃음을 머금을 때였다. 도어록의 기계음이 울려 퍼지더니 현관문이 열렸다.

퇴근한 형진이 양손 가득 봉투를 들고서 싱글벙글 웃으며 모습을 나타냈다.

"나 왔다. 진서야, 할아버지가 진서 주려고 맛있는 거 사 왔다?"

진서와 해담이 채 인사를 할 겨를도 없이 형진의 얼굴이 찌푸려졌다.

"아니, 저, 저, 저! 진서 얼굴이 왜 이래?"

맙소사. 해담과 진서는 똑같이 한 손을 이마에 얹고서 울상을 지었다. 해담과 진서는 방금 전 지선과 치렀던 과정을 다시 시작해야 했다.

39.

"말도 마, 진짜. 엄마가 싸운 애들 알아내서 집 찾아간다는 걸 겨우 말리고 한시름 놨더니, 아빠가 퇴근해서 또 호들갑을 떠시는 거야. 아빠 진정시킨다고 완전 진땀 뺐다는 거 아니야."

해담이 잔뜩 핼쑥해진 얼굴로 일어났던 해프닝을 얘기했다.

모두들 잠든 늦은 시각이었지만, 해담과 주신은 집 근처의 공원 벤치에 앉아 밤의 데이트를 즐기는 중이었다.

"애들 싸움이 어른 싸움 된다더니, 정말 그렇게 될까 봐 나랑 진서가 얼마나 조마조마했는지 몰라."

고개를 절레절레 젓는 해담과 달리 주신은 쿡쿡, 낮게 웃음을 터트렸다.

"고생했어."

"근데, 그 와중에 기분은 나쁘지 않더라. 엄마, 아빠가 진서를 정말 많이 아끼고 사랑해 주시는 것 같아서. 어쩌면, 진서가 빨리 태어난다는 사실을 알게 되서도 심각하게 충격을 받지는 않을 것 같다는 기대감도 조금 생기고."

늘 이렇게 속으로 전전긍긍하고 있을 해담이 안쓰러워, 주신은 슥슥 머리를 쓰다듬어 주었다.

내색은 안 하지만, 설을 쇤 뒤 일어나게 될 부모님과의 전쟁이 무서울 터였다. 솔직히 주신은 양가 부모님과의 대립보다 해담이 상처 입는 게 더 두려웠다. 부디, 모쪼록 해담이 많이 안 다쳤으면 하는 바람뿐이었다.

얌전히 주신의 손길을 받으며 해담이 한껏 행복한 표정을 지었다.

"있지, 주신아. 난 네가 이렇게 머리 쓰다듬어 주는 게 너무 좋아."

"그럼 매일 해주지 뭐. 힘든 것도 아니고."

"진짜, 매일매일? 평생?"

"응."

"흰머리 할머니가 돼서도?"

"응."

해담이 입술을 삐죽 내민 채 새치름하게 눈을 떴다.

"그 말 안 지키기만 해 봐."

주신 역시 비딱하니 고개를 기울이고서 눈을 가늘게 떴다.

"어쭈. 질린다고 빼기만 해 봐."

마주 보며 작게 웃음을 흘린 해담과 주신은 누구랄 것 없이 서로에게로 고개를 기울였다.

입가에 한껏 미소를 머금고서 시작된 자잘한 베이비키스는 주신의 손이 해담의 뒷머리를 옭아매는 순간 짙게 돌변했다.

해담은 입술을 열고서 주신이 선사해 주는 짜릿함을 만끽했다. 서로의 입술과 혀를 맛보고 음미하는 소리가 잠시 동안 어두운 공원에 울려 퍼졌다.

키스만으로는 부족할 정도가 돼서야 해담과 주신은 아쉬움을 누르며 맹렬함을 누그러뜨렸다.

몇 번이나 쪽쪽쪽, 입술을 부딪친 다음에야 완전히 키스가 멈추었다.

"내일은 진서 데리고 놀러 갈까. 모레부터 며칠 동안 보기 힘들 텐데."

주신이 얼굴을 어루만지며 제안했다.

"아, 맞다. 그렇네."

명절이 되면 각자 설을 쇠러 가기 때문에, 정말 그 기간에는 보기가 힘들었다. 하지만 해담은 애매한 표정을 지었다.

"진서가 우리랑 같이 놀려고 할까?"

"음?"

"걔가 워낙 공사가 다망하잖아. 길냥이들 밥도 줘야 하고, 유리랑 데이트도 해야 하는데, 우리와 놀아줄지 모르겠어."

"아. 우리는 진서에게 2순위였지."

"2순위면 다행이게? 1순위 유리, 2순위 길냥이들, 3순위 다른 동물들, 그다음이 우리라면 몰라도."

듣고 보니 완전 맞는 말이라 주신은 웃으며 고개를 끄덕였다.

"그럼, 진서 데리고 저녁이라도 먹자."

"응. 그건 가능할 거야. 저녁에는 칼같이 집에 들어오거든."

그렇게 대답한 해담은 뇌리를 스치는 생각에 묘한 표정을 지었다.

"주신아. 우리 그냥 이번 명절 쨀까?"

"어?"

이내 속내를 알아챈 주신이 눈을 번쩍 떴다.

"그래도 돼? 난 빠져도 상관없긴 한데 넌 아니잖아."

"외할머니 댁은 꼭 명절 아니더라도 갈 수 있으니까. 진서 핑계 대고 집에 있어도 될 것 같아서."

사악한 해담의 제안에 주신의 목울대가 절로 꿀걱, 움직였다.

♥

그날따라 햇살이 너무 밝았다. 전날 펑펑 내렸던 첫눈이 모두 다 녹아 없어져 버릴 정도로.

볼이 발갛게 얼었음에도 방과 후 집으로 향하는 진서의 발걸음은 날아갈 듯 가벼웠다. 며칠 전, 심한 감기로 입원했던 여동생 은서가 오늘 퇴원하는 날이기 때문이다. 3일 동안 못 본 게 마치 30일은 되는 것처럼 길게만 느껴졌다.

진서는 빨간색 책가방이 들썩거릴 정도로 팔랑팔랑 뛰어 교차로의 건널목 앞에 섰다.

빨간색 신호등이 초록불이 되기를 기다리며 콧노래를 흥얼거리던 진서의 얼굴이 확 밝아졌다.

'어, 유리 누나다.'

건널목 건너편에는 같은 아파트에 살고 있는 유리가 핸드폰을 들여다보며 신호를 기다리고 있었다. 같은 층 앞집에 살고 있는 고등학생 누나였다.

진서는 한숨을 푹 내쉬며 고개를 내저었다.

'학교 있을 시간에 여기 있는 걸 보면 누나 또 학교 땡땡이친 모양이네.'

유리는 진서가 다섯 살, 은서가 갓 태어난 해에 지금의 아파트로 왔다.

어른들의 말로는 이혼한 부모님 중 어머니 밑에 자라다, 어머니가 재혼을 하는 바람에 이곳 아버지의 집으로 오게 됐다고 했다.

환경이 바뀌어서인지, 어린 시절 부모님의 이혼 때문인지 유리는 늘 조금 불안정한 모습이었다. 지금처럼 수시로 학교도 땡땡이치고.

그럼에도 외동으로 외롭게 자란 유리는 진서와 은서를 처음부터 무척이나 예뻐했다. 그 마음이 점점 더 커져 이제는 마치 동생처럼 진서와 은서를 아낄 정도였다.

'어? 진서야.'

맞은편에서 진서를 발견한 유리가 손을 흔들어 보였다.

'누나.'

진서도 손을 흔들며 웃어 보였다. 유리가 더더욱 활짝 웃었다. 겨울답지 않은 밝은 햇살보다 더 환하게.

신호가 초록색으로 바뀌었다. 진서는 신나게 뛰다시피 발걸음을 옮겼다. 유리 역시 바쁘게 발을 움직였다.

막 두 사람이 중간쯤 왔을 때였다. 순간, 유리의 얼굴이 경악스럽게 일그러졌다.

'진서야! 안 돼!'

찢어질 듯 날카로운 유리의 외침. 소스라치게 놀라 한껏 확장된 진서의 동공에, 돌진하는 트럭과 덮칠 듯 몸을 날리는 유리가 동시에 들어왔다.

퍼어억!

"헉!"

진서는 거친 숨을 몰아쉬며 눈을 번쩍 떴다. 낮은 조도의 취침등만 켜진 침실 천장이 들어왔다.

꿈이었다. 사고를 당한 날의 꿈. 너무 생생해서 숨이 턱 막히고 온몸은 찢어질 듯 아프다.

이마에 송골송골 맺힌 땀을 훔친 진서는 목이 너무 말라 상체를 일으켰다. 그 순간, 늘 집어삼킬 듯 자신을 응시하는 무서운 눈동자와 그대로 맞닥뜨렸다.

"……."

물끄러미 시선을 부딪치고 있던 진서는 형진과 지선이 깨지 않게 조심스레 침대 밑으로 내려섰다. 죽음의 순간을 떠올려서인지, 무섭던 존재가 오늘따라 더욱더 아무렇지 않았다.

방을 나서 주방으로 향하자 어둠의 존재도 진서를 따라 나왔다. 쪼르르륵. 컵에 물을 따라 반쯤 벌컥벌컥 마시고서 진서는 식탁 의자를 빼서 앉왔다.

"휴우. 세상살이가 왜 이렇게 험악하고 힘든 걸까요. 유리는…… 유리 누나는 내가 뭐라고 나를 구하기 위해 몸을 던진 걸까요?"

진서의 얼굴이 침울하게 가라앉았다.

"나를 여기로 데려다준 아저씨가 말하는 걸 들었어요. 유리 누나가 평생 장애를 안고 살게 될 거라는 걸요. 나 때문에요."

진서는 차갑고 시린 눈동자를 가만히 바라보았다.

"내가 조금만 빨리 알아채고 피했으면 난 살았을까요? 그럼, 유리 누나도 아무 일 없었겠죠? 이런 말 아무한테도 할 수가 없는데, 그래도 들어줘서 고맙습니다."

남은 물을 마저 들이켠 진서는 쓸쓸한 표정을 지었다.

"있잖아요. 벌써부터 은서 얼굴이 잘 생각이 안 나요. 되게 예쁜 내 동생이거든요. 나랑 네 살 차이가 나요. 엄마랑 엄청 많이 닮았는데 성격은 아빠 판박이래요. 그래서 가끔은 걔가…… 어? 어디 갔지?"

어느새 홀연히 사라지고 없는 존재를 찾아 이리저리 고개를 돌리던 진서는 푸욱 한숨을 흘렸다.

"조금만 더 들어주고 가지."

처연하게 몸을 일으킨 진서는 싱크대에 컵을 넣었다. 그때, 조용한 집 안에 도어록이 해제되는 소리가 울렸다.

"어머, 진서야. 너, 아직 안 잤어?"

현관문을 열고 들어선 해담이 깜짝 놀라 다가왔다.

"목이 좀 말라서요. 어디 다녀오시는 길인가 봐요?"

"아. 밖에서 아빠 좀 만나고 왔어."

"데이트하셨어요?"

"응, 뭐. 그렇지."

또랑또랑한 물음에 해담이 조금 쑥스럽게 대꾸하고서 다시 입술을 움직였다.

"참, 진서야. 내일 날 밝으면 엄마, 아빠랑 같이 놀러 안 갈래?"

갑자기 진서의 낯빛이 새파랗게 질렸다.

"저, 꼬, 꼭 가야 돼요?"

"왜. 가기 싫어?"

"그게 아니라, 오늘 낮에 싸우는 바람에 유리랑 조금 일찍 헤어졌거든요. 또 명절에도 못 볼 텐데…….."

아아. 역시나 1순위는 유리 확정이었다.

"그래서 내일은 풀로 유리랑 같이 있고 싶구나?"

진서가 어색하게 웃자 해담은 어깨를 툭툭 두드려 주었다.

"그래. 그렇게 해. 대신, 저녁은 같이 먹는 거다?"

"넵."

"자, 그럼, 이제 들어가서 자. 얼른."

"넵. 안녕히 주무세요."

"그래. 너도."

진서가 완전히 안방으로 자취를 감추자 해담은 검지로 볼을 긁적였다.

"참, 유리 좋아한단 말이야. 9살 연상 며느리 보게 생겼네."

어이없는 웃음을 흘리고서 해담도 이내 방으로 향했다.

민혁은 침대에 반듯하게 누워 천장을 응시하고 있었다.

"아무리 생각해도 말이 안 된단 말이지."

멍하니 중얼거린 민혁은 머리맡에 둔 다이어리를 집어 들고 몸을 빙글 돌렸다. 엎드린 채로 몇 번이고 보았던 다이어리를 펼쳤다.

[12월 OO일. 소반에서 웬 꼬맹이와 마주쳤다. 이름은 최진서. 나이는 아

흡 살. 그런데, 그 꼬맹이가 나보고 아빠란다. 이해담한테는 엄마라 부르고. 미래에서 온 두 사람의 아들이란다. 이런 미친.]

[12월 OO일. DNA 검사 결과가 나왔다. 믿을 수 없게도 진서는 나랑 이해담과 DNA가 일치했다. 결과를 전해 듣고 세상이 무너진 것 같은 얼굴을 한 채 집으로 들어가 버린 해담 때문에 머리가 복잡하다.]

[1월 X일. 해담이 허락을 했다. 드디어 해담과 정식으로 사귀게 됐다. 세상이 온통 핑크빛으로 물든다는 게 이런 기분인 듯.]

"놀고 있네!"

벌써 몇 번이나 본 거지만 볼 때마다 열통이 터져 민혁은 씩씩 숨을 내뱉었다. 더 뒤의 내용은 읽어 봤자 기분만 더러워지는 탓에 민혁은 다이어리를 덮고서 다시 천장을 향해 누웠다.

처음 이 다이어리를 펼쳤을 때는 이게 주신의 것인 건 꿈에도 몰랐다. 한데, 맨 뒤에 떡하니 이름이 적혀 있는 데다, 이런 요상한 내용까지 있어 너무 황당할 지경이었다.

"최주신이 쓴 소설이라고 치부하기에는 너무 적나라하단 말이지."

이름부터 날짜까지 딱딱 맞아떨어졌다. 특히나 진서, 그 꼬맹이가 혼자 타르트를 사러 갔던 이야기까지 다 기록돼 있으니 분명 허구는 아니었다.

감성이라고는 눈곱만치도 없는 그놈이 이런 오글거리는 소설을 지어낼 리도 만무했고.

"이게 사실이라면 진서라는 그 꼬맹이는 이해담의 친척이 아니고 미래에서 온 둘의 아들이라는 건데. 아, 젠장! 어쩐지 둘이 갑자기 친해졌다 했어!"

기분 더럽고 찝찝한 데다, 어처구니까지 없었으나 민혁은 계속 생각을 이어나갔다.

"그런데, 죽었단 말이지. 그럼, 미래에서 죽었는데, 지금 이 시간대로 왔다는 거야? 아니, 도대체 왜? 어떻게?"

이런 건 영화나 소설에서나 봤으니 현실에 접목시키기가 너무 힘들었다.

"아, 맞다."

문득, 놀이터에서 아무렇지도 않게 이상한 대화를 술술 나누던 노인이 떠올랐다.

"그 영감님은 분명 다 알고 있는 것 같던데. 요즘도 놀이터에 어슬렁거리나?"

벌떡 몸을 일으키던 민혁은 이내 다시 베개에 머리를 대었다. 새벽이라 찾아다니는 것도 무리였으니까. 민혁은 착잡하니 다시 천장만 응시했다.

"죽은 놈이라는 것도 충격인데. 뭐? 미래에서 온 이해담과 최주신 아들이라고? 둘이 결혼해서 낳은 아들? 어쩐지, 처음 봤을 때부터 밀가루 같은 면상이 최주신하고 똑같다고 했다니까. 어이구, 두야. 두야."

♥

"이따 엄마 출근하기 전에 명절 휴무 안내 문구 좀 프린트해 줘. 내일부터 일요일까지 쉬는 걸로 해서."

"네에."

해담은 꾸벅꾸벅 졸다시피 수저들을 식탁에 놓으며 대꾸했다.

"혹시 엄마가 정신없어서 잊더라도 까먹지 말고. 미리 붙여놔야 손님들이 알지."

"네에."

"저, 저. 식탁에 머리 박겠다. 아침잠 많은 건 니 아빠 판박이다, 판박이. 난 어쩌다 늦게 자도 자동으로 5시 전에 눈이 떠지는데 어쩜 저렇게 잠을 못이기나 몰라."

"원래 나이 먹으면 아침잠 없다잖아요."

"저게."

지선이 휙 돌아서서 눈을 부라리자 해담은 겨우 잠을 깨고서 배시시 웃었다.

"참. 엄마, 오늘 저녁은 아빠랑 두 분이서 오붓하게 저녁 드세요."

"왜. 주신이랑 약속 있냐?"

"네. 진서 데리고 근처 패밀리 레스토랑에 가려고요."

"그래, 그럼."

지선이 끄덕이자 해담은 슬그머니 눈치를 보며 말문을 열었다.

"근데, 엄마. 설에 진서 데리고 외할머니 댁에 갈 거예요?"

"어."

"누구냐고 물으면 뭐라고 하려고요?"

"엄마 아는 사람 아들이라고 하면 돼."

"외할머니나 외삼촌들이 이상하게 생각하지 않겠어요?"

"뭘. 내가 애 하나 유괴해서 데려온 걸로 생각이라도 할까 봐?"

"아뇨. 아빠한테 이상한 의심의 눈초리를 보내지 않을까 해서요."

지선이 코웃음을 쳤다.

"니 아빠랑은 요만큼도 안 닮았으니까, 걱정 마."

하긴. 주신 판박이라 아빠랑 연결 짓는 건 너무 과한 망상이었다. 갑자기 지선의 눈이 날카롭게 해담을 훑었다.

"왜. 너 진서 핑계 대고 외할머니 댁에 안 가려고 수 쓰는 거야? 주신이랑 그러기로 합의 본 거야?"

윽. 눈치 백단에 딱 걸려 버렸다.

"무, 무슨 주신이랑 합의를 봐요? 그냥 갑자기 진서 데리고 가면 곤란해질까 봐서 그런 거예요."

"곤란해져 봤자, 가족이야."

"진서가 곤란해질까 봐서 그렇죠."

"시끄러. 엄마가 잘 케어할 수 있으니까 걱정 마."

딱 잘라 말한 지선이 곧바로 덧붙였다.

"성인 되고부터 일 년 중 명절에 달랑 두 번 할머니한테 면상 들이밀면서, 그마저도 빠질 생각을 해? 아무리 연애가 좋고 철이 없어도 그러는 거 아냐. 주신이 그렇게 안 봤는데."

갑자기 주신에게 불똥이 튀자 해담은 뒷머리가 비쭉 솟는 듯했다.

"아니에요! 거기서 주신이가 왜 나와요. 아무 상관없는 주신이한테 왜 그 러세요."

"그래?"

"그냥, 진서가 걱정되기도 하고, 내가 조금 피곤해서 해 본 말이에요. 알았 어요, 가요. 가. 누가 안 간댔어요? 무슨 말을 못 하겠어, 진짜."

해담은 입을 댓 발이나 내밀고서 몸을 획 돌렸다.

"상 다 차렸는데 어디 가?"

"밥 안 먹어요."

"어이구. 성질머리하고는. 저래가지고 진서 교육 참 잘 시키겠다."

"걱정 마세요. 엄마가 교육시킨 나보다, 내가 교육시킨 진서가 100배는 더 착하니까요."

"뭐, 뭐? 저, 저 기집애 말본새 좀 봐! 너 지금 그게 엄마한테 할 소리야? 저 게 미쳤나? 대가리 좀 컸다고 막 나가네?"

지선의 입에서 연방 쌍욕이 나왔지만 해담은 쿵쾅쿵쾅 거실을 가로질러 방으로 향했다. 방문을 쾅 닫고서 해담은 재빨리 핸드폰을 집어 들고 문자를 날렸다.

[주신아. 이번 설은 필히 참석해. 어른들께 빠진다는 말은 입도 뻥긋하면

안 돼. 알았지기

　문자를 보내고서 해담은 자신의 머리를 딱 때렸다.

　"어휴, 등신. 그냥 알았다 그러고 말면 되지, 엄마 성질은 왜 건드리고 난리냐."

　머리를 벅벅 긁고서 해담은 책상 앞에 앉았다. 명절 휴일 안내 문구를 프린트하기 위해서.

　조용한 음악이 흘러나오는 패밀리 레스토랑은 저녁 시간대라 제법 사람들이 많았다. 가족 단위부터 연인, 친구들까지, 다양한 사람들이 식사를 하고 있었다.

　"우리는 다른 사람들에게 어떻게 보일까?"

　문득 든 생각에 씹던 피자를 꿀꺽 삼키고서 해담이 질문을 던졌다.

　"가족이라고 보지 않을까."

　"그렇겠지? 너나 나나 동안은 아니잖아."

　주신이 인정하다는 얼굴로 고개를 끄덕이자 해담은 킥킥 웃으며 옆에 앉은 진서를 보았다.

　진서는 빠네 속의 크림 파스타를 폭풍 흡입하고 있었다.

　"진서, 스파게티 엄청 잘 먹네?"

　"넵. 진짜 너무 맛있어요."

　행복한 표정으로 대답한 진서가 다시 먹방을 찍듯 입 안 가득 파스타를 밀어 넣었다.

　"그럼, 진작 말하지 그랬어? 이렇게 파스타 좋아하는 줄 알았으면 내가 수시로 해 줬을 건데. 앞으로 내가 진짜 자주 만들어 줄게. 1일 1스파게티. 좋지?"

　주신과 진서의 포크질이 동시에 움찔 멈추었다.

"왜?"

영문을 몰라 해담이 속눈썹을 깜빡이자, 서로의 얼굴을 마주 본 주신과 진서가 이내 입술 끝을 올려 웃었다.

"아니. 진서는 좋겠네."

"하하하, 네. 그렇죠."

주신과 진서가 멈추었던 포크를 움직이기 시작하자 해담도 빙긋 웃고서 피자를 먹었다. 지금 이대로 시간이 멈추었으면 싶을 정도로 행복감이 밀려왔다.

앞으로 맞닥뜨리게 될 버거운 일은 잠시 지우고서 해담은 이 시간을 마음껏 만끽했다.

식사를 끝내고 레스토랑을 나온 세 사람은 소화도 조금 시킬 겸 근처의 공원 쪽으로 이동했다.

가운데서 주신과 진서의 손을 양쪽으로 잡고 걷는 해담의 발걸음이 참으로 가벼웠다.

앞으로 당분간은 지금처럼 느긋하게 여유를 부릴 수 없다는 걸 잘 알기에 더 소중한 시간이었다. 억지로 대화를 끄집어내지 않아도 누릴 수 있는 이 편안함이 너무 좋았다.

산책로를 따라 세 사람이 천천히 걷고 있을 때였다.

"아!"

갑자기 뭘 봤는지 진서가 우뚝 멈추어 섰다. 해담과 주신 역시 따라 그 자리에 서고 말았다.

"왜 그래, 진서야."

"엄마, 아빠. 저 잠깐만요."

진서는 대답을 기다릴 여유도 없이 해담의 손을 놓고서 뛰기 시작했다.

"할아버지! 할아버지이!"

진서가 애타게 외치며 쫓아가자, 까닭을 몰라 해담과 주신은 서로를 마주 보았다.

"웬 할아버지? 여기 진서 아는 할아버지가 있었어?"

"나도 모르겠어. 가보면 알겠지."

고개를 끄덕인 해담과 주신도 이내 진서의 뒤를 쫓았다.

"할아버지. 할아버지 맞죠? 헉헉."

금세 가쁜 숨을 몰아쉬며 진서는 노인의 소맷자락을 붙잡았다. 우뚝 선 노인이 커다랗게 한숨을 내쉬고서 슬그머니 뒤를 돌아보았다. 미간을 한껏 구긴 채 노인이 착잡한 표정으로 진서와 시선을 부딪쳤다.

"여기서 보는구나."

"할아버지이!"

세상 반갑게 외친 진서가 와락 노인에게 안겼다.

"왜 요즘 놀이터에 안 오세요오. 얼마나 보고 싶었는데요오."

"이놈아. 내가 놀이터 안 간다고 했잖아."

"그래도 진짜로 안 오시면 어떡해요오."

"내가 거짓말쟁이야? 안 간다 그러고 가게?"

뒤따라온 해담과 주신은 예상치 못한 광경에 눈을 동그랗게 떴다. 늘 의젓한 진서가 저렇듯 어리광을 부리는 건 처음이었기 때문이다.

그 상대가 친조부모, 외조부모도 아닌, 행색 초라한 낯선 노인이라니.

스스럼없이 매달리고 있는 진서의 모습이 더없이 편해 보였다. 노인 역시 입으로는 투덜투덜거리면서도 한껏 다정한 눈으로 진서를 다독이고 있었다.

"혹시, 저 어르신 알아?"

해담이 소곤거리며 주신에게 물었다.

"아니, 나도 잘…… 아."

노인을 물끄러미 바라보며 대답하던 주신은 별안간 머릿속을 긁는 생각에 퍼뜩 해담에게 시선을 주었다.

"버스정류장에서 뵀던 어르신이야."

"버스정류장? 아, 맞다."

자신들을 빤히 바라보던 그 어르신이 확실했다. 그날 그토록 빤히 쳐다봤던 게 아마, 진서 때문인 모양이었다. 누가 봐도 주신과 진서는 판박이였으니까

진서와 투닥거리며 대화를 나누던 노인이 해담과 주신에게 시선을 주었다.

"구면이지? 버스정류장에서 본 적이 있으니."

노인도 확실히 기억을 하고 있었다.

"네. 안녕하세요."

해담이 인사를 하자 주신도 가볍게 묵례를 해 보였다.

"아들이 참 착해. 나한테 초코 음료를 준 건 요 녀석이 처음이었거든."

누가 봐도 가족처럼 보인다는 걸 알기에 해담과 주신은 별다른 생각 없이 미소만 지어 보였다.

"할아버지 이만 갈란다. 좀 놔라, 이놈아."

"조금 더 이따가 가시면 안 돼요?"

"아, 졸려 죽겠는데 뭘 이따가 가."

"그럼, 내일은 놀이터로……."

"인마, 나도 설은 쉬야 될 게 아니냐."

"아. 맞다. 그럼 설 지나면 오실 거죠?"

"……."

노인은 대답 대신 자꾸만 들러붙는 진서의 어깨를 떼어냈다. 아쉬움에 진서가 소매를 붙잡자 주신이 제재에 나섰다.

"진서야, 그러면 안 돼. 할아버지 곤란해하시잖아."

그제야 진서가 슬그머니 놓자 노인은 주름진 눈을 끔뻑이며 해담과 주신을 보았다.

"있는 동안 마음껏 사랑해 주고, 좋은 거 많이 보여주고, 맛있는 거 많이 먹이슈. 원 없이 듬뿍."

'있는 동안'이란 말에 해담과 주신이 놀라서 표정을 굳히자 노인은 휘적휘적 자리를 떴다.

"분명, 있는 동안이라고 그러셨지? 진서, 저 할아버지. 너에 대해 아셔?"

주신의 물음에 진서가 고개를 끄덕였다.

"네. 그치만 어떻게 아시는지는 몰라요. 그냥, 놀이터에서 만나게 돼서 친해진 할아버지시거든요."

어떻게 진서에 대해 알고 있는지 해담과 주신은 궁금증이 치솟았지만 어쩔 도리가 없었다. 어쩐지 귀한 인연인 것 같아 기분이 너무나 묘했다.

한데, '원 없이'라니.

어감이 너무 이상해 해담과 주신은 잠시 동안 시선을 주고받다가 진서를 바라보았다. 전혀 모르겠다는 듯 진서는 눈만 끔뻑거려 보일 뿐이었다.

저녁 식사 후 셋이서 산책까지 하고 집으로 돌아오니 어느덧 시간은 10시가 다 돼가고 있었다.

"다녀왔습니다."

"다녀왔습니다!"

현관문을 연 해담과 진서는 그다지 꺼지지 않은 배를 두드리며 동시에 씩씩하게 외쳤다. 거실 소파에 덩그러니 홀로 앉아 있던 지선이 두 사람에게로 고개를 돌렸다.

"……."

어쩐지 가라앉은 듯한 분위기에 해담이 의아한 기분을 느끼는 찰나 지선이 몸을 일으켜 다가왔다.

"진서, 맛있는 거 많이 먹고 왔어?"

"네. 피자도 먹고 스테이크도 먹고 아이스크림도 먹었어요."

"어구, 그랬어? 근데, 할머니 거는 안 가지고 왔어?"

"헉. 죄송해요. 너무 맛있어서 다 먹었어요. 다음에는 꼭 할머니, 할아버지 것도 챙길게요."

진서의 머리를 부드럽게 쓰다듬는 지선을 보며, 해담은 잠시 자신이 착각한 거라 여겼다.

"맛있는 거 많이 먹었으면, 깨끗이 양치하고 씻어야지?"

"넵."

"진서는 가서 안방 욕실 써."

"네."

진서를 안방으로 보낼 때까지만 해도 해담은 별다른 생각을 하지 않았다.

"저녁은 드셨어요? 아빠는요?"

"먹었어. 주무셔."

두 가지 질문에 한꺼번에 대답을 한 지선이 돌연 해담의 팔을 끌었다.

"너 이리 좀 와."

"왜 그러세요?"

영문도 모른 채 해담은 지선의 손에 끌려가듯 방 안으로 향했다. 방문을 닫고서 지선이 팔짱을 낀 채 해담을 노려보았다.

"너, 솔직히 말해."

"뭐, 뭘요?"

"……."

지선은 코로 호흡을 들이마시고서 목소리를 낮춰 말했다.

"임신했어?"

"예에?"

너무도 뜬금없는 소리에 해담이 놀란 토끼 같은 표정을 지었다.

"갑자기 그게 무슨 말도 안 되는……."

"그럼, 이건 뭐야."

차갑게 해담의 말을 자른 지선이 성큼성큼 책상 앞으로 향했다. 그러곤 서랍 속에 있는 책들을 꺼내 사정없이 바닥에 집어던졌다.

먼젓번 주신과 함께 가서 구입한 임신과 육아 서적이었다. 해담은 마른하늘에 날벼락을 맞은 것 같은 기분이었다. 뭔가 들킨 것 같은 아찔함과 사생활을 침해당한 불쾌함이 동시에 밀려들었다.

"엄마, 내 방 뒤졌어요?"

"지금 그게 문제야? 이 책 뭐냐니까? 니가 왜 이런 책을 보고 있는 건데."

목덜미가 뻣뻣해 올 정도로 화가 치미는 걸 꾹 누르고서 해담은 쭈그리고 앉았다. 내팽개쳐진 책을 챙기는데 지선의 서늘한 말이 날아들었다.

"임신했냐고 묻잖아."

해담은 책을 집어 들고서 지선을 마주 보았다.

"아니에요. 아니라구요. 왜 내 공간을 엄마 마음대로 헤집으세요? 저 스물셋이에요. 스물셋 아니라, 열세 살이라도 이러면 안 되는 거잖아요."

당당하다 못해 분노까지 표출하는 해담을 보며 살짝 당황한 지선이 이내 턱을 들어 올렸다.

"아닌데, 니가 왜 이런 책을 읽어? 그것도 숨겨 놓고 몰래?"

"궁금해서 봤어요. 그게 죄가 돼요? 엄마는 왜 내 방 멋대로 뒤지신 건데요."

"구급상자 찾느라 그랬어. 칼질하다가 손을 베여서 밴드 찾다가."

한 치의 물러섬도 없이 대꾸한 지선이 매섭게 해담을 노려보았다.

"정말, 이 책 단순히 궁금해서 읽은 거 맞는 거지?"

"네."

"진짜 다른 이유 없는 거 맞지? 믿어도 되는 거지?"

자꾸만 다짐을 받으려는 지선의 물음에 해담의 동공이 사정없이 흔들렸다. 지금 당장 임신하지 않은 것뿐이지, 그녀는 결코 지선의 믿음을 충족시킬 수가 없을 테니까.

"나중에라도 뒤통수치면 엄마 못 살아."

"……."

"왜 대답을 안 해?"

다그치는 지선을 보며 해담은 입 안의 속살을 깨물었다. 주신과 명절을 쇤 뒤 양가에 사실대로 털어놓기로 의견을 모았지만, 지금 지선을 보니 그게 무슨 의미인가 싶었다.

오히려 지금 시치미를 떼게 되면, 나중에 알게 된 지선이 더욱 배신감에 몸서리를 칠지도 몰랐다.

"왜 대답을 못 하냐니까?"

"……."

"너, 진짜!"

"임신 안 했어요. 정말로요."

힘이 꾹꾹 실린 해담의 대답에 지선은 그제야 안도의 한숨을 내쉬었다. 하지만 뒤이어 나온 소리에 지선의 심장이 덜컥 내려앉았다.

"근데, 조만간…… 임신을 해야 돼요. 진서가 내년에 태어나거든요."

40.

"근데, 조만간…… 임신을 해야 돼요. 진서가 내년에 태어나거든요."

드디어 말해 버렸다. 몇 날 며칠 동안 수도 없이 입 안에서만 곱씹던걸.

"내년 2월 25일이 진서 생일이래요."

다시 한 번 강조하듯 덧붙인 해담은 두근두근, 터질 듯한 심장을 억누르며 지선의 반응을 살폈다.

"……."

지선은 조금 멍한 눈으로 해담을 바라볼 뿐 잠시 동안 아무런 말도 하지 않았다. 아니. 말이 조합되지 않는 듯 놀라서 벌어진 입술만 간헐적으로 달싹이고 있었다.

"엄마."

해담이 불러서야 지선은 코로 숨을 들이마시고서 눈을 똑바로 떴다.

"진서가 그래? 자기가 내년에 태어난다고."

"네."

굳이 한 번 더 확인을 해본 지선은 또다시 침묵에 들어갔다. 수 초간 이어진 정적이 마치 수십 분은 되는 것처럼, 해담은 숨이 턱 막히는 듯했다.

그사이 바싹 말라버린 입술을 축이며 해담은 말문을 열었다.

"얼마나 놀라셨을지 짐작은⋯⋯."

지선이 아무 말 말라는 듯 손을 휘휘 내저어 해담의 말을 잘랐다. 하지만 해담은 필사적으로 입술을 움직였다.

"근데, 엄마만 충격 받으신 거 아니에요. 저도 사실을 알고 많이⋯⋯."

"하지 말라고."

"엄마."

"한 마디도 하지 마. 아무 말도 귀에 안 들어오니까, 지금은."

해담은 입술을 깨물며 목까지 차오른 말들을 눌렀다. 비척비척 지선이 해담을 지나쳐서 방문 앞까지 향했다.

"엄마, 오늘은 진서 내 방에서 재울까요?"

혹여, 충격을 받은 지선이 진서와 같은 방에서 자는 게 부담스러울까 봐 해담은 씁쓸하게 물었다.

방문 고리를 잡고서 멈칫한 지선이 천천히 고개를 돌렸다. 지선의 얼굴은 흡사 귀신을 보기라도 한 것처럼 창백하게 굳어 있었다.

어깨를 축 늘어뜨린 해담을 물끄러미 응시하던 지선이 고개를 끄덕해 보였다.

"⋯⋯그래, 그럼. 씻고 나오면 보낼게."

설마 했는데, 정말로 그러라고 할 줄 몰랐기에 해담의 입매가 바르르 떨렸다.

"너도 바로 자. 내일 아침 일찍 출발할 거니까."

"예정대로 외할머니 댁 가요?"

"안 갈 이유 있어?"

딱딱하게 말한 지선은 해담이 채 대답을 하기도 전에 방 밖으로 나가 문을 쾅, 닫았다.

심장이 뚝 떨어질 것처럼 그 소리가 유독 크게 느껴졌다. 해담은 양손으로 얼굴을 쓸고서 애꿎은 입술만 깨물었다.

"타이밍이 진짜 왜 이러냐."

주신과의 논의한 대로, 설을 쇤 뒤 양가 어른들을 다 모신 자리에서 정식으로 고하고 싶었다.

어른스럽게, 당당하게. 이렇게 들키듯 어물쩍 넘어가는 게 아니라.

그럼에도 선택에 후회는 없었다. 만약 오늘 시치미를 뚝 뗐더라면 나중에 지선이 더 크나큰 배신감에 치를 떨 게 분명했으니까.

"하아……."

앞으로 지선이 어떻게 나올지 빤히 보여 벌써부터 숨이 콱 막히는 기분이었다.

방 안을 서성이며 전전긍긍하는 사이, 똑똑, 노크 소리가 울렸다.

"엄마. 저 들어가도 돼요?"

해담은 퍼뜩 표정을 풀었다.

"어, 그래. 들어와."

깨끗이 씻고 잠옷으로 갈아입은 진서가 문을 열고 안으로 들어왔다. 진서를 보는 순간 울컥, 괜히 감정이 치밀어 올라 해담은 휙 뒤돌아서 버렸다.

"할머니께서 오늘 늦게까지 할 일이 있으시다고, 저보고 오늘은 엄마 방에서 자라고 하셨어요."

상황을 모르는 진서의 맑은 음성에 해담은 재빨리 감정을 추스르고서 돌아섰다.

"응. 오늘은 여기서 자자."

"넵."

해담이 이불을 걷어주자 진서는 침대 위로 올라갔다. 해담은 침대에 걸터

앉아 이불을 목까지 덮어주고서 진서의 가슴팍을 가만히 다독다독 토닥여
주었다.

"진서야."

"네?"

"앞으로 계속 여기, 엄마 방에서 잘까?"

진서가 긴 속눈썹을 깜빡여 보였다.

"왜요?"

"혼자 자니까 무서워서."

"엄마는 어른인데도 무서워요?"

"응. 어른도 무서운 거 많아. 어쩌면, 어른들이 훨씬 더 겁쟁이일지도 몰
라."

"진짜요?"

"진짜."

진서가 눈을 반달 모양으로 만들고서 씩 미소 지어 보였다.

"그럼, 앞으로 여기서 잘게요."

"그래, 고마워."

진서의 미소를 보니 태산 같은 근심도 사르르 깎이는 듯한 기분이었다.

"저, 엄마."

"왜?"

진서는 살짝 주저하는 듯하다가 입을 열었다.

"혹시…… 엄마 친구 형 있잖아요."

"설민혁?"

"네."

"설민혁이 왜?"

"저, 그 형한테 연락 온 거 없죠?"

"응. 없는데. 왜? 놀이터에서 싸운 날 민혁이가 뭐라고 그래?"

"아뇨, 아니에요."

"아. 혹시, 너 싸움 말려주고 걔들 혼도 내줬는데, 고맙다는 인사를 제대로 못 해서 그래?"

"음, 그게, 네."

"걱정 마. 설 쇠고 나서 하면 돼."

"네에. 저, 근데. 엄마. 그 형……."

"응?"

"……아니에요. 저, 그만 잘게요."

작게 한숨을 내뱉은 진서가 이내 눈을 감아버렸다.

"어, 그래. 어서 자."

뭔가 석연치 않았지만 해담은 더 물을 수가 없어 취침등만 켜주고 말았다. 침대에서 몸을 일으킨 해담은 핸드폰을 집어 들었다.

방 밖으로 나가기 위해 문을 열던 해담은 그냥, 조용히 방문을 닫았다. 거실 소파에, 지선이 팔짱을 낀 채 앉아 있었기 때문이다.

막 씻고 방으로 들어온 주신은 핸드폰 메시지 도착 소리에 책상 앞으로 향했다. 발신인이 해담임을 확인한 주신의 입가가 미소로 물들었다.

"조금 전까지 같이 있었으면서 그새를 못 참고."

흐뭇한 얼굴을 하고서 내용을 살피는 순간, 올라갔던 주신의 입술 끝이 아래로 떨어졌다.

[주신아, 있잖아. 우리 계획이 좀 틀어졌어. 진서가 내년에 태어난다는 걸 조금 전에 엄마가 아셨어.]

전혀 예상치 못한 내용에 주신은 길 가다 벼락을 맞은 듯 정신이 번쩍 들었다. 주신은 곧장 해담에게로 전화를 걸려다 멈칫했다.

혹시나 당장 해담이 전화 받을 상황이 아닐 수도 있었기에 주신은 문자를 보냈다.

[지금 통화 가능해?]

잠시 시간이 흐른 뒤 해담에게서 긴 답변이 왔다.

[아니. 옆에 진서가 자고 있어서 통화하기가 좀 그래. 거실 소파에는 엄마가 계시고. 지금 엄마랑 얼굴 보는 게 껄끄러워서 방 밖으로도 못 나가겠어.]

감정이 실리지 않은 메시지로 상황을 확인하는 게 답답했지만 주신은 문자로 대화를 시작했다.

[어떻게 된 거야?]

[너랑 서점 가서 샀던 책을 엄마가 보셨어. 아무것도 아닌 것처럼 시치미 떼고 거짓말을 할 수가 없어서 그냥 사실대로 말씀드렸어.]

주신은 조금 애가 타 손가락을 빨리 움직였다.

[뭐라고 하셔?]

[별말씀 안 하셔.]

[별말씀 안 하셨다고?]

[근데, 많이 놀라셨나 봐. 나한테도 아무 말 하지 말라 그러시고.]

어떤 상황인지 짐작이 갔기에 주신의 눈썹이 미미하게 모였다. 더 대화조차 나누고 싶지 않을 정도로 충격을 받았다는 의미였다.

그걸 해담은 고스란히 느꼈을 것이고.

[해담아. 너, 괜찮은 거지?]

[난 괜찮아. 아직 엄마가 부정적인 반응을 보이신 것도 아니니까.]

[그래. 지레 걱정하지 말고, 어머니께 생각하실 시간을 드리는 게 좋을 것 같아.]

[응.]

바로 대답한 해담이 이내 다시 문자를 보내왔다.

[근데, 너. 방금 우리 엄마한테 어머니라고 한 거 알아?ㅋㅋㅋ]

보낸 문자를 확인해 보니 정말로 어머니라고 되어 있었다. 해담과의 결혼을 늘 염두에 두고 지내다 보니, 저도 모르게 아주머니 대신 어머니로 적은 모양이었다.

민망하기도 하고 기분이 묘하기도 해 주신의 뺨이 조금 붉어졌다.

[계속 아주머니라고 할 수는 없잖아.]

짐짓 아무렇지 않은 척 답변을 보낸 주신은 희미하게 미소를 지었다. 그나마 해담이 이렇게라도 조금 웃는 듯해서.

[내일 외할머니 댁에는 예정대로 가는 거야?]

[응. 아침 일찍 출발할 것 같아.]

출발 전 잠깐 마주할 여유조차 없다는 뜻이다. 진한 아쉬움을 누르고서 주신은 문자들을 조합했다.

[그래. 오늘은 아무 생각 말고 푹 자. 알았지?]

[알았어. 그럴게.]

[잘 자. 조심히 다녀오고.]

[응. 너도.]

해담과의 대화를 끝낸 주신은 미간을 모은 채 잠시 생각에 잠겼다.

우두커니, 석상처럼 미동 없이 서 있던 주신은 머릿속 정리를 끝내고서 이내 방을 나섰다.

아래층으로 향한 주신은 안방 문 앞에 서서 노크를 했다.

똑똑똑.

"주무세요?"

"아니, 아직 안 자. 들어와."

어머니 영주의 음성이 밖으로 흘러나오자 주신은 문을 열었다.

티테이블에 마주 보고 앉아 신문을 넘기던 태석과 책을 읽던 영주가 동시에 시선을 들었다.

"왜? 뭐 할 말 있니?"

영주의 물음에 주신은 작게 심호흡을 하고서 입을 열었다.

"두 분께 드릴 말씀이 있어서요."

고개를 끄덕인 영주와 태석이 각자 보던 것을 덮었다. 주신은 자못 비장한 얼굴을 하고서 방 안으로 들어섰다.

가장 반대가 심할 게 분명한 지선이 안 이상, 더 부모님께 쉬쉬하고 있을 수만은 없었다. 일단은 한쪽 부모님만이라도 무조건 설득해 두는 게 급선무였다.

"뭔데, 해 봐."

주신은 티테이블로 가 부모님 앞에 섰다.

"아버지, 어머니."

"음, 뭔데 이렇게 비장하냐."

"그래, 좀 무섭다, 애."

"저, 해담이와 결혼하고 싶습니다."

정말 뜬금없는 소리에 영주와 태석의 눈썹이 동시에 위로 향했다.

"뭐, 결혼? 해담이랑 결혼을 하겠다고?"

"설마 당장 시켜달라는 건 아니지?"

"전 당장 했으면 싶지만, 5월은 안 넘겼으면 합니다."

부부가 동시에 어이없는 웃음을 흘렸다.

"애. 설마, 올 5월?"

"네. 올해 5월요."

영주가 입술을 스리슬쩍 벌리자 태석이 팔짱을 낀 채 질문을 이었다.

"갑자기 왜? 납득할 만한 이유를 대 봐."

순간, 영주의 낯빛이 잿빛이 되었다.

"너희들 설마."

"아니에요. 생각하시는 그런 거."

주신이 단호히 자르자 영주는 휴우, 안도의 숨을 흘리고서 의아한 표정을 지었다.

"아니, 그럼, 왜?"

"진서가 내년 2월 25일에 태어나거든요."

주신의 덤덤한 말에도 영주와 태석의 눈은 한꺼번에 확장되고 말았다.

책상에 엎드려 까무룩 잠이 들었던 해담은 불편한 자세로 인해 어렴풋이 눈을 떴다. 도무지 잠이 오지 않아 생각에 잠겼다가 그대로 엎어진 모양이었다. 한 자세로 꼼짝 않고 잔 탓에 팔이 몹시 저렸다.

인상을 쓴 채 상체를 일으킨 해담은 핸드폰을 확인했다. 깜빡 존 것 같았는데 어느새 5시를 훌쩍 넘기고 있었다.

"으으."

더 자기도 뭐해, 저린 팔을 억지로 추스르고서 해담은 자리에서 일어났다. 해담은 아직 한창 꿈나라를 헤매고 있는 진서를 두고서 방을 나섰다.

거실로 나가자 주방 조리대에서 뭔가를 하고 있는 지선이 보였다. 새어 나오는 한숨을 누르고서 해담은 밝게 입을 열었다.

"뭐 만드세요?"

"……."

지선은 대답 없이 하던 일에만 열중했다. 아랑곳 않고 해담은 지선에게로 다가갔다. 지선 역시 잠을 제대로 못 잤는지 눈 밑이 거뭇거뭇한 채로 샌드위치를 만들고 있었다.

"샌드위치 만들고 계셨구나. 아침에 샌드위치 먹게요?"

"대충 먹고 일찍 출발해야 차가 덜 막히지."

다소 퉁명스러운 말투였지만, 대꾸를 해주는 것만으로도 해담의 기분이 나아졌다.

"아, 맛있겠다. 이따가 두 개 먹어야지."

"……."

"그럼, 저 먼저 씻고 나올게요."

참치와 마요네즈가 섞인 샐러드를 식빵에 올리던 지선이 손을 딱 멈추고서 해담을 바라보았다.

"넌 뭐가 그렇게 즐거워서 희희낙락이야?"

"내, 내가요? 내가 언제요."

지선은 해담을 확 노려보고서 비딱한 표정을 지었다.

"하나만 물어보자."

"말씀하세요."

"진서, 내년에 태어난다는 거 언제부터 알았어?"

"어, 얼마 안 됐어요."

"진서 우리 집 오기 전에 넌 이미 알고 있었지?"

마른침을 삼킨 해담은 순순히 고개를 끄덕였다.

"네."

지선의 눈매가 매섭게 치켜 올라갔다.

"그렇지? 알면서 일부러 집에 데려왔다 이거네?"

"진서 눈에 밟힌다고 집으로 데려오라고 한 건 엄마, 아빠시잖아요. 내가 먼저 데려오겠다고 한 적 있었어요?"

해담이 살짝 억울한 음성으로 항변했지만 지선은 누그러질 줄 몰랐다.

"그럼, 그때 말했어야지. 왜 말 안 했어?"

"말했으면 진서 못 오게 하셨을 거잖아요."

"그래도 말을 했었어야지! 왜 숨겨!"

지선의 언성이 한껏 높아지자 무던히도 노력하던 해담도 표정을 굳히고 말았다.

"숨길 수밖에 없잖아요."

"뭐?"

"나는 뭐 그 사실 알고 충격 안 받았을 것 같아요? 나도 하늘이 무너지는 것 같은 기분이었어요. 앞으로 뭘 어떻게 해야 할지 막막하기만 한 상황에서 어떻게 덜컥 얘기부터 해요? 나도 고민할 시간이 필요했다구요."

지선의 눈동자가 형형하게 빛났다.

"그래서 그 고민의 결론이 네 멋대로 내년에 진서 낳는 거였어?"

"그럼, 어떡해요. 내가 진서 포기라도 해야 해요?"

"네가 무슨 능력으로 내년에 애 낳아서 키울 건데? 애 낳고 키우는데 돈이 한두 푼 드는 줄 알아?"

"그건……."

말문이 막힌 해담이 입술을 깨물자 지선은 비웃음을 흘렸다.

"결국 그 잘난 고민도, 네 멋대로 내린 결론도 네가 비빌 언덕이 있으니까 한 거 아니야. 엄마, 아빠 집에서, 엄마, 아빠가 벌어다 준 돈으로 네 애 낳아서 키우겠다는 심보잖아."

촌철살인을 날린 지선이 눈에 힘을 주었다.

"너 재수하는 동안, 네 아빠랑 나, 단 하루도 가슴 졸이지 않은 날이 없었어. 겨우 마음 편히 웃은 게 너 대학 합격했을 때야. 그 비싼 등록금 걱정 한 번 하지 않게 물심양면으로 너 뒷바라지하면서도 조금도 힘들다는 생각해 본 적 없어. 근데, 숨길 수밖에 없어? 그 고민? 네가 아니라, 너 하나만 보며 산 나랑 니 아빠가 했어야 하는 거라고. 알겠어?"

"……."

"언제 말하려고 그랬어? 설마, 날짜 맞춰 임신이라도 한 다음에 털어놓으려고 했던 거야?"

"아니에요. 설 쇠고 말씀드리려고 그랬어요. 정말이에요. 명절은 편하게 보내셔야 할 것 같아서요."

"어이구, 고마워서 눈물이 다 난다."

기가 막혀 혀끝을 찬 지선이 다시 물었다.

"주신이도 다 알고 있지? 그래서 너랑 같은 생각으로 합의를 본 거지?"

"네. 알아요."

지선이 입술을 비틀며 고개를 끄덕였다.

"그렇겠지. 어차피 결혼할 거 조금 빠른 것도 나쁘지 않겠다 싶겠지. 지가 임신하고 출산할 거 아니거든. 다니던 학교 계속 다니면 되고, 손해 볼 거 없다 이거지."

"그런 거 아니에요. 주신이한테 그러지 마세요."

"아니긴 뭐가 아니야?"

"주신이는 진서 포기하자고 했어요."

힘이 꾹꾹 실린 해담의 말에 지선이 비틀었던 입매를 폈다. 해담은 폐부 깊숙한 곳까지 숨을 들이마시고서 덧붙였다.

"나 위해서, 내 인생 위해서 주신이는 그렇게 마음을 굳혔었어요. 진서 포기하자고 했을 때 주신이 얼굴이 얼마나 참담했는지 아세요? 근데, 내가 포기 못 하겠다고 겨우 마음 돌린 거예요. 우리 둘 다 그때 얼마나 힘들어했는지 아세요? 엄마 속상하신 거 다 아는데요. 주신이랑 나도 철없이, 함부로 내린 결정 아니라구요."

"네가 아무리 그렇게 말해도 전혀 와 닿지 않아. 니들 힘들었다고? 지금 나만큼일 것 같아?"

"그럼, 엄마는 내가 어떻게 했으면 좋겠는데요? 진서 포기하고 조용히 없던 일로 묻기를 바라시는 거예요?"

지선의 눈동자가 공허하고도 쓸쓸하게 흔들리다 제자리에 멈추었다.

"아무리 생각해도 이건 아니야. 난 네가 포기했으면 좋겠어. 그게 맞다고 생각해. 진서, 포기하자."

이럴 줄 알았다. 틀림없이 지선이라면 이런 답변을 주리라 예상했었다. 충분히 예상을 했음에도 가슴 한쪽이 뚫린 것처럼 시렸다.

"그게, 엄마가 밤새도록 내린 결론이에요?"

"그래. 내가 내린 결론이야. 아이는 나중에 가져도 돼."

지선의 음성은 매정하리만치 무미건조했다. 해담은 눈을 확 치떴다.

"아이는 나중에 가져도 된다고요? 내년 2월 25일이 아닌, 나중에 태어난 아이가 진서일 거라고 어떻게 확신하는 건데요? 아무 때나 임신해서 낳으면 모두 다 진서인 거예요?"

지선이 대답 대신 미간만 구기고 있자 해담은 훅, 치받힌 열을 겨우 식히고서 고개를 끄덕였다.

"무슨 말씀인지 알겠어요. 엄마 의중은 확실히 알았어요."

"니가 내 입장이라도 똑같이 말할 거야. 그러니까……."

설득조로 말투를 바꾸던 지선이 갑자기 한껏 당황한 눈으로 해담의 어깨 너머를 바라보았다.

"지, 진서 일어났어?"

뭐? 심장이 철렁 내려앉는 기분에 해담은 퍼뜩 뒤를 돌아보았다. 언제 일어났는지 방을 나온 진서가 몇 발자국 떨어진 곳에서 두 사람을 응시하고 있었다.

언제부터 저기 서 있었을까? 설마, 대화를 다 들은 건 아니겠지?

"진서야, 왜, 왜 이렇게 일찍 일어났어?"

"……화장실 가려고요."

끔뻑끔뻑, 잠이 가득한 눈을 마주하고서야 해담은 속으로 안도의 한숨을 삼켰다.

"어, 그래. 얼른 가. 볼일 보고 꼭 손 씻고 나와. 샌드위치 먹게."

"네에."

진서가 비척비척 걸어 화장실로 들어가자 지선 역시 깊게 호흡을 들이마셨다.

"안 되겠다. 너랑 진서는 집에 남는 게 좋겠다. 같이 안 가는 게 여러모로 낫겠어."

"그럴게요. 그게 좋겠어요."

해담은 지선의 의견에 두말 않고 동의했다. 이렇게 다 같이 가 봤자, 단 한 마디도 하지 않거나, 종일 의견 충돌로 서로를 할퀴어댈 것만 같았다. 그러느니 차라리 가지 않는 게 훨씬 나았다.

"아무렇지 않게 손자를 포기하라고 하시는 엄마와 저도 같이 가고 싶지 않거든요."

지선의 입술 끝이 파르르르 떨렸으나 해담은 끝까지 시선을 마주한 채 화가 난 속내를 드러냈다.

"어? 해담이랑 진서는 안 간다고?"

막 출발하기 위해 트렁크를 끌고 현관 앞에 선 형진은 그제야 해담과 진서가 동행하지 않는다는 걸 알았다.

"아까, 샌드위치 먹은 게 잘못됐나 봐요. 체했는지 계속 배가 아프고 열도 나고요. 저 집에 남는 김에 진서도 그냥 여기 있으려고요."

해담은 거짓말로 둘러댔지만, 어두운 얼굴을 본 형진은 그다지 의심하지 않았다.

"이런 참. 할머니께서 너 많이 기다리고 계실 텐데. 영 못 참을 정도야?"

"네. 계속 속이 부글거려서 화장실에 수시로 들락거려야 될 것 같아요. 죄송해요."

"아픈데 뭐가 죄송해. 어쩔 수 없지, 뭐. 이따가 할머니께 전화는 드려."

"그럴게요."

형진이 슥슥 주위를 둘러보았다.

"진서는?"

"방에 있나 봐요. 데리고 나올게요."

아무리 그래도 인사는 시켜야겠기에 방으로 향하려는데 지선의 목소리가 발을 묶었다.

"됐어. 아까 너무 일찍 일어나는 바람에 다시 자나 본데 깨우지 마."

정말 속이 부글부글 끓는 걸 누르고서 해담은 지선에게로 시선을 돌렸다. 확실히 마음을 굳힌 듯 진서와 정을 떼기로 작정한 모양새였다.

해담이 뚫어져라 보거나 말거나 지선은 휙 몸을 돌렸다.

"가요, 여보."

"응? 진짜 진서 한 번 안 보고 그냥 가요?"

"아까 샌드위치 먹으면서 봤으면 됐지, 자는 애를 일부러 뭐 하러 깨워요."

"어, 그, 그런가?"

지선이 먼저 쌩하니 나가버리자 형진은 해담을 향해 어리둥절한 표정을 지어 보였다.

"니 엄마 왜 저러냐? 아까부터 계속 저기압이던데."

"피곤하신가 봐요."

"운전은 내가 할 건데, 왜?"

조금 기가 찬 투로 말한 형진은 아쉬운 듯 해담의 방문을 흘끔 봤다가 이내 손을 흔들어 보였다.

"아빠 다녀올게."

"네. 다녀오세요."

형진마저 현관 밖으로 나가자 해담은 후욱, 한숨을 흘렸다. 지선과의 충돌은 이제부터 시작일 뿐인데도 피곤이 확 밀려들었다.

간밤에 거의 잠을 못 잔 탓도 있었기에 해담은 방으로 향했다. 진서 곁에서 조금이나마 눈을 붙이고 나면 훨씬 개운할 것 같았다.

"어?"

방문을 연 해담은 썰렁한 침대를 보고 눈을 비볐다. 아까 다 같이 샌드위치를 먹고 난 뒤 자러 다시 방으로 들어간 줄 알았는데 텅 비어 있었다.

"자고 있는 거 아니었어?"

그사이 화장실이라도 간 건가?

의아한 얼굴로 해담은 욕실로 향했다.

똑똑똑.

"진서, 화장실에 있니?"

아무런 대꾸가 없어 해담은 화장실 문을 열었다. 인기척이 없던 대로 화장실도 비어 있었다.

"어디 갔지?"

해담의 발이 빨라졌다. 해담은 뛰다시피 안방으로 가 문을 열었다. 역시나 고요한 방을 지나쳐 욕실 문을 두드렸다.

"진서야, 여기 있어?"

이번에도 아무런 대꾸가 없어 문고리를 돌렸다. 하지만 마찬가지로 진서는 없었다.

"얘가 어디 간 거야, 대체?"

해담은 순식간에 퀭해진 눈으로 다른 방들과 다용도실 등을 모조리 살폈다. 하지만 마치 증발이라도 한 것처럼 집 안에서 진서는 발견되지 않았다.

해담은 이마에 손을 얹은 채 진서를 마지막으로 본 게 언제인지 떠올리려 애썼다.

"분명히 샌드위치를 먹고 다시 방으로 간 건 확실한데……."

그러고 보니, 그 뒤로 본 적이 없는 것 같았다. 샌드위치를 먹은 뒤 해담은 설거지를 했고, 부모님은 외출 준비를 했다.

그저, 방으로 가는 걸 봤기에 자고 있을 거라고만 여겼는데, 그게 아니었던 모양이다. 어른들이 각자 할 일에 몰두한 동안 조용히 집을 나간 듯했다.

"아니, 어디를? 왜? 한 번도 말 안 하고 나간 적이 없는데."

손톱을 물어뜯으며 초조하게 거실을 서성거리던 해담의 움직임이 뚝 멎었다.

"설마, 엄마와 언쟁하는 걸 다 듣고 있었던 거 아냐? 그래서 충격 받고 어른들 몰래 나가버린 거면."

졸음이 가득했던 진서의 얼굴을 떠올린 해담은 최악의 생각을 털어냈다.

"그건 아니다. 너무 나갔네."

정말 그랬으면 아까 샌드위치를 먹을 때 티가 났겠지. 진서는 늘 평소와 변함없는 얼굴로 맛있게 잘 먹었으니까.

번뜩, 생각 하나가 스치고 지나갔다.

"아, 맞다. 고양이들 밥 주러 간 건지도 몰라. 나갔다 온다고 말했는데, 아무도 못 들었을 수도 있고."

해담은 퍼뜩 방으로 들어가 외투를 걸쳐 입었다. 일단은 놀이터로 가서 확인부터 하는 게 급선무였다.

핸드폰을 챙겨 들고서 해담은 급히 밖으로 향했다. 고양이들에게 밥을 주고 있을 진서를 눈앞에 떠올리며 해담은 부리나케 놀이터로 내달렸다.

"……헉, 헉."

턱까지 차오른 호흡을 몰아쉬며 해담은 망연자실히 텅 빈 놀이터를 바라보았다.

아직 아침이라 그런지, 명절이라 그런지 놀이터에는 진서는커녕 다른 아이들조차 없었다.

"······최진서. 도대체 어디 간 거야, 어?"

바싹 말라버린 입술을 축이며 해담은 자꾸만 초조해지는 마음을 다스렸다.

하지만, 지선과 언쟁을 벌이던 모습을 졸음 가득한 눈으로 바라보고 서 있던 진서가 머릿속에서 떠나지 않는다.

지선은 물끄러미 창밖을 응시하다 시트 깊숙이 등을 기댔다.

"여보, 미안한테 나 좀 잘게요. 어제 거의 한숨도 못 잤어요."

"어, 그래요. 그렇게 해요. 난 푹 잤으니 신경 쓰지 말고."

눈을 감고서 무던히도 잠을 청하던 지선은 채 2분도 되지 않아 다시 눈을 번쩍 뜨고 말았다. 잠은커녕, 오히려 정신만 더 말똥말똥해지고 있었다.

그 이유를 스스로도 잘 알기에 지선은 속이 너무도 쓰라렸다. 지선은 정말로 해담만큼은 자신의 전철을 밟지 않기를 바랐다.

다른 욕심도 없었다. 그저, 남들처럼 학교를 졸업하고 번듯한 직장 생활을 하다, 가정을 꾸렸으면 하는 바람 말고는 아무것도 없었다.

한데, 진서가 내년에 태어난다니. 그건 곧 해담의 인생이 거기서 멈춘다는 걸 의미했다.

그녀가 딱 그랬으니까.

예정에 없었던 임신과 출산 그리고 육아를 하는 동안 임지선이라는 사람은 세상에서 지워졌다.

해담 엄마, 이형진의 아내. 가정주부. 누구네 며느리.

임지선 이름 석 자가 지워지는 동안 그녀의 꿈도 같이 사라졌다. 처음부터 꿈이라는 게 있었던가, 싶을 만큼 흔적도 없이.

속도위반 딱지. 아들의 발목을 잡았다는 시어머니의 구박. 육아의 고통. 미쳐 버릴 것 같은 우울증. 그때만 떠올리면 지금도 몸서리가 쳐졌다.

"잔다더니, 안 자요?"

"졸린 것 같기는 한데, 막상 자려니까 안 되네요."

"그럼, 음악이라도 틀어줄까요?"

"됐어요. 그냥 이대로 멍 좀 때릴게요."

힘없이 대답한 지선은 창밖으로 시선을 주었다. 절대 해담에게 그런 삶을 안길 수가 없었다. 자식이 잘못된 판단을 하는 걸 부모로서 그냥 두고 볼 수가 없었다.

그럼에도 이토록 가슴이 찢어질 것처럼 아픈 건 진서 때문일 것이다. 진서의 존재를 못 봤다면 모를까, 이미 정이 들 대로 들어버렸으니까. 정말 내 손자라는 게 머리와 가슴에 깊이 새겨진 상태니까.

진서 하나만 놓고 생각하면 당연히 해담의 결정에 박수를 쳤을 것이다. 하지만 지선은 진서의 할머니이기 전에 해담을 낳은 엄마였다. 손자보다는 자식의 안위를 더 챙길 수밖에 없는 이기적인 엄마의 마음이었다.

그런데, 그런데…….

주룩.

볼을 타고 눈물 한 방울이 흘러내렸다. 혹여 형진이 볼세라 당황한 지선은 퍼뜩 손등으로 눈물을 훔쳤다.

툭, 툭, 툭.

하지만 한 번 터져버린 눈물은 걷잡을 수 없이 흘러내리기 시작했다.

"흐윽……."

기어코 새어 나온 흐느낌에 형진이 화들짝 놀라 지선을 확인했다가 퍼뜩 정면을 응시했다.

"당신 지금 울어요? 이게 지금 무슨 일이야."

좀처럼 약한 모습을 보인 적 없는 지선의 울음에 형진은 한껏 당황하고 말았다. 우물쭈물 어찌할 줄 모르던 형진은 티슈를 몇 장 뽑아 지선의 무릎 위에 올려 주었다.

지선은 티슈에 눈물을 닦고 코도 풀었다. 커다랗게 심호흡을 하고서 울음을 그치려 하는데, 웬걸 더 큰 폭풍이 되어 쏟아졌다.

"어흐흐흐흐흐…… 흐흐흐흑……."

너무 놀라 입을 떡 벌린 형진은 결국 깜빡이를 켜고서 갓길로 차를 몰았다. 적당한 곳에 차를 세운 형진은 어깨까지 들썩이며 흐느끼는 지선을 말없이 토닥였다.

"뭔지 모르겠지만 울고 싶으면 울어야지, 뭐."

형진은 늘 이런 사람이었다. 따지지 않고 캐묻지 않고 일단은 다독여 주는 다정한 사람. 그래서 일찍부터 아버지를 여읜 지선이 형진에게 푹 빠질 수밖에 없었다.

한참만에야 흐느낌을 그친 지선이 후우, 한숨을 흘렸다.

"무슨 일인데 이렇게 힘들어해요?"

지선은 토끼처럼 빨개진 눈으로 형진을 바라보았다. 형진도 언제고 알게 될 일이니 계속 함구할 수는 없는 노릇이었다.

"해담 아빠."

"응. 말해요."

"난 있죠. 정말 진서가 내 손자 같아요. 아니. 내 손자 맞아요. 할머니, 할머니 하면서 안기는 것도 너무 좋고요."

형진이 한쪽 눈썹을 세웠다.

"지금 진서 때문에 이러는 거예요?"

"사실은……."

지선이 본론으로 들어가려 할 때였다. 핸드백 속에 넣어둔 지선의 핸드폰

벨이 커다랗게 울려 퍼졌다.

"잠깐만요."

지선은 핸드폰을 꺼내 액정을 보았다.

♡사랑하는 딸♡

액정에 떠 있는 글자를 보니, 다시 왈칵 눈물이 날 것만 같았다. 일부러 더 모질게 굴고 온 게 너무도 마음에 걸려서.

지선은 겨우겨우 감정을 억누르고서 전화를 받았다.

"어, 왜."

-엄, 엄마.

다급한 부름에 지선은 마른침을 삼켰다.

"왜 그래. 무슨 일 생겼어?"

-엄마, 혹시 아침에 진서 마지막으로 본 게 언제예요?

"왜? 집에 없어?"

-없어요. 온다 간단 말도 없이 사라지고 없다구요.

"놀이터에 고양이들 밥 주러 간 거 아니야?"

-방금 가 봤는데 없어요. 길 엇갈린 건 아닌가 해서 다시 집에 왔는데도 없구요.

해담의 딱딱한 음성에 지선은 철렁, 심장이 떨어지는 듯했다.

"주신이. 주신이한테는 연락해 봤어? 영주 언니네 갔을 수도 있잖아."

-아! 지금 해볼게요.

채 대답하기도 전에 통화가 끊어졌다.

"무슨 일이에요? 진서가 안 보인대요?"

옆에서 대충 통화 내용을 들은 형진이 다급히 물었다. 지선은 핼쑥한 얼굴로 고개를 끄덕였다.

"온다 간단 말도 없이 없어졌대요. 놀이터에 가 봤는데도 안 보이고요."

"뭐라구요? 아니, 그 어린애가 어디를 갔다는 거야?"

"일단 해담이 전화 오는 거 받아보고요. 주신이네 갔을지도 모르잖아요."

지선과 형진은 잔뜩 초조해진 채로 해담의 전화만을 기다렸다. 기다리는 동안 지선은 심장이 터질 것만 같았다. 어쩐지 아침에 있었던 해담과의 언쟁을 진서가 들은 게 아닌가 싶었기 때문이다.

만약, 들은 게 맞다면 어마어마한 충격을 받았을 것이다. 자신을 포기하자는 말을 남도 아닌 외할머니에게서 들었는데 오죽하겠는가.

다시 핸드폰 벨소리가 울려 퍼졌다. 지선은 황급히 통화를 연결시켰다.

"그래, 해담아. 어떻게 됐어? 주신이 집에 갔대?"

-아뇨. 안 왔대요. 진서, 아무 데도 없어요.

무미건조하게 말한 해담이 곧바로 덧붙였다.

-엄마는 좋으시겠어요. 원하시는 대로 진서가 없어져서요.

마치, 커다란 해머로 뒤통수를 가격당한 것처럼 정신이 아찔해져 왔다. 핸드폰을 들고 있던 손이 힘없이 아래로 툭 떨어졌다.

"왜, 왜 그래요? 주신이 집에 안 갔대요?"

"……."

"여보. 해담 엄마. 말을 해야 알지."

지선은 모래 알갱이가 들어간 것처럼 버석거리는 눈으로 형진을 바라보았다.

"여보…… 차 돌려요."

41.

"해담아, 나."

마당을 서성이던 해담은 담벼락 밖에서 들리는 주신의 음성에 다급히 대문을 열어 주었다. 주신이 성큼 안으로 들어오자 해담은 와락 그의 품으로 뛰어들었다.

"어떡해, 주신아. 아무리 찾아도 진서가 없어…… 흑."

"해담아, 진정해. 응?"

해담을 안은 채 다독인 주신이 살짝 몸을 떼고서 흐르는 눈물을 닦아 주었다.

"언제 나갔는지는 전혀 모르겠어?"

"응. 아침 일찍 샌드위치 먹고 방으로 가는 건 봤거든. 그런 다음에 난 설거지 중이었고, 어른들은 나갈 채비 하시느라 바빴어. 그사이에 나갔나 봐."

"외출하면 꼭 말을 하고 가는 녀석인데."

"혹시 어른들께 말씀드리고 나온 거야?"

"아니. 어디서 잘 놀고 있을지도 모르는데 괜한 걱정 끼칠 필요 없을 것 같아서. 동네길 헷갈려 하는 어린아이도 아니고."

아침의 상황을 모르니, 주신은 해담처럼 심각성을 못 느끼고 있는 듯했다. 그렇다고 주신에게는 차마 아침에 있었던 일을 말할 수가 없었다.

어떻게 엄마가 진서를 포기하자는 말을 했다고 할 수가 있겠는가.

"이 녀석, 진짜. 어디 갔기에 말도 없이 나간 거야? 들어오면 혼쭐을 내 줘야겠어."

"주신아, 그, 그건 나중에 생각하고 일단 진서 갈 만한 곳부터 찾아보자."

주신이 살짝 미간을 구긴 채 고개를 끄덕였다.

"우리가 찾는 동안 집에 올 수도 있으니까, 돌아오면 너, 나한테 전화하라는 메모 남기고 가자."

"어, 그래. 그게 좋겠어."

해담은 급히 집 안으로 뛰어 들어갔다. 메모를 여러 장 작성해서 냉장고, TV, 집전화기 등에 야무지게 붙였다.

제발 잠시 외출한 것이길 바라며. 돌아와 먼저 전화를 걸어주기를 바라며.

주신과는 구역을 나누어 진서 찾기에 돌입했다. 해담은 동네를 돌고 나서 혹시나 하는 마음에 인근 PC방도 모조리 방문했다. 타르트를 사러 갔던 먼젓번처럼 목적지를 검색할 일이 있는 건 아닌가 해서.

그때는 주신의 핸드폰을 이용했지만 오늘은 갑자기 나간 거니, PC방을 이용하지 않았을까 하는 막연한 기대감이었다.

하지만 아무 데도 진서의 그림자는 보이지 않았다.

"미치겠다, 진짜. 도대체 어디를 간 거야."

답답함에 발을 동동 구르고 있는데 핸드폰이 울렸다. 혹여 진서는 아닐까, 퍼뜩 액정을 확인한 해담은 이내 입매를 굳히고서 전화를 받았다.

"네, 엄마."

-집이야? 혹시, 진서 왔어?

"아뇨. 찾는 중이에요."

-아직 찾는 중이라고?

"네."

커다란 한숨이 핸드폰을 타고 고스란히 흘러나왔다.

-엄마랑 아빠, 지금 거의 집에 도착했어.

"외할머니 댁에 가고 계신 거 아니었어요?"

-니 전화 받고 차 돌렸어.

"그냥, 가시지 그러셨어요."

-……애가 온다 간단 말도 없이 사라졌는데 어떻게 그냥 가? 찾아야 할 거 아니야.

"어차피 포기하자고 하실 거면서 뭐 하려요."

-너, 진짜 엄마 속 계속 뒤집을 거야? 난 뭐 그렇게 말하고 안 힘든 줄 알아? 우선은 찾자. 애부터 찾고 보자고.

해담은 입술을 깨물고서 쥐어짜듯 내뱉었다.

"근데, 없어요. 어디로 갔는지 흔적도 없다고요."

-일단 집으로 와. 갈만한 곳을 다시 생각해 보자.

지선과의 통화를 끝낸 해담은 주신에게로 전화를 걸었다.

-어, 해담아. 어떻게 됐어?

"없어. 너도 그렇지?"

-음. 이쪽도 안 보여. 이 녀석, 도대체 말도 없이 어디로 간 건지 모르겠네.

주신의 음성도 점점 노기로 가라앉고 있었다.

"주신아, 일단 우리 집으로 가자. 엄마, 아빠 돌아오셨어."

-설 쇠러 가시다가 돌아오셨다고?

"응."

음, 주신은 낮은 신음 소리를 내고서 대답했다.

-알았어. 집 앞으로 갈게.

전화를 끊은 해담은 지친 줄도 모른 채 집으로 향했다. 뛰고 걷고를 반복해 도착하자 이미 대문 앞에 도착해 있는 주신이 보였다. 쾽하고 뻑뻑한 눈을 비비며 해담이 다가가자 주신은 미간을 구겼다.

"이게 뭐야. 얼굴이 완전 엉망이 됐잖아."

주신은 까칠한 해담의 얼굴을 어루만지고서 매서운 표정을 지어 보였다.

"진서 이 녀석. 오면 정말 단단히 혼내 줄 거야. 어른들을 이렇게 걱정시키다니. 하필이면 명절에."

"그러지 마. 진서 잘못 없어."

"잘못이 없긴. 말없이 나가는 거 한두 번 하다 보면 습관 돼서 안 돼."

"그게 아냐. 아침에 엄마랑 나랑 싸우는 걸 보고 작정하고 나간 거야."

주신의 짙은 눈썹이 위로 올라갔다.

"뭐?"

"엄마랑 내가 아침에 진서 문제로 심하게 다퉜는데…… 험한 소리가 좀 오갔어. 그걸 들었나 봐. 그래서 충격 받고 나간 게 분명해. 그러지 않고서야 말도 없이 나갈 애가 아니잖아."

해담은 무너지듯 무릎을 접고 앉아 얼굴을 묻었다.

"다 내 잘못이야. 엄마를 차분히 설득시키려 노력했어야 하는데, 욱해서 대들고 같이 감정적으로 나가는 바람에 이렇게 된 거야. 어떡해. 이대로 진서 못 찾으면. 여기서 잘못되기라도 하면 어떡해. 경찰에 신고할 수도 없고."

해담의 자책에 주신도 무릎을 접고 마주 앉았다. 동네 길을 모르는 녀석도 아닌데, 잠깐 말없이 나갔다고 해서 해담이 새파랗게 질린 게 이상하긴 했다.

설 쇠러 가시던 어른들까지 되돌아왔다는 소식에 확실히 뭔가 일이 있었구나 싶었다.

어른들에게 한 마디도 하지 않고 나갔을 정도면 진서도 꽤나 상처를 받았다는 의미고.

주신은 가만히 해담의 등을 어루만졌다.

"해담아. 어젯밤에 어머니, 아버지께 진서에 대해서 사실대로 말씀드렸어."

해담이 경직된 얼굴로 고개를 들었다.

"뭐, 뭐라고 하셔?"

주신은 편안한 미소를 보이고서 해담의 머리를 슥슥 쓰다듬었다.

"걱정 안 해도 돼."

"걱정을 안 해도 되는 거면."

가만히 속눈썹을 깜빡이던 해담은 눈을 번쩍 떴다.

"설마, 허락하신 거야?"

"반은."

"반?"

완전히 이해하지 못한 해담과 달리 주신은 편안한 표정을 유지했다.

"단, 네 부모님을 오롯이 설득해야 한다는 조건이 붙었어."

"아……."

해담은 깊은숨을 내쉬고서 고개를 끄덕였다.

"어떤 마음이신지 알 것 같아. 전적으로 우리 엄마, 아빠 의견을 따르겠다는 뜻이잖아. 그래도 반대 안 하셔서 다행이긴 하네."

양쪽 다 부정적인 반응이면 정말 많이 힘들긴 할 테니까.

"해담아. 그래서 말인데. 진서 없어진 거 아버지께 말씀드리자."

"아저씨께?"

"응. 아무래도 그러는 게 좋을 것 같아. 단순히 잠깐 외출한 거면 상관없지만 지금 상황에는 도움을 구해야 할 것 같아. 우리 아버지, 인맥왕이잖아."

검사를 거쳐 변호사를 오래한 태석은 확실히 두루두루, 다방면으로 인맥이 많았다.

태석이라면 확실히 일을 크게 만들지 않고, 조용히 진서의 행방을 찾을 수 있을 터였다.

"그리고 진서는 지금 존재하지 않는 상태라, 우리가 무턱대고 신고했다가 부작용이 있을 수도 있어. 진서의 출생을 증명할 수도 없고. 그러니까, 아버지께 맡기자."

해담은 더 생각하고 말 것도 없이 커다랗게 고개를 끄덕였다. 지금은 진서를 제대로 돌보지 못한 것에 대한 힐난을 걱정할 때가 아니었으니까.

♥

초조하게 시간이 흘러갔다. 태석에게 사실대로 고하고 도움을 요청한 지 반나절이 훌쩍 지났다.

어느새 밤은 점점 더 깊어지고 있었다.

태석을 믿고 무작정 기다릴 수밖에 없는 해담과 지선 그리고 형진의 한숨도 커져만 갔다.

"이럴 줄 알았으면 경찰 공무원이나 되는 건데."

형진이 답답한 마음에 한탄 가득한 말을 쏟아냈다. 차로 되돌아오는 동안 지선에게 대략적이지만, 핵심은 확실히 전해 들은 터라, 형진 역시 머릿속이 너무도 복잡했다.

"태석 아저씨 믿고 기다려 봐요."

속이 타는 건 해담도 마찬가지였지만 침착하게 형진을 다독였다.

해담은 흘긋 지선에게로 시선을 주었다. 아까부터 지선은 물 한 모금도 입에 대지 않은 채 소파에 무릎을 끌어안고 앉아 있었다.

창백하게 질린 얼굴과 짙은 다크서클이 지선의 마음고생을 대변해 주고 있는 듯했다.

통화로 매몰차게 지선을 몰아붙였던 독설이 떠올라 해담은 가슴 한쪽이 쿡쿡, 쑤셔 왔다.

해담은 소파로 다가가 지선의 옆에 앉았다.

"엄마. 한숨도 못 주무셨을 텐데 방에 가서 눈 좀 붙이세요."

"……"

지선은 대꾸 없이 멍하니 허공만 응시했다. 해담은 더 권하지 않고 소파 등받이에 등을 기댔다. 지금 여기서 누군들 잠이 오겠는가.

핸드폰을 생명줄처럼 쥔 채 화면을 켰다, 껐다 하고 있을 때였다.

띵동. 띵동.

고요한 거실에 그 어느 때보다 초인종 소리가 커다랗게 울려 퍼졌다. 해담은 물론이고 인형처럼 미동 없이 앉아 있던 지선과 형진마저 화들짝 시선을 들었다.

"내, 내가 가볼게요."

황급히 몸을 일으킨 해담은 총알처럼 인터폰으로 내달렸다. 화면을 확인한 해담은 눈을 동그랗게 뜨고서 지선을 바라보았다.

"엄마, 아주머니 오셨어요. 주신이랑 같이요."

"영주 언니가?"

고개를 끄덕인 해담은 곧바로 대문을 열어주고서 현관으로 갔다. 도어록을 해제한 해담은 현관문을 열고서 마당을 가로질러 다가오는 주신과 영주를 맞았다.

"안녕하세요. 아. 안녕 못하시죠."

습관처럼 인사해 놓고 당황한 해담이 퍼뜩 정정하자 영주는 손을 내저어 보였다.

"아니야. 예의 차리지 마."

해담의 어깨를 두드려 주고 영주가 안으로 들어서자 그사이 몸을 일으킨 지선과 형진이 현관 앞으로 다가왔다. 세 사람은 그저 말없이 묵례만 나누고서 소파에 앉았다.

"해담 엄마, 잠 못 잔 거야? 얼굴이 엉망이네."

"언니도 그다지 좋아 보이지는 않네요."

"애들 아빠가 진서 꼭 데려올 거니까, 너무 걱정 마."

"……."

대답 없이 한숨만 흘리는 지선의 손을 꼭 잡아주고서 영주는 입술을 움직였다.

"지선아, 우리 잠깐 얘기 좀 할까?"

시선을 든 지선이 가만히 생각에 잠겼다가 이내 고개를 끄덕였다.

지선과 영주가 소파에서 대화를 나눌 수 있도록 해담, 주신, 형진은 각자 자리를 비켜주었다.

해담과 주신은 집 밖으로 나갔고, 형진은 안방으로 들어가 문을 닫았다. 거실에 둘만 남게 되자, 대화를 제안한 영주보다 지선이 먼저 말문을 열었다.

"언니도 들어서 알고 있죠? 진서에 대해서."

영주는 가만히 고개를 끄덕였다.

"어젯밤에 주신이가 얘기해 주더라."

지선이 날카로운 시선으로 영주를 바라보았다.

"역시. 언니는 별로 충격 안 받은 얼굴이네요. 주신이가 임신해서 애 낳을 거 아니니까."

"해담 엄마."

"사실이잖아요. 주신이는 그대로 학교 다니다 졸업하고, 진로 정해서 쭉 나가면 되는데, 뭐가 걱정이겠어요. 임신에, 출산에, 육아에, 죽어나는 건 우리 해담이죠."

"잠깐만, 내 얘기 좀."

"나 먼저 할게요."

"……."

"언니, 난 있죠? 우리 해담이 가정주부로 만들려고 악착같이 공부시킨 거 아니에요. 학교도 졸업하기 전에 집에서 살림만 시키려고 그 힘든 재수 뒷바라지해 가며 대학 보낸 거 아니라고요. 애 엄마, 주부 딱지 달아주려고 알바 한 번 안 시키면서 고이고이 키운 거 아니라고요."

소낙비처럼 쏟아지는 지선의 울분에 영주는 착잡한 표정을 지었다.

"알아, 나도. 해담 엄마가 해담이 얼마나 열과 성의를 다 해서 키웠는지. 내가 왜 몰라? 옆집에 살면서 해담이 크는 거 다 지켜봤는데. 해담 엄마 마음 충분히 이해해."

"근데, 왜 내 눈에는 언니가 둘의 뜻을 허락하려는 것처럼 보이는 거죠? 내 마음을 이해한다면 결사반대해야 하는 거 아니에요?"

영주는 시뻘겋게 충혈된 눈으로 자신을 째려보듯 바라보고 있는 지선을 물끄러미 응시하다 픽, 웃었다.

"지금 상황에서 웃음이 나와요?"

"해담 엄마, 참 모순적인 사람이다 싶어서."

"내가 뭐가 모순적이에요?"

"그렇게 반대한다면서 진서는 왜 걱정하는 건데?"

순간 지선이 흠칫, 움츠러들었지만 영주는 말을 이었다.

"둘의 뜻을 꺾어서 진서 포기할 생각이면 걱정조차 하면 안 되는 거 아냐?

걱정이 돼서 그런 얼굴로 앉아 있는 모습 자체가 내 눈에는 위선으로 보여."

지선의 입꼬리가 부르르 떨렸다.

"알아요, 나도. 지금 내 꼴이 얼마나 기가 막힌지. 그치만 어쩌라는 거예요. 해담이 미래 생각하면 진서가 안 되겠고, 뛰쳐나간 진서 생각하면……
가슴이 미어질 것 같은데."

영주는 입술을 깨물며 필사적으로 감정을 누르고 있는 지선의 어깨를 가만히 다독였다.

"해담 엄마. 애들 계획 들어본 적 없지?"

미세하게 젖은 눈가를 손가락으로 문지르고서 지선은 툭 내뱉었다.

"지들이 뭘 할 줄 아는 게 있어서 계획이래요."

"난 어젯밤에 우리 주신한테 들었어. 그래서 나도 어젯밤에는 생각을 하느라 잠을 제대로 못 잤어."

너만 고민한 거 아니야, 하는 듯한 영주의 뉘앙스에 지선은 가만히 듣기만 했다.

"주신이가 그러더라. 해담이는 이번 1학기 마치고, 2학기부터 1년 동안 휴학을 한 뒤 내년에 복학을 할 거라고."

"그럼, 육아는 누가 하고?"

"해담이가 복학을 하고 나면 주신이가 1년 동안 휴학해서 바통을 이어받을 거래."

전혀, 조금도 생각 못 했던 전개에 지선의 얼굴이 묘해졌다.

"군대 다녀오느라 2년 휴학했는데, 또 한다고요?"

"자기 자식 위한 일인데, 한 해 더 못하겠냐고 하더라. 요즘 휴학하는 건 흠도 아니니 전혀 신경 쓸 거 없다고."

어깨를 으쓱하며 말한 영주가 자못 비장한 눈으로 지선을 바라보았다.

"그리고 그 뒤에 육아는 내가 할 거야. 애들 복학하고 다시 공부하는 거 절대 방해 안 되게 내가 해."

이것 역시 예상치 못했기에 입술을 턱 벌렸던 지선은 이내 기막힌 표정을 지었다.

"그러니까, 내 의견 따위, 해담 아빠 의견 따위는 아무 상관 없이 일을 진행하겠다는 거예요, 지금?"

"아니. 그럴 리가."

"아니면 뭔데요."

"주신이한테 그랬어. 미래의 장인어른, 장모님께 허락을 받는 조건으로 그렇게 하겠다고."

영주가 조용히 덧붙였다.

"그러니까, 네 허락, 해담 아빠 허락 없이는 절대 우리도 애들한테 도움 안 줄 거야. 걱정 안 해도 돼."

뭐라고 반박할 만한 게 없어 지선은 말문이 콱 막혔다. 절대 빠져나올 수 없는 늪에 발을 디딘 기분이었다.

그런 지선을 흘긋 본 영주가 쐐기를 박았다.

"난 아무리 생각해도 애들 계획이 마음에 들더라고. 번갈아가면서 1년씩만 더 휴학하면 계속 학업을 이어나갈 수 있고, 우리 진서도 무사히 세상의 빛을 보게 되고."

지선은 잔뜩 복잡한 얼굴로 한숨을 흘렸다. 솔직히 극단적인 생각만 했기에 이런 방법은 조금도 염두에 두고 있지 않았다.

아니. 여유가 없었다. 임신을 하는 순간, 해담의 인생은 절망 속으로 빠질 거라는 마음밖에는 없었으니까. 과거 자신이 그랬던 것처럼. 한데, 영주의 말을 듣고 보니, 번개를 맞은 것처럼 머릿속이 복잡했다.

정말 아이들의 계획을 믿어볼까 하는 마음.

냉혹한 현실 속에서 그 계획이 잘 이루어질까 하는 착잡함.

혹시라도 임신과 출산이 해담의 발목을 잡는 건 아닐까 하는 불안함.

그 모든 것들이 점철되어 지선의 머리를 어지럽게 만들었다.

그때, 조용한 거실에 핸드폰 벨소리가 울려 퍼졌다. 액정을 확인한 영주가 퍼뜩 전화를 받았다.

"네, 여보. 어떻게 됐어요? 진서 찾았어요?"

진서라는 말에 지선은 복잡한 고민을 깡그리 날려버렸다. 심장이 벌렁거리고, 손끝마저 희미하게 떨린다.

"정말이에요? ……네, 네. 알았어요."

영주가 전화를 끊고 길고 긴 한숨을 내쉬자 지선은 다급히 그녀의 팔을 붙잡았다.

"어, 어떻게, 진서 찾았대요?"

"응. 찾았대. 지금 그이가 데려온대."

"세상에. 맙소사!"

저도 모르게 기도하듯 두 손을 모아 외친 지선은 눈을 질끈 감았다가 떴다. 너무도 다행스러운 소식에 혼이 빠져나갈 지경이었다.

"다치거나 그런 데는 없대요?"

"응. 괜찮대."

지선은 그제야 눈물을 글썽이며 굳어 있던 얼굴을 폈다. 창백하던 얼굴에 화색마저 돈다.

"하아. 정말 다행이에요. 어찌나 걱정을 했는지. 일단, 애들한테……."

"잠깐만, 해담 엄마."

너무 기뻐 몸을 일으키려는 지선을 영주가 붙잡았다. 영문을 몰라 지선이 눈을 깜빡이자 영주는 조금 주저주저하다 입술을 움직였다.

"저, 그게. 진서가……."

"진서가 왜요?"

"……여기로 안 오겠대."

지선은 자신의 귀를 의심하며 멍하니 굳어버렸다.

주신의 집 대문 앞에, 다섯 사람이 초조한 마음으로 서성이는 중이었다. 주신과 해담은 손을 꼭 맞잡은 채 대문 근처를 왔다 갔다 했다.

영주와 지선 그리고 형진은 몇 걸음 뒤에 떨어져서 태석의 차가 오기만 기다렸다. 영주는 지선의 얼굴을 물끄러미 응시했다.

진서가 집으로 오기를 거부한다는 소리에 충격을 받은 듯, 아직까지 안색이 좋지 않았다.

'나도 참. 너무 곧이곧대로 얘기하지 말고, 조금 우회적으로 할 걸 그랬나.'

안쓰러운 마음에 후회스럽기도 잠시, 직설적으로 잘 전달한 거라 마음을 고쳐먹었다. 때로는 충격요법이 약이 될 수도 있으니.

그때, 검은색 세단 한 대가 골목 안으로 미끄러지듯 들어왔다.

"저기 아버지 차 오네요."

주신의 말에 나머지 사람들의 시선이 일제히 헤드라이트 불빛으로 모였다. 금세 가까워진 차가 대문 앞에 멈추었다. 모두들 약속이나 한 듯 차로 다가갔다.

운전석 문을 열고 태석이 바깥으로 나오자 주신은 조금 성마르게 물었다.

"아버지, 진서는요?"

"뒷좌석에서 자고 있어. 피곤한지 타자마자 곯아떨어지더라."

통화로 무사한 걸 알았지만 그럼에도 다들 한마음으로 안도의 숨을 내쉬었다. 주신과 해담이 퍼뜩 뒷좌석으로 가 문을 열었다.

입을 헤벌린 채 세상모르고 자고 있는 진서가 눈에 들어오자 해담은 가슴이 먹먹해져 왔다.

"진짜…… 집에 오기만 하면 혼내주려고 단단히 마음먹었는데. 혼날 줄 알고 자는 거 좀 봐."

아무리 어른들의 대화를 듣고 충격을 받았더라도 멋대로 집을 뛰쳐나가는 버릇은 정말로 안 좋은 거니까.

"나한테는 진서 잘못 없다고 혼내지 말라더니."

주신이 희미하게 웃으며 하는 말에, 해담은 괜히 눈물이 왈칵 날 것 같아 입술을 깨물었다.

한데, 막상 얼굴을 보니 무사히 와 준 것만으로도 감사할 지경이었다. 그런 해담의 등을 부드러운 손길로 다독여준 다음, 주신은 잠들어 있는 진서에게로 손을 뻗었다.

진서는 어찌나 깊게 잠이 들었는지 주신이 안아 드는데도 속눈썹 한 번 깜빡이지 않았다.

그 모습을 뚫어질 듯 응시하고 있는 지선의 얼굴이 착잡함으로 가라앉았다. 다가가 저 작은 얼굴을 어루만져주고 싶은 걸 겨우 억누르며 맞잡은 손만 더 꽉 움켜쥘 뿐이었다.

"대체 진서를 어디서 찾은 거예요?"

영주의 물음에 태석이 작게 헛웃음을 삼켰다.

"아니, 글쎄. 통합 관제센터에 협조 구해서 이동 경로 파악해 봤더니, 이 조그만 녀석이 혼자서 부지런히도 돌아다녔더라고."

뒤이어진 태석의 말에 모두들 귀를 세웠다.

42.

방문이 덜 닫혔는지 바깥이 무척 시끄러웠다.

엄마와 외할머니의 음성이 자꾸만 귀를 파고드는 탓에 진서는 조금씩 잠에서 깨어났다. 잠이 달아나기 시작하니 화장실에 가고 싶은 기분도 든다.

어쩌면 전날 다녀왔던 레스토랑 음식의 간이 세서 물을 많이 마신 탓인지도 몰랐다.

"으으……."

아홉 살이나 돼서 침대에 실례를 하는 흑역사를 만들 수 없기에 진서는 꾸물꾸물 눈을 떴다. 그러자 엄마와 외할머니의 목소리가 더 크게 잘 들려 왔다.

싸우는 듯 날카롭고 빠른 말투. 진서는 비척비척 몸을 일으켜 역시나, 열려 있는 방문 밖으로 향했다.

가는 동안 엄마와 외할머니의 대화 내용이 고스란히 머리와 귀 그리고 가슴에 박혀 왔다. 그리고 방 밖으로 나간 순간 외할머니가 차갑게 내쏘았다.

"진서, 포기하자."

처음에는 무슨 말인지 잘 알지 못했다. 그래서 아무것도 못 들은 척해 버렸다. 그래야 할 것 같았으니까.

하지만 아무렇지 않게 샌드위치를 먹고 난 뒤 방으로 들어와 곰곰이 생각하니 갑자기 슬퍼졌다.

태어나면 안 되는 시기에 자신이 태어나는 걸 두고 엄마와 외할머니가 그토록 싸운 건가 해서. 외할머니의 입에서 나온 '포기'라는 말뜻을 그제야 확실히 알 것 같아서.

진서는 어른들이 각기 바쁜 틈을 타 고양이들에게 줄 것을 챙겨 밖으로 나왔다. 일부러 아무에게도 알리지 않고 나온 건 아니었다. 그저, 어른들이 너무도 바빠 보여 조용히 나온 것뿐이었다.

그리고 늘 그랬던 것처럼 고양이들에게 사료만 주고 올 생각이었다. 어차피 엄마와 자신은 시골에 가지 않는다고 했으니까.

유리가 오지 않는 날이라 놀이터에 가서 사료만 주고 곧장 공원 쪽으로 향했다. 공원에서는 아이들에게 밥을 준 뒤 홀로 한참 동안 서성였다.

"설 쉰다고 하셨으니, 공원에도 안 오시려나."

혹시나 할아버지를 만날 수 있지 않을까 싶어 기다려 봤지만, 오지 않았다. 집으로 돌아가기 위해 천천히 걸음을 옮기던 진서는 문득, 무서운 예감에 우뚝 멈추어 섰다.

어쩌면, 내년에 자신이 태어나지 못할 수도 있을 거라는 불길함이었다.

'진서, 포기하자.'

외할머니의 말이 계속해서 귓가를 떠나지 않고 있어서인지도 몰랐다. 잠시 그 자리에 못 박힌 듯 서 있던 진서는 이내 발길을 돌렸다. 몹시도 가고 싶은 곳이 떠올랐기 때문이다.

여기서 거기까지 가려면 조금 거리가 있었기에 진서는 부지런히 발걸음을 뗐다. 진서는 가는 동안 이따금씩 고개를 들어 파란 하늘과 하얀 구름을 바라보았다.

평소에는 몰랐는데, 오늘따라 그림처럼 예쁘다.

진서가 한참이나 걸어서 도착한 곳은 한창 아파트 건축이 진행 중인 한 공사 현장이었다. 조금 떨어진 곳에 선 진서는 펜스로 둘러싸인 공사장을 황망히 바라보았다.

"이제 짓고 있는 거였구나."

진서가 보고 싶었던 건 집이었다.

엄마, 아빠 그리고 동생 은서와 함께 살던 아파트, 그리운 집이었다.

이렇게 한창 건축 중인 줄은 꿈에도 몰랐다. 다음 달 자신이 이곳을 떠날 때까지도, 아니, 떠나고 나서도 한참은 지나야 완성이 될 듯했다.

쓸쓸히 바라보던 진서는 다시 발걸음을 내디뎠다. 이번에는 여기서 얼마 멀지 않은 초등학교였다.

2년 동안 친구들과 함께 다녔던 초등학교. 5학년이 되면 은서와 함께 다닐 생각에 신이 나기도 했다.

운동장을 느릿느릿 몇 바퀴 돌며 교정을 차곡차곡 눈에 담았다. 그리고 건물로 들어가 잠겨 있는 교실 앞 복도도 서성거렸다.

쉬는 시간마다 장난치고 놀던 친구들이 떠올랐다. 지금도 볼 수 없고, 앞으로도 볼 수 없을 친한 친구들 생각에 속이 아렸다.

한참만에야 다시 운동장으로 나오자 '꼬르륵, 꼬르륵' 배가 울어댔다. 대형 시계탑을 보니 어느새 훌쩍 오후 3시가 되어 있었다.

"언제 이렇게 시간이 됐지?"

주린 배를 안고 진서는 근처의 편의점으로 향했다. 엄마는 늘 편의점 음식보다는 집밥을 강조했지만, 유리와 몇 번 먹어본 바로는 맛이 괜찮았다. 조금 짜기는 해도.

진서는 삼각김밥을 사서 능숙하게 전자레인지에 데웠다. 뜨끈한 음료도 구입한 다음 편의점 앞 파라솔에 앉아 먹었다. 배가 고파서인지 혼자 먹는데도 꿀맛이었다.

다 먹고 난 뒤 배가 조금 차자, 이제 스멀스멀 고민이 피어올랐다.

"아, 맞다. 어른들께 아무 말도 안 하고 나왔는데."

갑자기 집과 학교가 그리워져 앞뒤 재지 않고 너무 오랜 시간 외출을 해버렸다.

"큰일 났네. 걱정 많이 하고 계실 텐데. 어떡하지?"

양손으로 머리를 감싼 채 몸을 벌떡 일으키던 진서는 이내 털썩 주저앉고 말았다. 잠시 잊고 있었던 외할머니의 말이 다시 뇌리를 잠식했기 때문이다.

진서의 얼굴이 어둠으로 물들었다.

지금 돌아가면 외할머니가 자신을 미워하지 않을까 하는 걱정이 물씬 밀려왔다. 엄마랑 외할머니가 또 싸우면 어쩌나 조마조마하기도 했고.

그나마 다행인 건, 오늘 중으로 외할아버지 외할머니가 설을 쇠러 시골 외증조할머니 댁에 간다고 한 거였다. 그럼에도 불행인 건 그게 몇 시쯤인지는 알 수가 없다는 거였고.

아직 출발 안 했으면 마주칠 게 틀림없었다.

"……어떡하지."

이러지도, 저러지도 못한 채 심각하게 고민하던 진서는 곧 결론을 내렸다. 조금 더 늦게 들어가기로. 어둠이 완전히 내릴 때까지 기다렸다 들어가기로.

"어디에 가 있지?"

그것도 또 하나의 고민이었다. 명절에 어린애가 혼자 돌아다니면 다들 이상하게 생각할 테니까.

그렇다고 계속 여기 있을 수도 없고, 이 근방을 벗어나면 길도 잘 모르는데 함부로 다닐 수도 없었다.

곰곰이 생각에 잠겼던 진서의 눈이 순간, 번쩍 빛났다. 갈 만한 곳이 떠올랐다.

여기서 멀지도 않고, 길을 잃을 염려도 없고, 그리고 꼭 다시 가보고 싶은 곳이었다. 테이블 위의 쓰레기들을 정리한 진서는 빠르게 그곳으로 향했다.

엄마, 아빠 그리고 은서와 함께 가서 소원을 빌었던 곳으로.

진서는 뛰다시피 살던 아파트, 아니, 지금은 공사 현장인 그곳으로 향했다. 그리고 그 뒤쪽으로 난 산책로를 따라 올라갔다.

"헉, 헉."

가쁜 숨을 몰아쉬며 단숨에 도착한 장소는 다름 아닌 아담한 약수터였다. 진서의 얼굴이 희열을 담고 한껏 밝아졌다.

주말이나 휴일, 네 식구가 물통을 들고 약수터에 오는 건 가족들만의 소소한 즐거움이었다.

계단도 손을 잡아야 겨우 오르는 은서가 쭈그리고 앉아 돌을 하나, 둘 쌓는 게 어찌나 귀여웠는지.

늘 두 개밖에는 돌을 못 올리던 은서가 세 개를 쌓던 날, 가족들은 기념으로 작은 돌탑을 보며 소원을 빌었다.

'우리 가족 모두 행복하게 해주세요.' 하고.

그 뒤로 약수터에 올 때마다 은서가 돌탑을 쌓으면 가족들은 소원을 빌었다. 진서는 약수터 한쪽, 돌멩이들이 즐비한 곳으로 가서 쭈그리고 앉았다.

은서가 그랬던 것처럼 하나, 둘 돌탑을 쌓기 시작했다.

소원을 빌며.

♥

"예? 약수터라고요?"

숨을 죽인 채 태석에게서 진서의 행적을 듣고 있던 중, 해담이 탄식처럼 내뱉었다.

"폐쇄 회로에 찍힌 진서의 마지막 이동 경로가 아파트 건설 현장 뒤로 난 산책길이었거든. 다행히 그 산책길 입구와 중반쯤에 방범 카메라가 설치돼 있어서 진서가 올라가는 게 확인 가능했지. 근데, 내려오는 흔적이 없어서 부랴부랴 갔더니, 약수터에 쪼그리고 앉아서 돌탑을 쌓고 있더군."

태석의 긴 설명에 모두들 의아한 표정을 지었다. 해담이 퍼뜩 대표로 질문을 던졌다.

"약수터에 앉아서 돌탑을 쌓더라고요? 아니, 왜요?"

"소원을 빌었다더구나."

태석의 대답에 해담은 물론이고 지선의 낯빛까지 파리해졌다. 듣지 말았어야 할 말을 듣고 뛰쳐나간 저 어린아이가 빌 소원이 뭐겠는가.

해담은 주신에게 안겨 있는 진서의 얼굴을 착잡한 눈으로 바라보았다.

"거기 약수터는 어떻게 알고 갔다던가요?"

"가족들이 자주 찾는 곳이라고만 하더라."

주신이 묻고 태석이 답했다.

놀이터에서 공원. 동네에서 두어 정거장 정도 떨어진 아파트 건축 현장. 초등학교를 거쳐 편의점 그리고 가족들이 자주 찾는다는 약수터까지.

진서의 이동 경로를 조금만 유추해 봐도 누구나 알 수 있었다. 진서에게 가장 익숙한 곳이 바로 거기인 것이다.

거기까지 저 어린아이가 무슨 마음으로 갔을지 어느 정도 짐작이 되어, 어른들의 마음이 하나같이 가라앉았다.

"진서가 무사히 돌아왔으니, 우리도 그만 쉬어요. 다들 긴장 타고 있느라 피곤할 텐데."

조금 숙연해진 분위기를 가르며 영주가 사뭇 밝은 톤으로 말했다. 그제야 형진과 지선이 태석에게 허리를 숙였다.

"형님, 오늘 정말 고맙습니다. 형님 덕분에 살았지 뭡니까."

"그래요. 정말 고맙습니다. 변호사님."

"아이고, 뭘 또 그렇게. 진서는 내 손자기도 한데요."

너무 정중한 인사에 태석이 멋쩍은 웃음을 지으며 손사래를 쳤다.

어른들이 인사를 나누는 사이, 주신이 진서를 해담의 집 안까지 데려다주기 위해 몇 걸음을 뗐을 때였다.

"주신아, 진서는 오늘 네 방에서 재워."

영주가 슬그머니 주신을 말렸다.

태석이 진서를 데려오고 있다는 것만 전해 들은 터라, 자세한 내막을 모른 주신과 해담이 영주에게로 시선을 주었다.

"그래. 그렇게 해. 진서 데려가."

지선이 잔뜩 낮게 가라앉은 목소리로 영주 대신 말을 받고서 휙 몸을 돌렸다.

지선이 그대로 걸어가 대문 안으로 자취를 감추어 버리자, 형진 역시 다시 묵례를 해 보이고서 허둥지둥 따랐다.

조금 어안이 벙벙한 채로 부모님을 응시하는 해담의 귀에 영주의 음성이 와 닿았다.

"해담이도 피곤할 텐데 얼른 가서 쉬어."

해담은 천천히 고개를 돌려 영주를 응시했다.

'혹시, 우리 엄마가 진서 데리고 가라고 하신 거예요?'

목 끝까지 질문이 치솟는 걸 꾹 삼키며 해담은 애써 대답했다.

"네. 오늘 고맙습니다."

"별말을 다 한다."

태석과 영주에게 허리를 숙여 인사한 해담은 주신에게로 바짝 다가섰다.

한 팔로 진서를 받쳐 든 주신이 나머지 팔로 해담의 허리를 감고 품으로 당겼다.

해담은 주신의 허리를 꽉 껴안은 채 한쪽 가슴에 얼굴을 묻었다. 더 진한 애정행각이 나오기 전에 영주는 퍼뜩 대문 안으로 들어갔다. 태석 역시 다시 차에 올라 차고로 향했다.

어른들이 비켜준 것도 모른 채 해담과 주신은 자잘한 키스까지 나눈 다음에야 작별 인사를 나누었다.

"하루 종일 신경 쓰느라 고생했어. 얼른 들어가서 푹 자."

"응. 너도."

해담은 진서의 얼굴을 살며시 쓸어준 다음 대문 쪽으로 발걸음을 옮겼다. 집 안으로 곧장 들어온 해담은 막 주방에서 물을 마시고 있는 부모님에게로 저벅저벅 걸어갔다.

"엄마, 어떻게 그럴 수가 있어요?"

입 안에 머금었던 물을 꿀꺽 삼킨 지선이 잔뜩 피곤한 얼굴로 해담을 바라보았다.

"뭘."

"아무리 그래도 어떻게 진서를 쫓아낼 수가 있어요?"

"뭐?"

"엄마가 영주 아주머니한테 진서 여기서 데려가라고 그러신 거잖아요."

지선의 입술이 턱 벌어졌지만, 해담은 쏘아붙였다.

"꼭 이렇게까지 하셔야겠어요? 아홉 살짜리한테 충격 떠안겨서 밖으로 떠돌게 만든 것도 모자라서 쫓아내기까지 하셔야겠냐구요. 엄마, 정말 너무하세요. 정말, 너무 하신다구요!"

"야, 해담아. 그게⋯⋯."

듣다 못한 형진이 끼어들었지만 지선이 남편의 팔을 말려 저지시켰다.

해담은 피곤함과 울분으로 핏발 선 눈으로 지선을 원망스럽게 보다가 휙 몸을 돌렸다.

쾅! 방으로 들어가 문을 닫는 소리가 더없이 크게 울려 퍼졌다. 물맛마저 떨어진 지선은 들고 있던 컵을 식탁에 탁, 내려놓았다.

"여보, 괜찮아요?"

"안 괜찮을 거 뭐 있어요. 틀린 말도 아닌데요. 내가 어린애 내몬 거 맞고, 진서가 집에 안 오겠다고 한 것도 결국 나 때문인데요."

힘없이 씁쓸하게 중얼거린 지선이 고개를 들어 형진과 시선을 마주했다.

"해담 아빠."

"왜요."

"당신은 어때요."

"뭐가."

"진서 내년에 태어나는 거 말이에요."

흐읍, 형진이 코로 커다랗게 숨을 들이마셨다가 후우, 내쉬었다.

"솔직히 처음 들었을 때는 그건 아니다 싶었는데, 생각을 달리 하니 꼭 나쁘지만은 않은 것 같아요. 나나, 당신 아직 능력 있을 때, 애들 뒷받침해 줄 수 있을 때 후딱 진서 키우는 게 좋을 것 같기도 하고 그래요."

슬그머니 지선의 눈치를 본 형진이 덧붙였다.

"그리고 무엇보다, 이미 진서와 정이 너무 많이 들었어요. 만약 진서 포기하고, 훗날, 다른 손자를 봐도 늘 진서가 그리워서 죄책감 생길 것 같아요."

"……."

말없이 형진의 얼굴만 바라보고 있던 지선이 가만히 고개를 주억거렸다.

"당신 뜻 잘 알았어요. 그만 들어가서 자요."

"당신도 들어가서 쉬어야지."

"난 조금 더 있을게요."

지선의 어깨를 다독여 주고 방으로 향하던 형진이 걸음을 멈칫하고서 다시 몸을 돌렸다.

심란하기 그지없는 지선을 향해 형진은 한 마디를 던졌다.

"당신, 만약에 지금 기억을 그대로 가지고 23년 전으로 되돌아간다면, 어떻게 할 거예요? 나나, 해담이 포기할 거예요?"

다음 날 아침이 밝았다. 밤새도록 자는 둥 마는 둥 했던 해담은 이불을 들추고서 몸을 일으켰다. 머리맡에 뒹굴고 있는 핸드폰을 집어 들고서 주신에게 문자를 보냈다.

[주신아, 일어났어?]

[응. 아까. 넌 좀 잤어?]

곧장 답이 날아왔다.

[응. 잘 잤어.]

거짓말을 한 해담은 곧바로 메시지를 작성했다.

[진서는 일어났어?]

[벌써 일어났을 거라고 생각해?]

[아. 나 닮아서 아침잠이 많지.]

농담으로 보냈건만 가슴 한쪽이 시큰거린다.

[이따가 진서 보러 갈게.]

[응. 그렇게 해.]

[가면 진서 혼내줄 거야. 아무리 그래도 연락 없이 집 뛰쳐나간 건 잘못한 거야.]

[넵. 마님 뜻대로 하세요.]

잔뜩 말라버린 해담의 입술 사이로 픽, 희미한 웃음이 새어 나왔다. 그렇게 주신과의 대화를 끝내고서 괜스레 핸드폰만 만지작거리고 있을 때였다.

똑똑똑. 노크 소리가 울렸다.

"해담아, 아빤데. 자니?"

해담은 그냥, 자는 척할까 하다가 관두었다. 그녀보다 더 아침잠이 많은 형진이 어쩐 일로 이렇게 일찍 일어났는지 궁금했다. 이미 진서에 대해 다 알고 있는 형진과 대화도 나누어 봐야 했고.

"일어났어요. 들어오세요."

문이 열리며 앞치마를 두르고 있는 형진이 모습을 보였다.

"아침 준비하세요?"

"어. 네 엄마가 새벽에야 잠들었거든. 그래서 오늘 아침은 내가 요리사."

라면 광고를 흉내 내며 형진이 쑥 안으로 들어오자 해담은 속눈썹을 깜빡였다.

"뭐 준비하시는데요?"

"설날이잖냐. 떡국을 먹어야지. 근데, 내가 궁금해서 말이다."

"뭔데요?"

"달걀지단이 맛있을까, 아니면, 그냥 국물에 푸는 게 더 맛있을까?"

"겨우 그거 물으러 오신 거예요?"

이마를 긁적거리며 해담이 핀잔을 줬지만, 형진은 가당치도 않다는 듯 눈을 동그랗게 떴다.

"야, 그게 얼마나 중요한데. 지단이 나아, 아님, 푸는 게 나아?"

"음. 푸는 게 덜 귀찮고 국물도 고소하지 않겠어요?"

"그런가. 근데, 그럼 국물이 너무 지저분해지잖아. 뭔가 텁텁하기도 하고."

뭐야, 답 정해 놓고 오셨구만.

"아. 그럴 수도 있겠네요. 그럼, 그냥 지단으로 하시든가요."

"근데, 또 지단은 기름으로 부쳐야 하잖아. 가뜩이나 떡국 칼로리도 높은데, 아빠 살찌지 않을까?"

윽. 어쩌라고요!

해담의 미간이 확 휘어지자 형진이 하하, 웃었다.

"그래도 지단이 낫겠지? 아닌가, 푸는 게 나을까."

"그냥, 떡국을 드시지 마세요."

"야, 설날인데. 떡국 한 그릇은 먹어야지."

해담은 커다랗게 숨을 들이마셔 인내심을 키운 다음에야 입술을 움직였다.

"그럼, 둘 다 하세요. 한쪽에는 지단 올리고, 한쪽에는 그냥 풀고. 됐죠?"

"오오, 우문현답!"

"우문인 건 아셔서 참 다행이네요."

고개를 절레절레 흔들며 말한 해담은, 지금 상황이 너무 어이가 없어 풉, 육성으로 웃음을 터트리고 말았다. 정말, 너무 기가 막히면 웃음만 나온다더니 딱 그 짝이었다.

"우리 딸 웃는 거 보니까 기분 좋다."

"기막혀서 웃는 거거든요?"

"뭐든. 웃으면 된 거지."

어깨를 으쓱하며 웃은 형진이 가만히 해담을 불렀다.

"해담아."

"네."

"엄마한테 많이 서운하지?"

"네. 이해는 해요. 그치만 이해와 서운한 건 별개잖아요."

조금 볼멘 투로 말한 해담은 물끄러미 형진을 응시했다.

"아빠는…… 어떠세요?"

"나? 뭘 묻냐. 난 무조건 네 엄마 뜻과 같지."

역시나. 이미 예상했던 답변이기에 기대도 안 했다. 그럼에도 기분이 나

뻔 건 아니었다. 그나마 형진까지 결사반대하는 쪽은 아니라서.

"아빠가 후딱 떡국 만들어 줄 테니까, 씻고 나와."

"네."

"대신, 엄마는 네가 깨워서 주방으로 모시고 와야 한다?"

"……."

해담이 곧바로 대답을 않고 시선을 옆으로 빼버리자 형진이 말을 이었다.

"그러지 마. 엄마도 힘들어."

"이해와 서운한 건 별개라니까요."

"너도 잘한 건 없어, 인마. 어젯밤에 엄마한테 바락바락 소리 질렀잖아."

"그거야 엄마가……."

"아냐. 네 엄마가 진서 오지 말라고 한 거."

"그게 무슨."

"진서가 차에서 우리 집에 안 오겠다고 했단다."

전혀, 손톱만큼도 생각지 못한 말에 해담의 동공이 커다랗게 열렸다.

"진서가 그랬다고요?"

"그래, 이 자식아. 네 엄마, 그 말 전해 듣고 얼마나 힘들어한 줄 알아? 거기다 대고 네가 그렇게 쏘아붙였으니, 엄마 속이 말이 아닐 거야."

"그건…… 몰랐어요."

"그러니까, 씻고 나서 엄마 깨우는 건 네 몫. 콜?"

살짝 입술을 깨문 해담이 이내 고개를 끄덕였다.

"알았어요."

형진이 흐뭇한 웃음을 지으며 방을 나가자 해담은 진한 한숨을 내쉬었다. 앞뒤 따지지 않고 지선에게 쏘아붙인 미안함과 집으로 오지 않겠다는 진서까지, 머리가 더 복잡해져 버렸다.

손바닥으로 뺨을 비비던 해담도 이내 욕실로 향했다.

잠시 후, 씻고 기초화장품까지 다 바른 다음 해담은 안방 문 앞에 섰다.

똑똑똑. 노크를 했지만 인기척이 없다. 슬그머니 문을 연 해담은 흡, 숨을 들이켰다.

"어, 엄마. 주무시는 거 아니었어요?"

자고 있을 거란 예상과 달리 지선은 침대에 기대앉아 허공을 응시하고 있었다.

"엄마."

해담이 한 번 더 불러서야 지선이 상념을 접고 고개를 돌렸다.

"왜."

"아침 드시자고요. 아빠가 떡국 끓이셨어요."

"……."

지선이 말없이 물끄러미 바라보고만 있자 해담은 성큼 안으로 들어섰다.

"아빠한테…… 들었어요. 진서, 엄마가 못 오게 한 거 아니라면서요. 죄송해요."

"됐어."

무미건조하게 말한 지선은 이불을 들추고서 침대 아래로 발을 디뎠다. 해탈한 것 같은 무표정한 얼굴로 지선은 입구에 어정쩡하니 서 있는 해담을 지나쳐 방을 나왔다.

잔뜩 복잡한 마음으로 해담은 지선의 뒤를 따랐다.

"당신 일어났어요? 어제도 거의 못 먹어서 배고플 텐데, 얼른 와서 앉아요."

"……."

형진이 밝은 얼굴로 맞았지만, 여전히 지선은 반응을 보이지 않고 터벅터벅 식탁 앞으로 가서 앉았다.

"자자. 내가 두 가지 버전으로 끓였어요. 골라 봐요. 어떤 걸로 먹을래요?"

아랑곳 않고 형진이 대접 두 개를 지선 앞으로 내밀어 보였다. 물끄러미 양쪽을 본 지선이 지단 고명이 담긴 대접을 앞으로 당겼다.

"역시. 당신은 그걸 더 좋아할 거라 예상했지. 그럼, 달걀 푼 건 내 거."

형진이 나머지 대접을 자신의 앞으로 당겼다. 해담은 자신의 자리에 덜렁 한 그릇 놓인 떡국을 보며 눈을 가늘게 떴다.

자신은 지단파인데, 식탁에는 달걀이 휘휘 풀어진 것만 놓여 있었다.

"아빠, 나한테는 왜 안 물어보세요? 난 선택권 없어요?"

"없어, 인마. 그냥 주는 대로 드셈."

해담은 입술을 삐죽 내밀었다.

"차별 너무 심한 거 아니에요?"

"억울하면 시집가서 네 남편한테 선택권 달라고 하든가."

탁. 수저를 놓는 소리에 부녀의 대화가 움찔, 멈추었다.

"시끄러우니까 조용히 좀 먹어요."

싸늘한 지선의 음성에 형진이 합, 입을 다물었다. 어제 너무 심하게 쏘아 댄 게 찔려 해담 역시 아무 말 않고 떡국만 먹었다.

그렇게 십여 분 정도 음성소거 상태로 식사가 이어질 때였다.

"해."

강약 없는 지선의 목소리가 흘러나왔다.

무슨 의미인지 퍼뜩 인지하지 못한 해담이 고개를 들었다.

"하라고. 결혼."

찰그랑!

너무 놀라 해담은 들고 있던 숟가락을 그대로 대접 안에 놓치고 말았다.

"어, 엄마. 방금 뭐라고 하셨어요?"

"결혼하라고."

남의 일처럼 건조하게 말하며 지선은 여전히 남편이 끓여준 떡국만 먹었다.

"겨, 결혼요?"

"결혼 안 하고 진서 보려고 한 거면, 생략하든가."

"아뇨! 아뇨! 당연히 결혼부터 해야죠!"

해담은 저도 모르게 벌떡 일어나 마구 외쳤다. 그러다, 이내 놀란 마음을 가라앉히며 슬그머니 지선을 봤다. 괜히 불안감이 스멀스멀 피어올라 심장이 터질 것만 같았다.

"엄마, 진심 맞으신 거죠? 홧김에 화나서 그냥 해 본 말 아니신 거죠?"

"홧김 아니니까, 해."

해담은 눈과 입이 동시에 벌어진 채로 형진을 보았다.

"난 네 엄마와 뜻이 같으니까, 나도 오케이."

"꺄아아아아아!"

해담의 비명에 지선과 형진이 다급히 귀를 틀어막았지만 소용없었다. 의자를 발라당 자빠뜨리고 식탁을 벗어난 해담은 마구 방방 뛰어대며 기쁨의 비명을 외쳤다.

"당장, 그거 안 멈추면 취소할 거야."

지선이 있는 대로 인상을 쓰며 엄포하자 해담은 양손으로 입을 틀어막았다. 해담은 다다다 달려가 지선의 목을 꽉 끌어안았다.

"엄마, 고맙습니다! 정말, 정말 고맙습니다! 선택에 후회하지 않게 열심히 잘 살게요!"

그러고서 지선의 뺨과 이마에 쪽쪽쪽, 뽀뽀를 날렸다.

"얘가, 밥 먹다가. 저리 안 가?"

지선이 저만치 얼굴을 밀어내서야 해담은 떨어졌다.

"아빠, 정말 고맙습니다!"

지선에게 한 뽀뽀를 기대하며 형진이 얼굴을 내밀었지만, 해담은 안중에도 없이 몸을 돌렸다.

"저, 주신이한테 갔다 올게요!"

"야, 명절 아침부터 어른들 생각은 안 하고……."

지선이 말리려 했지만 해담은 입은 옷 그대로 이미 슬리퍼를 꿰차고서 밖으로 나가 버렸다.

"저, 저, 저렇게 철없는 것이."

지선이 혀끝을 차며 형진을 바라보았다. 간만에 다 큰 딸의 뽀뽀를 기대하던 형진은 시무룩하니 눈만 깜빡이고 있었다.

지선은 말없이 손을 뻗어 그런 형진의 어깨를 토닥였다.

띵동. 띵동. 띵동.

대문 앞에 서서 초인종을 누르고 있는 해담의 손이 마구잡이로 떨려 왔다. 너무 흥분된 마음에 아무것도 생각할 수가 없었다.

오로지 주신에게 이 소식을 알려야 한다는 생각밖에는 없었다.

-어? 해담아?

인터폰 화면을 확인한 주신이 놀란 음성을 내고서 곧장 대문을 열어주었다. 안으로 들어간 해담은 한달음에 정원을 가로질렀다. 영문을 모른 주신이 현관문을 열고서 어리둥절한 표정을 지었다.

"이 시간에 어쩐 일이야. 무슨 일 있어?"

바짝 다가간 해담은 일단 가쁜 숨을 몰아쉬었다. 얇은 옷차림을 본 주신이 눈썹을 찌푸리며 퍼뜩 해담을 현관 안으로 당겼다.

"무슨 일인데 그래. 옷 이렇게 입고 다니다 감기 걸리면 어쩌려……."

"엄마가 하라셨어!"

걱정으로 줄줄 흘러나오는 주신의 말을 자르며 해담이 외쳤다.

"뭐?"

"엄마가 허락하셨다고!"

주신의 반응 역시 해담과 다르지 않았다. 한껏 확장된 눈과 동시에 벌어진 입술을 다물지 못한 채 멍하니 굳었다.

"진……짜?"

"응!"

"정말 허락하셨다고?"

"응, 응!"

떨림이 가득 찬 외침에 주신은 저도 모르게 해담의 허리를 감고서 번쩍 들어 올렸다. 그러고서 뱅글뱅글 돌며 기쁨을 표출했다.

어지러운 줄도 모른 채 한참이나 뱅뱅 돌며 행복을 만끽하던 두 사람은 급기야 균형을 잃고 쿠당탕 넘어졌다. 엉덩방아를 찧었지만 아픈 것도 못 느끼는 두 사람은 그저 마주 보며 웃음만 흘렸다.

그때였다.

"……대충 좀 해라."

유신의 목소리가 뒷덜미를 잡아챈 것은.

얼음물을 뒤집어쓴 것처럼 해담은 번쩍 정신이 들었다.

아, 여기 주신이 집이었지! 순식간에 귀까지 시뻘게진 해담은 벌떡 일어나 슬그머니 고개를 돌렸다.

주방 입구에 서서 넋 놓고 보고 있는 영주와, 그 옆에서 작게 헛기침을 하고 있는 태석이 시야에 들어왔다.

뒤이어 맙소사, 하는 얼굴로 고개를 절레절레 젓고 있는 유신과 눈을 끔뻑거리고 있는 진서도 보였다.

불탄 고구마처럼 시뻘겋다 못해 새카매진 얼굴로 해담은 연방 허리를 굽혔다.

"아, 안녕하세요."

주신 역시 민망하기는 매한가지라 어색하게 이마를 긁적였다. 그럼에도 두 사람의 입술은 옆으로 찢어진 채 다물릴 줄 몰랐다.

"좋은 소식인 것 같은데, 계속 회포 풀어라."

태석이 주방으로 쏙 들어가자 영주도 웃음을 머금었다.

"회포 다 풀고 밥 먹고 가. 떡국 많이 끓였어."

영주도 들어가자 유신이 해담과 주신을 번갈아 보았다.

"아아. 다행이네. 부모님 몰래 혼인신고서 사인 안 해도 되니."

그리고서 쿡쿡 웃으며, 역시 주방으로 들어갔다. 해담은 혼자 남은 진서를 향해 양팔을 벌려 보였다. 진서가 쪼르르 쫓아와 해담의 품에 푹 안겼다.

사랑을 듬뿍 담아 작은 몸을 으스러져라 껴안아준 해담은 이내 진서의 엉덩이를 팡팡 두들기고서 매서운 표정을 지었다.

"최진서. 너 때문에 온 식구들이 얼마나 걱정한 줄 알아?"

"죄송해요."

"아무리 속상한 일이 있어도 엄마한테 말도 없이 나가면 돼, 안 돼?"

"안 돼요."

"앞으로 또 그럴 거야?"

진서는 고개를 도리도리 젓고서 다시 해담의 허리를 껴안았다.

"다시는 안 그럴게요. 잘못했어요."

측은하기도 하고 안쓰럽기도 해, 울컥 솟는 감정을 추스르느라 해담은 잠시 동안 진서의 등을 토닥인 다음 놓아주었다.

"떡국 먹는 중이었어?"

"네."

"맛있어?"

"네! 완전요."

"가서 마저 먹어. 엄마는 이따가 다시 올게."

어른들도 계신데 이 꼴로 계속 여기 있는 건 무리였다. 아니, 너무 창피했다.

진서가 해맑은 얼굴로 고개를 끄덕이고서 주방으로 향하자 주신과 해담은 누가 먼저랄 것 없이 서로를 껴안았다.

너무너무 기쁜 마음에 감정을 주체할 수가 없었다.

해담을 껴안고 있던 주신이 갑자기 몸을 떼고서 비장한 표정을 지었다.

"가자."

"어디를?"

"감사하다는 말씀은 드려야지."

"지금?"

"일단은 지금. 정식 인사는 다시 드리고."

"그럴까, 그럼?"

혹여 지선이 번복할 수도 있었기에 확실히 해 두고 싶어 해담은 고개를 끄덕였다. 해담과 주신은 허겁지겁 현관을 나섰다.

주신의 손을 잡고서 함께 집으로 갔을 때는 형진과 지선이 식탁을 정리 중이었다.

"아버님, 어머님. 허락해 주셔서 고맙습니다."

거기에 대고 주신이 머리가 바닥에 닿을 듯 깍듯이 인사를 했다.

"절은 정식으로 인사드릴 때 하겠습니다."

얼마 전까지 아주머니, 아저씨라고 하던 주신의 호칭에 형진과 지선은 한껏 어색한 표정을 지었다. 거기다 아침밥 먹는 시간에 애들이 뭐 하는 거야, 싶던 지선은 이내 거실로 나왔다. 소파에 앉은 지선이 턱짓을 해 보였다.

"굳이 지금 안 와도 되는데, 왔으니까 앉아 봐."

해담과 주신이 지선을 마주 보고 앉자 형진도 다가왔다. 지선은 해담과 주신을 번갈아 응시하며 입술을 움직였다.

"허락했으니까 결혼해. 대신, 조건이 있어."

43.

조건이 있다는 지선의 말에 해담은 한숨이 터지려는 걸 겨우 참았다.

그러면 그렇지. 더 반대하지 않고 허락한다 했을 때 조금 의심을 했었어야 하는데. 바보처럼 너무 덮어두고 좋아하기부터 해 버렸다.

그렇다고 지금 지선의 심기를 건드릴 수 없기에 해담은 마른침을 꿀꺽 삼켰다. 말도 안 되는 조건을 내미는 건 아닐까, 절로 긴장이 된다.

"뭔데요?"

주신 역시 입술을 꾹 다문 채 오매불망 지선의 말만 기다렸다.

"최대한 빨리 결혼식 올려."

어?

"네?"

전혀 예상 못 한 지선의 말에 해담은 어리둥절한 표정으로 되묻고 말았다.

"될 수 있으면 최대한 빨리 결혼식부터 하라고."

어어어어어?

해담과 주신이 동시에 눈을 화등잔만 하게 뜨고서 서로를 마주 보다가 휙 지선에게로 시선을 돌렸다. 형진은 옆에서 토 달지 않고 지선의 말을 수긍하듯 듣기만 했다.

놀란 해담과 주신을 번갈아 본 지선이 팔짱을 끼고서 계속 말했다.

"어지간하면 3월 안에, 힘들면 4월도 괜찮아. 하지만 적어도 4월 초는 안 넘겼으면 해. 그게 내 조건이야."

3월 말쯤으로 잡아도 남은 기간은 40여 일 정도. 4월 초로 미루어 봤자 거기서 일주일 정도가 더 붙을 뿐이었다.

뭐가 됐든 허락만으로도 좋은 주신의 얼굴은 확 밝아졌으나, 반대로 해담의 표정은 어두워졌다.

어쩐지 지선의 꿍꿍이를 알 것도 같았다. 결혼식 준비가 하루 이틀이면 뚝딱 할 수 있는 게 아니지 않는가. 다음 달 초부터 당장 개강이라 학교도 다녀야 하는데.

"결혼식을 5월로 잡아도 준비하느라 빠듯할 텐데, 최소 4월 초 안에는 하라고요? 그게 가능해요? 웨딩홀은요?"

"불가능한 게 어디 있어. 하면 하는 거지."

해담이 눈이 절로 세모꼴로 올라갔다.

"지금 이게 허락해 주시는 거예요?"

"결혼식부터 하라는 게 허락 아니면 뭐야?"

해담이 완전히 퉁퉁 부은 얼굴로 날카로운 시선을 거두지 않자 지선은 어이없는 웃음을 흘렸다.

"왜 이래, 진짜. 반대해도 난리, 빨리하라고 해도 난리. 어쩌라는 거야?"

"엄마, 솔직히 허락하실 생각이 없으셨던 거죠?"

지선이 미간을 구기더니 해담에게 눈을 부라려 보였다.

"뭐래, 진짜. 의심병 환자냐?"

"적어도 4월 초라는 조건 걸어놓고 거기서 조금이라도 벗어나면 결혼

무효, 이러시려고 그런 거죠? 맞죠?"

너무 과하다 싶어 주신이 슬그머니 해담의 손을 잡아 저지했다. 그럼에도 기뻐했던 것만큼 실망이 커 해담은 계속 쏘아붙였다.

"그게 아니라면 빨리하는 걸 조건으로 거실 리가 없죠."

지선이 기막힌 표정으로 혀끝을 찼다.

"이 의심병 환자가 진짜. 도대체 엄마를 뭐로 보고. 넌 네 엄마를 그렇게 몰라? 내가 그렇게 치사한 사람이었어? 야, 그럴 것 같으면 아예 허락 자체를 안 했어."

지선의 단호한 말에 해담은 몇 번이고 눈을 깜빡인 다음에야 슬그머니 누그러졌다.

"그럼, 왜 그렇게 빨리하는 조건을 거세요."

"빨리하는 게 싫어서 그래?"

"그건 아니지만, 솔직히 5월이라도 준비하려면 촉박한데, 한 달이나 더 앞당기는 건 너무 무리일 것 같아서요. 그리고 난 5월……."

약간 발그스름하게 달아오른 얼굴로 대답하던 해담은 이내 말끝을 흐렸다. 우매한 뇌를 나무라듯 생각 하나가 날카롭게 머리를 긁고 지나간 탓이다.

아! 뭔지 알겠다!

해담은 펄쩍 뛸 듯 지선을 바라보았다. 지선이 슬쩍 턱을 들어 올렸다.

"뭐. 왜 말을 하다 말아. 5월 뭐?"

"5월……까지 다이어트를 좀 해야 할 것 같아서요. 드, 드레스 입어야 하잖아요."

바람이었던 '5월의 신부가 되고 싶다고요.' 대신 그렇게 대답하고 말았다. 지금 지선이 어떤 마음일지 알아챈 이상 절대 제대로 말할 수가 없었다.

해담이 속내를 짐작한 거라고는 상상도 못 한 지선이 이맛살을 구겼다.

"하여튼 철딱서니 하고는. 겨우 마음잡고 허락해 줬더니 다이어트 타령이나 하고. 아, 하기 싫으면 말든가!"

"아닙니다. 하겠습니다."

해담이 채 뭐라고 하기 전에, 보다 못한 주신이 먼저 대답했다. 혹여 지선이 마음을 돌릴까 조마조마해진 주신이 곧장 덧붙였다.

"걱정 마세요. 저희, 꼭 4월 초 안에는 결혼하겠습니다. 수단과 방법을 다 동원해서 반드시 원하시는 기간 내에 결혼식 할 수 있도록 최선을 다하겠습니다."

그러고서 해담을 돌아보았다.

"그렇지, 해담아?"

"……어, 웅. 그래."

이미 엄마의 속을 가늠하는 순간, 해담은 의심을 버렸다. 하지만 지선은 혀끝을 쯧쯧 찼다.

"어이구. 지 엄마가 말할 때는 따박따박 말대꾸만 하더니, 주신이가 그러자니까 바로 꼬리 내리는 거 봐."

"하……하하."

해담은 어색하게 웃고 말았다.

"그래. 뜻만 있으면 충분히 가능할 거야. 어른들끼리 의논 필요한 건 상의한 다음에 알려줄 테니, 나머지는 니들이 하고 싶은 대로 해. 엄마는 날짜만 안 미루면 돼."

"네."

"네. 알겠습니다."

해담과 주신이 동시에 대답했다. 그때까지도 세 사람을 지켜보기만 하던 형진이 씨익 웃었다.

"축하한다, 얘들아."

해담과 주신도 이제야 큰 산을 넘은 것 같아 얼굴 근육을 이완시켰다.

주신이 소파에서 몸을 일으켰다. 그러곤 형진과 지선을 향해 허리를 직각으로 숙였다. 그 바람에 해담도 멀뚱히 앉아 있기가 그래, 엉거주춤 일어나 같이 고개를 숙였다.

"저희 뜻 이해해 주시고, 허락해 주셔서 고맙습니다. 아버님, 어머님."

적응되지 않는 호칭에 형진과 지선은 물론이고 해담의 얼굴마저 발갛게 달아올랐다. 물론 주신은 귀까지 뜨끈뜨끈 잘 익은 상태고.

형진이 몸을 일으켜 주신과 해담의 어깨를 가볍게 두드려 주었다. 그 모습을 지켜보는 지선의 입가에 희미한 미소가 감돌았다.

하지만 그마저도 금세 사라지고 말았다. 지선이 조금 주저하다, 자리에 앉는 주신에게 물었기 때문이다.

"……진서는 어쩌고 있어?"

"아. 조금 전에 아침 먹는 거 보고 나왔습니다. 어젯밤에는 한 번도 안 깨고 잘 자는 것 같았고요. 너무 걱정 안 하셔도 될 것 같습니다."

지선이 쓸쓸한 표정을 짓자 주신이 조심스레 운을 뗐다.

"진서, 데리고 올까요?"

"아냐, 아니. 안 그래도 돼."

지선은 주신의 말이 떨어지기가 무섭게 퍼뜩 손을 내저으며 저지했다. 가뜩이나 충격을 받은 아이한테, 부담까지 주고 싶지는 않았다.

"그냥. 거기서 편하게 지내게 해 줘."

지금 지선은 그것밖에는 바라는 게 없었다.

"그리고 다용도실에 고양이 사료 많이 남았으니까, 진서한테 가져다줘. 하루라도 고양이들 밥 안 주면 안 되는 아이잖아."

주신은 조금 무거운 얼굴로 지선을 바라보다 이내 '알겠습니다.' 하고 대답했다.

잠시 뒤 해담과 주신은 조금 더 대화를 나눈 뒤에야 집 밖으로 나왔다. 대문을 닫자마자 해담은 매달리다시피 주신의 품으로 뛰어들어 방방 뛰었다.

지선이 보면 철없다고 할 테지만, 어쩔 수 없었다. 너무너무, 미칠 것처럼 기분이 날아갈 것 같았으니까. 주신 역시 들고 나온 사료를 잠시 바닥에 내려놓고서 함께 기쁨을 나누었다.

"어떡해! 너무 좋아. 이상한 조건 거실 줄 알고 얼마나 조마조마했는지 몰라."

"정말 꿈은 아니겠지?"

주신과 해담은 몸을 살짝 떼고서 서로의 얼굴을 응시했다. 지선이 이토록 빨리 마음을 돌린 이유를 충분히 짐작하고도 남았기에, 두 사람은 괜히 뭉클하고 처연해졌다.

"진서의 일이 엄마에게는 심지가 흔들릴 만큼 큰 충격이었나 봐."

"아무래도 그러시겠지. 진서를 많이 아끼셨잖아."

"그렇지. 가출로 모자라서, 집까지 오지 않겠다고 했으니, 나라도 힘들 것 같긴 해."

물론, 자신을 아끼던 할머니에게서 충격적인 말을 들은 진서 역시, 씻을 수 없는 상처를 입었을 테고.

진서가 아픈 말을 듣지 않고 일이 잘 진행되었더라면 좋았을 텐데.

진서가 어른들의 갈등을 모른 채 행복만 담뿍 누리다 제자리로 갔으면 싶었는데.

진서의 방황으로 인해 상황이 반전된 건 분명한 사실이긴 했다. 하지만 아무리 그래도 시간을 되돌릴 수 있으면 절대, 어제 같은 일이 벌어지지 않도록 철저히 방지했을 것이다.

오롯이 어른들이 짊어지고, 해결해 나가야 할 고민이었으니까.

"해담아. 일단은 내가 웨딩 컨설팅 업체부터 찾아볼게. 형 친구들 중에서도 결혼한 사람 꽤 있으니까, 선정하기가 조금은 덜 막막할 거야."

해담의 판단에도 시간이 너무 촉박한 만큼, 발품을 파는 것보다는 업체의 도움을 받는 게 훨씬 수월할 것 같긴 했다.

잠시 생각에 잠겼던 해담은 가만히 속눈썹을 깜빡였다.

"주신아, 웨딩 업체는 내가 알아볼게."

"네가?"

"응. 얼마 전에 내 친구 해주 결혼했잖아. 걔도 완전 초스피드로 준비해서 결혼했는데, 아는 지인이 웨딩플래너라 편하게 했대. 그래서 해주한테 한 번 물어볼까 해."

"아. 그래, 그럼."

"그건 내가 알아볼 테니, 대신 넌……."

해담은 살짝 말을 흐리며 물끄러미 주신을 올려다보았다. 혀로 입술을 축이며 해담이 주저하자 주신이 비딱하니 고개를 옆으로 기울였다.

"난 뭐."

"어, 그게."

"뭔데 이렇게 뜸을 들이실까."

"주신아 귀 좀."

주신은 잔뜩 의아한 얼굴을 했지만 두말 않고 고개를 기울여 주었다. 해담이 귀에다 작게 속삭였다.

귀에 와 닿는 간질간질한 그 느낌과 달리, 주신은 곧장 자세를 곧추세웠다. 잔뜩 눈썹을 휜 채로.

"내가?"

"응. 네가."

"꼭 내가 해야 돼?"

"응. 부탁할게. 꼭 네가 해 줬으면 좋겠어."

자못 심각하게 대꾸한 해담이 다시 손가락을 까딱거려 보였다.

"다시 귀 좀."

흐음, 숨을 들이마시고서 주신은 귀를 가졌다. 해담이 또다시 귀에 대고 소곤소곤, 조곤조곤 이야기를 이어갔다.

해담의 말이 끝나자 이번에도 주신은 휙 자세를 곧추세웠다. 눈을 동그랗게 뜬 채로.

"네가?"

"응. 내가."

"너, 정말 그렇게 하려고?"

"응."

해담의 제안이 너무 의외라 주신의 얼굴이 당황스러움으로 물들었다.

"왜 그렇게까지 하려고 하는 건데."

작게 한숨을 흘린 해담은 조금 쓴웃음을 지었다.

"엄마가 자꾸 결혼식을 빨리하라고 하시는 이유를 알 것 같아서."

주신의 까만 눈동자에 이채가 돌았다. 사실, 주신도 지선이 서두르는 이유가 무척 궁금하긴 했다. 하지만, 하도 해담이 의심을 해댄 통에 진땀을 빼느라 그 이유까지 생각해 볼 겨를이 없었다.

"뭔데."

"엄마는 내가 사고를 쳐서 결혼한다는 주변의 손가락질이 싫으셨던 거야. 아마 내가 곧 결혼한다고 그러면 주변에서 다들 사고 쳤냐고 묻거나, 아예 그렇게 단정 지어 놓고 색안경 끼고 볼 게 뻔하잖아."

가만히 미간을 구긴 채 해담의 말을 곱씹어 본 주신이 이내 얼굴을 폈다.

"음. 뭔지 알겠다. 우리가 일찍 결혼할수록 나중에 속도위반을 했다는 오해에서 벗어나기가 쉽겠네."

"그렇지. 원래 마음먹은 대로 5월에 결혼식을 하고, 내년 2월에 진서를 낳으면 어쩐지 날짜가 거의 맞아떨어지는 느낌이잖아."

사실, 딱 맞아떨어지는 것도 아니고 몇 주 정도는 분명히 차이가 있지만, 사람들은 그렇게 받아들이지 않을지도 모른다. 일부러 날짜를 꼼꼼히 계산해 보고 쟤들 속도위반 아니네? 할 사람은 거의 없을 테니까.

그러니, 지선으로서는 기왕 허락을 했으니, 무슨 수를 쓰든 빨리 결혼식을 치렀으면 하는 거였다.

지금까지도 지선은 혼전임신으로 결혼한 것에 대한 트라우마를 이기지 못하고 있었으니까.

"이유 알았으니까 해 줄 거지?"

해담의 물음에 주신은 잔뜩 난처한 얼굴로 이마를 쓸어 올렸다. 이유는 확실히 알았지만, 해담의 제안이 꽤나 난처한 것이었기 때문이다.

주저하는 주신의 반응을 놓치지 않은 해담이 속눈썹을 깜빡였다.

"왜, 싫어?"

"……."

"정 못 하겠으면, 그건 다른 사람 시키고, 넌 내가 하는 거라도 같이 할래?"

주신은 흡, 숨을 들이켜고서 마구 도리질을 쳤다. 해담이 하려는 것보다는 그나마 처음 제안했던 게 훨씬 나았다. 하지만 둘 다 주신에게는 총체적 난국이라 쉽사리 고를 수가 없다.

해담의 눈동자가 실망을 담고 흐려지려 하자 주신은 눈을 질끈 감았다가 떴다.

"꼭 내가 해야 하는 거지?"

"응, 응! 난 네가 꼭 해 줬으면 좋겠어."

해담이 커다랗게 고개를 위아래로 흔든 다음 기도하듯 양손을 모아 쥐었다.

"내 소원이야. 응응?"

그러고서 큰 눈으로 애처롭게 주신을 바라보았다. 주신은 허리에 손을 얹은 채 눈썹을 휘었다. 이렇게 예쁘게 바라보는데 뭔들 못 해주겠는가. 별, 달, 해를 따달라는 것도 아닌데.

"어쩔 수 없지."

"해줄 거야?"

"알았어, 할게. 한다고."

"으앗! 고마워!"

해담이 함박웃음을 얼굴 가득 머금고서 와락 품으로 안겨들었다. 해담의 정수리에 턱을 괸 채 주신은 한숨을 푹 내쉬었다.

"우리 예쁜이 덕에 길이길이 남을 흑역사 하나 생기겠다."

"아냐. 넌 뭘 해도 멋질 거야. 걱정 마."

해담의 다독임을 가만히 만끽하던 주신의 눈동자가 의지로 화륵 타올랐다. 기왕 하기로 마음먹었으니, 반드시 완벽하게 해낼 것이다.

다음 날 오전, 진서는 사료와 물을 챙겨 집을 나섰다.

오전에 한 번, 오후에 한 번. 늘 이 시간만 되면 고민도 사라지고, 없던 기운도 펄펄 났다.

쫄랑쫄랑 뛰던 진서의 발걸음이 외할머니 집 대문 앞에서 잠깐 멈추었다.

"……."

닫힌 대문 너머의 집을 눈에 담고 서 있는 진서의 얼굴이 더없이 복잡했다.

할머니는 뭐 하고 계실까.

할아버지는 뭘 하고 계실까.

두 분 다 내가 보고 싶으신 걸까, 아닌 걸까.

혹시, 초인종을 눌러보면 반겨주실까.

하염없이 집을 바라보던 진서는 이내 멈추었던 걸음을 옮겼다. 오늘도 유리는 오지 않으니 놀이터부터 갔다가 공원으로 이동하면 될 것 같았다.

유리도 못 보고, 그 할아버지도 못 보니 참 마음이 쓸쓸했다. 곧 먼 길 떠날 걸 알기에, 더 속이 스산했지만, 진서는 귀여운 아이들을 떠올리며 걸음을 재촉했다.

막 놀이터에 다다랐을 때였다.

정자 뒤쪽, 고양이들 집이 있는 근처에 누군가 등을 보이고 서 있는 것이 포착되었다.

'누구지?'

조금 더 가까이 다가간 진서의 발걸음이 뚝 멈추었다. 상대방의 뒷모습이 너무도 익숙해서, 굳이 확인하지 않아도 알 수 있었으니까.

고양이들을 바라보고 있던 상대방이 진서의 발소리 때문에 천천히 몸을 돌렸다.

다름 아닌 지선이었다. 돌아선 지선은 한껏 먹먹한 눈을 하고 있었다. 진서는 고개를 한 번 떨구었다가 이내 시선을 마주했다.

지선은 일부러 일찍부터 놀이터로 와 진서를 기다렸다. 억지로 오라 가라 하는 것보다는 진서가 좋아하는 장소에서 자연스럽게 보는 게 더 좋을 것 같았기에.

자신이 상처를 줬으니, 그 아픔을 어루만져 주는 것 역시 스스로의 몫이었다. 그렇게 기다리던 진서를 마주하고서 지선은 가슴이 무너지는 기분이었다.

할머니, 할머니, 하며 친근하게 달라붙던 아이가 그녀를 보자마자 놀라서 그 자리에 얼어붙어 버리다니.

충격이 얼마나 컸으면 어린아이가 저럴까 싶어 지선은 속이 너무도 쓰라렸다.

"진서야."

안타까운 마음을 숨길 길이 없어 지선의 음성이 희미하게 떨렸다.

"……할머니."

반면, 진서에게서는 머뭇머뭇 기어들어 가는 목소리가 흘러나왔다.

축 처진 작은 어깨. 눈치를 보느라 하염없이 흔들리는 까만 눈동자.

해맑고 구김살 없던 진서를 저렇게 만든 게 바로 자신이기에, 지선의 콧날이 시큰시큰 아파 왔다. 감정을 꾹 누르고서 지선은 입술에 미소를 보였다.

"고양이들 밥 주러 왔니?"

"네, 네에."

"그래. 얼른 줘. 고양이들 배고프겠다."

"네."

짤막하게 말한 진서가 지선을 지나쳐 고양이들에게로 향했다. 지선은 진서가 사료를 챙겨 주는 동안, 몇 걸음 떨어져 있는 그네로 가서 앉았다.

물끄러미 뒷모습만 바라보며 기다리길 잠시, 진서가 터벅터벅 그네로 다가왔다.

"……혹시, 저 보러 오신 거예요?"

"응. 진서 보러 온 거 맞아."

혼란스러운 듯 눈동자를 이리저리 굴리던 진서가 지선의 옆 그네에 앉았다.

"진서야."

"네."

"할머니한테 화 많이 났어?"

"……."

진서는 말없이 발끝을 응시하며 잠시 동안 생각에 빠졌다가 고개를 들었다.

"모르겠어요."

진서의 작은 얼굴에 어린아이답지 않은 깊은 쓸쓸함이 담겨 있었다. 지선 역시 쓰디쓴 표정을 지었다.

"왜 몰라. 할머니는 지금 진서가 얼마나 할머니한테 화가 나 있는지 알겠는데."

"……."

"할머니, 많이 밉지?"

진서는 기다란 속눈썹을 깜빡이며 지선을 바라보다 이내 고개를 저었다.

"아니에요. ……할머니 안 미워요."

차라리 밉다고 해주면 아주 조금이나마 마음이 편할 텐데. 하지만 이 착하고 어른스러운 아이는 누군가를 미워할 줄도, 원망할 줄도 모른다. 그래서 더 지선은 마음이 아팠다.

"할머니는…… 저 많이 미우시죠?"

기습적으로 나온 진서의 질문에 지선의 심장이 철렁 내려앉았다.

"내, 내가? 내가 진서를 왜 미워해."

"……제가 내년에 태어나서요."

지선의 입꼬리가 파르르 떨렸다.

"그래서 엄마, 아빠, 할머니…… 어른들이 많이 힘드신 거 알아요."

"아냐. 아니야."

곧장 부정을 한 지선은 터져 나오는 한숨을 입 밖으로 내뱉었다. 지선은 측은한 눈으로 진서를 바라보았다.

"진서야."

"네."

"그래. 할머니가 조금 힘들기는 했어. 진서가 보다시피 아직 할머니는 할머니 소리를 들을 만큼 나이를 안 먹었잖아. 봐봐. 흰머리도 없고, 주름도 별로 없고."

가만히 눈동자를 굴린 진서가 이내 납득한다는 듯 고개를 끄덕거렸다.

"그래서 그랬어. 아직 할머니가 될 준비가 안 돼서 조금 힘들었던 것뿐이야. 이제는 아무렇지도 않아. 아니, 진서가 내년에 태어나는 거, 할머니는 너무 좋아."

최대한 아이의 눈높이에 맞춰 말하자 진서의 까만 눈이 확 커졌다.

"저, 정말요?"

"그럼. 엄마, 아빠도 조만간 결혼할 거고. 할머니는 꼭 진서가 내년에 태어났으면 좋겠어."

"진짜요? 진짜예요? 저, 정말 내년에 태어나도 돼요?"

그러고서 벌떡 몸을 일으키더니 지선의 목을 와락 껴안았다.

세상에. 얼마나 그날 아침의 일이 상처로 남았으면 이런 반응을 보인단 말인가. 다시 한 번 지선은 자신이 몹쓸 짓을 했음을 뼈저리게 느꼈다. 불덩이를 삼킨 것처럼 목이 아파 오고 코끝이 시큰거렸다.

아이 앞에서 울 수도 없었기에 지선은 억지로 울음을 삼켰다.

"그럼, 당연하지. 그러니까, 할머니가 진서 미워한다는 생각은 절대 하면 안 돼. 알았지?"

진서가 크게 고개를 끄덕이자 지선은 작은 등을 가만히 토닥였다. 이제야 겨우 가슴 중간에 떡하니 자리 잡고 있던 돌덩이가 내려갔다.

♥

해담은 명절 연휴가 끝나갈 무렵이 되어서야 해주에게 메시지를 보냈다.

혹여, 시댁 어른들과 함께 있는 자리라 통화하기가 곤란할까 봐서.

해주의 시어머니가 어머어마한 성격이라고 들은 적이 있기에, 아무 때나 메시지와 통화를 하던 예전과 달리 조심스러웠다.

[해주야, 너한테 물어보고 싶은 게 있는데 통화 괜찮아? 혹시, 곤란하면 편한 시간에 연락 부탁해.]

그렇게 보내고 기다리길 잠시, 손에 들린 핸드폰이 진동을 울렸다. 해담은 곧장 전화를 받았다.

"어, 해주야. 통화 괜찮아?"

-응. 괜찮아. 지금 우리 집이야. 친정에 와 있거든. 아, 친정 소리 입에 안 붙는다.

해주가 작게 웃자 해담은 그래도 친구가 잘 지내는 것 같아 마음이 놓였다.

"몸은 좀 어때?"

-입덧 말고는 괜찮아. 입덧이 괴롭긴 한데, 그래서 자꾸 웩웩거리니까, 시어머니가 친정에 빨리 보내주시더라고. 연휴 끝날 때까지 쉬다가 오라시는 거 있지.

"태어나기 전부터 효도하는데."

-하하. 그렇지? 근데, 무슨 일이야?

해담은 바로 본론으로 들어갔다.

"너, 결혼식 같이 준비했다는 웨딩플래너 말이야. 어땠어? 괜찮았어?"

-응. 완전 괜찮았지. 그 언니 덕분에 거의 한 달 만에 준비 끝냈잖아. 불가능할 거라 생각했는데, 내 일처럼 챙겨줘서 수월하게 할 수 있었어.

해담은 그저, 워낙 그 웨딩플래너가 준비를 잘해줘서 언니라는 친근한 호칭까지 붙이는 줄로만 알았다.

그래서 더욱 마음에 들었다.

"그럼, 그 웨딩플래너 연락처 나한테도 좀 보내줄래?"

-응, 알았어. 주변에 누가 결혼하나 봐?

"음, 그게."

해담은 청첩장이 나올 때까지 비밀로 할까 하다가 생각을 바꾸었다. 어차피 알게 될 텐데 군이 숨길 필요까지는 없을 것 같았다. 빨리 결혼을 하는 게 죄짓는 것도 아니고.

"나 결혼하려고."

-아아.

별생각 없이 말한 해주가 갑자기 목소리를 크게 냈다.

-뭐라고? 네가 결혼한다고?

"응. 가능하면 최대한 빨리 서두르려고. 그래서 내 일처럼 도와줄 사람이 필요해서."

-헐. 해담아, 설마 너도?

해주뿐만 아니라, 결혼 소식을 듣는 사람이면, 아마, 누구라도 같은 반응을 보일 것이다.

"아니. 그건 아니고."

-어? 아니야? 근데, 왜 갑자기 결혼 계획을 잡은 거야? 서두르면서까지.

"그러고 싶어서."

-뭐?

"주신이랑 빨리 결혼해서, 한집에서 살고 싶고, 빨리 예쁜 아이도 가지고 싶어서."

충분한 이유가 되지는 않겠지만 해담은 그렇게 대꾸했다. 사실이기도 했고.

-헐, 대박. 근데, 부모님 허락은 받은 거야?

전혀 예상치 못한 일인지 해주는 궁금한 게 많은 듯했다. 어차피 친구들

중 누구에게든 얘기해 두면 알아서 퍼져 나갈 테니, 해담은 대답해 주었다.

"어. 양쪽 어른들께 다 허락받았고. 아무 문제도 없음."

-와. 진짜?

놀라움을 감추지 못한 해주가 바로 덧붙였다.

-아, 축하 인사부터 해야지. 완전 축하해, 해담아.

"응, 고마워."

-참. 그 웨딩플래너 언니 번호는 내가 문자로 보낼게.

"그래, 고마워."

-저 근데, 해담아.

"왜?"

-그 웨딩플래너 언니 말이야. 우리 언니랑 완전 절친이거든.

"어어? 너, 너네 언니 절친이라고?"

순간적으로 해담은 말을 더듬고 말았다.

아아. 그래서 웨딩플래너에게 언니라고 한 거구나.

-나도 이번에 결혼 준비할 때 우리 언니한테 소개받아서 알게 됐거든. 너 결혼 준비하는 거랑은 아무 상관없겠지만, 그래도 알고는 있으라고.

"아."

-우리 언니랑 사이 별로인 거 뻔히 아는데, 나중에 알게 되면 되게 황당하고 기분 나쁠 것 같아서.

"그래. 고마워."

소개받고자 하는 웨딩플래너가 애리의 절친이라고 하니, 솔직히 껄끄러운 건 사실이었다. 하지만, 웨딩플래너 찾는 데 드는 시간만큼은 확 줄일 수가 있다. 거기다 소위 말하는 웨딩플래너 '먹튀'에 휘말릴 염려도 없고.

해주와 조금 더 소소한 대화를 나누고서, 연락처를 문자로 보내라고 한 뒤 해담은 통화를 끝냈다.

"일단은 아무 생각 말고 4월 초 전까지 결혼식 올리는 것만 생각하자."

♥

애리의 절친이라는 웨딩플래너와는 명절 연휴가 끝나자마자, 간단한 통화만 하고 당일, 오후 상담 약속을 잡았다.

개강을 하기 전 어지간한 건 미리미리 다 정해 둬야 하기에 마음이 너무 급했다. 특히 하루라도 빨리 웨딩홀부터 예약을 해 놔야 그나마 한시름 덜어질 것 같았다.

해담과 주신은 상담 시간보다 조금 더 일찍 장소에 도착했다.

웨딩플래너를 기다리는 동안, 로비 한쪽에 전시되어 있는 턱시도와 드레스를 구경하는 두 사람의 얼굴이 상기되었다.

"와. 드레스 너무 예쁘다. 턱시도도 멋지고."

주신은 미소를 지은 채 해담의 허리에 팔을 둘렀다.

아직까지 결혼식이라는 게 막연한 단어 같기만 했는데, 이렇게 눈앞에서 드레스와 턱시도를 보니 확실히 실감이 났다.

아, 정말 허락을 받고 우리 이제 결혼 준비를 하는구나, 하는 마음이랄까.

잠시 로비 인테리어를 구경하는 사이, 예약 시간이 되었다. 설렘을 안고서 해담과 주신은 웨딩플래너와 본격적인 상담에 돌입했다.

"혹시, 평소 생각해 두신 웨딩 컨셉 있으세요?"

해담과 주신은 누구랄 것 없이 거의 동시에 말했다.

"무조건 빨리 결혼식만 할 수 있으면 돼요."

"늦어도 4월 초 안에만 올릴 수 있으면 됩니다."

이글이글 타오르는 두 사람의 투지에 웨딩플래너가 살짝 웃은 다음 입을 열었다.

"늦어도 4월 초면 날짜가 굉장히 촉박하네요. 당장 다음 달부터는 성수기라 호텔이든 괜찮은 웨딩홀이든 이미 1년 전부터 예약이 다 차 있거든요. 주말이나 공휴일 점심 같은 황금시간대는 지금 예약하기가 하늘의 별 따기라고 보시면 되고요."

웃는 얼굴과 달리 처참한 내용에 해담과 주신의 얼굴이 금세 핼쑥해졌다.

"그럼, 어떻게 해요. 저희 정말 그때까지는 결혼식을 해야 한단 말이에요."

"방법이 없겠습니까?"

"간혹 예약이 취소되는 경우가 있기는 하지만, 그건 정말 극악의 운이라, 기대할 게 못 되고요. 일단, 황금시간대를 피해서 진행 한번 해 보죠."

그나마 그게 어디인가 싶어 두 사람의 얼굴도 슬쩍 펴졌다.

대략 2시간 가까이 진행되었던 웨딩플래너와의 상담은 꽤나 만족스러웠다. 애리의 친구라 껄끄러울 거라는 우려와는 달리 상대는 너무도 편했다.

청첩장부터 스드메는 물론이고 한복, 예복 등등 결혼 준비에 대한 전반적인 모든 것들에 대해 아주 친절히 상담해 주었다. 황금시간대는 없었지만, 4월 초까지 예식이 가능한 웨딩홀도 곧장 체크해 견적서도 정리해 주었고.

더 따져볼 것도 없이 해담과 주신은 웨딩플래너와 계약을 하고 모든 것을 맡겼다. 그것도 생각 외로 저렴한 가격이어서 시작부터 기분이 좋았다.

해주에게 연락한 걸 신의 한 수라 여기며 해담은 주신과 함께 상담을 마치고 나왔다.

"와. 결혼식 하는데 준비할 게 이렇게 많은 줄 몰랐어."

"그래도 예식 가능한 웨딩홀이 있어서 다행이지."

"근데, 예식 시간대가 너무 빠르거나 늦어지는 게 걸려. 멀리 지방에서 오실 분들도 계실 텐데. 빠를 땐 시간 맞춰 오시기 힘들고, 늦으면 가실 때 또 고생이고."

"어쩔 수 없지."

"아, 누가 황금시간대에 딱! 예약을 딱! 취소해 주면 고마울 텐데."

"타인의 불행이 곧 우리의 행복인 거네."

"그것도 그렇네."

주억거린 해담이 갑자기 풉, 웃음을 흘렸다.

"기억나? 너 다이어리 잃어버린 날, 네가 웨딩홀 리스트 정리해 놨다고 해서 내가 깜짝 놀랐잖아. 5월에 할 건데 뭘 벌써 정리해 두냐고. 지금 생각하니 나 완전 바보였어."

"아."

주신도 쿡쿡, 따라 웃었다.

"나도 바보인 건 마찬가진데, 뭘. 그때쯤이면 충분할 거라고 생각했으니. 1년 전에 예약이 끝나 있을 거라고는 생각도 못했어."

"그럼, 우리는 바보 커플인 거네."

피식, 피식 웃음을 터트리며 해담과 주신은 집으로 향했다.

"준비는 잘 돼가고 있지?"

집 근처에 다다를 무렵 해담이 물었다. 주신은 마른침을 꿀꺽 삼키고서 고개를 끄덕거려 보였다.

"누가 준 미션인데. 미친 듯이 노력하고 있어. 넌 어때?"

"나이를 먹었는지 예전 같지 않지만 나도 미친 듯이 노력하고 있어."

"그래. 기왕 하는 거 완벽하게 해야지."

"역시. 믿음직스럽다니까."

해담과 주신은 지구를 구하기라도 할 듯 더없이 비장한 얼굴로 하이파이브를 했다.

44.

해담과 주신은 웨딩플래너가 추천해준 웨딩홀 몇 군데를 돌아보기 위해
일찌감치 집을 나섰다.

"주신아, 웬만하면 첫 번째로 정하자. 난 우리가 결혼만 할 수 있는 곳이면
다 좋아."

"안 돼. 평생 한 번밖에 안 하는 결혼식인데, 꼼꼼히 결정해야지."

"그, 그런가."

"오빠만 믿어."

막상 웨딩홀에 도착하자 주신의 말이 맞다는 걸 해담은 확실히 깨달았다.

첫 번째 예식장은 교통편이 그다지 좋지 않은 데다, 신부 대기실도 너무
좁았다 조금만 앉아 있어도 폐소공포증이 생길 것 같다고 할까.

선택지가 여기 웨딩홀밖에 없다면 바로 계약을 진행하겠지만, 다른 곳도
있으니 일단은 패스했다.

두 번째는 그나마 모든 면에서 아주 조금 나았다. 하지만 예식 시간이 너
무 늦었다. 막타임이라 선뜻 선택이 되지 않았다.

그리고 세 번째는 입구부터가 너무 썰렁하니 아무것도 없어서 여기가 웨

딩홀이 맞나, 싶을 정도였다. 주차장도 너무 협소해서 하객들이 너무 불편할 것 같았다.

네 번째는 그나마 너무 늦지 않은 오후 예식에, 시설도 깔끔하니 괜찮았다. 그런데, 살짝 검색을 해 보니, 음식이 너무 별로라는 평이 지배적이었다. 종류와 맛도 별로인 데다, 배탈까지 났다는 리뷰도 있었다.

"여기는 정말 아닌 것 같다. 좋은 날인데, 어른들 괜히 음식 먹고 탈이라도 나면 안 되잖아."

투어를 하고 나오며 주신이 하는 말에 해담도 동의하는 바였다.

"어떡하지? 난 그냥, 날짜 적당한 웨딩홀만 있으면 만사 오케이일 줄 알았는데, 쉽게 쉽게 결정할 문제가 아니었구나."

"아무래도 둘이서만 치르는 결혼식이 아니니까."

결혼은 정말 현실이라는 걸 뼈저리게 실감하며 해담이 푸욱, 한숨을 내쉬었다. 주신이 해담의 어깨를 토닥였다.

"정 안 되면 생각해 둔 게 있어."

"뭔데?"

"아버지 별장이 있거든. 거기서 결혼식을 올리면 어떨까 싶어서."

"별장?"

웨딩홀이 아닌 장소에 해담이 실망할까 봐 주신이 퍼뜩 대답했다.

"응. 별장에서 야외 결혼식으로 진행하는 것도 나쁘지 않을 것 같아서."

"아. 그것도 좋겠다. 그럼, 우리가 원하는 날짜, 시간에 할 수 있잖아."

해담의 얼굴이 확 밝아졌다.

"근데, 어디까지나 최후의 보루. 야외 결혼식은 준비하는 게 훨씬 더 만만치 않대. 아버지 별장이라 웨딩플래너님의 도움을 받을 수 있을지도 의문이고."

"아."

다시금 시무룩한 얼굴을 한 해담이 핸드폰을 꺼내 들었다.

"일단, 플래너님이랑 통화를 해 볼게."

저장된 번호로 전화를 걸고 기다리길 잠시, 밝고 경쾌한 음성이 흘러나왔다.

-네, 신부님!

적응되지는 않지만, 묘하게 설레는 단어에 해담은 살짝 헛기침을 했다.

-안 그래도 막 전화 드리려던 참이었어요.

"그래요?"

-네, 네. 지금 굉장히 좋은 조건의 홀이 나와서요. 일단 제가 톡으로 견적서랑 사진 등을 보낼게요.

"아, 네."

통화를 끊고서 해담은 주신을 바라보았다.

"다른 웨딩홀 추천하는데? 톡으로 견적서 보낸대."

"너무 기대는 말자."

"응."

대화를 하는 사이 톡이 도착했다. 해담은 핸드폰을 주신도 볼 수 있도록 각도를 바꾸고서 심드렁하니 톡을 확인했다.

"홀은 되게 예쁘다. 그치?"

"응."

그리고 뒤에 덧붙여 있는 날짜와 시간을 확인하는 순간, 해담과 주신의 눈이 동시에 커졌다.

"어어? 3월 셋째 주 일요일, 12시 30분 예식이라고?"

해담의 시선이 확 주신에게로 날아갔다.

"나, 제대로 본 거 맞지?"

"어어."

얼떨떨함을 감추지 못한 채 몇 번이고 톡을 확인하는 사이 진동이 울렸다. 웨딩플래너였다. 해담은 퍼뜩 전화를 받았다.

-신부님, 확인하셨어요?

"네! 아니, 어떻게 이 시간대에 웨딩홀이 있어요?"

-예약 취소가 된 거래요. 그래서 제가 후딱 낚았죠. 빨리빨리, 확인하시고 계약 진행하셔야 돼요.

예상치 못한 행운에 해담과 주신은 만면 가득 희열을 담고서 아이처럼 방방 뛰었다.

지선과 영주는 동네의 조용한 커피숍에 마주 앉아 차를 마시는 중이었다. 해담과 주신의 결혼 문제에 대해 논의하고 있었다. 사실, 상의하고 말 것도 없었다.

7, 8년 후쯤이라고 막연히 생각했던 결혼식을, 수 주 내에 치러야 하는 탓에 어지간하면 모든 걸 간소히 하자는 입장은 똑같았다.

"아무것도 모르는 애들이 준비나 잘하려나 싶어 전전긍긍했는데, 황금시간대에 떡하니 웨딩홀까지 계약할 줄 꿈에도 몰랐어요."

지선의 말에 영주가 고개를 끄덕였다.

"자기네들이 알아서 한다는 건 그만큼 자신이 있었던 거겠지."

"그래도 내 카드는 꼬박꼬박 챙겨 나가더라고요."

"그러게. 우리 주신이도 지 아빠 카드는 절대 안 돌려주더라고."

마주 보며 쿡쿡, 웃은 두 사람은 커피를 한 모금씩 머금었다.

"믿을 만한 웨딩플래너와 같이 진행한다니까 걱정이 덜 되기도 해서 그런지, 난 아직도 둘이 결혼한다는 게 실감이 안 나."

"나도 그래요. 진짜 쟤들이 결혼을 하나 싶어요. 낼모레 청첩장 나온다니까, 그거 받아보면 날지도 모르겠네요."

잔을 내려놓고서 영주가 물끄러미 지선을 보았다.

"근데, 해담 엄마는 안 서운하겠어?"

"뭐가요?"

"폐백, 예물, 예단 같은 거 다 생략해서. 나야 우리 유신이도 있어서 상관 없지만, 해담 엄마는 해담이가 처음이자 마지막이잖아."

"아니에요. 난 둘이 턱시도에 웨딩드레스 입고 꽃길 걷는 것만 봐도 충분 해요. 해담이가 내 카드 가져가면서 그러더라고요. 날짜도 촉박하고, 부모님 돈으로 결혼하는데 허례허식은 다 생략할 거라고요. 그게 마음 편하대요. 그 래서 그래라 했어요."

"하긴. 우리 주신이도 지금은 간단하게 하고, 나중에 자기 능력으로 리마 인드 웨딩 할 거라더라. 그래서 나도 그러럼, 했지."

지선이 흐뭇하게 웃자 영주가 가볍게 무릎을 쳤다.

"참. 해담 엄마. 애들 결혼하면 살 집 말인데."

"안 그래도 그것 때문에 언니랑 의논하려고요."

"생각해 둔 거라도 있어?"

"아무래도 신혼인데 양가에서 끼고 살 수는 없잖아요."

"그건 좀 그렇지."

"그렇다고 결혼식 준비로 바쁜 애들을 무작정 데리고 다니면서 당장 집 구하러 다닐 시간적 여유도 없고요. 그래서 말인데요."

지선은 자세를 고쳐 앉으며 계속 말을 이었다.

"우리 가게 건물 5층이 이번 달 말에 계약이 끝나거든요. 거기를 수리해 서, 적당한 아파트 물색할 때까지 애들 살게 하면 어떨까 싶어요."

지선의 제안에 찰나 동안 생각에 잠겼던 영주가 고개를 끄덕였다.

"그것도 괜찮네."

"언니는 혹시 생각해 둔 거 있어요?"

"아. 나는 유신이 몫으로 준비해 둔 아파트로 보낼까 싶었거든."

"그렇게 해도 되고요."

"근데, 눈치가 유신이도 애인이 있는 것 같아. 나이가 있어서 갑자기 덜컥 결혼한다 그러면 난감할 것 같기도 하고. 그래도 애들 아버지는 먼저 하는 놈 주자는 쪽이라 조금 머리가 아팠거든."

"그냥, 복잡하게 생각하지 말고 5층 수리해서 거기다 신혼살림 차려주자고요."

"그래, 그러자."

기분 좋게 합의를 본 두 사람은 괜히 커피 잔을 들어 살짝 건배를 했다.

♥

드디어 청첩장이 나왔다.

최주신과 이해담의 이름이 사랑스럽게 적힌.

심플한 디자인이 너무 마음에 들기도 하고, 생애 처음 마주한 자신들의 청첩장이라 주신과 해담은 감격 그 자체였다. 특히 주신은 틈만 나면 청첩장을 꺼내 볼 정도였다.

"아빠, 청첩장이 그렇게 좋아요?"

하도 그러고 있으니 진서가 조금 이상한 표정을 하고서 물을 정도였다. 조금 머쓱하게 웃은 주신은 청첩장을 책상 서랍 속으로 밀어 넣었다.

"청첩장이 좋은 게 아니라, 엄마랑 결혼하는 게 좋은 거지."

"아."

조금 이해되는 듯 고개를 끄덕인 진서가 눈을 빛냈다.

"그럼, 결혼하고 나면 엄마랑 사는 거예요?"

순간, 여러 생각이 스치는 바람에 주신의 뺨이 살짝 달아올랐다.

"어. 응. 그렇지."

진서가 속눈썹을 깜빡거리며 물끄러미 쳐다보는 바람에 주신은 흠, 흠, 헛기침을 했다.

"왜? 왜 그렇게 봐."

진서는 이내 눈을 초승달 모양으로 만들고서 웃어 보였다.

"아니에요. 아빠, 되게 행복해 보이셔서요. 그래서 저도 행복해서요."

"싱겁기는."

주신은 피식, 웃으며 진서의 머리를 쓰다듬었다.

"참, 진서."

"네?"

"내일은 외할머니 댁에서 다 같이 저녁 먹을 거니까, 놀다가 어둡기 전에 외할머니 댁으로 와. 알았지?"

"넵."

노을이 깔릴 무렵, 놀이터에서의 일과를 마친 진서는 유리를 집까지 데려다주는 중이었다.

유리의 집이 가까워질 때쯤, 진서가 물었다.

"유리야, 넌 커서 뭐가 되고 싶어?"

"나? 글쎄, 생각 안 해 봤는데. 진서, 넌?"

"난 수의사가 되고 싶지만, 꿈이니까."

진서는 조금 쓸쓸하게 웃고서 유리를 바라보았다.

"유리야, 있잖아."

"왜?"

"나중에 중학생, 고등학생이 돼서, 공부하기 싫다고 막 학교 땡땡이치고 그러면 안 돼."

뜬금없는 소리에 유리가 눈을 깜빡였다.

"나 학교 땡땡이 안 치는데? 그럼, 엄마한테 혼날 거야."

"아니. 엄마한테 혼 안 날 만큼 커서도. 절대 땡땡이치고 그러면 안 돼."

심각한 진서와 달리 유리는 작게 웃음을 터트렸다.

"알았어. 안 칠게."

"약속."

진서가 새끼손가락을 내밀자 유리가 손가락을 걸었다. 그러는 사이 어느새 유리의 집 앞에 도착했다.

손을 흔들고서 유리가 집 안으로 들어가는 걸 하염없이 바라보던 진서도 곧 몸을 돌렸다.

있었던 일을 사실대로 말할 수가 없으니, 이렇게라도 약속을 받아야 했다. 유리가 학교를 땡땡이치지만 않았어도, 건널목에서 마주칠 일은 없었을 테니까.

그날, 그렇게 잘못되는 건 혼자만으로도 족했다.

진서는 터벅터벅, 외할머니와 외할아버지 댁인 엄마 집으로 향했다.

삑 삑 삑 삑 삑.

비밀번호를 누르고서 현관문을 연 진서는 집 안이 너무 깜깜해서 어리둥절했다.

분명, 어제 아빠가 오늘 저녁은 외할머니 댁에서 먹을 거니, 놀다가 이리로 오라고 했었다. 근데, 집은 텅 비어 있는 듯 어둡기만 했다.

"할머니? 할아버지?"

거실로 들어와 불러봤지만, 아무런 대답이 없었다. 오늘따라 현관의 센서 등도 고장 났는지 전혀 작동을 하지 않는다.

"엄마, 아빠? 다들 어디 가신 거지?"

무슨 일이 있는 건 아닌가 덜컥, 겁이 난 진서가 다시 밖으로 나가기 위해 몸을 돌리려 할 때였다.

"생일 축하합니다. 생일 축하합니다."

조용하고 어두운 공간에 노랫소리가 울려 퍼졌다. 뒤이어 타오르는 촛불이 꽂힌 케이크가 공중에서 천천히 다가오기 시작했다.

"사랑하는 우리 진서, 생일 축하합니다."

여러 사람의 합창으로 노래가 마무리되자 거실의 불이 환하게 밝혀졌다. 고깔모자를 하나씩 쓴 일곱 명의 어른들이 환하게 진서를 향해 웃고 있었다. 천장에는 여러 가지 풍선들이 둥실둥실 날아다닌다.

"진서야, 생일 축하해!"

한 사람도 빠짐없는 양가 어른들의 축하에, 진서는 멍하니 입을 벌린 채 다물 줄 몰랐다.

"진서야, 뭐해. 촛불 불어야지."

해담이 진서에게로 다가가 케이크를 내밀 때였다.

"흑……."

갑자기 진서가 울음을 터트리는 바람에 어른들은 동시에 동공을 확장시켰다.

"흑흑흑…… 흐으……."

뒤이어 터진 오열에 어른들은 당황해서 어찌할 줄 몰라 서로의 얼굴만 바라보았다.

해담은 퍼뜩 케이크를 주신에게 건네고서 진서를 껴안았다.

"진서야, 왜 그래. 집이 너무 어두워서 무서웠어? 그래서 갑자기 긴장 풀려서 그래?"

"……흑흑."

진서는 해담의 품에 얼굴을 묻은 채 한참이나 흐느꼈다. 양가 어른들은 물론이고, 유신과 주신도 어색한 웃음만 흘렸다.

잠시 뒤 울음이 잦아들자 진서가 말문을 열었다.

"……그게, 너무 감동스러워서요. 정말 행복해서요. 고맙습니다."

어린아이의 감동에 어른들도 뭉클해져 와 괜히 눈시울을 붉혔다.

"자자, 얼른 촛불 불어야지. 촛농 떨어지면 케이크 못 먹는다?"

유신의 재촉에 진서가 케이크 앞으로 와서 후우! 촛불을 껐다.

"생일 축하해, 진서야!"

다 같이 외치며 손뼉을 쳤다. 뒤이어 생일용 작은 폭죽도 터졌다. 그제야 진서의 얼굴에 환한 웃음이 떠올랐다.

진서는 이 자리에 있는 모든 가족들의 얼굴을 아로새겼다.

♥

하루하루가 눈코 뜰 새 없이 휙휙 지나갔다.

'신부님! 이틀 뒤에 촬영 스케줄 잡혔어요. 되게 유명한 곳이라 어지간히 시간 맞추기가 힘든데, 그때 촬영 시간이 된대요!'

'신부님, 드레스샵에서 시간 맞춰 드레스 가봉 가능하대요!'

정말, 운 좋게 거의 모든 것이 완벽한 웨딩홀을 예약하고 난 뒤부터, 나머지 준비들도 빠르게 진행되었다.

인상 찌푸리고, 화낼 일 한 번 없이 모든 게 막힘없이 술술 풀렸다. 어른들이 두 사람은 진짜 꼭 결혼을 해야 할 운명이라고 할 정도였다.

하루하루, 결혼식 날만 손꼽으며 고대하던 어느 날이었다.

지이이이잉. 지이이이잉.

핸드폰 액정에 뜬 이름으로 인해 주신은 슬쩍 미간을 휘었다.

설민혁. 한동네에 살지만, 고등학교를 졸업하고 각자 다른 대학에 들어간 후부터는 특별히 개인적으로 연락한 적이 없는 녀석이었다. 간혹 동창회 단체 톡에서나 볼까.

진서와 해담은 간간이 만났다는 걸 알지만, 최근에는 그런 것도 아닌 듯했다. 주신은 진동이 끊어지기 전에 전화를 받았다.

"여보세요."

-나야, 설민혁.

"어, 알아. 어쩐 일이냐?"

-지금 시간 좀 되냐?

"왜?"

-좀 보자고. 너한테 꼭 해 줄 말이 있거든.

"지금 해."

주신은 무뚝뚝하니 말했다. 예전에 해담과 밥 먹는 사진이 찍힌 뒤로는 그다지 마주 보고 싶지 않은 녀석이었다.

그때, 어찌나 해담을 다정스러운 눈으로 보고 있던지, 지금도 사진만 떠올리면 화가 피어올랐으니까.

-야. 전화로 할 말은 아니고.

주신 못지않게 딱딱하게 말한 민혁이 이내 덧붙였다.

-싫으면 말고. 이해담이랑 얘기하면 되니까.

순간, 주신은 이마에 핏대가 치솟는 듯했다.

"야. 네가 해담이를 왜 만나."

-그게 싫으면 네가 나오든가, 새끼야.

뺀질뺀질한 민혁의 말투에 전화기를 떼고서 헛웃음을 흘린 주신이 이내 대답했다.

"어디로 가면 돼."

동네의 커피숍 이름이 들려오자 주신은 전화를 끊었다.

"뭔데, 뜬금없이 전화해서는 해담이까지 들먹거리며 오라 가라야."

허리에 손을 올린 채 미간을 휘던 주신은 슬그머니 입술 끝을 올렸다. 외투를 걸치고서 주신은 서랍 속에 여분으로 둔 청첩장을 챙겼다.

주신이 동네 커피숍에 도착했을 때는 이미 민혁이 자리를 잡고 앉아 있는 상태였다. 주변 여자들의 시선을 한껏 의식한 듯 턱 각도를 비스듬히 유지한 채, 우아하게 차를 마시고 있었다.

'하여튼 이상하다니까.'

작게 혀끝을 찬 주신은 성큼성큼 다가가 맞은편에 털썩 앉았다. 찻잔을 내려놓고서 민혁이 시선을 들었다.

"왔냐?"

"무슨 일인데."

주신이 팔짱을 끼고서 곧장 본론으로 들어가자 민혁이 이맛살을 구겼다.

"넌 어째 못 본 사이에 더 성격이 이상해졌다?"

"무슨 일이냐니까. 너랑 노닥거릴 시간 없다."

"아아, 그래서? 노닥인지 아닌지는 들어보면 알겠지."

"하기나 해."

뭐기에 설민혁이 이러나 싶어 기다리고 있을 때였다.

툭. 테이블 위에 아주 익숙한 물건이 떨어졌다. 잃어버렸다고 생각한 검은색 다이어리였다.

이걸 민혁이 가지고 있을 거라고는 조금도 예상 못 한 탓에, 주신의 손이 거의 반사적으로 뻗어나갔다. 채 피하고 어찌할 틈도 없이 주신의 손이 민혁의 멱살을 낚아챘다.

"윽."

"뭐야, 너. 이걸 네가 왜 가지고 있어."

서늘하다 못해 냉랭한 음성에 민혁이 어깨를 으쓱해 보였다.

"주웠다, 왜."

"뭐? 똑바로 말 안 해?"

"새끼야, 놔야 똑바로 말하지. 목 졸려 죽겠다."

기가 막힌 표정으로 민혁을 노려보던 주신이 이내 홱 밀치듯 멱살을 놓았다. 민혁이 탁탁, 옷을 털어 가다듬는 사이, 주신은 번뜩 스치는 생각에 표정을 굳혔다.

"……설마. 봤냐."

민혁은 당연하지 않느냐는 듯 고개를 한 번 끄덕해 보였다.

"너 같으면 안 봤겠냐."

"이 새끼가."

저도 모르게 욕설을 내뱉던 주신은 후욱, 숨을 들이켜 감정을 눌렀다. 당장 패 죽여도 시원찮았지만, 주신은 겨우겨우 인내심을 발휘했다.

"야, 네 건 줄 모르고 봤어. 저번에 어떤 수상한 여자가 주변을 어슬렁거리다가, 갑자기 너네 집 우편함에 뭘 넣고는 꽁지가 빠지도록 도망가는 걸 내가 봤거든. 혹시나 폭탄 같은 걸 수도 있어서 꺼냈더니 그거더라고."

아무렇지도 않은 듯한 민혁의 말투에 주신은 뒷목이 뻐근해져 왔다.

"폭탄 아니었으면 그냥 뒀어야지."

"아, 그게 또 궁금한데 어쩌냐? 안 보면 돌아가실 것 같은데. 그래서 슬쩍 가져와서 읽었다."

저, 도둑놈의 새끼가.

주신은 입 안에서 맴도는 오만가지 욕설을 꾹 삼켰다. 이 자식이랑은 한 공간에 있는 것부터가 손해라, 욕도 아까웠다.

어릴 적에는 참 순수했던 것 같은데, 사춘기를 거치면서 이상하게 변했다. 분명, 미묘하게 적대감을 가지고 있는 것 같은데, 괜히 여학생들 앞에서 친한 척하기 일쑤였다. 거기다 뺀질뺀질은 기본이고, 허세 작렬은 옵션

이었다.

주신은 다이어리를 챙겨 들고서 몸을 일으켰다.

"안 버리고 가져다준 건 고맙다."

"야, 최주신. 넌 내가 다이어리에 적힌 거 다 봤다는데 신경 안 쓰이냐?"

"별로."

진서에 대해 적힌 건, 저 자식이 믿건, 말건 아무래도 상관없었다.

안 믿어도 그만, 믿으면 또 뭐 어쩔 거란 말인가. 주변에 소문내 봤자 본인만 미친놈 소리를 들을 텐데. 어떤 누가, 미래에서 사람이 왔다고 하면 믿겠는가.

물론, 해담과 있었던 이슈를 엿본 건, 생각만으로도 열이 뻗쳐, 저 빤지르르한 면상을 날려버리고 싶었다.

하지만, 그것도 살짝 관점을 틀면, 불쾌하게 여길 일만은 아니었다. 그 글들을 보고 해담과 자신이 얼마나 깊은 사이인지 확실히 알았을 테니까.

그래도 기왕 왔으니, 청첩장은 주고 갈 생각에 주신은 주머니에 손을 넣었다.

"진서, 미래에서 온 네 아들이라며? 거기 적혔던데."

"그렇게 생각해."

주신이 화들짝 놀랄 거라 예상한 것과 달리 태연하기만 하자, 민혁은 헛웃음을 흘렸다.

주신은 그런 민혁 앞에 흰색 봉투를 내밀었다. 눈앞에 내밀어진 봉투를 보며 민혁이 한쪽 눈썹을 세웠다.

"뭐냐, 이건."

"열어봐."

민혁의 얼굴이 일그러지는 걸 보기 위해 주신은 일부러 자리를 뜨지 않고 지켜보았다.

잔뜩 의아한 얼굴로 봉투에서 카드를 꺼내 펼치는 순간, 민혁의 입매가 삽시간에 뻣뻣해졌다. 믿을 수 없는 듯 연방 청첩장의 내용을 눈으로 읽더니 획 주신을 바라보았다.

그 잠깐 사이, 민혁의 얼굴이 새하얗게 질렸다. 반대로 주신의 표정도 점점 딱딱하게 굳었다.

'이 자식. 진짜로 해담이 좋아했잖아?'

사진 속 표정을 보고 긴가민가했는데, 지금 반응을 보니, 확실히 설민혁이 해담을 좋아한 모양이었다.

"너…… 니들, 이해담이랑 너, 결혼해?"

"보다시피."

뭐가 됐든 승자는 그 자신이니, 주신은 여유롭게 고개를 끄덕이고서 말을 이었다.

"일요일이고, 시간대도 좋아. 안 바쁘면 와서 축하해 주든가."

덤으로 미소까지 보이고서 주신은 몸을 돌렸다. 그 순간, 목덜미를 잡아채는 듯한 음산한 목소리가 들려왔다.

"야, 최주신. 넌 내가 그 다이어리를 굳이 왜 갖다 주러 온 건 줄 아냐?"

그냥, 무시하고 갈까 하다가, 솔직히 궁금은 했기에 주신은 다시 몸을 돌렸다. 잠시 사이 완전히 가라앉은 얼굴로 민혁이 싸늘하니 바라보고 있었다.

"보고 나서 그냥 버리면 그만인데, 왜 이 수고를 자처했을 거라 생각해?"

"글쎄. 왜?"

민혁은 수 초 동안 빤히 응시하다가 입을 열었다.

"너, 이해담이랑 결혼해서 살면, 아주 행복할 것 같지? 그래서 미래에서 왔다는 그 꼬맹이 낳아서 살면, 깨가 쏟아질 것 같지?"

주신은 흠, 숨을 흘렸다.

민혁은 확실히 진서가 미래에서 왔다고 믿는 듯했다. 증거도 없고, 아무 것도 없는데, 단순히 글만 보고 실제라고 믿는 게 신기할 지경이었다.

하지만, 다음 순간 흘러나온 민혁의 말에 주신은 그 자리에서 굳어버리고 말았다.

"걔 말이야. 그 꼬맹이, 최진서. 걔 죽어서 여기 온 거야. 죽은 애라고 멍청아."

45.

"걔 말이야. 그 꼬맹이, 최진서. 걔 죽어서 여기 온 거야. 죽은 애라고 멍청아."

민혁의 말을 듣는 순간, 주신은 온몸이 얼어붙는 듯했다.

저 말도 안 되는 소리를 믿어서가 아니었다. 혹시나, 하는 티끌만큼의 가능성을 열어두어서도 아니었다.

그냥, 진서가 죽은 아이라는 그 한 마디에, 사실 여부를 떠나 땅으로 꺼져버릴 것만 같은 아찔함을 느꼈다.

"오호. 아닌 것처럼 덤덤하게 말하던 것치고는 지금 반응이 너무 리얼한 거 아니냐?"

민혁의 이죽거림이 날아들었다. 차갑고 날카로운 주신의 시선이 그대로 민혁에게 내쏘아졌다.

"살아 있는 애한테 죽었다는 개소리를 하는데 웃어, 그럼?"

"그게 아니겠지. 그 꼬맹이는 이해담의 친척이 아니고, 네 아들이라서 그런 거겠지."

"마음대로 생각하라니까."

"최주신, 네가 아무리 그래 봤자 진실은 변함없지. 그 애가 죽은 애라는 사실도."

"계속 망상질이나 하고 있든가."

민혁이 송곳니가 보일 정도로 입술을 비튼 채 내뱉었다.

"내 말이 틀린 것 같지? 못 믿겠지? 그럼, 그 꼬맹이한테 한 번 물어보든가."

더 들을 것도 없이 주신이 몸을 돌리자 다시 민혁의 목소리가 귀에 꽂혀 왔다.

"야, 넌 백 퍼, 다시 나 찾아오게 돼 있어. 알아? 그때 가서 싹싹 빌어도 안 만나 줄 거야, 새끼야. 알아?"

뒤도 돌아보지 않고 주신이 커피숍을 나가 버리자 민혁은 꽉, 미간을 구겼다.

"등신 같은 새끼. 내가 질투고 뭐고 다 누르고 그 꼬맹이 때문에 찾아왔구만."

고개를 절레절레 흔들며 중얼거리던 민혁은 순간, 이상한 기분에 슬쩍 주변을 둘러보았다. 주위의 사람들이 아주 야릇한 눈으로 그를 흘긋거리고 있었다.

뭔지 알 것 같은 상황에 민혁의 얼굴이 확 달아올랐다.

"썅, 진짜."

조금 전 다시 찾아오게 돼 있어, 어쩌고저쩌고한 외침 때문에 단단히 오해가 생긴 모양이었다.

그렇다고 묻지도 않았는데 그런 거 아니라도 할 수도 없고.

오만상을 찌푸리며 민혁은 자리에서 일어났다. 테이블에 놓인 청첩장을 챙기고서 허둥지둥 밖으로 향했다.

이 청첩장은 집에 가서 반드시 불태워 버릴 거라 다짐하며.

주차장에 세워둔 바이크에 올라타는데 주륵, 눈물 한 방울이 흘러내렸다.

주신은 노트북과 연결되어 있는 이어폰을 귀에 꽂은 채 노래를 흥얼거리고 있는 진서를 응시했다.

처음에는 민혁의 말을 미친놈의 헛소리쯤으로 치부했다. 그런데, 차분히 생각하니 석연치 않은 구석이 너무 많았다.

일단은 민혁이 이 다이어리의 내용을 사실로 받아들이고 있는 게 이상했다. 그리고 뜬금없이 진서가 죽은 아이라고 하는 것도 이해가 되지 않았고.

'정신병자 취급을 받을 게 뻔한데 굳이 바락바락 우길 이유가 없잖아.'

진서의 존재에 대해 확신에 차 있지 않으면 절대 입 밖으로 발설할 수 있는 내용이 아니었다. 무엇보다 의문스러운 건 진서였다.

처음에는 진서에게 아주 특별한 능력이 있는 줄로만 알았다. 영화에서처럼, 마음먹은 대로까지는 아니더라도, 조건만 맞추면 자유로이 시간을 오갈 수 있다고 생각했었다.

한데, 아무리 봐도 그건 아닌 듯했다. 또래보다 조금 어른스럽고 생각이 깊은 거 외에는 도무지 특별한 면이 없다.

'최진서, 넌 도대체 여기 어떻게 온 거지?'

어지간한 건 다 대답해도 이것만큼은 절대 입 밖으로 내지 않는다.

주신은 짙은 한숨을 내쉬었다.

"진서야."

한창 노래를 흥얼거리던 진서가 음악을 멈추고서 주신을 보았다.

"방금 저 부르셨어요?"

"응. 이리 와 봐."

이어폰을 빼서 책상에 둔 진서가 쪼르르 다가와 바닥에 마주 보고 앉았다.

"노래 재미있어?"

"넵! 저 한 곡 다 외웠어요! 랩 부분이 좀 어렵긴 해도 외우기는 다 외웠어요."

주신은 신이 나서 외치는 진서의 머리를 부드럽게 쓰다듬었다.

이렇게 해맑은데, 죽은 아이라니. 확실히 말이 안 되는 소리다.

주신은 가만히 손을 뻗어 진서의 팔목을 붙잡고서 옷소매를 위로 올렸다.

움찔. 진서가 살짝 굳었지만, 주신은 팔뚝까지 걷어 올렸다.

"상처가 많이 줄었네."

"네, 네. 거의 다 나은 것 같아요."

진서가 어색한 표정으로 대답했다.

이 상처가, 상처가 아닌, 진서가 이곳에 머무는 기간을 나타내는 표식이라는 걸 확신했을 때보다 현저히 줄어들어 있었다. 이제는 손목 언저리 정도밖에 남아 있지 않았다.

곧 해담과 결혼을 해서 진서를 볼 테지만, 서운한 건 어쩔 수 없었다.

"이 상처가 사라지면 진서도 원래 있던 자리로 돌아가는 거지?"

마치, 급습을 당한 것처럼 진서의 동공이 확장되었다.

"어, 어, 어떻게……."

"이렇게 아무는 상처가 세상에 어디 있냐?"

놀란 눈을 연방 깜빡이던 진서가 푸욱, 한숨을 흘렸다.

"그, 그렇긴 하죠."

"진서야."

"네?"

"원래 자리로 돌아간다는 게, 네가 왔던 그날, 그 시간대의 미래로 돌아가는 거지? 9살의 12월 20일로 말이야."

일부러 주신은 진서가 온 정확한 날짜를 언급했다.

"그, 그렇지 않을까요?"

자신 없고 풀 죽은 목소리.

"와. 그럼, 진서는 며칠 안 돼서 또 크리스마스를 맞이하겠네?"

진서의 얼굴이 순간적으로 굳는 걸 주신은 놓치지 않았다. 어쩐지 가슴이 쿵, 떨어지는 기분에 주신은 어금니를 꽉 깨물었다.

어두워진 얼굴. 초점을 잃고 마구잡이로 흔들리는 눈동자.

예측대로 얌전히 그 시간대로 회귀하는 게 맞다면, 절대 이런 무거운 반응이 나올 리 없다.

잠시 잠깐, 돌아가는 시간대에 대해 확신이 없어서 이러는 건가, 싶은 생각도 들었다. 하지만, 그런 것치고는 진서의 눈동자가 너무도 슬프게 보였다.

헛소리로 치부했던 민혁의 말이 자꾸만 뇌를 떠돈다.

'아닐 거야. 분명히 아닐 거라고.'

자꾸만 되뇌었지만, 주신은 가슴이 찢어질 것 같은 통증에 그저, 숨만 몰아쉬었다.

진서의 작은 얼굴을 들여다보고 있는 지금 이 순간이 마치, 악몽 같기만 했다.

흐으으으…… 끅끅…….

팽!

눈이 시뻘게진 채로 흐느낌과 코를 반복해서 풀며, 민혁은 하염없이 청첩장을 들여다보았다. 집으로 오자마자 불태워 없애려 했는데 그러질 못했다.

집에 불이 없었기 때문이다. 담배 피우는 사람이 없어 라이터도 없었고, 인덕션을 쓰니, 불을 피울 수가 없다.

그래. 그래서 이 청첩장을 못 버리고 있는 게 분명했다.

"망할 계집애 같으니라고. 그새를 못 참고 최주신한테 홀라당 넘어가 버렸냐. 아줌마 되는 게 뭐가 좋다고 결혼부터 한다는 거냐고."

흐르는 눈물을 닦고서 민혁은 멍하니 허공만 응시했다. 사실, 주신의 다이어리를 훔쳐봤을 때부터, 둘이 이렇게 될 줄은 알고 있었다.

선은 진작 넘었지, 진서, 그 꼬맹이도 있지.

그래도 이렇게 빨리 진행될 줄은 꿈에도 몰랐기에 무척이나 속은 쓰라렸다. 해담만 생각하면 답답해 죽을 것 같았지만, 운명이 그렇게 정해져 있다는데 뭘 어떻게 해보겠는가.

그랬다. 민혁은 운명론자였다.

그래서 어느 순간 해담이 예쁘게 보였을 때 운명이려니 했었다. 그때까지 어떤 여자애도 그렇게 예뻐 보인 적은 없었으니까.

"운명은 개뿔! 운명이 아니면 예뻐 보이지나 말든지. 이 나쁜 계집애야!"

열이 확 뻗쳐와 외칠 때였다. 핸드폰 벨소리가 커다랗게 울려 왔다.

코를 탱, 풀고서 민혁은 핸드폰을 집어 들었다. 액정을 확인하는 순간, 민혁의 눈매가 싸늘히 가늘어졌다. 뒤이어 입술도 슬쩍 위로 올라갔다.

"어쭈구리. 반응 빨리 오네?"

주신의 이름이 반짝이는 걸 보고 민혁은 곧바로 수신 거부를 눌렀다.

"이 새끼가 직접 만나서 얘기해 줄 때는 귓등으로도 안 듣더니 돌아서니까 전화질이야? 내가 그랬잖아. 니놈은 다시 나 찾아오게 돼 있다고."

흥. 애타서 한 번 죽어봐라, 이 새끼야.

콧방귀를 뀐 민혁은 핸드폰의 전원을 아예 꺼 버렸다. 그러곤 주섬주섬 옷을 챙겨 입었다. 분명, 전화를 안 받으니 집으로 찾아올 게 뻔했다. 그럼, 엄마는 문을 열어줄 것이고.

절대 쉽게는 안 만나 줄 것이다. 싹싹 빌고 저자세로 나오기 전에는 그동안 알아낸 것도 안 알려줄 거고.

-민혁이? 지금 집에 없는데?-

주신은 인터폰에서 흘러나오는 민혁 모친의 음성에 낮게 한숨을 내쉬었다.

"혹시 어디 간다고 언급은 없었습니까?"

-아니. 저녁 먹으라고 방에 갔더니, 온다 간다 말도 없이 나가고 없더라고.-

마주치지 않으려 일부러 나간 게 분명했다.

"알겠습니다."

-왜, 급한 일이야?-

"네. 조금요."

-저런. 어쩌니? 전화기도 꺼 놨던데. 혹시나 통화되면 꼭 너한테 연락 주라고 얘기해 놓을게.-

"네. 고맙습니다. 안녕히 계세요."

-어, 그래.-

발길을 돌린 주신은 거칠게 이마를 쓸어 올렸다. 일부러 약을 올리는 게 뻔한 민혁에게 화를 낼 수도 없다.

헛소리일지라도 진서의 일이라면 귀담아들었어야 했는데. 다 자신이 부주의한 탓이고, 잘못이었다.

"최주신. 넌 부모 될 자격도 없다."

씁쓸히 중얼거리며 주신은 허공을 응시했다.

♥

해담은 오늘따라 더 신경 써서 꾸미고 한껏 멋을 냈다. 친구들에게 청첩장을 전해주는 날이었다. 해담의 결혼 소식은 이미 다들 알고 있었기에, 모두 즐기러 나온 분위기였다.

"이야, 난 내 친구들이 이렇게 빨리 결혼들을 할 줄은 꿈에도 몰랐다."

고개를 절레절레 흔든 유정이 입 안의 스테이크를 꿀꺽 삼키고서 덧붙였다.

"하나는 얌전하다 못해 너무 쑥맥이라 나중에 결혼이나 하겠냐, 했던 게 속도위반해서 광속으로 결혼하고. 또 하나는 철천지원수 같던 놈이랑 사귄 지 얼마나 됐다고 벌써 결혼한다고 하지를 않나. 하나같이 사기꾼들이야."

"야, 애기 듣는다. 배 속에 있어도 다 듣는단 말이야."

해주가 살짝 배를 감싸며 하는 말에 다들 웃음을 터뜨렸다.

"근데, 해담아. 너 진짜 임신해서 빨리 결혼하려는 거 아니야?"

해담이 알록달록한 풀만 계속해서 공략하고 있자, 친구 중 누군가가 슬쩍 운을 뗐다.

해담은 고개를 들어 친구들을 보았다. 해주는 애매한 표정이고, 유정과 나머지 친구들은 하나같이 수상하다는 눈빛이었다.

"아닌데?"

"진짜 아니야?"

"어. 아니야. 맞으면 맞다고 하지, 뻔히 보이는 거짓말을 뭐 하러 하겠어? 임신 먼저 하는 게 잘못된 것도 아니고."

너무도 당당한 말에 친구들이 하나같이 의아한 얼굴을 했다.

"근데, 왜 그렇게 급하게 결혼하는 건데? 좀 이해가 안 돼서."

해담은 들고 있던 포크를 놓고서 입 안에 있는 샐러드를 꼭꼭 씹어 삼켰다. 물 한 모금까지 마신 뒤에야 해담은 싱긋이 웃어 보였다.

"우리 쭈신이랑, 내가 너무너무너무 사랑을 하거든. 하루하루 떨어져 있는 시간이 너무 아깝더라고. 다들 알다시피 우리는 태어나는 순간부터 모두 시한부 인생이잖아. 사랑하는 사람과 1분 1초라도 같이 있고 싶은 마음, 모르겠어?"

친구들이 입을 턱 벌린 채 바라보고 있자 해담은 2차 공격을 가했다.

"아. 해주랑, 나 빼고는 솔로부대라 모르겠구나."

해주가 그럼, 그럼 하며 고개를 끄덕이자 유정을 포함한 나머지 친구들이 해담에게 야유를 퍼부었다.

"어우. 누가 쟤 주둥이 좀 틀어막아라."

"그냥, 주둥이를 찢어버리자."

"이것들아, 그러니까 괜히 우리가 부러워하는 것 같잖아. 그냥 침묵해. 악플보다 무플이 더 무서운 거라고."

누군가 웃음을 터트리자 바이러스가 번져 다들 룸 안이 떠나가라 웃고 말았다.

한창 분위기가 무르익어가던 중 누군가 질문을 던졌다.

"근데, 주신이는 어떤 프러포즈를 했어?"

드레스를 입어야 하기에 여전히 샐러드만 공략하던 해담은 눈을 깜빡였다.

"어? 프러포즈?"

"그래. 프러포즈. 최주신 그 무뚝뚝한 성격에 프러포즈는 어떻게 했을지 너무 궁금하다, 야."

"그래, 그래. 해주는 남편이 버스에서 무릎 꿇고 결혼해 달라고 했다면서."

"어우, 말도 마. 갑자기 그 흔들리는 버스에서 무릎을 꿇는데 얼마나 창피하고 당황했다고. 사람들도 엄청 많았거든. 입덧 때문에 멀미는 나서 죽겠지. 진심으로 패 죽이고 싶었다니까."

다들 한바탕 웃고서 해담에게로 시선을 돌렸다. 친구들이 눈을 반짝반짝 빛내며 궁금해 하고 있는 통에 해담은 솔직히 당황하고 말았다.

프러포즈를 받은 적이 없으니까.

그냥, 진서가 나타났고, 그러다 보니, 둘이 사랑을 하게 됐고.

예상 외로 진서가 일찍 태어난다기에, 얼른 결혼부터 해야겠다.

이런 진행이었기에, 프러포즈라는 건 꿈에서도 생각해 본 적이 없었다.

"와, 얼마나 감격스러운 프러포즈였으면 말도 제대 못 하냐?"

해담이 아무런 말도 못 하고 있자 친구 중 하나가 조금 놀리듯 말했다. 해담은 검지로 이마를 긁적이고서 고개를 슬쩍 옆으로 기울였다.

"아니. 못 받았는데."

갑자기 분위기가 조금 싸해졌다. 전혀 그럴 거라고는 생각지 못했기에 친구들은 어색한 웃음만 흘렸다.

"에이, 요즘 뭐 꼭 프러포즈 필요하냐? 1분 1초가 아까운데 빨리 결혼해서 살아야지."

유정이 수습을 하기 위해 쾌활하게 말하자 친구들도 퍼뜩 화제를 바꾸었다.

해담은 가만히 눈을 깜빡였다.

'프러포즈. 프러포즈라…….'

부우우웅. 부우우웅. 민혁은 한밤중이 되어서야 귀갓길에 올랐다. 실컷 스피드를 즐기며 돌아다니다 보니 어느새 자정을 넘기고 있었다. 어차피 일찍 들어올 생각이 없기는 했지만.

"나이를 먹었나. 피곤하네."

집 앞에 다다라 속력을 늦춘 민혁은 곧장 차고로 향했다. 화이트 색상의 오버헤드도어가 열리기를 기다리고 있을 때였다.

"드디어 왔네."

바짝 옆에서 들리는 음산한 소리에 놀라 헉, 신음을 삼킬 새도 없었다.

어디서 나타났는지 주신이 핸들을 꽉 잡은 채 번개 같은 속도로 바이크의 열쇠를 돌려서 확 빼냈다.

무섭도록 놀랍고 민첩한 속도에 속수무책으로 당한 민혁의 입이 떡 벌어졌다.

"너, 인마. 계속 여기서 기다리고 있었던 거야?"

대답 대신 주신은 빼낸 열쇠를 다른 집 담벼락 너머로 아주 야무지게 넘겼다.

"야, 야, 이 새끼가 미쳤나?"

미친 것 같은 주신의 무대뽀에 민혁은 기가 막혀 말도 제대로 나오지 않아 더듬거리는 순간이었다.

철컥. 금속이 마찰하는 소리와 함께 팔목이 아주 차갑게 느껴졌다.

어? 어어어어억?

팔목을 본 민혁의 눈이 왕방울만 하게 벌어졌다. 믿을 수 없게도 저 미친놈이 한쪽 팔목에 은팔찌를 채운 것이다. 그러고는 나머지를 자신의 팔목에 떡하니 걸었다.

"이제 얘기 좀 할까. 싫으면 계속 이렇게 있든지."

민혁은 어벙벙하니 팔목을 바라보았다.

무려, 은팔찌라니. 대체 이런 건 어디서 구했단 말인가.

풀려고 팔을 움직여 보고, 자유로운 손으로 이리저리 만져 봤으나, 더 단단히 옥죄어오기만 했다. 민혁은 자신의 팔과 은팔찌로 이어져 있는 주신의 팔목까지 쭈욱 훑고서 고개를 확 들었다.

"야, 최주신. 이 새끼야. 너, 지금 뭐 하냐?"

"뭐 하긴. 네가 하도 나 피해 도망을 다녀서."

"내가 너를 왜 피해?"

"피하는 거 아니면 나랑 얘기 좀 해도 되겠네."

무미건조한 주신의 대꾸에 민혁은 어깨를 으쓱해 보였다.

"난 너랑 할 얘기 없는데?"

"그럼, 계속 이러고 있든가."

"야. 좋은 말로 할 때 풀어. 어?"

"나쁜 말로 해도 풀기 싫은데."

"이 새끼가 진짜."

열이 잔뜩 오른 얼굴로 주신을 노려보던 민혁은 기가 막혀 헛웃음을 흘렸다. 카페에서 주신이 자신의 말을 귓등으로도 안 듣고 나갔을 때만 해도 자신만만했다.

진서에 관한 한 아쉬운 쪽은 이 자식이라고. 그래서 얼마 지나지 않아 싹싹 빌며 대화를 청해 올 거라 여겼다.

그런데, 싹싹 빌기는커녕 되레 이딴 미친 짓으로 사람을 옭아매다니. 완전 배 째고 등 찌르라는 식이 아닌가.

후욱, 숨을 들이마시고서 민혁은 비딱한 표정을 지었다.

"좋아. 얘기해. 하자고. 그러니까, 빨리 풀어, 새끼야."

"일단 얘기부터 듣고."

조금도 흔들림 없는 주신으로 인해 민혁은 어이가 없어 이맛살을 구겼다.

"야, 넌 나랑 이러고 있고 싶냐?"

"난 상관없는데."

뭐 이런 새끼가 다 있어?

뻐근해져 오는 목덜미를 자유로운 손으로 꾸욱꾸욱 누르고서 민혁은 이내 고개를 끄덕였다.

"좋아, 좋다고."

모르긴 몰라도 이 자식이라면 밤새도록 이렇게 버티고도 남을 놈이었다. 애초에 이런 식으로 붙잡히는 상황을 만들지 말았어야 했는데, 다 자신의 불찰이었다. 그리고 무엇보다 솔직히 주신이 뭐라고 말문을 꺼낼지 궁금한 것도 컸다.

민혁은 시동이 꺼진 바이크에서 조용히 내렸다. 그러고서 차고 안으로 바이크를 끌고 가 주차를 했다. 주신까지 함께 따라 들어갔다가 나오는 웃기는 상황이 연출되었지만, 둘 다 아무도 웃지는 않았다.

한쪽 손목에 각기 은팔찌를 찬 채 주신과 민혁은 주택가를 벗어났다. 이 상태로 카페나 술집 등으로 갈 수도 없었기에, 둘은 가장 만만히 떠들 수 있는 근처의 공원으로 향했다.

늦은 밤의 공원은 어둡고 적막했다. 주신과 민혁은 나란히 벤치에 앉았다.

다리를 꼬고서 팔짱을 끼려던 민혁은 수갑 때문에 되지 않자 이맛살을 팍 구겼다.

"야. 은팔찌 채울 거면 남의 집 담벼락 안으로 내 키를 던지지 말든가. 뭐 하는 짓이냐?"

"키 안 던졌으면 나 매단 채 달리고도 남을 놈이라서."

"어. 아주 잘 아네?"

아주 당연하다는 표정을 지은 민혁이 이내 삐딱하니 바라보았다.

"야. 네가 이 짓거리까지 해 가면서 나랑 하고 싶은 얘기가, 그 꼬맹이에 관한 거 맞지?"

주신은 순순히 고개를 끄덕였다.

"그렇다는 건 그만큼 그 꼬맹이가 너한테 중요한 존재라는 거고. 미래에서 온 네 아들인 거 인정하는 거지?"

"맞아."

너무도 쿨한 대답에 민혁은 한쪽 눈썹을 세웠다.

"아니, 이렇게 인정할 거면서 카페에서는 왜 그렇게 딱 잡아뗐냐?"

"그렇게 믿으라고 했지, 아니라고 한 적은 없는데."

따지고 보면 맞는 말이긴 했으나 민혁으로서는 주신이 참 재수 없었다.

민혁은 짜증스럽게 턱을 들어 올렸다.

"이제 해. 할 말 있다며."

"그전에, 내 다이어리를 어떤 여자가 우리 집 우편함에 넣었다고 했지?"

"어. 전혀 택배 안 같은데, 택배라 그러고 튀더라."

"얼굴은 봤어?"

"선글라스에 큰 모자까지 쓰고 있어서 잘은 못 봤는데, 대학생쯤? 암튼 되게 젊었어. 어린 느낌이 들기도 했고."

다이어리에 주소도 안 적어 뒀는데 정확히 집까지 와서 우편함에 넣어 두고 간 걸 보면. 뻔했다. 라주영이겠지.

아무리 생각해도 주영의 방에 두고 온 게 맞는 것 같긴 했다. 하지만, 못 봤다고 딱 잡아떼니, 어쩔 도리가 없었다. 그나마 양심은 있었던 모양이다. 그렇게라도 놓고 간 걸 보면.

그래도 다이어리를 두고 간 사람이 주영인 걸 확신하고 나니 답답한 게 조금은 가셨다. 왜 그랬는지, 이유는 일단 접어두고서 주신은 본론으로 들어 갔다.

"진서가 죽은 애라고 그랬지? 왜 그런 말도 안 되는 소리를 한 건데."

"야. 그 꼬맹이한테 말 되는 건 뭐냐? 미래에서 온 네 아들인 건 말이 되고, 죽은 건 말이 안 되냐? 둘 다 현실성 없기는 마찬가지지."

주신은 한쪽 눈썹을 세우고서 민혁을 빤히 응시했다.

"내가 진서의 존재를 믿은 건, 친자확인 검사를 해 봤기 때문이야. 그저 그런 정황만 가지고 받아들인 게 아니라고. 내 다이어리를 훔쳐봤으니 너도 그건 알 텐데?"

민혁이 살짝 헛기침을 했다.

"뭐, 훔쳐본 건 쏘리."

"됐고. 너도 정황 말고, 내가 믿을 수 있는 확실한 증거를 보여봐. 설마,

그냥, 뇌피셜은 아니겠지?"

은근히 비꼬는 듯한 주신의 말투에 민혁은 코웃음을 쳤다.

"너는 뭐든 확실히 해두는 철저한 놈이고, 난 뭐 망상이나 하는 사람이냐?"

"그러니까, 망상이 아니라는 증거를 보이라는 거잖아."

"아니, 근데 열 받네."

민혁은 다리를 반대로 꼬고서 입술을 비틀었다.

"아쉬운 건 니놈인데 왜 나한테 증거를 보이라 마라, 명령질이야? 사정을 해도 모자랄 판국에."

갑자기 주신의 손이 확 뻗어와 민혁의 옷깃을 거세게 붙잡고서 바짝 끌어당겼다.

"내가 지금 아쉬워서 너한테 사정 따위를 하러 온 것 같냐? 착각하지 마, 이 새끼야."

서릿발이 쏟아질 것 같은 주신의 기세에 민혁은 작게 숨을 들이켰다.

"네가 한 말이니 책임을 지라고. 멀쩡히 살아 있는 애한테 죽었다고 한 책임 말이다."

가족은 건드리면 안 된다는 명언이 괜히 나온 게 아니었다. 하물며 그 상대가 아들이니, 이 자식이 빡 돌만도 했다.

그럼에도 주신의 태도가 마음에 들지 않아 민혁은 옷깃을 쥐고 있는 손을 탁 쳐냈다.

"그렇게 니 아들이 죽었다는 증거가 필요하면 내가 보여줄게. 보여주면 될 거 아냐."

이죽거린 민혁은 점퍼 주머니에서 핸드폰을 꺼냈다. 화면을 몇 번 터치한 다음 주신에게로 내밀었다.

"자, 이거 봐."

핸드폰 액정을 본 주신의 한쪽 눈썹에 위로 올라갔다.

"이건."

"그래, 우리 엄마가 놀이공원에서 동물 사진 찍다가 우연히 찍힌 사진이야. 뭐, 너들 그날 우리 엄마 만났을 때니, 언제인 줄은 알지?"

주신이 말없이 액정만 바라보고 있자 민혁은 말을 이었다.

"그 꼬맹이랑 같이 찍힌 검은 연기가 너무 묘해서 한동안 내가 그 정체 알아내려고, 유명하다는 심령가들은 다 만나고 다녔지."

주신이 고개를 들어 시선을 마주했다.

"근데, 그 사진 보고 하나같이 다 그러더라. 죽은 사람한테만 나타나는 증상이라고."

"겨우 그걸로 진서한테 죽음을 덮어씌운 거라고?"

"아니? 나도 처음에는 안 믿었어. 멀쩡히 살아서 뛰어다니는 애한테 자꾸 죽었다고 하니까. 근데, 그 꼬맹이가 죽었다는 결정적인 증거가 나왔어."

주신의 입매가 살짝 굳어졌다.

"그 꼬맹이. 그 애가 결정적인 증거야."

"말장난하지 말고 알아듣게 말해."

"새끼가 제대로 말하는데도 지랄이야."

짜증스럽게 욕설은 내뱉은 민혁이 말을 이었다.

"꼬맹이랑 친한 영감님이 있더라고. 그 영감님은 진서에 대해 확실히 아는 듯했고."

주신의 눈이 번쩍 뜨였다.

"혹시, 70대쯤 돼 보이는 왜소한 체격의 어르신 말하는 거야?"

"너도 알고 있네? 맞아, 그 영감님. 우연히 그 영감님이랑 진서가 하는 대화를 듣게 됐는데, 내용이 심상치 않더라고."

"뭐였는데."

"밤 되면 그 애한테 귀신이 따라다닌대. 그래서 잠을 잘 못 잔다던데."

순간, 주신의 심장이 쿵, 하고 떨어졌다. 정말, 얼마 전까지 진서가 수시로 악몽에 시달리다 깨곤 했었으니까.

최근에는 거의 그런 현상이 없어 까맣게 잊고 있었다. 한데, 그게 악몽이 아니라, 뭔가가 따라다녀서 그런 거였다니.

그 어린아이가 얼마나 무서웠을지 생각하니 가슴이 무너지는 듯했다.

"그리고 진서를 여기로 보낸 게 저승 것이래."

"뭐?"

"더 중요한 건 그 저승 것이 곧 다시 진서를 데려갈 거라고도 얘기했어."

주신의 안색이 눈에 띄게 파리해지자 민혁은 아주 조금이나마 체증이 내려가는 것 같았다.

"꼬맹이가 놀이터에서 애들하고 싸움한 날, 내가 혹시나 해서 직접 떠봤지. 너, 산 사람 아닌 거 안다고."

"……."

주신은 점점 더 굳어지는 얼굴로 듣기만 했다.

"그랬더니, 새파랗게 질려서는 고양이 사료 봉투도 떨어뜨리고 도망가더라. 그거 말고 더 확실한 증거가 어디 있어?"

주신은 눈앞이 아찔해져 와 숨만 몰아쉬었다.

"그거 가져다주러 갔다가, 이상한 여자애가 너희 집 우편함에 다이어리를 넣는 것도 보게 된 거고. 다이어리의 내용, 내가 보고 들은 여러 정황. 그래서 그 꼬맹이가 미래에서 왔다는 것도 믿은 거야. 나도 그냥 받아들인 건 아니라고."

민혁은 주신과 연결된 팔을 들어 보였다.

"이제 이거 좀 풀어주실까? 내가 확신하게 된 이유까지 다 말했으니, 그래도 못 믿겠으면 니 아들한테 더 확실히 확인해 보든가."

주신은 텅 빈 눈으로 주머니 속에 손을 넣었다. 자그만 열쇠를 꺼내 기계처럼 수갑을 풀었다.

민혁이 이제야 자유로워진 손목을 문지르며 고개를 절레절레 내저었다.

"참나. 이딴 건 도대체 어디서 구한 거야?"

그러고서 슬그머니 주신의 손에 느슨하게 들린 수갑과 열쇠를 낚아챘다.

"야, 이거 나 주라. 언젠가 유용하게 써먹을 수도 있겠네."

"……."

이미 수갑 같은 건 관심 밖이었기에 주신은 대답 없이 몸만 일으켰다. 주신은 허공을 응시한 채 비척비척 발걸음을 옮겼다.

설마, 설마 했는데. 순간, 순간 의문이었던 상황들이 마구잡이로 머릿속에서 회오리쳐댄다.

어떻게 온 건지, 질문을 할 때마다 굳게 다물어 버리는 입술.

이따금씩 보여주던 처연한 얼굴.

마지막 생일을 맞이하듯 케이크를 보고 서럽게 터진 눈물.

그 모든 게 죽음 때문이었다니. 충격으로 눈앞이 캄캄해져 와 주신은 걸음을 멈추었다.

'있는 동안 마음껏 사랑해 주고, 좋은 거 많이 보여주고, 맛있는 거 많이 먹이슈. 원 없이 듬뿍.'

공원에서 들었던 어르신의 그 말이 희한하게 가슴 한쪽에 가시처럼 박혀 있더라니.

'있는 동안'이란 말에 이렇게 아픈 뜻이 있는 줄은 꿈에도 몰랐는데.

주신은 눈을 질끈 감은 채 가쁜 숨만 몰아쉬었다.

"야, 최주신."

바로 지척에서 들려오는 민혁의 목소리도 저 먼 곳에서 나는 것처럼 웅웅거리기만 했다. 주신은 멍하니 돌아섰다.

"내가 참, 선심 한 번 쓴다. 니놈만 놓고 생각하면 딱 모르는 척해 버리고 싶은데, 내가 그 꼬맹이 생각해서 봐준다."

"……."

"문자 하나 보낼 테니, 확인해라."

"……."

"며칠 내내 개고생해서 찾아낸 거니까, 죽을 때까지 고마워하고. 어?"

민혁이 핸드폰을 터치하기 시작하자 주신은 대답 않고 몸을 돌렸다. 이 상황을 어디서부터 어떻게 풀어야 할지 답답함이 밀려들었다.

지이이잉. 민혁이 보낸 게 확실한 문자가 도착했다.

"최주신! 꼭 확인해! 너, 그거 확인 안 하면 완전 후회할 거라고!"

민혁의 음성이 커다랗게 울려 퍼졌다.

지금 상황에서 문자 같은 게 눈에 들어올 리 만무했지만 주신은 핸드폰을 꺼내 들었다. 어쩐지 민혁의 말처럼 확인하지 않으면 후회할 것 같았기에.

액정을 확인한 주신의 동공이 커다랗게 확장되었다. 민혁이 보내온 건 다름 아닌 주소였다.

[인마. 내가 그 영감님 찾아내려고 며칠 동안 동네를 얼마나 헤집고 다닌 줄이나 아냐? 그 영감님 거기 사니까, 한 번 찾아가 보든가. 어쩌면 도움될지도 모르잖아.]

주신은 다음 날, 오전, 실례가 되지 않을 정도의 시간에 맞춰 민혁이 보내준 주소지로 향했다.

주택 주소라 찾기 어려우면 어쩌나 했지만, 요즘 워낙 지도 앱의 기능이 좋아 생각보다 빨리 찾았다.

그 어르신이 기거한다는 곳은 놀이터에서 크게 멀지 않았다. 아담한 단층집, 대문 앞에 선 주신은 오면서 구입한 과일 바구니를 고쳐 들었다. 주신은 심호흡을 한 번 하고서 초인종을 눌렀다.

띵동. 띵동. 벨소리가 커다랗게 울렸지만 안에서는 인기척이 없었다. 혹시나 해서 몇 번이나 더 눌렀지만 집은 고요하기만 했다.

쾅쾅쾅쾅.

"실례합니다. 아무도 안 계십니까? 아무도 안 계세요?"

답답함에 문을 두드리자, 옆집에서 누군가가 불쑥 나왔다.

"아우, 시끄러워. 그 집에 지금 아무도 없어요."

쉰은 훌쩍 넘은 중년 여인이 미간을 찌푸린 채 주신을 위아래로 훑어보았다.

"여기 사시는 영감님 찾아온 거예요?"

"네. 잘 아시는 사이입니까?"

"잘 알기는 뭘요. 그냥 옆집에 살아서 조금 알지, 잘 아는 건 아니에요. 그 영감님, 며칠 전에 딸 집 간다고 간 걸로 알아요."

"언제 오신다는 말씀은 없으셨습니까?"

여인이 어이없다는 듯 피식 웃었다.

"그걸 나한테 뭐 하러 말해요. 아무튼 아무도 없으니까, 그만 시끄럽게 해요."

"죄송합니다."

주신이 꾸벅 허리를 숙이자 여인은 고개를 끄덕이고서 안으로 사라졌다.

"후우."

주신은 한숨을 흘리고서 발걸음을 돌렸다.

"진서야, 엄마 좀 도와줄래?"

머리, 꼬리 자르고 해담이 바로 본론으로 들어갔지만 진서는 곧장 고개를 끄덕였다.

"네. 제가 할 수 있는 거면요. 뭔데요?"

"그게. 엄마가 아빠한테 프러포즈를 하려고 하거든."

"프러포즈요?"

"응. 나랑 결혼해 주세요, 하는 의미야."

진서는 동그란 눈을 끔뻑였다.

"엄마랑 아빠는 곧 결혼하실 거잖아요. 그런데도 결혼해 달라고 해야 하는 거예요?"

"꼭 하지 않아도 되는 건데, 그래도 하면 더 좋을 것 같아서. 왜. 생일축하 선물도 꼭 줘야 하는 법은 없지만, 그래도 주면 받는 사람이 기쁘잖아. 아마, 엄마가 프러포즈하면 아빠도 되게 좋아할 거야."

"아아."

아이의 눈높이에 맞춰 설명을 하자 그제야 진서가 머리를 크게 끄덕였다.

"제가 뭘 도와드리면 돼요?"

"별거 없어. 이리 와. 엄마랑 사진 좀 찍자."

"사진이요?"

"응. 우리 사진을 찍어서 앨범으로 만들 거거든."

"엄마가 직접 만드시게요?"

"응. 자자, 이제 웃어! 김치, 스마일!"

해담이 핸드폰을 들이대자 진서는 자동으로 미소를 지었다. 해담은 생긋이 웃으며 진서와 함께 사진을 찍었다.

프러포즈와 함께, 수제 앨범을 선물로 받은 주신이 좋아할 모습을 상상하며.

46.

주신은 저녁이 되면 노인의 집에 출석 도장을 찍듯 찾아왔다. 그럴 때마다 집은 비어 있었기에 발길을 돌릴 수밖에 없었다.

그런 지 벌써 여러 날이 흘러 초조함이 극에 달할 지경이었다. 습관처럼 주신은 오늘도 대문 앞에 서서 초인종을 눌렀다.

벨소리가 울리고 수 초가 지났을 때였다.

ㅡ누구세요?

생각지도 못하게 인기척이 났다. 주신의 심장이 빠르게 뛰기 시작했다. 공원에서 들었던 그 어르신의 음성이 분명했다.

오랜 기다림 끝에 찾아온 반가움과 함께 긴장감이 동시에 주신을 감쌌다.

"안녕하십니까, 어르신."

ㅡ나, 도 안 믿으니 그냥 가슈.

예상치 못한 말에 당황스러움이 스쳤으나 주신은 퍼뜩 입을 열었다.

"어르신, 그게 아니라. 저, 최진서 아빠입니다."

ㅡ……누구?

"설 전에 공원에서 잠깐 뵀었는데, 기억 안 나십니까?"

-아.

주신은 짤막한 감탄사가 이토록 반갑다는 걸 오늘 처음 알았다.

-여기는 어떻게 알고 왔수?

"제가 좀 알아봤습니다. 어르신을 뵙고 싶어서요."

-…….

갑자기 인터폰에서 아무런 말도 들려오지 않아 주신은 다급히 덧붙였다.

"어르신, 시간 괜찮으시면 잠깐 좀 뵐 수 있을까요?"

-…….

"잠깐이면 됩니다, 어르신."

-…….

계속 이어지는 침묵에 주신은 애가 타서 미칠 지경이었다.

"혹시, 지금 시간 내기가 곤란하시면……."

철컹.

대답 대신 대문이 열리는 소리에 주신의 얼굴이 확 밝아졌다. 아직 제대로 된 대화를 한 것도 아니지만, 어둠 속에서 한 줄기 빛을 발견한 것처럼 숨통이 트이는 기분이었다.

며칠 내내 틈만 나면 만들었던 이해담표 앨범이 완성됐다. 오리고, 붙이고, 그리고, 채색하고, 쓰고. 하나부터 열까지 손품을 판 덕에 정성과 애정이 듬뿍 담긴 수제 앨범이었다.

"아. 내가 만들었지만 너무너무 예술이잖아."

상자에 담고, 예쁜 리본을 묶어서 포장까지 끝낸 해담은 뿌듯한 얼굴로 셀카도 몇 장 남겼다. 이제 주신과 약속을 잡고 깜짝 이벤트 자리만 만들면 된다. 아니, 당장이라도 전해주고 프러포즈하고 싶어서 조바심이 일었다.

목청을 가다듬고서 해담은 주신에게로 전화를 걸었다. 통화 연결음이 한참이나 흘러나왔지만, 주신은 전화를 받지 않았다.

"뭐 하느라 전화를 안 받지? 많이 바쁜가."

개강을 한 뒤부터는 정말 두 사람 다 눈코 뜰 새 없이 바쁜 시간을 보내는 중이었다. 바로 옆집에 사는데도 어떤 날은 통화와 메시지만으로 서로의 안부를 전하기도 했다.

특히나, 몰래 앨범을 준비하다 보니, 해담으로서는 더더욱 시간 내기가 힘들었다. 1분이 다 되도록 계속해서 기계음만 들려와 막 종료 버튼을 누르려할 때였다.

-어, 해담아.

늘 그렇듯 주신이 낮고 부드러운 음성으로 전화를 받았다. 오늘따라 주신의 목소리가 더욱 반갑게 느껴진다.

"바쁜데 전화했나 보다. 전화를 늦게 받네?"

-해담아, 내가 이따가 다시 전화할게.

"어? 어어. 알았어."

아무런 설명 없이 곧장 전화가 끊어지자 해담은 물끄러미 핸드폰 액정을 들여다보았다.

"뭐지? 이 낯선 기분은?"

앨범이 담긴 상자를 책상 위에 고이 올려둔 해담은 털썩, 침대에 앉았다.

"잠깐 통화하기도 힘들 만큼 바쁜가? 아니면, 무슨 일이라도 있나?"

한 번도 이런 식으로 주신이 전화를 받은 적이 없기에 급격히 당황스러워지는 건 어쩔 수 없었다.

물론, 바쁘거나 곤란할 때는 빨리 통화를 끊을 때도 있긴 했다. 하지만, 그럴 때는 혹여 해담이 걱정할까 봐 짤막하게나마 이유가 뒤따랐다. 그랬기에 오늘의 통화는 너무도 기분이 이상했다.

"진짜, 무슨 일이라도 있는 거 아니야?"

그러고 보니, 요 며칠 사이 마주할 때마다 부쩍 주신의 얼굴이 핼쑥해진 느낌이 들긴 했다.

그저, 학업과 결혼 준비를 병행하다 보니 힘들어서 그러려니, 별다른 의미를 두지 않았다. 그건 그녀 역시 마찬가지였으니까.

"요즘 내가 앨범 만드느라 우리 자기한테 너무 소홀했나? 그래서 좀 화가 났나?"

이유를 모르니 거기까지 생각이 미친다.

오만가지 상념들이 뇌를 잠식하려 하자 해담은 이내 머리를 털어냈다.

"무슨 이유가 있겠지. 이따가 전화한다고 했으니까 얘기해 주겠지, 뭐."

해담과의 통화를 서둘러 끝낸 주신은 핸드폰을 무음모드로 돌렸다. 이런 식으로 전화를 끊은 게 신경은 쓰였지만, 어쩔 수가 없었다. 어르신이 마음을 돌려 들어오라는 걸 취소할지도 몰랐으니까.

핸드폰을 주머니에 넣고서 주신은 훌쩍 현관 안으로 발을 디뎠다.

"이리 와서 앉아요."

이미 거실에 있는 테이블 앞에 자리를 잡고 앉은 노인이 주신에게 턱짓을 해 보였다.

"문 열어주셔서 고맙습니다."

정중히 인사를 한 주신은 성큼 거실을 가로질러 들어와 노인과 마주 보고 앉았다.

"들자하니, 나 없는 동안에 젊은 사람이 매일 찾아왔다던데. 그쪽인가 보군."

"네. 제가 매일 어르신 댁을 찾아왔습니다."

"뭐가 궁금해서 날 찾아왔나? 뭐, 물으나 마나 진서 얘기겠지만."

"진서와는 어떤 인연인지 먼저 여쭤 봐도 되겠습니까?"

노인은 주름이 가득한 눈을 몇 번 감았다가 뜨고서 피식 웃었다.

"추운 겨울, 내가 그 녀석의 착한 마음에 홀딱 낚였지."

자세한 설명은 없었으나, 꼬치꼬치 캐물을 수도 없었기에 주신은 바로 본론으로 들어갔다.

"진서가 어떤 아이인지 알고 계시죠?"

노인은 부정하지 않고 고개만 끄덕여 보였다. 주신은 노인의 얼굴을 바라보며 마른침을 삼켰다.

차마, 입술이 떨어지지 않았지만, 주신은 차분히 물었다.

"진서, 죽었습니까. 죽은 아이가 맞습니까?"

"음."

노인은 땅이 꺼질 듯 깊은 한숨을 내쉬었다.

"이것 참. 이미 알고 온 사람한테 아니라고 할 수도 없고, 원."

이보다 더 확실한 대답이 어디 있을까. 이미 민혁에게 들었기에, 그간 마음의 각오를 단단히 했다 여겼지만, 충격은 조금도 옅어지지 않았다.

주신은 정신을 다잡으며 차갑게 머리를 식히려 애썼다.

"어떻게 된 일인지 알고 계십니까?"

노인은 더없이 착잡한 표정을 짓다가 이내 이맛살을 구겼다.

"이래서 뭐든 공짜는 받아먹으면 안 되는 건데. 너무 달아서 그런가 명치에 딱 걸린 것 같다라니, 쯧쯧."

알아들을 수 없는 말을 중얼거린 노인은 물끄러미 허공을 응시했다. 생각에 잠긴 듯 노인의 눈가가 아련해졌다.

주신은 재촉하지 않고 그저, 노인이 입을 열 때까지 묵묵히 기다렸다.

양손으로 얼굴을 비빈 노인이 한참만에야 주신에게로 눈동자를 움직였다.

"인명은 재천이다. 많이 들어 봤을 테니 뜻은 알겠지."

주신은 무거운 추를 단 것처럼 열리지 않는 입술을 겨우 움직였다.

"……진서의 명이 거기까지라는 말씀이십니까."

"진서 팔에 난 상처는 제대로 본 적 있나?"

"그건, 상처가 아니라 이곳에서의 남은 시간을 의미하는 표식으로 알고 있습니다만."

"그게, 진서의 명일세."

전혀 예상치 못한 노인의 말에 주신의 동공이 사정없이 확장되었다.

"그게 무슨 말씀이십니까."

"인명재천. 좋게 포장하면, 하늘이 정해 놓은 명줄을 따라 순리대로 간다는 거고, 날것 그대로 표현하자면, 그 날짜에 맞춰 저승 것들이 목숨을 거둬 간다는 뜻이지."

쭉 이어서 말한 노인은 호흡을 한 번 가다듬고서 계속 말을 이었다.

"한데, 진서는 저승 것의 실수로 원래 날짜보다 조금 더 앞당겨 목숨을 잃게 된 케이스지. 그 저승 것이 제 실수를 눈가림하기 위해 남아 있는 시간 동안 진서를 이곳으로 보내 숨긴 것이고. 그래 봤자, 반드시 실수에 대한 대가를 치르게 될 텐데."

좀처럼 받아들이기 힘든 사실에 주신의 한쪽 눈썹이 위로 향했다.

"그런 일이 있을 수가 있습니까."

"지금까지 겪었지 않나."

노인이 어깨를 으쓱하며 하는 대답에 주신은 이내 눈썹을 아래로 늘어뜨렸다. 무슨 상황인지 확실히 인지가 되었다. 민혁이 들었다던 '저승 것이 데려간다'는 말뜻도 분명히 알아들었고.

주신의 머릿속은 더더욱 복잡하고 무겁게 가라앉았다.

결국 진서는 팔목의 선이 완전히 없어지는 날, 정해져 있는 명대로 죽음을 맞이한다는 뜻이다.

가슴이 쇠꼬챙이로 꿰뚫린 것처럼 욱신욱신 통증이 일었다.

"어르신. 그 명줄은 바꿀 수가 없는 겁니까."

"쉽게 바꿀 수 있으면, 죽는 사람이 어디 있겠나."

"하지만, 진서는 너무 어리잖아요."

"……."

"그렇게 짧게 명이 정해져 있는 건 너무 가혹한 거잖아요."

"……."

"그렇게 착한 아이한테, 그런 운명은……."

울컥, 감정이 치받쳐 올라 주신은 말끝을 맺지 못하고 흐렸다. 커다란 불덩이가 목에 걸린 것처럼 목이 아파 왔다.

지금부터 펼쳐질, 앞으로 겪게 될 현실과 미래가 순식간에 어둠으로 물들어 버렸다. 해담의 얼굴과 진서의 얼굴 그리고 가족들도 차례대로 머릿속을 스쳐 지나갔다.

앞으로 어떻게 해야 하지. 어떻게 해야 할까.

참담하고 처참한 기분에 주신은 손마디가 툭툭 불거질 때까지 주먹을 꽉 쥐었다.

노인이 가만히 손을 뻗어 주신의 어깨를 툭툭 두드리고서 입을 열었다.

"인명이 재천이긴 한데. 혹시, 이런 말은 들어봤나."

주신은 생기를 잃고 푹 꺼져버린 눈으로 겨우 노인을 바라보았다.

"죽을 고비를 넘기면 만수무강한다는 소리."

느릿느릿, 기계처럼 감았다 떴다 하던 주신의 눈꺼풀이 뚝 움직임을 멈추었다. 노인의 입술 끝이 가만히 위로 향했다.

"나랑 술 한 잔 안 할 텐가?"

주신이 귀가를 한 건 밤이 깊었을 때였다. 2층으로 올라와 방문을 슬그머니 열자, 침대에 기대어 앉아 있는 진서가 눈에 들어왔다. 이어폰을 귀에 꽂은 채 작은 입술을 달싹이며 노래를 흥얼흥얼거리고 있다.

자신의 운명을 빤히 아는 데도 저렇듯 의연한 모습이라니. 가슴과 콧날이 동시에 시큰거려오자 주신은 커다랗게 숨을 들이마셨다.

"어, 아빠."

주신을 발견한 진서가 귀에서 이어폰을 뺐다. 반짝반짝 눈을 빛내며 주신을 반긴다.

"이제 오세요?"

주신이 곁으로 다가가 침대에 앉자, 진서가 눈을 동그랗게 뜨고서 킁, 킁 냄새를 맡았다.

"어? 아빠 술 마셨어요?"

"응. 조금. 몇 잔 안 마셨어."

주신은 진서의 통통한 볼을 살짝 쥐고 흔들었다.

"이 녀석. 넌 몇 신데 아직 안 자고 있어."

"노래 가사 중에 발음이 어려운 부분이 좀 있어서 듣느라고요."

"난 또. 아빠 보고 너무 눈을 빛내서 나 기다리느라 안 잔 줄 알았잖아."

"그런 이유도 있고요."

"그런 이유? 뭔데."

진서는 대답 대신 주신의 빈손과, 이리저리 주변을 둘러본 다음 시선을 들었다.

"엄마 만나서 술 마신 거 아니었어요?"

"아닌데."

어깨를 가볍게 으쓱한 주신은 이내 '아' 하고 탄식을 흘렸다. 해담에게 다시 전화한다고 한 걸 까맣게 잊어버렸다. 10시를 조금 넘겼을 뿐이기에 주신은 주머니에서 휴대전화를 꺼냈다.

액정을 본 주신은 낮게 신음을 삼켰다. 핸드폰을 무음으로 해둔 동안 해담에게서 부재중 전화가 세 통이나 와 있었다.

곧장 해담에게로 전화를 걸려는 찰나, 핸드폰이 먼저 깜빡이기 시작했다. 주신은 다급히 전화를 받았다.

"어, 그래. 해담아."

-하아.

깊은 한숨 소리에 주신의 심장이 따끔거려 왔다.

"미안해. 미처 전화를 못 했어."

-주신아. 너 무슨 일 있는 거지?

"아니야. 아무 일도 없어."

절대 해담에게만큼은 이 아픔을 알릴 수가 없어 그렇게 대답하고 말았다. 주신은 슬픔을 나누면 반이 된다는 말을 조금도 믿지 않으니까.

슬픔은 나눌수록 다 같이, 더 크게 아플 뿐이다.

-아무 일도 없는데 전화는 왜 계속 안 받아?

"핸드폰을 무음으로 해두는 바람에 못 받은 거뿐이야. 진짜 별일 없어."

-그럼, 왜 전화는 한 통도 안 한 건데?

"미안. 깜빡했어."

수 초 동안 정적이 일었다.

-깜빡……했다고?

"응. 미안해. 결혼식이 코앞이라 좀 들떴나 봐. 정말 미안."

-……알았어. 나중에 다시 통화해.

"해담아, 잠깐만."

주신이 애타게 불렀으나 해담은 그대로 전화를 끊어버렸다. 해담이 서운해하는 채로 둘 수가 없어 주신은 곧바로 전화를 걸었다. 하지만, 해담은 전화를 받지 않았다.

해담으로서는 서운하고 화가 날 만도 했다. 요 며칠 진서의 일로 전전긍 긍하느라 해담에게 너무 소홀했으니까.

이 밤에 술을 마신 채로 찾아갈 수도 없기에, 주신은 내일을 기약할 수밖 에 없었다.

"아빠, 엄마랑 싸우셨어요?"

진서의 눈에 어린 걱정에 주신은 부드러운 표정으로 고개를 내저어 보였 다.

"아니. 엄마랑 아빠는 싸움이 안 돼."

"왜요?"

"아빠가 엄마한테 무조건 지거든. 그래서 엄마랑은 싸움 안 해."

"아."

"진서야."

주신의 조용한 부름에 진서가 똘망똘망한 눈으로 바라보았다. 주신은 진 서의 머리를 가만히 쓰다듬었다.

"넌 아무 걱정 안 해도 돼."

"예?"

"아빠가 다 알아서 할 거야. 알았지?"

"예에?"

무슨 말인지 알아들을 수가 없어 진서가 고개를 갸웃거렸지만, 주신은 입 술 끝을 올려 희미하게 웃었다.

다음 날 아침, 주신은 눈을 뜨자마자 해담에게 연락을 했다. 전화도 하고, 메시지도 남겼으나 전혀 응답이 없다.

주신은 재빨리 씻고서 밖으로 향했다. 너무 이른 아침이라 실례를 무릅쓰 며 해담의 집으로 찾아갔다.

떵동. 떵동.

벨을 누르고 얼마 지나지 않아 지선의 음성이 들려왔다.

-어머, 주신아. 잠깐만.

철컹.

조금 놀란 듯 높은 목소리를 낸 지선이 대문부터 열렸다. 주신이 안으로 들어서자 이내 현관문이 열리고 지선이 밖으로 나왔다.

"너무 일찍부터 죄송합니다. 해담이 좀 보려고요. 아직 안 나갔죠?"

"아닌데? 조금 전에 나갔는데?"

"벌써 나갔다고요?"

"응. 결혼식 준비 때문에, 학교 가기 전에 들를 곳 있다고 나갔는데."

전혀 예상 못 한 상황에 주신은 말문이 콱 막혔다. 지선이 묘한 표정으로 주신의 얼굴을 살폈다.

"니들 싸웠구나?"

"아, 아닙니다."

"아니긴 뭘. 해담이는 찬바람이 쌩쌩 불고, 넌 아침 댓바람부터 찾아오고."

"죄송합니다."

"나한테 죄송할 게 뭐 있니. 싸웠으면, 빨리빨리 풀어. 결혼식 앞두고 싸움 오래 끄는 거 아니다?"

"네. 죄송합니다."

거듭 사과를 하며 지선과의 대화를 끝낸 주신은 발길을 돌렸다. 그도 등교할 준비를 해야 했으니까.

"다녀왔습니다."

무겁게 가라앉은 심신만큼이나 주신의 음성도 잔뜩 낮았다. 하루 종일 해담에게서 연락이 없으니 학교 수업도 제대로 귀에 들어오지 않았다.

"이제 오니?"

거실 소파에 앉아 TV를 보고 있던 영주가 주신을 맞았다. 주신은 거실을 쓱 둘러보았다.

"진서는요? 아직 집에 안 들어왔어요?"

"아니. 아까 들어왔다가 다시 나가던데?"

"곧 해 지는데. 어디 간단 말은 없었고요?"

"응. 금방 들어온단 말만 남기고 나가더라."

"네."

조금 힘없이 대답한 주신은 계단을 올랐다.

"저녁은?"

"생각 없어요."

저녁이 문제가 아니었다. 얼른 가방을 내려놓고 해담의 집으로 찾아갈 생각밖에는 없었다.

막 계단을 중간쯤 올랐을 때였다. 주머니 속 핸드폰이 진동을 해댔다. 발걸음을 멈추고서 주신은 다급히 핸드폰을 꺼냈다.

쿵.

'예쁜이' 석 자를 보자마자 심장이 추락하는 듯했다. 주신은 퍼뜩 전화를 받았다.

"어, 해담아. 왜 이제 전화해. 내가 얼마나 속이 탔는지 알아?"

-내가 전화 안 받으니 너도 답답하지?

"미안. 미안해, 진짜. 다시는 안 그럴게."

-긴말 필요 없고. 너한테 꼭 해야 할 얘기가 있어.

화가 조금도 풀리지 않은 냉랭한 말투에 주신의 가슴이 쿡쿡 쑤셔왔다.

"해담아, 우리 얼굴 보고 얘기하자."

-그래, 좋아. 전화로 할 얘기는 아닌 것 같다.

해담은 땅이 꺼져라 한숨을 내쉬고서 말을 이었다.

-엄마 가게 5층으로 와. 나, 지금 거기 있으니까.

주신이 채 대답을 하기도 전에 전화가 뚝 끊어져 버렸다. 해담이 말한 5층은 두 사람이 결혼을 한 뒤 함께 살게 될 신혼집이었다.

신혼집이 아닌, 그냥 5층이라는 표현에 가슴이 싸해졌지만, 주신은 계단을 마구잡이로 내려갔다.

심상치 않은 해담의 목소리에 바짝 조바심이 인다.

"어머니, 저 잠깐 나갔다 올게요."

외치듯 영주에게 말한 주신은 곧바로 집을 뛰쳐나갔다. 머릿속이 하얘진 채로 주신은 전력을 다해 목적지로 향했다.

정말 바람처럼 달려 주신은 소반의 건물에 도착했다. 아직 가게가 문을 닫지 않았지만, 인사를 할 겨를도 없이 주신은 건물 안으로 들어갔다.

마침 도착한 엘리베이터를 타고서 5층으로 향하는 짧은 시간에도 주신은 초조함에 주먹만 말아쥐었다 폈다를 반복했다.

땡. 엘리베이터가 목적지에 도착하자 주신은 성큼성큼 현관문 앞에 섰다. 벨을 누를까 하다가, 이미 알고 있는 도어록의 비밀번호를 눌러 문을 열었다.

현관에 들어서서 센서등이 환하게 켜지는 순간이었다. 주신의 동공이 더없이 커다랗게 확장되었다.

예쁘게 꾸며진 신혼집 공간에, 알록달록한 풍선들이 날아다니고, 바닥에는 형형색색의 촛불들이 켜져 있었다.

"어서 와, 주신아."

"아빠. 얼른 오세요."

양쪽에 길처럼 놓인 촛불 끝에 해담과 진서가 환한 미소로 그를 반기고

있었다. 냉랭하니 가라앉은 해담을 예상했던 주신으로서는 이 상황이 너무
도 예상 밖이었다.

정말 얼빠진 얼굴로 주신은 눈만 깜빡거렸다.

그런 주신을 보며 킥킥, 웃은 해담과 진서가 촛불길 안으로 걸어 들어왔
다.

"주신아."

"아빠."

가까이 다가온 두 사람이 동시에 불렀다.

"어, 어."

여전히 얼떨떨한 채로 주신은 겨우 대답했다.

"난 네가 내 남편이 돼줬으면 좋겠어. 나랑 결혼해 줄래?"

"저는 아빠가 우리 아빠였으면 좋겠어요. 제 아빠도 돼 주실래요?"

차례로 흘러나온 제안에 주신은 한 손을 이마에 얹었다.

이제야 제대로 상황 파악을 한 주신의 입술이 저도 모르게 양쪽으로 벌어
지기 시작했다.

"하아, 진짜."

주신은 이 상황이 정말로 기가 막혔다. 아주 황홀하고 뭉클하고 기분 좋
게 어안이 벙벙했다.

주신은 두 사람을 그대로 끌어당겨 꼭 껴안았다. 깜짝 이벤트에 성공한
해담과 진서는 뿌듯한 얼굴로 주신의 품에 안겼다.

해담의 이마와 뺨 그리고 입술에 차례대로 촉촉, 낙인을 찍고서 주신이
고개를 끄덕였다.

"당연히 예스."

진한 눈으로 해담을 바라보던 주신은 이내 시선을 내렸다.

"엄마, 아빠 결혼하니까 넌 자동으로 예스."

진서가 해맑게 웃자 주신과 해담은 이마를 맞대고서 환하게 웃었다.

"미안. 평생 한 번밖에 없는 프러포즈를 네가 하게 만들어서."

주신은 정말 미안해서 몸 둘 바를 모를 지경이었다.

"누가 하면 어때? 하고 싶은 쪽이 하는 거지."

어깨를 으쓱하며 말한 해담이 진서에게 눈짓을 해 보였다. 고개를 끄덕한 진서가 쪼르르 안으로 가서 상자 하나를 가져왔다.

"아빠. 엄마의 프러포즈 선물이에요."

"내가 정말, 목 디스크가 올 정도로 열심히 만든 거야."

선물까지 준비했을 줄은 몰랐기에 주신은 더더욱 미안해졌다.

"난 아무것도 준비한 게 없는데. 미안해."

"너 자체가 선물인데, 뭘."

어쩌면 이렇게 말도 예쁘게 하는지, 진서가 없었으면 정말 진한 딥키스를 해 줬을 것이다.

주신은 그저, 해담의 얼굴을 어루만져주고서 퍼뜩 리본을 풀었다. 상자 안에 든 내용물을 본 주신의 얼굴이 더욱 밝게 펴졌다.

목 디스크가 올 정도로 열심히 만들었다더니, 그냥 하는 말이 아니었다. 한 장 한 장 붙어 있는 사진과 깨알 같은 메모까지, 어느 것 하나 정성이 안 들어간 게 없었다.

주신은 울컥, 뭉클한 감정이 치솟아 다시금 해담과 진서를 품으로 당겼다.

"평생 잊지 못할 이벤트를 선물해 줘서 고맙다."

해담과 진서의 환한 얼굴을 번갈아 보며 주신은 굳게 다짐했다.

내가 지켜줄게. 이 웃음이 사라지지 않게 반드시.

"유리야."

"응?"

"조만간 난 원래 있던 곳으로 갈 것 같아."

석양이 대지에 진하게 드리워진 시각, 놀이터 그네에 앉아 발끝만 바라보며 진서가 말했다.

옆 그네에 앉은 유리의 고개가 자동으로 진서에게 향했다.

"어, 언제? 이 동네로 완전히 온 거 아니었어?"

"으응. 곧 가야 돼."

전혀 예상치 못한 유리의 얼굴이 순식간에 어둡게 가라앉았다.

"어, 어디로 가는데? 여기서 많이 멀어?"

"응. 멀어. 아주 많이."

"얼마나 먼데? 제주도? 부산?"

발끝만 응시하던 진서가 시선을 들어 유리를 바라보았다.

"그거보다 더 멀어."

"설마, 외국이야?"

차라리 그렇게 알고 있는 게 나을 것 같아 진서는 고개를 끄덕였다.

"응."

"외국 어디? 일본? 중국? 호, 혹시 미국만큼 멀어?"

"응. 그만큼 멀어."

충격을 받은 유리의 동그란 눈동자가 하염없이 흔들렸다.

"그, 그럼 이제 우리 못 보는 거야?"

진서는 가슴이 쓰려 왔지만 애써 웃었다.

"아무래도 그렇지 않을까. 많이 머니까."

유리의 눈이 금세 그렁그렁 눈물을 담고 흐려졌다.

"정말…… 정말 못 보는 거야? 어?"

"……."

"흑……."

유리가 닭똥 같은 눈물을 뚝뚝 흘리자 진서는 마음이 너무 아팠다. 같이 울면 돌이킬 수 없을 것 같아 진서는 침을 꾹 삼켜 눈물도 눌렀다.

진서는 유리의 볼에 뚝뚝 떨어지는 눈물을 손으로 닦아주었다.

"유리야. 나랑 약속했지?"

"⋯⋯흑흑."

"학교 수업 땡땡이치고 그러지 않는다고."

"몰라. 땡땡이치고 그럴 거야."

"그러면 안 돼. 그럼, 나 정말 실망할 거야. 내가 실망해도 좋아?"

유리가 여전히 흐느끼며 작게 도리질을 쳤다.

"그러니까, 절대 땡땡이치고 그러면 안 돼. 알았지?"

"⋯⋯응, 응."

진서는 억지로 대답하는 유리의 등을 한참이나 토닥여 달랬다. 한참이나 지나 울음을 그친 유리를 집까지 바래다주고 진서는 갔던 길을 되돌아왔다.

놀이터를 지나쳐 집으로 향하려던 진서의 걸음이 그대로 멎었다. 눈과 입이 동그랗게 떠지고, 얼굴마저 확 펴졌다.

"할아버지이!"

떠나기 전에 그토록 한 번 더 보고 싶었던 할아버지였다. 진서는 한달음에 달려가 노인의 허리를 얼싸안았다.

"아이고, 이 녀석아. 그렇게 전력 질주해서 들이박으면 어쩌냐? 노인네 허리 다 부서지겠다."

타박을 하면서도 노인은 진서의 작은 등을 토닥였다.

"저 보러 오신 거예요?"

"갈 때 다 됐잖냐."

진서는 시무룩한 기색도 보이지 않고 그저, 싱글싱글 웃었다. 그런 진서를 보며 노인은 속으로 혀끝을 찼다.

어린 녀석이 어른이 걱정할까 봐 일부러 더 웃는 게 눈에 훤했으니까.

"세상에 공짜는 없는 법이지, 암."

"예?"

진서가 눈을 끔뻑이며 물었지만 노인은 그저 주름진 입가를 올려 웃어 보였다.

47.

하루하루, 날짜가 쉴 새 없이 지나가고, 대망의 결혼식 날이 밝았다.

곱게 신부 메이크업을 하고 웨딩 티아라와 드레스를 입은 채 대기실에 앉아 있는 해담은 허리가 뻐근해 죽을 것만 같았다.

아침에 마지막으로 연습을 하다가 그만, 허리를 삐끗한 모양이었다. 파스라도 붙이면 좀 나으련만. 그럴 수도 없어 미칠 노릇이었다.

대기실로 찾아온 가족 및 친구들과 사진을 찍기 위해 억지로 웃고 있었더니 안면마저 마비가 될 지경이었다.

"신부님께서는 그래도 울음을 잘 참으시네요. 다른 신부님들은 대기실에서부터 하도 우셔서 계속 메이크업 수정하거든요."

사진사가 연방 셔터를 누르며 말했다. 허리가 아파서 찡그린 표정을 슬퍼서 그런 걸로 착각한 듯했다.

"아하하하. 제가 좀 잘 참아요."

겨우 말한 해담은 후욱, 심호흡을 했다. 더 아프기 전에 빨리 예식을 치러야 할 텐데, 그래야 지금껏 준비한 걸 다 보여줄 텐데. 결혼식이 끝날 때까지만이라도 허리가 버텨주면 더 바랄 게 없었다.

본식 시간이 거의 다 돼 갈 무렵이었다. 조금 전 사진을 찍고 나갔던 해주가 신부 대기실로 들어왔다.

"해주야."

"와. 넌 하나도 안 떤다."

하하. 허리가 빠질 것 같아서 그래.

해담의 상태를 알 리 없는 해주가 신기한 듯 바라보며 다가왔다.

"내가 말해줘야 하나 말아야 하나 하다가, 말하는 게 여러모로 나을 것 같아서 왔어."

"뭔데?"

"우리 언니는 생색내는 것 같다고 절대 너한테 말하지 말랬거든."

해담은 선뜻 감이 오지 않아 듣기만 했다.

"웨딩플래너 언니랑 계약하는 거 되게 저렴하게 했잖아. 그거 우리 언니가 몰래 비용의 반을 부담한 거였어."

"어어, 정말?"

전혀 몰랐던 사실에 해담의 입술이 벌어졌다. 어쩐지, 플래너와 계약 비용이 생각보다 저렴하다 했다.

"응. 그리고 일사천리로 결혼식 준비한 거, 우리 언니가 웨딩플래너 언니한테 밥 쏘고, 선물 쏘고 해서 무조건 일 순위로 일 처리 부탁한 거야. 물론, 운이 잘 따른 것도 당연히 있고. 우리 언니가 노력 많이 했으니까, 너도 마음 좀 풀었으면 싶어서 얘기하는 거야."

애리가 그렇게까지 했을 줄은 정말 몰랐다.

"그래. 얘기해 줘서 고마워."

해담은 마음이 꽤 복잡해졌지만 환하게 웃어 보였다.

결혼식은 멋지게 시작되었다.

턱시도 차림의 훤칠한 주신이 입장하자 하객들이 입을 벌리고 감탄을 연발했다. 꽃길이 아니라 패션쇼 런웨이로 착각할 만큼 막강한 비주얼이었다.

뒤이어 형진의 손을 잡고 해담이 입장하자 이번에도 탄식이 흘러나왔다. 반짝이는 웨딩 티아라와 심플한 디자인의 드레스를 입은 해담은 아름다움 그 자체였다. 그런 해담을 기다리고 있는 주신의 눈빛에서 꿀이 뚝뚝 떨어졌다.

마침내 해담의 손이 형진에게서 주신에게로 옮겨가자, 혼주석에 앉은 지선과 영주가 눈시울을 붉혔다.

혼인 서약이며, 주례 등 차례차례 다른 결혼식과 비슷하게 순서가 흘러갔다.

그리고 마침내 축가 차례가 왔다.

해담과 주신은 비장한 표정으로 고개를 끄덕였다. 다른 사람도 아닌 주신이 마이크를 받았다.

"이렇게 저희 결혼식에 참석해 주셔서 진심으로 감사드립니다. 답례로 축가는 제가 직접 하려 합니다. 귀가 괴로우시겠지만 양해 부탁드립니다."

주신의 인사에 하객석에서 휘파람과 손뼉을 치며 열화와 같은 성원을 보냈다.

드디어 MR이 흘러나왔다. 축가는 발라드와 랩이 섞인 아주 경쾌한 노래였다.

흑역사니, 뭐니 하던 것과 달리 주신은 너무도 완벽하게 도입부를 소화했다. 해담은 연방 눈에서 하트를 발산해 댔다.

후반부부터는 자신이 활약해야 했으니 손뼉을 치며 슬쩍슬쩍 몸도 풀었다. 그럴 때마다 허리가 뜨끔뜨끔거렸으나 꾹 눌렀다.

중반을 치달아 랩 부분이 다가왔을 때였다.

하객석에서 낮은 함성을 보냈다. 해담의 눈도 동그랗게 커졌다.

"유신 오빠, 진서야."

조용히 의자에 앉아 있던 유신과 진서가 패도라와 짙은 선글라스를 끼고서 앞으로 나왔다. 그러고서 힙합전사의 제스처를 취하며 뒷부분의 랩을 부르기 시작했다.

전혀 몰랐던 해담과 달리 주신은 슬쩍 윙크를 해 보였다.

세상에. 언제 저렇게 연습을 다 했단 말인가. 해담은 입을 다물 줄 모르며 손뼉을 쳤다.

양가의 어른들도 마찬가지였다. 영주, 태석, 형진, 지선 모두 다 세상에를 연발하며 감상하느라 여념이 없었다.

"어머, 어머. 쟤 누구야?"

"친척 지인이겠지."

"완전 귀엽다."

"누구네 아들이야?"

멋들어지게 랩을 소화하는 유신도 유신이지만, 진서에게 하객들의 크나큰 관심이 쏠렸다.

짙은 선글라스와 패도르를 푹 눌러 씌운 덕에 얼굴이 제대로 보이지 않으니, 참 탁월한 선택이었다.

환상적인 랩이 끝날 무렵이 되자 주신의 시선이 해담에게로 와 닿았다.

'준비됐어?'

'오케이!'

긴장을 풀기 위해 살짝 웃은 해담은 이내 신고 있던 힐을 옆으로 벗었다. 가족들 및 하객들이 영문을 몰라 어리둥절하니 바라보는 순간이었다.

랩이 끝나고 이어진 경쾌한 리듬의 노래에 맞춰 해담이 댄스를 선보이기 시작했다. 드레스를 입었다고 대충 우아하고 예쁘게가 아니라, 완전히 각을 딱딱 맞춰 아주 현란하게.

"쟤, 쟤가 미쳤나."

지선이 입을 떡 벌린 채로 중얼거리자 형진의 얼굴도 확 달아올랐다. 영주와 태석 역시 조금 당황한 얼굴로 작게 웃음을 흘렸다.

어른들의 황당한 반응과 달리 하객석은 아주 열정적으로 호응을 했다. 그 열화와 같은 성원에 힘입어 해담은 허리가 아픈 것도 잊고 더더욱 열심히 댄스 삼매경에 빠졌다.

그리고 대망의 하이라이트였다. 노래가 끝남과 동시에 해담은 그간 죽도록 연습했던 것을 시전했다.

일명 풍차돌기로 불리는, 무려, 옆텀블링이었다.

허리가 부서지는 통증이 일었지만 해담은 이를 악물고서 성공시켰다. 아주 멋들어지게.

아주 찰나 동안 고요해졌던 식장이 해담의 멋진 착지와 함께 함성과 박수 소리로 메워졌다.

"와, 멋지다!"

"신부 최고!"

하객석에 앉아 있던 유정이 손뼉을 치며 친구들에게 말했다.

"이야, 내가 결혼식장에 많이는 아니더라도 몇 번 다녀보긴 했는데, 이렇게 1도 안 뭉클한 결혼식은 정말 처음이다, 처음. 이해담, 리스펙트다, 리스펙트."

유정의 말에 친구들이 하나같이 웃음을 흘렸다. 영주와 태석도 이제는 신기하고도 신나는 얼굴로 박수를 치고 있었다.

하지만 지선과 형진은 너무도 기가 막혀 벌어진 입을 다물 줄 몰랐다. 설마, 드레스를 입은 딸이 결혼식장에서 저럴 줄은 꿈에도 몰랐기에.

하지만, 그것도 잠시, 일가친척들이 조용히 수군거리는 소리에 지선과 형진은 마음이 짠해졌다.

"해담이 쟤, 사고 쳐서 일찍 결혼하는 줄 알았더니 아닌가 보네?"

"그러게요. 속도위반으로 임신해서 부랴부랴 결혼식 시키는 줄 알았는데. 잘못 안 모양이네. 임신한 상태로는 절대 저럴 수가 없지."

"그치. 큭큭큭. 근데, 역대급으로 유쾌한 결혼식이긴 하네."

"내 딸도 결혼할 때 저렇게 좀 하라고 할까?"

"어이구. 퍽이나. 다이어트부터 시켜. 해담이처럼 가늘가늘해야 저것도 가능하지, 아무나 할까."

그러니까, 속도위반이라는 소리를 일절 차단하기 위해 나름대로 유쾌한 방법을 택한 것이다.

혼전임신이라는 단어에 깊은 트라우마가 있는 엄마를 위해 저토록 노력한 것임을 지선이 모를 리 없었다.

딸의 지극한 효성에 감동스럽긴 한데, 민망한 건 어쩔 수가 없었다.

웃고 떠드는 유쾌한 결혼식도 막바지에 이르렀다. 단체 사진을 찍기 위해 하객들이 모여들었다.

"으윽."

해담의 낮은 비명에 주신이 퍼뜩 바라보았다.

"왜 그래. 어디 아파?"

주신의 낮은 속삭임에 해담은 이를 악물고서 웃어 보였다.

"아, 아냐. 힐을 신고 있었더니 발가락이 아파서 그래. 이제 다 끝났는데, 뭘."

"결혼식 끝나면 내가 발마사지 해줄게."

"응."

해담은 연방 웃으며 하객들과 사진을 찍었다. 그리고 부케를 던지는 순서가 다가왔다. 해담은 어기적어기적 부케를 들고서 자세를 잡았다.

뒤이어 부케를 던지려 해담은 몸에 힘을 주었다.

"어윽!"

혼기 찬 친척 언니에게 던지려던 해담은 낮은 비명과 함께 부케를 붕 띄우고 말았다. 뜨끔뜨끔한 허리 때문에 제대로 자세를 잡지 못한 탓이었다. 하객들의 시선이 일제히 부케가 날아간 곳으로 향했다.

유신의 옆에 서 있던 애리가 얼떨결에 부케를 받아들고서 어색하게 웃고 있었다.

그 순간이었다.

"나, 나, 나, 허리! 어흑! 허리를 삐끗했나 봐요. 벼, 벼, 병원에 좀!"

웨딩드레스를 우아하게 차려입은, 아름다운 신부의 외침이 처절하게 울려 퍼졌다.

"아하하하하! 아이고, 내가 웃겨서 진짜! 보다보다 그렇게 웃긴 결혼식은 내 생전 처음이다, 정말!"

민혁은 넘어갈 듯 웃어대는 어머니를 심드렁하니 보았다.

"뭐가 그렇게 웃겨서 이 난리야? 누가 보면 이해담 결혼식이 아니라, 코믹 영화라도 보고 온 줄 알겠네."

"야, 말도 마. 해담이 걔가 글쎄 드레스 입고 아주 희한한 춤을 추더니, 나중에는 텀블링까지 하더라."

"그랬어?"

"그래, 그랬다니까. 너도 가자니까 괜히 안 가서는. 같이 갔으면 재미난 구경했을 텐데."

"뭐, 별로. 엄마만 갔으면 됐지, 뭐."

"근데, 웃긴 건 텀블링 하다가 허리를 삐끗했는지, 나중에 죽겠다고 난리를 치는 거야."

"엄마는 그게 웃겨? 애가 다쳤는데?"

"야, 네가 그 장면을 못 봐서 그래. 해담이 딴에는 아팠겠지만, 그 자리에 있던 하객들은 해담이 때문에 웃음 참느라 얼마나 고생했는데. 부케 던지는 자세부터 웃겨서 다들 빵터졌다고."

민혁이 미간을 찌푸렸다.

"사람들 하고는. 애가 아프다는데 웃음을 왜 참아? 걱정은 못할망정."

"아, 네가 그 자리에 없었으니까 그렇게 말할 수 있는 거야. 그리고 허리 좀 다쳤다고 안 죽어, 이 자식아."

즉각 면박을 준 어머니가 다시, 큭큭큭 웃기 시작했다.

"아이고, 나 죽는다. 아이고, 내 허리야, 이러는데 얼마나 웃었다고. 푸흐 하하하!"

"해담이가 언제 아이고, 나 죽는다. 아이고, 내 허리야, 이랬다고. 뻥은."

어이없는 표정으로 민혁이 툭 내뱉자 어머니가 한쪽 눈썹을 세웠다.

"야, 넌 가보지도 않은 게 뻥 타령이냐?"

민혁은 작게 헛기침을 내뱉고서 어깨를 으쓱해 보였다.

"뭐, 눈으로 봐야 알아? 이해담이 엄마 또래도 아닌데, 아이고, 나 죽네 이 랬을리고."

"야, 진짜 그랬다니까? 그렇게 생난리를 치다가 병원 실려 갔다니까?"

허! 기가 막힌 웃음을 흘린 민혁은 눈을 가늘게 뜨고서 어머니를 빤히 응 시했다.

"야, 그 눈은 뭐야?"

"아, 몰라. 엄마랑 대화하기 싫어."

그러고서 민혁이 휙 몸을 돌려 방으로 향했다.

"저 자식이 갑자기 왜 저래? 엄마가 뭐 남는 게 있다고 너한테 뻥을 치겠 냐?"

어머니의 말을 한 귀로 흘리고서 민혁은 방으로 들어왔다. 조금 세게 문 을 닫고서 민혁은 벌렁 침대에 누웠다.

"하여튼 우리 엄마 오버는. 이해담이 언제 생난리를 쳤다고. 그냥 비명 조금 지른 게 단데."

사실은 민혁도 결혼식에 다녀왔다. 혼자 조용히 가서 있는 듯 없는 듯 사람들 틈에서 지켜본 뒤 돌아오긴 했지만.

최주신 자식 보기 싫은 것과 별개로 웨딩드레스 입은 해담이 궁금한 건 어쩔 수 없었으니까.

민혁은 양팔을 뒷머리에 괴고서 가만히 천장을 응시했다. 결혼식에서 본 장면들이 파노라마처럼 허공을 스치고 지나갔다.

여전히 재수 없던 최주신과 하늘하늘 꽃같이 예쁘던 해담 그리고 신나게 랩을 하던 꼬맹이까지.

"……뭘 또 그렇게 잘 어울리는 거야. 기분 나쁘게."

배가 아프고 속이 쓰리긴 했지만 인정할 수밖에 없었다. 오늘 보니 둘이 딱 천생연분이었다. 이미 알고 있어서 그런지, 미래에서 온 그 꼬맹이도 천생 둘의 아들로 보이고.

"아들이 어린 나이에 죽는다는데 그것들은 뭐가 신나서 노래에, 댄스에 텀블링까지 넘어? 이해담은 아직 모를 수 있어서 그렇다 쳐도, 최주신은 알잖아. 근데, 직접 축가까지 불러?"

의아함에 미간을 찌푸리던 민혁은 이내 푹 한숨을 흘렸다.

"내가 뭐라고 걱정은. 그 영감님 만나서 어떻게든 해결 봤겠지, 뭐."

그러니까, 결혼식 내내 그렇게 밝고 환하게 웃고 있었겠지.

문득, 해담에게 고백 따위를 하지 않아, 얼마나 다행인가 하는 생각이 스쳤다. 이렇게 될 줄도 모른 채 마음을 조금이라도 표현했더라면…….

"으윽."

생각만으로도 소름이 돋아 올랐기에 민혁은 자신의 팔뚝을 벅벅 긁었다. 아마, 지금 이 순간, 쪽팔림에 이불킥을 난사하다가 지쳐서 죽을지도 몰랐다.

민혁은 그런 흑역사를 생성해 두지 않은 스스로를 위로하며 아픈 속을 달랬다.

"……잘 살아라, 이것들아. 크흡!"

집게손가락으로 비근점을 쥐고서 민혁은 조용히 눈물을 떨구었다.

해담과 주신은 신접살림이 차려진 새로운 보금자리에서의 첫날밤을 맞이하고 있었다. 물론, 둘이 아닌 진서도 함께.

어차피 학기 중에 치른 결혼식이라 처음부터 신혼여행은 계획에도 없었다. 그래서 양가 어른들과의 저녁 식사 후, 진서를 데리고 곧장 이곳으로 왔다.

세 사람은 방이 아닌 거실에 이불을 깔고 나란히 누워서 다사다난했던 하루를 마감 중이었다.

"허리 통증은 괜찮아?"

"응. 한결 괜찮아졌어."

주신의 물음에 그렇게 대답한 해담은 작게 한숨을 흘렸다.

"근데, 이제 그만 좀 물어보면 안 될까. 10분 전에도 물어봤잖아."

"걱정이 돼서."

"아픈 거보다 창피함이 억만 배는 더 크니까, 나 허리 삐끗한 건 좀 잊어 줘. 응?"

해담은 정말로 그랬다. 부케를 던진 뒤 비명 지른 걸 생각하면 아직도 얼굴이 화끈거렸다.

솔직히 병원에 실려 갈 때만 해도 그저, 허리 통증에서만 벗어났으면 하는 바람밖에는 없었다. 하지만, 물리치료와 수액을 맞고 난 뒤 통증이 가라앉는 순간, 불타는 고구마처럼 달아올랐다.

별다른 이상이 없다는 엑스레이 검사 결과는 조금의 위로도 되지 못했다.

우스꽝스러운 자세로 던진 부케. 웨딩홀이 떠나갈 정도로 내지른 처절한 외침. 표정 관리는커녕 오만상으로 찌그러트린 얼굴까지, 정말 총체적 난국이었다.

"하. 비명이라도 좀 참았어야 했는데. 아니, 앓는 소리라도 좀 덜 낼걸. 어옥이 뭐야, 어옥이. 우아하게 드레스 입고 모양 빠지게."

해담이 입술을 삐죽거리며 푸념하자 주신과 진서가 동시에 웃음을 터트렸다.

"엄마. 그래도 오늘 최고로 예쁘셨어요. 정말로요."

가운데 누운 진서가 천장을 응시하며 조용히 말했다. 해담은 그제야 배시시 미소를 지으며 진서를 향해 옆으로 돌아누웠다.

"정말? 진짜로 오늘이 제일 예뻤어?"

"네. 여신 같았어요."

아들의 칭찬에 해담의 입술이 점점 더 옆으로 벌어졌다.

주신도 진서를 향해 옆으로 몸을 돌렸다. 자그만 옆모습을 보니 기분이 참으로 싱숭생숭했다. 주신은 가만히 팔을 뻗어 진서의 손목 안쪽을 살폈다.

주신은 짙은 한숨이 나오려는 걸 꾹 삼켰다. 이제 진서의 손목에 난 그 표식은 마치, 점처럼 짧아져 있다.

자세히 보지 않으면 잘 보이지도 않을 정도로.

"진서."

"네."

"엄마, 아빠 결혼식 보니까 어땠어?"

진서는 여전히 천장을 응시한 채로 씨익 웃었다.

"너무 좋았어요. 다른 애들은 엄마, 아빠 결혼식도 못 봤는데, 저는 봤잖아요. 저만 볼 수 있는 거잖아요. 랩도 실수 없이 해서 너무 뿌듯했어요."

이제는 진서의 저 해맑은 웃음이 전혀 밝게 보이지 않는다.

"어머, 정말 그렇네? 다른 애들은 태어나기 전의 엄마, 아빠 결혼식을 절대 못 볼 거 아냐. 우와, 우리 진서, 완전 횡재했네?"

진서의 상황을 알 리 없는 해담의 발언에 주신은 더욱 마음이 복잡했다.

사실은 진서가 아홉 살에 교통사고를 당해서 죽었대. 원래 열 살 이맘때쯤 죽어야 하는데, 저승 존재의 실수로 3개월 정도 일찍 죽는 바람에, 그 기간 동안 여기로 오게 된 거래. 그리고 곧 진서는 수명이 다 돼서 세상을 떠나게 될 거야. 어쩌면 그게 당장 오늘 밤일지도 몰라.

하고 어떻게 해담에게 말할 수가 있단 말인가. 그 사실을 알자마자 해담은 시름에 빠져 헤어나지 못할 게 분명했다.

아마도 어쩌면. 민혁을 통해 그 어르신을 만나지 못했더라면. 주신 역시 절망의 구렁텅이 속에서 어찌할 줄 모른 채 허우적거리고 있을 게 뻔했다.

주신은 물끄러미 진서를 보았다.

"진서."

"네, 아빠."

"미래는 스스로가 개척하는 거야."

진서의 고개가 자동으로 주신에게 향했다. 기다란 속눈썹을 빠르게 깜빡거리며.

"반드시 원하는 대로 바꿀 수 있어."

진서의 까만 동공이 하염없이 흔들린다.

"그러니까, 좋은 생각, 행복한 생각만 하는 거야."

놀란 듯 가만히 듣고 있기만 하던 진서가 천천히 고개를 끄덕였다.

"네."

둘만의 묘한 대화에 해담이 입술을 삐죽 내밀었다.

"어, 뭐야. 두 사람, 벌써부터 같은 성별, 같은 성씨라고 나 따돌리는 거야? 무슨 대화야? 뭘 바꾼다는 거야?"

주신에게 아이답지 않은 편안한 미소를 보인 진서가 몸을 돌려 해담을 바라보았다.

"행복한 미래만 있었으면 해서요."

알쏭달쏭한 말에 여전히 해담이 알 수 없는 표정을 하자 진서는 가만히 품으로 파고들었다.

"엄마."

"응?"

"제 엄마셔서 너무 좋아요."

어쩐지 뭉클해져 해담은 진서의 작은 등을 가만히 토닥였다.

"나도 네가 아들이라서 정말 좋아."

그런 둘을 짙은 눈빛으로 바라보던 주신도 이내 포옹에 가세했다.

"나만 따돌리면 안 되지."

주신은 바짝 다가가 기다란 팔로 진서와 해담을 한꺼번에 감싸 안았다.

결혼 첫날밤.

남들처럼 뜨겁게 불타오르는 그런 밤은 아니었지만, 해담과 주신은 충분히 만족스럽고 행복했다.

세 사람은 서로의 따뜻한 체온을 느끼며 깊은 밤을 맞이했다.

햇살이 커튼 틈을 비집고 거실로 들어왔다.

해담은 얼굴로 쏟아지는 눈부신 빛으로 인해 눈살을 찌푸리며 조금씩 잠에서 깨었다. 평소 습관처럼 이불 속에서 꼼지락거리던 해담은 집요한 시선을 느끼고서 정신이 확 들었다.

맞다. 나 어제 결혼했지? 집 아니었지?

슬그머니 눈을 뜨자 옆에 누워 그녀를 바라보고 있던 주신과 그대로 시선이 마주치고 말았다.

"굿모닝."

이제 남편이 된 주신의 아침 인사에 해담의 심장이 새삼스레 두근거렸다.

"구, 굿모닝."

주신이 손을 뻗어 해담의 얼굴을 가만히 어루만졌다. 고양이처럼 눈을 끔뻑거리며 해담은 주신의 가슴팍으로 파고들었다. 주신의 단단한 팔이 해담의 몸을 바짝 껴안고 품에 가두었다.

눈을 뜨자마자 주신과 한 이불 속에 있으니, 결혼을 했다는 게 조금씩 실감이 났다. 그 온기를 오롯이 만끽하던 해담은 문득, 너무 허전한 기분에 눈을 번쩍 떴다.

"어, 진서는?"

"……."

주신은 대답 대신 희미한 미소만 보였다. 그 처연한 미소에 해담은 심장이 쿵, 떨어지는 기분이었다. 주신의 품에서 벗어난 해담은 상체를 일으키고 앉았다.

"진서 화장실 갔어?"

자꾸 서운한 생각이 머릿속에서 메아리치고 있었지만 해담은 애써 아무렇지 않게 물었다. 주신 역시 몸을 일으켜 해담을 마주 보았다.

"갔어."

"갔……다고?"

입을 벌린 채 멍하니 되묻던 해담은 곧장 몸을 일으켜 집 안을 살피기 시작했다. 침실, 욕실, 다용도실, 발코니 등 집 안의 모든 공간을 열어 일일이 확인하고서 다시 주신에게로 다가왔다.

해담은 무너지듯 털썩 주신과 마주 보고 앉았다.

"……진짜 갔어? 아무 데도 없어."

"응. 갔어."

"아니, 말 안 하고 밖에 잠깐 나갔을 수도 있고……."

주신이 자그만 봉투를 내미는 바람에 해담은 말끝을 흐렸다.

뭔지 알 것 같아 콧날이 시큰거린다. 해담은 봉투를 건네받고서 내용물을 꺼냈다.

[그동안 정말 행복했어요. 항상 건강하세요.]

진서의 글씨체가 분명했다.

"일어나니까 진서 베개 위에 놓여 있었어."

정말로 간 것이다. 덤덤히 이별을 고하고서.

해담은 멍하니 속눈썹만 깜빡인 채 잠시 말을 잇지 못했다. 이렇게 급작스레 이별할 줄은 조금도 생각하지 못했기에 해담은 당혹스럽기 그지없었다.

"적어도 작별 인사는 하고 가야 되는 거 아니야? 적어도 마음의 준비를 할 시간은 줘야 하는 거잖아."

서운함을 감출 길이 없어 울음 섞인 말투가 튀어나왔다. 주신은 그런 해담의 어깨를 부드럽게 어루만졌다.

"올 때도 예고 없이 왔잖아."

"……하긴, 갑자기 가게로 불쑥 찾아와서 내가 너네 아들이다, 그랬지."

그렇게 중얼거린 해담은 작게 웃음을 터트렸다. 뒤이어 곧바로 눈물도 몇 방울 뚝뚝 떨어졌다.

"뭐야, 진짜. 진서 처음 만났을 때를 생각하면 되게 웃긴데 왜 눈물이 나는 거야."

주신이 부드럽게 쿡쿡, 웃으며 눈물을 닦아주었다.

"넌 아무렇지도 않아?"

"계속 여기 있을 거라고 생각하지는 않았으니까."

"그래도 마음이 너무 허전해. 이렇게 갑자기 갈 줄 알았으면 어제 좀 더 얼굴을 봐둘 걸 그랬어."

늘 시간이 얼마 없다는 걸 인지하고 있던 주신 역시 가슴이 스산하기는 마찬가지였다. 해담과 주신은 가만히 서로의 몸을 껴안고서 잠시 기대었다.

"주신아."

주신의 가슴팍에 한쪽 얼굴을 댄 채 해담이 불렀다.

"응."

해담의 등을 위아래로 부드럽게 어루만지며 주신이 대답했다.

"우리, 열심히 노력해서 꼭 진서 다시 만나자."

"응."

두 사람은 다짐하듯 비장한 표정을 지었다.

"가, 갔어? 이렇게 예고도 없이?"

늘 그렇듯 아침 일찍 가게에 출근해서 오픈 준비를 하던 지선은 그야말로 청천벽력의 소식을 접한 듯한 얼굴이었다.

"건강하시라는 한 마디만 남겨놓고 가버렸더라고요."

"……."

지선은 재료를 씻던 손마저 멈춘 채 한참이나 말없이 허공만 응시했다.

"엄마, 서운해하지 마세요. 다시 만날 텐데요, 뭘."

"그 어린 것한테 상처를 준 게 못내 마음에 걸려."

"이미 지나간 일이잖아요. 서로 마음도 풀었고요. 진서 태어나면 그때 더 잘해 주세요."

고개를 주억거린 지선은 손등으로 붉어진 눈가를 훔쳤다. 해담은 조리대로 다가가 가만히 지선의 허리를 안고서 위로를 했다.

"네 아빠한테는 내가 저녁에 퇴근해서 얘기할게. 하루 종일 일도 손에 안 잡힐 거야."

"네. 그러세요."

"네 아빠도 많이 서운해하시겠다."

그렇게 말한 지선은 영주를 떠올렸다.

"영주 언니네는?"

"주신이가 말씀드리러 갔어요."

"많이 놀라겠다."

"네. 그렇겠죠."

같은 시각. 주신의 집도 막 소식을 전해 듣는 중이었다.

"지, 진서 갔다고? 어, 언제?"

"오늘 아침에 일어났더니 짤막한 인사 한 줄 남겨놓고, 가고 없더라고요."

"세상에……."

감성이 풍부한 영주는 듣자마자 얼굴을 감싸 쥐고서 눈물을 터트렸다. 당황한 남자 셋이 영주를 달래느라 아침부터 혼이 쏙 빠질 지경이었다.

그럼에도 태석은 늘 그렇듯 크게 감정 표현을 하지 않았지만, 내심 서운한 기색이 역력했다.

유신 역시 어깨를 축 늘어뜨린 채 한숨만 내쉬었다. 예상보다 가라앉은 상황에 주신이 오히려 당황스러울 지경이었다.

"다들 분위기가 왜 이래요. 진서 내년에 태어나요. 헤어진 거 아니라고요."

주신의 말에 유신과 태석이 고개를 끄덕였다.

"그러게요. 우리 왜 이렇게 초상집 분위기죠? 내년에 다시 진서 만날 텐데."

"그래. 오히려 진서가 제자리를 찾아갔으니 안심하는 게 맞지."

여전히 콧물을 훌쩍인 영주가 주신에게로 다가와 양손을 꼭 잡았다.

"노력해서 꼭 내년에 진서 보게 해 줘야 돼."

너무도 처연한 영주의 부탁에 주신은 어색하게 웃었다.

"그, 그럴게요."

태석이 동조한다는 듯 주신의 어깨에 손을 올렸다. 유신 역시 말없이 다른 쪽 어깨에 묵직하니 손을 올려두었다.

이쯤 되니 부탁이 아니라 협박에 가까웠다. 주신은 마른침을 꿀꺽 삼키고서 결연한 표정을 지어 보였다.

"최선을 다하겠습니다."

48.

신록이 온 대기를 싱그럽게 물들이는 계절. 주신은 모든 수업이 끝나자마자 가방을 둘러메고 부리나케 강의실을 빠져나왔다.

동기와 후배들이 술 한 잔 하자는 걸 뿌리치고서 곧장 버스정류장으로 향했다. 지금은 한가하게 노닥거릴 때가 아니었다.

기다리던 버스에 올라 초조하게 집으로 향하는데, 핸드폰이 메시지 도착을 알렸다.

[자기야, 어디야? 수업 끝났어?]

해담이었다. 주신의 광대가 절로 위로 치솟았다. 결혼 2개월 차의 신혼답게 그저, 해담에게서 연락만 오면 주신의 입은 절로 째졌다.

주신은 정말, 매일매일 눈을 뜰 때마다 해담이 옆에 있는 게 너무 행복했다. 보면 볼수록 예쁘고 사랑스럽고 좋아서, 단 한시도 떨어져 있고 싶지 않았다. 아침마다 정반대에 위치한 학교로 각자 발걸음을 옮길 때마다 어찌나 마음이 찢어지는지.

주신은 곧바로 답장을 보냈다.

[응. 지금 집 가는 버스 탔어. 자기는 어딘데.]

[나도 버스 탔어.]

[그래. 집에서 봐.]

[응, 알았어.]

해담과의 메시지를 끝내고서 주신은 후욱, 숨을 몰아쉬었다. 창밖을 보니 아직도 집까지는 한참이나 남았다. 오늘따라 버스가 더더욱 느려터진 것처럼 느껴졌다.

해담은 아직 오지 않았는지 집 안은 고요했다. 가방을 방에 던져놓고서 주신은 곧바로 욕실로 향했다. 오늘부터는 무지무지 중요한 거사를 치러야 하니 목욕재계부터 하는 게 순서였다.

머리부터 발끝까지 먼지 한 톨 없을 정도로 꼼꼼하고 말끔하게 씻고 나오자 현관 도어록 해제 음이 울렸다.

"어, 벌써 와서 다 씻은 거야?"

문을 열고 안으로 들어온 해담을 눈에 담는 순간 몸이 먼저 반응을 보일 것 같아 주신은 훅, 숨을 들이켰다. 이마에 핏대가 일어설 정도로 몸의 반응을 처절하게 누르고서 주신은 가까스로 웃어 보였다.

"어서 와. 오늘 좀 더웠지?"

"응. 벌써 한여름 같더라."

그러고서 채 어떻게 할 사이도 없이, 가방을 멘 해담이 쪼르르 다가와 덥석 허리를 안았다. 해담 딴에는 그저 하루 일과를 마치고 들어온 부부사이의 인사 정도였만 주신은 그렇지가 못했다.

으윽.

완전한 봉인 해제의 날이라 그런지, 무척이나 잘 견딘 심신이 그만 와르르르 무너지고 말았다.

"무슨 5월이 이렇게 더운…… 흐읍."

해담의 마지막 말은 그대로 주신의 입 안으로 삼켜지고 말았다. 주신이 진한 키스를 퍼부으며, 해담의 허리를 감고 바짝 끌어당겼다.

배에 느껴지는 생생하고도 딱딱한 감각에 해담의 얼굴이 확 달아올랐다. 주신의 저릿한 키스에 잠깐 동안 반응을 하던 해담은 이내, 정신을 차리고서 가슴팍을 밀어냈다.

"잠깐만, 잠깐만 자기야. 나 좀 씻고."

"난 그냥 해도 상관없는데."

욕망이 뚝뚝 떨어지는 음성에 해담은 철썩, 주신의 어깨를 때렸다.

"안 돼. 절대. 안 씻으면 절대 안 할 거야."

무시무시한 해담의 엄포에, 주신은 곧장 팔을 풀고서 해담에게서 뚝 떨어졌다.

"그, 금방 씻고 나올게."

해담이 메고 있던 가방을 바닥에 떨어뜨리고서 욕실로 들어가 버리자 주신은 영역 표시를 하는 맹수처럼 근방을 서성였다. 정말, 지금 이 순간만큼은 자신이 딱 짐승 같다는 걸 주신도 잘 알고 있었다.

하지만 그도 그럴 수밖에 없었다. 지금 주신은 완전히 인내의 한계치를 넘어선 상태였다. 해담과 결혼한 지 어언 2개월째지만, 그동안 사랑을 나눈 건 손에 꼽을 정도로 적었으니까.

100% 완벽한 피임법은 없었기에, 늘 사랑을 나누는 데 있어 조심스러울 수밖에 없었다. 5월이 마지막 생리여야 진서의 생일에 맞출 수가 있는데, 혹여, 그전에 임신이라도 하면 안 되기 때문이다.

가임기간은 물론이고, 그 기간이 아닌 날에도 둘은 조심했다. 그간 어여쁜 아내를 옆에다 두고 도를 닦아 왔으니, 주신으로서는 온몸에 사리가 생길 지경이었다.

하지만, 오늘로서 수도승 생활도 끝이었다. 오늘 아침부로, 해담이 5월

달의 생리를 끝냈으니까. 말 그대로 봉, 인, 해, 제, 상태가 된 것이다!

사정이 이러니, 지금 주신이 짐승 모드가 된 것도 무리는 아닌 셈이었다. 뜨거운 숨결을 뱉으며 욕실 앞을 서성이고 있을 때였다.

그토록 고대하던 문이 슬그머니 열리고, 해담이 모습을 드러냈다. 머리와 몸에 커다란 타월만 두르고 나오는 해담을 보자마자, 주신은 이성의 끈을 놓고 말았다. 주신은 거의 끌어당기다시피 해담의 허리를 감았다.

"헉."

그 기세에 놀란 해담이 신음을 흘렸으나 주신은 무자비했다. 한 치의 틈도 주지 않고 입술을 밀착시킨 주신은 입 안의 속살을 그대로 빨아들였다. 입 안의 모든 것을 탐닉하고 맛보았다.

해담 역시 한숨 섞인 신음을 흘리며 주신에게 키스를 되돌렸다. 서로의 몸을 어루만지며 치열하게 사랑을 나눌 준비를 했다. 점점 더 뜨겁게 달아오른 몸이 주체를 하지 못할 만큼이 되자 주신은 해담을 번쩍 들어 올렸다.

곧장 방으로 들어간 주신은 해담을 침대에 내려놓고, 걸치고 있던 모든 것을 벗어던졌다.

"준비됐어?"

으르렁거리듯 주신이 물었다.

"오케이."

해담 역시 비장한 얼굴로 고개를 끄덕였다. 짐승처럼 침대로 뛰어든 주신은 해담의 몸을 감싸고 있는 타월부터 벗겨 냈다.

그 아찔한 자태에 주신의 머릿속이 혼미해졌다. 다급히 해담을 누이며 몸을 겹친 주신은 그간 참고 또 참아왔던 애정 표현을 하기 시작했다.

머리부터 발끝까지, 손과 입술, 혀와 치아, 모든 것을 총동원해 해담을 촉촉이 젖어들게 만들었다.

"하아……."

해담은 어지럽고 저릿저릿한 감각에 취해 눈을 감은 채 녹진녹진한 신음만 흘렸다. 마침내 주신이 뜨거운 그녀의 안으로 들어와 하나가 되자 해담은 눈을 떴다.

"사랑해."

시선을 마주한 주신이 맹렬한 몸짓과 달리 아주 감미롭게 속삭였다.

"응, 응. 나도 사랑해."

수줍은 해담의 답에 주신의 눈에 꾹 힘이 들었다. 치아를 악물고서 주신은 사랑의 행위를 이어나가기 시작했다. 해담은 주신의 목을 꽉 껴안은 채 그 움직임에 동참했다.

거칠고도 달달한 숨소리가 부부의 침실에 한참 동안이나 끊이지 않았다.

아니, 며칠 내내, 틈만 나면 계속.

아직 해도 뜨지 않은 새벽녘, 해담은 멍하니 거실 테이블 앞에 앉아 있었다. 정말로 머릿속이 하얘서 아무 생각도 들지 않았다. 시간이 멈춰 버린 듯 해담은 오도카니 무릎을 끌어안은 그대로 점점 밝아오는 아침을 맞이했다.

벌컥. 부부침실 문이 열렸다.

"······잠귀신이 왜 이렇게 일찍 일어난 거야."

어느새 잠에서 깬 주신이 허스키한 음성을 흘리며 거실로 나왔다.

"일어났는데 안 보여서 얼마나 놀랐다고."

해담의 뒤로 와서 몸을 끌어안은 주신이 가볍게 하얀 목덜미를 입술로 눌렀다.

"······."

그럼에도 마치, 인형처럼 해담이 아무런 반응을 보이지 않자 주신은 옆으로 물러나 앉았다.

"자기야, 해담아. 왜 그래."

주신은 잔뜩 걱정스러운 표정으로 조금 넋이 나간 것 같은 해담의 얼굴을 감싸 쥐었다. 해담은 눈동자만 움직여 주신을 바라보았다.

"자기야."

"어, 그래. 무슨 일이야."

"나 있지, 생리를 안 해."

"어?"

"사실은 저번 주에 생리를 시작했어야 하는데 아직까지 기미가 안 보여."

주신의 동공이 커다랗게 확장되자 해담은 다시 입술을 움직였다.

"자기야."

"어어."

"화장실 가 봐."

주신은 마른침을 꿀꺽 삼키고서 다급히 화장실로 질주했다. 화장실로 자취를 감추었던 주신이 곧장 밖으로 나왔다. 한 손에, 두 줄이 선명한 임신테스트기를 들고서.

"해, 해담아. 이거."

"응. 임신 맞는 것 같아."

이미 알고 있었지만, 한 번 더 해담의 입을 통해 확인을 한 주신은 커다랗게 숨을 들이켰다. 얼떨떨하던 표정은 점점 감격스럽게 풀어졌다. 정말, 정말 고대하던 대로 원하는 때에 임신이 된 것이다.

주신은 성큼성큼 해담에게로 다가가 와락 껴안았다.

"고마워, 고마워. 고생했어."

해담은 주신의 품에 안겨 입술을 삐죽 내밀었다.

"고생은 자기가 더 했지. 틈만 나면 들이대느라."

짓궂은 말에도 주신은 감격에 젖어 그저, 으스러져라 해담을 품에 안았다.

"어, 그렇게 안으니까 아픈데."

말이 끝나기가 무섭게 주신이 흡, 숨을 들이마시고서 팔을 풀었다.

"아파? 어디가? 얼마나?"

"농담인데."

"그런 농담하지 마. 심장 떨어지는 줄 알았다고."

주신이 십년감수한 얼굴을 하고서 해담의 코를 살짝 쥐었다. 콧잔등을 찡그리며 웃은 해담이 주신의 커다란 손을 잡았다.

"고마워. 네가 내 남편이라서 너무 좋아."

"내가 더 고마워. 나와 결혼해 줘서."

주신은 가만히 고개를 숙여 해담의 이마와 입술에 자잘한 키스를 선사했다.

"뭐 먹고 싶은 건 없어?"

"음, 아직은 모르겠어. 내가 진짜 임신한 건가, 얼떨떨하기도 하고."

"언제든 말만 해. 내가 할 수 있는 건 다 만들어줄 테니까."

"그럼, 오늘 아침은 자기가 만들 거야?"

"뭘 그렇게 당연한 소리를."

뿌듯함을 감추지 않고 말한 주신이 해담의 얼굴을 어루만졌다.

"아침 먹고 병원 갔다가 어른들께 말씀드리자."

"응."

해담은 고개를 끄덕였다.

마음이 너무 들떠 아침도 먹는 둥 마는 둥 한 해담과 주신은 근처의 산부인과로 향했다.

"아기집 보이시죠? 임신 맞으시네요. 축하드려요. 5주째네요."

의사의 말에 해담과 주신은 서로의 손을 꼭 맞잡는 걸로 기쁨을 표현했다.

두 사람 다 기분이 너무 이상했다.

분명, 아침에 임신테스트기로 임신이 된 걸 미리 확인하고 병원을 찾았는데도 전혀 감동이 줄어들지 않았다. 오히려 육안으로 잘 보이지도 않는 콩알만 한 아기집을 보니 더 큰 뭉클함이 밀려들었다.

난생처음 받아든 초음파 사진과 산모수첩도 신기하기만 했다. 생리가 없는 것 외에는 별다른 몸의 증상이 없었지만, 해담은 조금씩 임신을 했다는 실감이 났다.

병원 밖으로 나와 손을 잡고 귀가를 하던 중 해담이 뚝 멈추었다.

"왜?"

해담이 선 것만으로도 조바심 가득한 얼굴로 주신도 걸음을 멈추었다. 해담은 자신의 아랫배에 조심스레 한손을 갖다 대었다.

"애가 진서가 되는 거겠지?"

조용한 한마디였지만, 주신은 괜스레 울컥해 잠시 말문이 막혔다. 커다랗게 숨을 들이쉰 다음 주신은 입술 끝을 올려 웃으며 고개를 끄덕였다.

"응."

해담도 빙긋이 미소를 지어 보였다.

해담의 임신 소식에 양쪽 집안은 그야말로 잔칫집 분위기였다. 모두 이맘때쯤 해담의 임신 소식이 있기를 고대하고 또 고대하던 차였으니까. 새삼스럽지는 않지만, 행복감만큼은 더없이 컸다.

주신이 명문대에 입학했을 때도 당연히 그러려니 했던 영주는 마치, 나라를 구한 것처럼 기뻐하며 눈물을 글썽였다.

근무하는 동안 전화로 소식을 접한 태석과 유신은 하루 종일 나사가 빠진 것처럼 싱글거리며 보냈다.

가게로 직접 온 해담과 주신에게서 직접 소식을 전해 들은 지선은 그 자리에서 만세를 외쳤다.

마찬가지로 회사에서 전화로 들은 형진은 너무 좋아 '예스!'를 외치며 자신도 모르게 허공에 어퍼컷을 날렸다. 그러다 직원들과 눈이 마주쳐 민망함에 얼굴이 새빨개진 건 당연지사였다.

그날부터 해담은 양가의 마스코트이자, 기쁨의 존재가 되었다.

♥

주신은 이마에 송골송골 맺힌 땀방울을 훔치고서 초인종을 눌렀다.

땡동땡동.

커다랗게 울리는 벨소리를 들으며 주신은 들고 있는 묵직한 과일바구니를 고쳐 들었다.

"안 계신가."

반응이 없어 다시 벨을 누르려는데 인터폰 속에서 음성이 들여왔다.

-누구요.

주신의 얼굴이 확 밝아졌다.

"안녕하세요, 어르신. 저, 최주신입니다. 진서 아빱니다."

혹여, 어르신이 기억을 하지 못할까 해서 진서의 이름까지 덧붙였다.

-아.

짧은 감탄사와 함께, 철컹, 대문이 열렸다. 주신은 철문 안으로 발을 내디뎠다. 노인이 현관문을 열고서 주신을 반겼다.

"어서 오시게. 날이 많이 덥지?"

"그간 안녕하셨습니까."

"나야 뭐 늘 그렇지. 오늘 죽나, 내일 죽나 이러고 있어."

"그런 말씀 마세요. 오래 사셔야죠. 저, 이거 받으십시오."

"뭘 이런 걸 다."

그러면서도 노인은 주신이 가져온 과일바구니를 덥석 받아서 주방에 가져다 놓았다.

"음료 마시겠나?"

"아닙니다. 금방 가 봐야 해서요."

고개를 끄덕인 노인이 거실 테이블 앞에 앉자 주신도 따라가 마주 보고 앉았다. 결혼식이 끝나고 진서가 떠난 뒤, 한 번 소식을 전하러 오고는 몇 달 만의 방문이었다.

"오늘은 좋은 소식이 있어서 왔습니다."

"좋은 소식?"

"아내가 임신을 했거든요."

주신이 조금 쑥스럽게 말하자, 눈을 동그랗게 뜬 노인이 이내 고개를 주억거렸다.

"진서구만?"

"예."

"잘 됐구만, 축하해."

"고맙습니다. 어르신께도 꼭 말씀드려야 할 것 같아서요."

"나 같은 늙은이까지 신경 써주고. 고맙네."

노인의 희미한 웃음에, 작게 미소를 보인 주신은 조금 주저하다 질문을 던졌다.

"어르신, 궁금한 게 있습니다."

"과일을 그냥 가져온 게 아니군?"

노인이 놀리듯 말하자 주신은 퍼뜩 손을 내저었다.

"아닙니다. 그게 아니라…….."

"농담이야. 당황하긴."

노인의 짓궂은 표정에 주신은 헛기침을 삼켰다.

"뭐가 궁금한데?"

"어르신께서는 제게 말씀해 주신 걸 어떻게 다 알고 계시나 해서 말입니다."

"아. 난 또. 천기에 대해 또 꼬치꼬치 물으면 어쩌나 난감한 질문인 줄 알았는데."

노인은 한껏 궁금한 표정으로 대답을 기다리고 있는 주신을 물끄러미 보다가 입을 열었다.

"내가 왕년에 하던 일이 그거였거든. 사람 명줄 다 되면 저승으로 데려가는."

주신의 동공이 확장되자 노인은 주름진 눈을 끔뻑이며 덧붙였다.

"한데, 진서의 경우처럼 딱 한 번 실수를 한 적이 있었지. 나도 그 실수를 만회하고자 수를 썼다가 벌로 이 지경이 됐지. 눈 떠보니, 70살이 다 된 영감이 되어 있더라고. 다시 태어난 것도 아니고, 신세 처량한 술주정뱅이 영감이라니. 어쩌나 기도 안 차던지."

전혀 생각지도 못한 사실에 주신은 여전히 놀란 얼굴로 말을 잇지 못했다.

"웃기지? 정신 나간 영감탱이 같지? 뭐. 믿든 안 믿든 자네 마음이긴 하지만."

"전 믿습니다."

"하긴. 그러니 진서 문제로 날 만나러 왔던 거겠지."

피식 웃으며 주억거린 노인이 묘한 눈으로 주신을 응시했다.

"마음의 결정은 완전히 내렸나?"

"아직입니다."

"그렇지. 어느 쪽으로든 쉽게 결정할 수 있는 문제는 아니니."

이해한다는 듯 노인은 고개를 끄덕거렸다.

"뜻이 있는 곳에 길이 있다지 않아? 아직 시간이 있으니, 현재에 충실하면 그 길도 보이겠지."

"네. 그때까지는 현실에 최선을 다할 생각합니다."

처음보다 훨씬 더 편해진 주신의 얼굴을 보며 노인은 알 듯 말 듯 희미한 미소를 지었다.

♥

가을바람이 선선히 불어오는 휴일. 주신과 해담은 다정히 손을 잡고 백화점의 아기용품 매장을 누비고 다니는 중이었다.

사실, 양가 식구들이 부담스러울 만큼 아기용품들을 선물해 줘서 부족한 건 전혀 없었다. 하지만, 식구들의 선물과는 별개로 부모인 두 사람이 진서를 위해 직접 고르고 싶은 마음도 있었다.

"와, 진짜. 예쁜 게 너무 많다. 세상에, 어쩜 이렇게 쪼끄매?"

해담이 아기자기하고 예쁜 아기용품에 눈을 떼지 못하며 아이처럼 좋아했다. 주신 역시 앙증맞은 용품들을 보고 있으니 절로 기분이 흐물흐물 풀어졌다.

솔직히 예전에는 아기라는 존재에 대해 그다지 관심도 없었다. 한데, 이제는 길에 지나가는 유모차가 있으면 저도 모르게 고개가 돌아갈 때까지 지켜보기 일쑤였다.

정말, 부모가 된다는 건, 지금껏 상상하지 못했던 기묘한 일임이 틀림없다.

옷이며 신발 등 모든 용품들이 너무 예뻐 죄다 담고 싶은 걸 누르며, 해담과 주신은 딱 필요한 것만 몇 개 구매했다. 그런 다음 허기진 배를 채우러 백화점 내 푸드코트로 걸음을 옮겼다.

"많이 힘들지?"

주신이 연방 해담의 등과 허리를 부드럽게 어루만지며 걱정스레 물었다.

"허리가 조금 아프긴 한데, 밥 먹을 기운은 있어."

해담은 장난스럽게 대꾸하며 씨익 웃었다. 아닌 게 아니라, 임신 6개월로 접어들면서부터는 부쩍 허리도 아픈 데다 배도 잘 뭉쳐서 조금 힘이 들긴 했다.

하지만, 해담이 조금이라도 불편한 티를 내면, 주신이 너무 전전긍긍해 대는 통에 어지간한 건 참았다. 물론, 정말 버거울 때는 주신에게 한껏 기대서 투정을 부리기도 하지만.

"뭐 먹을까. 생각나는 거 없어?"

해담은 질문만으로도 침샘이 마구 자극됐다. 임신 중기에 접어들고 좋아진 게 있다면, 단연코 식욕이었다. 초반에는 밥 냄새만 맡아도 속이 울렁거려 그야말로 죽을 지경이었다. 옆에서 지켜보는 주신이 온갖 걸 다 갖다 바치며 고생을 했지만, 허사였다.

한데, 20주쯤이 되니 메스꺼움이 점점 줄더니 21주부터는 거짓말처럼 입 덧이 사라지고 식욕이 폭발하기 시작했다. 눈에 보이는 모든 것을 다 흡입할 수 있을 만큼 당겨, 이제는 비만 걱정을 해야 할 판이었다.

"자기야, 우리 쌈밥 먹자. 급땡겨."

"오케이."

"나, 너무 많이 먹으면 안 되니까, 적당한 선에서 자기가 좀 말려줘."

"쌈밥은 살 안 쪄. 먹어. 괜찮아."

전혀 도움이 되지 않는 주신이었다. 해담과 주신은 저만치 보이는 쌈밥 정식 가게로 들어갔다. 해담의 옆에 자리 잡은 주신은 이것저것 주문을 마쳤다. 그리고 해담의 등과 허리를 지그시 누르며 안마를 해주고 있을 때였다.

"어, 쌤!"

익숙한 목소리가 주신의 귀를 잡아챘다. 해담과 주신의 고개가 절로 옆으로 돌아갔다. 주신의 눈이 자동으로 가늘어졌다.

"라주영."

"와, 쌤. 여기서 다 보네요?"

놀란 얼굴로 말한 주영이 주신과 해담을 향해 꾸벅, 고개를 숙였다. 그러다 해담의 배를 보고서 눈을 동그랗게 떴다.

"어? 쌤 여친분 임신하셨어요?"

갑자기 가게 안의 이목들이 확 집중하는 통에, 당황한 해담은 작게 입을 벌렸다.

"여친분이 아니라, 아내."

이미 주영의 거칠 것 없는 입은 잘 알고 있기에 주신은 정확히 정정해 주었다.

"헉. 벌써 결혼하셨어요?"

"3월에."

"와. 대박."

주신은 해맑기 그지없는 주영을 빤히 응시했다.

"라주영. 사과부터 하는 게 예의일 텐데."

"예?"

"내 다이어리."

눈을 깜빡이던 주영이 이내, 헉, 숨을 들이켰다.

"쌤. 아셨어요?"

"네가 우리 집 우편함에 놓고 갔다면서."

"어, 분명 택배라고 했는데."

"됐고. 왜 그랬어? 뻔히 네 방에 있는 거 알았으면서 왜 없다고 한 건데."

주영은 이리저리 눈알을 굴려 해담과 주신을 번갈아 보다가 배시시 웃었다.

"저, 좀 앉을게요."

주신이 미간을 찡그렸지만 주영은 맞은편에 자리를 잡고 앉았다.

"그게, 저도 막 일부러 그러려고 그런 건 아니에요. 쌤이 내 예상보다 훨씬 빨리 과외를 그만둔다고 해서 조금 삐쳐서 그런 것뿐이에요. 양심에 찔려서 바로 쌤 집 우편함에 넣어 뒀고요."

"내가 과외를 그만두는데 네가 삐칠 이유는 또 뭔데."

"음, 그게……."

주영이 퍼뜩 말하지 못한 채 해담과 주신의 눈치를 동시에 보았다. 이번에는 해담의 미간이 구겨졌다. 혹시나, 주영이 주신에게 딴마음을 먹고 있었던 건 아닌가 해서.

해담의 반응을 눈치챈 주영이 퍼뜩 입을 열었다.

"그게, 오해하지 마세요. 사실은 내가 취미가 있는데요. 그게, 포털 사이트에 연애 소설을 연재하는 거거든요. 근데…… 내가, 음, 모쏠이라서요. 주변에 관찰할 남자가 쌤밖에 없는데, 과외를 그만둔다고 하니, 어쩌나 싶더라고요. 그래서 혼자 좀 삐쳤었어요."

어쩐지. 과외 도중 틈만 나면, 연애 얘기를 묻더라니. 이제야 조금 이해가 돼 고개를 주억거리던 주신은 문득 든 생각에 한쪽 눈썹을 휙 치켜세웠다.

"너, 예전에 나한테 들이대라고 조언해준 건 그럼."

"아, 그거요? 책에서 봤어요."

"뭐?"

"근데, 그게 하나도 안 맞더라고요. 완전 사기예요! 들이대면 상대방이 더 싫어해서 밀어낼 거라고 했는데, 쌤은 여친분, 아니, 아내분이랑 사귀게 됐잖아요."

듣다 보니 기분이 이상해, 해담의 눈이 슬그머니 가늘어졌다.

"그러니까, 네가 내 남편한테 연애 조언을 반대로 해 줬다는 거네? 우리 둘이 못 사귀게 하려고."

해담의 날카로운 말에 주영이 식은땀을 삐질삐질 흘렸다.

"왜. 왜 반대로 조언해 줬는데?"

"어, 어, 그게. 그때 내가 쓰던 게, 남주가 다른 여자를 좋아하는 중인데, 그걸 여주가 조언해 주는 척 뺏는 내용이었거든요. 그래서 실험을 해 본 거지 다른 이유는 없어요."

"네 소설 내용처럼 내 남편한테 마음 있어서 그랬던 건 아니고?"

"아니에요. 그럴 리가요."

"정말? 맹세할 수 있어?"

"······처음에는 쪼오끔 관심이 있긴 했어요."

해담과 주신의 얼굴이 동시에 삭 굳자, 주영은 곧바로 덧붙였다.

"근데, 바로 관심 접었어요. 첨에 관심 있었던 것도 쌤이 잘생겨서 그런 거지, 다른 이유 없어요. 쌤은 성격이 별로라 나랑 절대 안 맞을 것 같거든요."

기가 막힌 주신이 코웃음을 치고, 해담은 어이없는 웃음을 흘렸다.

"연재하는 소설 때문에 그랬던 거지, 다른 이유 없으니 오해 안 하셨으면 해요. 본의 아니게 다이어리에 대해 거짓말한 건 죄송해요. 그리고 절대 쌤 다이어리는 안 읽었으니까, 안심하셔도 되고요."

그렇게 말한 주영은 이내 몸을 일으켰다.

"아, 털어놓고 나니, 속이 완전 시원하네. 항상, 뭔가 찜찜했었거든요."

상대방이 이해를 하든 말든, 사실대로 말했다는 이유 하나로 주영은 아주 상큼한 얼굴이 되었다.

"쌤, 결혼하시고 임신하신 거 축하드려요."

"뭐, 그래."

축하한다는데 마다할 수 없어 주신이 떨떠름하니 대답했다. 주영이 이번에는 해담에게로 시선을 주었다.

"언니, 순산하세요."

"어, 어. 그래. 고마워."

"고맙긴 내가 고마운데요?"

웬 뜬금포. 해담이 의아한 표정을 짓자 주영이 말을 이었다.

"두 분 덕에 소재가 하나 떠올랐거든요. 고등학생 부부요."

주신과 해담의 얼굴이 동시에 뜨악하니 변했지만 주영은 싱긋이 웃었다.

"아. 그리고 두 분 닮았으니 애기 되게 예쁘겠네요."

좋은 말을 남기고서 고개를 숙여 보인 주영이 몸을 돌려 매장을 나갔다.

"뭔가, 쟤도 성격이 평범하지는 않은 것 같아."

해담이 주영의 뒷모습을 보며 작게 속삭였다.

"음. 좀."

짧막하게 대답한 주신은 잠시 멈추었던 손을 다시 움직였다. 해담의 허리와 등을 꾹꾹 누르며 주신은 묘한 표정을 지었다. 뭔가 아이러니하게도 상황이 딱딱 맞아떨어진 느낌이랄까.

하필, 주영의 방에 다이어리를 놓고 나온 거 하며. 주영이 못 본 척 거짓말을 한 거며. 말마따나 양심에 걸려 가져다주러 온 걸 설민혁이 발견한 것까지.

만약, 그 모든 과정이 없었더라면 주신은 결코 진서에 대해 제대로 알지 못했을 것이다. 진서의 운명을 바꾸라는 시그널 같은 느낌이었다.

♥

2월 24일 초저녁이었다. 주신은 일찌감치 잠든 해담의 얼굴을 곁에 앉아 애타게 들여다보았다. 막달로 들어서면서부터는 몸이 불편한 탓에 해담은 하루에 몇 시간도 못 자기 일쑤였다.

늘 뒤척이다 겨우 잠들면 깨기를 반복하니, 곁에서 지켜보는 사람이 마음 아플 지경이었다. 특히나 2월 25일이 출산 확정일이라고 믿어 의심치 않았기에, 해담은 며칠 전부터 더더욱 긴장한 상태였다.

주신은 잠든 얼굴이 너무도 안쓰러워 쓰다듬어 주고 싶은 걸 꾹 눌렀다. 혹여나 해담을 깨우기라도 할까 봐. 주신은 최소한의 등만 은은하게 켜둔 채 조심스레 해담의 옆에 몸을 누였다.

그렇게 잠이 든 모양이었다. 잠결에 살짝 몸을 뒤척이던 주신은 옆이 허전한 느낌에 번쩍 눈을 떴다. 먼저 잠들었던 해담의 잠자리가 텅 비어 있었다.

곧장 팔을 뻗어 방 안의 불을 환하게 밝힌 주신은 꽤나 당황하고 말았다. 그사이 잠이 푹 들었는지 어느새 자정이 가까워지고 있었다. 주신은 퍼뜩 몸을 일으켜 해담을 찾기 위해 방을 나섰다.

"해담아!"

방문을 열고 거실을 보는 순간, 주신은 온몸이 얼어붙는 듯했다. 해담이 거실 벽을 붙잡은 채 몸을 한껏 웅크리고 있었기 때문이다. 다급히 뛰어가자 해담이 크게 숨을 내뱉으며 자세를 곧추세웠다.

"아. 안 그래도 자기 깨우러 들어가려던 참인데 일어났네?"

"진통 시작된 거야?"

"어. 그런 것 같아. 가진통하고 다르게 간격이 일정하게 좁아져. 그리고 느낌도 완전 달라."

"언제부터?"

"9시경부터."

"뭐, 9시? 한참 됐잖아. 진통 왔으면 처음부터 나를 깨웠어야지."

주신이 사색이 된 채로 성마르게 말했다.

"나 때문에 자기도 요새 통 못 잤잖아. 더 자라고 일부러 안 깨웠어."

"나 잠 좀 못 잔 게 뭐 대수라고. 너 힘든 거에 비하면 아무것도 아닌데."

"어우, 그리고 자기가 옆에서 유별나게 그러면 내가 더 아픈 느낌이라 그래."

해담이 고개를 절레절레 흔들며 말하자 주신은 한숨을 푹 내쉬었다.

"일단 어른들께 전화부터 드리고……."

"됐어. 새벽에 뭐 하러 어른들을 다 깨워. 당장 안 나올지도 모르는데 괜히 고생만 시키지."

주신은 이마에 손을 얹었다. 자신의 아내는 너무너무너무 태연하고 의연했다. 오히려 보는 그가 온몸이 뒤틀릴 것 같아 환장할 지경이었다.

"자기야, 일단 계속 어플에 진통시간 체크하고, 병원 갈 준비나 하면 될 것 같아. 뭐, 준비랄 것도 없겠지만."

사실, 진작부터 출산 준비는 꼼꼼히 해 두었기에, 딱히 챙길 것도 없었다. 주신은 해담의 배에 가만히 손을 얹었다.

"최진서. 최대한 얌전히, 빨리 나와야 된다? 내 아내 고생시키면 나와서 국물도 없을 줄 알아."

주신으로서는 정말 진심을 다한 협박이었다. 피식 웃던 해담은 다시 시작된 통증으로 급격히 얼굴을 일그러뜨렸다.

핸드폰 벨소리가 커다랗게 울리는 소리에 지선은 번쩍 눈을 떴다. 평소와 달리, 그 소리에 눈을 뜬 건 형진도 마찬가지였다. 오늘이 무슨 날인지 알고 있었으니까. 형진이 퍼뜩 불을 밝히자 지선은 머리맡에 둔 핸드폰을 집어 들었다.

"어머, 얘 진통 시작됐나 봐요. 주신이 전화 왔어요."

"그, 그래요?"

지선은 곧장 전화를 받았다.

"어, 그래. 최 서방. 진통 왔어?"

라고 물은 지선의 눈이 곧장 화등잔만 하게 떠졌다.

"뭐, 뭐라고? ……어, 응. 그래, 알았어. 금방 갈게. 참, 어른들께는 말씀드렸어? ……어, 그래. 얼른 전화부터 드려. 그래, 병원에서 봐."

옆에 딱 붙어 있던 형진은 지선이 전화를 끊자마자 초조하게 물었다.

"왜 그래요. 진통 시작됐대요? 아직 아니래?"

지선은 조금 기가 막힌 표정으로 형진을 바라보았다.

"주신이 지금 병원이래요. 낳았대요. 방금 막."

"……어어? 낳았다고?"

"네, 낳았대요. 진서."

형진의 입술이 떡 벌어졌다.

"아유, 세상에. 저 꼬물거리는 입술 좀 봐. 어쩜 저리 예쁠까. 주신이 태어났을 때랑 판막이네, 판박이야."

"그러게요. 태어난 지 얼마 되지도 않은 아기가 벌써부터 저렇게 인물이 좋으면 어쩌란 거예요. 저 긴 속눈썹은 우리 해담이 빼다가 박았네요."

영주와 지선이 통유리 너머의 아기에게서 눈을 떼지 못한 채 좋아서 어쩔 줄 몰랐다.

"벌써부터 머리숱 많은 건 나를 닮았습니다?"

"무슨 소리. 우리 집도 머리숱으로는 안 밀리지."

형진과 태석도 거의 유리에 달라붙다시피 해서 자신들의 손자를 보느라 정신이 없었다.

"와, 아기가 저렇게 조그말 줄은 정말 몰랐는데."

유신 역시 감격 가득한 얼굴로 뚫어질 듯 조카를 바라보았다. 해담과 주신은 한 발짝 뒤에 서서 아들, 진서를 응시하다 이내 서로를 마주 보았다.

'사랑해.'

주신이 입모양으로 말하자 해담도 빙긋이 웃었다.

'나도 사랑해.'

주신은 가만히 고개를 숙여 해담의 이마에 잔잔히 입술 도장을 찍었다. 마치, 눈빛만으로도 유리를 뚫을 것처럼 신생아실만 바라보던 가족들은 면회 시간이 끝나자 아쉬움을 흘리며 돌아섰다.

"참, 내 딸이지만 대단하다, 대단해. 진통 오면 전화하랬더니, 세상에. 떡하니 낳고 나서 연락을 하냐. 무섭지도 않았어?"

지선이 곱게 눈을 흘기며 타박 비슷하게 쏟아내자 해담은 어깨를 으쓱해 보였다.

"왜 안 무섭게요, 완전 무서웠죠. 그래도 우리 자기가 옆에 있어서 견딜 수 있었어요."

"사실, 제가 더 무서웠습니다. 진통하는 거 보고 있으니 죽겠더라고요."

다시는 겪고 싶지 않아 주신이 고개를 절레절레 내젓자, 가족들이 가볍게 웃음을 흘렸다. 하지만, 흰 싸개에 쌓인 3.6kg의 건강한 진서를 안아 들었던 벅찬 순간만큼은 절대 잊을 수가 없었다.

그 어떠한 말이나 감정으로 표현할 수 없는 무한한 감동이었다.

영주가 가만히 해담의 양손을 감쌌다.

"애썼어, 해담아. 정말 고생 많았어. 내가 육아 많이 도와줄게."

해담은 괜스레 시큰해져 숨을 한 번 들이켰다.

"고맙습니다, 어머니."

아직도 어색한 호칭을 부르고서 해담은 작게 미소를 보였다. 주신을 비롯한 가족들 역시 흐뭇하게 두 사람을 바라보았다.

♥

8년 후 겨울.

"은서야, 머리 안 어지러워?"

해담은 데스크에서 병원비를 계산하는 동안, 옆에 얌전히 서 있는 은서에게 물었다. 털모자를 예쁘게 눌러쓴 은서는 마스크로 반쯤 가린 얼굴을 끄덕였다.

"조금요."

해담은 은서의 등을 어루만져 주고서, 직원이 내미는 카드와 영수증을 받아 들었다. 은서는 감기로 인해 며칠 동안 병원에 입원해 있다가 이제 막 퇴원을 하는 길이었다.

한 손은 소지품이 든 가방을, 다른 한 손은 은서의 손을 잡고서 해담은 입구로 향했다.

"어어?"

택시를 잡기 위해 막 로비 밖으로 나오던 해담의 눈이 동그랗게 떠졌다.

"아빠!"

주신을 본 은서가 해담의 손을 놓고서 빠르게 달려갔다. 은서를 번쩍 들어 올려 한 팔에 안은 주신이 연방 털모자에 입술을 눌렀다. 해담은 조금 얼떨떨한 얼굴로 다가갔다.

"자기가 이 시간에 어쩐 일이야? 회사는?"

"은서 퇴원하는 날이잖아."

"월차라도 내셨어요?"

"혼자 퇴원하기 힘들까 봐."

주신이 씨익 웃으며 해담이 들고 있는 것들을 자유로운 손에 받아들었다.

"아침에 통화할 때까지도 아무 말 없더니."

"서프라이즈."

가끔씩 못 말린다니까. 고개를 흔들며 웃은 해담은 주신의 차로 향했다.

"……대낮부터 진짜 뭐한 건지 모르겠네. 이러려고 월차 냈던 거야?"

해담은 아직 가시지 않은 열기에 한숨을 흘리고서, 곱게 주신을 노려보았다. 주신은 아무것도 걸치지 않은 해담의 허리를 부드럽게 어루만졌다.

"좋았으면서."

얼굴을 확 붉힌 해담은 찰싹, 주신의 어깨를 때렸다.

주신은 집에 도착하자마자 졸린다는 은서를 방에다 완전히 재운 뒤, 그사이 씻고 나오던 해담을 그대로 안았다. 며칠 동안 나누지 못한 사랑을 보상받기라도 하듯 더없이 에로틱하고 진하게.

마치, 신혼 시절의 짐승을 방불케 할 정도로 격렬한 몸짓이었다. 거기다 꼭 오늘이 세상의 마지막이라도 되는 것처럼 애틋한 건 덤이었다.

"또 샤워해야 하잖아. 어우, 귀찮아."

해담이 몸을 일으키려 하자 주신이 그녀의 팔을 끌어당겼다. 주신은 다시금 깊은 키스를 선사하며 해담의 몸을 꽉 끌어안았다.

한참만에야, 그것도 무지 아쉬운 듯 겨우 입술이 떨어지자 해담은 조금 측은해졌다.

"자기가 며칠 굶느라 많이 힘들었구나."

해담은 조금 핼쑥해 보이는 주신의 얼굴을 쓰다듬으며 비장한 표정을 지었다.

"오늘 밤에는 내가 풀로 서비스해 줄게."

열렬하고 폭발적인 반응을 보이던 평소와 달리 주신은 희미하게 웃어 보였다.

"못 믿어? 진짠데?"

주신은 대답 대신 얼굴을 쓰다듬고 있는 해담의 손을 입술로 가져왔다. 몇 번이고 손바닥에 입술을 누르고서 주신이 고개를 끄덕였다.

"기대할게."

다시 해담을 으스러져라 품에 안고서 주신은 작게 속삭였다.

"사랑해."

평소와 다른 반응에 조금 이상했지만 해담도 답을 했다.

"응. 나도 사랑해."

주신은 달콤하고도 감미로운 해담의 음성을 하염없이 귀와 머리에 되새겼다.

주신이 집을 나선 건 진서의 하교 시간이 거의 다 돼갈 무렵이었다. 곤히 잠들어 있는 딸 은서의 얼굴을 한참이나 눈에 담은 뒤, 해담을 꼭 껴안은 다음에야 밖으로 나왔다.

어쩌면, 지금껏 쌓아온 이 행복이 오늘로 사라질 수도 있었기에 함께 있는 매분, 매초가 아쉽기만 했다.

주신은 진서의 하굣길 건널목 근처에서 멈추었다. 진서가 사고를 당한다는 그 건널목이었다.

확률은 반반. 주신은 이미 선택을 끝냈다.

49.

9년 전 봄.

"우연은 없어. 모든 건 필연이지."

절망으로 가득한 주신에게 술 한 잔 하자던 노인은 소주를 한 병 가까이 비운 다음에야 겨우 한 마디를 뗐다.

"사람들은 우연, 우연 하는데, 그런 건 없어. 5분 늦잠 자서 버스를 놓치는 바람에 다음 걸 탔더니 사고가 났다더라. 전날 먹은 음식이 잘못돼서 배탈 나는 바람에 면접을 못 봤다더라. 그거 다 우연 아니야. 본인의 선택에 의해 결과로 나타난 거지. 그게 운명이라는 거야."

"제가 이렇게 어르신을 찾아뵌 것도 제 선택에 대한 결과가 있겠군요."

주신의 대꾸에 노인이 퍽이나 마음에 든 얼굴로 웃었다.

"그런 셈이지. 내가 자네한테 술 한 잔을 권한 것도, 그걸 자네가 받아들인 것도 마찬가지고."

주신은 소주병을 들고 두 손으로 노인의 빈 잔을 채웠다.

"단도직입적으로 여쭙겠습니다. 진서의 미래도 바꿀 수 있다는 뜻으로 받아들여도 되겠습니까?"

"······."

"제가 어르신을 찾아뵈나, 찾아뵙지 않으나 동일한 결과밖에 없다면, 굳이 선택이니, 운명이니 할 필요가 없을 테니까요. 저한테 술 한 잔 권할 필요도 없으셨을 테고요."

제발 맞다고 해 주십시오. 목까지 치민 말을 꾹 누르고서 주신은 노인의 대답을 기다렸다. 노인은 가득 찬 술을 입 안에 털어 넣고서야 고개를 끄덕였다.

"맞아."

주신은 폐부 깊숙한 곳에서부터 끓어오르는 한숨을 겨우 밖으로 뱉어냈다.

"내가 아까 그랬지. 인명은 재천이지만, 사람이 죽을 고비를 넘기면 만수무강한다고."

"진서에게도 해당되는 말입니까?"

"예외는 없지."

이제야 실낱같은 희망이 보여, 굳어 있던 주신의 얼굴이 풀어졌다. 주신은 다시 빈 잔에 술을 채웠다.

"제가 어떻게 하면 됩니까? 어떻게 하면 진서의 명을 바꿀 수 있습니까?"

"그냥 살리면 돼."

"네?"

언뜻 이해가 되지 않아 주신이 눈을 깜빡이자 노인이 말을 이었다.

"죽는 걸 알았으니 살리면 돼. 죽음을 맞이하려는 순간, 거기서 구해내면 돼."

눈동자를 굴리며 찰나 동안 생각에 잠겼던 주신이 노인을 바라보았다.

"사고라면 사고 직전 구해내면 된다는 뜻입니까?"

노인이 고개를 끄덕였다.

"대신, 그러려면 정확한 날짜, 시간, 장소까지 알아야겠지."

주신은 난감한 표정을 지었다.

"그걸 어떻게 알 수 있습니까. 진서는 그런 얘기라면 무조건 입을 닫아버리거든요."

"내가 알아, 그건."

노인이 씨익 웃으며 하는 말에 주신의 동공이 확장되었다.

"그게 정말이십니까?"

"내가 보통 사람들과 다르다고 느꼈는지, 그 녀석이 나한테는 종알종알 말해주더군."

전혀 예상치 못한 말에 주신은 놀라면서도 안도의 숨을 내쉬었다. 실낱같던 희망이 점점 더 커진다. 저도 모르게 굳었던 입술 근육이 이완되려 할 때였다.

"하지만, 내가 그랬지? 모든 선택에는 그에 따른 결과가 있을 거라고."

"무슨, 말씀이십니까?"

"내가 진서한테 듣기로는 자네와 결혼할 여자친구의 사이가 무척 안 좋았다면서."

이 녀석 별걸 다 미주알고주알 했네. 뺨을 조금 붉히며 주신이 수긍했다.

"네. 근데, 그게 무슨 문제가 됩니까?"

"미래에서 진서가 여기로 와준 덕에, 두 사람이 가까워지고 결혼을 결심한 거라면 문제가 될 수도 있지 않겠나?"

갑자기 주신은 망치로 머리를 한 대 얻어맞은 느낌이었다. 진서가 사고를 벗어나면, 죽지 않으니 과거로 오지 않는다는 뜻이다.

그렇다는 건, 해담과 그가 이렇듯 급속도로 결혼을 할 리 없다는 걸 의미했다. 아니, 예전처럼 서로를 인생에서 배제한 채 각자의 삶을 살겠지.

"그, 그럼, 진서를 살리는 대신 과거가 완전히 바뀐다는 뜻입니까?"

"모든 선택에는 그에 합당한 결과가 따르는 법이니까."

도무지 믿을 수가 없어 주신은 눈을 질끈 감았다. 대체 이게 무슨 상황이란 말인가. 진서를 살릴 수는 있지만, 과거가 완전히 바뀐다니. 충격을 받은 주신의 머릿속이 하얗게 탈색되었다.

그런 주신을 물끄러미 바라보던 노인이 조용히 덧붙였다.

"확률은 반반일세."

주신은 천천히 눈을 떴다.

"……무슨 말씀이십니까."

잠깐 사이 다시 움푹 꺼진 눈으로 주신은 노인을 응시했다.

"진서를 구하는 순간, 과거부터 시작해서 모든 게 완전히 바뀌는 것과, 이곳과는 다른 차원에 진서가 오지 않는 과거가 새로이 생성되는 것. 결과는 두 가지일세. 하지만, 어느 쪽이 될지는 나도 장담 못해."

주신의 까만 동공이 입술과 함께 확장되었다. 다른 차원의 삶. 주신은 가만히 숨을 몰아쉬었다. 스티븐 호킹 박사도 여러 차원의 우주가 중첩되어 있고, 우리의 삶도 여러 차원으로 나누어졌다고 하지 않았는가.

암흑으로 가득했던 머리가 조금씩 밝아지기 시작했다.

"이제 내 공은 자네에게 넘겼어. 진서를 구하든 구하지 않든, 선택은 자네 몫일세."

과거를 회상하던 주신은 다시 현실로 돌아왔다. 저만치 학교를 마치고 귀갓길에 오른 진서가 보였다. 혹여, 주신은 진서가 자신을 발견할까 건물 쪽으로 몸을 숨겼다. 진서가 건널목으로 다가오는 게 마치 슬로비디오의 한 장면처럼 느리게 보였다.

꿀꺽. 주신은 마른침을 삼켰다. 겨울인데도 이마와 손에 땀이 고인다.

마침내 진서가 건널목 앞으로 와 초록불이 켜지기를 기다리고 있었다. 진서의 사고를 막은 뒤의 확률은 반반이었다.

진서가 과거로 가지 않는 바람에, 지금까지 이루어온 현재가 완전히 바뀌거나.

아니면, 다른 차원의 삶에 진서가 가지 않는 과거가 새롭게 생성되거나.

전자라면, 과거부터 지금까지의 모든 게 변할 것이다. 해담과 꾸려온 이 단란한 가정이 신기루처럼 사라진다는 걸 의미함이었다.

후자라면, 지금 차원의 삶은 무사할 것이다. 하지만, 다른 차원에서, 진서와 은서의 존재 없이, 해담과 주신은 각자 다른 인생을 살게 될 것이고.

혹여, 전자가 된다 할지라도 주신은 진서를 구할 것이다. 진서를 죽게 내버려두고 이 가정을 유지한들 그게 무슨 의미가 있겠는가.

'지금까지 행복하게 살았잖아. 그거면 됐지.'

해담이 이 모든 걸 끝까지 모른 채 행복하게 지낸 것 하나만으로도 충분했다.

그때, 건널목의 신호가 초록불로 바뀌었다. 어금니를 꽉 깨물고서 주신은 바람처럼 진서에게로 다가갔다. 맞은편 유리를 발견한 진서가 막 신나게 뛰려 하는 찰나, 주신은 진서의 팔을 낚아챘다.

"이해담, 최진서, 최은서. 사랑한다!"

그렇게 외친 주신은 눈을 질끈 감은 채 진서의 팔을 자신 쪽으로 확 끌어당겼다.

끼이이이익!

소름 끼칠 정도로 요란한 브레이크 소리가 울려 퍼졌다. 아마, 진서를 저지하지 않았더라면 이 소리에 진서의 비명까지 더해졌겠지.

두근, 두근, 두근. 심장이 터질 것만 같았다. 눈을 뜨기가 무서웠다. 선택에 대한 결과가 어떤 것일지 두려워서.

"아빠?"

맑은 진서의 음성이 귀를 잡아챘다. 주신은 번쩍 눈을 떠 진서를 확인했다.

"아빠가 여긴 어쩐 일이세요? 회사는요?"

허리춤에 매달린 진서가 잔뜩 어리둥절한 눈으로 올려다보고 있었다. 주신은 그제야 폭풍 같은 숨을 몰아쉬었다.

진서도 그대로고, 기억도 모두 그대로였다. 이미 지나온 과거는 바뀌지 않고, 다른 차원의 삶에 새로운 과거가 생성된 모양이었다.

주신은 와락 진서를 껴안았다.

"아, 아빠. 갑자기 왜 그러세요?"

"아니야. 아무것도 아니야."

근 9년여 동안 마음을 졸여온 탓에 주신은 울컥, 눈물이 날 것 같은 걸 겨우 억눌렀다.

"아저씨, 안녕하세요."

건널목을 건너온 유리가 인사를 건넸다.

"응. 그래."

오늘따라 유리의 인사도 반갑다. 마치, 새로이 태어난 기분이었다.

"어우, 저 차는 신호도 안 보고 다니나? 다친 사람이 없기에 망정이지."

유리가 건널목 한가운데서 급히 멈춰선 트럭을 향해 한소리를 날렸다. 주신은 그저 풀어진 얼굴로 웃었다.

"아빠, 은서는요? 퇴원했어요?"

"응. 집에 왔어."

"와! 얼른 은서 보러 가요."

"그래. 은서 퇴원 기념으로 맛있는 거 먹자."

"네!"

씩씩한 진서의 외침에 주신은 유리를 돌아보았다.

"유리도 시간 괜찮으면 이따 저녁 같이 먹을래?"

속눈썹을 깜빡이던 유리가 이내 고개를 끄덕였다.

"네, 좋아요."

세 사람은 나란히 아파트로 향했다. 그런 세 사람을 몇 걸음 떨어진 곳에서 누군가 바라보고 있었다.

넬모레 여든을 바라보고 있는 노인이었다. 노인은 9년 전과 하나도 달라진 게 없었다.

"얼마나 긴장을 했으면 코앞에 내가 서 있는 것도 모르나."

작게 중얼거린 노인은 허공을 바라보았다.

"오랜만이네."

노인은 진서를 데리러 왔다가 실패해서 당황하고 있는 저승의 존재에게 인사를 건넸다. 당황해서 어쩔 줄 모르던 저승의 존재가 노인에게로 시선을 주었다. 노인을 알아본 저승의 존재가 가만히 허리를 숙인다.

"그렇게 당황할 거 없어. 어차피 잘못 데리러 왔으면서. 이 양반아, 날짜 계산 잘못한 거라고."

흠칫, 더 당황한 존재가 퍼뜩 명부를 다시 보고서 놀란 표정을 지었다. 그러다 이내 실수할 뻔한 게 실패로 돌아간 것을 다행으로 여겼다.

"석 달 후에 다시 데리러 올 테지?"

저승의 존재가 고개를 끄덕했다.

"그때 날 바꿔서 대신 데려가시게."

저승의 존재가 부정의 표시를 해 보였다.

"지금 자네는 내 덕에 나처럼 되지 않은 거라고. 알기나 해? 내 이야기는 알고 있지?"

저승의 존재가 움찔했다.

"우리 철칙 알지? 은혜를 입으면 반드시 갚는다."

저승의 존재가 심각하게 갈등을 때렸다.

"석 달 뒤에 날 데려가. 이렇게 사는 거 이제 그만하고 싶거든. 자네 같으면 이런 행색으로 100년, 200년 살고 싶겠나? 불쌍히 여기고 대신 데려가."

한참이나 고민을 거듭하던 저승의 존재가 가만히 허리를 숙여 보였다. 수락의 의미로 노인에게 죽음의 존재를 붙이고서 홀연히 사라졌다.

예전 진서를 따라다니던, 진서가 '귀신'이라고 부르던 존재였다.

"3개월 동안 심심하지는 않겠구만."

희미하게 웃은 노인은 조금 전 세 사람이 사라진 곳을 다시 바라보았다.

"아이고, 이제야 초코 음료 얻어먹은 값을 했네."

홀가분한 얼굴로 노인은 걸음을 옮겼다.

"잘들 사시게. 오래오래."

♥

"은서야, 최은서. 이제 그만 일어나야지."

"……."

"최은서! 빨리 안 일어나?"

해담의 날선 외침에도 은서는 이불 속에서 꾸물거리기만 할 뿐 좀처럼 잠을 깨지 못했다.

철썩! 급기야 해담이 이불을 확 걷고서 엉덩이를 때려서야 은서는 슬그머니 눈을 떴다. 맞은 부위를 슥슥 어루만지며 은서는 겨우겨우 상체를 일으켜 앉았다.

"방학 첫날인데 좀 더 자면 안 돼요……."

해담은 잔뜩 흐트러진 은서의 머리를 귀 뒤로 넘겨주었다. 방학이 끝나면 중학교 2학년이 될 딸은 그녀처럼 참 잠을 못 이겼다.

"아빠가 오늘만 손꼽아 기다린 거 은서도 알잖아."

은서가 여전히 잠이 한가득 담긴 눈으로 피식 웃었다.

"누가 보면 되게 큰일 하는 줄 알겠어요. 꼭두새벽에 겨우 약수터 가는 거면서."

"아빠가 니들이랑 같이 가는 걸 얼마나 좋아하는지 뻔히 알면서 그렇게 말할 거야?"

"제가 안 좋은 걸 어떡해요."

"그래도 니들 생각해서 방학 때만, 그것도 일주일에 한 번이니까, 즐거운 마음으로 가자, 응? 아빠, 엄마는 니들과 다르게 갔다 와서 출근도 해야 하잖아."

"휴우. 새벽에야 겨우 잠들었는데……."

"지금 밤새도록 게임했다고 엄마한테 고백하는 거야?"

해담이 짐짓 매서운 눈으로 바라봐서야 은서는 찔끔해서는 배시시 웃었다.

"얼른 옷 입고 나와. 아빠랑 오빠는 아까부터 너 기다리고 있어."

"네에."

해담이 방을 나가자 은서는 다시 누워버리고 싶은 걸 겨우겨우 누르고서 몸을 일으켰다. 헐렁한 트레이닝복으로 갈아입고 대충 묶은 머리에 두툼한 털비니를 푹 눌러썼다. 두꺼운 패딩 점퍼를 위에다 걸치고서 은서는 방을 나섰다.

거실에는 진작부터 준비를 마친 해담과 주신 그리고 진서가 팔짱을 낀 채 기다리고 있었다. 은서는 입술을 삐죽 내밀어 보였다.

"아빠, 꼭두새벽에 온 가족이 물통 들고 나가는 거, 이제 그만하면 안 돼요? 방학 첫날부터 너무 피곤하잖아요."

"우리 딸, 방학이라 학교도 안 가는데 용돈도 반으로 줄여줄까?"

주신이 입술 끝을 슬쩍 올린 채 살벌하게 말했다.

"……알았어요. 가요, 가."

은서는 조금 툴툴대며 자신 몫의 물통을 집어 들고서 현관 쪽으로 향했다. 해담과 주신은 마주 보며 씩 웃고서 은서 뒤를 따랐다. 진서도 커다란 물통을 하나 들고 밖으로 향했다.

새벽과 아침의 중간쯤을 맞이하고 있는 밖은 여전히 한밤중처럼 캄캄하기만 했다.

"봐라. 새벽 공기 마시니까 머리도 확 맑아지지."

아파트 뒤쪽으로 난 산책길을 따라 걸으며 주신이 말했다.

"새벽 공기에는 밤사이 가라앉은 매연이 한가득이라 마셔도 절대 머리 안 맑아질걸요."

무뚝뚝한 은서의 면박에 주신은 고개를 절레절레 내저었다.

"쟤는 누굴 닮아 저렇게 감수성이 없는지 몰라."

해담의 시선이 곧장 주신에게로 향했다.

"글쎄. 누굴 닮았을까."

"나? 나를 닮았다고?"

해담이 여전히 빤히 보자 주신은 자못 억울한 표정을 지었다.

"난 그래도 은서만큼은 아니지. 드라마 속 눈물 씬을 보면서 H2O니, 단백질이니 하지는 않았다고."

"자기 어릴 때랑 똑같구만, 뭘."

"내가 저랬다고?"

"아마 초등학교 다닐 때였을걸? 감수성 예민한 어떤 여자애가 자기는 겨울과 밤이 너무 좋아서 매일매일 겨울밤이면 정말 행복할 것 같다고 했더니 자기가 그 애한테 뭐라고 한 줄 알아?"

주신은 전혀 기억이 나지 않아 어깨를 으쓱해 보였다. 가족들 중 제일 앞에서 걷고 있던 은서가 흥미가 당긴 듯 흘끔 돌아보았다.

"내가 뭐라고 했는데."

"행복 같은 소리 하네. 남극 과학기지에 있는 월동 대원들은 밤만 계속되
는 극야기간에 75퍼센트가 우울증을 느끼고 62퍼센트 이상이 수면부족 증
상을 경험하며 극도로 예민해진다는데, 뭐, 행복? 낮이 있으니까 밤도 예뻐
보이는 거지. 한심하긴."

해담이 주신의 말투를 흉내 내며 말했다.

"내가 그렇게 싹수없이 말했다고?"

"그때는 싹수없다기보다는 재수 없다고 다들 생각했지."

"뭐야. 아빠는 나보다 더했으면서. 난 최소한 초딩 때는 안 그랬다고요."

주신이 머쓱한 표정을 짓자 해담과 은서가 작게 웃음을 흘렸다. 한데, 늘
가족 이야기에 제일 먼저 반응을 보이던 진서가 너무 조용했다. 해담과 주신
보다 조금 더 앞서 있는 진서는, 주신만큼이나 길쭉한 뒷모습만 보인 채 느
릿느릿 걷기만 했다.

이상 기운을 느낀 해담이 의아한 눈으로 진서를 보았다.

"진서야."

"……."

못 들었는지 대답이 없다.

"최진서."

"아, 네."

조금 크게 다시 부르자 그제야 진서가 뒤로 돌아보았다.

"어디 아프니?"

"아뇨."

"근데, 혼자 너무 조용한데? 어깨도 축 처진 것 같고."

"……뭘요. 아니에요."

평소와 확실히 다르게 조금 무뚝뚝하니 말하고서 진서는 다시 몸을 돌렸다. 그 흔한 중2병도 없던 아들의 반응에 해담은 속눈썹을 깜빡였다.

중2병 없었던 대신 고2병이 생겼나? 아님, 곧 고3이라 예민해진 건가? 해담은 물론이고 주신마저 슬쩍 고개를 갸웃거릴 때였다.

"오빠, 유리 언니 때문에 저래요. 신경 쓰지 마세요."

조용한 대기를 가르며 은서가 아주 쿨하게 얘기했다. 갑자기 진서가 확 달아오른 얼굴로 주신과 해담을 돌아보더니, 이내 은서를 노려보았다.

"야, 무, 무슨 말도 안 되는 소리야."

"어제 유리 언니 소개팅하는 자리 찾아가서 깽판을 쳐놓는 바람에, 유리 언니가 화 되게 많이 났거든요."

"야, 최은서!"

목덜미까지 시뻘게진 채로 진서가 잡으러 뛰어가자 은서가 '으앗!' 소리를 지르며 재빠르게 도망쳤다. 그런 남매의 뒷모습을 물끄러미 보던 해담과 주신이 시선을 맞추었다.

"참, 쟤는 예나 지금이나 유리를 너무 좋아한다니까. 동갑일 때의 기억도 없을 텐데."

"유리 같은 스타일이 이상형인 모양이지."

"참 신기하다니까. 유리와 같은 아파트에, 같은 동에, 같은 층까지 쓰는 이웃사촌이 될 줄 누가 알았겠어? 진서가 다시 유리와 만나게 될 줄은 꿈에도 몰랐는데."

"인연이 있긴 있나 봐."

"그러게 말이야."

지금 사는 아파트는 진서가 세 살이 되던 해에 들어왔다. 유리를 다시 만나게 된 건, 진서가 다섯 살이고, 은서가 태어난 지 얼마 되지 않았을 때였다.

복도를 사이에 두고 같은 엘리베이터를 쓰는 앞집에서 유리가 나오는 것을 보는 순간 어찌나 놀랐던지. 해담은 가게에서 딱 한 번 본 적 있는 유리를 한눈에 알아봤지만, 유리는 전혀 그녀를 알아보지 못했다.

　더 놀라운 건, 유리는 백화점에서 진서에게 사주었던 그 머리끈으로 머리를 달랑 묶은 채였다.

　'머리끈을 그 성질 더러운 엄마한테 완전히 뺏긴 줄 알았는데, 어떻게 사수했네?'

　하는 생각도 그 당시에 했었다.

　나중에야 알게 된 얘기지만, 유리는 부모님의 이혼 뒤 그 까탈스러운 어머니 밑에서 죽 자랐다고 했다. 그러다 어머니가 재혼을 하는 바람에, 아파트에 살고 있는 아버지 집으로 들어온 거였고.

　그때, 다섯 살 된 진서와 갓난아기였던 은서를 보고 어찌나 예뻐해 주던지. 특히 아홉 살 무렵에 어울렸던 진서와의 기억 때문인지, 무척이나 묘한 얼굴로 아이들을 보고는 했다.

　홀연히 왔다가 홀연히 사라진 친구 진서와 이름이 같고 생긴 것도 비슷한 아이와 이웃이라니. 왜 안 놀라겠는가. 인연의 굴레라는 게 참 신기하면서도 아이러니했다.

　"자기야. 역시는 역시인 것 같아."

　"뭐가."

　"내가 예전에 그랬잖아. 잘하면 9살 연상 며느리 볼 것 같은 느낌이라고."

　"음."

　주신이 고개를 끄덕거리다 짐짓 심각한 표정을 지었다.

　"어쩌면 우리 리마인드 웨딩 자금으로 모아 놓은 거 저 녀석한테 써야 할지도 모르겠는데."

　해담도 동의하는 바였기에 즉각 머리를 주억거렸다. 만약 둘이 잘되게 되면, 아무래도 유리의 나이가 있으니 빨리 결혼을 할 것 같아서였다.

한숨을 푹 흘린 해담과 주신은 서로의 허리에 팔을 두른 채 발걸음을 옮겼다. 산책로를 따라 천천히 약수터에 도착하자 어느새 희끄무레 날이 밝고 있었다. 가족들은 약수가 졸졸 흐르는 입구에 물통을 일렬로 세워 놓았다.

"오늘도 쌓아요?"

은서가 점퍼 주머니에 손을 푹 찔러 넣은 채 물었다.

"당연한 걸 뭘 묻냐."

조금 전의 폭로로 진서가 다소 뚱한 말투로 내뱉었다.

"하아. 곧 중2인데 약수터만 오면 꼬맹이로 되돌아가는 것 같다니까."

투덜투덜거리면서도 은서는 쪼그리고 앉아 조심스레 돌탑을 쌓기 시작했다. 아장아장 걸음마를 할 때부터 이곳만 오면 쭈그리고 앉아 돌을 쌓았다고 했다. 늘 두 개밖에 못 쌓다가, 처음으로 세 개까지 올린 날 가족들은 감격에 차올라 소원을 빌었다고 했다.

이제는 그것보다 훨씬 많이 쌓을 수 있으니, 어쩌면 은서가 돌탑을 쌓는 건 큰 의미가 없는 행위일지도 몰랐다. 하지만, 네 식구는 행운의 의식처럼 은서가 돌탑을 쌓기를 기다렸다.

"아싸, 오늘은 더 높게 쌓았다아!"

언제 툴툴거렸냐 싶게 은서가 아이처럼 좋아했다. 은서를 보며 흐뭇하게 미소를 지은 주신과 해담이 양손을 모아쥐었다. 진서와 은서도 따라 손을 모았다.

이 순간만큼은 다 같이 한마음이 되었다.

'우리 가족 모두 행복하게 해주세요.'

〈과속 연애 마침.〉

작가후기.

과속 연애. 유쾌한 이야기가 쓰고 싶어서 시작한 글입니다. 그래서 연재 내내, 진서나 주신 그리고 해담이 직면한 상황이 녹록치 않음에도 불구하고, 무겁지 않게 진행을 하고자 노력을 했더랬습니다. 꼬이지 않게, 고구마 없게 하려고 쓰는 내내 어찌나 스스로에게 최면을 걸었던지요.

다행스럽게도 스토리가 어둡지 않고 따뜻하다고 해주시는 분들이 많아서 아주 행복하게 작업을 할 수가 있었어요. 물론, 연재 내내, 눈을 뜨고 있는 시간에는 글 외에 다른 생각을 할 수가 없어 거의 좀비모드로 지내기는 했지만요. ^^;

연재 공간을 내어 주신 네이버 관계자분들께 진한 감사의 말씀을 드립니다.

10개월 동안 힘든 길을 함께 걸어와 주신, 조은세상 출판사 관계자분들과 김민진 웹소설 담당자님, 그리고 예쁜 삽화로 제 마음을 들었다놨다 하셨던 이신 작가님께 깊은 감사의 인사를 드립니다! 정말, 고생 많으셨습니다.

연재하는 동안 매 회차마다 댓글로 응원해 주신 분들과 묵묵히 읽어 주신 분들께도 진심으로 감사의 인사를 드립니다! 제게 힘을 북돋아 주셨기에 실수 없이 연재를 마무리할 수가 있었답니다. 정말, 고맙습니다!

해담과 주신 그리고 진서의 이야기는 이렇게 끝을 맺었습니다. 읽으시는 동안 조금이라도 행복하셨기를 바라봅니다. 끝까지 읽어 주셔서 고맙습니다. 다음 글로 인사드리는 날까지 건강하세요!

마지막으로, 늘 곁을 지켜주시는 우리 가족들! 고맙습니다. 모두모두 건강하세요!